En el nombre de la piedra

CRISTINA S. FANTINI

En el nombre de la piedra

Traducción de
María Pons Iriazabal

Grijalbo

Papel certificado por el Forest Stewardship Council®

Penguin
Random House
Grupo Editorial

Título original: *Nel nome della pietra*
Primera edición: febrero de 2023

© 2020, Edizioni Piemme
Publicado mediante acuerdo con Grandi & Associati
© 2023, Penguin Random House Grupo Editorial, S. A. U.
Travessera de Gràcia, 47-49. 08021 Barcelona
© 2023, María Pons Iriazabal, por la traducción

ISBN: 978-84-253-6013-8
Depósito legal: B-22.399-2022
Compuesto en La Nueva Edimac, S.L.

Impreso en Romanyà Valls, S.A.
La Torre de Claramunt (Barcelona)

GR6013A

Dramatis personae

Pietro da Campione, luego Pietro Solari: *hijo de Marco Solari da Carona*

Alberto da Castelseprio, luego Alberto Solari: *hijo de Marco Solari da Carona, gemelo de Pietro*

Jacopo Fusina da Campione (real): *ingeniero*

Zeno Fusina da Campione (real): *ingeniero*

Marco Solari da Carona (real): *ingeniero, llamado Marchetto, padre de los gemelos*

Anselmo Frisone: *monje del convento de Sant'Ambrogio*

Marco Frisone (real): *ingeniero*

Antonio Frisone: *barquero, padre de Costanza*

Pia Frisone: *mujer de Antonio*

Maddalena Frisone: *hermana de Costanza*

Costanza Frisone: *madre de los gemelos*

Tavanino da Castelseprio (real): *carpintero*

Bonino da Campione (real): *ingeniero*

Simone Orsenigo (real): *ingeniero*

Ugolotto da Rovate: *aprendiz de carpintero*

Aima Caterina Codivacca: *antigua esclava*

Marta Codivacca (real): *benefactora*

Matilde Roffino: *cantante*

Gregorio da Casorate: *secretario de Anselmo*

Bernabò Visconti (real): *señor de Milán*

Gian Galeazzo Visconti (real): *duque de Milán desde 1395*

Giacomo da Gonzaga: *amigo de la infancia de Gian Galeazzo*

Ottone da Mandello (real): *capitán general de Gian Galeazzo*
Jacopo dal Verme (real): *consejero y capitán general*
Caterina Visconti (real): *hija de Bernabò Visconti, segunda mujer de Gian Galeazzo*
Blanca de Saboya (real): *madre de Gian Galeazzo Visconti*
Margherita di Maineri (real): *dama de compañía de Caterina Visconti*
Marco Carelli (real): *mercader milanés*
Maffeo y Lunardo Solomon: *mercaderes venecianos*

Oh Templo Santo, oh gigantesca mole,
oh marmóreo Coloso, oh vasto monte,
eres obra divina que alzas tu frente,
hasta donde corre el carro de oro del Sol.

CARLO TORRE,
Il Ritratto di Milano, 1674

El portentoso Duomo de Milán
no se eleva hacia el cielo,
sino que sujeta este a la tierra en armonía
en el bello gótico de Lombardía:
inspiración mística recorre las naves
la Presencia del verbo:
y en un estallido de luz exterior
brota una nueva humanidad sobresaliente,
y de la Persona Única
en vértices de santos vuelve a florecer
siguiendo la maternal invitación de María
que de Naciente se va haciendo
Asunta; y el pueblo define, y la acerca
a él para tenerla más cercana, la llama
Madonnina.

CLEMENTE REBORA,
6 de noviembre de 1956

Prólogo

Milán, abril de 1404

Desde el contrafuerte de la sacristía norte, Alberto da Castelseprio abarcó con la mirada los pueblos y las aldeas que se extendían desde la llanura hasta las estribaciones de los Apeninos. Suspiró.

Había trepado al andamio como una araña, sosteniéndose a veces con los brazos, a veces solo con la fuerza de las manos y de las piernas. Cada vez más arriba, mientras las ráfagas de aire le secaban el sudor y hacían ondear la camisa como un estandarte. En equilibrio, un pie detrás del otro sobre las vigas de roble de poco más de dos palmos de ancho, frágiles puentes entre un andamio y otro.

Se encontraba ahora en el punto más alto de la nueva iglesia, de la Jerusalén celestial que los milaneses habían querido ofrecer a la Virgen, a la ciudad, al pueblo.

El ábside estaba terminado y la vieja catedral de invierno, Santa Maria Maggiore, parecía una concha agrietada. Ladrillo a ladrillo, piedra a piedra, estaba siendo derribada mientras crecía la que tenía bajo sus pies.

Se inclinó sobre la baranda.

Acarició con la mirada los muros de la sacristía, los pilares polilobulados en forma de flor, los capiteles de los tabernáculos adornados con estatuas, los tres grandes ventanales del ábside decorados con filigranas como si fueran de encaje. Abarcaba con la vista la obra, que ascendía muy empinada hacia el cielo, y tuvo la extraña sensación de que las dimensiones colosales podían caber en la palma de una mano.

—¡Eh, ahí arriba!

Alberto vio que el árgano había subido ya hasta su altura la primera estatua de la catedral, un caballero de mármol con el brazo apoyado en un costado sobre una enorme espada, que esbozaba una sonrisa por debajo de la barba y del bigote. Oscilaba lentamente, suspendido de las cuerdas de cáñamo, tensas como arcos de guerra y empapadas en agua para evitar que se rompieran. Comprobó con los dedos callosos la resistencia de las juntas y de los nudos y, cuando estuvo seguro de que el esfuerzo y el peso estaban equilibrados, cruzó una mirada con el escultor Pietro da Campione.

Había reconocido su voz y lo observó mientras sujetaba el último peldaño. El viento le alborotó el cabello, la expresión habitualmente alegre estaba alterada por una tensión en los labios y por un velo de aprensión que le cubrió los ojos.

—Sujétalo bien y levanta un pie cada vez —le sugirió—. Pero tranquilo, aquí arriba tendrás mucho espacio para trabajar.

Alberto ajustó primero una guía y luego ofreció la mano al amigo. Cuando lo atrajo hacia sí, Pietro tomó impulso y aterrizó frente a él jadeante.

—Por el alma de diez pecadores, me siento morir —murmuró.

—Debe de ser el vértigo —sugirió Alberto acertadamente.

—Tal vez —respondió el otro—. Por suerte, me acostumbro enseguida.

—¿Maestro Giorgio todavía no se atreve? —preguntó Alberto, refiriéndose al escultor de la estatua suspendida en el vacío.

—Aquí arriba no sube ni muerto —confirmó Pietro.

Alberto le concedió unos instantes para admirar las inmensas ventanas del ábside todavía sin vidrieras, que desde abajo daban una impresión de esbelta fragilidad, pero que desde cerca parecían encajes; los contrafuertes, resistentes y bien construidos, y los arcos apuntados que, despojados de la pesadez de la piedra, creaban en el espectador la ilusión de poder abandonar escaleras y asideros para elevarse con ellos hacia el cielo.

Los trabajadores que habían seguido a Pietro ya lo habían alcanzado; unos lo ayudarían a situar la estatua sobre la base de la aguja, otros ya estaban preparando el mortero.

—Siento un vacío en el estómago, sobre todo cuando pienso en todas las agujas y estatuas que tendremos que levantar. —De repente se volvió y lo miró—. Este árgano funcionará bien, ¿no, Alberto?

—Funcionará, no te preocupes —le respondió con convencimiento.

Pietro asintió, pensativo.

—Tendré que estar aquí cuando coloquen la estatua del profeta —añadió decidido.

—¿Dónde la pondrán?

—En el mismo contrafuerte, pero más abajo; orientada hacia la vía de Compedo —le explicó—. Sobre el arco de la ventana central del ábside se colocará un ángel y, sobre la otra, tal vez irá la estatua que has esculpido tú.

—No es gran cosa, yo soy carpintero.

—No seas modesto y, además, entre mármol y madera no hay tanta diferencia.

—No lo digas en voz alta o Marchetto me obligará a acabar la otra estatua —le respondió suspirando—. Por cierto, has ganado la apuesta.

El apretón de manos selló la ganancia de un odre de vino, ya que habían conseguido levantar el san Jorge antes del mediodía.

—Ahora vamos a trabajar —añadió.

El brazo del árgano chirrió sobre sus cabezas debido a la maniobra del tambor en el que se enrollaba la cuerda.

—Despacio —advirtió Pietro.

Era el momento crucial, el san Jorge estaba a punto de acercarse a la aguja y al perno de plomo sobre el que quedaría fijado definitivamente.

—Girolamo, controla el cabrestante y moja las cuerdas, si crees que están demasiado secas —ordenó Alberto.

—A mi maestro le dará un ataque si chocáis con la aguja —dijo Pietro, y miró hacia abajo sin llegar a ver a Giorgio Solari, el escultor del santo que, en vez de vencer a un dragón, estaba venciendo la altura. De repente tuvo la sensación de que se iba a caer y fue tal la impresión que se echó hacia atrás y fijó la vista en el campanario de San Gottardo.

—¡No chocaremos con nada! —le respondió bruscamente Alberto, con el rostro serio y barbudo semejante a un oso.

Pietro miró a Girolamo, el obrero que había subido detrás de él. Estaba manejando una cuerda; uno tendió los brazos hacia la estatua, los otros se prepararon para sujetarla con unos grandes garfios.

—Hazme sitio —dijo Alberto—. Tengo que controlar si funcionan bien las mejoras introducidas en los cabrestantes.

—¿Qué has hecho? —preguntó, más por distraerse que por verdadera curiosidad. El amigo le dirigió una mirada y volvió a concentrarse.

—He añadido un tope de hierro para evitar que la carga se caiga, en caso de perder el control del tambor en el que se enrolla el cable de tracción.

Pietro dio un suspiro involuntario.

—Confío en ti.

—Haces muy bien —se mofó el amigo, y señaló a los trabajadores que sostenían los garfios—. Se lo he dicho esta mañana a Solari y te lo repito a ti: el san Jorge llegará sano y salvo. Sobre todo porque tu escultor no es el único con el que tendría que enfrentarme si algo no saliera bien. El duque encontraría la manera de hacérmelo pagar, descanse en paz su alma.

La sacudida del brazo del árgano sobresaltó a Pietro, y la estatua empezó a girar lentamente sobre sí misma, demasiado alejada de la aguja.

Pietro contempló el rostro esculpido. Nunca había visto a Gian Galeazzo Visconti, en cambio Solari sí lo había conocido y aquel san Jorge se parecía mucho al señor de Milán, muerto dos años antes. Los delegados de la Fabbrica habían sido explícitos: había que celebrar la fama y, al mismo tiempo, rendir homenaje al mercader Carelli por su generoso donativo a la Fabbrica.

Alberto soltó una maldición cuando uno de los operarios perdió el agarradero. Lo sustituyó él mismo, moviendo con pericia el garfio.

Uno de los trabajadores controló la estructura vertical de la grúa: en el baricentro se había montado una asta cilíndrica sostenida por codales inclinados. A los lados había tres árboles coplanarios de diámetro menor, dos verticales y uno inclinado hacia la carga.

—Adelante, acerquémosla —lo incitó de nuevo el carpintero—. Tiremos hacia la aguja.

Mientras hablaba se asomó al vacío, indiferente. Pietro se guardó mucho de imitarlo, se limitó a recoger el extremo de la cuerda que se balanceaba delante de su nariz.

—No temas, todo el peso recae en el árgano. Simplemente la desplazaremos —dijo Alberto para tranquilizarlo.

—Eso espero —farfulló—. Está hecha del mejor mármol que puede encontrarse a este lado de los Alpes.

Tiraron; el brazo de madera desplazó el san Jorge desde el vacío hasta el andamio. Las cuerdas se tensaron al máximo, la estatua de planta octogonal se movió como un péndulo.

—Con cuidado —rogó Pietro—. Que no oscile demasiado.

Trepó, sin temor alguno, hasta el último piso y se encontró frente a un triunfo de arcos, pilastras y ornamentos, y luego más arriba aún, hasta la aguja sobre la que no había nada sólido, solo curvas y adornos.

—La vista es distinta desde aquí —dijo rozando un racimo de uvas y dos figuras femeninas.

—Las mujeres no faltan nunca —comentó Girolamo desde abajo—. ¿Quién es la desnuda?

Pietro acarició el pecho pulido y el rostro en mármol rosa.

—Es Eva la tentadora, y ese de ahí es el imprudente Adán.

—Ese no me interesa —respondió el compañero con una carcajada.

Pietro se olvidó por un momento de la altura, del viento y de las palomas que revoloteaban a su alrededor; fue una voz la que lo devolvió a la realidad.

—Ánimo, ¿acaso tenéis manteca en lugar de músculos? —gritó el carpintero—. Tenemos que asegurarla sobre el eje, no balancearla en el vacío.

Entre jadeos, juramentos y súplicas de perdón, el san Jorge avanzó.

—¿Cómo la han llamado? —preguntó el trabajador que hacía girar el mortero, señalando la aguja.

—No lo sé ni me interesa, solo sé que pesa más que mi suegra —farfulló otro.

—Ignorantes, está dedicada a micer Carelli, que dejó todos sus bienes a la Fabbrica.

—Un montón de florines, por lo que he oído —intervino Girolamo con suficiencia.

Siguió un momento de silencio expectante, interrumpido por otra advertencia.

—¡Cuidado!

La estatua osciló libremente por un instante. Pietro vio cómo se agrandaba con la majestuosidad de un caballero a la carga; la armadura, el rostro barbudo, el cabello esculpido hacia atrás. No pudo esquivarla, le golpeó en el costado izquierdo y en el brazo. Un dolor tremendo le cortó el aliento, no podía respirar ni moverse.

El grito de advertencia llegó tarde, cuando ya giraba con los brazos en el vacío que lo estaba absorbiendo.

Apareció una mano tendida.

Si lograra agarrarla…

1

Las consecuencias de la debilidad

Campione, septiembre de 1371

Costanza se ajustó la cofia, que olía a agua fresca. La margarita bordada estaba colocada en medio de la falda, la rozó con el índice. Aunque el algodón no era de gran calidad, estaba satisfecha. El mérito era de sus dedos, que conseguían el justo equilibrio entre la aguja y el hilo, ni demasiado suelto ni demasiado prieto, como repetía la abuela cada vez que bordaba en un pedazo de preciosa batista.

Se puso la mano en el pecho, como si quisiera calmar los latidos de su corazón: la vendimia, por fin.

—Costanza, ¿dónde estás?

La madre estaba de vuelta; la voz y el repiqueteo de los zuecos de madera eran inconfundibles.

Sin tomarse la molestia de responder, ensortijó el mechón que le rozaba la mejilla, controló el lazo bajo el mentón y alisó el delantal azul anudado sobre la falda marrón. Las mangas de la camisola le quedaban un poco anchas; su hermana Maddalena era más alta y la había llevado durante años, pero no importaba. Se ajustó con un suspiro el pañuelo anudado en torno al cuello.

Por la ventana entreabierta penetraban los aromas que tanto había anhelado: el dulce mosto, los quesos curados, los buñuelos fritos en la gran sartén de la plaza. No todo era agradable; con el alboroto llegaban también los mendigos, las manos se tornaban moradas como la uva, los brazos dolían, entre los dedos de los pies surgían ampollas, pero la vendimia era época de grandes cambios.

—Estoy aquí, ya voy —respondió por fin abandonando la estancia. Se reunió con su madre al pie de la escalera. La mujer frunció los labios y le lanzó una mirada.

—Cuando te vea tu padre... —refunfuñó, pero no hizo nada para cortarle el paso.

—Tengo que estar cómoda si he de trabajar duro —respondió Costanza, agarrando la cesta en la que depositaría los racimos.

La madre abrió de nuevo la puerta y salió. Fue tras ella. Los días de la vendimia eran especiales.

Aquel lugar era perfecto, absolutamente perfecto. A la luz de la mañana, las viejas piedras de las casas adquirían un tono cremoso, relajante, y los tejados no eran todos iguales —grises de piedra o verdes de musgo—. En la ladera de la colina las vides se disponían a lo largo de los muretes de piedra seca, de las hojas asomaban las pinceladas violeta y plata de los racimos bañados por la escarcha.

Marco Solari da Carona, al que todos llamaban Marchetto, estaba asomado a la ventana de la buhardilla compartida con los otros aprendices que acompañaban al ingeniero Marco Frisone. Normalmente se dedicaban a esculpir, a proyectar, a trabajar el mármol y la piedra, pero aquella semana se dedicarían a la causa de las vides.

Ya estaba saboreando el mosto, su dulce peso sobre la lengua, el cosquilleo en la nariz y ella, la muchacha en la que se había fijado el año anterior, Costanza, el motivo por el que no había protestado ante la petición de acompañar al maestro Frisone a su pueblo natal.

Se apoyó con el codo sobre el alféizar de arenisca gris. A sus pies, la aldea parecía un hormiguero cortado por un arado: los paisanos se movían atareados, con las cabezas inclinadas, golpeando alegremente el empedrado con los zuecos, con los cestos sobre los hombros listos para ser llenados.

Una pincelada de color, otra de agitación y, al fondo, el olmo centenario con las ramas casi desnudas, sobre el que estaba posado un palomo aterido. El otoño inminente pintaba ya los árboles de rojo, amarillo y oro, pero también se mostraba generoso con las primeras heladas nocturnas, sobre todo allá arriba, a mitad de camino entre el lago y la cima de la montaña.

La familia Frisone, tres hermanos altos y fuertes, acogía a la cuadrilla de jóvenes aprendices siempre hambrientos y alegres.

—¿Estás listo? —le preguntó Beltramo, el cantero de manos como mordazas—. Vámonos, huele a sopa.

Los compañeros se empujaban para ser los primeros en bajar la empinada escalera.

—Adelante, ahora voy —respondió Marchetto—. No podría pasar a menos que hiciera rodar a alguien.

Beltramo soltó la carcajada que le había hecho famoso y lo dejó solo, acechando como un halcón.

Desde la calle llegaban los gritos de los mocosos, el chirrido de una carretilla y la llamada del panadero anunciando pastelillos dulces y calientes. Cuando Marchetto se espabiló, sus compañeros habían desaparecido. Se cubrió la cabeza con el gorro, un cono de lana suave que le calentaría las orejas hasta el amanecer, y bajó de un salto la crujiente escalera.

En la gran sala donde se comía reinaba un silencio embarazoso, interrumpido tan solo por el ruido de las cucharas al golpear el borde de las escudillas y los rumores de aprobación por el calor de la sopa.

Pia, la mujer de Antonio Frisone, su hija Maddalena y dos criadas estaban sirviendo cazos de lentejas y, si los ojos no lo engañaban, había también trozos de carne.

Se frotó las palmas de las manos en los pantalones y se sentó entre Beltramo y Ambrogio, los únicos que le habían guardado un sitio. Su estómago tenía algo que decir, confió en que el borborigmo pasara desapercibido entre el zumbido y el ruido de la vajilla. Fue el centelleo de una cofia blanca lo que le llamó la atención, y más que su estómago escuchó de pronto su corazón.

Allí estaba.

Contempló, embelesado, cómo los dedos blancos y finos sostenían el cucharón. Nadie servía la sopa como ella: olorosa, apetitosa, coronada por una sonrisa tan bella que daban ganas de llorar.

Marchetto fijó la mirada en la mano, y luego pasó al brazo, al delantal con los nomeolvides, al pecho, y entonces el corazón le dio un brinco. Soltó la cuchara y metió la mano en el bolsillo acariciando con las yemas la minúscula escultura de madera. La había tallado aquella noche, a la luz de un cabo de vela y acompañado de los ronquidos de sus compañeros. La voluntad había vencido al sueño y a los dedos entumecidos, y del pedacito de arce había surgido una ardilla con la cola rizada. Con el índice tanteó la forma para comprobar que no hubiera aristas demasiado puntiagudas, pero no encontró ninguna. No quería que Costanza se hiciese daño, para su amada solo deseaba sonrisas y alegría.

Sí, su amada, porque la amaba; ¿de qué otro modo podría llamar a las sensaciones, las emociones que lo perseguían día y noche, entre las rejas o las esculturas, los proyectos y las piedras que marcaban su vida de aprendiz?

—¡Cuñada! —tronó la voz de Marco Frisone, y Pia le sonrió.

—Cuñado, la sopa está servida y tu taza está en la cabecera de la mesa.

Costanza saludó al tío con una sonrisa de bienvenida, y Marchetto disfrutó del gesto, dado su egoísmo.

La semejanza con su madre y su hermana Maddalena era indiscutible, pero él, como buen artista enamorado, percibía las diferencias: las cejas más finas, el labio superior más marcado y la nariz, típica de la familia, carecía del caballete que la hacía más masculina.

Perfecta.

Costanza era delicada como una flor silvestre que borra la oscuridad del invierno, y ese rizo escapado de la cofia lo deseó con toda la sensual voracidad que ardía en su pecho. Su cabello era oro líquido sobre el que soñaba deslizarse, sedoso, frío como un manto mágico. Con un suspiro empezó a comer y lo devoró todo, sin perder ni un gesto de la muchacha.

Maddalena preguntó quién quería doble ración y él levantó la escudilla. El calor entre las manos y la voz del maestro lo sacaron de su estado de felicidad.

—Ambrogio, llévate a los más jóvenes —estaba diciendo Marco Frisone—. Beltramo, tú a los bancales sobre la iglesia y tú, Marchetto, ve a las hileras soleadas y llévate a las muchachas, que son más rápidas que todos vosotros.

Un alegre murmullo de protesta se elevó entre los aprendices:

—No es cierto, maestro —desmintió alguno.

—En los polvetes somos más rápidos —gritó otro desde el fondo de la sala.

El ingeniero agitó el cucharón, amenazador.

—Comed, pervertidos, y pensad en el trabajo.

Marchetto acabó la sopa a toda velocidad; Costanza había desaparecido.

Una vez alcanzada la cima, Costanza miró hacia abajo.

La ladera de la colina era una sucesión de muretes de piedra seca y, donde no crecía la vid, los huertos ofrecían las últimas lechugas, las coles y las berzas, que se estaban cerrando a causa del frío. Saltó sobre una calabaza e ignoró voluntariamente la llamada de las amigas, que se detuvieron en la primera hilera.

Se hallaba en el límite del bosque, sola. Tal vez él tendría el valor de dirigirle la palabra. O tal vez lo haría ella, sin que las demás se enteraran.

Las montañas en torno al lago la rodeaban con todo el esplendor del otoño inminente. Alguna hoja crujió bajo los zuecos antes de ser arrastrada por una ráfaga de viento.

Se ajustó el chal y arrancó el primer racimo. Los granos estaban maduros, aplastó uno con los dientes y el jugo le inundó la boca mientras observaba el paisaje agreste, los bosques espesos, el lago tranquilo. No obstante, en el cielo se estaban arremolinando nubes grises que estropearían aquella perfección.

Canturreaba mientras iba depositando los racimos en el cesto. Luego, cuando estuvo lleno, miró al joven que la seguía de cerca. Ancho de hombros, cubierto con el gorro, estaba junto al asno que llevaría al pueblo los cuévanos repletos.

Costanza agarró la cesta; el corazón le latía cada vez con más fuerza, las mejillas le ardían.

Marchetto.

El año anterior, el tío Marco había hablado de él durante la cena.

—Se llama como yo y procede de Carona. Es un Solari, una raza de cabezones hábiles con la piedra. Trabaja como un burro y tiene una vista de lince.

¡Oh, cómo la miraban ahora esos ojos salvajes! Un poco alargados, oscuros como cáscaras de castañas. Casi se rio de sí misma por haberlos comparado con los frutos del invierno y nunca supo cuánto tiempo permaneció así, agitada por una emoción sorprendente. ¿Fue el viento el que rompió el invisible vínculo? ¿El reclamo de un arrendajo? ¿Las risas de un grupo de muchachas? Las palabras salieron como una cantinela de su boca seca:

—Está llena —dijo.

El joven agarró la cesta y este fue el instante más hermoso de su vida, cuando la firmeza de las manos la aligeró de su carga, rozándola.

Marco Solari da Carona. Un nombre hermoso, importante. Con un movimiento brusco, el muchacho vació los racimos en el cuévano y se giró para devolvérselo.

—Iré al Burg di Ratt ahora —dijo, como si para ella fuese un lugar desconocido. En esos graneros a los que podía acudir todo el pueblo, los niños jugaban deslizándose sobre las balas de heno, sobre los montones de grano, librando batallas con las manzanas guardadas para el invierno.

Costanza se apresuró a regresar al trabajo y dirigió la mirada hacia la cesta. Había algo en el fondo. Cogió el objeto y le dio vueltas entre las manos, era una ardilla de madera. Su belleza la conmovió.

Recordó entonces las palabras de su madre, oídas por casualidad el día antes: «Ha pedido la mano a tu padre. Quién sabe, tal vez en primavera habrá una boda».

«Dos hijas, dos bodas», había dicho su hermana Maddalena, complacida. Hacía tiempo que se había fijado su boda con Ottorino da Campione, maestro en la catedral de Bérgamo.

Entre quesos curados, embutidos colgando y nabos cubiertos

de tierra, Costanza se había preguntado de quién estaban hablando. ¿Y quién podía haber tomado esta iniciativa, sino Marchetto?

Con la ardilla en el bolsillo fantaseó con el vestido, con la iglesia, con la nueva vida. En los rincones de la mente libres del duro trabajo cotidiano imaginó el futuro, un salto de consecuencias desconocidas pero apasionantes.

La ignorancia en la que había vivido a lo largo de sus quince años no podía ofrecerle informaciones, su vida era una sucesión de momentos de excitación, crisis de llanto, explosiones de alegría o caídas vertiginosas en el abatimiento. Por eso no sabía valorar un cambio tan definitivo, pero en cualquier caso se sentía feliz.

Agitado como ella, el cielo se había cubierto de nubarrones de color añil, los relámpagos iluminaban de vez en cuando los bordes blanqueándolos, anunciando la tormenta, último aliento del verano y primero del otoño.

Costanza no le prestó atención, siguió cortando los racimos, con la mente vacía de todo pensamiento consciente, invadida por mil proyectos que no dejaban sitio al presente, al cielo, a la viña.

Los gorjeos y los ladridos lejanos le habían hecho compañía, habían formado parte de su vida diaria hasta el punto de haberle pasado casi inadvertidos, pero, de repente, percibió algo distinto: una neblina le bañaba el rostro, estaba rodeada por la niebla.

Sonaron doce toques de campana.

Más allá de la viña, el paisaje se había vuelto blanco como la leche, solo se oía el ladrido enloquecido e histérico de un perro, que le puso la carne de gallina.

Permaneció con el racimo en la mano contemplando indecisa la entrada del bosque, una muralla de troncos, ramas y hojas que constituían el límite del último espacio cultivado. La madre decía que más allá de aquel confín no había cristianos, solo animales peligrosos.

Costanza pensó en el pobre Bastianino, muerto por la mordedura de una víbora mientras cosechaba el escaso heno del bosque, empuñando la hoz y descalzo, ya que los zuecos solo se los ponía para ir a misa. Las víboras también envenenaban las setas con su lengua bífida, ¡ay del que se acercara! Su aliento provocaba un sueño muy profundo similar a la muerte.

Pero en aquellos bosques había algo mucho peor que las serpientes.

El mero pensamiento en aquella criatura monstruosa hizo que las tijeras se le cayeran de la mano y al racimo le faltó un palmo para entrar en la cesta. Miró a su alrededor, sin notar siquiera las primeras gotas que le bañaron el rostro. Buscó, entre los arbustos de espinos, la criatura que se pareciera al monstruo salido del huevo de un gallo centenario, con la cresta roja como la sangre, los ojos llameantes y la cola semejante al látigo cuando silba.

«Passa mia da lì che gh'è denta l gall basaresch; se 'l ta cagna ta vegnat più föra», decía la abuela evitando el bosque, y no ponía los pies en él por miedo a quedar atrapada.

Sobre su cabeza retumbaban los truenos y una lluvia espesa caía a su alrededor. Costanza solo tuvo ojos para la silueta que apareció de repente entre los árboles. Avanzaba sin que las espinas parecieran importarle; luego, de pronto, se detenía girando sobre sí misma, gruñendo y ladrando.

—Es un perro rabioso. ¡Corre, Costanza, corre!

¿Un perro? La constatación supuso un alivio, pero al mismo tiempo la invadió un miedo muy distinto: si la mordiera, no sobreviviría. Se subió la falda y empezó a correr en dirección a Marchetto, que estaba armado con un palo. Tropezó, se cayó, rodó por el suelo, puso los pies debajo del cuerpo para levantarse de nuevo.

El perro salió disparado de entre los arbustos como una polilla gris, al tiempo que estallaba la tormenta envolviéndolo todo en una oscuridad cargada de destellos e impregnada de un olor dulzón.

Costanza susurró las primeras palabras del padrenuestro, mientras intentaba localizar a su amado en aquel mundo de sombras fantasmales. Jadeando y aún con el ladrido enloquecido en los oídos, vio aparecer a Marchetto entre la niebla. Gritaba y agitaba el palo como un ángel vengador. Un golpe, un aullido.

Luego sintió como si le arrancaran el brazo, puesta de nuevo en pie como si no pesara, empujada y protegida de los rabiosos ladridos, aturdida por los gritos de Marchetto, que la defendía de los enormes colmillos del monstruo, con el pelaje del lomo erizado y la cola azotando el aire.

Al final solo quedó el chaparrón, un intervalo de silencio escalofriante.

El perro yacía en el suelo, con la espalda destrozada.

Costanza apartó la mirada, ahogando las lágrimas de miedo y de dolor, y un resplandor inusitado iluminó la escena, seguido del fragor de un trueno.

Marchetto se dio la vuelta y la estrechó contra su pecho.

—No mires, busquemos un refugio —dijo, y la arrastró bajo el estruendo. Su valiente prometido le había salvado la vida.

Dejando atrás el sendero, el muchacho descendió por los resbaladizos escalones hacia la aldea desierta.

Cuando comprendió adónde la llevaba, se negó. A casa no quería ir, la emoción y el miedo todavía la atenazaban.

Sus palabras las ahogó el fragor del trueno, de modo que señaló un granero. Al doblar la esquina, encontraron la puerta entreabierta y se adentraron en la semipenumbra, escuchando las respiraciones hasta que se fueron calmando. Marchetto la miraba y muy pronto el miedo y la angustia se convirtieron en otra cosa.

—¿Estás bien? —le preguntó en un susurro.

Ella asintió, no se atrevía a hablar, no ante la mirada que la examinaba de arriba abajo.

—Tienes unos rasguños en la mejilla —dijo Marchetto levantando una ceja. Y la rozó con el dedo.

Costanza sentía que le fallaban las fuerzas, el corazón le latía en el pecho con una energía insólita; exhausta pero atenta a cualquier movimiento del joven que la había salvado. Fue este pensamiento el que impulsó su corazón: la cercanía, ese olor tan distinto del suyo, curiosamente ajeno e intrigante. ¿Acaso se había vuelto loca? ¿Qué buscaba su cuerpo de esa cercanía? No lo sabía, no podía definirlo y, sin embargo, algo quería.

—¿Cómo estás, Costanza?

El sonido de su nombre en aquellos labios le pareció celestial. Siguió hablándole, superando el estruendo de la tormenta.

—Siento que hayas tenido miedo.

Costanza se sobresaltó. Nunca nadie la había tocado de esta manera, percibió el calor y el perfume y descubrió que ambos le encantaban.

Retornó la calma, por las grietas de los tablones desiguales entraban destellos afilados de luz.

—Tus manos —murmuró—. Las reconocería en cualquier parte.

—¿Por qué? —le preguntó con voz ronca.

—Son tan hermosas.

En la penumbra, sus ojos brillaban con tal intensidad que a Costanza le parecían dos estrellas.

—Te aman —susurró Marchetto—, como te ama todo el resto de mí.

Su rostro se aproximó. Descubrió que ansiaba aquel primer tímido beso, cautelosa ante un momento esperado durante media vida.

—Me aterrorizaba la idea de perderte, te amo y nada podrá separarnos nunca —le murmuró en los labios.

Y el beso se hizo realidad. Costanza no pensó en nada más que en los labios unidos que se movían para conocer alma y secretos.

Tras una eternidad, o tal vez solo unos instantes, se acostaron sobre el heno, nada más que bocas, manos, piel, la falda subida, un gemido y luego extrañas sensaciones, emociones sobre aquel jergón improvisado al abrigo de la lluvia que, poco a poco, fue debilitando su voz hasta reducirse a un ligero goteo.

Si unos pocos instantes antes Marchetto estaba aterrorizado, en un momento sus sentidos se pusieron alerta. Espoleado por un impulso indefinible, la había abrazado hasta que el calor mutuo calentó las ropas empapadas, hasta que sintió que la tensión la abandonaba.

—Te aman —le había respondido—. Como te ama todo el resto de mi persona. —Y con esa frase estuvo perdido.

Sin pensar en nada, sin proyectar nada, guiado por un impulso confuso que no procedía del deseo, sino que era un ofrecimiento instintivo de consuelo y protección. Cuando Costanza le respondió con sensual abandono, la inocencia se transformó en el oscuro torbellino de la emoción física más intensa que jamás había experimentado.

Sus manos buscaron, hallaron, levantaron y todo se produjo del modo más natural. No hacía falta experiencia para saber lo que ella quería, lo que él mismo quería y para ambos fue un éxtasis luminoso.

Era ella. Había encontrado a la mujer de su vida.

Se hundieron en una lasitud satisfecha, que permitió que el tiempo corriera, ingrato. Se oyeron voces, pasos; Costanza se quedó paralizada entre sus brazos.

—¡Oh, Dios mío! —murmuró y se puso en pie de un salto. Él siguió admirándola desde aquella especie de limbo en que se hallaba. Fue tan rápida que, cuando entreabrió la puerta, él todavía estaba acostado con los pantalones bajados.

—¿Adónde vas? —dijo al ver cómo se escabullía del nido. Ella se dio la vuelta, se llevó el índice a los labios y desapareció cerrando de nuevo la puerta. Para Marchetto fue un torbellino de agonía, alegría y desesperación, y permaneció allí, incapaz de decidir qué hacer.

Hasta que pasaron unos días no aceptó la realidad: Costanza lo evitaba a propósito y, debido a la lluvia que amenazaba con estropear los racimos y a otras desgraciadas circunstancias, no pudo volver a hablar con ella.

Al tercer día, aunque la idea de separarse de la muchacha le provocaba un dolor casi físico, se vio obligado a marcharse de Campione para volver al trabajo.

Aquella noche no pegó ojo. Puesto que la había salvado, se sentía responsable; varias veces, en los muchos momentos de malestar, pensó en pedirla en matrimonio a Antonio Frisone, hermano del ingeniero que era su maestro, pero no encontró la ocasión adecuada.

Agotado e insatisfecho, cayó sin darse cuenta en un sueño sin sueños.

—Levanta, dormilón; nos vamos.

Era Beltramo, con su alegre cara. Marchetto saltó del jergón, buscó al padre de Costanza, pero este ya se hallaba lejos, en el centro del lago con su barquita.

«Amor mío, nos volveremos a ver pronto», susurró para sí, entre los saltos del carro, mientras las casas de Campione desaparecían en la bruma del alba de finales de septiembre.

En Pascua regresaría para declarar su amor a Costanza y sus honestas intenciones a la familia. Estaba ansioso por recuperar la excitación de aquellos momentos en el pajar, el calor de su cuerpo, la belleza de su sonrisa.

Juntos construirían un futuro radiante.

2

Las consecuencias del amor

Enero de 1372

—Madre, ¿puedo hablaros, por favor? —preguntó Costanza, en pie en el umbral.

«Qué raro», pensó Pia mirando a su hija. Desde hacía unas semanas no era la alondra despreocupada de siempre, apenas sonreía y tenía el rostro hundido, pálido.

—Entra y siéntate. ¿De qué quieres hablarme?

Costanza entró y se sentó en el borde del jergón, retorciéndose las manos apoyadas sobre el regazo.

—Voy a morir, madre.

No había ansiedad en su tono, solo una lúcida resignación.

—¿Qué tonterías dices? ¿Cómo puedes pensar semejante bobada?

—Estoy enferma.

—¿Enferma? Y qué clase de enfermedad es esta, vamos a ver.

—Me siento débil y me canso por cualquier cosa.

Pia cruzó los brazos sobre el pecho.

—¿Acaso esta extraña enfermedad se llama pereza?

Costanza abrió mucho los ojos y humedeció los labios, sacudida por un temblor.

—Madre, jamás me inventaría una excusa para no cumplir con mi deber.

Pia tuvo que admitirlo: ese tipo de comportamiento era más propio de Maddalena. Costanza era voluntariosa, entregada a Dios y a la familia, como deberían ser todas las hijas.

—¿Y qué es lo que te hace pensar que te vas a morir? ¿Tienes dolores? Di la verdad, en ese caso haré que tu padre llame al galeno.

—Tengo náuseas, a veces vomito durante el día.

—¿Esto es todo? Habrás comido algo que te ha hecho daño.

La hija negó obstinada.

—No, hace días que me ocurre y, cuando no tengo náuseas, tengo hambre y, si como, me encuentro mal. No puedo más.

Sus ojos se llenaron de lágrimas, que no llegaron a brotar. Pia la sentó a su lado.

—¿Nada más?

Costanza se sorbió la nariz.

—Hace tiempo que… no tengo sangre.

Miró a su hija con horror.

—¿No has tenido la regla?

—No recuerdo, pero no creo que tenga nada que ver con mi enfermedad.

Pia, con los huesos helados y el corazón oprimido, se puso en pie y la miró.

—Desvístete —le ordenó bruscamente.

Costanza parpadeó sin comprender, pero ante el lúgubre silencio obedeció. Era la más dócil, sin pájaros en la cabeza, tal vez había una brizna de esperanza. No obstante, a medida que su hija se desnudaba, su desconcierto se convirtió en una rabia sorda, que a duras penas pudo contener. Contempló el cuerpo desnudo, firme y joven de su hija, y el vientre redondeado, los pezones más oscuros. Incrédula y herida, le propinó un violento bofetón.

—De enferma, nada; estás embarazada.

Costanza, con el rostro inundado ahora de lágrimas, la miraba aturdida, y Pia sintió compasión por un momento. Solo por un momento.

—Cuando se entere tu padre, se armará la gorda —dijo temiendo aquel momento terrible. No podía dejar de mirar aquel vientre blanco, prueba tangible de su desgracia.

—¿Un niño? —preguntó la desvergonzada.

—Sí, y ¡lo has estropeado todo! Tu padre te había prometido

a un comerciante de lana de Como, llegaron a un acuerdo en septiembre, y tú, desvergonzada, ya estabas encinta.

Costanza pareció salir de su estado de estupor.

—No me dijisteis nada, yo creía que era…, era… —No acabó la frase, estalló en llanto.

—No era asunto tuyo. —La miró, furiosa—. Ya entregó a tu padre una buena suma, habríamos llegado a un acuerdo. Y no solo eso, sino que iba a alquilar sus barcas para transportar la lana.

A Pia la sacudió otro violento ataque de rabia.

—No te muevas de aquí, hablaré con tu padre y decidiremos lo que hay que hacer.

Cuando la madre cerró la puerta, Costanza intentó seguirla, pero tuvo que apoyarse para mantenerse en pie.

«Oh, no, no puede ser», murmuró. Luego, por un momento tuvo la visión de los cuerpos entrelazados en la penumbra. Una pecadora, entregada al vicio como una ramera bíblica; Dios la estaba castigando porque lo había querido todo inmediatamente y ahora pagaría las consecuencias.

Había convivido con la vergüenza desde que había salido del pajar. Ni siquiera se había atrevido a verlo o a dirigirle la palabra, convencida de que habría una boda y de que aquel secreto seguiría siéndolo siempre. Una vez superado el bochorno, solo lo vería como futuro marido, convencida de que aquel amor susurrado lo repararía todo.

Un sollozo largo y desesperado la impidió respirar. La vida no era como la había imaginado o deseado; todo es como dispone Nuestro Señor Jesucristo, no como quieren los humanos. Esta fue su trágica conclusión, y esa verdad no habría podido aprenderla de un modo menos destructivo.

«Dios es misterioso, sus razones trascienden nuestra capacidad de comprensión», le decía siempre tío Anselmo, y el pensamiento de que aquel hombre santo tendría conocimiento de su gravísimo pecado la perturbó de tal modo que se dejó caer al suelo, como si los miembros la hubiesen abandonado. En aquel momento empezó a odiarse a sí misma y al fruto de aquella locura que estaba creciendo en su seno.

Antonio, su marido, palideció.

—¿Y ahora qué hacemos? —le preguntó, tan alterado que tuvo que sentarse frente al hogar.

—En primer lugar, olvídate de la posibilidad de deshacerte de él. Si está de cuatro meses, Costanza también podría morir —dijo Pia, desconsolada.

—Para mí es como si ya estuviera muerta.

Pia se estremeció. ¿Muerta? Sí, pero no de verdad, seguía siendo su hija.

—Tendré que encontrar una excusa para el comerciante, ya me ha entregado el dinero. Se pondrá furioso —dijo Antonio.

—Antes que nada debemos pensar en Costanza —replicó Pia con sentido práctico—. No puede quedarse en el pueblo.

Un pensamiento cruzó por un instante la mente de su marido.

—¿Te ha dicho quién fue?

—Ni siquiera se lo he preguntado —respondió, todavía agitada—. Pero qué más da. Si empezásemos a hacer preguntas, la gente podría comenzar a sospechar y sería mucho peor.

—Tienes razón. ¿Sabes lo que haremos? —dijo Antonio—. Llamaremos a mi hermano Anselmo; es un hombre de Dios más sabio que nosotros, él sabrá aconsejarnos.

«Tenemos demasiada confianza en los demás», pensó Anselmo Frisone, administrador real del convento de los benedictinos de Sant'Ambrogio y coadjutor del vicario Cagnola, mientras reflexionaba sobre la familia destrozada. «Mi pobre sobrina todavía no sabe lo que le pasará», recapacitó y, como siempre, buscó ayuda en el Señor misericordioso meditando toda la noche antes de dar su respuesta.

Antonio se había endeudado con el comerciante de lana, Maddalena graznaba como un ganso temiendo que el escándalo obligara a la familia de su futuro marido a cancelar la boda, que iba a celebrarse en unos pocos meses.

Anselmo vislumbró la solución mirando el crucifijo clavado en la pared: Jesús había perdonado a la prostituta; Costanza también pagaría, pero su error no debía destruir las vidas de todos los demás.

Cuando se levantó antes del amanecer para hablar con su hermano y exponerle lo que había decidido, pidió perdón a Dios por ser todavía demasiado humano para que lo consideraran un santo o un hacedor de milagros.

3

Un hombre de Iglesia

Milán, monasterio de Santa Maria Maddalena
al Cerchio, finales de junio de 1372

Anselmo se detuvo, completamente empapado de sudor. Su blanco hábito de tela basta no era el más adecuado para aquel día de sol, le provocaba picores en la piel del cuello y de los brazos. Las paredes de las casas desprendían vaharadas de calor, que aumentaban la sensación opresora de los callejones estrechos. Parecía imposible que en algún lugar que no fuera el infierno pudiera hacer tanto calor.

Atravesó la plaza y se metió en una calle polvorienta, anodina y sin árboles. Hacía semanas que no llovía y en la ciudad flotaba un hedor al que no lograba habituarse, sobre todo después del viaje desde Campione a través de la llanura.

Un olor fuerte y nauseabundo similar al de la putrefacción, pero diferente; una presencia tangible que parecía no desvanecerse nunca, pese al fuerte viento que soplaba. Impregnaba la ciudad desde siempre y se percibía desde lejos, las ráfagas lo expandían en torno a las murallas, avisando a los caminantes de que se acercaban a Milán, en absoluto distinta a los callejones de Malta, Rodas o Jerusalén.

Suspiró abatido. Los recuerdos de juventud lo asaltaban de improviso, cada vez más a menudo desde hacía un tiempo; señal de que se estaba acercando a esa edad en que se vive del pasado y se teme el futuro. Se vio obligado a respirar hondo, la bocanada de aire no lo reconfortó ni le dio sosiego, ya que era caliente y apestosa.

—¿Vas a hacer que esta bestia se mueva o no?

Gregorio da Casorate, el novicio que se había traído consigo del monasterio de Campione, era poco más que un adolescente, con el cabello rojo y enmarañado como un nido de ratas y la cara redonda invadida por un mar de pecas desde la frente hasta el cuello.

—Monseñor, no quiere ni enterarse —exclamó el muchacho, desesperado.

—Está bien, está bien, de todos modos no necesito las alforjas —dijo irritado, agarrando el ronzal y apartando el hocico del burro—. Debería convertirte en filetes para los pobres —le susurró con crueldad al oído y el animal ladeó la cabeza, impaciente—. Y el ofendido soy yo —le recordó.

Se echó al hombro la bolsa que siempre llevaba consigo y miró a Gregorio alzando una ceja.

—Atraviesa las murallas del Circo y ponte a la sombra de las casas, yo me quedaré un rato con las monjas.

—Si consigo moverlo, ¿puedo darle de beber, monseñor?

Anselmo resopló. Esos campesinos crecían como animalitos ignorantes, incapaces de usar la cabeza. Tendría que domesticar al muchacho a base de bien, igual que al asno.

—Por supuesto que le darás de beber y tú también beberás. No quiero encontrarme con un cadáver reseco y tieso como las hojas de otoño.

Dicho esto, se giró y siguió caminando. Anhelaba la frescura del jardín que estaba más allá del claustro, junto a la iglesia. Contempló las columnas de piedra al pasar junto a ellas y no se entretuvo más. Apoyó las manos en el portón de roble y entró en la casa del Señor.

Se santiguó y saludó al propietario con una genuflexión, desplazando la rodilla un poco a la izquierda para conseguir una postura más cómoda sobre el suelo de tierra batida.

—*Confitebor tibi, Domine, in toto corde meo...* —murmuró, repitiendo la salutación de David en el libro de los Salmos. Esas palabras, tan habituales e inmutables, permitieron que su mente y sus ojos vagaran por el interior del sagrado edificio.

El altar mayor estaba iluminado por una ventana redonda, el

ábside carecía de revoque en algunos puntos y se veía la pared desnuda de ladrillos, de la que colgaba una tabla de madera biselada con una Virgen pintada, vista de frente y cubierta con un velo blanco.

La figura estaba rodeada por una aureola dorada, una especie de círculo luminoso en cuyo centro aparecía la figura del Niño entre sus brazos, regordete, como lo imaginaría cualquier cristiano. Al fondo, borrosa y descolorida, se distinguía una hilera de soldados, presencia inexplicable, ya que llevaban estandartes y armas apuntando al cielo nublado.

—Dicen que el artista lo repintó sobre un antiguo retrato —dijo una voz tranquila, y Anselmo se dio la vuelta.

Junto a una de las pilastras estaba la madre abadesa. Vestida de negro y con la cabeza cubierta con la capucha, contemplaba el retablo.

—Es la primera vez que oigo esta historia —susurró Anselmo para no perturbar aquella hermosa calma.

La abadesa se movió y se detuvo a su lado.

—Tal vez era la sibila Tiburtina. He encontrado su retrato en un códice antiguo y también aparece rodeada por un círculo luminoso; su nombre era Albunea o Leucótea, una divinidad venerada a orillas del río Anio.

Frisone era un hombretón grande, imponente, con los hombros anchos del guerrero que había sido en su juventud. Sor Francesca della Croce era menuda, apenas le llegaba al pecho; su rostro sin arrugas era blanco como el mármol, y tenía la piel lisa y unos ojos vivos y luminosos en los que brillaba la inteligencia. Era hija de uno de los muchos Visconti, prima de un Estorre, hermana de un Ludovico, la tercera hija de aquella familia numerosa.

Anselmo estaba convencido de que, más que por vocación, había entrado en el convento porque se le ofrecían mejores oportunidades, como a todas las mujeres sin dote que nunca habrían podido casarse. En aquel lugar las monjas vivían en un ambiente de paz, trabajaban y rezaban sirviendo a Dios y sirviéndose unas a otras, humildemente.

Podían participar en la liturgia y poner en práctica sus virtudes: unas eran decanas, otras se encargaban del guardarropa, o eran cantineras o porteras y, por último, había quienes desempeñaban el oficio de bibliotecarias, escribanas o maestras.

Tal como había ordenado san Benito, su vida estaba consagrada a la oración, a la penitencia, en un aislamiento del mundo solo aparente, que expresaba el deseo intrínseco de dedicarse a Dios, al trabajo y al bien del mundo y de la humanidad.

—¿Cómo está? —A Anselmo no le gustaban los rodeos y sentía curiosidad.

Su sobrina Costanza había dado a luz cinco días antes, de modo que él había salido del monasterio de Campione para dirigirse apresuradamente al convento de las benedictinas, donde la muchacha había sido recluida desde el descubrimiento de su embarazo.

Había llegado hasta allí con gran secreto, una noche gélida de finales de enero, en un carro cubierto, como una prisionera. Y como tal debería considerarse. Es más, la última vez su padre le dijo bien claro que para todos estaba muerta, aunque su vientre, entrevisto por un momento entre los pliegues del hábito negro, era lo menos cercano a la muerte que había en el mundo. Vientre hinchado con un don al que la desconsiderada había renunciado.

—Está bien, gracias a Dios.

La abadesa no dijo nada más. Ninguna de aquellas monjas haría preguntas; vivían en paz, con respeto y conociendo a menudo el secreto de verdades y mentiras que debían permanecer ocultas, porque podían destruir las vidas de quienes se encontraban fuera de su mundo.

—¿Y los recién nacidos? —preguntó, porque eran dos los niños que su sobrina había parido.

—Están perfectamente, gracias a Dios, y se han aferrado al pecho con la avidez que muestran todos los hombres cuando abren por primera vez los ojos.

Anselmo asintió y, como la abadesa iba delante de él, no vio su expresión satisfecha. Si hubieran nacido muertos o deformes, Anselmo habría interpretado este hecho como otra desgracia que se abatía sobre su familia.

Chirrió la puerta sobre los goznes oxidados y salieron al claustro.

Los pájaros piaban y el verde césped estaba salpicado de flores veraniegas amarillas, naranjas y azules. No se veía a nadie, pero Anselmo percibía el suave e incansable movimiento de aquellas almas: el borde de un hábito que desaparecía detrás de una esquina, el ruido de una puerta que se cerraba, las hojas de una ventana que se abrían y la cantinela de numerosas voces femeninas que rezaban a lo lejos.

Sor Francesca iba delante, él detrás. El frufrú de los hábitos talares, los pasos sobre el pavimento de piedras desgastadas.

Ni siquiera estaba acalorado cuando penetraron en el pasillo estrecho que conducía a la celda de Costanza. No, Costanza no; su sobrina estaba muerta, la muchacha a la que iba a ver era la hermana Addolorata.

La celda en la que entró estaba fresca, ella estaba sentada sobre el jergón. Vestía el hábito menos severo de las novicias y un velo gris le cubría el cabello.

Al verlo entrar, casi se sobresaltó, pero no dijo nada; ambos esperaron a que la abadesa los dejara solos.

Transcurrieron largos instantes, Anselmo permaneció en pie. Sor Addolorata sostenía entre los dedos las cuentas de un rosario, las torturaba entre el índice y el pulgar.

—¿Comes lo suficiente? —preguntó el monje, y ella asintió bajando el rostro.

Se aproximó a ella, cogió la silla que estaba junto al reclinatorio de madera y se sentó frente a la joven; las sandalias con tiras de cuero que le dejaban los pies al descubierto rozaron el borde del hábito de la monja y sintió un ligero cosquilleo en el dedo gordo. ¿Una señal de Dios para hacerlo más humano o el aliento del ángel que pretendía proteger a la muchacha?

—La abadesa me ha dicho que ni siquiera has querido verlos.

Sor Addolorata asintió y se pasó rápidamente la mano por la mejilla.

—Puedo entenderlo —susurró Anselmo, y realmente la entendía.

Mejor ignorar, mejor no saber para no sufrir y no sentir cómo el puñal hurga en la herida aún sangrante. Con esa imagen en la cabeza, de una madre a la que le habían arrebatado a los hijos, y con un instinto que no pudo reprimir, el monje le cogió la mano y consiguió que cesara el roce frenético.

—Escucha, mi querida niña —dijo—. La culpa ha cambiado tu destino, sin embargo, la vida que se te ofrece no es tan terrible como imaginas. Hasta ahora has permanecido encerrada en esta celda, pero, cuando hayas recuperado la salud, podrás participar a todos los efectos en la vida del convento.

—Lo sé y me hace feliz.

Quién sabe lo que pasaba por aquella cabeza inclinada, quién sabe qué pensamientos.

—No se puede volver atrás —añadió Anselmo, y aquellas palabras no eran válidas solo para ella—. La vida es cruel, no permite errores y, cuando se cometen, hay que remediarlos y tener el valor de cargar con el peso de las propias culpas.

—Lo haré, tío, lo haré.

Costanza, que no era todavía del todo sor Addolorata, se echó a llorar.

Su corazón de soldado de Cristo y de monje se ablandó, a pesar de estar endurecido como la palma de un herrero. Cuánto había pasado él también, cuánto le debía a esa vida que le había hecho más loco o más prudente.

Dejó que se desahogara, Dios sabía cuánto lo necesitaba, y estrechó la mano infantil cada vez que sus hombros eran sacudidos por los sollozos.

—Recemos juntos —murmuró. Y ella poco a poco dejó de llorar.

Cuando salió de la celda, Anselmo advirtió que el cielo se estaba tiñendo de rosa. Pensó en el joven Gregorio; esperaba que se hubiera dormido y que el estúpido asno se lo hubiera llevado algún maleante o, mejor aún, un carnicero. Lo dudaba, aquel animal era tan testarudo que no se movería ni con la punta de un horcón clavado en el lomo y, en cualquier caso, eran pensamientos poco piadosos incluso tratándose de un asno.

Atravesó el claustro, dejó atrás el pozo.

La abadesa lo esperaba sentada en un banco, a la sombra de un olmo centenario. Con un bordado entre las manos, estaba enseñando a un grupo de muchachas. Sin decir palabra se puso en pie, hizo un gesto y una jovencita más alta que las otras la sustituyó.

—¿Cómo la habéis encontrado, monseñor?

—Bastante serena —le respondió, y era cierto; al acabar la conversación, Costanza le pareció más tranquila.

—¿Quiere ver a los niños?

—Estoy aquí para eso.

Mientras la puerta se cerraba, la mano de una mujer apartó la cortina que protegía una cuna de mimbre. Un gesto imperioso de sor Francesca, acostumbrada a mandar desde siempre, y la nodriza levantó a uno de los gemelos.

Anselmo lo observó.

No sabía mucho de niños, pero este era espléndido. Largo y esbelto, con un mechón de pelo de color lino en la cabecita redonda y unos ojos azules muy vivos, que no parecía que fueran a cambiar más tarde.

El otro, tal vez para llamar inconscientemente la atención, levantó las piernecitas que sobresalían del borde de la cuna. Estaba desnudo, cubierto tan solo por un trozo de lino y completamente rojo por el calor. También tenía los ojos azules, pero el mechón de cabello era más oscuro.

Anselmo reconoció en aquellos iris el color de la familia, de los Frisone. Eran sus ojos y los del abuelo de aquellas criaturas, de su hermano Antonio y también de su tío abuelo Marco, el artista.

Aquella constatación le provocó una conmoción interior. Qué lástima, qué terrible desgracia y cuánto dolor para toda la familia Frisone: inocentes que nunca conocerían a su madre, ni a los abuelos, ni el apoyo o el afecto de la familia.

Sor Addolorata había sido muy prudente. Él habría debido imitarla: no verlos, no saber, no conocer. Porque contemplar a aquellos pequeños, sangre de su sangre, fue como darse de bruces contra una pared, un golpe violento capaz de romperle el corazón. ¿Cómo podría dejarlos en el Brolo, en el orfanato? ¿Cómo podría abandonarlos?

—¿Ya ha pensado en el nombre? —preguntó a la abadesa, fascinado por la visión de aquellas criaturas iguales, pero diferentes de modo indefinible.

—Todavía no, monseñor; primero quería hablar con vos. Esta tarde los bautizaremos, hemos esperado incluso demasiado.

Ponerles un nombre. Anselmo sabía que debía callar, sería lo mejor, pero la vida no es más que esto: un paso hacia la comprensión del misterio.

De modo que, creyendo percibir una señal en aquella pequeña habitación, en aquel día de calor espantoso, Anselmo pronunció palabras que no debería haber pronunciado nunca. Los confió a Dios, que está por encima de los hombres, del mundo, de todo, y pensó: «Si estoy aquí es por tu voluntad y si esta es tu voluntad, así sea».

—El más rubio se llamará Alberto y este… —Se inclinó sobre la cuna en la que el otro gemelo todavía pataleaba—: será Pietro.

La nodriza aprobó con una gran sonrisa y luego se puso al rubito, Alberto, sobre las rodillas vuelto hacia ella; lo inclinó hacia delante como para que hiciera una reverencia y empezó a masajearle la espalda.

—Conozco a los niños, monseñor. Estoy acostumbrada a los orfanatos y a los bebés, y esta es la única manera de hacerles hacer un eructo. Si están de espaldas, el aire no puede salir.

Como para demostrar que tenía razón, Alberto soltó una serie de eructos sin babear leche. Sor Francesca se rio, la nodriza continuó con su masaje y, cuando hubo acabado, lo colocó junto al gemelo.

Anselmo suspiró. No eran suyos, pero desde aquel momento era como si lo fueran.

4

Un hombre de Estado

Cusago, finca de caza de los Visconti, enero de 1376

El ladrido de los perros despertó a Bernabò de un sueño profundo, sin sueños. Escuchó un momento los aullidos, ladridos y gritos, y luego sacó las piernas del colchón y se levantó de la cama. La mujer roncaba tranquila, la curva de la espalda desnuda casi invisible entre las sábanas, su olor penetrante todavía en la nariz y en la piel.

No había estado mal, pensó acercándose a la chimenea, donde un puñado de brasas rojas latía entre las cenizas. Por un instante pensó en echar un tronco, pero cambió de opinión casi de inmediato al considerar que la furcia no era más que una criada, ciertamente hermosa, pero que no merecía otra mirada y mucho menos un desperdicio de leña. Se ajustó los pantalones, se puso sobre la camisa de lana una chaqueta más gruesa y abrió la puerta de par en par, gritando.

—¿Quién se ha atrevido a molestarlos? ¿Quién está inquietando a mis animales?

El criado Andreino, que dormía sobre un jergón en un cuartito para estar siempre al alcance de la voz de su amo, ya se había levantado de un salto. La diligencia del joven mitigó su cólera, pero no lo suficiente para calmarlo del todo.

—Vamos, holgazán, ¿no puedes decirme aún qué está pasando? —Y alzó la mano contra él.

—Mi señor, me he asomado y he visto a un hombre que cruzaba el patio —se justificó el muchacho tocándose la nuca donde apenas le había rozado—. Los habrá despertado él.

44

Los perros en el cercado seguían ladrando.

—¿Eres tonto o qué? Ya sé que era un hombre, lo que me pregunto es quién ha osado entrar en mi patio antes del amanecer. Todos saben que han de esperar que regrese de la caza para obtener audiencia.

Mientras pronunciaba estas palabras, iba bajando las escaleras de piedra que conducían a la planta inferior. Recorrió un largo pasillo, iluminado por una débil antorcha, y llegó al pórtico hecho una furia.

En el patio todavía en sombras, vio unas figuras que corrían. Estaba a punto de soltar otro grito cuando Andreino llegó jadeando, con un farol balanceándose entre las manos.

Bernabò se estremeció, el aire puro y frío de aquella noche de enero le penetró en los huesos. Para calentarse, se frotó los brazos mientras las voces de los criados intentaban calmar a los perros.

—¿Dónde está mi sobrino?

—No lo sé —respondió afligido Andreino—. No lo he visto desde ayer.

—Pues búscalo, ¡enseguida!

Bernabò se dio la vuelta bruscamente y empezó a silbar, utilizando la lengua y los dedos a modo de instrumento. El sonido prolongado y familiar fue tranquilizando a la jauría, solo algún animal solitario siguió dando rienda suelta a sus instintos acompañando el agudo silbido con un aullido grave y lastimero. Finalmente, hasta los más alborotadores se calmaron, proclamando con su silencio el amor y sumisión a su amo.

Bernabò se acercó al recinto y contempló a los animales de caza, que ahora aullaban y meneaban la cola de alegría. Argo, el favorito, con una oreja colgando —ya que la otra se la habían arrancado en una refriega— y el pelaje marrón oscuro como las castañas; Giove, negro, con un solo ojo y una herida en un costado, víctima de un enorme jabalí cuyo corazón se había comido más tarde.

—Vamos, vamos, buenos chicos —los jaleó, agachándose a su altura y acariciando los hocicos húmedos y las cabezas que, excitadas aún, se movían de un lado a otro.

—Mi señor, he oído el estruendo.

—Giovanni, tú también tienes el sueño pesado. —El criado bajó la cabeza—. Pero dime, ¿tal vez son noticias de Milán?

Giovanni de Rampazzi, que hacía de Cupido entre su amo y las numerosas amantes, asintió pesaroso.

—Mi señor dice bien. El mensajero ha pedido verte diciendo que se trataba de un asunto muy urgente, pero cuando le he explicado que no tenía que molestarte, se ha puesto a gritar alterando a los animales.

—Un necio. Me gustaría verlo perseguido por la jauría. —Bernabò miró a su alrededor, mimando con mil piropos al gran Forte, un cachorro de dientes afilados que prometía grandes cacerías—. Y bien, ¿qué quería ese pelmazo?

—Tío...

Su mano se detuvo apenas un instante, luego el hocico de Forte la empujó hacia arriba y él siguió acariciándolo como si la nueva presencia no lo hubiera molestado. No conseguía que le agradara aquel joven robusto, tan parecido en el rostro a su hermano Galeazzo.

Orgulloso, ambicioso, intrigante.

Al fin y al cabo era su sobrino, ¿qué podía esperar? Había un gran parecido entre ambos y para muchos eso sería un motivo de satisfacción. Para él no. Por eso no lo trataba con simpatía ni benevolencia.

Los semejantes no se atraen, se rechazan, solía decirse, y ese Gian Galeazzo, homónimo del padre, le gustaba cada vez menos a medida que crecía. Un Visconti desde la punta de los cabellos, castaños, ligeramente rojizos, hasta la nariz recta y los ojos marrones, que ocultaban sombras de ira e impaciencia que el muchacho no lograba disimular.

—¿Dónde estabas? —le preguntó sin más preámbulos, y se puso en pie para encararlo. Menos le gustaba aún que tuvieran ya la misma altura, aunque Gian Galeazzo más bien le llevaba un palmo.

Lo observó a la luz de la antorcha, que Andreino sostenía sobre su cabeza. Miró tan detenidamente al sobrino desaliñado que dio un paso y le propinó un violento revés en la mejilla derecha.

El golpe, inesperado, hizo retroceder al muchacho, que acabó en los brazos de Giacomo da Gonzaga, uno de los muchos bastardos de los señores de Novellara, que era de su misma edad y un compañero fiel.

—Veinticinco años tirados a la basura —dijo en voz baja, porque sabía que infundía más respeto—. Tú y tu amigo no sabéis hacer otra cosa que follar a las criadas, corretear por los bosques esquivando a los jabalíes y emborracharos en tabernas de mala muerte.

—Sigo tu ejemplo, tío —le replicó con su habitual arrogancia y el labio partido, del que brotaba un hilillo de sangre. La satisfacción que experimentó Bernabò ante aquella visión no duró mucho.

—Siento decepcionarte, sobrino —le respondió en tono glacial—, no eres digno de lamer ni siquiera la suela de mis zapatos, ni en cuestión de mujeres, ni en la caza y mucho menos en la guerra. No te olvides de Montichiari.

Gian Galeazzo se pasó el dorso de la mano por la boca y calló. Echarle en cara la ignominiosa derrota era un buen argumento para taparle la boca.

—Y me da igual que tu padre te emancipara el año pasado y te confiara el gobierno de alguna pequeña ciudad del Piamonte con derecho a hacer la guerra o la paz con el conde de Saboya. Todavía no has demostrado que eres un hombre, por lo menos no a mí.

El muchacho estaba a punto de justificarse, pero la llegada del mensajero de Milán se lo impidió. Bernabò captó con el rabillo del ojo el movimiento a sus espaldas.

—Señor, temo haber sido yo la causa de esta agitación.

—Tienes toda la razón, Franzio. Has tenido la osadía de molestar a mis perros.

—Perdonadme, ahora tendré la osadía de molestaros.

—Vamos, habla, ¿qué te trae a Cusago en plena noche?

Franzio era uno de los hombres de mayor confianza de Giovannolo da Vedano, que custodiaba muchos de sus bienes, entre otros también la fortaleza de puerta Romana. El hombre miró a su alrededor, al sobrino de Bernabò, a su amigo y a los sirvientes que habían acudido al oír el estruendo.

—Está demasiado oscuro para poder leeros el mensaje aquí en el patio —dijo y lo miró.

Todos sabían que Bernabò no era un hombre paciente, de modo que la reticencia de Franzio lo hizo sospechar y decidió seguirle la corriente.

—¡Giovanni, Andreino! Llevad leña y encended las luces de mi estudio —dijo con impaciencia, y luego, dirigiéndose al sobrino—: Intenta hacer algo más útil que revolcarte en el heno. Prepara el equipaje; pase lo que pase, cuando amanezca volvemos a Milán.

Dejó a Forte en manos del guardián y se dirigió hacia la puerta, que había dejado abierta de par en par. Esquivó a los criados, el abrevadero de los caballos y recorrió el camino de piedra. Giró a la izquierda sin mirar atrás. Oía el ruido de los pasos de los hombres que lo seguían.

Abrió de par en par la puerta de su estudio y rodeó el escritorio apoyándose con las palmas de las manos, luego golpeó el suelo con el pie, impaciente.

—Habla, Franzio, por el amor de Dios —dijo.

Andreino se acercó a la chimenea y se dispuso a encender el fuego, mientras Giovanni le pasaba la leña.

—Son de confianza —lo instó.

—Se trata de vuestra hija Bernarda —dijo Franzio, y se aclaró la garganta.

—¿Mi hija? ¿Qué demonios ha hecho esa descerebrada?

La conocía, la quería. Extrañamente, más que a su madre Giovannola, que había sido su amante hasta que le había puesto los cuernos.

Esa zorra.

Hacía tiempo que la había expulsado de la corte, a ella y a aquel petimetre de Pandolfo Malatesta, que había tenido el descaro de presentarse ante él luciendo el anillo que había regalado a aquella mujer ingrata como prenda de amor. Qué ganas de matarlo con sus propias manos, pero era un protegido de Petrarca, que también había sido su preceptor; además, había intervenido para separarlos su hermano, del que Malatesta era capitán general.

Su hija Bernarda era otra cosa.

Alegre y desinhibida como la madre, menos impulsiva, más tranquila. Recordaba muy bien el día de su boda en Bérgamo con Giovanni Suardi, de antiguo linaje gibelino, virtuoso y valiente caballero. Era necesario casar a los hijos e hijas para estrechar alianzas, sobre todo en aquellos malos tiempos, puesto que su familia había recibido de los últimos papas una avalancha de excomuniones y estaba mal vista por los señores de Verona, de Florencia y de todas las ciudades que querían apoderarse de Milán.

No se lo permitiría. Por esto Bernarda había acabado en Bérgamo en la cama de Suardi, y él se había confiado: carantoñas, abrazos e hijos de inmediato, para que el vínculo se consolidase. Por esto le permitía volver a Milán de vez en cuando, a pasar un tiempo en la casa que la vio nacer.

Sus encuentros, en la habitación donde tiempo atrás había amado a su madre, consistían en largas conversaciones sobre lo que sucedía en Bérgamo, sobre el ambiente que reinaba entre los aristócratas que durante años le habían sido hostiles. Un peón útil esa hija, pequeña, redondita, de expresión impertinente y con una nariz exactamente igual a la suya, aunque suavizada en el rostro de muchacha por una melena de color miel.

Hasta aquel momento nunca había tenido queja alguna.

—Lo descubriréis leyendo, señor —se limitó a decir Franzio, y el otro alargó el brazo sin replicar. Sobre la palma extendida, el joven sirviente depositó la carta doblada, cerrada con el sello de la serpiente. Bernabò la sopesó un instante, observando el grueso papel con curiosidad y temor.

Su hermano Galeazzo llevaba tiempo enfermo..., ¿tal vez había muerto en brazos de su esposa, aquella intrigante Regina della Scala, que siempre tenía que meter la nariz en sus asuntos? Si hubiera muerto, él se convertiría en el único señor de Milán.

Sin más demora, rompió el sello y acercó la carta a la vela. La luz era débil y vacilante, pero con un poco de esfuerzo consiguió distinguir las líneas trazadas con tinta negra. Las palabras bailaban ante sus ojos, que ya no eran los de antes, pero no quería que los allí presentes se dieran cuenta de hasta qué punto le había empeorado la vista.

Maldita vejez.

Leyó y, mientras leía, su corazón comenzó a latir con fuerza. Hizo una breve pausa frunciendo el ceño y mirando de vez en cuando al hombre que, frente a él, permanecía impasible.

Leyó dos veces el párrafo en el que Giovannolo describía cómo había entrado en la habitación de Bernarda, la que ocupaba en la Torre, y la había sorprendido «entre las mantas» con el caballero Antonino Zotta.

Bernabò contuvo la respiración, sintió que las mejillas le ardían con el arrebato que lo asaltaba cuando estaba contrariado. En realidad, estaba mucho más que contrariado: estaba furioso.

Zotta, ¡otro malnacido! Y pensar que él le había nombrado caballero para que compitiera en las justas bajo sus colores y, en vez de justas y contiendas, ¡aquel bribón holgazán se follaba a su hija!

Se tomó un tiempo, pero, tras acabar la lectura, ya no pudo contenerse. Arrojó por los aires el papel que, revoloteando, rozó la llama y a punto estuvo de arder.

Franzio lo cogió al vuelo, mientras Bernabò se volvía hacia la ventana.

A través de los cristales de colores y las molduras de hierro forjado, vio cómo la luz del día iluminaba el verde y el azul del frágil paisaje que los vidrieros habían compuesto para él. Le impedía contemplar los bosques de Cusago, pero era una gran cosa en los duros inviernos de la llanura.

Apretó los puños, conteniendo a duras penas la furia que lo dominaba. Estuvo a punto de destrozarlo todo, de agarrarse a las rejas y arrancarlas, pisotear los cristales y hacerlo todo añicos. Pero si se estropeaba las manos, ¿con qué estrangularía a aquella desvergonzada cuando la tuviese delante?

—No te puedes fiar de nadie —suspiró—. Ni siquiera de tu propia sangre.

La decepción llegaría más tarde, ahora solo sentía ira y disgusto porque Bernarda, en quien había depositado tantas expectativas, no se había mostrado a la altura. De tal madre, tal hija, diría su sabia esposa.

—Interrogad a Zotta, quiero saber cómo ha conseguido meterse en la cama de mi hija.

—¿Lo encerramos en las mazmorras de la Rocca?

—¿Encerrarlo? No, no gastaremos ni una perra en mantenerlo con vida, no quiero verlo nunca más.

—Por el adulterio hay que pagar una multa...

Bernabò dio un puñetazo sobre el escritorio.

—Me da igual, hacedlo confesar lo que queráis; lo quiero muerto, ¿está claro?

—Sí, mi señor.

—Regresa rápidamente a Milán, yo me reuniré contigo por la mañana, y dile a Giovannolo que quiero hablar con él en privado, que vaya a la Conca.

—¿Y vuestra hija?

—Ya no tengo hija.

Se precipitó hacia el terraplén, mientras las flechas silbaban en el aire. Lo único que deseaban la Liga y el papa en aquel momento era la cabeza de un Visconti, mejor si estaba separada del cuerpo.

Gian Galeazzo apretó los dientes y bajó la cabeza. La herida en la pierna le ardía, pero no tuvo valor para salir del refugio. Se agarró a un arbusto con la intención de sobrevivir, para poder tener, tarde o temprano, a un puñado de esos bastardos entre las manos.

Algunos soldados franceses de infantería lanzaron vítores cuando alcanzaron la acequia en la otra orilla y subieron por la corta y empinada pendiente.

—*Tue-les, tue-les tous! Tues-les serpents!*

Así los llamaban, ¿a causa del símbolo? Se asomó lo suficiente para intentar averiguar a quién pertenecía aquella voz.

Cayó una lluvia de flechas que lo obligaron a ocultarse de nuevo. La compañía de arqueros de Giovanni Acuto, el traidor, y de ese bastardo vizconde de Turenne estaba apostada en la orilla occidental del Chiese, cerca del puente de madera. La acequia tenía una anchura de tan solo diez pasos y, desde esa distancia, no podría errar el tiro.

A sus espaldas, un hombre salió despedido y cayó hacia atrás, más allá de la orilla. Las lanzas que no daban en el blanco caían en las oscuras aguas, y algunas flechas en llamas dejaban una estela naranja en el cielo. Por un momento Gian Galeazzo no supo qué hacer, pensó que lo iban a capturar. Los heridos caían rodando por el terraplén, los vivos se dispersaban, los cobardes huían.

Contemplaba la escena atónito.

No había previsto tener que cruzar la acequia, y mucho menos esconderse allá abajo como una rata de alcantarilla. Estaba convencido de que, como siempre había sucedido en su vida, saldría de esta, la fortuna le echaría una mano. Fue entonces cuando vio la mano: Niccolò, su ordenanza, lanzó un grito de desafío, saltó al canal; el agua negra le llegaba a la altura de la cintura.

—¡Vamos, mi señor, venid conmigo! No son muchos esos bastardos.

—¡Oh, Jesús, madre mía! —gimió Gian Galeazzo, trepando.

—¡Despierta, despierta! Estás gritando y esos malditos perros comenzarán a ladrar de nuevo.

Gian Galeazzo apretó la mano y vio que no estaba junto al río Chiese, en la violenta batalla de hace tres años contra la Liga Itálica formada por el papa Gregorio XI contra los Visconti.

Se hallaba en su habitación y el cielo estaba claro.

Demasiado claro.

—Maldición, estaba en Montichiari.

—Me lo imaginaba —replicó Giacomo, que se había sentado en su cama. Se pasó una mano por la espesa cabellera negra y le guiñó un ojo sonriente—. Cada vez que hablas con tu tío, tienes pesadillas.

Repentinamente irritado, Gian Galeazzo se levantó de la cama.

—Ni lo nombres. —Y tal vez por casualidad o tal vez no, se rozó con un dedo el labio hinchado—. ¿Cómo se ha atrevido ese déspota a levantarme la mano delante de todo el mundo?

—Se ha atrevido porque es un viejo tirano famoso por sus excesos.

—Excesos que lo llevarán a la tumba, espero.

—A todos nos llega la hora, tarde o temprano —comentó

riendo el amigo mientras metía las delgadas piernas en los pantalones—. Ciertamente, él está más cerca de la tumba que nosotros, y esto le escuece al viejo.

Gian Galeazzo agarró las botas y se las puso.

—Quizá sea eso lo que lo corroe —dijo en voz baja, porque hasta las paredes tenían oídos.

—Tal vez por esto no te pierde nunca de vista, amigo mío —añadió Giacomo, abrochándose el cinturón con el espadín del que nunca se separaba—. Ahora que tu padre está delicado de salud y se ha retirado a Pavía, eres tú quien puede interponerse en su camino.

—De mí no obtendrá nada. Me quedaré con Milán, por mi padre y por mí mismo, y no permitiré que mi tío o uno de sus hijos, legítimos o no, me robe lo que me corresponde por nacimiento.

—Un deseo justo, pero debes seguir vivo.

—¿Por qué crees que lo obedezco? He venido aquí a cazar para vigilarlo, estoy pendiente de todos sus movimientos.

Giacomo se puso un jubón de terciopelo negro, luego se dirigió a la mesita donde la jarra de la noche anterior conservaba aún un mísero dedo de vino.

—Haces bien, has de dar la impresión de interesarte por él, sin perderlo de vista; debes proteger lo que tienes.

—Sí —convino Gian Galeazzo con los ojos fijos en una mancha de humedad que se extendía por la pared—. Es tan fácil que te lo quiten todo poco a poco, hasta el alma, sin que te des cuenta.

—Si puede, te robará la vida.

—No se lo permitiré, amigo mío. Llevo esa ciudad en el corazón, es la llave del poder y quien tiene Milán tiene todo el norte. Siento que un gran destino me une a esas calles estrechas, a esos canales, a esas iglesias hechas con las manos de pobres y comerciantes. —Aferró un brazo de su amigo—. Haré grande a Milán y yo también lo seré.

—Los deseos dejan de ser importantes frente a la muerte.

—No la mía, Giacomo. Todavía no.

5

Una decisión importante

Milán, Hospital del Brolio, abril de 1376

—Monseñor, es un placer recibir vuestra visita.
El maestro del Hospital del Brolio, padre Domenico
Cassina, lo saludó llevándose la mano a la cabeza, cubierta con
un espeso anillo de rizos blancos. Que había sido un soldado de
Dios se notaba en su forma de andar. Anselmo imaginó que también padecía el dolor de espalda que atormentaba a todos los caballeros que habían manejado pesadas espadas contra los infieles.

Era asimismo uno de los decanos, uno de los veinticuatro
nombrados por los milaneses para encargarse de la gestión de las
donaciones, las ofrendas y los gastos para el mantenimiento del
asilo.

El pobrecillo seguramente padecía además esa infección llamada hemorroides, de la que tenía conocimiento por un tratado
del gran cirujano Guy de Chauliac, y era el tipo opuesto al canon
de los griegos: tan bajo que parecía no tener cuello, con el rostro
de buen color, propio del que ama en exceso el vino, y unos ojillos
negros de hurón bajo unas cejas encrespadas.

No, aquel tipo no le gustaba desde que lo había conocido tres
años antes, y recordó haberse hecho ya entonces la misma pregunta: ¿las donaciones de los eminentes representantes de Milán
y de las instituciones eclesiásticas se dedicaban enteramente a alimentar y vestir a aquellos expósitos o había encontrado la manera de apartar algo de dinero? El grueso anillo de oro que lucía en
el dedo meñique le parecía a Anselmo un signo exagerado y osten-
toso para aquel personaje tan eminente. En cambio, el edificio

cuadrado carente de toda gracia, en el que había entrado unos minutos antes, necesitaba algún arreglo.

—Monseñor, os dejo en compañía de micer Bernadotto —dijo de pronto el padre Domenico—. En la sacristía hay una persona cuyo rango no me permite hacerla esperar.

—No os preocupéis, pasaré a despedirme cuando haya terminado —respondió Anselmo, y se prometió hablar de ese Bernadotto al hombre que con toda probabilidad se convertiría en el futuro arzobispo de Milán, Antonio da Saluzzo.

Dejó de lado sus dudas por el momento. Estaba allí movido por un mensaje que había recibido unas semanas antes; la abadesa de las Humilladas le había transmitido noticias de la hermana Addolorata, a la que él solía recordar todas las noches en sus oraciones. La sobrina iba a tomar los votos y querría recibir su bendición.

Tras haber leído la carta, salió al claustro del monasterio de Campione. Por el este, el cielo estaba adquiriendo reflejos perlados y, tras dar gracias a Dios por esa maravilla, se dedicó a reflexionar.

La petición de la hermana Addolorata era razonable, pero él hacía tiempo que había relegado a Costanza a ser uno de los muchos deberes encomendados a él por el Altísimo y a cumplir con él según su voluntad. Un asunto que incluso el padre, Antonio, y la madre, Pia, habían querido olvidar.

Seguramente la pobre muchacha tenía necesidad de consuelo y de aprobación, quizá incluso de una buena palabra, ¿y a quién podría dirigirse sino a él?

Ese pensamiento lo había atormentado desde las vísperas hasta las laudes de la mañana y, finalmente, había comprendido que si no atendía la petición no pegaría ojo durante muchas noches.

Había llegado a Milán para ver a la hermana Addolorata y se hospedaba en casa de su hermano Marco, el artista, que en aquel momento, con los canteros y los maestros de Campione, trabajaba en unas estatuas que había que colocar en la fachada de la basílica invernal de Santa Maria Maggiore.

—La reverenda madre abadesa sor Francesca me ha dado instrucciones precisas —dijo en aquel momento micer Bernadotto, arrancándolo del pasado—. Si queréis seguirme, monseñor, os mostraré a los niños que tenemos a nuestro cargo.

En el pasillo, sus pasos produjeron un extraño eco que, como una ola invisible, rebotó en las paredes decoradas con las parábolas del hijo pródigo y del buen samaritano.

Una vez más, Anselmo pensó que aquella visita era un riesgo, una tontería. No había visto a los niños desde la primera vez en el convento, y aquel lejano error le había producido un remordimiento que todavía lo atormentaba como un aguijón.

A veces conseguía apartarlo, pero en la cena de la noche anterior había tenido a su lado a uno de los discípulos más prometedores de su hermano, Marco da Carona, a quien todos llamaban Marchetto para distinguirlo del maestro.

El joven había empezado a explicarle anécdotas de su trabajo y luego le había hecho una pregunta que había causado en Anselmo el mismo efecto que un rayo en el cielo sereno.

—Monseñor, quería preguntaros si vuestra pobre sobrina, la que murió... —Bajó la vista mientras jugueteaba con el atizador en las brasas rojizas—. Bueno, quería saber si tuvo una digna sepultura.

Anselmo tardó unos instantes en comprender que estaba hablando de Costanza, de modo que se metió en la boca una cucharada de tocino y judías y las estuvo masticando cuidadosamente mientras pensaba qué debía hacer.

No era propio de él decir mentiras, por lo menos las inútiles. Para las otras, solía pedir enseguida perdón a Dios con la ilusión de ser perdonado. Aquella noche le diría al Altísimo que le dejara las manos libres para manejar el trágico asunto, para bien o para mal.

—Por supuesto que la enterramos —le respondió con cierto resentimiento—, descansa en el cementerio del monasterio de San Fermo, junto a los benedictinos que la asistieron en los últimos momentos.

Marchetto se había perdido en quién sabe qué recuerdos. Un silencio embarazoso se interpuso entre ellos, roto tan solo por el chisporroteo de la leña que ardía, por el chocar de los platos, por las voces de Marco y de los otros maestros, que discutían sobre arcos y proporciones. Se estaba alargando tanto el silencio que Anselmo se creyó obligado a romperlo.

—¿Acaso la conocías?

Y si no hubiese estado observando al aprendiz, nunca habría obtenido la respuesta. No alzó la vista; fue su cuerpo el que habló, un impulso imperceptible y atormentado; un movimiento de doloroso rechazo, como cuando lo inaceptable se convierte en una realidad o en una aberración, como el diablo que sale del infierno.

También Anselmo se había estremecido, iluminado por una repentina conciencia, y había murmurado, respondiendo más a sí mismo que al otro:

—Sí, debiste de conocerla el año de la vendimia. Pobre criatura desgraciada.

—¿Cómo…?, ¿cómo sucedió?

—Maddalena, su hermana, se había casado, y Costanza fue a ayudarla a organizar la casa —respondió reafirmando la mentira—. Murió al resbalar por las escaleras de una posada y, como en Bérgamo tenemos parientes, mi hermano Antonio y la madre decidieron que reposara allí.

—¿Sufrió?

Ante aquella pregunta, Anselmo se atrevió a mirarlo a la cara. «Lo he comprendido todo», pensó. Y habría querido levantarse tal como debía de haberse levantado el arcángel Miguel blandiendo la espada para subir al cielo y, al mismo tiempo, arrojar a Satanás a los infiernos, pero se contuvo, habría sido inútil provocar más sufrimiento; el pobre joven nunca sabría que había sido padre y esto ya era, de por sí, un castigo terrible. En cuanto a él, llevaría los estigmas en el alma y se sentiría siempre responsable de aquellas vidas arruinadas.

En conclusión, la misericordia y la pena dominaron sobre la ira.

—Parece ser que murió en paz —se limitó a decir y, tras haber depositado la escudilla sobre la mesa, se retiró a rezar en soledad.

—Monseñor, este es el dormitorio —decía Bernadotto, y Anselmo contempló la gran habitación con los colchones de paja uno junto al otro, como soldaditos.

—¿Con qué frecuencia cambiáis la paja y las telas de los colchones? —Su mirada se desvió hacia las paredes encaladas, en cuyas esquinas un moho azul verdoso se extendía entre las grietas como una mala enfermedad.

—Cada seis meses, monseñor.

Asintió y continuaron.

A medida que visitaban el hospital, Anselmo estaba más convencido y, finalmente, llegaron a un gran patio de tierra batida animado por decenas de niños.

—Estos son los más pequeños, tres y cuatro años —dijo el hombre—. Los hemos separado de las nodrizas y los cuidadores y se quedarán aquí hasta que hayan aprendido un oficio y puedan mantenerse. Las niñas están en un edificio aparte, hasta que se casen o vayan a un convento.

—¿Qué dote les dais?

—Reciben cincuenta florines y de su supervisión se encargan las monjas. —Y al decir esto, el hombre se detuvo a la sombra de un roble centenario.

Anselmo contempló el ruidoso tropel de aquellos pequeños seres ajenos a su precario presente y, más aún, a su incierto futuro. Los contempló con una ansiedad casi paternal, mientras se revolcaban, corrían, saltaban, con la cabeza afeitada para evitar los piojos y una especie de bata negra de la que sobresalían unas piernecitas como palillos, salpicadas de barro y briznas de hierba.

La mirada recayó en uno de ellos. Tenía una piedra en la mano y miraba fijamente un charco, totalmente absorto.

Anselmo dio un paso, Bernadotto pronunció unas palabras; lo cierto es que el pequeño se volvió y sus miradas se cruzaron.

Lo que pasó por su alma nunca sabría describirlo: ternura, compasión, dolor. Pero en su corazón de monje prudente, lógico y razonable, aquella mirada significó la apoteosis de su penitencia y comprendió que, durante todo aquel tiempo, durante todos aquellos días en que había rezado y pedido perdón, había vivido solo para ese momento.

Tenía que hacer algo por sus sobrinos nietos, aunque aún no sabía qué.

Una mueca de contrariedad alteró sus rasgos. Volvió la cabeza, fingió contemplar el árbol hasta que consiguió dominar la voz y pudo decir:

—Ya he visto suficiente, podemos irnos.

Volvió sobre sus pasos, dejando atrás el alegre tumulto. Solo le quedaba ir al convento de las Humilladas; tenía que bendecir a la madre de aquellos niños, la hermana Addolorata.

6

El muchacho en el bosque

Bosques alrededor de Ascona, septiembre de 1384

L a fría brisa ascendía del río Olona, en el fondo del valle. Flotaba en el aire un olor penetrante a barro, hierba y agujas de pino pisoteadas. En lo alto, la reluciente estrella de la mañana empezaba a brillar a medida que el cielo sereno se volvía de un azul más intenso.

Un crujido, un destello leonado, y allí estaba el corzo. El cuello largo, la cola corta, las orejas pequeñas, el hocico dirigido hacia la rama baja de un haya. Alberto contuvo la respiración, con la mirada fija en el animal que rumiaba. Le gustaba observar las patas; daban unos saltos sorprendentes, una potencia distinta a la de los caballos.

De repente el animal se quedó inmóvil, escuchando, moviendo las orejas y luego, como si hubiese descubierto el origen del ruido desconocido, su cuerpo tembló.

Si Alberto no lo hubiese estado observando muy bien, no se habría dado cuenta de nada: un temblor antes del brinco, antes de que las patas reaccionaran al peligro.

Apenas un instante y ya había desaparecido.

El chiquillo miró a su alrededor, no vio ni oyó otra cosa que el canto de las hojas entre las ramas. Luego, al cabo de un tiempo que le pareció larguísimo, de entre la maraña de hojas surgió la voz de su padre Aurigolo.

—¿Dónde te has metido, hijo?

Alberto resopló, impaciente.

Se había alejado a hurtadillas, pero, como siempre, aquel hombre poseía un don infalible para encontrarlo y arruinar los momentos más intensos de su soledad. Lanzó una mirada afligida al punto por donde había desaparecido el animal y luego echó a andar.

—¡Estoy aquí! —gritó sin contenerse, ya no hacía falta susurrar.

Un instante después vislumbró el cuerpo robusto que emergía entre los troncos. Aurigolo tenía la tez aceitunada y la mandíbula cuadrada, y en aquel momento no llevaba puesto el gorro de lana que le cubría en invierno y en verano. Lo sujetaba con la mano y caminaba arremangándose la túnica sobre los calzones.

Cuando lo vio, las cejas espesas bajo el negro cabello que empezaba a ralear le recordaron dos pinceles. Los ojos, de color marrón oscuro, contemplaban el mundo como desde un saliente; la frente era ancha y algo aplastada.

—No pierdas el tiempo con tonterías y ven aquí, que ya hemos encontrado los árboles.

Alberto corrió hacia él. Con los pies desnudos metidos en los zuecos, saltó sobre las ramas, imitando con escaso éxito al corzo, y con el impulso a punto estuvo de chocar contra la barriga del padre.

Lo atrapó justo a tiempo.

—Tienes que hacerme caso, ¿cuántas veces tengo que decírtelo?

Hizo que recuperara el equilibrio y lo golpeó dos veces con el gorro en la mejilla; una bofetada simbólica, porque Aurigolo era un individuo grande, grueso, tranquilo, y el hombre más amable y pacífico que pudiera existir.

«Puede que no parezca gran cosa —decían los hombres del pueblo—, pero es de esos que nunca se echan atrás y sus barcos son obras maestras, al igual que sus trabajos de madera».

—Perdonad, padre. Había un corzo.

Las espesas cejas se elevaron.

—Esta manía tuya de observar… deberías usarla en la carpintería.

Alberto lo siguió un buen rato, había recorrido un largo camino sin darse cuenta. Cuando salieron al claro, se reunió con los aprendices y los carpinteros más expertos que los habían acompañado.

Era la estación en que había que elegir los troncos que deberían derribar en invierno, según los usos. Hayas, alerces, abetos rojos y blancos.

Uno de los carpinteros levantó la vista y volvió a afilar una de las hachas de las que no se separaba nunca. La hoja brilló, a la luz del rayo de sol que penetraba entre las ramas.

Alberto era experto en la elección de los árboles que había que derribar, en el tipo de corte y en la forma de trabajar la madera. Solo tenía doce años, pero había crecido entre virutas, tablas y troncos puestos a secar.

—Veamos, si eres tan bueno para andar por el bosque, ahora me vas a decir cuál de estos árboles tenemos que marcar para el corte invernal.

Alberto miró a su alrededor. Uno de los aprendices se estaba riendo, tratando de disimular su expresión obtusa: Ugolotto da Rovate, el pendenciero de siempre. Así que le sacó la lengua y se acercó al tronco de un abeto rojo.

—Doce once —dijo rozando la corteza rugosa, ya que era la medida establecida para obtener el mejor precio de un árbol y la reconocía a simple vista.

Orsino sostenía el trípode, la mordaza graduada de madera que servía para medir el tronco de los árboles. La apoyó, ayudándose con el pecho, y acercó las dos patas móviles. El raspado de la herramienta rompió el profundo silencio.

—Trece once —sentenció, y Aurigolo asintió, contento.

—Bravo hijo —dijo—. Marcadlo y continuemos.

Tonio, que acababa de afilar el hacha con unos pocos y hábiles gestos, quitó una parte de la corteza y sobre la madera viva imprimió el símbolo de la carpintería de Aurigolo: el perfil de un pájaro carpintero vuelto hacia oriente, hacia la salida del sol. Un símbolo por encima y uno por debajo de la línea de corte, a fin de permitir el recuento de las talas, su identificación, y para combatir la tala ilegal de los árboles.

Siguieron caminando por el bosque una media milla, marcando hayas y abetos rojos.

Alberto siguió de buena gana al grupo; había perdido el interés por los animales y se le había despertado por Ugolotto, el aprendiz con el que se peleaba a menudo. El muchacho tenía un rostro moldeado en la malicia, el cabello erizado de color barro, y precisamente era molesto como el barro. Detrás de sus ojos oscuros escondía toda la frialdad y la negrura de un pozo.

Al principio, Alberto no se había percatado de su hostilidad, pero luego, poco a poco, se dio cuenta de que los pequeños incidentes que le ocurrían se producían siempre con método y regularidad. Cada vez que se metía en problemas, aparecía «por casualidad» Ugolotto. A menudo sentía sobre él su mirada malévola después de una pelea, tras haber encontrado su gorra cortada en tiras o haber olido su sopa que apestaba a orina.

Como «chiquilladas» las había definido el padre cuando se había lamentado, aunque sin mencionar el nombre del culpable.

Rabia, resentimiento, rencor, celos... Muchas, muchísimas emociones se revelaban en el rostro de Ugolotto; unas reconocibles, otras completamente nuevas para él, aunque en cualquier caso inexplicables, porque nacían espontáneas como la mala hierba.

Alberto saltó por encima de un tronco derribado y vio un olmo que ya había perdido todas las hojas. Como le había enseñado el padre, el buen arboricultor no debía limitarse a elegir los árboles, sino que tenía que ocuparse también de los que crecían torcidos y suponían un perjuicio para los ejemplares jóvenes, porque los privaban de la luz. Había que derribarlos para convertirlos en leña para quemar, muebles o tablones para los andamios.

—Padre, ¿no deberíamos cortarlo? —dijo, señalando el árbol.

Aurigolo se pasó una mano por la barbilla rasposa y llamó a Tonio. Estuvieron hablando unos momentos y luego decidieron talarlo para dejar espacio a los jóvenes castaños que crecían a su alrededor.

Como no eran muchos, fueron Tonio y Orsino los que prepararon las hachas. Se arremangaron y empezaron a dar golpes para realizar dos cortes opuestos en forma de uve. Tonio se encargaba del más superficial, Orsino del que sobrepasaría el centro para que el árbol cayera en la dirección de la entalladura más profunda.

Las astillas de leña saltaban por doquier, las muecas en el rostro de ambos reflejaban el esfuerzo realizado.

—Suficiente —ordenó de repente Aurigolo.

Alberto sabía que aquel era el momento crítico. El árbol solo se sostenía por un delgado trozo de leña, bastaba un toque en la dirección equivocada para que cayera donde no debía.

Respirando profundamente y con todos los sentidos alerta, preparado para cualquier eventualidad, Alberto esperaba la orden, que llegó tajante, como el último golpe del hacha. El árbol vibró, crujió, empezó a inclinarse, las ramas más frágiles comenzaron a romperse con chasquidos secos y los pedazos más pequeños cayeron al suelo.

Alguien empujó a Alberto por la espalda y lo catapultó hacia adelante, hacia el tronco que caía. Sin poder evitarlo, levantó los brazos, consciente de que iba a morir.

Anselmo dejó atrás las casas y los restos de las antiguas fortificaciones, que se alineaban a lo largo de la calle principal del pueblo, testimonio de conquistas e invasiones.

No prestó atención. Desde que había llegado el mensaje al monasterio, el tiempo parecía haberse detenido y tenía la impresión de moverse como una tortuga.

Había llegado en carro hasta las orillas del Olona, y luego había continuado a pie para ir más rápido. Gregorio da Casorate caminaba junto a él, empapado en sudor. El muchacho había alcanzado la madurez espiritual, había sido admitido en el noviciado y habían transcurrido casi nueve años desde la profesión temporal hasta la solemne. Durante todo este tiempo, Anselmo había sido su maestro espiritual, lo había acompañado durante su formación y lo haría en su consagración solemne; desgraciadamente, el incidente inesperado los había obligado a posponerla y Gregorio, como siempre, estaba con él.

Había perdido la redondez de la infancia y el aire soñoliento, sustituidos por una delgadez ascética, por una mirada profunda y por una calvicie incipiente compensada por la barba rojiza. Estudiaba día y noche, sobre todo desde que había estado en Siena y había conocido a Caterina la mística, la contemplativa extática de la cristiandad.

—Escribe con la sangre de Cristo —le había dicho a su regreso, excitado—. Uno de sus seguidores me explicó que en una habitación de la fortaleza de Tentennano encontró una jarrita con cinabrio, de las que usaban los copistas para escribir las letras capitulares; la cogió y empezó a escribir. Un milagro, monseñor.

—¿Escribe de su propia mano? —le había preguntado Anselmo, extrañado de que la joven del barrio de la Oca, de familia modesta, no fuese analfabeta.

—Lo hace por inspiración divina —le había explicado Gregorio—. Su cuerpo es casi todo espíritu, duerme poquísimo, come todavía menos y tiene las marcas de las cadenas y del cilicio. Escribe para encontrar el Amor que no es de este mundo y, como me han dicho, tiene que desahogar su corazón para que no estalle.

Anselmo se detuvo un momento, recuperó el aliento.

Habían llegado frente a la carpintería de Aurigolo; un conjunto de edificios y almacenes con pilares de piedra y paredes de madera, algunos con techos de rastrojos, otros protegidos por finas losas de piedra.

Dejó atrás la valla, la pocilga, el gallinero y finalmente llegó a la casa principal. A la izquierda se escuchaba el sonido regular de una sierra, todo olía a estiércol y a madera fresca y, al llegar al umbral, se descubrió en las sandalias y entre los dedos restos de serrín.

Cuando la puerta se abrió, miró directamente a la cara de la mujer bajita y regordeta, de expresión ceñuda y cuyo ojo izquierdo contemplaba el mundo desde un ángulo inusual.

—Monseñor, fray Gregorio, entrad, entrad —murmuró y la siguieron.

La mujer y el hijo de Aurigolo habían muerto hacía unos años. La última imagen que conservaba era la de un paisaje endurecido por la escarcha; el último ruido, el de sus pasos sobre el terreno helado, mientras se aproximaba para darles la extremaunción. Aurigolo en aquel tiempo era un hombre destrozado por el dolor, que había recuperado la razón de vivir cuando le había entregado al pequeño Alberto, recién separado del gemelo.

La criada los condujo a una habitación donde chisporroteaba un buen fuego.

El jergón estaba ocupado, bajo la manta de lana yacía Alberto. Hacía meses que no lo veía y reconoció en él el cambio de la edad adulta, el mismo que percibía en el otro sobrino, Pietro, cuando cuerpo y cerebro parecen una ciudad en construcción, con campanarios que surgen y otros que son derribados para construir nuevas iglesias. Brazos, piernas y pies más largos, los primeros pelos, la mirada reflexiva.

Aurigolo, sentado junto al lecho, se puso en pie de un salto y se llevó el índice a los labios indicándole que lo siguiera.

—Monseñor, gracias por venir —murmuró, con los ojos brillantes como hielo pulido—. Por el amor de Dios, no lo vigilé lo suficiente.

Su voz se apagó de nuevo mientras los precedía hasta una habitación con el suelo cubierto de cañas secas; en la pared opuesta se abría una ventana cubierta por una delgada piel de cordero, estirada y aceitada hasta volverse transparente. En el centro, una mesa y sobre el hogar hervía un caldero desprendiendo vapor y olor a col hervida.

Se habían puesto en marcha antes del amanecer, el estómago de Gregorio emitió un gruñido.

Se sentaron en silencio.

Algo tenía que haber ocurrido en el ánimo de aquel hombre sensible, gran trabajador. Sus hombros estaban encorvados, su rostro desencajado por el dolor. Anselmo se había encontrado muchas veces cara a cara con el dolor: dolor de madres, de hermanos, de parientes lejanos, de amigos; monstruo inmortal, sufrimiento inevitable, suplicio que golpea a ricos y pobres, que no puede ser compensado ni mitigado de ningún modo. El dolor no tiene rostro, no tiene edad, tiene un poder inmenso sobre los mortales, y el que tenía delante era el dolor de un padre.

Anselmo, preocupado por la salud de su sobrino, dio gracias a la bendita Providencia.

—Vamos, Aurigolo, habla, no te quedes mudo como un pez. Y danos un poco de agua, que tenemos sed.

El hombre corrió a atender la petición y se acercó al fregadero.

—¿Queréis también un poco de col y nabos?

—Una escudilla nos calentará los miembros y llenará el estómago —respondió Gregorio.

Edda apareció frente al fuego y les sirvió una ración generosa, acompañada de unas rebanadas de pan negro. Comieron, cada uno sumido en sus propios pensamientos.

—Está mejor de lo que esperaba, Aurigolo —le dijo Anselmo depositando la escudilla vacía sobre la mesa—. Por la prisa con la que me llamasteis, creí encontrarlo agonizando.

El hombre tenía la mirada fija en el fondo del cuenco.

—No puedo pensar en cómo me sentiría si muriera —susurró—. Ayer gemía en sueños, me asusté.

Anselmo no se inmutó. Cuando vio al sobrino durmiendo, se fijó en su tez sonrosada, en el pecho que se alzaba y bajaba sin dificultad. No era el aspecto de un moribundo.

—¿Cuánto tiempo ha estado descansando?

—Desde el alba, después de haber bebido una tisana de tila y manzanilla.

—Llévame a su lado, quiero ver cómo está.

Aurigolo tuvo un momento de duda y luego se decidió. Pobre hombre, había dejado de trabajar, él, que no respetaba ni siquiera el domingo santo.

Anselmo se acercó al jergón, apartó un mechón rubio y puso la mano en la frente del muchacho. Escuchó un débil gemido y unos iris azules lo miraron fijamente, extraviados.

—Monseñor —susurró e intentó levantarse con una mueca de dolor.

—No hagas tonterías, quédate quieto. ¿Cómo estás?

—Mucho mejor.

—Bien, enséñame cómo te han inmovilizado el brazo roto.

Había visto muchas fracturas y lesiones graves en su juventud. Sin embargo, Edda sabía lo que hacía; el brazo estaba sujeto entre dos listones de madera, con los extremos limados y redondeados para no lastimarlo.

—¿Lo has hecho tú, Aurigolo? —le preguntó, sabiendo que estaba detrás.

—Sí, fue mi padre; utilizó nogal, que es flexible y resistente —intervino Alberto.

—Hablas demasiado, hijo mío; has de descansar. —El carpintero le impuso silencio.

Al muchacho le brillaron los ojos.

—Esta noche os he oído rezar. No moriré como el hermano que no conocí, estad tranquilo.

Anselmo suspiró. Las mentiras crecían como las raíces de los árboles, invisibles pero reales.

—No morirás —sentenció para tranquilizar tanto al padre como al hijo—, pero tendrás que hacer reposo y mantener el brazo quieto durante un tiempo.

—Monseñor, tengo que ayudar a mi padre.

—Tu intención te honra, pero hazme caso y recuperarás el uso del brazo; de lo contrario podría quedar torcido.

Un velo de tristeza y resignación cubrió el joven rostro.

—Haré lo que decís.

Anselmo se levantó, lo bendijo y salió de la habitación. Gregorio se quedó hablando con el muchacho, el carpintero se detuvo delante de él e hizo la señal de la cruz.

—Vamos, cuéntame cómo sucedió —le preguntó.

—Alberto es listo, aprende rápido, tiene buena memoria y de todos los aprendices es el mejor. No lo digo por complaceros.

Anselmo asintió, reconocía en Alberto las mismas cualidades de Pietro.

—Esto es bueno. Y bien, ¿qué ocurrió? ¿Se distrajo?

—No, monseñor. Uno de mis carpinteros me dijo que había sido uno de los aprendices.

—¿Qué es lo que hizo?

—Al parecer, lo empujó hacia el árbol que caía.

Anselmo frunció el ceño.

—Es una acusación muy grave —murmuró pensativo—. ¿Cómo se llama este muchacho? ¿Puedo hablar con él?

—Huyó mientras estábamos auxiliando a Alberto. Mis ayudantes lo buscaron, pero lo que más me importaba era llevar al herido a casa.

—Hicisteis bien, Aurigolo. Dadle comidas sencillas, caldo de pollo y fruta cocida. No os preocupéis por los gastos extra, corren de mi cargo.

—No me ofendáis, monseñor.

Anselmo sonrió.

—No lo haré. Ahora déjame hablar con esos ayudantes tuyos y luego, antes de marcharme, le daré a Edda la receta de una tisana. Irá bien si aumenta el dolor de… vuestro hijo.

El carpintero lo miró fijamente, le pareció que con gratitud, y seguro que no era por la tisana.

El Señor quita, el Señor da.

Sobre la colina que dominaba el río, la granja era un sólido edificio de madera, con el techo de paja inclinado y una amplia puerta de entrada para que penetraran la luz y el aire. A su alrededor, se agrupaban varias dependencias. En la ladera, donde el terreno era blando y bien drenado, había pequeñas parcelas con los límites marcados con piedras.

Ugolotto aspiró el aire fresco.

El cielo estaba sereno, la niebla otoñal había humedecido la tierra y el sol poniente iluminaba el borde de los surcos en los campos, creando un contraste de rojo y negro, de luz y sombra sobre el terreno en el que hundía los zuecos.

No le importó.

Siguió descendiendo por el sendero, pasó junto a dos zanjas; se veían cerdos paciendo bajo los robles y alguna oveja que quebraba la hierba dura metiendo el hocico bajo las zarzas. Una brizna de civilización en medio del bosque que había dejado atrás, pensó silbando.

Había caminado mucho, llevaba tres días haciéndolo, y el estómago estaba tan vacío como el cepillo robado de una pequeña iglesia solitaria en la linde del bosque.

Había dirigido sus pasos hacia la llanura, tras haber dejado atrás a aquel maldito Aurigolo y a su hijo.

No había pensado en el empujón y en las consecuencias, había actuado con un impulso irrefrenable, y ahora se veía obligado a empezar de nuevo por enésima vez. A estas alturas, ya era una costumbre: su carácter o el Maligno siempre se imponían.

Se encogió de hombros como si estuviese hablando consigo mismo, mientras llegaba al final de la bajada. Un hilo de humo salía del tejado, rastreó con el olfato y reconoció el olor a roble quemado.

Gente rica, por tanto.

Algo había aprendido en los largos meses como aprendiz de carpintero. Primero había estado en una carpintería junto al lago de Lugano, y había tenido problemas nada menos que con la hija del amo. Se rio, porque allí sí había arriesgado el cuello.

La puerta se abrió de repente, sorprendiéndolo. Se vieron al mismo tiempo, y Ugolotto comprendió que debía dar el primer paso.

Sin moverse de donde estaba, el granjero alargó una mano y agarró el horcón apoyado en la pared. Corpulento, cabezón, las manos ásperas. El joven decidió ser prudente y levantó las palmas en señal de rendición.

—¿Qué quieres? ¿Qué buscas? —le preguntó.

—Nada, solo un techo para pasar la noche.

El granjero lo examinó atentamente.

—¿Estás buscando problemas?

Ugolotto se quitó el sombrero y sonrió, haciendo lo que mejor hacía.

—No, los evito. A unos compañeros y a mí nos asaltaron unos bandoleros. Me perdí y perdí también a los demás, así que seguí caminando a la buena de Dios.

El granjero dio unos pasos, alarmado.

—¿Dónde ocurrió?

Hizo un gesto vago señalando hacia atrás.

—No temas, está muy lejos. Estoy agotado, he caminado dos días y dos noches.

—La semana pasada estuvieron aquí.

—¡Ah, la Providencia! —suspiró, feliz, Ugolotto—. Entonces no volverán, probablemente son los que encontré en el camino.

El hombre arrastró los pies y dejó el horcón.

—Con los tiempos que corren hay que ser prudente —se justificó—. Los alrededores no son seguros; además de los lobos, merodean por todas partes bandidos y vagabundos.

—¡Qué razón tienes! —le confirmó—. Mi error ha sido seguir caminando de noche porque, si de día puede funcionar una pobre defensa, al anochecer hay pocas posibilidades de protegerse.

—Te has librado de milagro. ¿Estás herido?

Ugolotto se rozó la mejilla, había caído en un matorral de espino, debido a la poca luz y al terreno accidentado.

—Apenas un rasguño, mientras me escondía.

El granjero asintió, comprensivo.

—Mis hijos volverán de los campos en cualquier momento y mi mujer está preparando polenta de farro y cebollas.

—No quiero molestar, solo tomaré un poco de vino y un trozo de pan.

—¿Y qué pasa con la caridad cristiana? Y además quiero oír tu historia, ¿eres comerciante?

—Comercio con lanas de Flandes —respondió Ugolotto y recordó una discusión que había escuchado en una posada—. Me quedan unas monedas, puedo pagarte por las molestias.

Los ojos del hombre brillaron, aunque eludió la propuesta.

—No te costará nada, pero mañana tenemos que arar un campo. Nos vendrán bien dos brazos más.

—Trato hecho —dijo Ugolotto, satisfecho con el acuerdo.

Nadie lo buscaría nunca en aquella granja perdida junto al río, suficientemente lejos de Ascona para permitirle lanzar un suspiro de alivio. Se quedaría allí todo el invierno; el establo que el granjero le mostró era confortable, podría dormir sobre el heno. La fragancia que desprendía lo reafirmó: recién cortado, el último de aquel verano.

En primavera tal vez iría a Milán, ciudad de la que se decía que era tan grande que no se podía recorrer en un día. No lo creía, quería verla con sus propios ojos.

7

Cambiar de vida

Castelseprio, principios de febrero de 1385

—Este camino que atraviesa Castelseprio era tiempo atrás importantísimo —le explicó Tavanino—. Pasando por Valcuvia y Valganna, se llega al lago de Lugano y, desde allí, se sube hacia los puertos del San Bernardino y del Lucomagno. Este último paso conecta el valle del Po con el valle del Rin, era una ruta utilizada por muchos comerciantes. ¿Subiste alguna vez con tu padre?

—No, señor.

—Llámame «maestro», es mejor.

—Sí, maestro.

—Yo viajo mucho, voy donde me lleva el trabajo, incluso más allá de los puertos. Al otro lado hay otro río, el Rin, en un país llamado Alemania.

—Me habló de él el hermano Gregorio da Casorate.

—Lo conocí en el monasterio de Campione. ¿Fue tu preceptor?

Alberto asintió.

—Cuando me rompí el brazo, monseñor Anselmo me aconsejó que empleara el tiempo en aprender a leer y a escribir.

Tavanino lo miró. Tenía una gran frente calva surcada por arrugas, el cabello muy corto y una barba incipiente que comenzaba a blanquear.

—Has aprendido bien, por lo que me han dicho.

—Sí, maestro.

Tavanino movió la cabeza y reanudó la marcha hundiendo los zuecos en el terreno embarrado.

—Monseñor Anselmo te dio un excelente consejo, es un hombre de Dios y un gran sabio. Tienes suerte de tenerlo como protector.

Alberto no replicó, estaba de acuerdo.

La llovizna que caía con insistencia desde aquella mañana no había cesado en ningún momento y todo el paisaje de piedras, casas, iglesia y lavadero era gris y brillante como el cristal. Una gallina solitaria les cortó el paso agitando las alas.

—Maldito animal —murmuró Tavanino.

La mayoría de las casas de Castelseprio tenían anexo un taller, una tienda o un almacén. Cruzaron la plaza del mercado; los bancos sobre los que colocaban la mercancía estaban vacíos; los corrales para el ganado y las ovejas, desiertos; no se cruzaron con nadie en las callejas del pueblo.

Al pasar por delante de la iglesia, Alberto se percató de que desde allí la vista se extendía sobre los campos y bosques lindantes; dos torres cuadradas rompían la línea del horizonte.

—Ya hemos llegado —dijo de pronto Tavanino.

Alberto se quedó mirando el tejado a dos aguas y los muros de piedra del edificio, muy parecido al de Ascona, donde había crecido.

Por fin.

Cuando Aurigolo le anunció que pensaba mandarlo al taller del famoso carpintero Stefano da Castelseprio, llamado Tavanino, creyó estar soñando.

—Haré que estéis orgulloso de mí —le había dicho con determinación.

—Dios padre lo ve todo, hasta a los gorriones —le había respondido Aurigolo—. Ellos también pueden tener ojos. Tú eres un gorrión que sabe usar los ojos y las manos tan bien que no podría tenerte encerrado en una jaula.

Alberto pasó unos días en un estado de éxtasis de felicidad como nunca había experimentado antes.

Desde que había recuperado la movilidad del brazo, se había dedicado en cuerpo y alma a proyectar y dibujar, y había descubierto que, con unos pocos trazos, era capaz de expresar en madera o piedra lo que tenía en la mente.

Había construido el modelo a pequeña escala de una especie de grúa, un artilugio que servía para levantar pesos y recordaba la silueta de un ave de rapiña, con un brazo, cadenas y poleas para manejarlo.

La primera vez que había visto a Tavanino había sido a orillas del Olona, en el lugar donde una balsa iba y venía de una orilla a otra.

El maestro estaba construyendo un muelle que facilitaría el embarque de los carros con los bueyes. La construcción sobresalía de las aguas turbias del río como un índice apuntando a la orilla opuesta.

—Las tablas que utilizamos son de roble y castaño —les había informado Tavanino—. Los robles abundan en estos parajes.

Aurigolo había hecho algún comentario y luego había sacado de su bolsa el modelo. Mientras Tavanino le daba vueltas entre las manos, las mejillas de Alberto ardían.

—Lo tomaré como aprendiz —había dicho finalmente el maestro, devolviendo el objeto—. Este hijo tuyo llegará lejos.

Alberto regresó al presente acompañado de sonidos familiares: el timbre del martillo, el canto de las sierras, la música del cepillo y las voces de los aprendices, que procedían de un edificio de troncos de madera alargado y estrecho.

—Allí están los dormitorios —le dijo Tavanino y, al acabar aquella dura jornada de trabajo, lo único que deseaba Alberto era entrar allí, lanzarse sobre el jergón y cerrar los ojos.

No obstante, los calambres en el estómago lo obligaron a sentarse frente a un plato de pastel de pescado. No cruzaron palabra, aunque los cuatro aprendices presentes eran de su edad.

Durante todo el día, mientras hacía su trabajo, los había estado observando.

El pelirrojo manejaba el martillo con facilidad, pero no era preciso; el que tenía la cara triangular y un mechón que le cubría los ojos utilizaba el hacha con excesiva vehemencia y, tarde o temprano, se le llevaría un dedo. No se le escapó nada, pero se guardó para sí sus pensamientos y, en las primeras semanas, se le asignaron trabajos rutinarios.

Aquel día tenía que desramar los chupones de avellano, dividirlos según su tamaño y apilarlos en el cobertizo, donde madurarían para utilizarlos en primavera. Realizó la tarea sin protestar y no se sintió menospreciado por ese trabajo de poca importancia. Por la tarde, junto con el muchacho del mechón, que se llamaba Antonino, realizaron agujeros con taladros en las vigas con las que se construirían las balsas.

—Los agujeros han de ser de diámetros distintos —le explicó—. En la cabeza dos dedos, en la cola un dedo y medio.

—¿Y eso por qué?

Antonino, sin levantar la cabeza, siguió manejando el taladro.

—En los grandes insertamos tres chupones, en los pequeños solo uno.

—¿Y la dirección de los agujeros de qué depende?

—Del Olona. Cuando el río está crecido utilizamos agujeros ortogonales porque las ligaduras, como salen de la parte de abajo, no tocan el fondo; por tanto, no se estropean ni se rompen. En cambio, cuando hay poco caudal, utilizamos los de cuarenta y cinco grados.

Alberto realizó ambas tareas con sumo cuidado. Tavanino examinó su trabajo, los agujeros, su inclinación, y luego fue al cobertizo a controlar los chupones.

Al día siguiente, el maestro lo llamó para que ayudara al aprendiz pelirrojo, Martino, ocupado en reparar el eje de un carro. Alberto sujetaba firmemente las juntas y el otro clavaba clavos a un palmo de distancia. De repente, Tavanino dijo:

—Deja que lo intente Alberto.

Martino, le entregó el martillo a regañadientes y, cuando Alberto se armó un lío, el maestro ordenó al aprendiz más experto que le enseñara cómo se hacía.

Si Alberto creía que el asunto acababa ahí, estaba equivocado.

Unas noches más tarde, mientras los aprendices comían en silencio a la luz de un cabo de vela dispuesto en el centro de la mesa, Tavanino lo llamó a la gran sala donde guardaba las herramientas, todas perfectamente colgadas o alineadas a lo largo de la pared.

—¿Por qué lo hiciste? —le preguntó a media voz.

—¿Hacer qué, maestro? —preguntó Alberto, sorprendido.

—Vamos, Alberto, te he estado observando estas semanas. He visto que empuñas el martillo y usas el hacha como si fueran prolongaciones del brazo, pero a veces cometes errores a propósito o te muestras torpe e inexperto. ¿Por qué razón?

Alberto lo miró a los ojos, no quería mentirle.

—Como sabéis, he trabajado en la carpintería de mi padre desde que tengo uso de razón, maestro, pero aquí soy nuevo y en septiembre por poco me muero. Si los otros aprendices se ponen celosos, podrían hacer de mi vida un infierno. —Alberto sonrió con una pizca de ironía—. Es mejor hacerles creer que me están enseñando el oficio hasta que sepa con quién estoy tratando y hasta que seamos amigos. —Se sonrojó, temiendo ser presuntuoso—: Ugolotto, a su manera, me dio una lección.

Tavanino asintió, pensativo.

—Sé cómo fueron las cosas, y he de decir que te entiendo. Trabaja duro, pues, y te ganarás su confianza y su respeto. Aquí no hay violentos, te lo aseguro; puedes estar tranquilo, muchacho.

8

La riqueza de un mercader

Milán, marzo de 1385

De una calleja empedrada junto a la basílica de Sant'Eustorgio salió un grupo de personas. Uno de los pescadores, que esperaba conseguir comida de las aguas del Laghetto di Gazzano, dio un codazo a su compañero: no todos los días se veía semejante indumentaria.

En cabeza del grupo iban dos hombres.

Uno era alto, con una espesa cabellera ondulada, en otro tiempo castaña, y un rostro afilado de nariz aguileña. La expresión de la cara denotaba agudeza e inteligencia, propia de alguien que no tiene preocupaciones en el mundo; la boca mostraba una media sonrisa, que la perilla y el bigote canosos ocultaban a un observador distraído.

La capa redonda de seda dorada, ribeteada con brillante pasamanería, dejaba ver a cada paso una túnica también de seda, pero más ligera, de un hermoso naranja luminoso. Las manos, cubiertas con guantes marfileños, sostenían la estola bordada, que descendía sobre el pecho.

El otro vestía con parecida elegancia: sobre la túnica lila y negra destacaba una cadena de oro, y llevaba pantalones y guantes de color vino. Una suave barba blanca enmarcaba el rostro afable con ojos azul agua.

—Una pregunta —le dijo seriamente Marco Carelli—: Tú ya tienes telares en la ciudad. ¿Quién se encargará de la nueva empresa?

Maffeo Solomon señaló al joven que lo seguía, junto a algunos siervos.

—Mi hijo.

Marco miró a Lunardo Solomon. Lo conocía desde que era un niño, una persona de confianza, pero intuía en él una cierta impulsividad que lo preocupaba.

—Muy bien, pero todavía es muy joven —dijo—. Tendrás que vigilarlo.

—Lo haré, no lo dudes. —La voz del mercader veneciano bajó de volumen—. Aunque no es fácil con todas esas hermosas muchachas que frecuentan tu casa.

—El secreto para conocer el valor de un hombre es justamente este: tentarlo.

El espejo de agua de Sant'Eustorgio reflejaba los edificios bajos, de piedra, que lo rodeaban. El agua estaba turbia, salpicaba la orilla herbosa sobre la que descansaban unos patos que, al acercarse un vagabundo, huyeron graznando.

—Ese necio creía que podría asarlos, pero se han vuelto demasiado astutos.

—Me sorprende que todavía haya algunos, micer Carelli. En Venecia solo quedan gaviotas y su carne es demasiado dura.

—Cuando la barriga está vacía, Maffeo, hasta la carne de gaviota se vuelve tierna —respondió Marco.

Enseguida vio en el muelle la barcaza recién llegada. Los amarradores estaban ocupados en asegurar los cabos, mientras el casco bajo y ancho se balanceaba, y el largo palo del timón con la pala en el extremo entraba y salía del agua durante la maniobra.

El embarcadero estaba abarrotado de curiosos. Marco hizo una señal a los esbirros que siempre lo acompañaban y, finalmente, Solomon y él pisaron los tablones resecos por la acción del sol.

El timonel gritó una orden, la pasarela se extendió hacia ellos, aterrizando casi a sus pies.

—¿Todo bien, Aloisio? —preguntó a su agente que llegaba de Lucerna. El hombre hizo una inclinación.

—Como siempre, micer Carelli. Si queréis subir a bordo...

La pasarela crujió bajo su peso, los marineros se reunieron a popa para no estorbarlos. De la bodega llegaba el olor característico de las pieles curtidas. Procedían de los lejanos países del norte, cubiertos de nieve y de bosques.

Años atrás, en Florencia, Marco había conocido a un personaje singular, del que recordaba el cuerpo atlético y los dedos cubiertos de anillos de oro. Era un cazador de linces, animales salvajes y peligrosos que nunca había visto, pero que había podido imaginar gracias a los detallados relatos de ese individuo. Acariciando su farseto de pelo blanco con motas marrones, había intuido el negocio.

En Milán, la piel cálida y lisa como la seda causaría furor entre las damas de los nuevos señores, los Visconti, y sería una buena fuente de ingresos, junto con las piedras preciosas, las sedas, el oro y la lana que llegaban de Oriente y de Venecia. Los Solomon estaban allí para cerrar un acuerdo que les concedería el monopolio de esas pieles en la ciudad de la laguna.

Hizo una señal, el fardo cuidadosamente embalado se subió a cubierta, y Maffeo y su hijo se acercaron. Alguien cortó la cuerda y Marco se apresuró a mostrarles la primera piel, dándole la vuelta. Blanca como la nieve, con algunas manchas en el borde.

Los venecianos, maravillados, se quitaron los guantes y la acariciaron con reverencia, como si fuese de cristal finísimo.

—Es magnífica —murmuró Lunardo.

—Como te decía, hijo, micer Carelli tiene en sus manos una mercancía digna de un príncipe.

—Micer, permitidme.

Con un chasquido de los dedos, Aloisio ordenó a dos marineros que le mostraran su adquisición más singular. Era la piel de un leopardo de las nieves, mucho más grande que un lince, con una magnífica cabeza y unas fauces enormes, cuya mera contemplación hacía estremecer. La piel era blanca, manchada como la de los leopardos africanos.

—Esta criatura podría partir un buey por la mitad —murmuró Maffeo, asombrado.

—Y su pelo calentar a una gran dama —añadió Marco.

Aloisio ordenó que descargaran la mercancía y luego, dirigiéndose al amo:

—Micer, ¿y el resto de la carga?

—Como de costumbre, llevadla al almacén junto a mi casa. Mañana organizaré una venta.

—Como mandéis. ¡Ah! Hay una pieza muy valiosa, si se me permite. —Los ojos del agente brillaban de concupiscencia y Marco, aprovechando un momento de distracción de sus huéspedes, bajó la voz.

—¿Qué queréis decir?

—Mercancía de una rara belleza, micer Carelli. Merece una subasta para ella sola.

—Excelente, Aloisio. Que la laven, le reservaré un lugar de honor.

Era la criatura más bella del mundo, y además virgen y de unos quince años.

Este era el clásico discursito de cualquier pregonero que quería vender una esclava, pero el subastador, sentado en un banco del patio de la casa de Carelli, lo recitó tan bien que de la multitud de notables y mercaderes que lo rodeaba surgió un murmullo de expectación.

Cuando consideró que había llegado el momento oportuno, chasqueó de nuevo los dedos y los criados presentaron una figura totalmente envuelta en una pesada túnica.

Las otras doncellas, procedentes también de las estepas rusas y de los países eslavos, ya habían sido vendidas con una ganancia muy considerable, pero con esta última Marco pensaba obtener más de lo que había conseguido con las otras.

Cien florines cada una y las hileras de pequeños bastardos de cabello rubio y ojos claros volverían a incrementarse en Milán.

Sus esclavas eran mercancía de excelente calidad, garantizadas contra la epilepsia, fieles y, sobre todo, muy hermosas. Unos las utilizaban como criadas, otros las convertían en concubinas y otros, incluso, se habían dado algunos casos en la ciudad, hasta se casaban con ellas —obviamente, tras haberlas al menos bautizado e instruido en la lengua y los usos cristianos—.

Por otra parte, ¿acaso no era san Pablo, en la *Carta a Tito*, el que exhortaba «a que los esclavos obedezcan en todo a sus amos… para que así siempre den lustre a la doctrina de Dios, nuestro Salvador»?

Sin embargo, no todas las criaturas paganas podían ser redimidas. Algunas eran como animalitos, otras llevaban en sí el germen de la rebelión.

Él se reservaba los retoños más jóvenes y tiernos de piel blanca y lisa, las más mansas, que lo calentaban bajo las mantas en las frías noches de invierno.

La esclava que se disponía a vender era de gran calidad y tuvo que admitir con cierta tristeza que su esposa Flora tenía razón cuando lo acusaba de ser, más que un lujurioso, un hombre codicioso.

Porque el dinero era lo más importante, más que los placeres de la carne.

Con un rápido aleteo, el subastador arrancó la pesada capa de terciopelo que cubría a la doncella y, tal como esperaba Marco, la multitud se quedó tan asombrada que por unos momentos reinó un silencio atónito.

Su mirada se posó en Lunardo Solomon, que también participaba en la subasta y parecía a punto de lanzarse sobre la plataforma elevada, donde estaba la muchacha completamente desnuda.

Los ojos de ella, perdidos en el vacío, por encima de la gente allí reunida, eran de un color tan intenso y vívido que a Marco le recordaron los prados primaverales cubiertos de nomeolvides. Sus cabellos brillaban al sol, cubriéndole hasta las caderas como un precioso manto.

¡Ah! También era un poeta, pensó.

A Lunardo le pareció que aquella visión superaba a la de cualquier otra mujer, al igual que Venecia superaba a todas las ciudades del mundo.

Contempló el cuerpo armonioso como la crema, los senos y los pezones rosa coral, pero lo que lo fascinó fueron los ojos y la masa de oro que caía suavemente sobre los hombros. Se vio a sí mismo tumbado en un tálamo, envuelto, acariciado por la cascada brillante y sedosa, contemplado por aquellos ojos en el momento supremo, tocado por aquellas manos de dedos delicados.

Le pareció una criatura de otro mundo. Quería poseer a aquella doncella a cualquier precio, a cualquier coste.

Mientras micer Carelli daba inicio a las ofertas, Lunardo dejó de lado su reserva y se acercó al milanés, que se había apartado y esperaba con mirada rapaz el resultado de la venta.

—Vendédmela a mí, micer —susurró sin poder contener la resolución en su voz. Carelli alzó una ceja.

—¿Y por qué debería hacerlo, mi joven amigo? —dijo y señaló a la multitud de hombres, que levantaban las manos y gesticulaban para llamar la atención del subastador.

—¡Ciento cincuenta florines!

—Ciento sesenta.

—¡Ciento sesenta y cinco!

Las pujas iban subiendo, Lunardo tomó una decisión.

—Os pagaré quinientos florines.

No llevaba encima semejante suma, por supuesto, pero estaría dispuesto a vender incluso su casa de la calle Monti con tal de conseguirla.

—¡Ciento ochenta! —gritó alguien.

—Os daré además piedras duras, semejantes a gotas de agua; no hay artesano que consiga tallarlas.

—¿Diamantes? ¿Por una doncella de oro?

Lunardo bajó de nuevo la voz.

—Quinientos florines y tres diamantes, el número perfecto.

—No digáis tonterías, a vuestro padre no le gustaría.

—Es cosa mía, micer. ¿Aceptáis?

Carelli escuchó un momento las ofertas que seguían subiendo, e hizo un rapidísimo cálculo mental. Los números, cuánto le gustaban.

—De acuerdo, trato hecho.

Lunardo sonrió y miró a la joven pagana. Miradas anhelantes, manos tendidas para nuevas ofertas ya inútiles. La doncella de oro era solo suya.

—Tendréis vuestro dinero mañana por la mañana, micer Carelli —dijo.

El mercader asintió y luego, con aire desenvuelto, se acercó al pregonero que, un momento después anunciaba: «Vendida la doncella por quinientos florines a micer Solomon de Venecia». Y dio un golpe con el puño sobre la mesa para cerrar la subasta.

9

Una doncella de oro

Pavía, finales de abril de 1385

Mientras el sol se elevaba en el horizonte, apareció ante los ojos de Caterina el espléndido panorama del río, una cinta resplandeciente. En la cima de la ladera que descendía hacia el Ticino, el castillo se alzaba majestuoso, rodeado por un amplio foso. El tío Galeazzo II durante años se había referido a él con el nombre de Rocca Maggiore, tal vez para distinguirlo del otro más pequeño, construido en puerta Salara y llamado la Rocchetta.

Se anunciaba un hermoso día en aquel final de abril, ya que había desaparecido todo rastro de nubes. La violenta tormenta caída sobre la llanura unos pocos días antes parecía fruto de la imaginación, y los árboles y el aire se presentaban renovados y pulidos por el fuerte aguacero que había llenado los canales y el río.

Unos caballeros cabalgaban hacia el castillo. Caterina avanzó por un camino más apartado, mientras a sus espaldas el parloteo de las damas de compañía semejaba el gorjeo de los pájaros saludando al nuevo día.

Solía pasear sola, pero su marido, Gian Galeazzo, había descubierto aquellas escapadas pasajeras fuera de las murallas, hacia el bosquecillo que cubría el terreno hasta las orillas del río, y le había impuesto compañía.

La mole del castillo se irguió imponente ante sus ojos, una forma cuadrada, con cuatro macizas torres almenadas en las esquinas. Prefería salir por la puerta oeste, más cercana a sus habitaciones, y regresar por la puerta principal, defendida por un doble puente levadizo. Luego, se dirigía a la derecha, bajo la galería, y desde allí entraba a la capilla, cuya bóveda cubierta de azul representaba el firmamento bordado de estrellas de oro.

Recordaba bien cuando Gian Galeazzo, unos años antes, había pedido por carta a Ludovico II Gonzaga que le enviase los pintores más famosos de su corte para que pintaran algunas salas.

Caterina tomó un camino que se adentraba entre los árboles y fue entonces cuando vio a su marido con el inseparable Giacomo Gonzaga, su capitán general Ottone da Mandello y aquel rudo soldado, Jacopo dal Verme. Hablaban entre sí gesticulando, con las cabezas muy juntas, ajenos a los pajes y a los halconeros, que sostenían en el brazo uno el azor preferido de su marido y el otro, el neblí que pertenecía a Mandello.

No quería encontrarse con ellos, no a aquella hora de la mañana; seguramente estaban preparándose para ir a cazar y los hombres, ya se sabe, cuando se dedican a esa práctica tan brutal, no solo cambian el carácter, sino también el aspecto. ¿Por qué era inevitable que todo aquello en lo que se concentraba la energía presentase siempre un matiz rojizo? ¿El fuego, la sangre, los rubíes?

Así le ocurría también a Gian Galeazzo: de carácter sumiso, dedicado a las buenas obras, entregado a la Iglesia, a los santos, entregado incluso a ella; cuando cazaba o estaba en compañía de aquellos mercenarios se transfiguraba.

La mirada viva, solemne, quedaba oscurecida por las sombras, y de estas sombras nacían la crueldad, la ferocidad y la determinación. En esos momentos, reconocía en él los mismos defectos que siempre había temido en su padre Bernabò —colérico, vengativo, irascible—.

Alzó la vista.

Desde el extenso calvero, miró el reloj situado en la torre de la derecha; un artilugio del que no entendía cómo, además de marcar las horas, pudiera reproducir los movimientos de los planetas y de los signos del Zodiaco.

No había conocido al artista, el famoso Giovanni Dondi de Padua, insigne doctor en filosofía, medicina, astronomía y amigo de Petrarca, el gran poeta que había vivido en aquel castillo y había sido preceptor de su marido.

Caterina se refugió entre los arbustos sin ser vista y prosiguió su marcha, tras haber regañado a aquellas necias y petulantes urracas de su séquito. Entró en el gran patio y se encaminó directamente a la capilla.

Giacomo no estaba seguro de que fuese ella.

A medida que se acercaba, le costaba reconocerla, porque la chiquilla flaca se había convertido en una preciosa mujer. Los cabellos de oro recogidos en dos trenzas a ambos lados de la cara, el cuerpo tan esbelto que parecía volar sobre la hierba y aquel vestido blanco como el interior de las conchas, que se abría a cada paso sobre la seda azul oscuro. Las trenzas, anudadas alrededor de la cabeza, estaban cubiertas por una redecilla en la que brillaban muchas piedras preciosas de gran valor.

Se dio cuenta de que la joven no quería ser vista: la hija de Bernabò y esposa desde hacía cuatro años de su amigo Gian Galeazzo desapareció ocultándose detrás de un seto.

¿Cómo podía aquella muchacha ser fruto de las entrañas de un hombre cruel y mefistofélico? No lo sabía ni hallaba explicación alguna, sin embargo, su corazón latía como siempre contra las costillas como el palo sobre un tambor.

Era demasiado leal a Gian Galeazzo, tan leal que a veces se odiaba por aquel anhelo inexplicable, por aquel deseo inconfesable y profundo que recorría su cuerpo y su mente.

Soñaba con poseerla, con tenerla a su lado, y no solo en la cama. En sueños daba rienda suelta a su lujuria, y a la mañana siguiente hacía penitencia en la iglesia.

Cuando Caterina Visconti desapareció de la vista, volvió a escuchar al capitán general y consejero de guerra Jacopo dal Verme, que había despedido a los halconeros con un gesto autoritario.

Una vez solos, Mandello y Jacopo se adentraron en la arboleda, lejos de oídos indiscretos, y él siguió a Gian Galeazzo, atento a las palabras del capitán.

La expresión del veronés era de una dignidad dura y severa, serio como siempre. Atento a su aspecto físico y a la vestimenta, elegante pero modesto, aquella mañana lucía una casaca de paño rojo, que le llegaba hasta las rodillas, y unos calzones de un tono verde ciprés. Sobre las mangas anchas, el bordado en forma de gotas hecho con hilos de plata hacía juego con el collar y la cruz de esmeraldas que resplandecía sobre el pecho.

Dal Verme se pasó una mano por la espesa cabellera negra y miró a Gian Galeazzo.

—Me preguntó por vuestra salud y por la de vuestra esposa, con un tono que parecía sincero y preocupado.

—¿Preocupado? A mi tío no le preocupa nada más que su propia persona y sus asuntos —estalló Gian Galeazzo, resentido—. Por desgracia, el rayo que se dice que cayó sobre la Rocca no causó suficientes daños.

—En realidad, sí —dijo Dal Verme esbozando una sonrisa—. Yo mismo vi la torre caída y los escombros que todavía estaban esparcidos por el patio. Y no solo eso, al pasar por delante del palacio de vuestro primo Rodolfo, me pareció que los daños eran aún mayores.

—¿Y qué se dice en Milán? —preguntó Ottone, cuyo cabello cobrizo relucía al sol de la mañana.

—Se murmura que la desgracia ha golpeado al viejo tirano —respondió con prontitud Jacopo—. Es más, en la corte, voces bien informadas dicen que su estrella está declinando.

—Echaremos una mano a los astros y a la Fortuna —comentó con acritud Gian Galeazzo—. Y a mis queridos primos, ¿cómo los encontraste?

—Como siempre, mi señor; altivos y orgullosos, como si nada en el mundo pudiese afectarlos. Habían acudido a la Rocca para asegurarse de la salud de su padre, asistieron a nuestra conversación sin intervenir.

—Apuesto a que también estaba el bastardo de la Porri, Lancillotto.

—Sí, y ha crecido no solo en altura, sino también en soberbia.

—No lo dudo, la madre es una especuladora que solo piensa en su interés. Estoy seguro de que la enfermedad de mi tía Regina es consecuencia del disgusto de ver cómo le impone a sus amantes y, sobre todo, a esa intrigante de la Porri.

—En cualquier caso, vuestro tío parece haberse encariñado mucho con Lancillotto; cuando me recibió en el salón, el muchacho estaba a su lado, como si estuviera aprendiendo a hacer política.

—Tendrá una buena razón —dijo, mordaz, Gian Galeazzo—. Y bien, ¿cómo encontraste a ese diablo de hombre?

—Vestido descuidadamente, como siempre, y algo menos robusto que antes. La vejez se nota en el cuerpo y en el rostro; se mueve con más lentitud, como si llevara en los brazos un peso insostenible.

—El tiempo pasa, mi querido Jacopo, y eso es bueno porque mi larga espera llega a su fin. Que el tiempo y la vejez se lleven ya a ese malvado tirano. Solo vosotros sabéis durante cuánto tiempo he tenido que aguantarme.

—Esperabais el momento propicio y finalmente ha llegado —intervino comprensivo, y Gian Galeazzo asintió, apretándole el brazo.

—Nadie lo sabe mejor que tú, Giacomo. Cuánto he sufrido, cuántos bocados amargos he tenido que tragar, pero ahora ha llegado el momento de resarcirme. —Se volvió de nuevo hacia Dal Verme—. Ahora explícame el resto.

—Me recibió como si fuese un gran señor, debo reconocerlo. Rodolfo y Ludovico brindaron con nosotros y, a la segunda copa, vuestro tío parecía más tranquilo, hasta el punto de que habló de vuestras cualidades y de vuestras debilidades.

—Es bueno que hable de ellas, los hechos lo desmentirán.

—Me preguntó por qué me habíais dejado ir, teniendo en cuenta que no dais un paso sin vuestra escolta personal, y parecía casi divertido, como si el hecho de ir acompañado de soldados fuese sinónimo de debilidad.

Gian Galeazzo arqueó una ceja.

—Débil, ¿eh? Afortunadamente, mi trabajo dará sus frutos.

—Cuando le pregunté si se había asustado por el rayo, se echó a reír como un loco, agitando la copa hasta casi derramar el vino. Me respondió que le causa risa y que, mientras las tormentas caigan sobre las almenas de sus torres solo tendrán el noble objetivo de alimentar a los albañiles.

—Él, que a los albañiles les da menos que a sus perros.

Dal Verme se detuvo, con los pies firmemente plantados en el suelo.

—Estoy convencido de que, entre todas las preguntas, solo una le interesaba de verdad: por qué os habéis rodeado de tantos mercenarios.

—¿Sospechaba algo?

—Si sospechaba, ahora ya no. Le respondí cabalmente y lo distraje con vuestros proyectos de mayo. Me pareció repentinamente entusiasmado.

—Sí, lo estará —se burló Gian Galeazzo, con un brillo de malicia en la mirada—. No puedo consentir el casamiento de mi prima Lucia con el duque de Anjou. Los franceses son peligrosos para los Visconti. Mis Visconti no son los suyos.

—Le expliqué que tenéis intención de dirigiros en peregrinación al santuario de la Madonna del Monte de Varese para pedir que os conceda un heredero varón y que, solo para vuestra seguridad y la de vuestra familia, habéis contratado a tantos hombres de armas.

—¡Bien hecho! —exclamó Ottone, que hasta aquel momento había escuchado el relato con interés.

Jacopo asintió, satisfecho, y continuó:

—Así que le dije que vuestro viaje sería largo y que difícilmente os detendríais en Milán. Tal como pensabais, entonces fue él quien se ofreció a ir a vuestro encuentro.

—Cuando un hombre no tiene caninos, sino colmillos, es un lobo, amigos míos. Para sacarlo de la guarida hay que hacerle creer que no hay trampas, solo así saldrá espontáneamente y acabará en la red sin problemas. —Luego frunció el ceño, pero no con un aire siniestro; era un gesto pensativo y meditabundo, que se transformó inmediatamente en una amplia sonrisa—. ¿Le dijiste que estaré encantado de abrazarlo?

—Como me ordenasteis, mi señor, y que le daríais pruebas de todo vuestro afecto cuando pudieseis mirarlo a los ojos.

Gian Galeazzo dio una palmada en el hombro de Dal Verme.

—Bien hecho, Jacopo, bien hecho.

Caterina estaba sentada bajo la pérgola cubierta de rosas, a la sombra veteada de luz. Gian Galeazzo contempló la tez de su esposa, aterciopelada como los pétalos.

Al principio, había despreciado este segundo matrimonio por considerarlo una imposición de su tío, una de las muchas con las que pretendía mantenerlo atado a él y a sus tramas. Para meterle, como contaba Esopo en una de sus fábulas, una serpiente en el pecho.

De repente retrocedió a cuando tenía nueve años, en 1360, cuando se casó con su primera mujer, Isabel de Valois, hija del rey de Francia Juan II.

El día de su boda no eran más que dos niños despreocupados, con ganas de vivir y divertirse: Isabel, tan frágil que un soplo de viento podía quebrarla. Después de la ceremonia, se le había acercado Petrarca, del que su padre era mecenas.

—Recuerda, Gian Galeazzo —le había dicho el poeta, solemne—, solo con el conocimiento se llega a la virtud y solo con virtud y sabiduría se gobiernan los pueblos.

Había tenido muy en cuenta ese consejo y la vida ya le había dado muchas lecciones. Su juventud había acabado con la muerte prematura de Isabel y luego, uno tras otro, de los hijos que con ella había concebido.

Solo le había quedado Valentina.

Lo invadió una repentina añoranza, no tanto del pasado como de la inconsciencia y despreocupación de aquella época, porque en esa edad de oro uno no es consciente de lo que nos depara la vida y no se teme nada, justamente porque de nada se es consciente. Un juego de palabras que le hizo reflexionar sobre su esposa y sobre lo que se disponía a hacer.

Sin remordimientos, pensó, pero tendría cuidado de no herir a su mujer con el relato de las conspiraciones y maldades de su padre Bernabò. ¿De qué serviría humillarla o afligirla con hechos del pasado?, ¿de qué serviría angustiarla con decisiones que cambiarían para siempre su futuro?

En aquellos años de matrimonio, Caterina había demostrado

su lealtad y entrega, incluso a Valentina, hija de Isabel, la que había aportado como dote el condado por el que ahora todos lo llamaban conde de la Virtud.

Virtud…, ¿no tenían los romanos una divinidad pagana con ese nombre? ¿O estaba equivocado? ¿Podía considerarse a sí mismo un hombre virtuoso? ¿Qué entendían los antiguos por virtud? ¿La consecución del bien?

No, él no era un hombre virtuoso, pero tenía fuerza de espíritu, vigor moral y físico, y era el prototipo de una raza de luchadores fieles a la familia, a un nombre, a un escudo de armas tan antiguo como las cruzadas. Era virtuoso por la naturaleza de sus antepasados, porque llevaba en su interior la capacidad de gobernar bien a un pueblo y de comandar los ejércitos.

Valiente, moderado y justo: estas eran las virtudes morales.

Cuando Gian Galeazzo apareció, Caterina y las damas de compañía que estaban bordando alzaron la cabeza, como alondras que intuyen la presencia de un felino.

—Señoras, por favor, retiraos —ordenó sin más preámbulos.

Las tres damiselas se levantaron y, con un crujido de seda, los dejaron solos bajo la pérgola.

—Una floración excepcional —le dijo señalando las rosas ya abiertas y los numerosos capullos que animarían el próximo mes dedicado a la Virgen.

Caterina se levantó, hizo una ligera reverencia y tomó la mano que su esposo le tendía.

—Venid, señora mía. Caminemos un poco.

Dejó el bordado sobre el banco y ambos abandonaron la sombra protectora. El sol les calentó los hombros mientras conversaban de temas diversos: un nuevo manuscrito que recibirían del monasterio de Bobbio; el tiempo, que, tras las primeras lluvias y tormentas de abril, era espléndido; los huevos de los pavos reales, que pronto se abrirían.

Fueron hablando desde el pórtico hasta el interior del castillo y luego subieron la escalinata que conectaba la pasarela del primer piso con la torre izquierda, donde Galeazzo II, por consejo y con la ayuda de Petrarca, había reunido casi un millar de códices.

En el centro de la sala, sobre un pedestal de palisandro tallado, había un cuerno de elefante.

—Qué animal tan enorme debió de ser —dijo su mujer posando la mirada en la columna de marfil.

—No podemos ni imaginarlo.

Gian Galeazzo cruzó el umbral. El suelo de cuadros rojos, blancos y negros estaba limpio, olía a cera de abeja y el aire a pergamino y a sabiduría. ¿Acaso la sabiduría olía a algo?, ¿o era el poder el que desprendía un perfume embriagador?

—Mi padre quiso esta colección —dijo acariciando con la mirada los códices miniados, el terciopelo opaco, el brillante damasco y el raso y los brocados de oro y de plata con que estaban cubiertos. Al aproximarse, rozó con una mano las llaves y las cadenas con que se mantenían fijos en su sitio.

—Textos latinos en su mayoría, franceses, algunos en vulgar, otros en provenzal. Mi padre era un amante de los estudios y, con esta colección, quería asegurarse de que en su palacio se conservasen las obras más valiosas de todo el universo del conocimiento.

—Admiré mucho al tío Galeazzo por su amor a la cultura.

Gian Galeazzo dejó de acariciar los códices y juntó las manos en la espalda, observando deliberadamente el rostro de su esposa.

Tal como esperaba, Caterina se ruborizó.

—Muy distinto a vuestro padre —comentó, dejando que el silencio y la imaginación de ella le hicieran sacar las oportunas conclusiones.

Se acercó al atril, hojeó algunas páginas.

—Habréis oído que me estoy preparando para viajar a Varese.

Caterina no se movió, ni pronunció palabra, pero estaba seguro de que lo había oído. Contempló la caligrafía precisa, cuya elegancia traslucía la paciencia del que había trasladado el conocimiento al pergamino. El autor de aquel códice era Roberto Castrensis, que había sido el primero en traducir al latín la obra del famoso astrónomo árabe Albatenio.

—No es que os esté acusando de nada, pero desde que nos casamos solo hemos tenido hijos muertos. Quiero rezar a la santísima Virgen para que nos conceda la gracia de procrear. Necesitamos un heredero, Caterina.

Al mirarla, percibió un brillo en sus ojos. Callaba, no porque no tuviera argumentos, sino porque el esfuerzo por contener la emoción la dejaba sin aliento. Se aproximó a ella, le tomó una mano y se la llevó a la mejilla. Magnanimidad, también una característica suya.

Los finos dedos, blancos y delicados, tan tiernos como su alma.

—No os culpo de nada, ya sabéis. Pero me gustaría contar con vuestra bendición y vuestro apoyo. Cuando esté en el Sagrado Monte, rezaré por nosotros y por los hijos que la Virgen quiera concedernos.

—Sí, rezad también por mí; daros un hijo es mi gran deseo, después de las trágicas pérdidas que habéis sufrido.

—Vuestra comprensión, mi señora, es un gran consuelo para mí, que debo emprender este peligroso y largo viaje.

Caterina le asió la mano, inquieta.

—¿Peligroso? ¿Qué teméis?

—No qué, sino a quién. Viajaré con una escolta de quinientas lanzas, y vos sabéis bien por qué.

La joven lo soltó y bajó la cabeza, afligida. Gian Galeazzo la obligó a mirarlo levantándole el rostro con un dedo.

—Temo una emboscada de mi tío, vuestro padre, mi querida esposa. Quiero ser prudente, porque mis capitanes han tenido noticias de que se están tramando complots contra mi persona.

Caterina pareció desconcertada, su expresión cambió y su mirada se tornó febril.

—¿Estáis seguro?

Gian Galeazzo contuvo su ira y las duras palabras que pugnaban por salir de sus labios.

—Estoy seguro, y esta advertencia no solo me llega de los soldados, sino también del pueblo; ese pueblo de Pavía que ha aprendido a amarme y a respetarme como señor.

Caterina se aferró a su brazo.

—¿No serán calumnias?, ¿rumores que circulan para confundiros y enemistaros con un pariente?

—Sabéis muy bien que siempre he temido a vuestro padre —le respondió liberándose—. Es un hombre que desprecia la ley, la justicia y la religión. Más de un papa lo ha excomulgado, varias veces ha roto la palabra dada a aliados y amigos, varias veces se ha librado de quien suponía un obstáculo para él y ha separado a padres de hijos y a hermanos de hermanos. Desprecia toda autoridad, hasta el punto de que ni siquiera ha valorado el cargo de vicario imperial del que me ha investido Venceslao de Bohemia.

Dejó que el largo silencio grabara sus palabras en la mente de su esposa, mientras tanto se alejó fingiendo no interesarse en lo que ocurría en la sala. Se acercó al cuerno de elefante y apoyó una mano en él, como si en aquel fetiche inanimado percibiera el corazón del monstruo al que había pertenecido.

—Un viejo astuto y ambicioso, mi tío, al que no concederé ninguna oportunidad —añadió por último, seguro de que su esposa le estaba escuchando. No solo eso: oyó las leves pisadas de las zapatillas de raso que calzaba y, un momento después, Caterina le puso una mano en el hombro, un gesto que le dio a entender muchas cosas.

Una vaga sonrisa asomó a sus labios.

—Os ruego que seáis prudente. Vos rezaréis por nuestros futuros herederos, yo rezaré para que la Virgen os guarde y os proteja del hombre que teméis y que yo misma repudiaría como padre si lo creyese culpable de un delito contra vuestra persona.

Intercambiaron una caricia, tan tímida como correspondía a dos esposos que se respetaban, y Gian Galeazzo comprendió que había conquistado definitivamente el alma y el corazón de aquella delicada joven. Esa imposición, al final, no podría ser más razonable.

Y útil.

Era menuda, elegante y compartía todas sus opiniones sobre la vida. No le causaría la más mínima molestia, estaban destinados a ser felices y a tener una larga vida.

¿No había imperfecciones, por tanto, en su universo ordenado? Tal vez solo una: la manía de querer controlar el mundo que lo rodeaba. Pero como él mismo diría con la sensatez que lo caracterizaba, nadie es perfecto.

1351.

El año de su nacimiento, era octubre y el signo del Zodiaco...
Libra. Su ascendente era Leo; el planeta Marte, el guerrero, se
había alzado sobre el horizonte, y él pondría en práctica las faus-
tas previsiones que hicieron los astrólogos cuando nació.

Acompañó de nuevo a Caterina al jardín, recomendándole
que se protegiera del aire fresco antes del atardecer, y se dirigió a
grandes pasos hacia los establos, donde algunos caballeros se estaban preparando para lo que todos creían que era una peregrinación.

10

La emboscada

Gian Galeazzo se hallaba en la sala más grande y caliente del castillo de Binasco. Construido sobre unas terrazas, restos tal vez de una antigua fortaleza, dominaba los tejados de paja y de teja del asentamiento defensivo situado a las puertas de Milán.

Contempló la llanura, salpicada de iglesias con sus toscos campanarios. Los milanos circunvolaban las torres, cruzando el aire tibio y, en el cielo inmóvil de aquel día de mayo, se vislumbraban penachos de humo como columnas fantasmales.

Contó seis.

Seis de mayo.

Una señal más, inequívoca. Estaba satisfecho de lo que iba a realizar, ese número lo había elegido para el objetivo preciso que perseguía desde hacía muchos años.

El astrólogo de la corte le había hecho el horóscopo, pero no necesitaba sus palabras para saber que el seis era el número perfecto: aparecía en el Sello de Salomón, la estrella de seis puntas, intersección entre los elementos de la naturaleza, el agua, el aire, la tierra, el fuego y dos triángulos equiláteros. Formas opuestas que se complementan hasta convertirse en un cuerpo único.

Ese día se cumpliría su destino. También san Agustín de Hipona, en la *Ciudad de Dios*, había escrito: «El seis es un número perfecto por sí mismo, y no porque Dios creara el mundo en seis días; más bien es cierto lo contrario. Dios creó el mundo en seis días porque este número es perfecto y seguiría siendo perfecto, aunque la obra de Dios no hubiera existido».

Él también crearía un mundo nuevo ese seis de mayo.

Cerró el ventanuco. Los tapices colgados de las paredes olían ligeramente a moho, herencia del largo y húmedo invierno.

El viejo criado que había encendido la chimenea desapareció en cuanto entró Giacomo, vestido ya con la brillante cota, con el yelmo bajo el brazo y una infinidad de brazaletes que relucían sobre las mangas de malla de acero. El cinturón, decorado con la cabeza de un águila de plata, la vaina de la espada tachonada de esquirlas de granate y, en el pecho, la medalla de oro que llevaba desde que era un niño, regalo de su madre.

—¿Te ayudo a ponerte la cota?

—No —le respondió, cogiendo los guantes colocados sobre el baúl—. Lo hará mi escudero. ¿Y los otros?

Giacomo sonrió, señalando la ventana con el pulgar.

—Están listos, en el patio. Están esperando una orden tuya.

Se enfundó los guantes lentamente, empujando con cuidado cada dedo en la suave piel de gamo.

—Hoy es un gran día, Giacomo —murmuró mirando a los ojos a su amigo—. Mi tío siempre se ha mostrado amable, pero conocemos su verdadera naturaleza.

Giacomo levantó una mano en un gesto conciliador.

—Gian Galeazzo, ese hombre siempre ha conspirado para impedirte gobernar; la razón y Dios están de tu lado.

—Me pesa en el alma tener que sospechar de un hombre al que he amado y al que podría llamar padre.

—No, no es tu padre. Tu verdadero padre murió, y el corazón de tu tío no está en las manos de Dios, sino en las del demonio.

Hubo un momento de profundo silencio.

—La justicia pasa a través de mis manos, mi espada y mi corazón —dijo por último con la voz rota por la emoción.

El amigo se acercó a él con paso firme.

—Tú eres el brazo de la justicia, Gian Galeazzo. Hoy es el día en que tus designios se harán realidad, a pesar de ese hombre. Dos castaños centenarios no pueden crecer en el mismo terreno, se quitarían el alimento mutuamente. Uno de los dos está destinado a morir.

Gian Galeazzo asintió. Giacomo siempre había sido un hombre sensato, práctico, digno de confianza.

—Mi tío ama demasiado a sus hijos para no intentar favorecer a cada uno de ellos —siguió razonando—. En el plan que pretende llevar a cabo, ni yo ni mis descendientes tendremos jamás cabida y, si no quiero ser también sacrificado, debo reaccionar.

Sus propias palabras resonaron en sus oídos.

—Es supervivencia, Gian Galeazzo —reforzó Giacomo—. Cada uno en esta vida debe pensar en sí mismo y en sus seres queridos. Naciste para ser príncipe, nunca serás un hombre corriente; hoy abatirás a un rival por tu propia seguridad y la de tus hijos, los que vendrán.

—Los que la santísima Virgen María quiera concederme.

—Tus herederos seguirán luchando por tu estirpe, en nombre de tu antepasado Ottone —observó Giacomo con calma.

—Ottone Visconti —murmuró Gian Galeazzo recordando la leyenda que su padre solía contarle cuando era niño—, un hombre de extraordinaria fuerza, que tenía siete pequeñas guirnaldas pintadas en su escudo porque de un solo golpe derrotaba a siete soldados enemigos.

—Pero su valor fue mucho mayor, ¿no es cierto?

—Ottone luchó contra un terrible sarraceno que, a su vez, llevaba en el escudo y en el yelmo una culebra tortuosa que devoraba a un niño. Tras haberlo despojado del honor y de las armas, también adoptó su emblema.

—Tú serás esa serpiente y tu tío ese niño.

Se miraron fijamente y, luego, ansioso y atormentado por lo que iba a hacer, Gian Galeazzo se dirigió bruscamente hacia la puerta.

Un grito de júbilo resonó en el patio cuando apareció por la escalinata. Buscó con la mirada a su mercenario más audaz. Jacopo dal Verme calmó a su corcel, que hacía resonar los cascos herrados sobre las piedras del pavimento como si estuviese bailando.

—Mi señor —lo llamó este en voz alta—, dicen que es fácil conjurar al diablo. Hoy tendréis la ocasión de expulsarlo.

—Lo haremos juntos —fue su respuesta, mientras el escudero le acercaba el peldaño para montarlo en la silla.

La milicia partió con un estruendo de sones, tintineo de arreos, gritos de ánimo, bufidos y relinchos de caballos excitados. El portón se abrió de par en par, cruzaron el puente sobre el canal que servía de foso. A las afueras del pueblo, en el camino que conducía a Milán, se les unieron los otros caballeros que habían pasado la noche en las posadas y granjas vecinas.

Cuando se hubieron reunido, se dirigieron hacia el norte y galoparon entre los árboles, en dirección a la gran ciudad.

Les faltaba el aire para hablar. La atmósfera era sofocante a causa del polvo que levantaban los cascos de los caballos de aquel millar de caballeros, y los últimos avanzaban con la garganta seca y los ojos ardiendo.

La mayoría de aquellos hombres no sabía siquiera cuál era la misión de aquel día, excepto que debían proteger a su señor de Pavía aun a costa de su propia vida.

Pasaron junto a un bosquecillo de árboles con hojas jóvenes y brillantes, de un verde tan intenso que parecía pintado; luego, de pronto, Dal Verme y Mandello aceleraron el paso.

Frente a ellos, desde la cima de la suave elevación sobre la que galopaban, en el azul de aquel día de mayo destacaba la blancura de las murallas de Milán.

Los campanarios y las torres se alzaban rojos como el fuego, y se veían los perfiles de los tejados como una línea torturada del horizonte.

A una señal de Dal Verme, la columna se detuvo, y los caballeros se limpiaron el polvo y el sudor del rostro. El sol calentaba cada vez más y las armaduras y los yelmos ardían.

—Ahora nos acercaremos a la puerta Ticinese —dijo a Gian Galeazzo, que contemplaba absorto el panorama—. El hombre que he enviado para avisar a vuestro tío debería haber llegado ya a su destino.

—Vendrá a mi encuentro, estoy seguro —murmuró sin apartar la mirada. Entonces, de repente, como si siguiera un razonamiento íntimo—: Giacomo —llamó.

El amigo, desde la retaguardia, espoleó el caballo y se colocó a su lado.

—Mira esta ciudad —le dijo señalándola con la mano enguantada—. ¿No crees que le falta algo? Entre aquellas torres y esos campanarios hay como una ruptura en el horizonte.

Giacomo entrecerró los ojos y se concentró.

—Tal vez tengas razón, mi señor —le respondió sin comprender del todo.

—Sí, tengo razón —replicó Gian Galeazzo esbozando una sonrisa, como si hubiese comprendido sus reservas—. Haré construir una gran catedral como las de Florencia, París y Colonia, el campanario deberá verse desde muy lejos y la dedicaré a la santísima Virgen María, a la que he confiado mi destino.

Los caballeros partieron de nuevo al trote y desaparecieron más allá de los árboles, dejando a sus espaldas tan solo un remolino de polvo.

Se dirigieron a paso moderado hacia el recodo más cercano del camino y, al llegar a los oscuros tejos sobre los que cantaban los gorriones, giraron a la derecha. El centro de la plaza rectangular lo ocupaba el nuevo Broletto, la sede de la alcaldía y del podestá.

Marco Carelli se deslizó bajo los pórticos; a su izquierda, la fachada blanca y negra de la amplia Logia de los Osii; al otro lado, los cambistas y los bancos de los notarios, ante quienes siempre se formaba una interminable fila de clientes que había que atender.

—¿Qué venden en esos bancos? —le preguntó Lunardo.

—Dinero —le respondió rápidamente, mientras miraba a los que estaban situados justo delante del Broletto.

Bajo los arcos se extendía una de las calles más animadas del artesanado de Milán, pavimentada desde tiempos inmemoriales con piedras grises ya desgastadas.

La llamada de los vendedores ahogó toda conversación entre ellos. Por todas partes resonaban martillos, cepillos y golpes, mezclados con el estruendo de los carros, el ruido de los zuecos, los bufidos de los animales de tiro, los ladridos, gritos y gruñidos, sobre los que dominaba el repique de las campanas de la basílica mayor de Santa Tecla, de la que se hizo eco casi inmediatamente la antigua Santa Maria Maggiore, ambas en la plaza que acababan de dejar atrás.

Carelli esquivó a un grupo de saltimbanquis, pasó por delante de un vendedor de fustán y continuó guiado por el perfume de pan y miel caramelizado.

Frente al horno, a fin de llenar los estómagos a menudo vacíos de los mercaderes y artesanos, el astuto propietario había dispuesto una mesa de cocina, y su hermana, de tez rosada y ojos dulces, vendía pequeños panes calientes con miel y galletas del tamaño de un palmo con almendras, nueces, corteza de naranja y pasas.

—Detengámonos, micer Carelli —dijo Maffeo—; no puedo partir hacia Flandes si no compro antes unas galletas.

—¿Te has vuelto goloso? —rio Marco.

—Mi padre tiene una verdadera dependencia —intervino Lunardo—. Desde que se las disteis a probar a nuestra llegada, no ha pasado un día sin mordisquear alguna.

Marco hizo una señal a su escolta, compuesta por sus sirvientes y los de Solomon. Todos se detuvieron, incluida la esclava Aima, que miraba a su alrededor como una cervatilla rodeada de lobos.

Desde que el joven veneciano la había comprado, había estado siempre encerrada en la habitación del primer piso del palacio, y no se requería mucha fantasía para imaginar la actividad que había desarrollado durante aquellas semanas.

Ahora su piel era más lechosa, si cabe, y había observado algunas marcas de golpes. Pero los gustos privados no se discuten, él había procurado ignorar los extraños gemidos que se oían por la noche y había tratado de silenciar también a su mujer.

—No quiero un mal ejemplo en mi casa —había protestado esta última, aunque su queja se había aplacado de inmediato cuando le había mostrado contando con los dedos cuánto valían padre e hijo en florines milaneses y ducados venecianos.

Menos mal que el muchacho había demostrado ser algo prudente ocultando con una capucha de lana la espesa cabellera rubia de la muchacha que, en aquella ciudad, podía llamar demasiado la atención.

Una vez realizada la compra, Maffeo no perdió más tiempo. Pasaron a toda prisa por delante de las tabernas, las pañerías, los talleres de armas y lana diseminados a lo largo de la calle, la misma que desde la plaza del Broletto conducía hasta los canales. Allí el terreno era sagrado, dominado por el conjunto de edificios encargados por el santo obispo Ambrosio, a los que se añadían viñas y jardines colindantes con la poterna que permitía entrar y salir de la ciudad.

La última etapa fue la especiería situada frente a la puerta, donde los venecianos compraron provisiones para el viaje.

—Habéis sido muy amable al acompañarnos, micer Carelli —dijo Maffeo con una sonrisa de satisfacción.

—Ha sido un deber y un placer, mi querido amigo. Espero que vuestro viaje a Brujas sea provechoso y placentero.

—Nos vamos muy a nuestro pesar, echaremos de menos vuestra gentileza, sin duda.

Con estas palabras cruzaron el límite marcado por el arco de medio punto y por las robustas torres de la poterna de Sant' Ambrogio. Desde allí arriba los guardias vigilaban los campos de los alrededores, salpicados de molinos y granjas, así como la densa red de vías fluviales utilizadas para el transporte y el riego.

Justo en ese momento, tuvieron que ceder el paso a dos siervos de rostros oscuros y a un grupo de esbirros aparejados como si fueran soldados.

—Fuera, fuera, dejad paso —ordenó uno de ellos, gesticulando.

Marco se apartó, nunca buscaba pelea. Además, había comprendido que la intención de la amenazadora soldadesca era abrir el paso al amo que estaba acercándose.

—¿Quién se cree que es este? —dijo Lunardo, belicoso, dando un paso adelante.

«Ah, la chulería de la juventud», pensó Marco, recordando con qué facilidad el joven se había peleado en una taberna el día anterior.

El hombre objeto de tanto revuelo iba montado en un asno de color gris humo, con las orejas en movimiento y la cola rozando el suelo. Al llegar a su altura, les obsequió con una mirada malévola, y a Marco el corazón le dio un brinco en el pecho. Este, con una rapidez incluso excesiva teniendo en cuenta su carácter, agarró por un brazo al osado veneciano e hizo un signo de sumisión a los fieles guardaespaldas que, como siempre, seguían discretamente al hombre que iba montado.

—¿Por qué me refrenáis, micer? ¿Os parece justo dejar que ese prepotente se salga con la suya?

—Callad, por el amor de Dios, si no queréis pasar el resto de vuestra vida en el cepo o, peor aún, acabar hoy mismo despezado por una jauría de perros.

Lunardo levantó una ceja y trató de liberarse, de modo que intervino su padre.

—Vamos, Lunardo, sigue el consejo de micer Carelli.

Marco interceptó la mirada del joven rebelde.

—El que acabáis de llamar «prepotente» es el señor de Milán —murmuró con maliciosa satisfacción. Lunardo tuvo que captar el mensaje, pese al gorro de damasco que le cubría media oreja.

—¿Queréis decir que ese hombre montado en un asno es Bernabò Visconti?

—¿Entendéis ahora?

El joven palideció, mientras los esbirros del Visconti pasaban a su lado sin prestar atención al corro de holgazanes y lugareños que los seguían a distancia. Como él, también los milaneses habían reconocido en aquella sencilla túnica de paño, en los calzones holgados y en aquel rostro barbudo y despiadado, al viejo Visconti, y sentían curiosidad por descubrir su destino.

—¿Adónde va? —preguntó Maffeo que, pensando en el riesgo corrido, hablaba en voz muy baja.

—No lo sé —murmuró Marco. Y en aquel mismo momento obtuvo la respuesta: por el camino que bordeaba el canal a lo largo de las murallas de la ciudad se estaba acercando un escuadrón de lanzas, una cantidad de soldados como no veía desde hacía tiempo. En cabeza, un caballo bayo cubierto con una gualdrapa roja y oro, cuatro corceles de guerra a los flancos y un soldado sobre un roano, que sostenía las insignias de otro Visconti.

—Parece como si los grandes señores de Lombardía se hubieran dado cita para despediros de Milán —murmuró a sus acompañantes, que habían enmudecido ante el insólito espectáculo.

—A la cabeza de esta horda va Gian Galeazzo Visconti, el vicario imperial de Pavía y, creedme, no es frecuente verlo en Milán. Estará aquí para ver a su tío —supuso con convencimiento y, en efecto, el hombre que iba montado sobre el asno se estaba dirigiendo a los soldados.

—El Visconti pavés está aquí con un ejército —susurró Maffeo.

—Sí, tenéis razón —aceptó, contemplando la escena.

En efecto, había muchas lanzas, compuesta cada una por tres hombres a caballo: el cabo de lanza perfectamente armado; el ayudante, o sea, un caballero con cota de malla, yelmo y espada; y, por último, el escudero, que completaba el trío.

—¿El pavés lleva siempre semejante escolta? —preguntó Lunardo, cuya voz en aquel momento denotaba ya cierta tensión.

Marco no respondió, concentrado en observar. Poco antes de que las dos partes entraran en contacto, algunos caballeros galoparon directamente hacia Bernabò, que, desconcertado tal vez por esos movimientos, también se había detenido a un centenar de pasos del cruce del camino de Binasco y puerta Ticinese.

¿Qué demonios estaba ocurriendo?

Bernabò observó a los caballeros que se dirigían hacia él.

Su primer pensamiento fue que su sobrino era un necio. ¿Adónde iba aparejado como si estuviese en guerra? Desde luego, no era un intrépido, pero ¿para aquella peregrinación realmente necesitaba todas esas lanzas?

Entre el fulgor de tantos yelmos descubrió las cabezas descubiertas de sus hijos, rodeados. Habían ido al encuentro del primo en las cercanías de la puerta Ticinese, y habían quedado en reunirse luego en la poterna. Parecían serenos, aunque en aquel momento no hablaban con nadie.

Se tranquilizó y siguió avanzando, dejando atrás las rojizas murallas de la ciudad, en dirección al espacio habitualmente animado por el bullicio de los viajeros, campesinos y comerciantes que pasaban diariamente por Milán. En aquel momento, la gente había desaparecido, las armas y los caballeros siempre impresionaban un poco a la plebe.

Sus siervos lo escoltaron a pie, pues el asno era lento como un caracol.

—Viejo perezoso —murmuró, apretándole ligeramente los costados—. No está bien que comas gratis, pon un poco más de entusiasmo.

Pareció que el animal había entendido, porque empezó a trotar hacia la cabeza del escuadrón.

—Que el diablo te lleve —masculló en voz alta, y concluyó que estaba perdiendo el tiempo.

Entre otras cosas, al no estar acostumbrado a aquel ejercicio, la cabalgata por las callejas de Milán le había provocado un molesto dolorcillo en las rodillas, que colgaban sin el apoyo de los estribos; además, sentía un hormigueo en las nalgas por el esfuerzo de mantenerse erguido en la silla, y los testículos se resentían a la menor sacudida.

«Debería haberlo obligado a rendirme homenaje en San Giovanni in Conca —rumió, malhumorado—. Con todos los asuntos que tengo que resolver y estoy perdiendo el tiempo con este cobarde que juega a los soldaditos».

Pensó en Porrina, la amante con la que no había podido reunirse aquella mañana y, cada vez más disgustado, reconoció entre los caballeros ya cercanos al arrogante Dal Verme, junto con los otros bandidos a su servicio: Giovanni Malaspina y Guglielmo Bevilacqua.

Bevilacqua, el veronés.

Su mente voló hacia la floreciente ciudad, cuya conquista había intentado unos años antes reivindicando los intereses de su mujer. Desde entonces, los Escalígero habían pagado cuatrocientos mil florines al concertar el acuerdo y otros dos mil cada año, hasta la muerte de Regina. ¿Cuánto hacía que había muerto? Poco más de un año, si no recordaba mal.

Maldita sea, Verona y la vecina Vicenza habrían sido un buen botín para rehacerse del quebranto sufrido en sus finanzas aquellos últimos meses: un plan que debía llevar a cabo en cuanto se hubiera desembarazado del sobrino. La única manera era sobornar a Bevilacqua o, mejor aún, utilizar la astucia, que desde luego no le faltaba.

«Calma, Bernabò, calma —se dijo de repente—. Antes deberás concluir las negociaciones para casar a tu hija Elisabetta con el duque de Turenne, el hermano menor de Carlos VI, el rey de Francia».

Un gran golpe de diplomacia, uno de los más exitosos, a pesar de que Elisabetta no era una gran belleza. Por desgracia, no había heredado ninguna gracia de su madre, y en cambio sí tenía de él la hosca expresión de los Visconti. Paciencia, su consuelo sería emparentarse con el heredero de dos grandes familias. Una vez atraídos los franceses a su bando, tendría la ocasión de vengarse de todos, incluidos obispos y papas, que habían tenido la osadía de excomulgarlo varias veces.

Con un gesto de desprecio, escupió a tierra y luego, dirigiendo una mirada a la fila de hombres armados, gritó:

—¡Bienvenido a Milán, sobrino!

Gian Galeazzo estaba ahora frente a todos. El alpartaz dorado le dejaba el rostro al descubierto, y el resto lo cubrían láminas metálicas tan suaves y brillantes que reflejaban el sol como un espejo.

La armadura debía de pesar mucho y quién sabe si estaba ya ardiendo y resultaba incómoda bajo aquel sol. Esbozó una sonrisa maliciosa. Inútil, aquel pelele no podía hacer nada bien. Mucho mejor su ropa sencilla y ligera para aquel encuentro informal y mal preparado, pero, por otra parte, ¿qué podía esperar?

El busto del sobrino, coronado por las solapas que protegían los hombros, estaba cubierto por dos hojas, una para el pecho y otra para la espalda, articuladas y abrochadas con las hebillas sobre las que brillaba una serpiente enroscada. Parecía haber engordado, estaba más grueso de lo que lo recordaba; y serio, con aquella barbita que le adornaba el mentón; engreído, con aquel símbolo de la familia que llevaba en el pecho.

Al ver que el petulante caballero no respondía ni hacía un gesto, agitó el brazo y miró a izquierda y derecha para asegurarse de que la escolta estaba a su lado.

Jacopo dal Verme y Bevilacqua se apartaron del grupo, junto con una decena de compañeros. También con aquel infame tenía una cuenta pendiente, sabía con certeza que había sido él quien había conspirado para que no tomara Verona. Los cascos levantaron polvo, los enganches y el metal tintinearon más fuerte hasta que les cortaron el camino.

—¿Mi sobrino se ha vuelto sordo? —se burló y, puesto que ni siquiera aquel gusano respondía, frunció el ceño—. ¿Qué os pasa? ¿Además de sordos, sois todos mudos?

—Bernabò Visconti, estáis detenido.

Durante unos instantes aquellas palabras carecieron de sentido. Mientras trataba de codificarlas, lo rodearon.

—¿Qué hacéis?, ¿estáis locos? —logró decir y, cuando se dio cuenta de que había sido aislado de los suyos y de que a sus espaldas sonaban algunos golpes de espada, una llamarada de indignación incendió su pecho.

—¡Infame traidor! —gritó con todas sus fuerzas, pero ya los mercenarios estaban tan cerca que podía oler el sudor penetrante de los corceles, sus bufidos y relinchos.

Bevilacqua le arrebató las riendas, y el asno, sintiéndose amenazado, hizo un extraño.

—Bestia miserable —gritó, como si el pobre asno tuviese algo que ver con la emboscada—. ¡Ludovico, Rodolfo, traición!

No consiguió ver más que armaduras, corazas, petrales y los costados de los caballos; verdes, dorados, rojos, una barahúnda bélica y espantosa. Cuando su campo visual se amplió, sus hombres estaban desarmados y se oían los gritos de la multitud.

¿Tal vez los milaneses acudían a socorrerlo? ¿A qué esperaban? ¿Por qué esos patanes no se decidían a acabar con la arrogante chusma de Pavía? La ira le estalló en el pecho cuando vio a aquel desgraciado impasible en su silla, resplandeciente como una astilla de oro.

Su sobrino.

Maldito fuera.

11

La fuga

Aima notó que algo no iba bien. Los caballeros galopando con las armas en alto, los gritos, la gente que huía. El amo tiró de la cuerda, con que la mantenía atada a su muñeca, y la arrastró de nuevo corriendo hacia la ciudad, hasta llegar al muro de una casa en busca de refugio.

Aima apoyó la espalda contra los tibios ladrillos, con el corazón palpitando fuertemente y la respiración entrecortada, y se encogió para protegerse detrás de sus ricos amos.

Parecían agitados, hablaban entre sí muy deprisa y ella no conseguía entender todas las palabras, pero la actitud era inequívoca. Aquella lengua extranjera le resultaba cada día más familiar, aunque al joven de ojos negros y cabello rizado solo le interesaba una parte de su cuerpo. Su voz no era grata, sobre todo si expresaba dolor.

¿Qué mal había hecho para sufrir tales vejaciones, tales torturas?

Quería regresar a su casa, cerrar los ojos y sentir en la cara la brisa, la caricia del sol que penetraba por el marco cuadrado de la ventana y dibujaba un pálido rectángulo en el suelo de tierra batida. Quería volver a ver el rostro blanco y ancho de su madre cerca del suyo, y oír a sus hermanos moviéndose en la única habitación. Quería volver a ver la cuna que colgaba del largo palo curvo fijado a las tablas del techo, escuchar el vagido del último recién nacido.

Cerró los ojos y volvió al pueblo, el olor a leña quemada mezclado con el perfume de las sopas invernales y el áspero de las bayas del verano, trituradas en los cuencos para extraer su jugo, rojo como la sangre.

Todas aquellas noches atada en el vientre de un barco. Todas aquellas mujeres, más jóvenes o más viejas, que habían sufrido y viajado con ella y que luego, una a una, habían ido desapareciendo en cada puerto, en cada parada. Querría poder borrar todas las veces que se había mostrado desnuda en aquel pedestal de madera, utilizada como mercancía, devorada por manos toscas que habían decidido su destino.

Ahora tenía comida caliente, una cama, y satisfacía los deseos del joven aparentemente inofensivo, pero en realidad mezquino y cruel. Todas aquellas veces su mente había estado en otro sitio, su cuerpo utilizado y maltratado.

Había aprendido que no había más esperanza que refugiarse en el pasado, en el tiempo anterior a la noche en que el pueblo había sido invadido por los traficantes de esclavos, llegados a través del desierto y, a través del desierto, desaparecidos.

Aquella noche en que por última vez había escuchado el débil murmullo que atraviesa la estepa rozando las altas montañas, que los ancianos llamaban Cáucaso, horizontes siempre idénticos en las orillas de un río que fluía impetuoso en invierno y manso en verano.

Aquella noche en que el viento soplaba suavemente sobre su tierra y el cielo brillaba de estrellas. Entonces lo único que sabía del mundo era que había hombres que compraban pieles y que había que mantenerse lejos de ellos, sobre todo si eras mujer y adolescente.

Aquella noche en que todo había acabado.

Esclava.

La primera palabra cuyo significado había aprendido, como había aprendido a temer la delgada vara cuando chocaba contra su piel.

Otro tirón y se vio obligada a agacharse.

Alargó el cuello por encima del hombro de su amo para ver qué estaba pasando. Aquella mañana iban a abandonar la gran ciudad, entrevista a través del tragaluz de su habitación. Conocía los tejados rojos, las chimeneas, las torres, el tañido de las campanas.

Una música.

«Que Dios se apiade de ti», decía a menudo la mujer que le llevaba la comida.

Al cabo de unas semanas habían aprendido a entenderse. Gracias a ella, sabía de la existencia de una mujer que la protegería si se portaba bien, una tal Santa María. Ayudaba a las muchachas y, si confiaba en ella y se convertía, tal vez recobraría la libertad.

No sabía qué significaba conversión, ni conocía las oraciones que le oía susurrar mientras mullía el colchón, pero de ella había aprendido a hacerse una señal en la frente y en el pecho. Su único deseo era encontrar a la piadosa María para regresar a casa.

—¡Cubríos! ¡Cuidado con los corceles, esos malditos podrían matarnos!

Se levantó tan rápida que se tambaleó. El joven Lunardo permaneció en la esquina. Lo miró, incapaz de creer que fuese el mismo arrogante dueño de su vida.

Por todas partes había hombres corriendo. Un caballero había desenvainado la espada y entablado un combate cuerpo a cuerpo con uno de los guardias de la torre. El caballo golpeaba el suelo con sus cascos a no más de diez pasos de ellos.

De modo que era una batalla y no le gustaba nada.

Tenía que huir. El callejón que se abría a su izquierda era oscuro, maloliente y desierto, pero las sombras eran menos temibles que todo lo demás; por primera vez en su vida una vocecita le advirtió: «No hay nadie que pueda ayudarte, esta es la ocasión y, tal vez después, conseguirás encontrar a María».

Un muchacho se abrió paso a codazos hasta un carro abandonado en medio de la calle, casi atropellando a una mujer que se interpuso en su camino. El mozo del vendedor de lana salió corriendo de la tienda.

—¡Al ladrón, detenedlo!

El ladronzuelo no se detuvo, sino que apartó a un hombre de un salto y se lanzó sobre ellos chocando con el comerciante Carelli. Los perseguidores se acercaron, los transeúntes trataron de agarrarlo; todos gritaban.

—¡Alejaos, miserables! —gritó Maffeo, repartiendo bofetones y codazos para mantener alejada a la chusma. El muchacho casi la pisó; otro empujó al joven amo, que perdió el agarrador y, en aquel momento, Aima fue libre.

Levantó el brazo, la cuerda estaba floja.

Fue el instinto, la costumbre de correr en los bosques lo que le permitió saltar por encima de los cuerpos tendidos en tierra; fueron el valor y la desesperación los que la empujaron hacia el callejón, y el destino puso alas a sus pies; actuó como un animal acorralado que, incapaz de decidir, intuye que debe alejarse del peligro inminente; en su caso, era el joven verdugo lujurioso, no los caballeros que se dispersaban al galope por las calles de la ciudad.

Corrió hasta perder el aliento, aflojó la cuerda de la muñeca y la dejó caer mientras se adentraba en el dédalo de callejas desconocidas.

La cacofonía del asalto la siguió, la confusión reinó en la ciudad; los soldados apuntaban hacia el centro; el pueblo se levantó, consciente de que un tirano acababa de ser encarcelado y de que iba a liberarse del yugo del viejo y cruel dictador.

Aima bordeó un canal, cruzó un puente, pasó corriendo por delante de los vendedores que cerraban apresuradamente sus tiendas, de los comerciantes que huían. Jadeante, presa del pánico como muchos milaneses, llegó de nuevo a la plaza que aquella misma mañana había cruzado atada. De pronto, la huida le pareció menos urgente, en aquel lugar todavía reinaba la calma.

Varias mujeres vestidas de negro, con la cabeza cubierta, se metieron bajo el pórtico de un edificio. Era una iglesia, lo sabía y, según decía aquella mujer que le llevaba la comida, la casa de María. Entró por la puerta, aspiró el dulce perfume que flotaba en el interior.

Se estremeció.

Le impresionaron las columnas, los rincones oscuros iluminados por cirios encendidos: María era una mujer rica. Las que acababan de entrar estaban reunidas delante de un nicho, dispuestas en círculo, de rodillas y mirando hacia arriba.

Caminó, ligera, sobre el suelo de baldosas blancas y negras. El sol se filtraba a través de las aberturas proyectando una luz dorada en el hueco, y Aima vio lo que todos veían: el retrato de una mujer bellísima, vestida de azul celeste, con el rostro dulce de una madre.

Avanzó, atraída por la mano de finos dedos que parecía tenderse hacia ella y acariciarla.

A ella.

Una extraña emoción la invadió, el bello rostro se desdibujó hasta convertirse en una mancha azul. Cayó de rodillas. Fue entonces cuando una de las mujeres la vio.

—Reza con nosotras a la santa Virgen María para que nos proteja del mal —le dijo.

Aima retrocedió, consternada. Aunque había entendido lo que le pedía, se asustó ante aquellas sonrisas y la revelación: era demasiado tarde para ella y para su protectora.

María estaba muerta.

Salió por la puerta, desesperada, corrió velozmente y desembocó en una plaza donde unos caballeros habían rodeado a unos pueblerinos. Las corazas brillaban al sol, yelmos de acero, botas hasta el muslo, largas espadas y lanzas afiladas apuntando a la garganta de dos hombres.

El oficial estaba interrogando a uno. La respuesta le fue dada en un tono desafiante y, cuando el otro empezó a justificarse, el caballero utilizó la punta para pincharle el cuello, indiferente a sus súplicas.

Aima no quería presenciar la muerte, en el pueblo le había ocurrido y todavía recordaba el olor de la sangre, el horror en los ojos de los moribundos.

En aquel momento se produjo una gran confusión. El hombre cayó a tierra, herido, y los compañeros, antes sumisos, atacaron a los caballeros. Al oír los gritos, desde los callejones irrumpió en la placita otro caballero, que galopó entre la multitud. Pisoteó a unos cuantos hombres, el corcel giraba sobre sí mismo con sus fuertes patas y el hombre gritaba con voz de trueno.

—¡Idiotas, os mataré a todos!

Aima retrocedió, buscó una vía de escape, luego vio al niño. Nadie se fijaba en él en medio de aquella confusión, una cabecita rubia como la de su hermano pequeño.

Los caballos de guerra podrían pisotearlo; de hecho, la pata trasera del gigantesco bayo lo rozó y el pequeño se quedó parado, con los ojos muy abiertos. Por suerte, el caballero hizo girar rápidamente al animal para enfrentarse a un atacante.

Sin entender nada, el niño comenzó a caminar de nuevo; lo empujaron, cayó al suelo y siguió a gatas. Aima lo perdió de vista y no pudo resistir más. Saltó de su escondite, cruzó la plaza con la cabeza baja y el cuerpo encogido, mirando a un lado y a otro en busca de la cabecita rubia.

El niño se había levantado y corría hacia el pórtico. Al menos los caballos se habían desplazado al lado opuesto, pero la confusión iba en aumento, el tumulto había atraído a la gente: unos se ponían del lado de los caballeros, otros del hombre herido, que se desangraba en el suelo.

Aima se abrió paso a codazos, gritando en su lengua, con la expresión feroz del luchador.

Las espadas brillaban al sol, una danza de la muerte acompañada del choque del metal, un corte rojo, la sangre que salía a borbotones. No se volvió, alguien la empujó a un lado, perdió el equilibrio, el caballero asesino se dio la vuelta para pasar a su siguiente presa.

Directamente hacia el niño.

Aima se levantó de nuevo gritando, el choque de los cascos sonó tan cercano que creyó que no lo conseguiría y, luego, tendió los brazos y agarró el pequeño cuerpo, cuya cabeza chocó contra su barbilla.

No sintió dolor, tan ligero, tan frágil. Lo estrechó y se lanzó hacia el lado opuesto de la pelea, sin entender, sin pararse a recobrar el aliento. Tropezó con el vestido, apoyó un hombro contra la pared. Estaba caliente, un rincón soleado.

—No llores —musitó, aunque era ella la que lloraba, lo supo por el cosquilleo en la mejilla.

Se deslizó hasta el suelo, permanecieron abrazados mientras la multitud corría de un lado a otro, ocupada tan solo en el saqueo. No supo nunca cuánto tiempo pasó; en un momento dado, escucharon un grito entre tantos. Una mujer gritaba: «¡Matteo, Matteo!».

El pequeño se revolvió entre sus brazos, buscó su mirada:

—Es mi mamá —le susurró.

12

Vientos de cambio

—Bernardino, escolta al tirano y a sus hijos hasta la fortaleza de puerta Giovia —ordenó Jacopo—. Yo voy con Ottone a San Giovanni in Conca.

—Giacomo ya debería haber entrado en la ciudad por la puerta Romana —respondió Bernardino da Lonato, tirando de las riendas para hacer girar al caballo.

—Así lo habíamos acordado. Ahora vete, me reuniré con vosotros cuando tengamos en nuestro poder la Ca' de Can.

Dal Verme espoleó al corcel y, tras dejar atrás la poterna de Sant'Ambrogio, los caballeros y los lanceros a su mando se desplegaron por Milán. Al pasar por el gran prado frente al monasterio, algunos monjes se santiguaron y luego desaparecieron por la puerta de la iglesia.

Jacopo no les prestó atención, demasiado ocupado en conducir a sus hombres a través del laberinto de callejas atestadas. Se abrieron paso con las lanzas, apartando a los civiles y obligando a carros y carretas a retirarse apresuradamente hacia los callejones laterales. Dudaba de que entre aquella gente hubiese alguien interesado en comprobar la identidad de los caballeros; el pueblo siempre se mantenía alejado de los mercenarios, ya fueran güelfos o gibelinos, esperando que lo dejaran en paz.

Cuando llegaron al Carrobbio se detuvieron y Jacopo ordenó a una parte del contingente armado que cruzara el Nirone y siguiera hacia el sur, para rodear el barrio donde Bernabò tenía su palacio y la capilla noble, San Giovanni in Conca.

Se metieron en una calle animada por tiendas que exponían una gran cantidad de prendas de vestir, piezas de lana, armas y objetos de cuero. A su paso, alguno consiguió arrastrar algunas mercancías expuestas, pero los comerciantes no eran su objetivo.

El trote se transformó en un galope ensordecedor.

—¡Adelante, adelante! —gritó para incitar a sus tropas.

Magnífico espectáculo el de los milaneses presa del pánico, de la gente que corría desesperada, ignorando que iba a ser liberada del tirano. Huían como ratas, buscando refugio en los estrechos callejones.

Las cadenas de los arneses, las armaduras, las vainas de las espadas tintineaban a sus espaldas, las patas golpeaban el suelo levantando guijarros que salían despedidos hacia todas partes.

Música para sus oídos.

Un destello de luz atrajo su atención. Hizo girar al caballo; en aquellas circunstancias era importante actuar con rapidez, sorprender a la milicia de Bernabò sin darles tiempo a percatarse de lo que estaba sucediendo.

Delante de la casa de un rico comerciante, holgazaneaba media docena de soldados. Tres estaban apoyados en la pared, con guerreras de cuero y sombreros flexibles en la cabeza, ninguno llevaba armadura. Otros tres montados a caballo, con yelmos de latón puntiagudos y las viseras alzadas, reían divertidos por alguna broma.

Sintió el corazón saltarle en el pecho. Sus hombres, con los caballos blancos de sudor, se amontonaron a su alrededor, excitados, y en aquel momento los soldados se dieron cuenta de que algo ocurría. Jacopo levantó una mano, para indicar que no tenían intenciones de luchar.

—Rendíos —los exhortó.

Uno de los caballeros se puso serio, le respondió con una risa burlona y apartó el corcel, agarrando una lanza que estaba apoyada en la pared.

—Quiere luchar —exclamó, incrédulo, alguien a sus espaldas.

Jacopo golpeó con las piernas los costados del caballo.

—Ocupaos de los otros —gritó, y usó la espada como si fuese una lanza.

Sus hombres se desplegaron en abanico obedeciendo la orden, persiguiendo a los que huían y a quienes oponían una extenuante e inútil resistencia.

Jacopo no prestó atención a lo que acontecía a su alrededor. El adversario bajó la lanza para apuntarle al pecho; consiguió desviarla hacia el flanco con la espada; luego golpeó el lomo del animal, que relinchó y se encabritó, desarzonando al caballero y arrastrándolo por el suelo.

Tiró de las riendas, hizo girar al caballo y partió a medio galope hasta llegar adonde estaba el hombre en el suelo. Desmontó rápidamente, para asegurarse de que estaba muerto.

—¡Cuidado, capitán!

La voz del escudero le hizo volverse rápidamente. Uno de los soldados corría hacia él blandiendo la espada. Esquivó el golpe apartándose a un lado, el grosor de la cota le salvó la vida gracias a las aplicaciones de metal que el armero había insertado en los puntos vulnerables. Resistente pero muy ligera.

El hombre dio un grito y se lanzó de nuevo sobre él, echándose la capa sobre el hombro para tener libre el brazo.

Demasiado tarde.

Mientras bajaba el arma en busca del golpe fatal, la larga espada de Jacopo paró el mandoble. Las hojas chocaron una contra otra desprendiendo chispas. Ambos permanecieron inmóviles, mirándose, luego Jacopo dio media vuelta y se retiró un poco. No tenía prisa, quería que el desconocido dispusiera de tiempo para prepararse para morir.

Sus hombres habían derrotado a los adversarios, se estaban reuniendo a su alrededor para observar y nadie se atrevió a apostar, porque sabían cómo terminaría el duelo; formaron un círculo y de pronto se hizo el silencio, más ensordecedor que el ruido que los había acompañado por las calles de la ciudad.

El hombre sacó un puñal con la mano izquierda y empezó a moverse en círculo. Fue el primero en atacar; Jacopo tuvo que reconocer que tenía agallas, mientras paraba el golpe de revés.

Dio media vuelta e intentó de nuevo destriparlo: una puñalada de abajo arriba. Jacopo esperaba esta respuesta y reaccionó con un salto hacia atrás. La punta de la hoja se limitó a rasgar de nuevo horizontalmente el cuero. Con un movimiento fulminante, le agarró la muñeca izquierda, lo atrajo hacia sí y le asestó un golpe brutal en la nuca con la empuñadura de la espada.

El desconocido cayó de rodillas, con las manos en tierra. Jacopo apartó el puñal de una patada y, con extraordinaria rapidez, levantó la espada y se la clavó entre los omóplatos hasta partirle el corazón.

Con un grito de guerra la sacó del cuerpo y le dio una patada en la espalda. Levantó el arma y la victoria fue acompañada por un grito de júbilo.

Más sangre bañaba las calles de Milán.

El patio de la Ca' de Can era de tierra arenosa y seca; las murallas del edificio central, de ladrillo rojo. Se vislumbraba el primer piso, un pórtico de madera en el que se abrían, espaciados, una serie de arcos. En el centro de cada bóveda dominaba en los frisos el escudo esculpido con el símbolo de los Visconti.

Había dos entradas al patio. La primera, la que Jacopo acababa de traspasar, era un simple portón con dos batientes, por el que se accedía a un laberinto de establos y almacenes. La segunda, detrás de la iglesia de San Giovanni, conducía a los salones de recepción a través de una escalinata de piedra gris, que terminaba delante de una puerta de doble hoja.

Jacopo hizo la señal convenida a sus hombres.

Por encima de la suntuosa entrada observó la galería, cuyo interior quedaba oculto por una pantalla de madera, y allí entrevió figuras en movimiento.

En el edificio, además de los soldados y los más leales, debían de hallarse la amante y los hijos e hijas de Bernabò que faltaban, bastardos y legítimos. Su objetivo era capturar a Porrina y al mayor número posible de familiares del viejo Visconti.

Los lanceros pasaron por debajo de un arco esculpido, liberándose de los centinelas con unos pocos movimientos. No había sido difícil superar la guardia, la noticia de la captura de su señor había corrido como un rayo por toda la ciudad y muchos habían huido, asustados por la fuerza del contingente llegado de Pavía y por la fama de sus comandantes.

Los últimos caballeros desmontaron y condujeron a los caballos por el estrecho pasaje. En el exterior, algunos mantenían alejados a los ciudadanos más curiosos que, en vez de huir, se agolpaban para averiguar qué estaba ocurriendo.

La curiosidad, más fuerte que la prudencia.

Jacopo llamó al oficial de los lanceros y les gritó que lo siguieran. Les hizo pasar por debajo de otra arcada y atravesar un pórtico con columnas y capiteles decorados. Subieron las escaleras acompañados por los gritos, órdenes y voces de rendición de la guarnición.

Abrió la puerta de golpe.

En la habitación, iluminada por los grandes ventanales y con las paredes cubiertas de tapices, encontró a Donnina de' Porri. Menuda, con grandes ojos oscuros y orgullosos. Aquellos ojos lo escrutaron con frialdad, examinándolo con una expresión que denotaba un juicio negativo. Los pendientes de esmeralda que colgaban de sus orejas tintinearon. En otro momento Jacopo se los habría arrancado, pero no era tiempo de saqueos, de eso se encargaría el pueblo; las órdenes del nuevo señor de Milán eran precisas.

—¿Quién sois? —preguntó bruscamente—. ¿Cómo os atrevéis a profanar la casa de Bernabò Visconti, el vicario imperial?

Ignorando tanta arrogancia, Jacopo respondió:

—Mi nombre es Jacopo dal Verme, señora.

Si sus palabras tuvieron algún efecto, no lo percibió. Un ligero arqueo de cejas fue el único signo de turbación visible en la bella Porrina.

—Su sobrino, por tanto —susurró—. Debería haberlo previsto.

No dijo nada más, se movió con un crujido de seda que causó una profunda conmoción en el corazón de Jacopo, endurecido por la guerra. Con altanería, cogió una estola de seda naranja, muy ligera, y se dirigió hacia la puerta.

Jacopo y los caballeros le cedieron el paso y ella se detuvo en el umbral.

—Mis hijas vendrán conmigo. —Y, sin decir ni una palabra más, salió de la habitación.

Cuando Jacopo regresó al patio, la Ca' de Can estaba en su poder. Ya se oía el clamor de la multitud, los gritos de rendición de los soldados, señales de los tumultos que estallarían en la ciudad —unos espontáneos, otros dirigidos por agentes pagados por Gian Galeazzo—.

Se inclinó, cogió un puñado de polvo y lo sostuvo unos instantes en su mano. Fino, ligero, hollado por muchos pasos, por muchas vidas. Cuando bajó la mano, el viento que soplaba sobre Milán aquel día de mayo lo dispersó.

Viento premonitor, viento de cambios.

13

El pavo real

—Venid a ver, os digo. Nunca vi nada tan impresionante.

El hermano Samuele cruzó cojeando el pórtico. Cuando estuvo más cerca, se dio la vuelta y, sin decir palabra, le hizo señal de que lo siguiera. Lo alejó del brillo cegador del sol de mediodía y lo acompañó al interior de la capilla adyacente al jardín, donde la penumbra creaba extrañas sombras oblongas a lo largo de la nave.

«*Pater noster qui es in caelis, santificetur nomen tuum...*», murmuraba el hermano. De pronto, se detuvo delante de una de las paredes que formaban el ala del altar.

Anselmo aguzó la vista.

Sobre los bancos donde se sentaban los novicios durante la misa, había una novedad: un pavo real con el pico inclinado hacia abajo, hacia el altar, con una larga cola semejante a la elegante falda de una dama y un pico de color amarillo brillante. Allí estaba, sobre la pared, inmortalizado en la casa del Señor, en un acto tan natural como insólito.

Las manos unidas del hermano Samuele estaban temblando, su voz era la de un viejo.

—Me he asustado —confesó—. Y todavía sigue pareciéndome real.

Anselmo se acercó más. Indudablemente era un bellísimo dibujo y, al mirarlo, comprendió que había llegado el momento de hacer algo por aquel chiquillo. En los últimos meses se había vuelto inquieto, pensativo, dibujaba por todas partes, pero esta vez había ido demasiado lejos.

—¿Quién habrá sido? —se preguntó Samuele—. Quienquiera que lo haya hecho merece un castigo, pero tanta belleza también merecería un elogio.

—Podéis iros, hermano. Yo me encargo de esto.

El hermano se alejó renqueando. Tenía razón: Pietro merecía un justo castigo, pero aquel pavo real era puro arte. Rozó las plumas fijadas en la pared y casi tuvo la impresión de sentir el terciopelo bajo sus dedos, como el terciopelo oriental que había tocado de los vendedores de tela en Venecia.

Había llegado el momento.

No se entretuvo más y salió por la puertecita de la sacristía, que se abría al corral detrás de la iglesia. En aquel momento estaba saliendo el pescadero, con los cestos vacíos colgando a ambos costados de la mula.

Anselmo dejó atrás el gallinero y el establo de las ovejas. Allí delante, estaba picoteando un pavo real de verdad, pero le pareció menos bello que el dibujado.

Sonrió para sus adentros y comprendió que, en algún rincón de su corazón de monje, estaba tan orgulloso del chico como si fuese su padre.

Entró de nuevo en el edificio principal, pasó por el refectorio y subió por la escalera de caracol que conducía al *scriptorium*. En la sala reinaba el silencio, los hermanos con sus hábitos de lana estaban inclinados sobre los escritorios; al entrar él, ni siquiera levantaron la cabeza, concentrados en su trabajo de copia.

Anselmo sonrió. El trabajo es oración, como había predicado san Benito.

Utilizaban pergamino, el mejor: piel de corderos recién nacidos, blanca y lisa. Se eliminaba el pelo sumergiéndola en excrementos o cal, luego se rascaba pacientemente con un cuchillo afilado.

Todos los días, para copiar los textos sagrados, se utilizaba la más cara.

Allí estaba también Pietro, al lado del hermano Ludovico, al que Anselmo había encargado que instruyera al muchacho en el arte de la escritura. Evidentemente, nadie sabía que era su sobrino, nadie lo sabría nunca.

Anselmo esperó un poco antes de llamarlo.

¿Cuánto tiempo había pasado desde que fue al Brolio a llevarse a los dos gemelos? Once años, para ser exactos, y al pensar en ello recordó el viaje con el ama y los niños, uno rubio y el otro de cabello oscuro, pero ambos con los ojos del color de los Frisone, muy abiertos y asustados ante la novedad, ante el mundo exterior que veían por primera vez y ante aquel desconocido, vestido con los hábitos, que los observaba con la misma incertidumbre asombrada con que ellos lo miraban a él.

Durante el viaje lo habían agitado sentimientos contradictorios, como le ocurría siempre que pensaba en la triste historia de la hermana Addolorata: curiosidad, afecto, remordimientos por aquellas criaturas de Dios.

Unas semanas después de su llegada al monasterio, como huérfanos destinados a la vida monástica, Anselmo había ido a Ascona, junto al lago Mayor, a ver al carpintero honrado y experto que había preparado los andamios para la renovación de las pinturas de la iglesia de Santa Maria dei Ghirli de Campione y que, desde entonces, se había convertido en el proveedor oficial de madera del monasterio. Anselmo estaba ahora allí porque necesitaba vigas fuertes para la ampliación del palacio, de la Sala della Caminada y de la biblioteca.

Aurigolo, conmocionado todavía por la muerte de sus seres queridos, tenía los ojos brillantes, la cabeza inclinada y una expresión de profundo sufrimiento que el tiempo no había mitigado aún. Presenciar aquella desesperación de padre, aquellas lágrimas derramadas por la mujer, habían hecho reflexionar a Anselmo y una idea había brotado en su pecho: separar a los gemelos y prepararlos para una vida de trabajo honesto, en vez de la eclesiástica.

Al regresar de Ancona, movido por un impulso que nunca supo explicarse, pasó también a ver a su hermano, el abuelo de aquellos niños, que desde hacía un mes estaban en Campione.

Su cuñada había muerto aquel invierno, tal vez de la misma enfermedad que había afectado a la familia de Aurigolo; la muerte de Pia había destrozado a Antonio Frisone, que estaba casi obsesionado por la mala suerte que parecía perseguirlo.

En el camino que le había llevado de vuelta al monasterio, Anselmo se reafirmó en la decisión tomada: daría a Alberto al pobre Aurigolo para que lo educara en el oficio de carpintero y Pietro iría a casa del abuelo: los gemelos alegrarían las vidas de aquellos hombres que estaban solos. La inspiración debía de venir por fuerza de la Divina Providencia, que había guiado sus pasos primero a Ascona y, luego, a casa de su hermano.

Abuelo y nieto se conocieron, sin saber el parentesco que los unía, y fue amor a primera vista. Pietro era el varón que Antonio siempre había deseado, y empezó a ver el mundo a través de los ojos curiosos del niño. Unos meses más tarde, Anselmo lo encontró rejuvenecido y de buen humor.

Esperaría a revelarle el estrecho parentesco que los unía. Poco a poco, porque el rencor de Antonio hacia su hija irresponsable todavía estaba vivo.

Pietro había crecido rápidamente, dormía en el mismo guardillón donde había dormido su padre, Marco Solari da Carona, en la época de la vendimia, y un día había descubierto, ocultas en una vieja jarra, pequeñas esculturas de madera. Fascinado, se las había enseñado también a Anselmo, y con poco más de ocho años se hizo su bestiario personal: ocas, gallinas, bueyes, asnos, ardillas y pavos reales.

Ambos quedaron impresionados por la precisión y la fidelidad de aquellas esculturas, y el vínculo de parentesco surgió por casualidad durante una ruidosa y animada fiesta de San Zenón.

—Has traído a mi casa el fruto del pecado —le reprochó Antonio con un tono seco y decidido y, a pesar de los ruegos, echó de su casa al nieto dándole con la puerta en las narices.

Anselmo no había tenido el valor de llevarlo de nuevo al Brolio y regresó al monasterio, pero no para hacerlo monje; en el camino empedrado, con la mano suave entre las suyas, ásperas por la vida y el trabajo, decidió que aquel inocente tendría una buena instrucción: aprendería a leer, a escribir y a trabajar en el *scriptorium*.

En definitiva, tenía la secreta esperanza de que Antonio, antes o después, iría a buscar al nieto. Desgraciadamente, no había ocurrido así; aquel cabezón no había querido saber nada de él, aunque Anselmo le transmitía algunas noticias regularmente.

«Peor para él», pensó, orgulloso, en aquel momento, mirando la cabeza morena inclinada sobre un códice.

Las actividades nuevas y estimulantes del convento hicieron olvidar a Pietro la separación, todo había sido un descubrimiento continuo y, gracias al innato sentido artístico y a su inteligencia, muy pronto se había convertido en el más dotado de los chicos que eran instruidos en el monasterio.

Era a él a quien recurrían los hermanos cuando había que reproducir un dibujo minúsculo en los textos antiguos.

En cuanto a Alberto, el otro gemelo, había sabido que estaba trabajando con Tavanino da Castelseprio, un maestro de la madera y un carpintero muy hábil. Aurigolo estaba orgulloso y feliz, y había explicado a Anselmo que sería una magnífica oportunidad para su hijo: no había nadie más hábil que Tavanino para enseñarle a usar la escuadra, el compás y todos los instrumentos para la construcción.

Anselmo estaba satisfecho. A partir de una circunstancia trágica, había conseguido criar a dos chicos honestos, trabajadores y nobles de espíritu.

—Padre Ludovico, me llevo a Pietro. Lo necesito en la biblioteca, volverá en cuanto hayamos terminado.

—Por supuesto, no hay prisa. Empezaremos de nuevo mañana. Vamos, muchacho, ¿has oído que monseñor te necesita?

El sobrino se levantó de mala gana, todavía faltaba una hora para que sonara la campana de las oraciones.

La biblioteca estaba desierta, Anselmo se acomodó en un banco e invitó al chiquillo a sentarse a su lado.

—Háblame de tus progresos, Pietro.

Los ojos azules lo miraron fijamente y la obediencia se impuso a la desconfianza.

—He aprendido que el rojo procede del plomo, pero el mejor lo extraen de un insecto.

—¿De verdad? —Anselmo fingió sorpresa—. Sigue.

—Pues bien, monseñor, el púrpura se obtiene de una planta

que crece en lugares mucho más cálidos que Campione; los verdes proceden del cobre, pero el hermano Ludovico me ha dicho que he de tener mucho cuidado al utilizarlos: la página no debe mojarse porque podría estropearse el pergamino.

Anselmo hizo un signo de aprobación.

—¿Sabrías decirme alguna cosa sobre los blancos? —le preguntó.

La mirada del chico se iluminó.

—Se sacan de la cal, monseñor. En cambio, el color oro y el amarillo están hechos con arsénico, que resulta tan brillante que parecen pinceladas de oro.

—¿Y los azules, Pietro?

Sin poder contener el entusiasmo por la facilidad de las preguntas, el chiquillo prosiguió atropelladamente.

—El más raro es el lapislázuli, que procede de Oriente. El hermano Ludovico me ha dicho que es una piedra durísima, que se encuentra en un lugar donde los montes son muy altos, mucho más altos que nuestro San Salvatore. Sus cumbres casi tocan el cielo.

—¿Has utilizado todos estos colores para pintar el pavo real en nuestra iglesia?

La pregunta lo pilló desprevenido, y las mejillas de Pietro adquirieron de inmediato un color rojo intenso, que contrastaba con el mechón de cabellos oscuros sobre la frente. Siguió un trágico suspiro, los ojos se entrecerraron, los hombros se encogieron como las pinzas de un cangrejo y pareció volverse más pequeño, disminuido.

—Pinté el pavo real para los ojos de Dios —susurró.

Anselmo evitó cambiar de expresión, aunque, dada la habilidad y prontitud de la respuesta, casi le asomó una sonrisa a los labios.

—¿Querías hacerle un obsequio?

Alzó el rostro.

—¡Por supuesto, monseñor! Soñé con él y la otra mañana oí sus cantos tristes, de modo que pensé que quería rezar. Me parecía correcto pintarlo en la iglesia.

—Lo imagino. Quisiste alegrar la pared, usaste el azul intenso, el verde esmeralda y el azul zafiro.

—Exacto. Por lo general quieren que haga los rostros de los santos, pero siempre son tan pálidos como el marfil.

—Y aquí y allá, en la cola, utilizaste el resplandeciente amarillo, que hace que las plumas parezcan de oro esmaltado.

—¿Os ha gustado, monseñor?

—Es muy hermoso, Pietro. Pero antes de dibujar en aquella pared, ¿no deberías haberme pedido permiso?

Hubo un instante de silencio.

—Sí, monseñor. Cometí un error, antes os lo debería haber pedido, pero pensé que el pavo real quedaría bien en la iglesia. Es como el águila de Juan pintada sobre el refectorio, y además el pavo real es el símbolo de la incorruptibilidad de Cristo. En la iglesia solo hay santos, así que pensé que hacían falta algunos animales, y el primero ha sido ese pavo real. Al fin y al cabo, son criaturas de Dios.

«Cómo no darle la razón», pensó Anselmo.

—Deberás hacer penitencia, hijo mío, y de ahora en adelante cuando sientas la inspiración de hacer un dibujo, primero ven a verme. Discutiremos juntos el tema y decidiremos dónde pintarlo. Además, los colores son muy valiosos y tú lo sabes muy bien, puesto que el hermano Tommaso te ha permitido usarlos. El lapislázuli debe utilizarse con moderación, no para tus dibujos.

Pietro bajó la cabeza, contrito.

—Lo haré, os lo prometo; y he usado poquísimo lapislázuli, el descartado para la restauración del retrato de la Madonna en el refectorio.

—Esto no cambia ni atenúa tu culpa. Ahora coge de la estantería los *Elementos* de Euclides.

Pietro regresó con el gran libro y lo depositó suavemente sobre una mesita, que acercó lo máximo posible al banco.

«Un punto es lo que no puede ser dividido. Una línea es una longitud sin anchura», leyó Anselmo.

—Este es el libro que deberás saber de memoria, al que volverás una y otra vez y que deberá acompañarte siempre, en todos los momentos de tu vida.

—Sí, monseñor.

—Este es la base y también el límite, el principio y el fin. Puedes llegar adonde quieras, pero siempre volverás a Euclides y, en el futuro, cuando estés en Milán, en el monasterio de Sant'Ambrogio, lo necesitarás.

—¿Iré, monseñor?

—Sí, cuando lo sepas todo sobre Euclides, Pitágoras y Vitrubio. Irás a Milán a aprender el arte de construir iglesias, esculpir estatuas y tallar la piedra. Es lo que he decidido.

—Gracias, monseñor, haré todas las penitencias que me mandéis.

Anselmo le concedió una breve sonrisa. La luz del atardecer penetró a través de la ventana iluminando las viejas estanterías. La voz del chiquillo que leía a Euclides se convirtió en una dulce cantinela. Permanecieron sentados como compañeros, amigos.

Tío abuelo y sobrino.

El sol, a punto de desaparecer, moldeó el perfil de Pietro, suavizó sus rasgos y oscureció el color de sus ojos. ¿Descubriría alguna vez lo que tenían en común? Anselmo cesó en sus pensamientos y volvió a concentrarse en las palabras. Demasiadas reflexiones sobre los porqués, los cómos, los quizás.

Al final se arriesgaría a perder el valor de mirarlo a los ojos.

14

El incendio

Después del percance del pavo real, Pietro no se había atrevido a tocar un color.

Hacía días que no dormía bien; se despertaba por la noche y se veía a sí mismo hablando todavía con monseñor Anselmo, su expresión sabia y amenazadora, sus ojos claros que lanzaban destellos, su larga barba que se agitaba temblorosa y sus labios que proferían alabanzas y condenas.

Le temblaron los dedos y contempló apesadumbrado las llamas de las velas.

Cómo le habría gustado coger un carboncillo y, con unos pocos trazos, contar que aquella mañana había entrevisto un gran puercoespín meterse en un cesto de manzanas y devorar una con mordiscos pequeños y ávidos.

En una pared blanca, junto al confesionario.

Pero estaba prohibido.

Miró fijamente la tenue luz hasta que empezó a deformarse y luego, tras haber derramado algunas lágrimas y frotarse los ojos, dejó de lamentarse y decidió salir de la capilla.

Aquel período de castigo le pareció una eternidad, y suspiró cerrando el portón. El olor de incienso y cera se fue desvaneciendo hasta desaparecer.

Giró en el pasillo y entró en el refectorio vacío.

Oyó pasos, el eco de voces masculinas y caminó en esa dirección. Tres escalones conducían al patio, trepó por el muro y levantó los pies agarrándose a la reja metálica. En el claustro había dos hombres vestidos con jubones de colores, calzones ajustados y sombreros que colgaban ladeados sobre la nuca. Desde lejos, parecían hermanos, ambos más bajos que el padre Anselmo.

Pese a su severidad, sentía afecto por aquel hombre; aunque los recuerdos que conservaba de él eran confusos, había estado presente en su vida desde siempre, y esto bastaba para que considerara al gastaldo del convento como lo más parecido a un padre.

El prelado hablaba calmadamente con los visitantes, moviendo los brazos con gestos amplios y asintiendo cuando estos ponían objeciones. Una ocurrencia le arrancó una carcajada y, con el hábito agitándose al ritmo de su grueso cuerpo, exteriorizó la diversión dando una palmada en el hombro del que estaba más cerca que le hizo tambalear.

Pietro se revolvió, se le escapó el agarre, emitió un breve sollozo y se encontró sentado en el suelo, con las palmas de las manos rojas y cubiertas de polvo. Antes de ir a la biblioteca, tendría que lavárselas cuidadosamente, de modo que se alejó de mala gana en dirección al huerto, donde crecían las hortalizas de verano.

Sintió el frescor del agua en las manos. Desde aquella posición captó la actividad matutina del monasterio: los mozos de cuadra cuidaban de los pocos caballos y mulas, las horcas cargadas de heno, las carretillas llenas del estiércol que se utilizaría en el huerto; el hijo de la cocinera, con los pantalones ajustados a sus musculosas pantorrillas, la barriga prominente de quien prueba todos los platos, la cara redonda y la mirada torva.

Sabía por propia experiencia que debía mantenerse alejado de él ya que, en los últimos meses, sus bromas se habían vuelto groseras e irreverentes.

También estaba allí el vendedor de rastrojos con su carrito, y fue precisamente este último el que atrajo su atención: estaba lleno de trastos entre los que resultaba hasta demasiado fácil esconderse.

No tenía prohibido salir del monasterio, pero debía pedir permiso y, puesto que el padre Anselmo estaba ocupado, decidió hacer caso a los rugidos de su estómago.

Haría una escapada al mercado para llenarlo, no estaba demasiado lejos y nadie notaría su ausencia.

Dicho y hecho. Se deslizó sin ser visto bajo la sucia manta que protegía del polvo una vieja cómoda que apestaba a podrido; no hizo caso, estaba demasiado ocupado fantaseando sobre el futuro inminente.

Entre ondulaciones, sacudidas y chirridos, empezó el viaje hacia el portón, que significaba libertad. Al salir, aunque amortiguados por la cubierta, los ruidos del pueblo sustituyeron al silencio del monasterio. Sabía que el mercado se celebraba en una pequeña plaza con vistas al lago, de modo que se apoyó en la madera carcomida y cerró los ojos.

El vendedor se detuvo tres veces para colocar la mercancía, una gran pérdida de tiempo, y cuando a Pietro empezó a aburrirle todo aquel trajín, charla y regateo, comenzó a pensar que aquella expedición solo le traería problemas.

Echó una mirada al panorama a través de una rendija, decidido a bajarse del carro lo antes posible, cuando un olorcillo a carne asada le produjo un cosquilleo en las narices. En un abrir y cerrar de ojos se encontró en la calle principal de Campione, donde las casas de piedra cerraban el callejón como torres.

En una esquina había un pequeño altar con velas encendidas bajo el rostro de la Virgen, que sostenía en sus brazos un bebé regordete y sereno.

Pietro estudió el fresco con la espontaneidad de la juventud, con las emociones y no con la razón, y acabó concluyendo que el artista podría haberlo hecho mejor: la Virgen tenía la nariz torcida, la frente era desproporcionada con relación a la cara, y los labios, demasiado finos, expresaban severidad y no amor maternal.

Él la pintaría de manera distinta, como la describían Francisco y Clara, los dos santos extasiados en la contemplación, que ardían de amor divino, del mismo modo que él ardía del mucho más terrenal fuego del arte.

La realidad lo arrancó de la contemplación; el aroma del asado le recordó cuál era su objetivo, de modo que se dirigió a la plaza que conocía bastante bien, porque el padre Anselmo lo llevaba con él en las visitas a la casa parroquial.

Acompañaron sus pasos el taconeo sonoro de los zuecos de madera y la melodía que empezó a silbar hasta llegar a la plaza donde se alineaban los puestos. Vendedores que gritaban ofertas, que agitaban telas y exhibían alimentos para atraer a los clientes y, al fondo, la superficie del lago a la sombra del monte San Salvatore, un brillo untuoso, que el sol del mediodía animaría con reflejos cambiantes.

Pietro arrugó la nariz para distinguir los puestos de la carne y del queso, los más apetitosos según su estómago. El lado norte no le interesaba; allí estaban los vendedores de carbón, de sal y de la gruesa arena que se utilizaba en las construcciones; más abajo, junto al pequeño puerto, se hallaban los puestos de los pescadores. Odiaba aquel hedor, cuando le correspondía el turno en la cocina raramente tocaba los cuerpos fríos y blandos de los sábalos, las carpas y las anguilas, que dejaban en las manos un olor desagradable, muy diferente al de sus carnes rellenas o marinadas.

Mejor la carne, sí.

Se lamió los labios en un gesto inconsciente y se dirigió a los puestos de los carniceros, aunque el padre Vittorio le había explicado que el pobre, para estar cerca de Dios, debía soportar honestamente su condición y renunciar a los ricos manjares, del mismo modo que debería renunciar a la concupiscencia de la carne. El significado de concupiscencia no lo tenía muy claro, pero no quería ni oír hablar de renunciar a la carne.

La fuente pública separaba los puestos que le interesaban de los de los vendedores ambulantes. Lleno de deseo, entrevió las piezas sanguinolentas que se ofrecían a la venta, y luego se detuvo en el asador sobre el que giraban y giraban trozos de carne chisporroteantes y una serie de pollos con el cuello colgando, bien muertos y bien crujientes.

A la vista de aquel espectáculo, su estómago empezó a gritar, puesto a prueba ya por el traqueteo del viaje y, cuando vio las salchichas, fue amor a primera vista. Sin embargo, el bullicio de los niños, que armados con palos de madera perseguían a las gallinas todavía vivas, y las ruedecillas de madera sobre la tierra lo distrajeron del éxtasis.

Mientras la salchicha que chorreaba grasa lo invitaba a dar los últimos pasos, se detuvo a pensar en cómo la conseguiría, puesto que no tenía ni un céntimo. Tal vez a crédito, prometiendo saldar la deuda en cuanto tuviera alguna moneda que ganaría barriendo el claustro.

El dilema no quedó resuelto, porque de pronto sonaron gritos, la gente empezó a correr y una conmoción sacudió la plaza como un terremoto. Hombres y mujeres se pusieron a gritar a pleno pulmón, agitando los brazos y señalando, con el rostro descompuesto, a los comerciantes de carbón.

Pietro se olvidó de la ilusión de la hipotética comida y se agazapó contra la pared de una casa para observar el alboroto que acababa de estallar.

—¡Fuego, fuego! —gritaban todos.

—¡La casa del cura se está quemando!

Comprendió lo que estaba sucediendo cuando percibió el olor a humo. La confusión continuaba. Campesinos, comerciantes y simples aldeanos se dirigían al lugar del incendio evitando, con un zigzagueo incontrolado, a los que venían en dirección contraria, demasiado asustados para prestar auxilio.

El humo salía ya por los tejados, subía hacia el azul exuberante como una flor maligna. Pietro no se desanimó, se metió en un callejón, subió una cuesta y desembocó en una placita, donde todo el mundo estaba en silencio mirando hacia arriba.

—Que Dios nos ayude, el piso de arriba está a punto de derrumbarse —dijo alguien, y Pietro vio cómo la pared de cañas y yeso bajo el techo en llamas se inclinaba hacia dentro.

El arquitrabe ya se había perdido, las otras vigas resquebrajadas y los robles envejecidos se quemarían produciendo un calor insoportable.

Llegaron dos hombres con cubos y enseguida se formó una fila que concluía en el lago, la reserva de agua más cercana, pero todo se desarrollaba lentamente, mientras que el fuego lo estaba devorando todo con la misma velocidad con que él habría liquidado la salchicha.

Unos escombros en llamas llovieron sobre un carro que estaba allí cerca, y un grupito de los que estaban ayudando se apresuró a apartarlo.

—Ven conmigo —dijo una voz, y sintió que tiraban de él. Un instante después, estaba en la fila con un cubo en las manos.

—Tenemos que actuar con rapidez —lo instó el muchacho que lo había enrolado—. Allí dentro hay una mujer con su hijo. —Y como para subrayar el macabro descubrimiento, se oyeron gritos desgarradores procedentes de algún punto de aquel infierno de llamas. A Pietro se le pusieron los pelos de punta a causa de la impresión.

—¿Cómo saldrá? —gritó, y solo entonces miró a su compañero, que tenía el rostro y las manos cubiertos de hollín.

—Tenemos que echar agua en aquella parte —le respondió y señaló una pequeña ventana abierta de par en par—. Tal vez podamos salvarla.

Pietro asintió, el muchacho debía de tener aproximadamente su edad, con los hombros más anchos, el cabello despeinado sujeto por una banda de cuero de la que sobresalían un par de mechones que se ensortijaban en torno al rostro.

—¿Cómo lo sabes? —le preguntó, cogiendo el cubo repleto y pasándolo al hombre que estaba detrás de él.

—Lo sé porque trabajo la madera y mi maestro es aquel de allí.

Pietro siguió la dirección de la mirada y vio a un individuo que gesticulaba dirigiendo la operación de socorro. Lo que llamó su atención fueron las manos del tamaño de unas aspas de molino, se movían al ritmo de las órdenes que lanzaba desde aquel rostro austero, del que pendía un bigote de manillar.

—¿Maestro de qué?

—Tavanino da Castelseprio, maestro carpintero. ¿Has oído hablar de él?

Otro cubo, esta vez lo agarró mal y un bofetón de agua fría le congeló los muslos. Casi pierde el equilibrio. Un grito desesperado lo espoleó y cerró la boca sin prestar atención a la respuesta. Miró fijamente las llamas que aquí y allá, entre los restos de la casa todavía en pie, lo devoraban todo.

Entre las brillantes lenguas anaranjadas, tan luminosas que habrían hecho las delicias de un pintor, vio un repentino destello de blanco. ¿Una cofia, un delantal? ¿Una mujer o una alucinación?

Hipnotizado por la desenfrenada danza de los colores, los calientes rojos, los fríos azules, los amarillos que se esfumaban en el oro, Pietro soltó el cubo y, haciendo caso omiso de la voz que le gritaba que tuviera cuidado, vio un par de brazos que sobresalían de la ventana.

No era una cofia, ni un delantal, sino un fardo, que permaneció suspendido en el vacío entre el cielo y la boca del infierno. Se lanzó gritando, en un intento de detener el gesto desesperado, pero el fragor del incendio era superior a cualquier otro ruido, de modo que la llamarada que lo embistió fue como una ráfaga de viento, como poner la cara en una chimenea encendida.

Comprendió demasiado tarde que la dueña de aquellos brazos no podría oírlo, ni atender a sus ruegos.

Aceleró, viendo que la mujer estaba al límite de sus fuerzas. El precioso fardo fue arrojado con un último y desesperado grito, y Pietro se abalanzó sobre los guijarros como un nadador que se asoma al vacío; todo él proyectado hacia delante: brazos, manos, dedos estirados hasta lo imposible. Y entonces sintió sobre él un terrible peso.

El impulso le hizo tropezar, rodar y golpearse el hombro contra el suelo, pero el fardo se mantuvo a salvo. Lo rodeó con sus brazos, como si fuese un tesoro, ofreciendo al fuego la espalda arqueada.

Oyó gritos y sollozos, superados enseguida por un enorme estruendo. Pensó que se asaría como aquella bendita salchicha, pero le cayó encima un chorro de agua, y otro y otro, y quedó empapado, tan tembloroso ahora como caliente e intrépido antes.

—*L'è mat, l'è mat 'sto fiol!*

—¡Fuera, fuera, que se va a derrumbar todo!

—Tengo al bebé, ¡cuidad del niño!

Pietro sintió que lo levantaban y lo arrastraban lejos de allí.

La posadera encendía el fuego a primera hora y, cuando las campanas tocaban la sexta con doce repiques, servía la comida. Era un ambiente familiar, de pescadores, algún campesino y comerciantes de paso.

El plato fuerte era la perca asada, pero el pan recién horneado también era excelente, así como el pato relleno y las costillas de cerdo. No faltaban largas salchichas acompañadas de coles estofadas, y Pietro eligió justamente este plato, que la mujer depositó, humeante, ante sus narices.

—Obsequio de la casa —dijo con una tosca caricia de la mano enrojecida por el trabajo.

La herida en la frente había dejado de sangrar, el bebé había acabado en los brazos de su tía, la madre no había sobrevivido y él había sido reconocido por el hermano Lodrisio, el encargado de la intendencia del monasterio.

—Ahora come, luego nos vamos a casa —le ordenó este.

—¿No vais a comer nada? —preguntó tímidamente Pietro, que recibió como respuesta una mirada fulminante.

—Estoy aquí para comprar provisiones, no para llenarme la barriga. Y no intentes corromperme, es pecado.

Pietro resopló y se llenó la boca con un pedazo de salchicha.

—No quería escapar, solo dar una vuelta por el pueblo.

—Antes de hablar, traga —replicó el monje, enfadado.

Poseía la simpatía de un cardo, el cuello macizo y el ceño fruncido, como quien tiene mil preocupaciones. No había nadie mejor que él con los números, pero su severidad era famosa entre los novicios, así como los bofetones que repartía generosamente.

—Estamos aquí solo porque la posadera y medio pueblo han insistido en alimentarte —precisó mirando a su alrededor—, pero no cuentes con mi simpatía. Y en el monasterio tendrás que vértelas con el padre Anselmo.

—Ha sido la caridad cristiana la que me ha impulsado a actuar. Y no olvide que he salvado a una pobre criatura.

Los labios del monje se movieron con desconcertante determinación.

—Lo reconozco, pero no deberías haber salido sin permiso. Has desobedecido y pagarás las consecuencias.

Pietro se sintió ofendido.

—Tal vez era un designio divino, tal vez debía estar aquí para salvar al niño.

—La soberbia es un pecado capital —sentenció Lodrisio. Pietro no tuvo tiempo de rebatirlo; acababa de aparecer junto a su mesa el muchacho del incendio junto al maestro Stefano da Castelseprio, al que todos llamaban Tavanino. El que habló fue este último, mientras retorcía la gorra que sostenía en la mano.

—No querría molestaros, hermano Lodrisio —comenzó dirigiéndose a su hosco compañero—. Mi aprendiz querría conocer el nombre de este valiente muchacho.

La mirada del monje fue de severa desaprobación, pero no osó oponerse a la petición.

—¿Has oído, Pietro? Acaba la comida para no ofender a la posadera y luego podréis hablar. Pero poco tiempo.

Pietro devoró los últimos trozos de salchicha y rebañó el plato con cuidado. Cuando hubo terminado, se levantó y los cuatro salieron a la calle que conducía a Bissone. Al llegar al final del camino, giraron a la izquierda, pasaron por delante de la iglesia y bajaron hacia el lago.

—Has sido valiente —comentó el muchacho que se había colocado a su lado—. Me llamo Alberto da Ascona.

Le tendió la mano, como hacían los hombres de verdad, y Pietro devolvió el apretón con fuerza. Le gustó de inmediato, tenía la sonrisa en los ojos y podía mirarlos sin esfuerzo, puesto que tenían la misma estatura.

—Yo soy Pietro da Campione —dijo.

—¿Eres un novicio? —preguntó el otro mientras se aproximaban a la playa. El monje y el carpintero los seguían hablando sin parar.

—No, no —le respondió, y en aquel momento se dio cuenta de que no quería estar encerrado para siempre entre aquellas cuatro paredes. Pese a que le esperaba un severo castigo, aquella excursión al pueblo era lo mejor que le había ocurrido en la vida—. Soy huérfano, el padre Anselmo me acogió en el monasterio cuando era un niño, pero no sé si me haré monje.

—Yo soy aprendiz de carpintero, mi padre es Aurigolo di Ascona. Estoy aprendiendo el oficio con el maestro Tavanino.

Pietro dio una patada a una piedra, que rodó varias veces antes de aterrizar en la pequeña playa.

—A mí me gustaría esculpir o dibujar —reflexionó en voz alta y admitirlo por primera vez ante alguien le hizo sentir realmente bien. Alberto también dio una patada a una piedra, que se detuvo a dos dedos de la suya.

—¿Así que quieres ser maestro cantero? —le preguntó.

Pietro arrancó una brizna de hierba del pantano y la introdujo entre los incisivos. Miró a su compañero.

—Sí, exactamente. ¿Has conocido a alguno?

—Sí, cuando fuimos a Santa Maria dei Ghirli a construir un andamio.

—¿Aquí, en Campione?

—Los maestros canteros se reúnen a menudo, lo sé porque me lo ha explicado mi padre. Construyen iglesias, pintan y esculpen la piedra. Sé que siempre están buscando aprendices.

Pietro asimiló la información, pensativo, mientras seguía masticando la hierba, y se agachó a recoger un puñado de guijarros que lanzó al agua. Le habría gustado pedir más información a su nuevo amigo, pero no sabía cómo hacerlo. En cualquier caso, Alberto parecía contento simplemente hablando y nada más.

Hablaron de sus comidas preferidas, de la pesca y de los cebos, ya que a ambos les gustaba sostener la caña. El lago era una superficie azul como el cielo, moteada de verde oscuro en el punto en que se reflejaba el monte San Salvatore. Alberto se reía de las bromas, Pietro se sintió bien en su compañía y tuvo la impresión de conocerlo desde siempre.

—Estoy contento de que hayas venido a la posada a buscarme —dijo de repente, después de haber apostado en qué dirección emprendería el vuelo la garza que brincaba en la playa.

—Sentía curiosidad, tienes una cara simpática.

La franqueza de Alberto lo sorprendió y le agradó.

—En el monasterio somos muchos, pero no tengo demasiados amigos.

—Yo tampoco —confirmó Alberto, repentinamente ensombrecido.

Pietro siguió su mirada, que mantenía fija en una barcaza de esas que transportan cargas pesadas de una orilla a otra. Se estaba acercando al embarcadero, donde la esperaba el patrón de amarre. En la proa, un muchacho manejaba con habilidad una pértiga con la que ayudaba al timonel.

—¿Qué estás mirando?

El compañero no respondió, se puso más serio y frunció el ceño. Contemplaron la maniobra en silencio; el casco medio sumergido por la carga de arena, la rapidez con que se aseguraron los cabos a las anillas de hierro para el amarre. El muchacho que estaba en la proa saltó a tierra y, tras haber intercambiado unas frases con un miembro de la tripulación, se dirigió silbando hacia ellos.

Pietro observó que su compañero se ponía tenso y con el brazo izquierdo se frotaba el derecho, como si le doliera. De pronto, empezó a andar, dio unos brincos decididos y saltó de la playa al embarcadero. El ruido de los zuecos sobre la madera atrajo la atención del otro. Por un momento su rostro alargado y absorto mostró sorpresa, luego su expresión cambió; los ojos se cerraron hasta convertirse en rendijas y los labios se entreabrieron, dejando ver unos colmillos inusualmente largos.

—Mira quién está aquí —dijo con fría complacencia y una sonrisa falsa como moneda de arcilla.

—Ugolotto da Rovate —exclamó Alberto, y separó las piernas como si fuesen a clavarlo a las tablas de madera, con los brazos colgando. Pietro se reunió con él y se puso a su lado.

—No te metas en esto —le advirtió Alberto—. Este es un cobarde.

—Uy, qué exageración —intervino con cara larga e irreverente—. ¿Ya no somos amigos, Alberto?

—Tú no sabes lo que es la amistad —fue la seca respuesta.

Tras aquel breve intercambio de palabras, permanecieron en silencio durante unos instantes, estudiándose mutuamente. Reinaba entre ambos una calma solo aparente. Finalmente, la mirada de Ugolotto se posó sobre Alberto.

—¿Tienes un nuevo amigo —dijo con desprecio—. ¿O acaso es tu hermano, ya que sois iguales?

—No es mi hermano y no nos parecemos en nada, hasta un tonto lo vería —intervino Pietro—. Yo tengo el cabello oscuro y Alberto es rubio.

El rostro de Ugolotto pasó de una expresión de sorpresa a una de astucia.

—Si tú lo dices, listillo. Pero ¿he oído bien?, ¿me has llamado tonto?

Alberto se puso delante de él.

—Déjalo en paz, enfréntate conmigo.

La tensión que pesaba sobre ellos no disminuyó. Pietro sintió una palmada en el hombro, era el nuevo amigo. El gesto aumentó la satisfacción de haber intervenido. Sin embargo, la situación seguía sin resolverse; para continuar, tendrían que cederle el paso, concesión que Alberto no parecía dispuesto a hacer.

Pietro miró hacia atrás. Por suerte, el hermano Lodrisio y Tavanino estaban demasiado lejos y, además, era mejor dejar al monje fuera de aquel asunto o lo arrastraría de vuelta al monasterio tirándole de la oreja.

—No pienso enfrentarme con nadie, tengo que trabajar, y ahora apártate y déjame ir al pueblo —dijo Ugolotto con aspereza.

—De ninguna manera, antes tendrás que disculparte conmigo —replicó Alberto.

El otro se agitó, inquieto, con una mueca dibujada en el ángulo de la boca.

—¿Disculparme? ¿Por qué? Tropezaste estúpidamente y caíste tú solo debajo del árbol.

Alberto dio un paso, beligerante.

—Eres un mentiroso, me empujaste tú.

—«Eres un mentiroso, me empujaste tú» —se mofó Ugolotto—. Ve a lloriquear a tu padre.

—Maldito cobarde —rugió Alberto. Abría y cerraba los puños y de repente le dio un empujón. Ugolotto basculó hacia atrás, consiguió mantener el equilibrio y levantó las manos con cierta presteza; esquivó el puño, que le rozó la sien.

—Te voy a romper los huesos como hiciste tú conmigo —declaró Alberto poniéndose en guardia, con los codos doblados, los dedos bien cerrados y las orejas enrojecidas.

La mirada de Ugolotto era malvada. Saltó hacia delante y le dio un empujón en el estómago con las dos manos. Alberto no cedió ni un paso. El otro gruñó de frustración y cargó contra él con la cabeza baja.

Alberto dio un salto a un lado, y el otro se dio de bruces en la arena tras haber bajado rodando los cuatro escalones que conducían al embarcadero.

Pietro se rio, nunca había presenciado una pelea, al menos no tan encarnizada. No eran las bromitas entre los novicios, era una pelea de adultos.

—Pídeme perdón —insistió Alberto ante la espalda del muchacho, que se sacudía los pantalones para quitarse la arena—. De lo contrario, te romperé el brazo como me hiciste a mí.

Por toda respuesta, Ugolotto se puso en pie de un brinco y huyó hacia el pueblo como alma que lleva el diablo.

Alberto salió en su persecución, Pietro lo siguió saltando los escalones. Estaba a punto de alcanzarlo cuando oyeron la llamada del carpintero.

—¡Alberto, tenemos que volver a la obra!

Ambos se detuvieron de golpe, mirando al fugitivo que desaparecía por un callejón.

—¿Quién era? —le preguntó sin aliento.

—Una carroña —se limitó a responder su amigo.

15

La política del cazador

—Decidme, mi señora, ¿vuestros ojos son del color de las hojas recién brotadas o tienen el tono ligeramente más oscuro de los lagos?

Agnese extendió el brazo hacia la jarra de vino. Sin embargo, en vez de levantarla, la apartó un poco y contempló sus manos. Eran elegantes, de caballero, aunque después de cazar los dedos estaban ásperos y agrietados, y los nudillos cubiertos de pequeños cortes y moretones.

Luego le sonrió, y Agnese se olvidó de las manos porque era una sonrisa que conquistaba, tan dulce como despiadada. Sus ojos se iluminaban con una luz irresistible: aquel era el hombre que la había conquistado. Le devolvió la sonrisa y se puso la capa, que él le ajustó sobre los hombros con delicadeza.

—Lo pregunto en aras de la precisión, se entiende —continuó Gian Galeazzo—. Me gustaría ser el que dijera la última palabra.

—Agnese se aclaró la voz y de pronto la habitación le pareció demasiado caldeada.

—Depende de mi estado de ánimo —murmuró, esperando que el rubor se debiera al vino con el que habían brindado.

—¿Lo decís en serio? Entonces deberé haceros feliz para verlos brillar. Por cierto, estaba pensando que tal vez os gustaría llevar algo especial esta noche.

—Querido mío, sois vos el homenajeado. —Y se volvió para mirar por encima del hombro.

Desde la ventana abierta vio el castillo de Abbiategrasso, macizo y elegante con sus torretas y sus cuatro torreones, las manchas de robles y los setos de tejos que rodeaban el patio, donde su amante se entretenía tirando con el arco.

Para aquellos dos días que habían pasado solos en la pequeña aldea, Agnese había encargado tres vestidos nuevos, y el que llevaba era el más lujoso.

El último día tenía que ser especial.

El traje era de un color verde muy pálido, con cientos de pliegues y mangas transparentes ribeteadas con una cinta de plata; la túnica de terciopelo muy fino iba atada con cintas también de plata, y tenía unos cortes a la altura de las caderas, que al andar dejaban ver el vestido que había debajo.

Había mandado que le cepillaran el cabello hasta dejarlo brillante y lo llevaba suelto sobre los hombros, sujeto en las sienes por dos mariposas realizadas en filigrana por un hábil orfebre de Pavía.

Gian Galeazzo era su veneno.

Por él Agnese había perdido el sentido común y la capacidad de juicio. Su ausencia le quitaba el hambre y el sueño. Incluso en aquel momento, su mente retrocedía a los pocos instantes de felicidad absoluta que había conocido con él; instantes perfectos, brillantes, robados antes de las celebraciones oficiales de su cumpleaños. Esos momentos representaban una victoria, sobre todo ahora que esperaba un hijo suyo, mientras que su mujer todavía no le había dado ninguno.

En las manos del compañero apareció de la nada una cajita de roble pulido de un palmo de largo, completamente labrada, que abrió sobre las bisagras de latón para mostrar un collar. Una cadena de anillas muy pequeñas sostenía un círculo de oro tachonado de perlas y ámbar, en cuyo centro lucía una esmeralda del tamaño de un huevo de petirrojo de un tono profundo e intenso.

—Me llamó tanto la atención que no pude resistirme —le susurró Gian Galeazzo sacando el collar—. Sabía que si os lo poníais, nunca podría apartar los ojos de vuestro pecho.

Agnese apartó el cabello. Los nudillos de él, un poco ásperos, le rozaron el cuello y el peso de las piedras la conmovió.

—Preciosa —murmuró su amante.

Gian Galeazzo había deseado besar a aquella mujer desde que la vio por primera vez, empapada por la lluvia, en las calles de Pavía. Cuando la tenía cerca, nada parecía ya importante. No es que olvidara el gobierno, sus obligaciones, la guerra. Solo que, de pronto, todo dejaba de ser importante.

Y sabía que Agnese lo deseaba.

La confirmación la tenía allí, en cada respiración temblorosa, en la muda inmovilidad de sus ojos. Manteniendo la mirada en ella, en aquellos pechos redondos y firmes, en aquella obra maestra de la orfebrería, inclinó la cabeza y le cubrió la boca con la suya.

Escuchó su gemido, un débil susurro de deseo, mientras los párpados se iban cerrando y los brazos se levantaban para rodearle el cuello. Gian Galeazzo se perdió en ella, en su sabor, en el perfume de su carne y en la suavidad tranquila y complaciente de su cuerpo de mujer.

La apretó contra su cuerpo, soltando un gemido, y deslizó las manos por la curva de su espalda para acariciar luego el vientre, donde estaba germinando su semilla. Lo invadió un violento sentimiento de posesión y de orgullo.

Agnese era calor y deseo, condena y redención, y él la necesitaba más allá de toda lógica; un dulce anhelo, que le hacía hervir la sangre. Si no la hubiera alejado de sí inmediatamente, la habría poseído de nuevo. Antes de que pudiese empujarla hacia la cama, ya en desorden, ella se zafó de su presión.

—La caza os espera, mi señor —dijo alejándose, con los ojos encendidos. Él levantó una mano para tocarla, luego la dejó caer a un costado.

—¿Vendréis conmigo? —le preguntó.

—Ya sabéis que no me gusta la caza.

Gian Galeazzo le cogió una mano.

—Complacedme, vuestra presencia me traerá suerte.

—De acuerdo —suspiró resignada, aunque en su corazón ya había decidido.

Su rival, Caterina Visconti, era famosa por haber participado en numerosas batidas y ella no quería ser menos.

El viento había arrastrado nubes esponjosas sobre la llanura, Sacudía las copas de los alisos y de los robles. Olía a tierra y a hojas bañadas por el rocío.

Gian Galeazzo, en compañía de Agnese, se dirigió hacia la halconera. La construcción, cerrada por tres lados, tenía abierto el que estaba orientado al sur para que entraran la luz y el sol.

Tras cruzar el umbral, contempló el heno esparcido sobre la tierra batida, el espacio despejado debajo de las perchas, y pasó revista a los pequeños cernícalos, a los escurridizos neblíes y a los azores, más grandes. Al tío Bernabò le gustaban los perros y la caza del jabalí; él prefería los halcones, los nobles viajeros del cielo, y solo allí, en Abbiategrasso, poseía unos treinta. Cada halcón estaba alojado en un espacio separado por una pared de madera, y de madera eran también las perchas donde se posaban.

—¿Ha dejado Mercurio de morder la lonja? —preguntó a Ivano da Villanterio, el jefe de los halconeros.

—Hemos trenzado cuatro tiras de cuero en vez de tres —le respondió este mostrando la cuerdecilla que mantenía atado el halcón a la percha—. De todos modos, lo vigilamos; nunca se sabe de qué es capaz...

Un halconero estaba asegurando a las patas de un lanario pihuelas de suave cuero para evitar las heridas. Gasparo da Parma entró llevando un azor al que había limado el pico.

—Aquí está mi Diana —murmuró Gian Galeazzo, complacido—. La cazadora más temible de mis bosques. ¿Ahora lo cierra bien?

—Perfectamente, mi señor —respondió Gasparo.

Gian Galeazzo se apartó para mostrar a su acompañante el pico afilado como una cuchilla. Agnese, por complacerlo, admiró el pelaje blanco y gris pizarra, el cuerpo delgado y el porte orgulloso del azor, que la observaba con sus ojillos negros.

—Vamos, señora, no tenéis nada que temer —le dijo el amante al ver que retrocedía.

—Las garras y el pico son signo de brutalidad —declaró Agnese, categórica.

—La halconería no es solo una caza cruenta, el adiestramiento requiere atención y habilidad, ¿no es así, Gasparo?

El joven, tras haber dejado el halcón en la percha, se quitó la alforja que llevaba en bandolera.

—Tenéis razón, mi señor. Se requiere paciencia para habituarlos a nuestra presencia, hay que templar su orgullo natural. Por esto hay que encapucharlos y regular su alimentación para incitarlos a cazar.

Mientras hablaba, Gasparo sacó de la alforja un objeto de cuero, en el que se habían cosido dos alas de faisán con las plumas.

—Parece un pájaro de verdad —dijo Agnese, observándolo.

—Es un señuelo, su propósito es crear la ilusión —explicó Gasparo—. Y puesto que cada halcón tiene su propia presa, tenemos también señuelos de piel de conejo.

—¿Los halcones los persiguen? —preguntó, curiosa, Agnese.

Ivano intervino.

—Cuando el halcón está acostumbrado al hombre, se le enseña a agarrar el señuelo, mi señora. El pájaro posado en el puño está fijado a una cuerda; otro halconero, situado a una distancia de treinta o cuarenta pasos, mueve el señuelo y el halcón responde al reclamo; su deber es atrapar el señuelo y depositarlo en tierra. Cuando haya aprendido a responder, se le quitará la cuerda y será iniciado en la caza propiamente dicha. Este sistema se utiliza para los peregrinos.

—¿Y los otros, los grandes?

—Para los azores como Diana, el señuelo se utiliza como reclamo —le respondió Gian Galeazzo—. Se rellena una piel de liebre con paja y un pollo vivo. El señuelo, arrastrado por un caballo o por un hombre corriendo, llama la atención del azor, que se abalanza sobre él.

—No todos son iguales —murmuró Agnese.

—En absoluto, mi señora —continuó Ivano—. La elección del halcón depende del tipo de presa que se quiera capturar o del tipo de terreno sobre el que se le hará volar.

—Los peregrinos son halcones de alto vuelo, vuelan alto hasta que los perros levantan las presas —le explicó Gian Galeazzo—. Los halcones de bajo vuelo, en cambio, salen del puño o de una percha. El azor es adiestrado para seguir al halconero de árbol en árbol. —Gian Galeazzo acarició a Diana con los nudillos—. Tiene los reflejos de un rayo, su caza es breve pero intensa.

—¿Por qué llevan la caperuza?

—Los deja ciegos —respondió, rápido, Gasparotto—. De este modo no se ponen nerviosos.

La caperuza estaba coronada por un penacho de plumas azules y negras. Ivano da Villanterio les mostró otra con plumas rojas de faisán.

—Es muy hermosa —dijo Agnese, dándole vueltas entre las manos—. ¿Y el anillo con campanillas que llevan alrededor de las patas?

—En él está grabado el nombre de nuestro señor conde de la Virtud, los cascabeles sirven para poder oírlos cuando vuelan en el bosque y las nubes o la altura impiden verlos.

—Los artesanos de Milán que fabrican estos cascabeles son famosos en toda Europa —añadió Gasparo y prosiguió, demasiado entusiasmado para permanecer en silencio—. Los perros levantan las presas: perdices, codornices, patos, grullas... Pero luego se agazapan, saben que no deben acercarse o hacer daño a los halcones.

—Bien, Gasparotto; te estás convirtiendo en un experto —lo elogió Gian Galeazzo.

El joven agachó la cabeza en señal de homenaje, feliz por el cumplido.

—Tengo un gran maestro —dijo, elusivo, señalando a Ivano.

—Ivano es el más hábil —aprobó Gian Galeazzo posando una mano en su hombro—. Pero la salud de mis halcones depende de todos vosotros.

Ambos hicieron una inclinación. Agnese los recompensó con una sonrisa, al tiempo que devolvía la caperuza a Gasparotto.

Salieron al exterior.

Los hombres, reunidos a la espera de iniciar la cacería, presentaban un aspecto espléndido con el elegante atuendo de las ocasiones oficiales. Gian Galeazzo se acercó al escudero que sostenía las riendas y de un salto montó en la silla, luego se inclinó hacia Agnese.

—Gracias, señora, vuestro interés por mis halcones os honra. Con gran disgusto os dejaré para regresar al castillo de Binasco.

Ella le tendió la mano enguantada, y mantuvo la izquierda apoyada en el vientre ligeramente redondeado.

—Os espero al atardecer, no olvidéis que hoy estáis aquí solo para mí.

—Solo para vos —confirmó Gian Galeazzo—. Volveré temprano, pero no os ofendáis si sacrifico un poco de vuestro tiempo, pues este noble ejercicio me proporciona un gran gozo y una emoción indecible, y solo de estos bosques obtengo fuerza y disfrute. Saboreo el gusto de la victoria sobre mil artes de defensa y de evasión de la caza.

—Estáis perdonado. Un alma innoble halla en la caza los bajos instintos de la violencia y de la sangre, vos en cambio le hacéis honor.

Gian Galeazzo le estrechó la mano y luego, de repente, se ensombreció.

—Mañana mis invitados esperan un espectáculo magnífico, confío en que no se sientan decepcionados.

—Eso no ocurrirá, creedme.

—Vuestro apoyo es un gran consuelo. Hasta el atardecer. —Tras estas palabras, se enderezó y con una señal dio comienzo a la jornada.

Agnese vio cómo se alejaba. El embarazo no era una cosa tan mala, odiaba montar a caballo. Dio la vuelta y, bajo el sol septembrino, se reunió con las damas de compañía con las que bordaría bajo los racimos de uva de la glorieta, a punto ya para la vendimia.

Castillo de Binasco, dos días más tarde

Un fogonazo gris.

El airón se elevó desde las márgenes de los cañaverales agitando las largas alas; un movimiento elegante, aunque lento por el peso del cuerpo. Se recortó sobre el paisaje inmutable de la llanura, sobre las blancas cimas de los montes, agudas como dientes, y sobre el cielo de un color turquesa casi violeta.

Subió cada vez más alto, pero no estuvo solo mucho tiempo: el halcón estaba ya a su altura, listo para la acción. Rápidamente se situó sobre el ave y, sin dudarlo un instante, se lanzó en picado.

Los galgos, todavía atados, ladraban; las damas estaban reunidas bajo el pabellón en el que ondeaban las banderas blancas con la cruz roja y las de la culebra con el niño en la boca; un arcoíris de telas de colores, de capas rojas, púrpura y verde bosque.

Gian Galeazzo miró hacia arriba y vio cómo el tremendo golpe daba en el blanco.

El halcón peregrino había apuntado a la presa con su arma más mortífera, las garras. El airón batió las alas en un intento desesperado por mantener la altura y tal vez huir, pero la tremenda fuerza del impacto lo tumbó. Cayó al suelo en una maraña de plumas y alas, en la orilla del pantano.

Sonó un gran aplauso, aunque los espectadores no pudieron ver nada más. Solo Gian Galeazzo y el caballero que estaba a su lado asistieron al momento en que el halcón asestó el golpe mortal con el pico.

—Un animal magnífico y orgulloso —comentó el arzobispo de Milán, Antonio da Saluzzo, desde lo alto del roano cubierto con una gualdrapa de terciopelo rubí. Los dos caballeros se acercaron a la presa recién muerta.

—Nunca falla un golpe —murmuró Ivano da Villanterio, que había seguido a su amo desde Abbiategrasso. Provisto del grueso guante de cuero, se acercó al peregrino, que ya estaba desgarrando el largo cuello de la víctima.

—Sé que a Carlomagno también le gustaba cazar con halcón —dijo Gian Galeazzo, mientras el halconero distraía al ave rapaz con el señuelo y recuperaba el airón—. Se merece uno de esos muslos, Ivano, recuérdalo.

—Así se hará, mi señor.

El cuerno de caza sonó de nuevo en aquel momento y la jauría de perros se lanzó a los bosques para la batida de caza con los azores.

—Este es el momento que más me gusta —dijo Gian Galeazzo apoyando la mano izquierda enguantada en el pomo de la silla.

Viendo la expresión del arzobispo, sonrió—. ¿La caza sigue sin entusiasmaros, excelencia?

—A propósito de Carlomagno, debéis saber que la prohibió a todos los eclesiásticos, al igual que hicieron los concilios posteriores. La Iglesia no fomenta este ejercicio incompatible con nuestro modo de vida. ¿Acaso no es crueldad matar a criaturas inofensivas?

—Muchas de esas criaturas inofensivas tienen cabida en vuestra mesa.

El arzobispo rio con ganas.

—Sois un bribón, pero no es algo nuevo. Recordad, no obstante, que hay en mí un espíritu de dulzura y mansedumbre, y la caza es una diversión demasiado profana. Esto no quita que en mi mesa aparezca, de vez en cuando, un faisán o una hermosa liebre, regalos de mis conciudadanos.

—Como ya están muertos —añadió Gian Galeazzo en tono despreocupado— no os interesa saber de qué modo abandonaron este mundo.

—En este glorioso día, en que se celebra vuestro cumpleaños, puedo pasar por alto la actividad venatoria, porque sé que para vos es un útil ejercicio político, además de un entretenimiento. —Miró a su alrededor, los mozos estaban limpiando los animales capturados por los halcones peregrinos—. Siempre que, de ahora en adelante, su objetivo sea únicamente lúdico.

Gian Galeazzo miró al prelado, enarcando una ceja.

¿Estaba aludiendo tal vez a su tío, al que había hecho trasladar de la fortaleza de puerta Giovia al castillo de Trezzo? Iba a replicar con dureza que solo él podía disponer del destino de su pariente y que cualquier intercesión sería contraproducente, cuando el arzobispo retomó la palabra con calma, manteniéndose erguido en la silla como si fuese un joven soldado de Cristo, en vez de un hombre de más de cincuenta años.

—Sabed, mi querido hijo, que el Viernes Santo del año de gracia 684 de la era vulgar también cazaba en esos bosques Huberto de Aquitania.

—¿El hijo mayor del duque Bertrán?

—Me complace que conozcáis esta historia.

—No podía ser de otra manera —le respondió no sin cierto orgullo—. La biblioteca que creó mi padre contiene, además de la historia de los hombres, también la historia de la Iglesia.

—Que el alma de Galeazzo descanse en paz —murmuró el arzobispo—. Pues bien, como decía, ese audaz caballero se entregaba a todos los placeres mundanos, pero sobre todo le gustaba la caza. Aquella mañana estaba persiguiendo él solo un ciervo, que huía veloz a través de los claros y desapareció luego en la espesura del bosque.

—Una presa tan difícil como noble.

—Sí, tenéis razón. Pues bien, en un momento dado Huberto lo atrapó y, cuando se disponía a encajar la flecha con la que pretendía poner fin a la extraordinaria huida, el ciervo se detuvo y se puso en pie sobre sus patas. En el centro del magnífico escenario apareció la imagen de una cruz y una voz misteriosa le advirtió: «Huberto, Huberto, si no te vuelves hacia Dios y llevas una vida santa, irás directamente al infierno».

—Huberto cambió de vida —prosiguió Gian Galeazzo dirigiendo la vista hacia un faisán que se debatía entre las garras de un azor—. Abandonó la caza y cualquier otro entretenimiento, se retiró para dedicarse a la meditación y a la contemplación de Dios. Renunció al ducado y repartió todos sus bienes entre los pobres.

—No solo eso —continuó el prelado—. Con la guía espiritual del obispo de Maastricht, se convirtió en un clérigo muy devoto y, cuando aquel murió, a él lo nombraron obispo y se dedicó a combatir la idolatría y a ganar almas para la fe en Cristo.

—En la práctica, se convirtió en santo —concluyó Gian Galeazzo volviéndose y mirando fijamente a los ojos del otro. Una barba hirsuta cubría el mentón y las mejillas de aquel hombre, que tenía la frente ancha, la nariz larga y fina, y profundas arrugas en las comisuras de los labios—. Yo no soy santo, excelencia —especificó—, ni querré serlo nunca. Mi vida está al servicio de mi estirpe, como la de quienes me han precedido.

El arzobispo hizo girar el caballo para colocarse a su lado.

—Vos sois ahora el señor de Milán, Gian Galeazzo, y yo estoy aquí porque represento a la ciudad, a mi archidiócesis y al pueblo laborioso, que ora y trabaja para la prosperidad de todos nosotros.

—El Consejo General de Milán me ha otorgado el título de dominus, de acuerdo, pero mi camino todavía está lleno de peligros. Tarde o temprano tendré que lidiar con Antonio della Scala, aunque los señores de Mantua, Padua y Ferrara son mis aliados. Son muchos los enemigos que querrían verme muerto, excelencia, y entre ellos sin duda estaba también mi tío.

La expresión del prelado se ensombreció.

—Vuestro tío era un demonio, un pecador. Nos habría arrastrado a todos al abismo.

—Por eso tuve que poner fin a sus fechorías, para protegerme a mí, a mi familia y a los milaneses de vejaciones crueles e inútiles. Al pueblo, en definitiva, al rebaño del que sois el pastor.

—El pastor guarda el rebaño, pero alguien debe defenderlo de los lobos.

—Santas palabras, excelencia.

El tono del arzobispo se volvió conspiratorio.

—Os conozco bien, hijo mío, os hablo como un padre, puesto que ya tenía en gran estima al vuestro cuando vivía. Actuad con sabiduría y previsión, sed un buen gobernante mientras os enfrentáis a los florentinos y a vuestros detractores de Verona, y escuchadme: tenéis un deber y vuestro deber es cuidar del rebaño terrenal. Los milaneses querrían construir una nueva iglesia en honor de la santísima Virgen y piden la aprobación de su nuevo señor.

—¿Una iglesia?

—Santa Maria Maggiore ha sufrido muchos daños con el paso del tiempo: la torre se ha derrumbado y los fieles son tan numerosos que sus muros ya no pueden dar cabida a todos. Una delegación de los gremios y de las puertas de la ciudad me ha pedido que interceda ante vos para conseguir vuestro apoyo para la reconstrucción de la catedral de invierno.

Un rápido pensamiento cruzó por la mente del conde de la Virtud; no solo un pensamiento, sino un montón, una multitud de ideas y de consideraciones.

Santa María Virgen, la madre de Jesucristo, aquella a la que se dirigía en sus oraciones para tener un heredero y de la que era muy devoto. En Santa Maria Maggiore había asistido a muchas celebraciones, recordaba la fachada en mármol blanco y negro, las dos salas contiguas, el techo sostenido por columnas blancas, el interior iluminado por cirios y el olor a incienso que impregnaba el aire santo. Se vio a sí mismo arrodillado, la emoción de asistir a un bautismo, las palabras de su padre, que se había inclinado sosteniéndolo de la mano.

—Hijo mío, la fe es una semilla. Debes plantarla en tu corazón, justamente como la semilla se planta en el huerto. Si la cultivas, crecerá hasta convertirse en un hermoso árbol. Del mismo modo, si cultivas tu fe, ganarás el reino de los Cielos.

Él era un hombre de mundo, que se había quedado solo en el poder. Ya no tendría necesidad de disimular, retomaría la política expansionista de sus predecesores con el proyecto concreto de un reino que se extendería desde el Piamonte hasta el Véneto, desde la Emilia hasta la Toscana; la Culebra engulliría una miríada de ciudades opulentas, importantes desde el punto de vista estratégico, incluida la soberbia Florencia y los Estados de la Iglesia.

En Europa se estaban construyendo muchos edificios sagrados, y pensó justamente en la gran catedral de la República florentina. ¿Acaso su proyecto no había nacido del deseo de ampliar la antigua iglesia de Santa Reparata? ¿Acaso Arnolfo di Cambio, casi un siglo antes, no había imaginado un edificio majestuoso bajo la dirección e inspiración de los comerciantes florentinos y del cardenal Duraguerra, que había puesto la primera piedra? Y Talenti, que había sucedido al primer arquitecto, ¿no había trabajado tal vez en la de Orvieto y luego en Siena? Y Barbarroja, el vándalo que había arrasado el suelo de Milán, ¿no había robado las santas y atractivas reliquias de los Magos sobre las que se levantaba la catedral de Colonia?

Las reliquias, el cuerpo, lo sagrado, el poder y la muerte; capital simbólico, marca de identidad, intercambiados entre los Estados para sancionar pactos estratégicos o económicos y, en la guerra, el trofeo más codiciado para conferir legitimidad a un imperio.

—Todas las grandes ciudades tienen su catedral... —reflexionó en voz alta—. Y un día tal vez podrían restituirse las reliquias de los Magos al lugar al que pertenecen.

El arzobispo sujetó a su caballo, que quería mordisquear la hierba. Tiró de las riendas con un gesto preciso y elegante y acarició el cuello musculoso con un rápido gesto.

—Imaginad una gran iglesia —murmuró—. Qué prestigio sería para la ciudad, qué noble objetivo y qué devoción y honor para quienes la construyan. Será una iglesia dedicada a la Virgen, a María Naciente, y vos nacisteis justamente ocho días después de su fiesta, ¿acaso no es una señal divina?

El conde de la Virtud no oyó las llamadas de los halconeros, los gritos de júbilo de las mujeres, el ladrido de los perros o las voces de los aristócratas que animaban la jornada de caza. Se estaba imaginando ya el poder que tendría ese mensaje: edificar una gran catedral en la ciudad recién sustraída al poder de su tío.

Fuerza, poder, determinación, grandeza.

Sus enemigos serían aplastados por el significado intrínseco, por esa suerte de advertencia.

—Excelencia, ¿regresamos a la caza y nos acercamos al bosque? Mis azores me esperan —dijo, como si nada hubiera ocurrido, mientras en su interior bullía un montón de ideas, hipótesis y proyectos.

El arzobispo pareció sorprendido, pero no puso ninguna objeción, apretó los labios y aceptó, algo decepcionado.

—Prometedme que al menos lo pensaréis, conde —añadió cuando iniciaron la marcha juntos.

Gian Galeazzo no le respondió afirmativamente, sino que se limitó a espolear el caballo y a decir:

—Os comunicaré mi decisión lo antes posible.

16

La nueva catedral
y una conversación entre hermanos

Milán, noviembre de 1386

El abad de Sant'Ambrogio estaba sentado a la sombra. Solo el pálido relieve de las manos destacaba sobre el terciopelo verde del hábito talar, iluminado por la luz oblicua del sol de la tarde.

Estaba sentado en la gran sala de alto techo del primer piso, que disponía de dos ventanas en arco asomadas a la anteiglesia de la basílica.

A excepción de los hermosos tapices colgados de la pared posterior y de la extensa colección de libros expuestos en las laterales, apenas había muebles: dos sillas tapizadas de terciopelo delante del sólido escritorio, un reclinatorio y un arcón tallado.

El fuego centelleaba y oscilaba, pero la llama ardía con poca intensidad, de modo que la gobernanta, murmurando unas palabras ininteligibles, se arrastró hasta una cesta de leña situada en una esquina, eligió dos hermosos troncos de roble y los puso en el hogar. Se quedó mirando cómo se asentaban silbando, rodeados y bañados por las llamas y, al olor intenso del pergamino que impregnaba el aire, se añadió el de la chimenea.

Anselmo se sentó más cómodamente.

Estaba allí para hablar con el abad no solo de las posesiones feudales de Campione, que eran rentables, sino para que lo informara sobre la reciente decisión tomada por los notables de la ciudad de construir una nueva catedral, del hecho de que se estaba organizando la obra.

A Anselmo le había causado cierta impresión que la decisión, apoyada por el propio arzobispo de la ciudad, Antonio da Saluzzo, hubiese obtenido la aprobación del Visconti.

Al pensar en el señor de Pavía y Milán se estremeció: imposible olvidar cómo el arrogante conde de la Virtud había depuesto a su tío Bernabò; primero atrayéndolo a una emboscada, luego encarcelándolo en el castillo de Trezzo y, finalmente, con toda probabilidad, envenenándolo.

El abad, con una gran frente calva surcada de arrugas, escasos cabellos grises muy cortos y una puntiaguda barba blanca como la leche, estaba firmando unos documentos. Una vez cubiertos con una fina capa de arena y sellados, hizo sonar la campanilla.

Entró el secretario, un tipo enjuto con el sombrero ladeado sobre la frente. Los documentos cambiaron de mano, el secretario se marchó y la gobernanta se acercó al abad con un abultado saquito de paño, que emitía un sonido inusual.

—Huesos de cereza —le explicó el prelado con voz áspera—. El dolor en el hombro no me deja dormir, y Lioneta me ha sugerido este remedio. Podéis iros —dijo luego dirigiéndose a la mujer—. Y cerrad la puerta, odio las corrientes de aire.

El abad se colocó el saquito sobre el hombro, suspiró, se levantó y se dirigió a la estantería de la librería cerrada con dos puertas. Regresó al escritorio con una botella de vidrio oscuro. El vino en las copas brilló en la penumbra como terciopelo rico y denso.

Sin más demora, paladeando lo que los ambrosianos obtenían de la viña, levantó un montón de hojas y, entre carraspeos y roncos suspiros, leyó la carta del pasado mayo enviada por el arzobispo de Milán, Antonio da Saluzzo.

—Es primo segundo o tercero del conde de la Virtud —dijo finalmente, aunque Anselmo conocía a la perfección el parentesco de los Visconti—. Y con una luminosa previsión ha pedido al clero y al pueblo que reconstruyan la basílica de invierno de Santa Maria, que está deteriorada y vieja. Ahora que estáis enterado, mi querido amigo, querría conocer vuestras impresiones.

Anselmo no disimuló su asombro.

—Construir una *domus* para nuestro Señor es un noble objetivo —se limitó a decir prudentemente.

El abad colocó el saquito más cerca del cuello y lo miró arqueando una ceja.

—No debéis ser diplomático, Anselmo. Los milaneses quieren una catedral digna de rivalizar con los grandes templos que se están construyendo por todas partes. Una iglesia de Dios hecha por los hombres, que nace no solo de la voluntad de los prelados, sino de todo el que vive y trabaja en Milán. Vuestra opinión sería para mí un valioso consejo.

Las mejillas del abad habían adquirido un tono rojizo y tenía los puños cerrados como si estuviese en el púlpito. Anselmo no pudo evitar una leve sonrisa.

—No tenéis necesidad de mi aprobación, monseñor, ni de la de Campione, criatura y dependencia vuestra; ni creo haber sido llamado aquí para visitar los cimientos del nuevo edificio.

El abad apoyó un codo sobre el escritorio.

—¿Habéis ido a ver la excavación, como os sugerí?

—Es lo primero que he hecho al poner el pie en la ciudad.

—¿Y qué os parece? —le preguntó, tocándose la cara con la regordeta mano derecha.

—El hoyo de los cimientos es muy profundo.

—¡Hoyo! —repitió el abad mojándose los labios con el licor—. Los cimientos serán el pedestal sobre el que se erigirá el edificio de Dios capaz de enorgullecer incluso al papa.

—Tiempo atrás os habría preguntado a cuál de los dos —insinuó Anselmo con una mueca.

Su interlocutor se encogió de hombros y acompañó el movimiento con un gesto de la mano y haciendo crujir los huesecillos del saquito.

—El de Roma es el único. ¿Cómo se puede llamar «ciudad santa» a esa impía Babilonia de Aviñón?

Anselmo asintió y el abad, enfervorizado, continuó.

—Han organizado colectas en todo el Estado para recoger fondos, y estoy encantado con la participación y el entusiasmo de los fieles.

—Excelencia, todavía no me habéis dicho el verdadero motivo por el que me habéis convocado.

—Acabaos el vino.

Anselmo dedujo por el tono que le reservaba una petición. Siguió el consejo, apurando el vaso hasta la última gota.

—¿Tan grave es lo que me tenéis que decir?

—En absoluto. Querría que los maestros de Campione vinieran a la obra para juzgar lo que se ha hecho y contribuyeran con su ingenio y su trabajo. Quiero los mejores. —Golpeó el escritorio con el índice—. En las obras de Cremona, Bérgamo, Módena, Ferrara y Génova hace tiempo que se oye el dialecto del lago Ceresio.

—Es cierto, monseñor.

—Pues traedlos aquí lo antes posible —dijo el abad y se apoyó en el respaldo.

—Los maestros dejarán las obras y regresarán a Campione por Navidad —razonó Anselmo—. Hablaré con ellos y los invitaré a venir a Milán.

—Bien —aprobó el abad—. Marchaos enseguida y dadme buenas noticias cuanto antes.

En la muralla de roca el pasaje era como una herida. Anselmo miró el antiguo puente tendido sobre el desfiladero y fue el primero en pasar.

Detrás de él, la hilera de los hermanos: armadura y piel quemadas por el sol y por el polvo; las capas escarlata con la cruz blanca que restallaban en el aire seco; los cinturones de cuero y las espadas, pesadilla de los infieles.

Cuando se avecina la guerra, incluso los caballeros de San Juan del Santo Sepulcro de Jerusalén se preparan con la fe y combaten con el hierro.

«Es una guerra justa», pensó Anselmo cruzando el puente y, una vez más, el desierto cayó sobre él.

Piedras y arena sacudidas por vientos áridos capaces de quemarte hasta las tripas, dunas resplandecientes en su desnudez y sequedad, sin una brizna de hierba, árbol o matorral. Valles desolados, bloques de granito informes esparcidos hasta más allá de donde alcanza la vista, ni grises, ni rojos, ni amarillos, sino del color exacto de la piel de los leones.

Reinaba un silencio de muerte.

«Un cristiano tiene permiso para levantar la espada —pensó—. Quien mata en combate a un infiel, venga a Jesucristo; esto es la Guerra Santa y matar no es pecado, sino un servicio prestado a Dios».

Y ahí estaban los infieles. Los esperaban, marea negra y viscosa, indefinible horizonte líquido y mortal.

Los escuderos apretaron las cinchas de sus monturas, los hermanos enarbolaron las lanzas. Él desenvainó la espada y bajó la visera del yelmo, transformando el mundo en un lugar oscuro, atravesado por esquirlas de sol.

Soltó las riendas. A partir de ese momento, el corcel se guiaría solo por la presión de las piernas, ya que se necesitaban ambas manos para luchar.

Se santiguó, el corcel pateó, emprendió la marcha resoplando, partió al galope sacudiendo el hocico y, cuando finalmente se enfrentó a los enemigos, el sonido de la batalla era parecido al de huesos rotos.

Luchó con furia salvaje haciendo girar al caballo, manteniendo a raya a dos adversarios y, rugiendo como un león en el momento del ataque, detuvo con su escudo el mandoble de una cimitarra. Consiguió hundir el arma brillante en el vientre del infiel. Cuando la retiró, un río de sangre brotó de la herida.

Anselmo se sentó de golpe en la cama.

Como después de una carrera, el pecho se alzaba veloz, la respiración jadeante, pero a su alrededor reinaba el silencio, un rayo de luna atravesaba la oscuridad de su celda de monje. Escuchó con más atención y supo que estaba en Campione, en el monasterio.

En casa.

Reconoció los sonidos: el ruido de los pasos sobre el pavimento, el cubo que caía en el pozo, el eco de las voces bajo el pórtico y los olores: leña quemada y sopa matutina.

El sueño.

Lo recordaba con tanta claridad que podía sentir el sabor ferroso de la sangre en los labios, los gritos de la batalla, los relinchos de los caballos, los alaridos de los heridos.

Puso los pies sobre la piedra helada y su cuerpo protestó, como todas las mañanas. Había superado ya la cima de la vida y ahora estaba descendiendo, o tal vez cayendo en un precipicio.

Saludó a Dios como en el sueño; dedos en la frente, en el pecho, hombro izquierdo, derecho, rezó y, al final, en un susurro:

—Y cuando la peregrinación de mi vida haya acabado, Dios mío, haz que llegue sano y salvo a la tierra celestial a través de tu hijo Jesucristo. Amén.

Con un suspiro bebió agua del vaso que siempre estaba lleno en la mesita de noche, el único mueble de la celda.

No se explicaba aquel sueño matutino, sin embargo, se sentía belicoso como después de los muchos violentos abordajes contra las falúas bereberes en la galera almiranta.

Cuando ingresó en la orden de San Juan de Jerusalén, en el lejano 1344, hacía más de treinta años que los templarios habían sido exterminados por Felipe el Hermoso. El soberano francés se había plegado finalmente a las presiones del papa Clemente V, y a la decisión del Concilio, y había aceptado que parte de sus bienes fueran heredados por los hospitalarios.

Por aquel entonces era un espíritu guerrero, obsesionado por la idea de vengar a Cristo, y así se había convertido en escudero de un monje guerrero de la Orden: pobreza, castidad y fidelidad absoluta hasta la muerte.

De pie en la proa, con el mar en la cara y la sal en la garganta, junto a Armand de Bures, maestro y protector.

—Qué nostalgia —suspiró, mientras se ponía la sotana sobre la fina camisa de algodón. Tembló, pero el frío siempre había atemperado su ardiente espíritu. Por esto dormía en aquella celda desnuda y sin chimenea.

Recordó una noche, en compañía de su joven hermano Marco, que había venido de Italia a Oriente para estudiar arquitectura y los grandes monumentos. Arcos, capiteles, bóvedas, estatuas;

para Marco todo era una maravilla, para los caballeros solo una conquista.

En Chipre, que durante un tiempo había sido la sede de los jerosolimitanos, su hermano había visitado Famagusta y había admirado el Palacio de los Gobernadores, situado en la plaza de la catedral.

En los callejones había captado la rareza de los edificios de la ciudad, el pórtico de la sala sinodal y la antigua iglesia de San Francisco. Construcciones de diversos estilos, diversos artistas, una mezcla de piedras, mármoles y ventanas desiguales.

En Rodas, que los caballeros habían arrebatado a los bizantinos, Marco había entrado en la iglesia de San Juan, justo enfrente del acceso a la fortaleza, con las imponentes torres gemelas en el corazón del Collachium, el barrio de los Caballeros. Le habían encantado las imponentes murallas, las gráciles almenas, los adornos del escudo en la entrada principal, colocado allí por el gran maestre Hélion de Villeneuve, al que Anselmo había conocido.

—El arte solo tiene una patria —le había susurrado su hermano con ojos soñadores, y la frase era el resumen de todos aquellos edificios que, en cierto modo, llevaría consigo en la cabeza, en el corazón y en su vida de artista.

Él había regresado al monasterio en el 65, con el ánimo templado, ansioso por estudiar y amar finalmente a Cristo y, unos años más tarde, se había convertido en su gastaldo. Marco se había quedado en Oriente cinco años más, había estudiado su riqueza cultural y había vuelto cambiado, en el carácter y en el arte.

«El pasado, aunque añorado, no puede volver», pensó Anselmo con amargura, mientras abría la puerta de su celda.

Después de la comida frugal y de la misa, se reunió precisamente con aquel hermano, que encarnaba tiempos gloriosos ya pasados. Ahora Marco Frisone era un hombre importante, maestro prior de la Scuola dei Quattro Coronati de Campione, y tío abuelo de los dos gemelos.

Pero nunca lo sabría.

17

Ocasión extraordinaria

Campione, diciembre de 1386

Acabada la oración, Anselmo recorrió el largo pasillo apenas alumbrado por un cabo de vela. Se cruzó con un novicio, Enrico da Cremona, al que recomendó que humedeciera con frecuencia los labios de un hermano enfermo y que no se olvidara de darle una infusión de menta cuando despertara.

Mientras caminaba, se sacudió el polvo del hábito; su hermano se presentaría con un aspecto impecable, como de costumbre, y él iba un poco desaliñado. Un aspecto ordenado es indicio de una mente también ordenada, y la mente de Marco era muy lineal.

Pasó por el *scriptorium* y atravesó la biblioteca.

Por las ventanas ojivales penetraba la luz del amanecer; los colores del arcoíris teñían de rojo, ocre y azul las estanterías de los códices. Más tarde, la gran sala con su oscuro suelo de madera se llenaría de hermanos dedicados a copiar los manuscritos antiguos para recuperarlos, difundirlos y dejar en herencia un saber que de otro modo se perdería.

Anselmo se detuvo un instante para admirar la vidriera.

Frente a él, el paisaje era idílico: un prado verde, el cielo turquesa, al fondo los novios con los invitados y la Virgen, junto a su hijo, en las bodas de Caná.

Sic prata vernis floribus renident, similar a los prados que florecen en primavera, y acudieron a sus labios las palabras del poeta Prudencio, mientras observaba el maravilloso efecto de los vidrios de colores que tenía delante.

Reanudó su camino, bajó por la rampa de piedra gastada por miles de pasos y salió al pórtico.

Desde comienzos de noviembre se esperaban las primeras nieves y precisamente aquel era el día en que llegaban. El cielo plomizo, el aire helado, cortante, anunciaba los primeros copos.

Deseó que su hermano, al que había enviado un mensaje la noche anterior, llegara cuanto antes.

Se quitó la capucha y abandonó el refugio de la columnata.

Una ráfaga de viento sacudió la sotana y encendió sus mejillas con un agradable cosquilleo. Dio la vuelta a la fuente y al lavamanos esculpido en un bloque de mármol, y se detuvo en la esquina norte para observar el jardín del claustro, protegido por las galerías porticadas y por los sólidos muros almenados, que recordaban una fortaleza.

El tercer costado al oeste, su preferido, se abría al lago y a la extraordinaria vista del monte San Salvatore, cubierto de verdes bosques de castaños, robles y alisos, que se insinuaban entre las escarpadas rocas.

El lago era de un color gris verdoso oscuro, casi negro, liso como la mesa del refectorio, pero incluso así poseía un encanto irresistible que atraía la mirada.

A menudo Anselmo reflexionaba sobre los misterios de sus profundidades, sobre las criaturas que veían el mundo desde la perspectiva líquida, sobre toda aquella agua que, seguramente desde tiempos inmemoriales, había llenado el profundo valle prealpino.

La balaustrada llegaba hasta la pared de enfrente, que separaba el claustro del huerto del monasterio, donde se cultivaban plantas medicinales, hortalizas y árboles frutales. Solo quedaban ahora coliflores y algunas raíces, en espera de que llegara el buen tiempo.

Sin embargo, el jardín del claustro era muy hermoso incluso en invierno.

Cuatro parterres cuadrados representando la Tierra, separados por caminos de grava, los cuatro ríos del Paraíso Terrenal. El central, redondo como una mesa convival, era el Cielo, con un diámetro exacto de siete pies. Siete como los dones del Espíritu Santo, la representación de la totalidad de la Creación.

En el parterre central estaba el pozo con «la hermana agua, muy útil y humilde y preciosa», y justo en el lado opuesto del jardín apareció la capa de un viajero, y luego el propio viajero, alto y robusto, con el cuello grueso y el porte resuelto, que inmediatamente le resultaron familiares.

Marco.

De espaldas a él, estaba hablando con el hermano Camerino, el hospitalario. Al oír que se acercaba, ambos se volvieron.

Su cabello se había oscurecido con los años, y ahora brillaba como oro antiguo recién forjado; el cuerpo había ganado peso y sus hombros anchura; no había perdido la postura ligeramente encorvada y las manos seguían siendo las mismas, alargadas y ágiles. Su rostro era más serio que hermoso, y en sus ojos azules se reflejaba una expresión que transmitía lealtad.

—*Deus tecum* —susurró Camerino para despedirse.

Y Marco respondió con prontitud:

—Que Dios sea contigo.

Sin hablar, Anselmo le hizo señas para que lo siguiera, pero el hermano lo retuvo.

—Me gusta el color del lago, quedémonos fuera hasta que tengamos frío.

—Como quieras.

Se detuvieron casi al mismo instante y, juntos, apoyaron las manos sobre la barandilla de piedra, sobre la huella húmeda del amanecer.

—*Pater Noster, qui es in caelis, sanctificetur nomen tuum...* —comenzó Anselmo y la voz profunda y algo ronca de Marco lo acompañó. Sus palabras subieron hacia el manto de nubes y seguro que hasta Dios en aquel cuadrado de cielo sobre sus cabezas.

Acabada la oración, permanecieron unos momentos en silencio.

—Gracias por haber venido tan rápido —le dijo finalmente.

—Nuestro hermano Antonio dijo que era urgente, de modo que, como tenía que bajar al lago para comprar pescado fresco, he decidido pasar antes por aquí.

—¿Cómo está? —preguntó Anselmo, y su mente voló inmediatamente a los gemelos y a la hermana Addolorata, pero apretó los labios porque se trataba de un secreto que había jurado conservar en su corazón.

—No muy bien, hermano. Tose mucho por la noche y no hay remedio.

Otro silencio, más largo, y una reflexión igualmente larga.

—Hágase la voluntad de Dios —dijo finalmente, resignado.

Marco acariciaba el medallón de santa Cristina, la mártir arrojada a un lago y salvada por los ángeles, que había comprado hacía muchos años a un artesano de Tiro. Y Anselmo empezó a hablar; le refirió la conversación que había mantenido con el abad de Sant'Ambrogio, propietario del feudo de Campione y de aquel monasterio, gracias al antiguo testamento del longobardo Totone.

—En mi opinión, es una ocasión extraordinaria. Han creado un consejo de ciudadanos, han nombrado ingeniero jefe a un tal Simone da Orsenigo y están buscando otros ingenieros y maestros. El abad preguntó concretamente por ti.

Su hermano no respondió enseguida, dejó de tocar el medallón y metió las manos bajo la capa. Su expresión cambió y pasó de pensativa a complacida.

—Podría ser una buena oportunidad para todos nosotros. Demostrar que los campioneses saben construir catedrales como los bohemios, los franceses y los ingleses. Yo he estado allí, he visto y trabajado en la de Colonia, la ciudad que ha basado su hegemonía en los huesos de los Magos robados a Milán. —Brilló en sus ojos un destello de desafío—. Conozco a Orsenigo, es honesto y un gran trabajador. Creo que no tendrá nada que objetar a nuestra colaboración.

—Yo también lo creo, Marco. En cualquier caso, la obra es inmensa, un preludio de lo que será la Iglesia.

—¿La has visto?

—Sí, están los cimientos, agujeros profundos donde han empezado a echar grandes piedras de cimentación y han levantado algunos muros y pilastras.

—Parece un trabajo largo y laborioso. ¿Crees que conseguirán terminarlo?

Anselmo asintió.

—Los milaneses son testarudos, trabajadores, orgullosos y, debo añadir, suficientemente ricos para confiar en que así sea. El edificio que quieren construir es grandioso, será importante para toda la cristiandad y este es un motivo más para hacerlo, estoy seguro.

Marco asintió. El aliento salía en leves bocanadas a través de sus labios entrecerrados y algo amoratados.

—Organizaré una reunión con los otros priores, los hermanos Fusina, Zeno y Jacopo trabajaron para la Serenissima, en Bérgamo, y en el Duomo de Spilimbergo; son buenos y tienen buen ojo.

—¿También están aquí en Campione?

—No, llegarán para la Nochebuena; no faltan nunca. Zeno tiene aquí a su esposa e hijos.

—Cuántas familias separadas por el trabajo —murmuró Anselmo moviendo la cabeza.

—Un trabajo noble, hermano, que amo más que cualquier otra cosa. —Marco levantó una ceja y agregó—: Creo que también llamaré a Matteo da Campione, que está trabajando en el proyecto del Duomo de Monza. Es un hombre devoto y estando tan cerca de Milán podría aceptar este nuevo encargo.

—¿Y Bonino?

Anselmo conocía a Bonino da Campione, el mayor de todos los campioneses. El escultor había visitado el monasterio precisamente el día antes, pero Anselmo no había podido verlo; sabía, no obstante, que se hospedaría en casa de unos parientes hasta los primeros días del nuevo año.

Bonino era conocido por haber esculpido en Verona, en los Arcos Escalígeros, hermosas estatuas en memoria de Cangrande I, el gibelino más insigne de la familia veronesa Della Scala. Anselmo había leído personalmente la firma del gran artista, en el ya lejano 1370: HOC OPUS FECIT ET SCULPSIT BONINUS DE CAMPIGLIONO.

En Milán, donde vivía desde hacía años, Bonino se había convertido en el escultor de los Visconti y, antes de la muerte del tirano Bernabò, había recibido el encargo de esculpir su monumento fúnebre. Aunque tenía sobre la conciencia la desaparición de su tío, el nuevo señor de Milán no había puesto obstáculos al artista, es más, una noche de septiembre, ante un buen vaso de mosto, Bonino había confiado a Anselmo que había recibido quinientos florines de oro para terminarlo. El conde de la Virtud, como siempre arrogante y presuntuoso.

—También llamaré a Bonino, su habilidad y sus consejos siempre son útiles.

—Asistiré a la reunión, si me lo permites.

—Siendo una reunión de negocios tendrás que hacerlo, hermano. Tus consejos son valiosos y además podrás responder a las preguntas que te hagan. Ya sabes que los artistas son curiosos.

—Lo sé muy bien, pero ahora entremos. Te daré un poco de vino caliente y especiado antes de que vuelvas al pueblo a comprar el pescado.

—Lo aceptaré de buen grado, precisamente empezaba a tener frío.

Se alejaron de la balaustrada y del lago sobre el que, ligeros y silenciosos, se estaban posando los primeros copos de nieve.

En el interior, la diferencia de temperatura los golpeó tan repentinamente que sus mejillas se tornaron de un rojo intenso.

Anselmo condujo al hermano a la cocina pasando por el patio rectangular, al que se abría la gran trífora de columnas filiformes y cristales de rombos verdes y azules.

La cocina, al final de un corto tramo de escaleras, era una habitación espaciosa, donde trabajaban los criados en torno a las grandes ollas que colgaban sobre los hogares.

Sobre la larga mesa estaban dispuestas las verduras que se servirían para la cena. Un siervo las estaba limpiando, otro tenía un cesto lleno, recién salido de la despensa, donde se conservaban durante el invierno. La puerta que conducía a las bodegas y a la fresquera había quedado abierta y Anselmo la cerró.

Un momento después, oyó golpes y la abrió de nuevo. En el umbral apareció un chicarrón, con una gran sonrisa y los brazos llenos de nabos.

—Monseñor, no me habéis visto —le dijo.

El primer instinto de Anselmo fue cerrarle la puerta en las narices. Luego, se volvió para controlar a Marco, que estaba saboreando el vino en compañía de un hermano.

—Pietro, ¿qué estás haciendo en la despensa? —le preguntó en voz baja.

Su sobrino, con los alegres ojos azules, respondió:

—Lo que se hace en todas las despensas, monseñor, se almacenan o se retiran provisiones.

—A estas horas deberías estar estudiando.

El muchacho bajó la mirada un segundo.

—Tenéis razón. —E hizo ademán de acercarse a la mesa.

—Dámelas a mí —le ordenó, contrariado, y las verduras pasaron inmediatamente a sus brazos—. Ahora vete, y recuerda que esta mañana has faltado a tu deber, tendrás que hacer penitencia.

—Os pido perdón, monseñor. Voy inmediatamente.

Cuando Anselmo se dio la vuelta, su hermano lo estaba observando mientras se calentaba las manos con la taza humeante.

—¿Uno de los novicios? —le preguntó, ajeno a lo que ocurría.

—Sí —respondió evasivo y, tras haber depositado los nabos sobre la mesa, cogió la taza que lo esperaba. Aquel calor entre las manos le dio fuerzas para mirar al tío abuelo de aquel muchachito. «¿Lo habrá reconocido? ¿Sentirá como yo, cuando lo veo, la llamada de la sangre?».

Se hizo esas preguntas lleno de ansiedad y temor. Si Marco se hubiera dado cuenta del parentesco, tal vez aquel peso que le oprimía el corazón se habría aligerado. No, Dios no tenía misericordia, ese peso se mantendría para siempre.

—Un artista —añadió, porque al menos en eso no quería mentir.

Además del carácter obstinado y valiente de los Frisone, corría por las venas de Pietro el mismo don que les había sido otorgado a su tío, al que acababa de ver, y a su padre, Marco Solari da Carona.

El arte.

18

Se cumple un sueño

Pietro se detuvo en seco al oír las voces que procedían del otro lado de la esquina.

El desconocido que había visto en compañía de monseñor Anselmo tenía la misma nariz imponente del gastaldo y ese detalle había despertado su curiosidad. Sabiendo que escuchar la conversación podía serle útil, se apartó a la sombra.

—… se ha empezado con la demolición del baptisterio de Santo Stefano alle Fonti, y he de decir que toda la ciudad de Milán está en ebullición por la nueva construcción.

Pietro reconoció la voz del monseñor.

—Espero que reutilicen parte de los mármoles del baptisterio, eran muy hermosos. —La segunda voz debía de ser la del desconocido.

—No sabría decirte, eres tú el experto ingeniero.

Las voces se convirtieron en un murmullo y, como no quería ser sorprendido espiando, evitó acercarse; sin embargo, el tema de aquella conversación le interesaba. Seguro que estaban hablando de una obra, y donde había obras había canteros, maestros de la piedra y grabadores.

No había estado nunca en Milán, sabía que esa ciudad era un importante centro eclesiástico y un lugar de comercios, tiendas, iglesias y fortalezas. Había soldados, grandes señores y hombres muy ricos.

Todo esto se lo había explicado Alberto, al que había visto varias veces en el monasterio, puesto que se estaban realizando algunos trabajos en el refectorio. Tavanino da Castelseprio no solo había suministrado las vigas, sino también los aprendices para montar los andamios, entre ellos justamente su amigo.

—Bendito muchacho, ¿todavía estás aquí?

El padre Anselmo apareció en el umbral, apartando una cortina que servía de puerta. Había algo en su expresión que le hacía parecer un hombre manso y sumiso, pero Pietro sabía que se trataba de una ilusión; en realidad, aquel hombre estaba forjado en acero.

—Confío en que hayas completado tu tarea. —El tono de su voz era tranquilo y Pietro se guardó muy bien de responderle; movió la cabeza en un gesto como de asentimiento y salió del rincón donde se había ocultado.

—¿Quién era ese hombre, monseñor?

Los ojos del monje parecieron iluminarse con una extraña luz. Fue tan repentina que pensó que lo había imaginado y, como el silencio se prolongaba, a punto estaba de repetir la pregunta; antes de que pudiese abrir la boca, Anselmo respondió:

—Es mi hermano.

Pietro abrió la boca ya semicerrada.

—¿Tenéis un hermano?

La tensión del padre Anselmo pareció desaparecer.

—¿Te sorprende? ¿Es que los hombres consagrados a la iglesia no tenemos derecho a tener familia? A mí también alguien me puso en el mundo, y no soy hijo único.

—Simplemente estoy asombrado, no lo había visto nunca antes ni me habíais hablado de él.

—Mi vida no es un tema de conversación entre estas paredes, hijo mío —le dijo sin dejar de sonreír, mientras caminaba por el pasillo que conducía al refectorio. Sostenía en la mano los cuencos vacíos.

Pietro lo siguió.

—¿Dónde vive? ¿Cuánto hacía que no le veíais? ¿Qué os ha explicado? ¿Qué están construyendo en Milán?

En el amplio hogar de la cocina se apilaban grandes troncos de abedul y roble; el humo subía hacia la campana que lo arrastraba hacia la chimenea, sin embargo, el olor de leña quemada provocaba un cosquilleo en la nariz.

—Controla tus emociones, no son propias de un novicio. —Dejó las tazas y le dirigió una mirada severa—. No he oído tu respuesta.

Pietro bajó la mirada.

—Monseñor, os ruego que me impongáis el castigo más severo.

Escuchó el suspiro del gastaldo y esperó.

—Muy bien. Estarás un día entero haciendo penitencia delante de la iglesia.

Pietro alzó la mirada, procurando mostrar remordimiento, aunque en su interior no cabía de contento. Parte de aquella alegría se le escapó de los labios.

—Sois demasiado caritativo, debería hacer penitencia dos días.

—A Dios no le gusta el orgullo, ni siquiera en el sufrimiento. Recuérdalo mientras le pides perdón por tus pecados y rezas el padrenuestro.

El reproche acertó de lleno. Pietro se sintió enrojecer.

—Ahora sígueme.

Lo sorprendió aquella invitación, pero no lo demostró. Recorrieron un pasillo y giraron en dirección a la biblioteca.

—El día que pintaste el pavo real, te di varias obras para estudiar —empezó a hablar el padre Anselmo—. Aquí se conservan más de trescientos códices, incluida una valiosa serie de autores clásicos como Suetonio, Tácito, Virgilio y Plinio.

Pietro paseó en un estado de éxtasis por las ordenadas estanterías llenas de pergaminos enrollados. Cuando se hallaba en aquella sala le parecía que todo el saber del mundo estaba allí, a su disposición.

Anselmo le interrogó sobre Vitrubio, sobre los principios de la arquitectura. El sobrino contestó sin vacilaciones sobre los tipos de ladrillos que había que usar en las construcciones, con una antigüedad mínima de cinco años, sobre los cálculos de la dirección de los vientos para construir ciudades y viviendas protegidas de las corrientes cálidas y frías.

Escuchándolo hablar y observando el joven rostro encendido de entusiasmo, Anselmo reconoció que tenía un don natural, y aquel pensamiento lo llenó de un orgullo casi paternal. El muchacho prometía, siempre lo había pensado, pero no había creído que llegase tan lejos y tan deprisa. En aquel tiempo de estudio, había aprendido las técnicas de construcción del más grande de todos los arquitectos, principios que muchos adultos tardan toda una vida en aprender.

—¿Vais a responder ahora a mis preguntas?

La voz de Pietro lo sacó de sus reflexiones.

—¿Qué querías preguntarme?

—¿No lo recordáis? Os pregunté dónde vive vuestro hermano y si están construyendo una iglesia en Milán.

—Mi hermano es ingeniero, trabaja la piedra, proyecta edificios y esculpe estatuas. Vive donde el trabajo lo lleva, aunque regresa a Campione para las fiestas de guardar.

—Hace lo que querría hacer yo.

Anselmo no pudo reprimir una sonrisa.

—Creo que sí, Pietro. ¿Así que te gustaría ser escultor?

—No —respondió rápido el muchacho—. Quiero saber cómo se construye un edificio, una iglesia o una catedral.

Lo miró con ojos llenos de penetrante inteligencia. «Como un fuego desde dentro», pensó Anselmo. Un fuego que iluminaría el camino de toda su vida.

Cuando le preguntó por el visitante, por un momento el corazón pareció fallarle. Había estado dudando si decirle la verdad o callar.

Un capullo crece en la oscuridad, no conoce el sol, sin embargo, empuja contra esa misma oscuridad que lo aprisiona hasta que esta cede y nace la flor abriendo los pétalos a la luz. ¿Cómo podría impedir que aquel capullo hallara la luz? Hace tiempo había tomado una decisión muy pensada sobre su destino, ahora el destino de su sobrino estaba en sus manos.

—¿Y Milán? —le preguntó Pietro, insistente.

—Sí, Milán —respondió lentamente Anselmo, y luego le salieron las palabras que había pensado retener—: Están ampliando la iglesia de Santa Maria Maggiore, quieren construir una gran catedral.

Le explicó lo que había visto; la obra estaba empezando, la iglesia había sido parcialmente demolida. Con cada frase, el rostro de Pietro parecía iluminado por esa luz interior que arde durante la juventud: entusiasmo, ganas de hacer, de construir.

Al final del relato se produjo un largo silencio, interrumpido tan solo por las voces de los tesoreros, que discutían sobre la cantidad de aceite para las lámparas votivas que había que enviar a las basílicas milanesas de San Nazaro, San Vittore al Corpo y San Lorenzo.

—Vuestro hermano irá a Milán para ver la obra y decidir si quiere trabajar en ella.

—No será tan sencillo.

—Quisiera ir con él, monseñor. Verlo con mis propios ojos.

Anselmo se quedó paralizado. Vería sin duda a su padre y entonces, ¿qué ocurriría? Una cosa era permitirle seguir la vocación de ingeniero y otra enviarlo a la ciudad junto a Marco Solari da Carona.

—Eres demasiado joven —fue lo primero que se le ocurrió.

—Mi amigo Alberto, el alumno de Tavanino da Castelseprio, tiene mi misma edad y trabaja con el carpintero desde hace al menos dos años.

Si antes le había fallado el corazón, en ese momento se le paró del todo, y Anselmo pensó que ya no recobraría el movimiento.

—¿Quién es ese Alberto? —se atrevió a preguntar.

Entusiasmado, Pietro le contó con todo lujo de detalles sus conversaciones desde el día del mercado.

—Cuando me hablaste del incendio no me dijiste nada de este Alberto —observó Anselmo.

Todavía angustiado, pensó en las palabras de san Agustín: «El mundo no está regido por un destino ciego, sino por la providencia del Dios supremo». Por otra parte, aunque sabía que Alberto estaba trabajando allí, nunca habría imaginado que pudiese relacionarse con Pietro.

El sobrino se encogió de hombros con indiferencia.

—No me parecía importante —dijo—. Cuando lo vi sobre el andamio, creí educado ofrecerle una manzana de nuestro árbol y hablarle; además, me resulta muy simpático.

Anselmo se dirigió bruscamente hacia la pequeña ventana, un círculo de cristal opaco que no permitía ver el exterior. Giró con dificultad el tirador, necesitaba aire frío en el rostro.

«Dios misericordioso, ¿qué he hecho mal? ¿Es tal vez un aviso para que entienda que nada escapa a tu vista y a tu juicio?». Advirtió que le temblaban las manos, de modo que se apresuró a ocultarlas entre los pliegues de su hábito, negro como la pez.

—Monseñor, ¿no os encontráis bien?

—Estoy bien, estoy bien —murmuró pensando que, pese a todo, los gemelos se habían encontrado sin reconocerse.

Diferentes a primera vista, uno rubio y el otro moreno, pero ambos con iris azules, hombros anchos, la misma altura y una forma de moverse y de girar la cabeza típica de los Frisone.

Antes o después algo los traicionaría. ¿Y si un día Marchetto se diera cuenta del parecido? ¿O si su propio hermano, también tío abuelo de los muchachos, los reconociera?

Nada, no ocurriría nada, trató de convencerse.

Costanza estaba en el convento, el padre ocupado en el trabajo, y habían pasado tantos años que muchos de los que habían vivido en aquel año funesto estaban muertos.

—Concededme el permiso, monseñor. Haré cualquier penitencia, no volveré a salir del convento sin permiso y estudiaré y copiaré todos los códices que me digáis.

Ya una vez había sido tan soberbio como para decidir por su sobrina y por aquel joven padre que no sabía que lo era.

El buen cristiano debe ejercer su libre voluntad, salir del letargo y elegir servir activamente a Dios. ¿Y acaso el servicio de Dios no es el principio en que se basa su Iglesia? ¿Qué razón tenía para mantener a Pietro encerrado en aquel monasterio?

—Irás solo con ciertas condiciones —murmuró con voz apagada, tanto que temió que no lo hubiese oído.

No obstante, los ojos de Pietro se abrieron desmesuradamente y el joven rostro mostró una expresión casi de éxtasis.

—No te exaltes —le advirtió—. No sé si al final me darás las gracias; los maestros canteros son hombres activos, nunca están parados. Si de verdad quieres ser ingeniero, deberás arremangarte.

—Estudiaré, monseñor.

—En verdad trabajarás —dijo Anselmo, y por debajo de su espesa barba blanca se esbozó una sonrisa—. Oh, sí, en verdad trabajarás, y mucho.

La noche siguiente a esa conversación, Pietro permaneció mucho tiempo despierto en la oscuridad.

Cada día se sentía más libre y alegre, como si de la carga de ladrillos que llevaba sobre los hombros le hubiesen quitado alguno, con los sentidos despiertos y alerta en aquel pequeño mundo iluminado por las vacilantes llamas de las velas, en la reconfortante solidez de los muros del monasterio.

Solo un poco más, pensaba solemnemente, solo un poco más, y su frente se fruncía en una única arruga ante la expectativa de aquella partida, que esperaba saciaría su sed de conocimiento.

Ansiaba explorar el vasto mundo de ideas y oportunidades que se abriría ante él en aquel viaje, pero no se atrevía a ir más allá con la imaginación, por miedo a verse decepcionado.

Se había levantado antes del amanecer, al sonar la campana. Primero, a la iglesia para rezar el oficio nocturno, que terminaba con las laudes matutinas, luego al trabajo hasta la misa conventual.

Los monjes estaban organizados según sus tareas y, como no se podía trabajar en los campos, se dedicaban a pequeñas labores de carpintería, al cuidado de los animales y a la cocina; los herbolarios preparaban infusiones, medicinas y tisanas. A los novicios también se les asignaban distintas tareas: Pietro trabajaba a menudo en el escritorio preparando los colores y rellenando, con su mano firme, los dibujos con pigmentos.

Sobre la mesa de madera lo esperaba el códice. Lo levantó y sintió su peso; las estrías familiares de los moldes tallados en oro de la cubierta, el olor a madera y a pergamino, tan vivamente asociado a aquel lugar de oración y de silencio, de hombres que trabajaban y rezaban en perfecta armonía, que le habían enseñado todo lo que sabía y le permitirían aprender todo lo que todavía quería asimilar.

Tomó un medidor de polvo muy fino y preparó un poco para la decoración de una página. Era de un hermoso color rojo carmín y, gracias también a Vitrubio, sabía cómo se preparaba.

Se dedicó a su tarea con gran esmero, era esencial tener buena vista y mano muy firme. La imagen de la Virgen con el niño en brazos estaba al comienzo de la página, encerrada en un marco de hojas de acanto y lirios.

Se concentró en los espacios donde dominaba el carmín mordiéndose el labio inferior y procurando no manchar el pergamino. Estaba tan concentrado que se sobresaltó al oír la campana del ángelus, que le recordó la hora de comer. Tras haber guardado los pinceles y haber puesto los colores en los cuencos, corrió al refectorio.

Antes siempre dejaba que su mente vagara libremente, sin limitaciones. Desde que había obtenido la promesa de acompañar a los maestros a la obra, se imponía como obligación escuchar con atención el fragmento de las Sagradas Escrituras que el hermano de turno leía durante la comida.

Aquel día, mientras los monjes descansaban paseando por el claustro, corrió a buscar al padre Anselmo. Había reflexionado mucho, la incertidumbre lo había corroído durante días, pero, mientras saboreaba la sopa de col bien caliente, el pasaje de la Segunda Carta a los Corintios le había abierto la mente: «Cada cual dé según el dictamen de su corazón, no de mala gana ni forzado, pues Dios ama al que da con alegría».

Había tomado una decisión.

Lo encontró en el claustro, estaba hablando con Martino, uno de los proveedores de pescado del monasterio. El joven debía de tener aproximadamente su edad, mostraba una sonrisa en su rostro cuadrado y gesticulaba con las manos anchas, que parecían hechas a propósito para subir a bordo las redes rebosantes de peces. Los ojos de Martino brillaron risueños y, mientras hablaba, el padre Anselmo se quitó la capucha.

Al parecer, habían terminado, porque hizo una señal a Pietro para que se acercara. Despidió a Martino y lo miró fijamente.

—¿Acaso me estabas buscando? —le preguntó, y de repente todo su valor se disipó como el charco de una tormenta de verano. Se ruborizó intensamente y apretó con tal fuerza el puño que tenía en el bolsillo que sintió dolor.

El padre Anselmo arqueó una bien poblada ceja, lo observó atentamente y, bajo aquella mirada inquisitiva, Pietro se sintió desfallecer.

—No, no —balbució como un niño pequeño; él, que se había sentido adulto aquellos últimos días. Iba a darse la vuelta, pero algo lo sujetó y lo dejó clavado donde estaba.

—Te conozco, muchacho. Habla, y rápido.

«Compórtate con determinación —se dijo a sí mismo—, como si tuvieras que pintar o realizar un retrato a partir de un bloque de piedra». Decidió sacar el objeto del bolsillo y, abriendo la mano, se lo ofreció, esbozando incluso la sombra de una sonrisa.

—Para vos, monseñor.

Era un medallón de madera que colgaba de un cordón de cuero. Al mirarlo, le pareció tosco, sin gracia y sin ningún parecido con la persona que había querido representar. Mientras se hacía estas consideraciones y estaba tentado de esconderlo de nuevo en la palma, el padre Anselmo lo cogió.

—¿Qué es? —le preguntó, mientras le daba vueltas entre los dedos.

—Una cosa para ponerse —murmuró, contrito, incapaz de levantar la vista.

—Oh —dijo el monje.

—Sois vos —le sugirió—. Pero tal vez no he conseguido el parecido deseado. Devolvédmelo, intentaré hacer uno mejor.

Tendió la mano, pero esta permaneció vacía.

Anselmo contempló el medallón de madera, la pequeña cara tallada, y la larga respiración que había retenido salió de su pecho lenta y finamente, mezclándose con el aire frío de aquella tarde en que la luz no conseguía filtrarse a través de las nubes plomizas.

Era él, sin duda. Aunque no podía decirse que fuera perfecto, había captado un detalle, la nariz o la barbilla, y el conjunto de aquel pequeño retrato le hacía justicia.

—Mirad detrás —le dijo el sobrino.

Anselmo le dio la vuelta. Escrito en letras claras en torno al borde del medallón leyó «Razón» y «Fe» y, en el centro, «Anselmo».

—San Anselmo dice que el amor a Dios alimenta la fe —murmuró el sobrino—. Es como el amor al conocimiento de Dios mismo.

—Y la razón se vuelve importante porque es el vehículo de la búsqueda del conocimiento —concluyó mirando al muchacho.

Comprendió el significado de aquel obsequio. Era el modo en que Pietro le agradecía la confianza depositada en él y la oportunidad que le había ofrecido de ampliar sus conocimientos, del mismo modo que el conocimiento y el estudio habían sido los principios del santo nacido en Aosta.

Los ojos se le llenaron de lágrimas.

—Gracias —dijo, y finalmente la tensión que parecía consumir a Pietro desapareció y fue sustituida por una sonrisa triste.

—¿Podéis conservarlo?

—Lo conservaré, te lo prometo.

—Siempre estaréis en mis oraciones —declaró con orgullo el muchacho.

—Y tú en las mías.

Se sonrieron mutuamente.

—Ahora vuelve al trabajo, Pietro.

—Sí, monseñor.

Con el corazón henchido de amor paternal, observó cómo se alejaba.

19

Paseando por Milán

Milán, enero de 1387

A Aima le encantaba ir al mercado acompañando a donna Marta.

Los comerciantes de telas estaban rodeados de fardos y rollos de tejidos de seda, lana, cuero, algodón y lino. No faltaban algunos rarísimos de colores exóticos —rojos, verdes y azules intensos—, sedas brillantes como el aceite.

Pasaron por delante de las tiendas de los joyeros, esquivando los bancos de los vendedores de piedras semipreciosas, collares y anillos, una reluciente hilera de gemas.

Contempló los hombros rectos de la benefactora, Marta Codivacca, la mujer que la había redimido y le había dado un techo, un trabajo honrado y una vida apacible.

Su vestido de brocado de seda con un suntuoso diseño floral estaba oculto por una capa de terciopelo azul. Solo Dios sabía cuánto había costado cada brazo de aquel tejido y cuántas horas había empleado la modista en rematar cada costura. Aquel día ella misma le había recogido en la nuca la espesa cabellera castaña; cada rizo contenía una perla, y todo el cabello estaba sujeto en una red de hilos de plata.

—¡Oh, Aima! —había exclamado la mujer aquella mañana, tocando con reverencia el resultado—. Tienes manos de artista.

Sí, tenía un don en las manos, sobre todo una predilección por la belleza, la armonía, las proporciones. Todo tenía que estar en orden en el mundo y contemplar algunos de aquellos puestos sobre los que se exhibían brillantes joyas era realmente un placer.

Donna Marta se detuvo delante de uno de sus vendedores preferidos, un tal Acquino da Venezia, que vendía collares de hilos de oro y plata entrelazados formando verdaderos diseños. Flores, espirales, zarcillos, palmetas, muy distintos de los que vendía su padrino Giovannolo, que también era orfebre. Aima se quedaba extasiada delante de la armonía de aquellas formas y de la habilidad de los artesanos.

—Mira ese plateado —dijo donna Marta señalando un rodete adornado con perlas de río—. Quedaría muy bien con la gargantilla que me regaló mi marido.

Aima observó la joya con ojo crítico.

—Sí —aprobó con solemnidad—. Tiene casi el mismo diseño y micer Giovannolo lo aprobaría.

Donna Marta sonrió.

—Vuestra hija tiene gustos refinados —dijo el comerciante y metió el rodete en un saquito, recibiendo a cambio unas monedas.

—Ahora iremos a los puestos de las hierbas —dijo donna Marta—. Compraremos perfumes hechos con nardos, mirra e incienso.

—Señora, aquel hombre ha dicho que era vuestra hija. No le habéis objetado nada —murmuró Aima frunciendo el ceño.

Donna Marta la miró, luego le levantó la cara con un gesto amable.

—¿Importa lo que piense ese hombre?

—No, señora, pero no soy vuestra hija.

—Lo sé muy bien, pero podrías ser mi ahijada, ¿no?

—Ya me salvasteis, no querría crearos problemas.

El gesto se transformó en una caricia y los ojos de donna Marta se humedecieron.

—Mi querida niña, desde el primer momento en que te vi abrazada a Matteo, supe que serías una persona importante en mi vida. Salvaste a mi hijo más pequeño, lo protegiste a costa de tu propia vida; a mí me parece suficiente para llamarte hija.

Aima inclinó la cabeza.

El gran afecto que sentía por aquella mujer era tan fuerte que habría querido abrazarla, pero sabía muy bien cuál era su sitio. Aima procedía de tierras tan lejanas que nadie habría podido imaginarlas y, aunque a veces se sentía extranjera en aquella ciudad, olvidaba cada vez más a menudo la cabaña, la madre, los hermanos y los inmensos bosques de su infancia, sustituidos por edificios de piedra, iglesias de altos campanarios y torres que parecían tocar el cielo.

Cuando el rico Marco Carelli la había localizado gracias a los cotilleos de los criados, donna Marta se había ofrecido a pagar el rescate a los Solomon. Las negociaciones se habían prolongado varias semanas, mientras ella explicaba con todo lujo de detalles lo que había sufrido en la esclavitud.

Escandalizada primero, enfadada después y, finalmente, apaciguada por consejo de su marido Giovannolo, donna Marta había opuesto una feroz resistencia a cualquier contraoferta de los venecianos. Aima nunca supo cuánto habían pagado por su libertad, pero debía de ser una cantidad considerable y al final incluso el joven Solomon había tenido que ceder ante la terquedad de su madrina.

—No la abandonaré a los deseos de ese depravado —la oyó decir una noche a su marido cuando creía que dormía plácidamente en una habitación contigua a la de sus cinco hijos—. Estaba dispuesta a sacrificarse para salvar a Matteo, ¿cómo podría dormir o entrar en la iglesia si la abandonase?

Donna Codivacca pertenecía a una familia acomodada de Padua y se había casado con el milanés Giovannolo da Vergiate, que la adoraba. Bastaba observarlos cuando estaban juntos.

—Aima ha salvado a nuestro hijo, se quedará aquí y formará parte de nuestra familia —había sentenciado con el tono dulce y firme que la caracterizaba.

—Puedes estar segura de ello —había replicado Giovannolo, y luego las voces se habían ido apagando.

Aima regresó a la cama con los pies helados y el corazón caldeado por el alivio. Al calor y a la luz de la chimenea, donde ardía un tronco de leña, hizo una solemne promesa: nunca traicionaría a aquella familia generosa y, tarde o temprano, hallaría el modo de devolver el afecto natural con que la habían rodeado desde el primer momento. Gracias a ellos, había descubierto quién era realmente la santísima Virgen y había vuelto muchas veces a Santa Tecla, a la catedral donde había visto por primera vez el santo rostro más allá de la hilera de monjas arrodilladas.

Había querido ser bautizada y el agua bendita que le había mojado los cabellos se había mezclado con las lágrimas de emoción delante de donna Marta y de su marido, que habían aprobado y favorecido su conversión.

Ante la pila bautismal había hecho la solemne promesa de servir a la familia Codivacca de la mejor manera posible hasta el último día de su vida.

—¿Qué hay en esas pequeñas bolsas?

Aima abandonó sus recuerdos. Mientras tanto habían llegado al puesto de los herbolarios.

—Ortiga seca, mi señora —respondió educadamente el comerciante.

—Bien, ponedme una y añadid perejil y setas secas.

Tras haber bordeado un canal, cuyas plácidas aguas se deslizaban hacia el centro de la ciudad, llegaron al lado opuesto del mercado, donde se vendía pescado seco y en salazón. A pesar del olor insoportable, donna Marta encargó a la criada que las seguía que comprara arenques ahumados. Después de pasar por un arco, se adentraron en una red de callejuelas laterales de un extenso barrio de casas pobres, irregulares, separadas por callejones y, finalmente, desembocaron en la plaza de las catedrales.

—Me gustaría entrar en Santa Tecla —le pidió Aima, contemplando la fachada de mármol de cuadros blancos y negros.

—Me lo imaginaba, siempre lo haces cuando estamos cerca. Tenemos algo de tiempo antes de las campanas de mediodía, entraré yo también a rezar un padrenuestro y luego volveremos a casa.

Tras cruzar el pórtico, penetraron en el silencio profundo de las naves, roto tan solo por los pasos de los milaneses que buscaban consuelo.

Aima se sintió insignificante como un insecto, menguada por la grandeza y precisión de aquellas proporciones, por las bóvedas de piedra blanca, por el oro de los retratos de los santos, que brillaban en las paredes iluminados por una luz tenue.

Rezaron de rodillas y luego salieron de nuevo al aire libre, que aquel día era muy frío y tiñó de rojo vivo sus mejillas. De camino a casa, bordearon la fachada de Santa Maria Maggiore.

Al doblar la esquina del edificio, aminoraron el paso.

—Mirad, están derribando la casa del vicario del obispo —dijo Aima deteniéndose a observar una pared del primer piso, que se había hundido a golpe de pico.

Abajo, un grupito de niños colocaba una sobre otra las tejas ya desmontadas, para sacarlas de la plaza y conservarlas.

La obra estaba en plena actividad, alrededor y en el foso de los cimientos.

Aima sabía que estaban ampliando la vieja catedral para construir otra más majestuosa y la disgustaba ver que en el lugar del viejo ábside había ahora un hueco impresionante, del mismo modo que había tenido un gran disgusto cuando supo que su bautismo había sido uno de los últimos celebrado en el viejo baptisterio de Santo Stefano, desaparecido ya para dar paso a la obra.

Se dirigieron hacia el Arengo, en el lado meridional de la fachada de Santa Maria donde, tras el derrumbe de la torre octogonal de Azzone Visconti, se había construido un sólido campanario de base cuadrada. Caminaron esquivando obreros, escombros, carros y carretillas. la torre se alzaba sobre sus cabezas como una cuña, separada de la fachada de la iglesia, y los leones de granito que sostenían las columnas del portal parecían vigilarlas.

Aima miró a su alrededor. Cada día se levantaba un nuevo muro o se derribaba otro. Vio dos estructuras rectangulares construidas con tablas de madera.

—¿Quién sabe qué pondrán aquí? —se preguntó donna Marta, como si le hubiese leído el pensamiento.

—En aquella de la izquierda de la columnata ponen los objetos y la ropa que los fieles dan a la Fabbrica para contribuir a la construcción —dijo un hombre bien vestido que estaba a su lado.

Él también se había detenido a observar el ajetreo en torno a los cimientos. Llevaba en los brazos un fardo de tela y sacudía la cabeza, desconsolado.

—Han dejado el altar, voy a poner sobre él esta ropa para

hacer una ofrenda y luego pasaré por la capilla de Sant'Agnese, en Santa Tecla; me han dicho que se ha convertido en un depósito de cal y arena, pero no me lo creo, quiero verlo con mis propios ojos. Todo esto me hace añorar la vieja catedral.

El hombre se alejó rezongando.

—¿La capilla de Sant'Agnese? —preguntó Aima, que no había oído hablar de ella.

—¿No la has visto nunca? En la vieja basílica, al fondo de la nave a la izquierda, hay una capilla que Ottone Visconti, un abuelo de nuestro conde de la Virtud, dedicó a la santa en memoria de una batalla en la que derrotó a los Della Torre, los antiguos señores de Milán. —Donna Codivacca esquivó a un mendigo—. Según la tradición, la santa apareció en el campo de batalla y concedió la victoria a los Visconti; desde entonces la consideran la patrona de la familia.

Aima se santiguó apresuradamente.

—Después de todo esto, estoy convencida de que los milaneses estarán dispuestos a sacrificar cualquier cosa por la nueva catedral —añadió su benefactora, convencida—. Dios y los santos los perdonarán.

Una espesa niebla estaba descendiendo sobre los tejados, invadiendo las calles y la plaza.

—Tenemos que pasar por el convento, Aima —dijo de pronto donna Marta, como si la visión de los estragos que tenían ante sus ojos la hubiera entristecido. Se pusieron en marcha envueltas en sus capas y sus pasos fueron acompañados por los diecinueve toques del mediodía.

La pesada puerta de madera vieja grabada, que separaba la ciudad laica del convento de las Humilladas, se abrió con un chirrido, empujada por las manos delgadas y largas de sor Clemenza, que se apresuró a impulsar el batiente contra la pared.

—Pasad, donna Codivacca. La abadesa os está esperando.

Cruzaron el umbral, no era la primera vez que iban al convento. Donna Marta ayudaba a muchas jóvenes en la ciudad, algunas bien dispuestas hallaban refugio entre los muros tranquilos y, en el claustro, la paz y una nueva razón para vivir.

Caminaron bajo el pórtico en dirección al estudio de la abadesa, pero esta ya había salido e iba a su encuentro a buen paso, rozando la pared con su hábito monacal, la ancha cogulla negra que ocultaba su figura.

—Madonna Codivacca, qué placer veros —dijo cuando la alcanzó.

Donna Marta se inclinó para besarle la mano y el anillo abacial.

—Estoy aquí para haceros una ofrenda, reverenda madre. He sabido que habéis recogido a otras dos huérfanas.

—Así es —confirmó la monja con expresión triste—. Pobres criaturas, estaban tan débiles y delgadas que creímos que morirían. La Divina Providencia, sin embargo, a través de nuestra hermana Addolorata, hizo que las niñas sobrevivieran.

—Es una buena noticia, ¿no es así, Aima?

—Sí, señora. Reverenda madre, ¿podemos verlas? —A Aima los niños le recordaban a los hermanos que había dejado en su país.

La abadesa le sonrió.

—¿Sigues rezando a la santísima Virgen con la misma devoción, Aima?

—Siempre, reverenda madre.

—Me alegro de que seas tan piadosa. —Susurró unas palabras a la conversa que la había acompañado y Aima dejó a las dos mujeres hablando.

Atravesaron el jardín y se dirigieron al edificio que contenía los dormitorios de los huérfanos, aquellos que por ser demasiado pequeños no podían abandonar el convento.

Aima entró en la habitación de paredes toscamente enlucidas, donde en unas camas de madera con barandillas descansaban los recién nacidos abandonados en el torno junto a la puerta del convento. Ya se había reunido con la hermana Addolorata, la que se encargaba de la comida, limpieza y vigilancia de los pequeños.

El rostro grácil, amable, unos ojos muy claros un poco desenfocados, la boca fina y sonrosada. Aima imaginaba que tiempo atrás había sido una mujer hermosa, pero las privaciones de la vida monástica la habían marchitado.

Durante unas semanas, las primeras que pasó en casa de su benefactora, ella también había pensado hacerse monja, pero luego se había dado cuenta de que le gustaban los niños y también los mozos que llevaban las provisiones a casa Codivacca. Al contemplar la figura vestida de negro, se sintió aliviada de no estar en su lugar.

La hermana no se había percatado de su presencia; estaba arrodillada delante del crucifijo, absorta en la lectura de un libro de oraciones. Con la cabeza baja, murmuraba una plegaria entre los recién nacidos que dormían, amamantados ya por las nodrizas.

—Señor, Señor, qué infeliz me han hecho —dijo en voz baja dirigiéndose al crucifijo, y Aima dejó de respirar sintiéndose una intrusa.

Sor Addolorata cerró los ojos sujetando con fuerza el libro de las oraciones, un regalo del tío Anselmo. En él hallaba consuelo cuando su alma la llevaba de nuevo a la vida del mundo.

Poco a poco, a medida que la juventud pasaba y los recuerdos se borraban, había vencido todas las tentaciones. Sin embargo, a veces, mientras murmuraba el padrenuestro o el avemaría, su mente vagaba confusa, turbada, muy agitada.

Hacía muchos años que había olvidado la vida antes del convento. Al principio había sido doloroso, opresivo, insoportable, por aquel amor que vibraba en su pecho. Había llorado de tristeza durante mucho tiempo, pero luego el Señor le había concedido la paz gracias a la oración, a la vida sencilla.

No había en ella nada material, ningún deseo, ninguna inspiración, solo elevación espiritual, una existencia circular como un anillo.

Costanza, nacida en el mundo, criatura impulsiva y entusiasta, ya no existía, el ardor de la juventud había sido puesto al servicio de Dios y el pasado se había reducido a minúsculos fragmentos, de los que solo surgía un rostro y dos cuerpecillos tiernos como los que tenía ahora delante.

¿Quién era ella? Una monja, sor Addolorata.

—Hermana.

Al oír esa llamada, se dio la vuelta. Vio a la muchacha en el umbral y parpadeó, porque la ventana que tenía a su espalda la rodeaba con un halo de luz.

—Soy Aima, hermana.

Aima. La ahijada de Madonna Codivacca, la benefactora del convento. La muchacha convertida, bautizada y acogida en las filas de los cristianos después de la esclavitud. Un alma dulce, que Dios en su infinita bondad había acogido entre sus ovejas.

Aquel día lucía una túnica de seda ajustada con botones desde el codo hasta la muñeca, el vestido estaba bordado en azul y oro con el borde tocando el suelo. El cabello, tan dorado que parecía blanco, estaba partido en la nuca con dos trenzas sujetadas por encima de las orejas.

—Tienes el aspecto de una mujer joven —dijo sor Addolorata, que la había visto crecer. La impresión era de sencillez, fascinante, y Aima sonrió al cumplido y se acercó.

—¿Cuántos años tienes ahora? —le preguntó.

—Diecisiete, más o menos.

—Ya tienes edad suficiente para desear un hijo —suspiró sor Addolorata y por un momento le pareció que le faltaba el aire—. ¿Has venido a verlas?

—Sí, pero no quiero despertarlas.

Las dos mujeres, una oscura como la noche con el hábito y el velo de hija de Jesucristo, la otra azul y dorada como el cielo y el sol, se acercaron a las cunas y contemplaron a las recién nacidas cuidadosamente envueltas, con las caritas sonrosadas tras haber mamado y las bocas semicerradas.

La ternura de ambas hizo que suspiraran; una de cara al futuro, al día en que tendría un bebé al que abrazar; la otra hundida en el pasado, y un nudo en la garganta le impidió llorar.

No, ya no era Costanza.

20

El viaje de Pietro

En el camino a Milán, finales de enero de 1387

El cuervo revoloteó a intervalos en torno al árbol. Eligió uno que tenía las ramas muy altas, desde donde podría ver el camino que serpenteaba entre los árboles desnudos. Había estado volando todo el día sobre el manto inmaculado, hasta llegar a aquella espesura que se abría a los campos y a las hileras de viñas.

El disco del sol rozaba el horizonte, sin embargo, pudo captar los detalles más imperceptibles del mundo que tenía debajo. Encrespó las plumas, movió la cabeza para percibir los olores de aquel lugar, donde había construido el nido la primavera anterior.

A Anselmo, que caminaba por el sendero, lo invadió una marea de sensaciones y ruidos que quebraban el silencio del campo: el murmullo del río que fluía cerca de allí, el soplo del viento, el crujido de la delgada capa de hielo bajo los pies. Levantó la vista y observó el cuervo, que salía volando del roble crecido al borde del camino.

—¿Lo habéis visto, monseñor?

A Pietro no se le escapaba nada. El sobrino, con la mirada puesta en el cielo, se deleitaba contemplando aquel mundo desconocido que estaban atravesando. Anselmo tenía la garganta seca de tanto responder a las preguntas, no solo a las suyas, sino también a las de sus compañeros.

Porque al final, si hubiese ocurrido, él debería estar presente. Por el momento, sin embargo, ni Marco da Carona —llamado Marchetto—, su padre, ni Marco Frisone, su tío abuelo, lo habían reconocido.

Los ojos del hombre no ven lo que no quieren o no saben ver, y el muchacho había sido acogido entre los maestros con afectuosa simpatía.

Zeno Fusina, su hermano Jacopo y Bonino da Campione también formaban parte de la pequeña caravana que se dirigía a Milán. Los maestros del Valle d'Intelvi, solicitados por su excelencia el abad de Sant'Ambrogio, se dirigían hacia la obra de construcción de la catedral milanesa.

Cuando a Pietro le presentaron a Bonino, anciano pero muy despierto, el muchacho se quedó sin palabras.

El escultor enseguida sintió simpatía por el chico y le alborotó el cabello con aquellas manos que habían extraído de la piedra grandes obras maestras.

—Un día iré a ver ese monumento fúnebre —le susurró Pietro desde el lomo de su mula; se refería al monumento encargado a Bonino por Cansignorio della Scala, el señor de Verona—. Si pienso que lo ha hecho con esas manos, no puedo quedarme callado.

«Ah, Señor Dios mío, perdona mis pecados, pero este muchacho tiene todo lo mejor del mundo. Tú, en tu infinita bondad, lo sabías. Por esto quisiste que yo fuera pecador, para salvarle la vida». Así pensaba Anselmo, fijando los ojos en el horizonte luminoso.

—Hace frío —masculló Zeno Fusina, envolviéndose con la capa—. Gracias a Dios no falta mucho.

—Llegaremos de noche —replicó su hermano Jacopo, dirigiendo una mirada al caballero que tenía a su lado—. ¿Cómo podéis sostener las riendas sin guantes, monseñor? ¿No tenéis las manos heladas?

Anselmo se encogió de hombros.

—Estoy acostumbrado. El único frío que temo es el del corazón.

—Tenéis razón —asintió Jacopo, y esquivó con el caballo los restos de un carro volcado.

Estaban saliendo del bosque, a lo lejos se entreveían las hileras de viñas y un campanario, que se recortaba contra el cielo incendiado del atardecer.

—Ahí está la iglesia de San Vincenzo —indicó Anselmo a los compañeros.

—Baranzate, por fin. Ya era hora —dijo Gregorio da Casorate, que también formaba parte del grupo.

—Dos horas y podrás calentarte delante de un buen fuego en mi modesta morada milanesa —rio Bonino desde su mulo—. Y además beberás el excelente vino que me traje de Verona. Espero que mi gobernanta haya preparado pollo con especias y col. ¿Te gusta la col, Pietro?

—A mí me gusta todo, micer Bonino.

—Ah, la juventud —suspiró el escultor alzando los ojos al cielo. Acercó la punta de los dedos a los labios y los besó con un chasquido, que provocó la risa de Pietro y de todos los demás.

—Gracias por decírnoslo, Bonino —dijo Jacopo, divertido—. Haremos el resto del camino con todo el entusiasmo posible imaginando el calor, el vino y el aroma celestial del pollo asado.

—Hacéis bien, la cocina de mi gobernanta no se olvida.

La visibilidad estaba disminuyendo, un velo gris subía de la tierra y ni siquiera los ladrones se aventuraban a entrar en esos parajes, porque el frío y la oscuridad descendían rápidamente.

Marchetto se acercó a su hijo. Anselmo se dio cuenta de que agarraba las riendas con tanta fuerza que penetraban en la carne, y todo su cuerpo se quedó rígido sobre aquella ingrata silla de montar. El ayudante de su hermano era ya un hombre hecho y derecho, y seguramente no recordaba la noche de once años antes, pasada delante del hogar, cuando le había preguntado por Costanza.

El joven procedía de un pueblo situado en la orilla opuesta a Campione, Carona, y había tomado el nombre de aquel pueblo. Despierto e inteligente, con buena mano y un gran talento natural para las proporciones, desde los primeros años como aprendiz, su hermano lo había llamado Marchetto, y desde entonces conservaba ese apodo, aunque estaba a punto de cumplir cuarenta años.

Anselmo suspiró, afligido. Era padre y no lo sabría nunca.

Desplazó la mirada hacia su hermano Marco, que estaba montando con su habitual torpeza. Casi veinte años los separaban y, aunque ambos habían estado en Rodas, sus motivaciones no podían ser más distintas. No solo eso, eran tantos los años de diferencia que equivalían a una vida.

La vida y el tiempo pasaban, inexorables.

El tiempo.

Desde que era un niño lo había fascinado con su engañoso poder de moverse a velocidades diferentes, con la sensación de que todos esos momentos transcurridos y futuros se fundían en un presente ilusorio que, en cada respiro, se transformaban en un pasado inalterable.

Más que un hermano, Marco era para él un hijo; ese hijo que habría deseado si la vida no le hubiese hecho siervo de Dios.

Frunció el ceño mientras miraba el cielo decorado con las primeras estrellas que temblaban en el este.

Con el paso de los años, aquel deseo de paternidad se había vuelto molesto, había hecho muchos ayunos y había subido escaleras de rodillas, o rezado desde el atardecer hasta el amanecer.

Porque él recordaba su otra vida, hecha no de tolerancia ni de sosiego, sino de carne y de sangre. La que había inflamado su espíritu, ayudándolo a diluir el ardor y la pasión que encendían su corazón de novicio.

Recordaba los muertos, asesinados en nombre de la fe, los gritos de sufrimiento y de miedo. Recordaba los silencios místicos y amenazadores del mar, las noches bañadas en aguas salinas que le habían endurecido el cuerpo y enfriado la mente de joven caballero de San Juan.

Recordaba las oraciones antes de la batalla y las del final, cuando el mar tenía el color de la sangre y el sabor del dolor. Rojo como el miedo, el valor, el atrevimiento, la audacia y la devoción. Mar y sangre, tan semejantes y confusos que al final son indistinguibles.

Había ingresado muy joven en el monasterio y su carácter fogoso le había ocasionado algunos enfrentamientos, incluso físicos, con los monjes superiores. Intentaron «educarlo» en la tolerancia y en la paz, pero cuando conoció al hermano Beniamino, de porte monacal y guerrero y caballero de San Juan del Santo

Sepulcro, quedó impresionado por sus relatos, por la vida en la Orden y, fascinado, sintió que era llamado por Dios y por esa vida. El gastaldo de entonces decidió dejarlo ir.

Así que, en lugar del cáliz de vino, había blandido una espada reluciente. Sangre verdadera, no simbólica.

Había habido también un rostro de mujer, pero se había ido difuminando con el tiempo. Durante la vigilia, cubierto por un velo opaco que lo hacía irreconocible; tan real en sueños que, al despertar, estaba sudado y cansado como si la hubiese amado realmente.

La carne posee una memoria propia, más aguda que la de la mente; por esto los ayunos, las penitencias que él mismo se había impuesto eran cada vez más largos y más severos.

Marco, el artista, se rio de un chiste, y la risa del hermano lo devolvió al presente.

Cómo se parecía a él cuando tenía su edad: el cabello encrespado, los ojos curiosos de un azul tan vivo que un observador poco atento podría tomarlos por verdes, y los incisivos sanos, blancos y fuertes, iguales para todos los varones de los Frisone.

Pero las semejanzas acababan aquí; de joven, había sido tan fogoso y excesivo como racional y reflexivo era Marco, un observador de la naturaleza en la que se había inspirado desde niño. Pietro tenía muchas cosas de él, la sangre no mentía y en ambos aquello era un don porque, con un trozo de grafito o una astilla de tiza, pintaban retratos tan realistas que parecían verdaderos.

Por aquel entonces no conocía aún a su hermano pequeño, no lo había visto nunca. Su padre, en las escasas misivas, lo había elogiado tanto que Anselmo quiso invitarlo a ir a Rodas; las tierras de Oriente eran ricas en obras admirables y a Marco le podrían ser útiles.

Aquella inspiración le vino de Dios; después de tantos años, Anselmo estaba seguro.

De pronto advirtió que sus compañeros se habían quedado atrás. Había aflojado las riendas de su caballo siguiendo sus pensamientos. Lo devolvió al ritmo lento de los caminantes, hasta que Jacopo, Zeno, Bonino y su hermano estuvieron de nuevo a su altura.

Tras dejar atrás algunas granjas, avistaron la hacienda en el cruce de Baranzate.

La luna iluminaba el paisaje y, en un momento de raro silencio de los maestros, Anselmo oyó el gorgoteo de la fuente a la entrada del pueblo. Pese a la penumbra del anochecer, reconoció la lápida esculpida con el antiquísimo signo de la Magna Mater, la antigua diosa de la tierra, adorada por los paganos desde tiempos inmemoriales. Debajo del tosco dibujo del triángulo coronado por un círculo, alguien había esculpido la cruz de Cristo en tiempos más recientes.

Siempre que pasaba por allí, aquella incongruencia le parecía a Anselmo el símbolo perfecto de sí mismo: defensor de la fe, pero desgarrado entre el deseo de complacer al Altísimo y el miedo a que tal vez no existiera; sacerdote cristiano que anhelaba aún una vida de laico.

Se agitaban en él mil inquietudes nunca apagadas: corazón y mente; fe y duda; voluntad y deseo. ¿Se reconciliarían algún día las dolorosas contradicciones de su naturaleza?

—Ayúdame, Señor —bisbiseó elevando los ojos al cielo, ya totalmente oscuro.

—¿Estás pidiendo a la Divina Providencia que nos lleve rápidamente a Milán?

Marco había aparecido junto a él sobre su rocín. Anselmo, tras un momento de duda, le sonrió. Si le hubiera respondido, le habría contado una mentira.

Llegaron a Milán bien entrada la noche, sanos, salvos y ateridos.

La gobernanta de Bonino llevaba horas durmiendo, pero la cena estaba caliente y en el hogar ardía un enorme tronco de roble.

Como habían prometido, regaron con vino el pollo tierno y sabroso, tan bueno que decidieron cantar sus alabanzas con una canción improvisada.

Pietro no llegó al final de la cena, se arrastró hasta un rincón hacia un sillón de terciopelo y allí se quedó dormido.

—Visto así, parece todavía un niño —comentó Zeno Fusina, que lo cubrió con una manta.

—Un niño con las manos de un adulto —comentó Bonino señalando a Pietro con el vaso.

—Os habéis fijado en ellas, ¿verdad, maestro? —dijo Marchetto.

—Será un gran escultor si es cierto todo lo que nos habéis contado, monseñor.

—Le enseñé el pavo real a mi hermano —le respondió Anselmo—. Después de haberlo visto, decidió que podría unirse a ellos para venir a Milán.

Marco, que estaba apartado cortando trocitos de un queso curado, asintió.

—Es bueno, pero durante un tiempo deberá sudar y recoger piedras.

Marchetto se echó a reír.

—Pobrecillo, no lo envidio porque yo ya pasé por eso —dijo y, dirigiéndose a Anselmo—: Vuestro hermano es un tirano, monseñor.

—Pietro lo soportará todo —declaró con seguridad, luego calló porque iba a decir algo que de momento era mejor callar.

Se hizo el silencio, y al poco rato comprobaron que Bonino también se había dormido.

—Mañana será un día importante, sería mejor que nos acostemos —propuso Jacopo bostezando.

—Un día que espero que recordemos durante muchos años —añadió Marchetto apagando la vela.

21

Visita a la obra

Desde la casa de Bonino da Campione, un edificio con arcos apuntados justo enfrente de la antigua iglesia del santo Babila, cruzaron la calle encachada que conducía a la plaza de la basílica.

Aquella mañana Pietro había sido el primero en despertarse, ansioso por llegar a la obra. En ese momento caminaba a la cabeza del grupo de los ingenieros envueltos en sus capas, insensibles al frío cortante de aquel día despejado.

—¿Por qué quieren una nueva catedral? —preguntó de pronto Zeno, como si hubiera estado reflexionando mucho tiempo sobre la cuestión.

—¿Ambición? ¿Sueños de grandeza? ¿Imitación, esperanza, fe? —propuso Anselmo—. Gian Galeazzo Visconti, el arzobispo, el abad de Sant'Ambrogio y este pueblo laborioso —señaló a la gente que animaba la calle, comerciantes, pobres, mujeres con prisa y simples ciudadanos—, todos ellos desean una nueva iglesia, Zeno, y no me preguntes más porque no sabría explicarlo mejor.

Anselmo se detuvo antes de pisar escombros y cascotes de todo tipo amontonados junto a las paredes de un hermoso edificio ahora en ruinas, que parecía ser muy antiguo.

—Vigilad dónde ponéis los pies —los avisó, previsor—. Esto es lo que queda del baptisterio de Santo Stefano, donde fue bautizado Sant'Ambrogio.

—Dios del Cielo, en qué estado ha quedado —exclamó Jacopo.

—Lo vi hace unos años —intervino Marco Frisone, pensativo—. ¿Te acuerdas, Bonino? Cuando vinimos para renovar la fachada de la catedral con los maestros vénetos. Entonces estaba en buen estado, los nichos con los interiores de mosaico y las columnas de pórfido egipcio.

Marco no dio tiempo a que Bonino replicara. Se dirigió a Pietro, que observaba todos los detalles con la boca abierta y escuchaba extasiado sus razonamientos.

—¿Sabes por qué los baptisterios tienen ocho lados? —le preguntó bruscamente.

El muchacho se puso rojo, frunció el ceño y lanzó una mirada desesperada a Marchetto, que estaba a su lado.

Sonriendo y moviendo la cabeza, le explicó:

—Estos edificios contienen las fuentes bautismales, Pietro: siete son los días de la creación según el Génesis, siete los de la semana; el octavo es el día añadido, la eternidad. La forma octogonal también es símbolo de la resurrección.

—Monseñor —exclamó Pietro, con los ojos iluminados por una intuición—, lo dijo también san Ambrosio: «Era justo que la sala del sagrado baptisterio tuviese ocho lados, porque a los pueblos se les concedió la verdadera salvación cuando, al amanecer del octavo día, Cristo resucitó de la muerte».

—Tienes buena memoria, muchacho —lo felicitó Anselmo y suspiró al tiempo que les daba la espalda, devorado por los sentimientos de culpabilidad, pero decidido a callar, porque la providencia de Dios, tarde o temprano, hallaría el modo de reunir a padre e hijo.

—También hay uno muy hermoso en Riva San Vitale, a orillas del lago de Lugano —añadió su hermano vuelto hacia el muchacho—. Y otro en la plaza de Parma, hecho por nuestro antepasado Antelami, de mármol rosa de Verona.

—¿Podré verlos algún día, maestro? —preguntó Pietro.

—Por supuesto —le respondió Marco—. Cuando seas un buen alumno tendrás que viajar, así podrás conocer el arte. Concebir, saber hacer cálculos, ser tenaz en la realización del proyecto, estas deberán ser tus cualidades. Y recuerda, nadie sabe nunca lo suficiente; es bueno refrescar la memoria. Tal vez tú, Anselmo, que has estudiado las obras de san Ambrosio, podrías decirnos algo más sobre el baptisterio y sobre el número ocho.

Anselmo se volvió y se permitió el placer de una sonrisa.

—San Ambrosio en el *Hexamerón*, donde reproduce los sermones que describen la creación, escribió que Dios creó la noche y el día, el cielo y el mar, el sol y la luna y, el sexto día, el hombre. El séptimo descansó, y después retornó el primer día, el domingo, que significa una nueva creación iniciada con la resurrección de Cristo. Es un día que trasciende el paso del tiempo, porque anticipa la eternidad en la que entraremos con la resurrección.

—Por tanto, el baptisterio es el lugar donde se bautiza, porque el hombre viene al mundo marcado por el pecado original —reflexionó Pietro.

—Con el agua bendita es purificado, limpiado del pecado —añadió Anselmo—. Es como si naciese por segunda vez.

—En algunos momentos nos olvidamos de todo esto —murmuró su hermano—. No nos damos cuenta de que nuestro trabajo de constructores no es más que la continuación del de Nuestro Señor.

Se acercó a Marchetto, le puso una mano sobre el hombro y dijo, dirigiéndose a Pietro:

—Cuando llevé a este hombre conmigo al taller tenía más o menos tu edad, y me parece que fue ayer. Procura aprender y tener curiosidad por todo, como has hecho hoy.

—Seguiré vuestro consejo, maestro —dijo Pietro.

Al pasar, echaron una rápida mirada a lo que quedaba del baptisterio a través de las puertas que aún seguían en los goznes. No consiguieron ver nada de la antigua arquitectura, solo vigas de madera y restos de mármol de aquel primer edificio derribado para hacer sitio a la nueva catedral.

—El baptisterio de San Giovanni, detrás de Santa Tecla, también será demolido. Parece que en él fue bautizado Agustín de Hipona por el obispo Ambrosio durante la vigilia pascual.

No dijeron nada más. El sol iluminaba la abirragada humanidad en movimiento.

Obreros, aprendices, gente corriente, los maestros que se distinguían por su delantal de cuero que los protegía; peones que, cubiertos con un saco de arpillera con capucha para la cabeza y desplegado sobre las espaldas encorvadas, transportaban grandes piedras o cestas llenas de guijarros y cal.

Todo el mundo echaba una mano. Los campesinos conducían, gritando y hostigando, bueyes o caballos enganchados a carros y carretas repletos de ladrillos, arena y tierra. Los arrieros llevaban cestas llenas de piedras; unos empujaban carretillas en solitario, y otros, en parejas, sostenían parihuelas cargadas de piedras desbastadas. Los obreros mezclaban cal y arena en las cajas de madera, y había incluso niños que corrían a llenar cubos de agua, salpicando a su alrededor, para ayudar a hacer la cal.

Un hormiguero.

Esta fue la impresión que tuvo Anselmo mientras observaba el claro que antes había ocupado el ábside de la catedral de Santa Maria. Muchas de aquellas laboriosas hormigas desaparecían, gracias a las numerosas escaleras de madera, en la gran excavación que se hundía al menos seis brazas por debajo de la plaza.

A Anselmo le pareció que la obra había crecido en tamaño y profundidad desde la última vez que la había visto, y aquel animado tumulto le causó alegría; para los maestros era la prueba de que la fe podía mover montañas, una convicción profunda que había mantenido desde su juventud.

Conocía las cualidades de cada uno de ellos, todos habían tenido relación de una manera u otra con el monasterio de Campione, donde habían aprendido los fundamentos de la cultura, la habilidad manual y en el dibujo. Y allí estaban, los *magistri cumacini*, los arquitectos, los escultores, los pintores, los ingenieros, inmóviles como las estatuas que esculpían, interesados en observar el fermento que animaba los fundamentos de la nueva iglesia, una red de andamios, escaleras, escalones y pasarelas sobre las que hombres, mujeres y niños se movían sin parar.

«De abajo arriba —pensó Anselmo—, tal como se extiende el alma humana».

Las espaldas encorvadas bajo el peso de las cestas desbordantes de tierra que, desde la fosa de los cimientos, se vertía en montones cónicos en torno a la excavación, donde otros hombres, otras mujeres, otros niños llevando carretillas y con la ayuda de un carro se dedicaban a transportarla lejos de la obra.

—Nunca vi tanta gente y tan diversa trabajando todos juntos —comentó Jacopo Fusina.

En la primera visita que hizo a la obra, Anselmo había estudiado aquellos desplazamientos de tierra y, por puro espíritu de observación, había seguido las carretillas más allá de la puerta de Santo Stefano. La tierra, mezclada con cal y piedras, era arrojada a un campo cubierto de maleza.

—Los cimientos deberán ser más profundos —murmuró Marco, meditabundo—. Y apostaría a que debajo han encontrado piedras muy antiguas.

—Tan antiguas y sólidas que no habrá mazos y picos suficientes para extraerlas —añadió Jacopo.

—Aquí estoy, no teníais que dejarme dormir como un lirón.

Anselmo y sus compañeros se volvieron rápidamente.

—Ah, nuestro Bonino —lo saludó Marco con una sonrisa, pero el escultor mantuvo la expresión seria. La capa permitía entrever el cuello robusto, los brazos sólidos y las manos que habían extraído del mármol y de la piedra los rostros de los hombres y de los ángeles de Dios. Su rostro estaba surcado por profundas arrugas, pero sus ojos seguían brillando límpidos y vivos.

—No sé quién de nosotros tiene la mente más lúcida hoy. El vino era sacrosanto y tiempo atrás, puedo jurarlo, no dormía más que dos horas por noche.

—¿Cuándo fuiste joven, Bonino? Yo desde luego no lo recuerdo —bromeó Jacopo.

—Ya —respondió el escultor mirándose los dedos destrozados por la artritis—. Mis huesos tampoco lo recuerdan. Cada vez más a menudo se niegan a hacer lo que les mando.

Hablaba con resignación. Anselmo no quiso pensar en los años que pesaban sobre sus hombros, todavía tenía que hacer muchas cosas.

Una nube de polvo fino se alzó de las excavaciones. Bonino tosió varias veces.

—Estos son los milaneses que quieren construir su iglesia —dijo aclarándose la garganta y señalando la fila que se había formado delante de un banco. Un monje, envuelto en una capa oscura, tomaba nota en una hoja con la ayuda de un secretario.

—Tal vez porque el arzobispo les ha prometido cuarenta días de indulgencia —dijo Zeno.

—Si funciona como en todas las obras, más que en la fe o en la construcción, piensan en llenarse el estómago y en el perdón —replicó Jacopo, sonriendo.

—Aquí encontrarán redención y una comida caliente —confirmó Anselmo echando el aliento en las manos heladas.

Marco anunció, solemne:

—El hombre, iluminado por la fe de Cristo, tiene como meta el cielo y al cielo deben elevarse sus oraciones y sus obras.

A Anselmo le conmovió la mirada de su hermano, que apuntaba mucho más alto que la obra.

—¿Todavía no existe y ya te la imaginas? —le preguntó.

Marco señaló a los obreros que, tras haber subido de la excavación, se dirigían hacia una zona cubierta, donde había mesas, bancos y ollas humeantes.

—Veo en los milaneses el entusiasmo por construir un sueño. De su voluntad nacerá, sin duda, una iglesia destinada a la gloria de Dios y a la fe.

—Si no me equivoco, el responsable de todo esto es aquel de allá —dijo Zeno, y todos se volvieron.

El hombre que se estaba acercando tenía una frente ancha y brillante, el cabello ralo peinado hacia atrás, rasgos muy marcados y, una sonrisa de satisfacción en su cara sonrosada. Movía los brazos como dibujando un cuadrado ante el rostro alelado de un obrero.

No le costó mucho a Anselmo imaginar el tema de la encendida discusión; ¿de qué podría discutir Simone da Orsenigo, maestro constructor, sino de piedras, pilastras y cimientos?

—Hablé con él antes de reunirme con vosotros —dijo Bonino—. Le anuncié nuestra visita.

—¿Y cómo reaccionó? —preguntó Marco alzando las cejas, a ratos casi dotadas de vida.

—Orsenigo es un trozo de pan —replicó Bonino—, uno de los hombres más razonables y prácticos que he conocido.

—¿Te refieres a sus cualidades? —preguntó Jacopo.

Bonino, mientras hablaba, hizo una señal al jefe de obras y Orsenigo, al verlo, se dirigió a su encuentro.

—Sobre todo a estas —confirmó el escultor—. Es un crítico severo, principalmente de sí mismo y, si queréis mi opinión, tiene muchas ganas de medirse con nosotros, porque sabe que esta obra no será como todas las demás.

Marco estuvo de acuerdo, Zeno y Jacopo permanecieron en silencio, pensativos. Pietro parecía concentrado en un problema de vital importancia.

Anselmo se acercó a él.

—Y bien, muchacho, ¿es tal como esperabas?

Los ojos del sobrino brillaban.

—Gracias, monseñor —dijo con voz rota y en un tono que no le había escuchado nunca. Parecía haberse vuelto adulto en aquellos pocos días.

Mientras Simone da Orsenigo se acercaba, sorteando escombros y esquivando el intenso vaivén de los obreros que iban a comer, Anselmo pensó que aquella obra sería una gran oportunidad para todos, incluido Pietro.

22

El privilegio del conde de la Virtud

Pavía, 1387

La mirada de Caterina acarició el grupo de cazadores y luego se posó de nuevo en su marido. El conde de la Virtud estaba montado en su caballo, con la mano derecha sujetaba las riendas con firmeza, mientras un halcón peregrino descansaba sobre el brazo izquierdo.

Detrás de él, Giacomo da Gonzaga, Ottone da Mandello y Jacopo dal Verme, el arrogante mercenario con el que siempre guardaba las distancias. Recordaba muy bien su propio papel y el de cada uno de ellos en la captura de su padre.

Gian Galeazzo bajó del caballo. Un poco más grueso, pero tan enérgico y resuelto como siempre, y aquel día especialmente eufórico porque, tras haber desafiado al veronés Antonio della Scala, había tenido la satisfacción de conseguir numerosos aliados. El Escalígero, atacado en varios frentes, había huido de noche hacia Venecia.

Quién sabe si se rendiría. Caterina lo esperaba; las batallas sangrientas, las luchas intestinas y de conquista le daban miedo y le recordaban que todavía no había conseguido dar a luz un heredero. ¿De qué serviría conquistar nuevas ciudades, si no había a quién dejarle el mando?

Una niña nacida muerta y luego nada más. El sentimiento de culpa casi la asfixió. Le habría gustado alejarse de la caza, de la alegría, del griterío fútil y vano de los invitados. Mantuvo la compostura porque nadie, nunca, debería percibir su pesar. Además, era solo ella la que no había tenido un hijo: su marido ya era padre de un varón, hijo de aquella mujer, la Mantegazza.

Algo debía de haber hecho mal para que Dios decidiese privarla de esa gracia, pero ¿qué? No lograba imaginarlo, y ese pensamiento la obsesionaba. Hacía penitencia, por consejo de su confesor, e incluso rezaba por la noche, cuando no tenía que cumplir con los deberes conyugales.

¿Debería haber hecho construir una iglesia, un monasterio? ¿O dar más dinero a los pobres?

Aquella niña muerta era una tortura silenciosa, como si parte de su alma se hubiese negado a cobrar vida. Ni siquiera la promesa de poner el nombre de María a todos los recién nacidos había servido de nada, su vientre seguía estéril como las ramas de un árbol desnudo.

Por el extremo del paseo apareció el secretario de su marido, escoltado por los escribanos. Aquel hombre solo traía malas noticias, y con los informes sobre el estado de sus finanzas ponía a Gian Galeazzo de mal humor.

—¿Estáis triste, Caterina?

Valentina, la hija de la primera mujer de su marido, Isabel de Valois, la había seguido. Delgada como un junco, con el rostro pálido y el cabello largo y rubio, que la abuela Blanca de Saboya había cepillado durante años todas las noches para que brillara.

—Solo estaba absorta, querida —le respondió y se esforzó por sonreírle.

Blanca de Saboya, su suegra. Para Valentina, el elemento sólido de su vida; para ella, un dolor de cabeza.

Recordó el día en que, tan solo dos semanas después de la boda, estaba dando instrucciones a los criados sobre cómo disponer los muebles nuevos: un arcón a los pies de la cama, el otro debajo de la ventana, las cortinas y el tapiz recién llegados de Flandes... Donna Blanca había aparecido en el umbral.

—¿Más compras, hija? —había preguntado, en tono de desaprobación—. ¿No estaban bien las cortinas?

—No las había elegido yo, señora —le había respondido—. Quiero que los colores sean los mismos aquí que en mis habitaciones de Milán.

—Ahora no estáis en Milán, Caterina. Vivís en el castillo de

Pavía y mi hijo Gian Galeazzo es vuestro señor marido, el conde de la Virtud.

—Sé muy bien quién es mi marido.

Donna Blanca había entrecerrado los ojos y había entrado examinando las novedades.

—¿Os apetece un poco de vino, señora madre?

—Nunca bebo por la mañana —le había respondido secamente—. Hay cosas más importantes en el mundo que beber vino y malgastar el dinero en adornos inútiles. Te ruego que te comportes con decoro, todos sabemos qué clase de ejemplo ha sido tu padre.

Se estaba refiriendo a Bernabò, y Caterina, en aquel momento, no habría podido imaginar que la sutil hostilidad que siempre había percibido en aquella rama de los Visconti desembocaría en una emboscada.

Sintió que los ojos le ardían, se giró justo a tiempo. Valentina se había sentado a su lado y contemplaba absorta un matorral —en mayo cubierto de rosas, ahora solo de espinas—.

—Sin la luz del sol, la belleza permanece oculta —murmuró la hijastra.

Caterina levantó la cabeza, miró hacia la otra parte del jardín, donde su marido reía rodeado de los halconeros. Se cubrió los hombros con un chal de seda bordado.

—La belleza de esas rosas vive en tus recuerdos —le respondió, pero la joven pareció no haberla oído.

—¿Qué será de mí? —le preguntó, sin poder controlar el temblor de su voz.

Se volvió para mirarla.

—Nos ocuparemos de ti, Valentina, no temas. Tu padre te ha elegido un excelente marido.

—Sí, lo sé. La abuela me lo decía siempre —dijo resignada.

—En Francia serás feliz, vivirás donde vivió tu madre —le recordó. Valentina también observaba, absorta, al grupo que acababa de regresar de la cacería.

—Echo tanto de menos a la abuela.

Caterina suspiró y le puso una mano sobre el brazo.

—Tal vez un día llegarás a ser reina.

Valentina no respondió.

La nariz de los Visconti quedaba disimulada por la luminosidad de sus ojos grises. En realidad, Caterina no habría sabido especificar el color, que cambiaba según el lugar donde se hallaba su hijastra; en la gran biblioteca donde se refugiaba a menudo eran oscuros como una tormenta, en aquel jardín bajo el cielo plomizo parecían la hoja de un cuchillo.

Aunque había nacido Visconti, Valentina tenía raíces en la estirpe de los Valois: su madre Isabel había sido hija y hermana del rey de Francia. Valentina, sin embargo, había sido criada en la corte de Pavía por numerosas nodrizas y por su abuela Blanca de Saboya, entre hermosas historias de corte, conciertos de flauta y arpa, que luego había aprendido a tocar. Era una consumada amazona, amaba la caza, sabía leer, escribir y tenía conocimientos de latín, francés y alemán.

Valentina se había sentido muy feliz y muy triste en aquel último año. Feliz porque su padre le había encontrado marido, Luis de Turena, hermano del rey de Francia Carlos VI. Tras haber conseguido la dispensa del papa Clemente VII, porque se iba a casar con un primo hermano, en enero se firmó el contrato nupcial.

Caterina sintió que sus mejillas ardían de humillación.

En aquel contrato de matrimonio entre la hijastra y el vástago de los Valois, además de las enormes riquezas prometidas como dote, figuraba también una cláusula por la que, si el conde de la Virtud no tuviese herederos, serían los hijos de Valentina y Luis los que disfrutarían de la sucesión.

Seguramente había sido idea de su suegra, Blanca de Saboya, que nunca le había perdonado que fuera estéril, y le lanzaba miradas de reproche mientras dirigía los preparativos del ajuar de su nieta.

Semanas de frenesí, culminadas con la muerte repentina de Violante, su cuñada. La hija de donna Blanca se había dejado morir tras el arresto de su marido Ludovico durante la emboscada de mayo y posterior prisión en el castillo de Trezzo, junto con su padre Bernabò.

Caterina recordaba el día en que había notado la palidez de su suegra; era la víspera de Navidad y la mujer se paseaba por las habitaciones hablando en voz baja, con el librito de oraciones del que no se separaba nunca, regalo de su hijo, que lo había comprado en París en el lejano 1366.

Sentía veneración por su hijo Gian Galeazzo, que en cambio se ocupaba poco de ella o de sus parientes. Movido tal vez por el remordimiento, le había donado las tierras de Somaglia, Trezzano y Busseto, pero de nada le había servido el tardío arrepentimiento por no haber correspondido a su afecto.

Blanca de Saboya había seguido el destino de Violante poco más de un año más tarde y había sido sepultada en el monasterio de Santa Chiara dell'Annunziata, fundado por ella misma. Los pavianos habían llorado la muerte de aquella buena dama, que durante más de veinte años había sido su señora y benefactora, asistiendo en gran número al suntuoso funeral organizado por su hijo, que deseaba demostrar públicamente su veneración.

A pesar del luto, en abril se celebró el matrimonio por poderes; Valentina tenía tan solo dieciséis años y estaba resignada a cumplir con su deber.

Caterina abandonó sus pensamientos y sonrió a su hijastra. Se unieron a ellas otras damas, todas enteradas del último chisme, y empezó así una animada conversación, que continuó incluso cuando llegaron a la mesa dispuesta en el patio del castillo.

En cuanto se acercaron, los pajes les ofrecieron vasos de vino caliente especiado. El aire era cortante, el cielo gris anunciaba niebla en la llanura. Caterina sujetó con fuerza la copa y se calentó las manos. A punto estuvo de quemarse los labios, pero la miel y el sabor fuerte de los clavos de olor le devolvieron el vigor.

—Un sorbo de este néctar aligera el corazón y pone de buen humor —comentó Giacomo da Gonzaga acercándose.

—Tenéis razón, amigo mío.

Gian Galeazzo se había reunido con ellos, sonrió a ambos desde el borde del vaso. Caterina respondió al brindis para no amargarle el buen talante.

—La mujer más hermosa del castillo —susurró y luego, en voz más alta—: Y bien, querida, ¿cuántas perdices habéis cazado hoy?

—Ninguna, y bien lo sabéis, marido. Hoy hacía demasiado frío para montar.

—Vuestro marido se ha encargado de matar las suficientes, creedme. Ha sido sin duda el rey de la caza —dijo riendo Giacomo.

Los invitados iban ya por la segunda copa, Gian Galeazzo la agarró del brazo y se inclinó hacia ella.

—Dejad que sean las otras damas las que cacen, yo os amo igualmente.

Caterina sintió que enrojecía, bajó la cabeza y sacó una brizna de hierba del sencillo chaleco de cuero de manga corta que llevaba su marido.

Los invitados se sirvieron comida, charlando de la caza y formando pequeños grupos. Ella dejó el vaso, mordisqueó algunas lonchas de faisán asado y se lavó los dedos en un cuenco de agua con limón.

El frío, pese a todo, le había penetrado en los huesos. Se alejó en dirección al porche, hacia las escaleras que conducían al salón, donde sabía que encontraría la chimenea ya encendida.

Se volvió al oír unas pisadas a su espalda. Era su marido que la seguía acompañado de su secretario, Giovanni da Carnago, un joven serio con perilla y cabello oscuro, experto en derecho y colaborador de su marido desde hacía poco más de un año.

—En la reunión del dieciséis de este mes, se discutió y aprobó el reglamento general de administración para la Fabbrica —estaba diciendo.

—Bien, que pongan en orden las cuentas —respondió el marido y, luego, al notar su presencia—: Caterina, venid con nosotros. Hay que discutir sobre la nueva iglesia de Milán.

Un escalofrío recorrió su cuerpo, no era frecuente que Gian Galeazzo la involucrara en las reuniones con su secretario.

Los siguió hasta el estudio del primer piso del ala norte del castillo. Descubrió con placer que la chimenea crepitaba y que allí también habían preparado una mesa con vino y algo de comer.

Fue atraída por las llamas como una polilla y acercó las manos al calor tonificante.

—Han elegido un tesorero general, un contable, un encargado de la intendencia, y han confirmado como ingeniero al maestro Simone da Orsenigo.

Su marido se sentó al otro lado del escritorio y Carnago se acomodó en la silla de enfrente.

—Entonces, ¿qué más quieren? —objetó Gian Galeazzo—. ¿No basta que haya ordenado una donación al gremio de las artes todos los días ocho de septiembre, en Milán y en todas las ciudades lombardas que he sometido?

—El coste de la obra aumenta, mi señor; pronto acabarán la demolición. No sé nada de obras y construcciones, pero creo que tendrán que comprar piedras, mármol y ladrillos para erigir pilares y muros.

Su marido movió la cabeza y la pluma de pavo real que adornaba el sombrero puntiagudo osciló.

—También he ordenado a los magistrados que den prioridad a los procesos de los deudores de la obra, a fin de que puedan cobrar cuanto antes.

—Y no olvidéis mi donación —intervino Caterina apartándose de la chimenea—. Y la de vuestra hija Valentina.

Gian Galeazzo pareció complacido.

—Madonna Caterina tiene razón, todas estas reclamaciones de dinero me parecen infundadas. Yo tengo que ocuparme de la guerra, tengo mercenarios y capitanes a mi servicio, a los que debo pagar, y hacen falta soldados para mantener a raya a nuestros enemigos. Esta nueva Fabbrica está resultando tan cara como los papas.

El secretario hizo un gesto afirmativo aprobando la observación, pero, como tenía algo que añadir, no desistió.

—No os piden dinero, mi señor, sino un bando.

Gian Galeazzo hizo un gesto vago para autorizarlo a continuar.

—Parece que algunos propietarios de fincas, en los alrededores del lago Mayor, pretenden oponerse a la extracción de los grandes bloques de granito que se encuentran abandonados en los campos y que deberían servir para los cimientos de la iglesia. La Fabbrica querría disponer de ellos.

Caterina se acercó a su marido y le puso una mano en el hombro.

—Es la iglesia de Santa María Naciente, aceptad la petición, os lo ruego —murmuró en tono confidencial.

Gian Galeazzo suspiró.

—Escribid, pues, Giovanni: «El señor de Milán, conde de la Virtud, vicario imperial, mediante el presente decreto ordena a nuestro capitán del lago Mayor, al vicario de Locarno y a nuestro podestá de Intra y Pallanza y a todos nuestros oficiales a quienes corresponda, que exijan categóricamente que, en nombre de la Fabbrica de la iglesia mayor de nuestra ciudad de Milán, puedan extraerse las piedras de las que se habla en la citada súplica en los bienes de aquellos donde se encuentran dichas piedras y que, por respeto a dicha iglesia, se puedan extraer y conducir sin ningún reembolso de dinero, como hasta ahora se ha hecho». ¿Entendido?

Hizo una pausa, mientras el secretario asentía trazando unas líneas en un pergamino desgastado, seguramente sus notas.

—Yo y mi amada esposa somos fieles y devotos de la santísima Virgen, por eso siempre estaremos a favor de las peticiones de nuestros ciudadanos para que esta obra deseada y suntuosa pueda avanzar debidamente.

—Prepararé el edicto, mi señor.

—Hacedlo rápido, Giovanni, que no se diga que el señor de Milán contradice a la nueva Fabbrica.

El secretario hizo una elegante reverencia y se dirigió hacia la puerta.

—Giovanni —lo llamó su marido en tono imperioso.

—A vuestras órdenes.

—Enviad a la obra a Andrea degli Organi para que supervise de nuevo los trabajos y venga a informarme lo antes posible, en cuanto regrese de Milán.

23

Vida de un aprendiz

En la obra, diciembre de 1387

Un jardín exuberante, plantas de hojas relucientes como recién bañadas por la lluvia, flores rojas, amarillas y naranjas, y parterres de hierba tierna recién brotada. Apartó el follaje y lo vio, la cola abierta y las plumas verdes y azules que brillaban al sol, el cuello delgado, el pico alzado preparado para lanzar el grito estridente y un poco triste.

Pietro se quedó boquiabierto ante aquel azul.

No era la primera vez que soñaba con un pavo real, y además lo veía esculpido por todas partes en los plúteos de los edificios sagrados, en las bóvedas de las puertas, en las vidrieras de las iglesias, y sus plumas adornaban sombreros, capas y cinturones de los ricos señores milaneses.

Estaba convencido de que era su amuleto de la suerte y, por otra parte, ¿acaso no era el pavo real blanco el símbolo de la resurrección, de la vida eterna y de Jesucristo?

Bajó de la cama, se calzó los zuecos y echó una mirada a los aprendices que dormían. Ya no dormirían mucho, teniendo en cuenta que la jornada comenzaba con las primeras luces del alba y no tardaría en amanecer.

Ya sabía perfectamente cuáles eran los peldaños que crujían y los evitó. La escalera de madera ascendía por encima de su cabeza hasta el techo de la torre construida en el lado sur de la fachada de Santa Maria.

Cuando el campanario mandado construir por Azzone Visconti se derrumbó a principios de siglo, se pensó en sustituirlo con aquel edificio de planta cuadrada donde vivían los canónigos de la iglesia.

Fue Simone da Orsenigo, que había participado en su construcción, el que lanzó la idea de reutilizarlo para alojar a aprendices y maestros.

Tras haber realizado algunas modificaciones en las paredes y en las escaleras, de haber rehecho algún tabique de madera y de haber añadido camas y algún mueble, en lo que había sido el campanario dormían ahora una treintena de aprendices. También Marchetto, Jacopo y Zeno Fusina tenían allí sus habitaciones con chimenea, una cama y una mesa sobre la que realizar bosquejos y dibujos.

Se deslizó fuera; todavía era de noche, pero más allá de la fachada de Santa Maria el cielo empezaba a clarear.

Aquella hora de la madrugada era su preferida, cuando la obra estaba desierta y por las escaleras del interior de los cimientos no subía ni bajaba nadie; en lugar de las voces y de los gritos de los maestros y de los obreros, de los golpes de martillo, de los mugidos de los bueyes y de los chirridos de los carros, se oía el canto de los pájaros y un silencio casi mágico, irreal.

Como una sombra se dirigió hacia las letrinas, por el momento simples agujeros cavados de tal modo que pudiesen limpiarlos las vetas de agua que fluían por debajo de las catedrales. No era casual, pensó, que los baptisterios hubiesen sido construidos precisamente allí, con sus enormes fuentes bautismales de mármol, tan grandes que cabían en ellas al menos cuatro hombres. Hasta ahora aquellos agujeros malolientes habían sido suficientes, pero el número de obreros aumentaba a diario, la obra era ya un vaivén incesante de voluntarios que iban a aportar su contribución a la construcción de la nueva iglesia.

Numerosas carretillas yacían abandonadas aquí y allá, algunas llenas de tierra o piedras, otras vacías y otras volcadas. Paseó por la excavación y vio lo grande que era, observó los muros de contención que se habían construido.

Con picos y cinceles estaban demoliendo murallas y cimientos de los antiguos edificios que hasta entonces habían ocupado aquel lugar. Jacopo Fusina le había explicado que a menudo, al excavar en el centro de las ciudades, y no solo en Milán, se encontraban los restos de antiguas obras, columnas, arquitrabes decorados, capiteles abatidos por la furia de los conquistadores, por el inexorable paso del tiempo o, en el caso de Milán, por el empeño de Barbarroja.

Había leído que el emperador había descendido hasta Italia para conquistar la floreciente ciudad lombarda, y los milaneses todavía maldecían al oír pronunciar el nombre fatal.

Pietro había tenido ocasión de leer los relatos de aquella época en los manuscritos en los que había trabajado en el monasterio de Campione; ciertamente Barbarroja había tenido la firme intención de conquistar Milán, tras haberla asediado durante meses y haber rechazado concederle las condiciones para la rendición, pero finalmente habían sido las ciudades lombardas fieles a él las que habían decidido saquearla y arrasarla.

¿Cuántas veces, frente a las páginas de pergamino, ante aquellas palabras latinas que tanto se esmeraban los monjes en transcribir, había imaginado al austero emperador montado en su caballo, con la insignia del águila en los hombros y la espesa cabellera y la barba rojas como las llamas que devoraban Milán?

Un fuego que había durado días y días, y que había ardido como el crimen más horrendo sobre los habitantes indefensos, sobre las mujeres, sobre los niños, sobre los muchachos como él, para los que no había habido escapatoria ni piedad.

Gritos desesperados, sed de venganza, sangre, horror y el saqueo sistemático llevado a cabo con trágica y metódica crueldad por los cremoneses, los lodicianos, los pavianos, los comeses y los novareses, dedicados cada uno de ellos a destruir una puerta o un barrio, a acabar con la ciudad tan odiada.

Impresionante debió de haber sido la furia de quienes se habían entregado a todo tipo de violencia: unos habían sido descuartizados por confesar un escondite, otros violados por un placer loco y súbito, y luego masacrados. Cadáveres esparcidos por doquier, despojados de todos sus bienes, como las casas y todos los rincones de la ciudad.

Sin embargo, Milán se había levantado de nuevo.

Pietro miró a su alrededor: las iglesias, las casas, la torre de San Gottardo con su asombroso reloj y las campanadas de medianoche, convertidas ya en una costumbre; el inmenso palacio del Broletto viejo, propiedad del vicario de Milán, ese Gian Galeazzo Visconti al que le habría gustado ver, aunque fuese de lejos. Pero vivía en Pavía, cuando no estaba ocupado en hacer la guerra al mando de sus mercenarios.

Allí estaba Milán, dormida aún bajo el cielo azul, en el que palidecían las últimas estrellas.

Cuánto sacrificio, cuánta testarudez y ganas de hacer, y ahora se estaba construyendo una nueva iglesia, símbolo del renacimiento, culminación de un proceso de reconstrucción y reparación de la afrenta inferida por el emperador alemán y las ciudades rivales.

Si no recordaba mal, la caída de Milán había tenido lugar en 1162, de modo que se puso a contar con los dedos, dado que el cálculo no era su fuerte.

—¿Duermes en pie?

Fue tal el susto que Pietro tumbó la carretilla en la que estaba apoyado y el corazón latió con violencia en su pecho con la insistencia de un pico.

Ante él estaba Marchetto, con una sonrisa dibujada en el rostro cuadrado como las piedras que esculpía, el espeso cabello castaño con algunas hebras grises en las sienes y los ojos azules que imitaban el cielo.

—No, no, maestro. Estaba solo…, solo…

—Soñando —le sugirió el ingeniero con un suspiro y miró los cimientos, los primeros pilares ya alzados a media altura, los muros de contención parcialmente construidos y la zona de los cimientos.

—Yo también sueño, muchacho, con mi mujer y mi hijo que me esperan en Carona, y no hay que sentirse culpable —dijo en un tono que hizo que Pietro se volviese—. Pero también sueño con lo que serán un día estos ladrillos. La veo elevarse y allá arriba, en el lugar del azul, estará la estatua de María naciente, nuestra guardiana. Una catedral que traerá el cielo a la tierra.

Pietro también trató de imaginársela, pero la visión no se formó en su mente. Ciertamente, todavía no era un maestro; aprendería, así que se dio por vencido y lo siguió en la inspección del trabajo del día anterior.

Él no era más que un aprendiz, apenas un peldaño más que todos los trabajadores y voluntarios que cargaban las cestas, apartaban piedras e iban arriba y abajo todo el día por aquellas escaleras.

Durante aquellos meses, gracias a monseñor Anselmo que le había permitido quedarse, había presenciado una auténtica procesión de personas que querían ofrecer a la construcción de la iglesia al menos una jornada de trabajo.

Había visto a los feligreses de casi todos los lugares santos de Milán, y no eran pocos, alternándose con los artesanos, con los fabricantes de armas, con los orfebres, con los especieros y con los habitantes de muchas ciudades y pueblos de los alrededores de Milán. También había sido testigo de la jornada de trabajo ofrecida por un constructor y por sus trabajadores, que habían invadido en masa la obra y habían ayudado a colocar las bases de los pilares que sostendrían el ábside.

Por encima de estos estaban los canteros, todavía muy pocos, los maestros albañiles y Simone da Orsenigo, al que había visto a menudo dirigir los trabajos y al que jamás se había atrevido a dirigir la palabra.

Como nunca había vivido en Milán, su presencia como aprendiz de Marchetto da Carona había sido ignorada por los otros alumnos de su edad, pero él no se desanimaba ni desmotivaba. La amistad no le interesaba, porque la obra era el lugar donde siempre había querido estar.

De momento solo le confiaban trabajos sencillos, como llevar y descargar las carretillas o mezclar la arena con la cal. Una vez le habían llamado para desplazar un bloque de piedra gris y, aunque por la noche caía rendido en la cama, demasiado cansado incluso para comer un bocado, era feliz.

A Pietro le producía alegría observar simplemente el perfecto orden en que trabajaba aquella humanidad variada, como si estuviera apartada del resto del mundo en la plaza animada por los curiosos, que no rehuían echar una mano u ofrecer un vestido, un cinturón, una hebilla de plata, cualquier cosa para la nueva iglesia.

Cuando por casualidad o intencionadamente pasaba por delante del altar de la basílica de Santa Maria Maggiore, que se había conservado a pesar de la demolición del ábside, siempre se sorprendía al ver la variedad de objetos que allí se amontonaban, ofrendas que la Fabbrica transformaría en dinero para comprar los materiales que se necesitaban para la obra.

En abril había conocido al maestro Andrea da Modena, ingeniero del Visconti, que se había paseado varios días por la obra junto con el vicario Giovanni de Capelli, un hombretón de espesa barba ante el que todos se inclinaban.

Maestro Andrea había descendido por una de las escaleras y, como Pietro era el que estaba más cerca, le había hecho una señal para que lo siguiera hasta el punto donde el suelo ya estaba nivelado y los cimientos ligados con grandes cantidades de ladrillos y mortero.

El maestro se había inclinado para examinar el trabajo, y luego le había pedido que le pasara un cincel y un martillo, con los que comprobó la resistencia del plano de reparto.

—¿Eres cantero, muchacho? —le había preguntado en un momento dado.

—Todavía no, maestro —le había respondido—. Pero espero llegar a serlo.

—¿Sabes tallar la piedra?

Pietro no lo había hecho nunca, excepto algunos torpes intentos, y sintió que enrojecía por la humillación. A menudo había utilizado la madera y estaba seguro de que todo lo que hacía con aquella materia dúctil podría hacerlo también con la piedra.

—Sí —respondió en esta ocasión.

Maestro Andrea había asentido y le había devuelto las herramientas. Unos días más tarde, Marchetto da Carona lo había llamado aparte.

—¿Cuántos meses hace que estás en la obra?

Pietro había llegado en enero y estaban ya en diciembre.

—Hace casi un año, maestro.

—Bien, seguirás siendo aprendiz un tiempo más, pero sé sincero conmigo: ¿quieres ser cantero?

—Sí, maestro.

Marchetto había asentido.

—Pues bien, si quieres aprender los secretos del arte de la piedra, a partir de enero serás mi sombra. Por cierto, ¿has intentado alguna vez tallar madera?

—Sí, por supuesto. He esculpido animales y frutas, maestro; algunos se los regalé a monseñor Anselmo, y antes de venir a Milán le hice incluso un pequeño retrato obtenido de un disco de fresno. —Pietro reflexionó un momento—. No sé si salió muy bien, pero él parecía contento.

—He oído hablar de este retrato, y si conoces a monseñor, sabrás también que es persona de pocas palabras. —Se le acercó al oído—: Cuando yo era un muchacho también esculpía la madera, mi modelo preferido era la ardilla.

Pietro sonrió de placer.

—Las ardillas tienen una hermosa cola, he hecho muchas. A mí me gustan las cabezas de ciervo, con los cuernos que parecen ramas.

—Entonces tenemos algo en común. ¿Sabes por qué te lo he preguntado? Porque si sabes esculpir la madera, también sabrás esculpir la piedra.

—Lo imaginaba —exclamó, lleno de orgullo.

A partir de ese instante, Pietro contaba los días y ya era casi Navidad. Tenía por delante muchos años de aprendiz, muchas lecciones a las que atender, secretos que aprender, pero desde aquel momento había comprendido que su verdadera vida de cantero había comenzado.

—¡Pietro!

Se volvió. Marchetto le hacía señales y, por tanto, se apresuró a descargar la carretilla en el montículo de tierra con que dos obreros estaban llenando un carro.

Cuando se reunió con él, el ingeniero de Carona estaba delante de una gran mesa de madera sobre la que se alineaba una serie de cinceles de distintos pesos y tamaños, y le explicó el uso de cada uno de ellos.

—Cada tipo de piedra tiene una dureza y un grano diferentes, igual que la madera; así que existe un cincel adecuado para cada una, que habrá que utilizar según lo que quieras crear.

Le explicó las propiedades de los distintos tipos de piedras y que pronto, en la obra, necesitarían el trabajo de carpinteros y carpinteros de armar.

—Cuando hayamos construido todos los pilares, la iglesia comenzará a elevarse y entonces necesitaremos fuertes vigas de madera para trabajar allí arriba.

—Hacia el cielo —añadió Pietro, despreocupado.

Marchetto le sonrió y le alborotó el pelo.

—Exactamente.

—¿Sabéis? Conocí a un aprendiz de carpintero. Se llama Alberto y es muy bueno; construyó, junto con su maestro, los andamios que se utilizaron para los trabajos en el monasterio de Campione.

—Estás hablando de Stefano da Castelseprio.

—¿No se llama Tavanino?

—Ese es su apodo. Un buen carpintero y, ahora que me has hablado de él, se lo propondré a los diputados de la Fabbrica.

Pietro no pudo contener su curiosidad.

—Maestro, ¿puedo haceros una pregunta? No tiene que ver con la obra.

—Dime, pero hazlo rápido, tengo que volver al trabajo.

—Aquí, en la obra, muchos dicen que ahora se llama Fabbrica y que todos debemos llamarla así.

—Ah, aquí se sabe todo, pero es justo que tú también estés informado. Como habrás observado, la obra se vuelve cada día más grande y compleja. No solo eso, resulta cada vez más difícil de gestionar. Hay que ocuparse de los trabajadores y de sus salarios, organizar a los maestros y los suministros. Además, hay que convertir las ofrendas en dinero. Son cosas delicadas cuando se trata de monedas contantes.

—¿Se teme que alguien las robe?

—No sé, desde luego es tentador. El octubre pasado hubo una reunión en el palacio del Broletto, ¿lo recuerdas?

—Sí, desde luego, es el de los pórticos.

—Bravo. Nuestro arzobispo, el ilustrísimo conde de la Virtud, todos los encargados de gobernar el municipio, los representantes del cabildo de la catedral y los implicados en la administración de la obra han creado un ente al que han puesto el nombre de Fabbrica del Duomo. Porque esto es una fábrica, Pietro, donde se construye y se trabaja.

—Entiendo. Así que la Fabbrica es la obra y viceversa, y serán ellos los que supervisarán nuestro trabajo.

Marchetto asintió.

—Yo mismo no podría haberlo dicho mejor, muchacho. Y ahora volvamos a nuestras tareas, que nos espera un duro trabajo antes de que oscurezca, y el cielo amenaza lluvia.

24

La caída

El espectáculo alegre y festivo de las calles de Milán no afectó a los trabajos de la obra. Pietro no cesaba de maravillarse ante el bullicio de la multitud y el lujo de los vestidos que mercaderes, ricos señores y el pueblo lucían con ocasión de la santa Navidad.

Parecía que todas las joyas, que hasta entonces habían permanecido guardadas en los cofres, hubieran salido para competir con las antorchas y las decenas de velas encendidas en las iglesias y a lo largo de las calles, animadas incluso después de oscurecer.

No faltaban carros y carretas recubiertos de paños de adorno y telas vistosas, arrastrados por mulos o caballos, que pasaban por las calles transportando músicos, saltimbanquis y artistas callejeros.

—Ninguna otra ciudad del mundo ofrece un espectáculo tan variado y festivo —murmuraba Simone da Orsenigo, que seguía ocupado en dirigir la obra y en tomar medidas.

Pietro lo observaba, como observaba a todos: maestros de obra, ingenieros, canteros, carpinteros y hasta los picapedreros más humildes.

Sabía muy bien que los artistas nacían en los talleres, entre el polvo y sudor de los obradores, en los andamios de las obras y, finalmente, en las *scholae* aprendían dibujo y geometría. Si alguien poseía dotes naturales, el estudio lo elevaba por encima de los trabajadores comunes y solo así podía esperar atraer la atención de los mecenas ricos. Suspendido en el vacío de un andamio, en una nueva sacristía o a los pies de una columna, recibía el título de ingeniero sin ningún documento en pergamino con sellos, diplomas o lacre.

Cada día deseaba más ese título. Demostrar su talento a todos; en primer lugar, a los maestros que lo habían llevado a Milán.

Estudiaba, observaba.

Cuando no estaba trabajando, en los pocos momentos libres de las fiestas de guardar, salía de la pequeña habitación que ocupaba en la torre y paseaba por Milán, donde hallaba la inspiración, y su alma joven y sedienta de saber contemplaba una y otra vez las columnas, los arcos, las cúpulas de las iglesias antiguas, la infinita variedad de adornos, unos complicados, otros lisos, las tracerías que parecían bordados y los rosetones, los grandes ojos de luz de las iglesias, creados para contrarrestar la oscuridad. Campanarios, torres, fachadas, cuyas cimas cosquilleaban a las nubes.

—¿No has ido a casa? —La voz de Martino da Arogno lo sobresaltó. Pietro cayó al suelo y se limpió las manos en los calzones.

—No, quería quedarme en la ciudad; nunca he visto a todos estos artistas callejeros.

Lazaro da Bissone se echó a reír. Los dos amigos le habían cogido cariño. Con ellos había cruzado el umbral de una taberna por primera vez en su vida y había descubierto que existía un cierto tipo de mujeres, las rameras. Sus relatos minuciosos le habían enseñado algo más que a tallar piedras, y una noche lo habían llevado al Castelletto, cerca de la iglesia de San Giacomo in Raude, no muy lejos del Verziere. Allí, además de los juegos de azar, había visto y tocado muslos desnudos y senos redondos, muy distintos de los de piedra a los que estaba acostumbrado.

—¿Así que no hay tronco de Navidad para ti este año? —exclamó Lázaro.

—¿Tronco de Navidad? —preguntó Pietro, extrañado.

—Sí, es una tradición antigua —dijo Martino—. En Navidad es costumbre quemar un tronco bendecido con toda la familia. Lo hacen los pobres con una ramita y los ricos con un tronco entero.

—Lo hacen incluso los Visconti —añadió Lazaro—. Obviamente, su tronco será un roble centenario, de esos que crecen en los bosques de Cusago.

—Si estás solo, mañana vienes con nosotros a comer a casa de mi tío —propuso Martino dándole una palmada en el hombro—. Quemaremos el tronco y habrá comida para todos.

—¿De verdad puedo ir?

—Por supuesto —reiteró Martino guiñándole el ojo—. Trae una de esas jarras de buen vino de tu tierra y un pedazo de queso y mi tío te recibirá con los brazos abiertos.

—Ahora volvamos al trabajo —dijo Lazaro—. Antes de que oscurezca tenemos que subir esos tablones.

Regresaron juntos a la excavación, de la que surgían ya varias columnas y pronto se construirían los arcos y las bóvedas. Los carpinteros tendrían que reforzar grúas y cabrestantes, construidos en madera y hierro. De momento, se trabajaba todavía sobre escaleras de madera, utilizadas para subir y bajar de los cimientos y para construir los primeros muros, pero luego se necesitarían grandes máquinas de elevación para llegar a las extraordinarias alturas que implicaba el proyecto.

—Tarde o temprano habrá que hacer los mechinales —dijo Lazaro con tono pedante.

Pietro sabía que eran los agujeros en los que se introducían los tablones del andamio, realizados por los maestros de muro, obreros especializados en la colocación de ladrillos y piedras.

—Mirad —dijo de pronto Martino—. ¿No es Domenico el de allá arriba?

Pietro levantó la vista. Sobre el andamio provisional se movían dos obreros.

—Sí, es él —confirmó Pietro.

—Están rematando con mortero la parte superior de un pilar —comentó Lazaro.

Incluso desde lejos se veía que actuaban con torpeza. De vez en cuando, Domenico sacudía las vigas del andamio para asegurarse de que aguantaban.

—No debe exagerar con esas sacudidas —dijo Martino entrecerrando los ojos.

Del manto de nubes que había ocultado el sol desde la mañana cayeron las primeras gotas de una llovizna espesa y helada. Pietro se estremeció y observó que los maestros de muro se apresuraban a acabar su trabajo. Domenico se dirigió hacia la escalera apoyada en las tablas llevando un cubo en una mano y una paleta en la otra.

Miró al vacío.

La altura no era mucha, tal vez la equivalente a dos hombres, uno encima del otro. En aquel preciso instante, apareció detrás de él una segunda figura. Pietro tuvo la impresión de que había surgido de la nada. Mucho más alta que Domenico, estaba tan cerca de él que sus cuerpos parecieron convertirse en uno solo.

No había ninguna protección para el que estuviera allá arriba, en los tablones. Pietro se acercó. Alguien gritó que bajaran porque la lluvia haría que la madera resbalara.

Domenico se movió a un lado, Pietro vio cómo se acercaba a la escalera, pero el otro pareció retroceder repentinamente y perdió el equilibrio. Sucedió todo tan rápido que, aparte de un pequeño movimiento de la mano que buscaba algo a lo que agarrarse, fue casi como si se hubiese hundido a propósito.

El cuerpo se precipitó y el tablón se deslizó del soporte arrastrando consigo a Domenico.

Pietro oyó la exclamación, un aterrorizado «Oooh...», pero solo pudo ver, petrificado, cómo los cuerpos y los tablones caían durante un largo, larguísimo momento, a menos de quince pasos de ellos.

Primero un golpe y luego otro, y otro, todos cayeron como frutas demasiado maduras.

Pietro nunca creyó que pudiera pensar tan deprisa; corrió hacia Domenico, que gemía, el otro obrero estaba inmóvil. Fue el primero en llegar, luego se le unieron Lazaro, Martino y todos los demás; unos habían subido a toda prisa desde los cimientos, otros habían soltado carretillas y cestas cargadas de tierra, otros la argamasa para mezclar.

Tras los primeros momentos de agitación, comprobaron que estaban vivos, aunque asustados. Se improvisaron camillas con tablas, y los heridos fueron transportados a la caseta donde se guardaban las herramientas más voluminosas.

Al poco rato apareció Orsenigo, sin aliento, envuelto en el manto empapado, puesto que la llovizna se había convertido en un aguacero; lo acompañaban Marchetto, Marco Frisone y, cosa increíble, su amigo Alberto junto con el maestro carpintero Tavanino.

Pese a la confusión, se comprobó que era mayor el susto que el daño, y poco después tanto Domenico como su compañero se pusieron en pie, aunque cojeando y con algún moratón.

Pietro consiguió abrirse paso a codazos entre la multitud de curiosos. Todo el mundo opinaba sobre el incidente, sobre la importancia de utilizar tablas nuevas y sólidas, sobre los golpes en la cabeza que a veces llevan a la tumba. En resumen, se abrió paso hasta situarse detrás de Alberto.

Llevaba el cabello algo más largo; del gorro de lana que le cubría la cabeza surgían rizos oscuros y desgreñados. Pietro le dio un golpecito en la espalda con el índice, casi temeroso, y Alberto se volvió con el ceño fruncido, que inmediatamente se relajó en cuanto lo hubo reconocido.

—¡Pietro!

Se saludaron con tanto fervor que Pietro sintió dolor en la mano, pero le devolvió el saludo con el mismo entusiasmo con que lo había recibido. Era tanta la confusión que apenas pudieron oír las palabras de bienvenida que se intercambiaron. Cuando se interpusieron entre ellos tres obreros, Pietro le hizo una señal para que salieran y Alberto, tras mirar a Tavanino, que estaba hablando con los ingenieros, lo siguió.

Fuera, el aire frío le hizo contener la respiración, pero no su sonrisa.

—¿Qué haces aquí en Milán, Alberto?

El amigo lo miró fijamente.

—Podría hacerte la misma pregunta. La última vez que te vi estabas en Campione trabajando en la cocina.

Pietro se rascó la cabeza. A diferencia de Alberto, tenía el cabello húmedo a causa de la lluvia, pero no le importó.

—Monseñor Anselmo me permitió venir aquí, a la obra, hace ya varios meses. Soy aprendiz, Marco da Carona es mi maestro.

—Ah, he oído hablar de él, es el que llaman Marchetto. —Alberto cruzó los brazos—: Sé que es lo que deseabas, de modo que estoy contento por ti, y he de decirte que el trabajo manual te ha favorecido: tienes dos hombros bien robustos.

Le soltó un golpe para asegurarse de haber acertado y Pietro se frotó distraídamente el hombro.

—Se han robustecido a base de romperse por el cansancio.

—Lo creo, la vida del aprendiz nunca es fácil; antes de encargarte un trabajo de responsabilidad pasas años trabajando como un campesino.

—No tienes ni idea de cuántas piedras he acarreado, y carretillas y cestas. Podría llenar un lago entero con las cestas.

—Nadie podría llenar un lago con las cestas.

Se echaron a reír.

—¿Y tú qué haces aquí con Tavanino? —le preguntó de pronto, aunque imaginaba el motivo.

—Tenemos un contrato con la Fabbrica, amigo mío. Ahora empezarán a subir y, cuando se trata de madera y de andamios, Tavanino es el mejor. Y yo soy su segundo.

Se puso las manos debajo de las axilas y empezó a silbar, mientras salía del refugio de la caseta. Bajo la lluvia abrió los brazos, como si quisiera ser besado por el agua, que caía torrencialmente.

Estaba empezando a oscurecer, la capa de nubes flotaba sobre la ciudad como un manto gris. Al día siguiente era Navidad, y Pietro se dio cuenta de que era feliz.

Tendría un amigo en la obra, ¿qué más podía desear?

25

Visita inesperada

Enero de 1388

Caterina se quitó la capa y la depositó sobre una silla. El viaje había sido agradable, aunque el clima había exigido varias piedras calientes para ella y las damas de compañía, con las que viajaba en la carroza.

Cuando le había manifestado a Gian Galeazzo su deseo de realizar aquel viaje a Milán, su marido la había mirado casi con lástima. Una mujer que viaja en invierno ya era un fenómeno extraño, y más teniendo en cuenta que nunca había deseado hacerlo.

Pero Caterina había crecido en Milán, había vivido en el palacio familiar de San Giovanni in Conca con sus hermanos y hermanas, legítimos o no, con soldados y numerosos perros.

Una parte de su corazón todavía seguía allí.

Su madre había sido una mujer sabia, una dama en todos los sentidos, incluso en el respeto por aquella ciudad de adopción, ella que era de Verona, hija del gran Mastino II della Scala.

El viejo palacio del Broletto, restaurado por su antepasado Azzone, la había acogido como abrazándola, con su patio cuadrado y el jardín desnudo. Cuando se encontró delante de la columna coronada por el ángel que sostenía el escudo de la familia, la víbora como bandera, se conmovió. La fuente que rodeaba la columna era un estanque cuadrado y en los vértices las fauces de los leones ya no escupían agua, sino que se abrían en un hipotético y vano rugido.

Caterina se levantó el bajo del vestido, una seda cálida y pesada y, con la cabeza inclinada para no ser vista por los criados, las criadas y los mozos de cuadra que había traído consigo de Pavía, subió la escalinata que conducía a la torre más alta, y cada paso era marcado por el tañido del campanario de la iglesia de San Gottardo.

Veintidós; por tanto, faltaba poco para el ocaso.

Se apresuró a seguir, mirando el patio de abajo, donde los mayordomos que había enviado la semana antes la habían recibido con mil homenajes y ahora estaban organizando la estancia con la ayuda de los recién llegados: ropa limpia, velas y candelabros, leña junto a las chimeneas, una cena caliente para reconfortar a los que se hallaban ateridos.

El ruido de pisadas a su espalda la obligó a volverse. Margherita di Maineri la había seguido.

—Marchaos —le ordenó reanudando el ascenso.

—No lo haré, antes debéis decirme qué os pasa.

—Sois tan terca como siempre.

Caterina abrió una puerta; no la cerró, pues sabía muy bien que pronto se abriría de nuevo. Las tablas del suelo de madera crujieron y ella se dirigió a la ventana. Mientras la abría entró Margherita, decidida. Eran amigas desde hacía años, la joven la había seguido desde la Ca' de Can cuando fue a casarse con su primo Gian Galeazzo.

—Testaruda y tozuda —insistió Caterina temblando debido a la ráfaga de aire frío.

—Es lo mismo —objetó Margherita, resentida—. Y ya sé que tengo mal carácter, no hace falta que me lo repitáis constantemente.

La plaza de abajo era un espectáculo extraño, todo estaba cambiado y por un momento Caterina se quedó sin aliento. Donde estaba el ábside de Santa Maria Maggiore había un caos de pilares, una cavidad semejante a una boca abierta, un enjambre de personas dentro y fuera, escaleras, tablones suspendidos, herramientas, carros y bueyes; un movimiento humano y animal que creaba la ilusión de que toda la obra se balanceaba.

Buscó con la mirada el baptisterio de Santo Stefano y no lo vio, en cambio el de San Giovanni alle Fonti seguía en pie, aunque rodeado de casetas de madera.

Santa Tecla seguía en su lugar, pero se entristeció mucho al ver que por fuera y alrededor se acumulaban losas de piedra, columnas rotas, mármoles y montones de escombros. La plaza de las catedrales estaba irreconocible y por el momento la nueva iglesia no se parecía a nada que hubiese visto antes.

—No imaginé que fuera así —murmuró, sintiendo el frío que le penetraba en los huesos y una extraña sensación de extravío.

Margherita se había acercado y le hizo sitio.

—Vuestro señor marido, el conde de la Virtud, ya dijo que no veríais casi nada —puntualizó su compañera—. Eso que veis ahí abajo no es más que una montaña de piedras que tratan de subir.

Caterina movió la cabeza, desconsolada.

—Tal vez desde la calle entenderemos mejor en qué se convertirá ese esbozo de edificio —dijo esperanzada—. Mañana iré a rezar en lo que queda de Santa Maria.

—Siento que la hayan destripado de ese modo.

Caterina cerró la ventana con dificultad porque la manilla estaba oxidada.

—Haré que un criado venga a repararla —dijo Margherita haciendo fuerza sobre sus manos para empujar y ayudarla—. Y mañana iré con vos.

Volvieron sobre sus pasos, primero por la escalera y luego por debajo del porche. Atravesaron las habitaciones del primer piso, decoradas con frescos, tapices y candelabros de plata, hasta llegar a la sala de las Audiencias, donde Caterina sabía que encontraría las pinturas del maestro Giotto.

—La última vez que estuve aquí fue con mi padre y era una niña. —Oyó el crujido del vestido de Margherita cada vez más cerca—. Él fue el que me explicó la historia de micer Giotto. Lo conoció cuando tenía poco más de doce años, justamente en este salón, mientras trabajaba con sus pinturas y los criados se las preparaban utilizando unos polvos tan finos que eran impalpables.

La pared más corta del rectángulo, frente a la entrada, era un triunfo de azules casi hipnóticos, de grises, de blancos ligeros como nubes, que rodeaban un carro encerrado en la mandorla, símbolo de Aquel que es Verdad y Vida, de la materia y del espíritu. El oro resplandecía como si estuviera recién pulido, rodeando y atenuando la austeridad de las figuras de los condotieros y de los héroes de la mitología pagana y de la historia cristiana: Eneas, Héctor, Hércules, Atila y Carlomagno.

—Ese que veis retratado en el centro era su primo Azzone, del que siempre hablaba con respeto y reverencia. Había mucha diferencia de edad entre ellos, tal vez por esto siempre representó para él el ideal de un héroe perfecto.

Margherita se acercó al fresco para ver mejor las caras.

—O tal vez lo veía así a causa de esta pintura. Lo debió de impresionar mucho, así como todos los otros frescos de las salas por las que hemos pasado.

—Me gustan todos estos colores, hacen latir mi corazón —dijo Caterina, y cogió un jarrón de alabastro de la mesa que había junto a la entrada. Era ligero, frágil como el cristal, más pesado y opaco, blanco como la nieve recién caída. Le dio vueltas rozándolo con las yemas de los dedos, reverente, como si tocase los rostros del fresco; una caricia al pasado revivido gracias a los retratos y un pensamiento fugaz al presente inaprensible.

Lo colocó de nuevo sobre la mesa.

—Querría hacer una ofrenda a la Virgen ante la nueva catedral —murmuró como para sí misma—. Quién sabe por qué me la había imaginado alta, acabada, y en cambio no es más que un esqueleto y una confusión de gente que va y viene como abejas en la colmena.

Margherita se le acercó y le puso una mano en el brazo.

—Recordad las palabras de san Agustín: «La fe es creer en lo que no ves».

Caterina alzó el rostro y miró fijamente a su dama de compañía.

—Sí, el santo de los santos —susurró—. Iremos a rezar a Santa Maria y dejaré una ofrenda para la nueva iglesia dedicada a María Naciente. Tal vez mirar en lo más oculto de su corazón adquirirá para mí sentido y razón.

A Aima le gustaban las mañanas soleadas de invierno, cuando los colores desmienten la temperatura y los ojos engañan la percepción; hace frío, pero la luz es tan intensa que sientes calor en la piel, y los colores resplandecen bajo el azul intenso.

La nieve no había caído aún, las calles estaban heladas y secas, y el frío le recordaba cuando en los braseros de bronce se quemaba el carbón sobrante de los ricos, y la madre colgaba sobre el fuego la olla con la sopa perfumada de enebro.

Coronas de enebro con el mismo aroma inolvidable decoraban los puestos de los vendedores de especias y de los carniceros, entremezcladas con salchichas y pedazos de carne que se vendían como rosquillas. Donna Codivacca iba delante, llevando a Matteo de la mano, aunque ya no era un niño. Se paraba a comprar en cada puesto, provocando la deferencia de los comerciantes y las sonrisas de agradecimiento de los mendigos, a quienes los sirvientes entregaban monedas de cobre.

«No hay duda —pensó Aima mientras pasaba bajo el arco que conducía a la plaza de la catedral—, mi señora tiene un corazón de oro». Además, el astrólogo que había sido llamado a la casa había predicho un futuro brillante para toda la familia y, aunque dudaba de que realmente pudiera conocerlo, era feliz haciéndose la ilusión de que sería verdad.

Acababan de pasar la esquina de Santa Tecla cuando donna Codivacca se detuvo. Casi chocó contra ella, ya que estaba absorta en los pensamientos agradables para el nuevo año.

Parecía reinar una gran tranquilidad delante del palacio que pertenecía a los Visconti, una tranquilidad debida a que dos damas estaban saliendo por el portal abierto de par en par, entre una hilera de mayordomos y hombres armados, que contenían a la multitud curiosa por la insólita aparición.

Una era sin duda una dama de la corte, vestida de seda carmesí, con una capa bordada de damasco amarillo y el cabello oscuro recogido en una única trenza, que surgía del velo del mismo color que el vestido.

La otra era una visión. La túnica de terciopelo turquesa destacaba como un rincón de cielo bajo la capa de piel blanquísima; el rostro y los cabellos brillaban más que el sol. Flotaba, no caminaba como el común de los mortales. Aima habría podido jurar que era la Santa Virgen que había descendido entre los mortales, si no hubiese sabido que tal cosa no podía suceder.

La emoción la dejó sin respiración. Permaneció así un buen rato, admirando a las damas que se acercaban a la obra de la nueva iglesia donde, como por encanto, todos se habían transformado en estatuas de un vasto belén.

—Es muy hermosa —se le escapó con un suspiro.

—Es la Virgen —exclamó Matteo como leyéndole el pensamiento.

La madre inclinó el rostro hacia él.

—No, hijo mío. Es la condesa de Pavía y de la Virtud, la esposa de nuestro señor Gian Galeazzo Visconti, la señora de Milán.

Aima se quedó aún más asombrada. Nunca habría creído que podría verla y sin embargo allí estaba, la mujer de la que todo el mundo hablaba.

—¿La conocéis, madre? —preguntó Matteo, curioso como siempre.

—A ella no, querido. Conozco bien a la dama de compañía, una querida amiga de cuando era niña y con la que todavía mantengo una frecuente correspondencia.

—¿Es a ella a quien escribís esas largas cartas?

A donna Codivacca le brillaron los ojos de satisfacción.

—Tienes buena memoria, hijo mío. Procura usarla sabiamente, no solo para satisfacer la curiosidad.

El muchacho se sonrojó, pero no pudo guardar silencio.

—Vuestra amiga también es bellísima —constató espontáneamente—. ¿Podéis decirme su nombre?

—Margherita di Maineri, sobrina del médico del conde de la Virtud.

—Matteo abrió mucho los ojos.

—Conocéis a personas de alto rango, señora madre.

—Deja ya de hacer preguntas. Seguidme y tú quédate junto a Aima, hijo.

Donna Codivacca avanzó unos pasos; la gente, al ver a una

señora tan bien vestida aproximándose a los soldados, se apartó para dejarla pasar, y así pudieron llegar hasta la primera fila.

Se quedaron mirando cómo las señoras se acercaban a la obra, un hombre vestido de negro se apresuró a adelantarse, alguien corrió a avisar al vicario de provisión de la Fabbrica del Duomo y a los diputados. Entre inclinaciones y reverencias, guiaron a los invitados por la obra, luego acompañaron a la condesa hasta el altar de Santa Maria Maggiore y la perdieron de vista.

La multitud no parecía querer dispersarse y, cuando Caterina Visconti reapareció, se produjo un largo aplauso. La condesa miró a su alrededor, sonrió y saludó a la gente, que estalló en una ovación.

—¿Por qué la aclaman? —preguntó Aima sin pretender una respuesta.

Donna Codivacca se volvió hacia ella.

—Porque la condesa de la Virtud acaba de conquistar el verdadero corazón de la ciudad: los milaneses.

Las ovaciones continuaron y las damas reanudaron la marcha.

Aima vio entonces que se dirigían hacia ellas. Por unos instantes se sintió tan perturbada que permaneció allí, con los ojos muy abiertos, observando cómo la multitud se abría en abanico entre murmullos de estupor y admiración.

Donna Codivacca se inclinó, luego ella y Margherita di Maineri se estrecharon cordialmente las manos.

—Cuántos años, querida amiga —dijo la dama, sin prestar atención a las decenas de ojos que las miraban.

—No me atrevo a contarlos —respondió diplomática su benefactora.

—Vuestras cartas siempre me proporcionan placer y me mantienen cerca de las personas que raramente puedo ver en Pavía.

Aima, con enorme estupor, vio que la condesa se había vuelto hacia ella. Sin ser consciente del gesto, levantó la mano hacia la cruz que llevaba al cuello. ¿Cómo debería comportarse? ¿Hacer una reverencia? Su cuerpo parecía paralizado.

Y entonces la condesa de la Virtud le dirigió la palabra.

—Señora Codivacca, ¿es esta vuestra pupila? ¿La que se convirtió y lleva el nombre de la santa que me es más querida, Caterina?

Aima se devanó los sesos, no se le ocurría nada. Por suerte, fue donna Codivacca la que la sacó del apuro.

—Aima quiso rendir homenaje no solo a la santa amiga de san Francisco, sino también a vos, cuando se enteró de que sois devota de la santísima Virgen.

Una mano enguantada se extendió hacia ella, la suave cabritilla le rozó la barbilla y, finalmente, Aima tuvo valor para mirarla a los ojos. Nunca olvidaría aquel instante, la condesa de la Virtud con aire pensativo y una ligera sonrisa en el rostro.

—Aima Caterina, habéis elegido un nombre importante y rico de significado. —Ahora la miraba fijamente—. Llevadlo siempre en el corazón, dejad que la sabiduría y la piedad de la santa sean parte de vuestra existencia. ¿Me lo prometéis?

Aima se hundió en una profunda reverencia.

—Os lo prometo, mi señora.

La condesa y su dama se retiraron, no sin haber saludado antes a la multitud, que manifestó su aprobación con gritos de júbilo.

—Desde aquí se ve bien el albergue —dijo Alberto, mientras clavaba clavos para fijar un tablón a una viga de madera.

Pietro no se atrevió a moverse, no se sentía cómodo, pese a que el andamio que estaban montando se hallaba a pocas brazas del suelo.

El albergue al que aludía Alberto, que llevaba trabajando desde principios del mes con Tavanino y un equipo de carpinteros, era un edificio cuadrado de madera cubierto de tejas.

En el primer piso se alojaban muchos trabajadores, la planta baja se utilizaba como almacén para las herramientas y los días de lluvia servía de refugio a los canteros, que tenían que modelar las claves y los primeros bloques de granito. Los ingenieros, en cambio, dibujaban sobre el suelo de fina arena la compleja disposición de las pilastras o las secciones de los muros que había que erigir aquel día. Entre las herramientas ordenadas había también distintas plantillas de madera para ayudar a los canteros a tallar la piedra en el lugar exacto. Un cantero tenía que saberlo todo si quería dominar su arte.

—No solo eso —respondió Pietro al amigo, a quien no parecía afectar en absoluto la altura—. Desde aquí se ve incluso demasiado.

Se armó de valor y soltó el apoyo; a continuación, agarró un martillo y se metió unos clavos en la boca. Un paso tras otro y llegó al extremo más estrecho del andamio, que se asomaba a la plaza del Arengo.

Los tentáculos de la obra se habían extendido hasta la fachada de color rojo sangre del palacio de los Visconti. Pietro le echó una mirada rápida, luego repasó el panorama que tenía a sus pies. Pilastras y arcos de las sacristías comenzaban a dar una idea del edificio que se estaba alzando gracias a una enorme cantidad de ladrillos, calcina y sablón, transportados primero por el Naviglio en barcazas y luego, desde el Laghetto de Sant'Eustorgio, a través de la ciudad en largas procesiones de carros y carretas.

—Pietro, te han enviado aquí para ayudarme, no para que te quedes encantado con la vista.

—Tienes razón —respondió observando con una pizca de envidia al amigo que se movía con la seguridad de un papa—. Necesito acostumbrarme.

—Eres un auténtico cantero con los pies en el suelo —comentó Alberto moviendo la cabeza—. Me pregunto qué harías si te pidiera que subieras a un andamio de la basílica de San Marco.

Pietro lo miró.

—¿Acaso has estado en Venecia?

—Sí —respondió el amigo con cierta presunción—. Tavanino tiene un hermano que trabajaba en la iglesia de San Cristoforo, en el barrio de Cannaregio.

—Eres afortunado, has viajado por el mundo —se lamentó Pietro, desconsolado.

—Trabajo mucho, métete esto en la cabeza. Es cierto, no obstante, que he podido admirar muchas iglesias, y la más increíble es justamente la basílica de San Marco. Es larga, baja, y al atardecer la fachada de mármol se tiñe con los reflejos del cielo, de modo que parece realmente toda de oro, como las teselas de los mosaicos que decoran las lunetas bajo el techo en cúspides.

—¿De verdad la has visto?

Alberto le dirigió una mirada de reprobación.

—¿Me estás llamando mentiroso?

—No, no, en absoluto. Te creo y creo que es una basílica maravillosa.

—Sí, y es algo que no sabría describir mejor.

—Algún día yo también la veré —dijo Pietro con aire soñador.

—La verás, hay mucho trabajo en todas partes para quien sabe hacerlo bien. —Alberto clavó un clavo y después alzó el rostro para mirarlo—. En Venecia, en casi todas las calles hay baldosas esculpidas que representan a la Virgen protegiendo a la humanidad con el manto abierto. Me he preguntado si tiene algún significado para vosotros, los escultores.

—Todavía no soy escultor, puesto que estoy aquí ayudando a un aprendiz de carpintero —se lamentó Pietro a la vez que le pasaba otro clavo—. En cualquier caso, sé a lo que te refieres; la Virgen con su sagrado manto protege a los fieles del hambre y de la peste. Abre los brazos en señal de acogida y a través de ella, *Sancta Dei Genitrix*, todos pueden acceder a la misericordia, bien preciado que es concedido desde lo alto.

—Ya sabes muchas cosas —dijo Alberto—. Y, en cualquier caso, para tallar la piedra hay que partir de la madera, las plantillas se preparan de tal manera que proporcionan al cantero la sección exacta cuando talla la piedra. Sin nosotros, los carpinteros...

—¡Mira! Se ha abierto la puerta.

Pietro observó el movimiento en la plaza. Detrás de una hilera de soldados que se organizaron para abrir el paso, del palacio de Arengo salieron dos damas con un gran séquito y se dirigieron hacia la obra.

—¿Quiénes serán? —preguntó Alberto, que había interrumpido el trabajo, como todos los obreros en el andamio.

Grupitos de curiosos se concentraron a lo largo del recorrido, luego los grupitos se convirtieron en una multitud, cada vez más grande porque grande era el movimiento en el barrio popular donde estaba la obra. La visión de las ropas elegantes, de los soldados, de los pajes que sujetaban de las correas unos perros minúsculos, de los cojines y los baldaquinos para proteger del sol a las nobles señoras habría detenido incluso a un conquistador.

Pietro se quedó embobado contemplando el lujo, el brillo, las telas de vivos colores, los terciopelos suntuosos, que rozaban el empedrado arrastrando el polvo que cubría la obra.

—No sé quiénes son, pero son riquísimas —comentó Alberto.

—Es la dama Visconti —dijo uno de los carpinteros milaneses que estaban con Tavanino—. Trabajé en el castillo de Pavía, el pasado septiembre, y la vi en el jardín.

—No creo que sea la señora de Milán, es delgada como un junco. Y al conde de la Virtud, ¿lo habéis visto alguna vez? Es un hombretón tan grande que la haría trizas.

Se escucharon risas divertidas.

—Tú no has visto nunca al conde, lo has soñado —dijo una voz, a la que siguieron risotadas aún más fuertes.

Cuando la comitiva llegó al espacio ocupado por la obra callaron, porque por la esquina de la basílica de invierno estaban llegando a toda prisa el vicario de provisión, como siempre vestido enteramente de negro, los diputados de la Fabbrica y, detrás de ellos, los maestros que aquel día se encontraban allí: Marchetto, Tavanino, Marco Frisone, Orsenigo y Bonino.

Al ver que se reunían al pie del andamio todos sus empleadores, Alberto volvió a clavar clavos y a dar fuertes golpes de martillo, Pietro se olvidó de la altura y se puso a trabajar.

La condesa de la Virtud, porque era ella, ya no había ninguna duda, visitó los trabajos escoltada por un nutrido grupo de nobles. Pietro la vio dirigirse también hacia la vía de Compedo, donde se acumulaban grandes bloques de granito llegados de los lagos. La piedra gris, muy dura, se utilizaría para los cimientos visibles, el pie de la gran iglesia.

Aunque intimidado por la cercanía de tanta nobleza, Pietro examinó las paredes ya levantadas; estaban casi todas listas, a distintos pies de altura. Vio que la obra era desigual; en una parte se estaba trabajando en las ya levantadas, en otra todavía se estaban sentando las bases de los cimientos con ladrillos y cal. Fueron los enormes barriles de cal los que se interpusieron en el camino de las damas que, tras la inspección, se retiraron a rezar en lo que quedaba de Santa Maria.

Pietro decidió seguirlas, no habría sabido decir el porqué, y fue precisamente en ese momento cuando la vio. En primera fila, entre la multitud, había una criatura sobrenatural, una muchacha con el cabello casi blanco, el rostro angelical y un vestido de terciopelo color coral que la hacía destacar como una fresa en un cesto de huevos.

—¿Qué haces? Cierra la boca o te entrará una mosca. —Alberto se rio después de haberle dado un codazo entre las costillas.

—¿Te crees muy gracioso? —respondió Pietro dándose un masaje en la parte dolorida.

—No te ha visto y nunca se fijará en ti —sentenció el amigo, y señaló con el martillo a la muchacha que, avanzando entre la multitud, se había colocado a unos diez pasos del andamio. A su alrededor se había creado una burbuja, los soldados mantenían alejados a los más pobres porque la rubia visión estaba junto a otra señora, vestida con igual elegancia.

Pietro era consciente de su inadecuación. A menudo, al final de un día de trabajo, iba a la pequeña capilla y rezaba también en el viejo altar: «Santa María, hazme digno de llegar a ser cantero». Pero aquella tarde habría pedido una gracia muy diferente.

Hazme digno de ella, o algo parecido.

Se quedó aún más sorprendido cuando, al poco rato, la señora de Milán reapareció y fue a dirigirse precisamente a la hermosa doncella. Las dos tenían el cabello dorado, parecían hermanas.

—Oh, Padre Celestial —pensó en ese momento—, no soy digno, no soy más que polvo.

—Desde luego que eres polvo —dijo Alberto en un susurro, y Pietro se dio cuenta de que había hablado en voz alta.

—Pero olvidas que Dios también ve a los pájaros y hasta los pájaros tienen ojos.

El amigo le puso una mano en el hombro.

—Trabaja y elévate, tal vez un día serás digno de una dama como esta.

Pietro suspiró. Por un momento fue presa de un éxtasis que nunca había sentido, luego volvió a la tierra y pensó que era la única oportunidad de soñar despierto.

—Sujétamelo un momento —dijo y puso el martillo en las manos de Alberto, depositó los clavos en una esquina y salió corriendo hacia la escalera.

—¿Ves que cuando hace falta no tienes miedo?

No respondió nada, habría tenido que chillar y no quería llamar la atención de los maestros o del vicario, que todavía daban vueltas por la obra tratando de parecer atareados.

Con los pies ya en tierra, se deslizó debajo del andamio, se metió entre un muro y un pilón y saltó por encima de un montón de tablas. Estaba sin aliento, pero sabía que había llegado más o menos al punto donde debía de estar la muchacha.

Pero no estaba.

Miró a su alrededor, desesperado, y comenzó a recitar un avemaría, pensando en el significado de las palabras como le había enseñado el padre Anselmo.

A diferencia de cuando estaba en Campione, ahora conocía las sensaciones que experimentaba, sabía lo que deseaban su cuerpo y los ojos y las manos: mirar a aquella criatura sublime y tocarla, acariciarla.

Por supuesto no se habría atrevido ni a rozarla, pero los ojos… «Gracias, Virgen Santa, por haberme dado la vista… Bendito es el fruto de tu vientre, Jesús…». Le parecía como si hubiera estado allí toda la vida y estaba empezando a perder la esperanza de encontrarla… «Santa María madre de Dios, ruega por nosotros pecadores…». Pero estaba decidido a esperar el resto de su vida, si fuera necesario. Por lo menos ya no se hallaba tan a la vista de la obra y su huida tal vez pasaría desapercibida… «Ahora y en la hora de mi muerte».

Allí estaba.

Fue como si lo hubiera alcanzado un rayo, tan fuerte fue la sacudida que sintió cuando posó los ojos en la muchacha.

Muerto.

Oh sí, muerto porque su corazón, que ahora le pertenecía a ella, saltaría fuera de su pecho rodando como una pelota de trapo hasta los muy nobles pies calzados con zapatillas de raso. Bajó la cabeza y mantuvo la mirada en sus botas envueltas en piel y trapos, avergonzado, pero ella no tenía que fijarse en esto, era él quien debería admirarla.

Presa de una especie de aturdimiento, se acercó deslizándose por otro estrecho pasaje, que le permitió esquivar a las personas que seguían a la condesa de la Virtud, que regresaba al Arengo.

La muchacha misteriosa caminaba en la misma dirección, hablaba con un niño que llevaba un sombrero flexible adornado con una larga pluma de pavo real. Aunque ambos tenían la cabeza inclinada, Pietro notó que ella estaba moviendo los labios como si rezara, y a ratos sonreía. Le consumía la curiosidad por saber qué estaba diciendo y la envidia de no estar en el lugar de aquel niño.

En un momento dado, la pluma le rozó la mejilla sonrosada, y Pietro también la envidió. ¿Cómo podría describirla? Cuando contemplaba una estatua, un bajorrelieve o la fachada de una iglesia, se detenía en los detalles de un capitel, en la ligereza de una bífora, en los pliegues realistas de una túnica de piedra; en resumen, eran los detalles los que hacían que un edificio fuera maravilloso, o bien los detalles eran tan notables que redimían incluso la mediocridad. Pero, como le había enseñado Marchetto, el rostro humano nunca es un conjunto de detalles.

«Recuerda, cuando tengas que retratar un rostro, te ha de haber impactado de algún modo, ha de ser tan hermoso en su totalidad que te conmueva y te empuje a tomar el cincel y el martillo y a trabajar día y noche. Esta es la sugestión que mueve a un verdadero artista».

Pietro sentía un hormigueo en los dedos causado por el deseo de retratarla, ya fuera con colores o en durísimo mármol. Tenía que inmortalizar su piel impecable, sus cabellos luminosos, la fuerza de su mirada dulce y pícara, y su barbilla, y su nariz, y los labios del color de los arbustos en llamas, de ese mismo fuego que lo estaba devorando.

La multitud lo arrastró más cerca todavía y, cuando ella se dio la vuelta riendo por alguna broma del niño, pudo ver sus iris, del color de las nomeolvides, y escuchar su voz.

—Sí, tal vez tengas razón, Matteo, pero... —Y le tocó el brazo—. No es el momento de comer, ya no eres un niño. Espérate un poco y, cuando lleguemos a casa, le pedirás a tu madre una rebanada de pan.

La mujer que estaba con ellos aprobó el sabio consejo.

—Aima tiene razón, hijo mío. El estómago no debe dominar sobre tus emociones.

—Pero tengo hambre —se quejó Matteo—. Además, ¿no deberíamos llamarte Aima Caterina ahora?

Pietro sabía que debía mantener cierta distancia, porque de lo contrario su presencia sería detectada, pero los seguía como si lo arrastrasen con una cuerda, y esperó la respuesta como si en ello le fuera la vida.

—Es un nombre demasiado largo, ¿no te parece? —respondió alegremente, y en aquel momento ella se dio la vuelta y lo miró. El intercambio de miradas fue un momento largo, suave y tremendo para Pietro.

—¿Sois un trabajador de la obra? —preguntó la muchacha sonriendo.

Esto no podía negarlo, pero podía precisar, y sacó voz y fuerzas de algún sitio.

—Con poca experiencia, solo un aprendiz de cantero. Os amo desde el primer momento que os he visto.

Aima o Caterina, nombres celestiales, entrecerró los ojos para observarlo más detenidamente.

—Vais muy sucio de cal y virutas, ¿qué estáis haciendo aquí?

—Estaba esperando para poner mi corazón a vuestros pies y confiaros mi vida —farfulló.

—Ya tenemos suficientes pajes —intervino, mordaz, Matteo.

—No quiero ser contratado —declaró con firmeza—. Solo quiero deciros que sois bellísima y que os amaré siempre.

Quizá esperaba una mirada de tierna rendición, sin embargo, la mirada que la muchacha le dirigió fue más bien de exasperación, o eso le pareció. Luego intercambió una mirada con la mujer madura y, finalmente, aquellos ojos increíbles se dirigieron de nuevo hacia él con una especie de vaga apreciación. Después Aima metió una fina mano por debajo de su manto, cogió un pañuelo y se lo lanzó.

El cuadrado de tela, fino y transparente, planeó en el aire como una pluma. Pietro lo alcanzo de un salto y lo agarró.

—Limpiaos ese bigote polvoriento y tal vez os convertiréis en un chico guapo —dijo antes de dar la vuelta y reanudar su camino.

Pietro bajó la mirada; la tela era tan fina y preciosa que tenía la sensación de no tener nada entre los dedos, sin embargo, era una cosa blanca como la nieve y más preciosa que la plata y el oro.

Se avergonzó de ser lo que era, luego se sintió inmensamente feliz y, finalmente, dio gracias a la Virgen María por haberle dado la ocasión de hablar con ella y mirarla a los ojos.

Sería alguien, tal vez un artista, y entonces le devolvería ese pañuelo que, con sumo cuidado, metió debajo de la camisa, a la altura del corazón.

26

Vestida de mármol

Milán, febrero de 1388

Faustino de' Lantani, vicario de provisión de la Fabbrica, caminaba a paso ligero envuelto en su capa negra. Debajo llevaba un jubón de terciopelo color cereza, unos calzones de seda dorada y zapatos rojos de becerro, una rareza para quien consideraba los colores una tonta vanidad.

Gracias a Dios, nadie repararía en él. Una espesa niebla flotaba sobre la ciudad, y por este motivo se alegraba de llevar la capa de lana, aunque cada vez le pesara más, empapada de humedad y de frío.

En medio de aquella niebla, las llamas parpadeantes de las antorchas colgadas de las paredes se transformaban en globos luminosos de tenues contornos suspendidos en el vacío. En cuanto a las personas que caminaban apresuradamente por el barrio de la Scala, no eran más que manchas oscuras y compactas, y solo de vez en cuando, al pasar junto a él, alguna se volvía real.

En aquel mundo amortiguado, sus pasos y los de Bartolomeo de' Canzi, su lugarteniente, parecían ecos distantes.

—No tuvo tiempo ni siquiera de rezar un avemaría.

Faustino sabía bien a quién se refería su compañero. Beatrice della Scala, que había querido construir la iglesia ante la que estaban pasando, había muerto un año antes de que el arzobispo Antonio da Saluzzo la consagrara.

—Y por ello doy gracias a Dios —comentó mirando detenidamente las hileras de pilares de terracota, que separaban las tres naves de la iglesia—. Si hubiese presenciado la emboscada y el triste final del señor Bernabò en el castillo de Trezzo, a manos del sobrino, habría muerto de pena.

El compañero se persignó apresuradamente.

—Pobre alma —fue el lapidario comentario de Bartolomeo, y ambos buscaron con la mirada el invisible campanario, muy parecido al de San Gottardo, que se alzaba a la izquierda del coro.

—No se ve nada —se lamentó el hombre, que solo veía la niebla.

—No tenemos que ver nada, solo ir a casa de micer Carelli.

—Sé muy bien adónde vamos —objetó Bartolomeo—. Pero podríamos haberlo hecho mañana por la mañana, y esta maldita humedad no me congelaría los huesos.

A Faustino le pareció vislumbrar el gran rosetón calado de mármol blanco de la fachada de la iglesia, pero probablemente solo era una ilusión, teniendo en cuenta el manto gris que los rodeaba.

—Apresurémonos, pues, si tenéis tanto frío —sugirió—, y esperemos que Carelli nos ofrezca algo caliente.

Tengo curiosidad por descubrir por qué nos ha pedido que lo visitemos en un día de perros como este.

—El sabio y egregio doctor en leyes Faustino de' Lantani, vicario general del ilustre príncipe y magnífico y excelso señor de Milán, conde de…

—Basta, basta, por Dios —dijo Faustino quitándose la capa y depositándola en los brazos del criado al que acababa de interrumpir—. Con todos esos títulos se nos va a hacer de noche.

Marco Carelli se levantó y fue a su encuentro.

La habitación estaba caliente, el rico mercader no escatimaba en leña, ni en adornos, ni en muebles elegantes. En el centro, bastante cerca de la chimenea, pero no tanto como para sentir incomodidad, había tres butacas de madera de cerezo tapizadas y una mesa baja con las patas artísticamente talladas.

Un tapiz colgado de una pared representando una escena de caza añadía un toque de distinción; debajo, el espacio estaba ocupado por estanterías llenas de libros encuadernados y rollos de pergamino.

La pared más grande la ocupaba la chimenea, donde ardían varios troncos que desprendían un agradable calor, y desde las dos ventanas se vislumbraba un paisaje gris y sombrío.

—Gracias por haber venido tan rápido —dijo Carelli estrechándole la mano primero a él y luego a su compañero—. Sobre todo con este frío. Tonio, trae el vino especiado, rápido —ordenó y los invitó a sentarse.

No hizo falta repetirlo. Las butacas, además de bonitas, eran muy cómodas. Faustino se arrellanó y miró a su anfitrión, que aquel año era uno de los diputados de la puerta Orientale de la Fabbrica.

—Os preguntaréis por el motivo de esta visita —dijo Carelli mirando primero a uno y después al otro—. Tal vez pensáis que os podría haber hablado de ello en una de las muchas reuniones de nuestra noble entidad, pero el tema es bastante delicado.

En aquel momento regresó el criado. El perfume del vino despertó el apetito de Faustino, feliz de constatar que, junto a los vasos humeantes, había también pedazos de queso y pan.

—Comed alguna cosa, no hay que beber con el estómago vacío —dijo Carelli, sirviéndose él mismo para dar ejemplo.

Bartolomeo fue el primero en probar la bebida y su expresión confirmó a Faustino que era bastante agradable.

—Como sabéis, hace dos años doné a nuestra catedral paños de lana y en el futuro pretendo ocuparme todavía más de su construcción y de los gastos.

—Vuestra contribución, micer, es muy valiosa.

Carelli hizo caso omiso.

—No estoy buscando cumplidos ni halagos, Faustino. Tan solo quiero haceros unas propuestas y soy únicamente portavoz de algunos compañeros diputados de la puerta Orientale.

—Hablad, pues, no os demoréis.

—He pensado que podríamos encargar a un pintor que conozco las imágenes de las que se hablaba en aquella reunión.

—¿Las de la Virgen en majestad protegiendo con su manto la

nueva iglesia? —dijo Bartolomeo, mientras se metía un triángulo de queso en la boca.

—Exactamente esas —confirmó Carelli con una breve sonrisa—. Si hemos decidido que sea la imagen oficial de la nueva iglesia, os propongo a un querido amigo mío, Giovannino de Caude. Es muy bueno pintando tanto sobre madera como sobre pergamino y podríamos utilizar sus tablas para decorar las cajas para los donativos, en la ciudad y en toda Lombardía.

—Micer, se trata de una magnífica idea —dijo Faustino—. Contactad con el pintor y comunicadnos sus exigencias. Si son razonables, informaremos también a los otros diputados de vuestra propuesta.

—No es la única —continuó Carelli, satisfecho de su primera victoria—. Tommaso da Casate del lago Mayor nos ha enviado un buen suministro de mármol y granito para utilizarlo en la construcción y, además, ha conseguido ahorrar una suma considerable.

—Unas veinticinco barcazas entre granito y mármol de Pallanza.

—Sí, y puesto que cada vez necesitaremos cantidades mayores, a través de mis negocios he podido conocer a una persona que vive en Mergozzo y tiene propiedades en todo el país, Giovannolo Flandrone.

Faustino se rascó la perilla y estudió al mercader.

—¿Tenéis algo que proponernos, micer?

—Ese hombre tiene olfato, además de poseer muchos terrenos junto al lago y en las montañas. Me explicó que, justo detrás del pueblo, cerca de un lugar llamado Candoglia, hay una cantera de magnífico mármol blanco y rosa, que ya los antiguos utilizaban para sus monumentos.

Bartolomeo bebió un sorbo de vino y luego depositó el vaso sobre la mesa.

—¿Y cómo lo sabe este Giovannolo?

—De niño solía subir allí con su padre, el padre con el abuelo y el abuelo con el bisabuelo, una larga tradición de familia. Pues bien, de allí arriba extraían las losas y las bajaban para venderlas o utilizarlas. Había muchas esparcidas delante de la entrada del túnel excavado en la montaña, y todavía hay muchísimas.

—De hecho, también se encontró mármol rosa y blanco en el baptisterio que demolieron nuestros ingenieros —dijo, pensativo, Faustino—. En Santo Stefano había columnas de ese color. ¿Creéis que los antiguos empleaban esas piedras?

Carelli, que hasta ese momento no había bebido, tomó un largo sorbo antes de responder:

—Estoy convencido de ello. Esta ciudad tiene una huella de mármol; no olvidéis que en muchos edificios se ha usado material recuperado, y muchas losas, columnas y capiteles que decoran las fachadas o que tienen inscripciones latinas son de mármol blanco y rosa de gran calidad.

—Tendremos que enviar a Tommaso a hacer una inspección con ese conocido vuestro —murmuró Faustino.

—Es lo que quería proponeros —dijo Carelli—. Y ahora podemos brindar. Por nosotros y por la futura iglesia de Santa María Naciente vestida de mármol.

El brindis fue unánime. Faustino iba a abrir la boca cuando Carelli se le adelantó.

—Lo sé, estas propuestas podía hacerlas perfectamente durante la asamblea —dijo—, pero en realidad debo anunciaros un propósito, que desearía mantener en secreto hasta mi partida.

Faustino casi saltó de la silla.

—¿Estáis enfermo?

—No, no, estad tranquilos. Solo estoy enfermo de vejez —contestó el mercader veneciano con una triste sonrisa—. Siento que los años se me escapan cada vez con más rapidez y, como sabéis, no tengo más parientes vivos que mi querida esposa, a la que ya he provisto. Y bien, ¿tengo vuestra palabra de que lo que se diga en esta habitación quedará entre nosotros?

Faustino miró a su compañero, que asintió solemnemente.

—Tenéis nuestra palabra, micer —insistió Bartolomeo con su propia voz.

—Pues bien, esto es lo que he pensado hacer con mi dinero.

27

Noche bajo las estrellas

Marco Frisone suspiró; cuánto trabajo, cuántas emociones en aquellos últimos meses en la obra.

Había vivido y trabajado todos los días en el espacio creado por la demolición del ábside de Santa Maria, en el vacío en el que ya se levantaban los muros, los esbozos de las dos sacristías y los poderosos pilares que sostendrían el corazón de la nueva catedral.

El trabajo avanzaba, la imagen que a diario se iba formando en su mente era siempre la misma: un edificio que se recorta con mil agujas en el cielo, y sobre el blanco resplandor, sobre la infinita hilera de santos y beatos, imaginaba a la santísima Virgen con el manto abierto para proteger y velar por Milán.

Esa imagen lo perseguía.

Había pasado con Anselmo las fiestas de Navidad. Gracias a él se había hecho un hombre y un artista, y por eso le había expresado sus dudas y sus temores. Antes de despedirlo, su hermano le había susurrado: «Séneca dice que no es que no nos atrevamos porque las cosas son difíciles, sino que son difíciles porque no nos atrevemos».

Perseguido.

Sí, lo era. Por la iglesia que estaba naciendo de la piedra, de su corazón y del de una ciudad que entregaba trabajo, sudor y dinero; no el superfluo, sino el indispensable. Una generosidad conmovedora de una comunidad siempre unida, siempre orgullosa e indómita, un ejemplo, un estímulo, un desafío.

Marco consideraba que la reconstrucción de Santa Maria Maggiore, tal como la concebía el ingeniero Simone da Orsenigo, no daría los resultados deseados. Desde luego, no sería la iglesia que ya amaban y deseaban los milaneses, muy distinta de las macizas e imponentes que había visto en Alemania. Muchas veces había estado dibujando con Marchetto los contornos de la iglesia sobre la arena, y la habían comparado con la de Colonia.

Miró el dibujo, resultado de sus consideraciones. En lo más profundo de su ser sentía que sería la culminación de su carrera.

Acercó la vela, que iluminaba la pequeña habitación de la torre donde se alojaba junto con los otros maestros. La luz dorada iluminó la planta de la vieja catedral de Santa Maria Maggiore, las líneas de los cimientos trazadas por Simone da Orsenigo, algún tramo de muro, las pilastras y luego sus líneas, las que había pensado y meditado durante mucho tiempo.

El resultado difería de la realidad: un edificio imponente pero, sobre todo, nuevo.

La catedral de Milán.

Ya lo tenía decidido, al día siguiente hablaría con Orsenigo y con los representantes de la Fabbrica. Cuando apartó los ojos del proyecto, se acercó al ventanuco y suspiró de nuevo contemplando el trocito de cielo estrellado.

La oscuridad era suave, fresca; una brisa débil y opresiva agitaba el aire en el que se filtraban los efluvios de la ciudad. Le pareció distinguir dos figuras enlazadas, de modo que apartó la mirada y, tras haber apagado la vela, se tumbó en la cama. Quería disfrutar de la ansiedad y la espera de aquella noche exquisita, que anticiparía el gran día.

«Gracias por haberme dado esta oportunidad», pensó mirando al techo, en una búsqueda instintiva de Dios, que mira, juzga, absuelve; el Dios de Anselmo, de la catedral naciente.

Apretó los puños.

Su padre había nacido en el norte, en un país asomado a un mar frío, hostil. Se llamaba Hendrick, de niño trabajaba en los diques que desde hacía siglos contenían mareas y oleaje, portadores de tormentas y bancos de peces sobre las playas desiertas. Como todos en el pueblo había oído hablar de la gran Alemania, de las muchas iglesias, de una ciudad en la que estaba naciendo la más extraordinaria casa de Dios en la tierra.

Tras un largo viaje, Hendrick había llegado a Colonia. Subido a una de las torres de las murallas, había visto una extensión de tejados de entre los que surgían mil campanarios. Colonia, la ciudad de los mercaderes, de los santos, de los guerreros y de las reliquias.

Marco recordaba bien sus relatos, la voz profunda y ronca de quien es capaz de vivir intensamente y de descubrir el mundo.

Limitada por las orillas del Rin, Colonia contenía monasterios, huertos, terrenos cultivados, callejones. Hendrick había pasado hambre, pero partiendo del miserable barrio cercano a la iglesia de Santa Úrsula y a los conventos macabeos y dominicos se las arregló para conseguir una choza junto al mercado de las hortalizas; gracias a su habilidad como cortador de piedra encontró trabajo en la obra de la catedral y asistió a la *schola*.

A los diecinueve años hizo amigos, los más alegres y serviciales, los trabajadores lombardos más cualificados. Se le parecían mucho, altos y rubios como él.

Hendrick había escuchado con interés sus historias de una tierra templada, de lagos con peces, viñedos, vino dulce y mujeres fascinantes.

También le habían hablado de Milán, destruida por Barbarroja hacía más de un siglo y medio. El emperador había robado las reliquias de los magos para entregárselas a Reinaldo de Dassel, el arzobispo que había decidido construir en torno a ellas la catedral en la que todavía trabajaban.

Tras marchar de Colonia en 1328, Hendrick había cruzado los Alpes y había llegado hasta las orillas del lago de Lugano, a Campione, donde se había encontrado de nuevo con los amigos, había logrado trabajo en un taller, había formado una familia y todos en el pueblo empezaron a llamarlo Enrico de Frisonia, Enrico Frisone.

En 1330 había nacido Anselmo, luego Antonio y, diez años más tarde, había nacido él.

Por esto, cuando regresó de Rodas y de Oriente, su hermano mayor le había aconsejado que siguiera los pasos de su padre y que se reuniera con sus parientes junto al mar tempestuoso.

En realidad, Marco había ido sobre todo para ver Colonia, bulliciosa, inmensa, activa, en la que se alzaba la catedral nunca acabada, y tal vez había caminado por los mismos andamios sobre los que se había movido su padre.

En su peregrinaje también había visitado Wurzburgo, Ulm, Bamberg y, en Suiza, Berna, Basilea y Coira. Hablaba la lengua de sus antepasados, el alemán, y se había convertido en un *parlier*, un maestro de obras allá donde fuese.

Marchetto lo había acompañado, ampliando así sus conocimientos de arquitectura.

Habían vagado y trabajado durante cinco años y, al final, la nostalgia de la familia los había llevado de vuelta a casa. Al regresar, Anselmo les había encontrado trabajo en Milán en el monasterio de Sant'Ambrogio, en el Hospital del Brolio y en la casa de los Caballeros de San Juan.

En algún momento indeterminado de esa noche estrellada de recuerdos, Marco cerró los ojos y se durmió.

Soñando con catedrales.

Pietro salió de la habitación de paredes encaladas, amueblada con una mesa carcomida, una silla y un estante donde se disponían unas vasijas de barro que contenían pigmentos bien ordenados. Con ellos había hecho el retrato sobre un pergamino de segunda o tercera mano, en el que había gastado casi todo su sueldo de aprendiz. Alberto le había dicho que se parecía mucho, y él también había entrevisto a Aima, la muchacha que había conocido el mes anterior en la plaza del Arengo.

Varias veces había vagado por la ciudad con la ilusión de encontrarse con ella en el mercado o después de la misa, pero parecía haber desaparecido. Aquel domingo, tras haber fracasado de nuevo, había vuelto a la pequeña habitación de la torre, pero no pudo soportar la oscuridad y la soledad, y decidió salir.

Tal vez un paseo le aliviaría la angustia que lo atenazaba desde hacía días.

Dio una última mirada al retrato, lo guardó detrás de la almohada de lana y salió de la torre.

El cielo ya se había apagado y la noche lo envolvía todo con su manto, amortiguando los ruidos hasta ahogarlos en un profundo silencio.

Milán dormía esperando el día.

Se paseó en torno a la obra, caminó por el barrio de Compedo y se dirigió silbando a la iglesia de San Babila. Había alguien, tal vez un sacerdote, sentado en el suelo con la espalda apoyada en el portal y mirando al cielo. Movido por la curiosidad, Pietro se acercó, alzó la vista, pero no vio nada.

—¿Qué estáis mirando?

El hombre, tras una pausa, susurró:

—Es la hora de las completas, pero no consigo dormir, así que miro las constelaciones y el lento declinar de las estrellas.

Pietro también se sentó. Al poco rato, el sacerdote empezó a llamar a las estrellas por su nombre y estas parecían responder variando la intensidad de la luz sobre el oscuro tejido del firmamento.

Cuando se calló, Pietro lo imitó, acurrucado delante del portal como un mendigo. Al cabo de un rato se preguntó por qué estaba allí y por qué callaba.

—El silencio tiene un lenguaje propio que el hombre corriente no sabe comprender —susurró el compañero como si le leyera la mente.

—El silencio huele a muerte y a olvido, como la oscuridad —le respondió con sinceridad.

—No es olvido, es un silencio de espera. La noche acaba con el día, pero la luz acaba con las tinieblas y el sol sale cada mañana para disiparlas y devolver a los hombres la esperanza de la resurrección.

El sacerdote volvió a escudriñar el cielo, luego continuó en voz baja:

—La oscuridad agrava el sufrimiento, aumenta el desánimo, invita a la renuncia, pero la tenue luz del amanecer devuelve la alegría de vivir.

—¿Y pasáis todas las noches en vela observando las estrellas?

Le respondió en voz más baja aún, un susurro, como si temiese profanar el silencio.

—Velaré hasta que el lejano Oriente me anuncie el triunfo de la vida.

Pietro se quedó un rato más, luego se despidió del sacerdote y volvió sobre sus pasos.

Sobre su cabeza brillaban las estrellas y giraban tan bajas que pensó que podía tocarlas. La oscuridad seguía siendo densa y muy fresca, los soldados de guardia en la plaza del Broletto Nuovo armaban cierto alboroto; alguien a lo lejos entonó una canción obscena, tal vez un poco más allá había rameras, nunca faltaban en esos lugares de paso.

De vuelta a su habitación, cogió de nuevo el retrato y lo examinó al detalle a la luz de un cabo de vela.

Se durmió dulcemente, soñando con el amor.

28

La asamblea

Milán, 20 de marzo de 1388

Marco Frisone encabezaba la comitiva. Aquel día vestía con gran elegancia: un abrigo azul con mangas que colgaban sobre una falda color rubí. Ahora era segundo ingeniero, Simone da Orsenigo se mantenía en su puesto de ingeniero jefe, pero aquel día sería Marco quien presidiría la asamblea en la que debían discutirse los problemas surgidos a medida que avanzaban los trabajos.

Anselmo, que había llegado a Milán para reunirse con el abad de Sant'Ambrogio, había pasado a saludar a su sobrino nieto y este último lo había invitado a la asamblea de la Fabbrica. Hacía meses que no lo veía y casi no lo reconoció: era ya un hombre, más alto, con la voz grave y ronca y un velo de barba que le oscurecía las mejillas. En aquel momento estaba escuchando a Marchetto.

—Esta plaza —le estaba diciendo Marchetto— es un lugar muy antiguo. Tiempo atrás, el palacio del podestá estaba cerca del Brolio viejo, junto al Verziere.

Anselmo los observó mientras seguían caminando. El ingeniero había apoyado una mano sobre el hombro del joven, su hijo, y comprobó cuán parecidas eran sus formas de andar. Pietro no solo había cambiado físicamente; era más tranquilo, reflexivo.

—El Verziere es el mercado donde se compran cebollas y remolachas —dijo con ese tono poco familiar.

—Exacto —le respondió Marchetto—. Me satisface que, a pesar de estar ocupado con el trabajo, hayas encontrado tiempo para mirar a tu alrededor. Este palacio empezó a parecer demasiado estrecho, de modo que el podestá de entonces, Aliprando Faba, compró por cuenta de la ciudad las casas y los edificios donde ahora estamos, para establecer en ellos tribunales y otros entes públicos. También adquirió el monasterio de las monjas benedictinas, que estaba junto a Santa Tecla. Luego nivelaron el terreno, construyeron un pórtico abierto para las asambleas y, más tarde, en torno a la plaza abrieron seis puertas, una para cada una de las calles que correspondían a los seis barrios de la ciudad.

—Estas también son muy antiguas —dijo Pietro.

—Sí, Milán tiene también diversas poternas, como bien sabes. La que cruzamos cuando llegamos a la ciudad por primera vez es puerta Comacina, o de la Corte del Duque, porque da a Cordusio donde antes estaba el palacio ducal; luego está puerta Nuova o Ferrea, porque en el barrio se fabrican las armas de hierro, puerta Vercellina, Ticinese, puerta Orientale o de Sant'Ambrogio, porque está cerca de la iglesia del santo y, por último, puerta Romana o del Podestà, próxima a la entrada de su palacio.

Mientras Marchetto explicaba, Anselmo tuvo oportunidad de observar Santa Tecla, la catedral de verano que tenían a sus espaldas. Había pasado por delante muchas veces, aunque sin pararse a mirar nunca la fachada o el pórtico, el espacio donde se acogía a decenas de peregrinos que, cuando hacía buen tiempo, pasaban allí la noche. Tarde o temprano sería derribada, como le había dicho Pietro, y quería conservar su imagen en la memoria.

El pórtico era muy similar al de Sant'Ambrogio, pero cuadrado. Tal vez su forma aludía al Paraíso Terrenal, o a la Tierra y a los puntos cardinales. El portal estaba enmarcado por un par de columnas antiguas de distinto color, que sostenían un arco decorado con frisos en espiral y rosetones. La voz de Marchetto lo devolvió a la realidad.

—El podestá Oldrado Grassi da Tresseno, hacia 1233, hizo erigir siete arcos, sostenidos por cincuenta y cuatro robustos pilares de sílex, y este edificio es el resultado; lo llamaron Palazzo della Ragione.

Pietro caminó una decena de pasos mirando hacia arriba, luego cruzaron el pórtico en dirección al otro lado.

—Este palacio que tenemos sobre nuestras cabezas —continuó Marchetto— divide el espacio en dos y permite a los mercaderes reunirse bajo su pórtico.

Anselmo los siguió y, tras bajar unos escalones, llegaron a la fachada sur.

—Mira allí arriba; es la estatua ecuestre de Oldrado, hecha después de su muerte.

—Un altorrelieve muy hermoso de la escuela de Antelami, tal vez de uno de sus discípulos —dijo Pietro con seguridad.

Marchetto buscó la mirada de Anselmo.

—También tiene una memoria formidable, nunca olvida nada de lo que se le explica.

—Espero que sea bueno para su futuro como ingeniero —respondió Anselmo.

—Monseñor, podéis estar orgulloso de él.

—Lo estoy, Marchetto, lo estoy.

—Bajo estos pórticos, la gente se resguarda del mal tiempo —prosiguió el ingeniero, demasiado absorto en la explicación— y desde aquí se accede al Palazzo del Podestà, no muy alejado de la prisión de Malastalla.

—¡Marchetto, Anselmo, Pietro! —los llamó de nuevo Jacopo Fusina—. Está a punto de empezar la asamblea.

Pietro siguió a Marco Frisone y a los otros campioneses. Anselmo empezó a subir las escaleras que conducían al primer piso.

Los veinte años transcurridos desde su reconstrucción no habían atenuado el esplendor de la sala del Palazzo della Ragione. Las columnas de granito y los capiteles con decoraciones florales eran el telón de fondo de la pared norte, cubierta de frescos que representaban las fases más notables de la batalla de Parabiago, librada entre las tropas de Azzone, Luchino y Giovanni Visconti contra la Compañía de San Giorgio, fundada por Lodrisio, otro Visconti pretendiente a la señoría de Milán.

En una luneta, Luchino, armado con una lanza, se arrojaba con furia sobre sus enemigos; en la siguiente, yacía atado a un árbol por unos soldados de Lodrisio, mientras otros se entregaban a la ociosidad y a las incursiones.

En la central, como suspendida sobre la larga mesa de madera pulida por el uso, palpitaba un triunfo de luces y sombras, y del rebullir de una nube tendida como un sudario sobre el campo salía un caballo blanco montado por san Ambrosio, con la fusta en la mano y el rostro belicoso, mientras azota a los soldados de Lodrisio.

A su alrededor, animados por el milagro, los milaneses se lanzaban contra los enemigos blandiendo lanzas y espadas, con la fiera expresión de quien busca venganza.

Sentado debajo de estas obras maestras, en un asiento de respaldo alto tapizado de suave terciopelo verde, estaba el vicario de provisión, Faustino de' Lantani y, a derecha e izquierda, los Doce Vicarios que gobernaban el Ayuntamiento de Milán, los representantes del Capítulo de la catedral y, sentados en el lado opuesto, algunos representantes de la administración de la obra, entre los que se hallaba Simone da Orsenigo.

Entre ellos, Anselmo distinguió no solo a buena parte del clero de la ciudad, sino también a cuatro abades de los monasterios urbanos, dos sacerdotes y dos religiosos rectores de hospitales, además de algún laico que conocía.

—Estamos aquí en nombre del ilustre príncipe y magnífico y excelso señor de Milán, conde de la Virtud, vicario imperial, y de los presidentes de la oficina de provisión —empezó el notario—. El objetivo de la asamblea de hoy es responder al señor vicario y a los Doce sobre la cuestión de si el trabajo de la Fabbrica de la iglesia mayor de Milán está equivocado. En ese caso, deberán exponer su opinión todos los congregados, así como proponer remedios o correcciones.

El primero en levantarse fue su hermano y Anselmo quedó impresionado; era alto e imponente y allí, delante de todos aquellos notables, causaba una fuerte impresión. Cuando empezó a hablar, su frente se surcó de arrugas, que la luz oblicua y la concentración acentuaron aún más. Anselmo sabía que nunca un proyecto lo había interesado más que la reconstrucción de aquella iglesia.

—Ilustrísimos señores —empezó—, en el muro del crucero orientado hacia Compedo hay un error de medición y para que el edificio sea más grande y estable sería bueno corregirlo sin tardanza.

Anselmo se apartó hacia una de las ventanas que daban a la plaza, en compañía de Pietro, distraído por las corrientes de aire que silbaban a través de las rendijas. Por culpa de esos gélidos soplos, el humo de la chimenea irritó los ojos del joven, que empezó a restregárselos con el dorso de la mano.

El vicario preguntó a Marco:

—¿Cómo podría hacerse? Os pido que lo expliquéis con palabras sencillas, de manera que todos los aquí reunidos puedan entenderlo.

—Lo haré con pocas palabras. Ese muro ha de ser medio cuarto más ancho que el actual —fue la respuesta—. Desde su inicio hasta el baptisterio demolido de Santo Stefano, un cuarto entero. Bastará con eliminar algunas hileras del muro de la pared opuesta a aquella en la que se encuentra el error, hasta los cimientos. En este punto construiremos un suelo de piedras vivas, más ancho y sólido, para permitir que el muro vuelva a alzarse a la altura necesaria y con las justas proporciones.

—No parece complicado, ni difícil de hacer —comentó, pensativo, el vicario.

Las medidas arquitectónicas eran entidades abstractas para Anselmo, que estaba mirando la Logia de los Osii. Su fachada, con franjas horizontales blancas y negras, tenía un aspecto único y particular. Aquellas mismas franjas las había visto en Génova, en la plaza San Matteo, en la fachada de la catedral, cuando embarcó hacia Rodas, y también en Milán en Santa Maria in Brera, y en ambos casos era seguro que habían trabajado ingenieros lombardos.

—La alternancia de claro y oscuro alude a las vicisitudes de la vida humana —le susurró Pietro al comprobar la dirección de su mirada.

—La luz es fuente de vida y manifiesta la presencia de Dios —añadió Anselmo—. Se contrapone a las tinieblas, a la impiedad, al castigo y al sufrimiento. Por esta razón el blanco es el color de Jesucristo, de la gloria y de la resurrección, mientras que el negro es el color del diablo, del pecado y de la muerte. La alternancia entre día y noche, bien y mal, alma y cuerpo, varón y mujer es la dicotomía entre entidades divinas o terrenales, opuestas o gemelas.

Los gemelos.

¿Era tal vez una señal divina? Sonrió al sobrino, que había dejado de torturarse los ojos.

—¿Sabéis, monseñor, que el negro es muy difícil de obtener? El marfil calcinado, que da un color espléndido, es carísimo.

—Has aprendido mucho, hijo.

Pietro asintió con una sonrisa, mientras sus ojos azules seguían mirando fijamente la fachada de los Osii.

—Los negros más económicos, obtenidos a partir de residuos de humos, no son ni densos ni estables, por eso se utilizan poco en los frescos, o por lo menos solo en superficies pequeñas.

A Pietro todavía le molestaban los ojos. Sin embargo, no podía dejar de mirar las dos plantas de logias superpuestas, rematadas en la parte superior con una serie de tríforas, interrumpidas por un pequeño balcón desde el que se anunciaban a los milaneses edictos y mandatos del podestá.

—Maestro Simone da Orsenigo, podéis hablar —dijo en aquel momento el vicario, y Pietro, aunque seguía con atención lo que se decía, aguzó la vista tratando de distinguir los detalles de las estatuas contenidas en los nueve nichos.

Desde aquella ventana podía ver los rasgos de sus rostros que, desde la plaza, era más difícil distinguir. Eran rostros severos, vivos, todos ellos de santos que le costó un poco identificar. Reconoció a Esteban, Agustín, Dionisio y Ambrosio, el más cercano a la Virgen en el trono con el niño.

¿Cómo habían podido dar a ese rostro angelical y maternal una expresión tan dura? Y entonces recordó que allí también había intervenido la mano de un maestro, incluso de dos: Ugone da

Campione y su hijo Giovanni, los campioneses del Duomo de Bérgamo y de su baptisterio. Debían de ser tipos pragmáticos, buena técnica, pero poca devoción. O tal vez simplemente habían querido hacer más terrenal y real ese rostro virginal.

Había sido Marchetto el que le había proporcionado esta información, cuando el día antes habían ido a comprar al mercado de Verziere. Se encontraba a gusto con él, sabía responder a todas las preguntas.

—Que la fachada de los Osii tenga la marca de los antepasados de nuestros maestros reunidos en esta habitación es un excelente presagio —le susurró Anselmo, y Pietro reanudó la escucha.

—… sin quitar ninguna piedra del lugar —estaba diciendo Orsenigo—. Y esta, ilustres señores, es mi opinión.

—Gracias, maestro. Y ahora pide la palabra el ingeniero Jacopo Fusina da Campione.

En ese momento Anselmo decidió escuchar y su mirada se apartó del duro entrecejo de la estatua de Ambrosio y se posó en el campionés.

—Estoy de acuerdo con lo que ha propuesto el ingeniero Marco Frisone, vicario. El trabajo resultaría más sólido y fiable, sin contar con que es necesario para el nuevo proyecto.

—Yo también estoy de acuerdo —intervino Zeno Fusina, apoyando a su hermano—. Debéis tener en cuenta que nosotros, los maestros, hemos discutido largamente los dibujos que os hemos presentado, y estas modificaciones son necesarias.

Surgió un murmullo entre los diputados.

—Se trata, hoy, de hacer balance de la obra para seguir trabajando mejor y más rápido —puntualizó Jacopo.

Anselmo recordó el día en que habían hablado del nuevo proyecto propuesto por los campioneses al abad de Sant'Ambrogio, y estos al arzobispo y cuando, unas semanas más tarde, se había celebrado la reunión justamente allí, en el Broletto. Había ayudado a Marco y a Jacopo a llevar a la sala la mesa cuadrada, montada sobre una peana, para que todos los asistentes pudiesen ver el dibujo. La mesa seguía allí en la sala, en una esquina.

Aquel día no solo estaban presentes los Doce con el vicario de provisión, sino también el abad, el arzobispo con el palio, el alcalde y los pajes, que sostenían cojines y escabeles para los que padecían gota. Una multitud variopinta, susurrante, curiosa.

Marco había buscado su mirada, tal vez intimidado, y luego la había levantado hacia el cielo. La noche antes le había confiado que tenía miedo, sobre todo por la presencia del secretario del conde de la Virtud, un hombre grande y fornido, vestido con una seda tan fina que dejaba entrever la robustez del pecho y de los hombros; su ancho vientre y su aspecto lozano denotaban al amante de la comida y de la bebida; sin embargo, Anselmo sabía que le interesaba el arte y que era devoto de la Virgen.

El arzobispo se había sentado y todos lo imitaron, en medio de un estruendo de bancos desplazados, accesos de tos y miradas circunspectas, que se posaban en Marco, Jacopo y Marchetto.

Orsenigo había hablado largo y tendido del proyecto actual, de cómo habían actuado según sus capacidades y su pensamiento, pero había confesado que él era un constructor con habilidades sobre todo prácticas, pero con pocos conocimientos de mediciones y dibujos, que ahora eran necesarios para continuar las obras.

Marco se había aproximado a la mesa y había desplegado el pergamino. Mientras lo estaba desenrollando, hubo un griterío general. El dibujo apareció nítido y claro ante sus ojos. La luz que penetraba por las ventanas iluminaba los trazos del perímetro de la catedral. Hasta a él, que ya lo había visto, le causó impresión.

El secretario del conde de la Virtud se había aproximado y alguien le había hecho un hueco.

—Un proyecto simple pero preciso —había dicho rompiendo la tensión del momento.

Todos los rostros, incluso los de los pajes que estiraban el cuello y miraban el pergamino, se habían vuelto hacia los maestros, con mil preguntas en los ojos. Alguien había movido la cabeza, escéptico.

Su hermano había explicado las razones que lo habían llevado a proponer un proyecto más grandioso, Orsenigo había intervenido aprobando y asegurando a los allí reunidos que no sería necesario hacer grandes cambios en lo ya construido.

Fue el podestá el que planteó un tema delicado.

—Yo, como profano, solo puedo decir que es un hermoso diseño, pero ¿cuánto les costará a los mercaderes, a los comerciantes, a toda Milán?

—No mucho más —le respondió rápidamente Marco—. Pero esta nueva iglesia será más grande que la catedral de Colonia y permitirá que asistan a los oficios al menos diez mil almas.

Durante un buen rato todos permanecieron asombrados y en silencio.

—Milán quiere construir una casa de Dios, santa y majestuosa —intervino Jacopo con voz de trueno desde lo alto de su estatura—. En Colonia, la catedral se eleva sobre las reliquias de los santos Reyes Magos, aquí en Milán lo hará sobre la fuerza de esta ciudad, laboriosa y hermosísima, que merece estar en el centro del mundo. Un edificio que haga de puente entre lo humano y lo divino.

Nadie puso objeciones y Jacopo, como el sacerdote que llega al momento más elevado de su homilía, continuó:

—Ilustrísimos diputados, monseñores y ciudadanos, no os dejéis confundir por los bienes materiales; aquí se está hablando de la *domus* de Nuestro Señor, del Duomo de Milán. María Naciente vela por todos nosotros y el número que hemos elegido como base del módulo, el ocho, es sagrado para ella y será la base de su casa.

Un rayo de sol, liberado de las nubes primaverales, iluminó el pergamino.

—*Gloria in excelsis Deo* —susurró el arzobispo Antonio da Saluzzo y, uniendo los dedos índice y corazón, hizo la señal de la cruz—. Estos artistas tienen sobre ellos la mano de Cristo y de la santísima Virgen.

La bendición del que había sido el primer promotor del proyecto suscitó una sonrisa incluso en los rostros de los más escépticos.

—Todos están de acuerdo con Marco Frisone, incluso el maestro Guarnerio da Sirtori y Ambrogio Pongione.

Reclamado por el susurro de Pietro, Anselmo volvió a la realidad, con el ceño fruncido y los brazos cruzados. ¿Era un pecado desear tan ardientemente que los maestros continuasen con aquel trabajo? ¿Acaso soñaba con entrar de puntillas en aquel proyecto del que ahora solo se distinguían los primeros muros? ¿O es que lo movía la ambición sin límites, que se estaba anteponiendo a la fe?

Las voces se atenuaron, los susurros subieron de tono. Anselmo no apartó la vista de la Logia de los Osii hasta que escuchó el sonido tranquilizador de las hojas de pergamino. El vicario se había puesto en pie y estaba asintiendo.

—Venid aquí, monseñor —lo invitó con una sonrisa—. Gracias a vos hemos contratado a ingenieros de gran valor.

Marco y Zeno estaban hablando entre sí, Jacopo parecía escuchar atentamente lo que le decía uno de los diputados.

Faustino de' Lantani se acercó a la ventana donde se encontraba hasta unos minutos antes el gastaldo del monasterio de Campione. A su lado estaba el notario.

—Y bien, ¿qué me decís de estos cambios?

El notario alzó la cabeza. Sus ojos eran negros, el cabello abundante y encrespado, la piel olivácea y la frente alta y lisa. Lo conocía desde hacía tiempo y se fiaba de él. Pese a su aspecto singular, era un hombre sólido y orgulloso, que actuaba con agilidad y decisión, seguro de sí e infatigable.

—Digo que está bien que se hagan sin perder tiempo, y estos ingenieros de los lagos parece que saben lo que hacen.

—Sí, yo también lo pienso —asintió rascándose una mejilla—. Simone da Orsenigo es un buen hombre, pero es evidente que no podría continuar en una obra tan importante y compleja.

—Tendremos que vigilar y comprobar la calidad del trabajo realizado a fin de que, si surgieran problemas, puedan remediarse de inmediato.

—Tenéis razón. Los cimientos y los primeros pilares son la parte fundamental de un edificio para que pueda mantenerse en pie. Me han informado de que en Europa algunas iglesias se han derrumbado como si fuesen de arena.

—Aquí, en Milán, ocurrió con la torre de Azzone Visconti, en 1353 —murmuró el notario, pensativo.

—Sí, por eso la nueva catedral deberá ser sólida y estar bien construida.

—Tendremos que esforzarnos por encontrar el dinero para seguir adelante con la obra, vicario.

—Sí, estudiar nuevos sistemas para obtener nuevas donaciones y nuevos testamentos. Podríamos hacer una proclama que obligue a los ricos y acomodados a donar una parte de sus bienes para la construcción.

—Redactaré unas líneas y luego las someteré a vuestra consideración.

—Muy bien y, por favor, haced que se redacte un acta con la discusión de hoy; la cuestión de la nueva iglesia es ya un asunto serio.

29

Un milagro

Pavía, agosto de 1388

Giacomo da Gonzaga había visto a la mujer escabullirse por una de las puertas de servicio de las cocinas. Lo impresionó la elegancia de su paso, el lujoso vestido con cola, que ciertamente no pertenecía a una sirvienta, y la siguió de lejos por el parque, como si fuese un ladrón.

Muy pronto supo de quién se trataba: Margherita di Maineri, la dama de compañía que nunca se separaba de Caterina Visconti, sobre todo ahora que estaba embarazada.

El hecho de saber su identidad no lo detuvo, al contrario, le hizo acelerar el paso para no perderla de vista entre los árboles y los matorrales. Podría estar acechando un peligro, y una ojeada al cielo nublado le indicó que pronto se desencadenaría una tormenta de verano, una de esas tormentas repentinas y violentas que anuncian la llegada del otoño.

Era un hombre de mundo, sabía que a menudo las fugas misteriosas conducían a las señoras hasta los brazos de un amante, y tal vez aquel día tendría la enésima confirmación.

Para él, el amor era como estar en una balsa a la deriva a merced de la corriente, del humor, y a ella se aferraba de buen grado para dejarse arrastrar aquí y allá sin meta ni propósito. Se enamoraba un momento y luego se olvidaba de ese amor: una rubia, una morena, una campesina, la esposa de un marqués, una plebeya, una gran dama.

Gian Galeazzo se reía de sus pasiones efímeras, a veces peligrosas, y le daba consejos sobre cómo evitar a los cornudos lanzándose por las ventanas o escondiéndose en los armarios.

Como Petrarca, también Giacomo se preguntaba a menudo cuál era la verdadera naturaleza del amor, capaz de proporcionar alegría y sufrimiento.

Evitó un arbusto de rosas caninas, cuyas bayas comenzaban a adquirir un tono naranja, sin perder de vista la mancha de oro y rojo. La vio bordear la conejera, la pajarera, donde las codornices se movían a la vez con el paso de quien querría volar, pero no tiene ganas.

De pronto supo que aquel día podría descubrir el significado de las mudas miradas que se intercambiaban desde hacía meses. Sabía que podía conquistarla, pero hasta ese agradable momento entre los árboles sacudidos por el viento en espera de la lluvia, siempre la había considerado una mujer prohibida. Tal vez por su función, dama de una mujer a la que veneraba, tal vez por el aspecto o, tal vez, a causa de esas mismas miradas que le transmitían una hostilidad evidente. Pues bien, ahora descubriría si podía adueñarse de su juventud, de la exuberancia de aquel cuerpo oculto por la capa de seda.

La perdió de vista un momento, luego reapareció y, finalmente, comprendió adónde iba: a las casitas frente a las que los monjes habían colocado hileras de colmenas para resguardar a las abejas del calor. ¿Estaría el amante escondido entre las paredes? Casi inmediatamente obtuvo la respuesta, la joven se acercó a un campesino que estaba unciendo un asno a su carro. Hablaron, luego el hombre se alejó y regresó con una pequeña tinaja.

La mujer no perdió más tiempo y Giacomo se sintió aliviado: no era una cita amorosa—. Todavía no, al menos.

Esperó, oculto detrás de un tronco. El crujido inconfundible le confirmó que estaba volviendo sobre sus pasos. Una ráfaga de viento agitó la capa corta redondeada que se había puesto sobre el jubón y las calzas, y miró el cielo. Las nubes grises estaban justamente sobre él, un poco más al oeste se cernía un espeso frente de nubes más oscuras, bajo el que una cortina de lluvia se deshacía en un velo gris. Unas pocas gotas le golpearon las mejillas en el momento preciso en que una silueta salía de su escondite y se metía entre los árboles.

Vio un relámpago seguido de la explosión del trueno, y cómo ella se sobresaltó y se llevó una mano al pecho mientras se apoyaba en un árbol.

—No os asustéis, os acompañaré al castillo —se ofreció apareciendo de un salto.

Se acercó a ella y la lluvia lo embistió, gotas frías y pesadas, pero hizo caso omiso, fascinado por la cara pálida mojada, por los hermosos ojos oscuros, que expresaban primero desconcierto y luego contrariedad.

—¿Me habéis seguido?

—Ciertamente, para protegeros.

Ella levantó la barbilla sobre el largo cuello, sobre los delgados huesos, y lo miró como a una criatura especialmente desagradable. Con una rápida ojeada al cielo y un encogimiento de hombros, estrechó la tinaja contra su pecho y le dio la espalda.

—Dádmela a mí, pesa mucho —dijo andando tras ella.

—Un poco de miel no ha matado nunca a nadie, y menos a mí.

—Vamos, Margherita, sed un poco más amable con uno de vuestros más devotos servidores.

Esta vez se giró bruscamente.

La cintura fina, los senos altos y redondos bajo el vestido rosa pálido, oculto hasta aquel momento por la capa; adoraba las prendas abrochadas por delante, los minúsculos botones desde la garganta hasta los tobillos con escotes pronunciados, que bien poco dejaban a la imaginación. Aquel tenía una larga hilera de perlas, sería trabajoso desabrocharlas una por una, pero qué recompensa desnudar aquel cuerpo, despojarlo del porte aristocrático que hablaba de castillos, grandes salones, mármoles y tapices.

Margherita tenía un aura de delicadeza, de fragilidad, extrañamente desmentida por la luz orgullosa que brillaba en sus ojos y por la plenitud terrenal de sus labios. Pese a los mechones de pelo pegados a la cara y a la lluvia que goteaba sobre su rostro, era a la vez temible y espléndida, dispuesta a lanzarse sobre él con duras palabras.

El rugido del trueno ahogó su voz.

Siguieron caminando por el sendero hasta llegar junto a un pequeño templo. En ese instante oyeron otro trueno, que resonó y reverberó por toda la llanura. Giacomo no sabría decir cuánto tiempo duraría la tormenta, pero no tenía ninguna importancia.

Se resguardaron bajo la construcción neoclásica, una pequeña locura encargada por Caterina, que imitaba el famoso templo de Vesta en Roma. Al subir las escaleras, se podían admirar las torres del castillo, pero en aquel momento su perfil pareció disolverse al igual que el bosque, absorbidos por la lluvia.

Otro relámpago.

En esta ocasión la lanza ramificada del rayo bajó serpenteando del cielo y cayó junto a la torre este con un estruendo ensordecedor.

—Caterina estará aterrorizada y se sentirá desgraciada, no he podido llevarle la miel.

Giacomo se le acercó, ella no parecía querer alejarse. Sus hombros le rozaron el pecho, respiró profundamente y se acercó aún más. Sonrió para sus adentros, sin replicar, y fue ella la que le explicó el motivo de la extraña salida.

—Ahora que se acerca la hora del parto, a la condesa se le antojan cosas dulces. Me he ofrecido a llevarle miel y un panal, porque además no podía soportar el calor de la habitación y la angustia que parece devorarla a cada instante.

—¿Teme que este embarazo sea como los otros?

—¿Qué saben los hombres de estos asuntos? —le preguntó ella, pero el tono no era de desafío.

—Lo sé, porque mi madre tuvo ocho hijos y yo soy el segundo. —La mirada interrogativa le traspasó como uno de los rayos que relampagueaban sobre sus cabezas—. Perdió tres, la oía llorar y desesperarse todas las noches.

Margherita se limitó a asentir sin apartarse. Giacomo contempló la fina piel del cuello, los mechones de cabello castaño que lo rozaban, la trenza prendida en la nuca, que desearía deshacer.

Cerró los ojos un instante.

Desde pequeño le había gustado la excitación de las tormentas, sin saber por qué. Tal vez por los olores, la pureza del aire, el murmullo cantarín de las gotas.

En aquel momento la lluvia comenzó a caer de nuevo con tanta violencia que ya no se veían los árboles, y una explosión sacudió el aire cuando un rayo cayó sobre un árbol, apenas a cien pasos de distancia. Y Margherita acabó entre sus brazos.

—No tengo miedo —murmuró, con la cara apretada contra el jubón.

No la contradijo, disfrutando de la cercanía.

—Lo sé —le susurró—. Sujetad bien la tinaja, la llevaremos entre los dos.

—Odio las tormentas; es más, odio la lluvia.

Jacopo dal Verme, de espaldas al escritorio, observaba a través de los cristales opacos el resplandor de los relámpagos.

—Callad y dejad que llueva —dijo Gian Galeazzo sentado en su sillón, con la barbilla apoyada en la mano—. El campo lo necesita y el calor de esta mañana era insoportable.

—El terreno resulta pesado para los corceles y es difícil quitar el barro de las pezuñas —continuó el condotiero como si su señor no hubiese hablado.

—De quitar el barro se encargarán vuestros escuderos, Jacopo, y vos, Bernardino, seguid escribiendo y no prestéis atención a lo que dice el capitán —dijo Gian Galeazzo al escribano y se apoyó en el respaldo, contemplando los hombros cuadrados del hombre que el mes anterior había irrumpido en la región paduana contra Francesco Novello da Carrara, a la cabeza de seis mil hombres, y había provocado la rendición de Bassano del Grappa. Un hombre valiente, al que había encargado la misión de someter las ciudades al este de Milán: Verona, Treviso y Vicenza.

Padua.

Desde que se había enterado de las escaramuzas entre Antonio della Scala, el odioso y violento amo de Verona, y Francesco da Carrara, señor de Padua, había pensado en sacar provecho en beneficio propio del que saliera vencedor.

Bueno, Verona era suya desde hacía tiempo, y el Escalígero había muerto en Toscana dos semanas antes, mientras buscaba alianzas en vano.

En cuanto al de Carrara, había perdido Vicenza, conquistada por su capitán. Cómo le habría gustado ver la cara del viejo Francesco cuando comprendió que tendría que hacer las paces con los venecianos, sus enemigos de siempre. Es más, se había rebajado a pedir la mediación de Nicolò, marqués de Este y señor de Ferrara, sabiendo que mantenía buenas relaciones con la Señoría de Venecia.

Pero Verona y Vicenza no eran suficientes para él. Ambicionaba Padua y, para conseguirla, había cerrado acuerdos secretos precisamente gracias al hombre que ahora le daba la espalda. No solo un hombre de armas, sino también un hábil diplomático.

Con unas pocas concesiones a Venecia, se había firmado en marzo el tratado, sin que el de Carrara tuviese ni la más mínima idea de ello. Esas eran sus mayores satisfacciones, salvo tal vez el nacimiento de un hijo. Pero su heredero estaba todavía en las manos de Dios y de la santísima Virgen; la única fuerza que lo sostenía era la fe, puesto que las otras veces había alimentado la esperanza y las trágicas muertes prematuras la habían quebrado.

—Albertino da Peraga es un subteniente del de Carrara y me mantiene informado de todos sus movimientos —dijo Dal Verme de pronto, acompañado por el fragor de un trueno—. Dejé a Biancardo en Curtarolo y, tras haber tomado el castillo de Limena, cruzamos el Brenta, asaltamos Mirano, Stigliano, Noale y realizamos muchas incursiones, siempre con éxito, gracias a las informaciones de este Albertino, más codicioso que un hambriento.

La luz del relámpago se desvaneció. Gian Galeazzo hizo una señal al criado para que encendiera los candelabros que tenía a sus espaldas.

—Una ayuda muy valiosa —dijo mirando los ojos oscuros de su capitán.

—Ahora el viejo carrarés está atrincherado en Treviso, ha abdicado y ha dejado Padua en las manos de su hijo Francesco Novello.

—¿Qué clase de hombre es este Francesco?

—No tiene importancia —replicó con seguridad Dal Verme—. En cualquier caso, marcharé sobre Padua, la mantendré en un asedio del que se hablará durante años. —Al decir esto, el condotiero apretó el puño derecho, doblando el brazo contra el pecho—. Encargadme que negocie su rendición y os entregaré a ese títere, vivo o muerto.

Gian Galeazzo se levantó, apoyando las manos sobre el escritorio y dirigiéndose a Dal Verme.

—Ahora dictaré a Bernardino los pactos que deberéis defender con el Novello, luego iré a visitar a la condesa; ya sabéis que está embarazada y no falta mucho para el parto.

—Lo sé muy bien, mi señor.

—Tendré un hijo, si la Divina Providencia lo concede.

—Lo hará, de lo contrario, ¿de qué servirían todos estos afanes?

—Sí, tenéis razón, hay que tener esperanza. Ahora, id a reuniros con vuestra mujer y luego regresad a Padua, os necesito para ganar esta guerra. Os llamaré de nuevo en octubre, cuando se celebre el consejo ducal.

Pasó casi una hora antes de que la lluvia amainara y Caterina pudiese ver de nuevo la llanura y los árboles. Había dormitado en su sillón preferido, la había despertado un trueno y había comprobado con angustia que Margherita aún no había regresado.

No podía estar quieta, apretó las manos sobre su corazón enloquecido, como si hubiera subido corriendo todas las escaleras del castillo.

Había soñado de nuevo que perdía el niño, ante sus ojos seguían bailando imágenes terribles. Le había parecido que podía tocarlo, pero de pronto las sirvientas se habían burlado de ella, la habían humillado, dejándola sola en la lucha contra un enjambre de sombras demoníacas que finalmente le habían arrancado de los brazos el bebé que lloraba. Una pesadilla, peor aún que las anteriores, porque había alargado inútilmente la mano para salvarlo y las tinieblas se lo habían llevado muy lejos.

Una fuerte patada de la criatura que llevaba en su seno le recordó que no debía pensar en la muerte o en los partos anteriores.

Tenía que pensar en el futuro.

Puso las manos sobre su vientre, lo acarició mientras escuchaba la lluvia que se había convertido en un susurro, la voz de los canalones, de los aleros, el borboteo de los canales crecidos por la tormenta.

Por enésima vez hizo un rápido cálculo. Había regresado en enero de la visita a la nueva catedral, ahora era agosto y faltaban unos pocos días para el parto.

En aquellos meses de espera se había convencido de que la peregrinación a la nueva casa de la santísima Virgen había realizado el milagro: la concesión de la maternidad que deseaba con todo su corazón.

Debía seguir siendo prudente, haciendo todo lo posible para evitar peligros al hijo que iba a nacer, descansar mucho, rezar y hacer otros donativos a la iglesia de Santa María Naciente —de momento solo un esbozo de muros y pilares—. En su interior sentía que gracias a aquellas piedras ya santas podía posar la vista en el vientre redondeado.

Se puso en pie y llenó la jarra con la infusión que estaba sobre la mesa.

Si le hubiese ocurrido algo a Margherita sería culpa suya, puesto que su deseo de dulce había obligado a su amiga a salir.

Al día siguiente debían partir hacia el castillo de Abbiategrasso; quería que el niño naciera allí, no solo porque era más fresco, sino también porque en el pueblo vivía la mujer que la había atendido en el aborto anterior, salvándole la vida.

Mientras se recostaba y respiraba para relajarse, la puerta se abrió y apareció Margherita con una pequeña tinaja entre las manos.

—¡Estáis aquí! —exclamó, mientras caminaba hacia ella—. La tormenta ha sido terrible, temía por vos.

Margherita le sonrió.

—No debíais, señora condesa. La lluvia no me ha detenido y aquí están el panal y la miel, con los saludos del apicultor, que os desea buena salud.

Caterina se acercó y quitó el tapón de corcho. El aroma de la miel le llenó las fosas nasales, metió dos dedos y sacó un pedazo de cera chorreante, que chupó con avidez.

—Os pido permiso para ir a cambiarme, volveré para leeros un poco.

—No tengáis prisa —respondió Caterina mirando el borde embarrado y empapado, las manchas de lluvia sobre la capa de seda—, no os necesito. Os esperaré en la biblioteca antes de las vísperas.

Margherita salió del saloncito cerrando la puerta tras ella.

Respiró hondo, sintiendo aún la emoción que le quitaba el aliento y hacía latir su corazón. La proximidad de Giacomo da Gonzaga la había turbado más de lo que imaginaba, la mirada casi indolente, oscura, la forma de la boca, el hoyuelo en la barbilla que quería besar desde hacía meses, no, desde hacía años, desde que lo había conocido en la boda de los condes de la Virtud.

Caminó por el pasillo y pasó por delante de la minúscula capilla en la que rezaba con Caterina, y que el artista Giovannino de' Grassi estaba pintando al fresco.

Allí estaba el pintor, como siempre, con las manos y el delantal manchados de colores. De sus pinceles salían obras maestras, ella misma había recibido como regalo una pequeña pintura sobre madera que tenía junto a su cama. Reproducía a la Virgen María sentada sobre una roca y un jilguero revoloteando a su alrededor, símbolo de la pasión de Jesucristo. El pajarito era tan preciso y detallado que daba la impresión de poder emprender el vuelo sobre el fondo turquesa salpicado de nubes blancas.

—Micer Giovannino, siempre trabajando.

—Pintar nunca es un trabajo para mí —respondió el artista con una leve inclinación de la cabeza.

Margherita le sonrió.

—¿Habéis pintado alguna figura nueva en la capilla?

—¿Ya habéis visto el retrato de la condesa junto a la Virgen y el Niño en el trono?

La curiosidad era más fuerte que la urgencia de cambiarse, de modo que Margherita se quitó la capa y lo siguió al interior de la habitación con el techo abovedado, que se había ganado al salón contiguo y respondía a un deseo de Caterina.

—Apártate, Michelino, la señora quiere ver el retrato de la condesa de la Virtud —dijo el pintor a uno de los discípulos, Michele de' Molinari, y luego dirigiéndose a ella—: Tened paciencia, hoy el muchacho está aquí porque en el claustro de San Pietro hace demasiada humedad para trabajar en los frescos.

Michelino sostenía en la mano dos recipientes con polvos azules.

—Mi san Agustín me ha dado permiso para reunirme con santa María.

Giovannino sacudió la cabeza, desconsolado.

—No le hagáis caso, señora. Es un buen pintor, pero es un bromista.

Margherita penetró en aquella enorme concha de paredes pintadas en oro, azul y blanco. Las figuras de los santos, que ya había admirado, estaban ahora en adoración de una bellísima dama de rostro pálido, un retrato que se parecía mucho a Caterina.

—Es muy hermoso —dijo sinceramente. El rostro se dirigía hacia una luz que surgía del cielo, a su derecha, y la capa parecía movida por el viento. Era como si descendiera del Paraíso para revelarse sobre la Tierra, con una expresión de serena dulzura.

—Maestro Giovannino, esta figura también es una obra maestra.

La voz hizo que Margherita se volviera rápidamente. Giacomo da Gonzaga se había cambiado, ahora llevaba un corsé de dos colores y unos calzones verde oscuro con botas de suave gamuza.

—Os lo agradezco, señor, sé que sois entendido en arte, y por eso vuestro cumplido me halaga todavía más.

—No es adulación, es lo que realmente pienso. ¿Os gusta, señora? —le preguntó y, luego, sin darle tiempo a contestar—: Veo que todavía lleváis la ropa mojada por la lluvia; venid, os acompañaré a vuestras habitaciones.

Le tendió una mano y Margherita, tras haber hecho un gesto al pintor, no se demoró y siguió a su guía con un crujido de seda.

No fue consciente del recorrido a través de pasillos silenciosos y habitaciones, donde los criados trabajaban quitando el polvo o encerando los suelos, solo supo que pronto llegaron a sus apartamentos y que Giacomo la había conducido hasta ellos sin hacer preguntas.

—¿Cómo sabéis dónde duermo?

—Vuestras habitaciones están cerca de las de la condesa, entre la torre oriental y la biblioteca; no puedo equivocarme, puesto que soy un lector asiduo y alguna vez os he visto salir por esta puerta.

Margherita no respondió, se limitó a apoyar la mano en la manilla y bajarla. Estaba fría comparada con la mano caliente de su acompañante.

No cruzó el umbral. Notó el roce de un ligero toque en el hombro. Se detuvo intentando leer su rostro, entender a aquel hombre y lo que estaba pensando. Sus manos descendieron para estrecharle los brazos, la miró con los hoyuelos de las mejillas que se hundían en una sonrisa impenetrable.

Margherita levantó el rostro para recibir el beso que aleteaba entre ellos como el ala de un ángel o la nube de la tormenta que los había mojado y excitado, nunca tan consciente de lo que representaba un beso de Giacomo, porque lo había deseado demasiado para saborearlo o analizarlo. Una fusión perfecta de los sentidos y del espíritu, pensó, y le pasó los brazos alrededor del cuello. Sintió su piel un poco áspera, su olor impreciso a cenizas del hogar, a lluvia, a bosque.

No le importaba que tuviera otras amantes, todas las damiselas susurraban sus triunfos y conquistas. En aquel momento quería ser conquistada, si esa era la única manera de tenerlo.

Cuerpos unidos al margen del mundo. Existir solos, el uno en la otra, por unos momentos.

30

Una mirada al pasado

Fiesta de la Ascensión, basílica de San Calimero,
28 de mayo de 1389

—¿Qué te había dicho? ¿No es ella?

Alberto se apartó para que Pietro pudiera ver a la joven que estaba saliendo de la basílica de San Calimero. Junto con otras muchachas milanesas, sostenía entre las manos una jofaina con el agua milagrosa del pozo, extraída para la fila de personas que esperaban beber un sorbo.

La gran peste todavía causaba muchas víctimas y muchos pensaban que era mejor prevenir que curar.

El amigo no ocultó su asombro y Alberto se alegró de haber insistido en que asistiera a la procesión aquel jueves. Parecía que estaba allí toda la ciudad, una multitud inmensa en peregrinación.

Desde hacía un tiempo compartían la pequeña habitación asignada a Pietro, convertido ya en la sombra de Marchetto y en su primer aprendiz. Se llevaba bien con aquel chico de manos fuertes y sonrisa perenne.

Aunque desde hacía meses sonreía mucho menos.

Una noche, al volver del trabajo, lo sorprendió suspirando delante del retrato de la muchacha de Arengo, a la que no había vuelto a ver.

—No está destinado a ser —había murmurado colocándolo de nuevo en el estante junto a la cama.

Ocupado en la construcción del nuevo cabrestante en la dársena de Sant'Eustorgio, Alberto no había prestado atención a las penas amorosas de Pietro hasta aquella mañana, cuando se enteró de la procesión.

Ricos y pobres, nobles y mendigos, todos participarían en ella, aunque solo fuera para recibir la bendición del arzobispo Antonio da Saluzzo, muy querido por el pueblo.

Su intuición había sido recompensada: la rubia estaba sonriendo y era ella efectivamente, en carne y hueso. Le dio un codazo a Pietro, que estaba a su lado.

—Me debes un favor —le susurró, fijándose en la chica morena, que también estaba ocupada en dar de beber a los enfermos—. Me parece que te pediré que barras el almacén en mi lugar, o que me sustituyas cuando me toque hacer la guardia de las ofrendas en el altar de Santa Maria. ¿Qué te parece?

Pietro no había escuchado ni una palabra. Tal vez estaba soñando, mudo, con los ojos brillando de amor.

—¡Bah! Estás totalmente colado —murmuró Alberto, luego miró a su alrededor y tomó una decisión—. Lo tengo que hacer todo yo hoy. —Entonces lo agarró del brazo y lo arrastró hacia la fila de gente.

—Pero si no estoy enfermo —exclamó tratando de zafarse.

—Vamos, un poco de agua bendita no ha matado nunca a nadie. Y hazme un favor, cuando estés delante de ella, procura causarle un buen efecto.

La fila avanzó unos pasos.

—¿Qué puedo decirle?

—No sé, confesarle que desde que la viste por primera vez has dejado de comer y de ir con rameras.

Pietro lo miró con cara de pocos amigos.

—Si dijera una cosa así, me rompería la jofaina en la cabeza.

—Tal vez te lo merezcas —replicó Alberto, divertido—. En cualquier caso, algo se te ocurrirá en el momento en que te dirija la mirada y te desmayes.

—Ni siquiera se acordará de mí.

—Tal vez sí o tal vez no. Hoy tienes que descubrir dónde vive, con quién sale y si está casada o comprometida.

Pietro palideció.

—No lo había pensado, parece tan joven. —Se volvió a mirarlo—. Será mejor que nos vayamos —dijo e hizo el gesto de abandonar su puesto en la fila.

—Desde luego tienes la cabeza más dura que las piedras que esculpes —dijo Alberto reteniéndolo—. En primer lugar, quiero estudiar de cerca a la joven que va con ella; en segundo lugar, saber que está casada te ayudará a olvidarla y tercero... —Avanzaron unos pasos, delante de ellos solo había cinco personas—. Tercero, aunque esté casada, nadie te podrá impedir amarla igualmente, el mundo está lleno de cornudos.

Pietro cruzó los brazos sobre el pecho.

—Realmente, me das buenos consejos; eres un verdadero amigo.

Alberto sonrió.

—¿Tienes el pañuelo que te regaló aquel día?

Pietro no respondió, apoyó la mano en el pecho.

—Por supuesto, como siempre.

Levantó los ojos al cielo, moviendo la cabeza.

—Eres realmente incorregible. Ahora cállate, quiero causar buena impresión a la morenita.

Aima miró la jofaina casi vacía y después la fila, para saber a cuántas personas podía dar de beber antes de volver al pozo: un anciano con bastón y un sombrero flexible, una mujer gorda con un gorro, un muchacho cuyo cabello brillaba al sol como el oro y otro moreno, con el ceño fruncido y la boca sonriente.

Parecían hermanos, esa fue la primera impresión, pero luego el corazón le dio un salto al reconocer al moreno, el aprendiz al que había regalado el pañuelo en un gesto imprudente.

Cuántas veces se había acercado a la obra con el único propósito de verlo trabajar. En cierta ocasión se había refugiado detrás del pórtico de la vía de Compedo como un caracol en su concha para no ser vista.

Por otra parte, nunca podría casarse con un hombre honesto. Por un momento odió a Marco Carelli, que tiempo atrás la había vendido a los venecianos, luego la ira se desvaneció al pensar en cómo se había redimido. Había dejado de comerciar con esclavas, le había concedido la libertad a pesar de la fuga, protegiéndola de las reclamaciones de Lunardo Solomon; es más, cuando iba a ver a donna Codivacca siempre le llevaba un regalo: un collarcito de plata, una moneda de oro, un vestido.

—No puedo aceptar —le había dicho un día rechazando un broche decorado con tres rubíes rojos como sangre de paloma.

—Mi querida Aima Caterina —siempre la llamaba con los dos nombres—, es la única manera de lograr que me perdones el mal que te hice. Permíteme expiar o tendré que ir al infierno.

· En Carelli, Aima había visto la bondad, y el escéptico mercader se había convertido en un hombre piadoso, dedicado a lograr el bien ajeno, que entregaba donativos a los orfanatos y cortes de telas preciosas a la iglesia de Santa María Naciente.

Qué ironía, no solo era bueno con ella, sino que contribuía también a dar trabajo al hombre que amaba y que ahora estaba frente a ella: Pietro, con una gorra de lino entre las manos y la camisa desabrochada en el pecho. Sintió que se ruborizaba, levantó la jofaina y en ese momento sus miradas se cruzaron.

Pietro no habló, sus ojos la devoraron desde el borde de piedra de un modo que le produjo escalofríos. Bebió un sorbo sin apartarse, observándola.

Una lenta sonrisa apareció en sus labios.

—¿Os acordáis de mí?

Las mejillas le ardían, tenía la lengua pegada al paladar. Cómo le gustaría beber un poco de aquella agua, pero se había acabado.

Asintió, incapaz de pronunciar palabra.

—Siempre llevo vuestro pañuelo aquí. —Y se llevó la mano al corazón. Los ojos de Aima brillaron.

—¿Estáis casada? Si lo estáis, caerá muerto a vuestros pies —dijo el compañero, con los dientes brillando bajo la barba oscura.

—No, no lo está —respondió por ella Valenzia, la amiga con la que daba de beber a los enfermos.

—¿Y vos cómo os llamáis?

—Valenzia, ¿y vos?

—Yo soy Alberto y este es mi amigo Pietro.

«Pietro —pensó Aima—, qué nombre tan bello».

Aima se había asomado tres veces a la puerta del estudio de la abadesa y había visto, con curiosidad e impaciencia, qué estaba haciendo sor Francesca della Croce. Primero la había encontrado absorta en la lectura de un libro de oraciones; la hermana ni siquiera había reparado en su presencia. La segunda vez estaba arrodillada delante del crucifijo con la cabeza agachada, murmuraba jaculatorias; la tercera vez estaba rezando el rosario de quince misterios, inmóvil, frente a la ventana.

Decepcionada, se dispuso a marcharse. Al pasar por el claustro, echó una mirada casi inquieta al interior de la iglesia, sumida en la penumbra. Estaba desierta; sin embargo, una voz la llamó.

—¿Aima?

Era sor Addolorata.

—Te he visto, hija mía. ¿Por qué buscas a la madre abadesa? —le preguntó la monja mirándola sin severidad.

—Quería hablar con ella —respondió Aima, angustiada por la decisión que había tomado por la tarde y deseando compartirla con alguien.

—Te veo turbada —murmuró la monja, levantándole la cara con dos dedos—. ¿Has estado llorando?, ¿necesitas hablar o confesarte?

Aima le cogió las manos blancas, de bordadora. Sor Addolorata creaba obras maestras con la aguja y el hilo. Donna Codivacca solía comprarle los tapetes, manteles y pañuelos que surgían de aquellos benditos dedos.

Las estrechó, eran cálidas y reconfortantes.

—Tengo que hablar con alguien, ¿puedo hacerlo con vos?

La monja pareció algo alarmada y luego asintió. Juntas se encaminaron hacia el jardín.

—Detengámonos en el banco, no falta mucho para las vísperas —le dijo.

Se sentaron y, tras un largo suspiro, Aima empezó a hablar de su lejana familia, del secuestro, del largo viaje por mar y por tierra, de la llegada a Milán y, luego, de las terribles noches con el joven Solomon. Por pudor se guardó los detalles más sórdidos, pero, entre lágrimas y sollozos, se liberó de aquel peso del corazón, que desde hacía unos meses se había vuelto cada vez más gravoso.

—No puedo casarme, hermana. Ni con ese joven, Pietro, ni con ningún otro.

—Pero ¿tú lo amas? ¿Se ha declarado?

—Creo que sí y no; no lo ha hecho, pero ¿cómo podría, si solo nos hemos visto dos veces? Sé que puede parecer absurdo, pero cuando lo veo es como si el mundo fuese más dulce y puro. —Esbozó una sonrisa más parecida a una mueca—. ¿Soy una boba por creer que he encontrado a mi alma gemela?

—No, en absoluto.

Aima suspiró.

Por eso he decidido tomar los votos, porque ningún hombre honesto podría quererme sabiendo lo que me ha sucedido, y mi vida solo tendría sentido en un monasterio. Si no puedo casarme ni tener hijos, me casaré con Jesucristo y consagraré la vida a su servicio, dedicada a la oración y al trabajo como vosotras, las benedictinas.

La hermana Addolorata negó con la cabeza varias veces mientras la joven hablaba, pero como no dijo ni una palabra, Aima continuó.

—Vos no sabéis nada porque sois monja, no podéis comprenderme. Yo vivo en la perdición, aunque no por culpa mía. —Y un sollozo sin lágrimas le quebró la voz.

—No hables así —dijo en voz baja sor Addolorata, cuyo rostro, que ya no era joven, se iba ruborizando—. Te entiendo mucho más de lo que puedas imaginar.

Siguió un largo silencio. Aima la miró, en la frente habían aparecido algunas arrugas.

—Yo también amé una vez, ¿sabes? —murmuró la monja fijando la mirada en un punto lejano del jardín—. Pero ha pasado tanto tiempo que ya no recuerdo las sensaciones. —Se volvió a mirarla y le cogió las manos—: No lo recuerdo, ¿entiendes? Pero tú no pecaste, fuiste obligada y Dios lo sabe, Dios lo sabe todo y te ha perdonado porque fuiste valiente, huiste, luchaste por salvarte. Tú eres fuerte, Aima, yo fui una cobarde y decepcioné a todos mis seres queridos.

—No os creo, lo decís solo para consolarme; vos sois un alma santa, una devota, lo leo en vuestros ojos.

—Mi querida niña, eres muy amable, pero no es así. —Sor Addolorata cerró los ojos—. En este momento de inquietud, duda y desánimo no debes dejarte abatir. Sobre todo, no debes tomar decisiones precipitadas. Ahora escucha, te contaré la historia de una persona que vivió en el pasado y ha desaparecido en el presente, una mujer que ha vivido noche tras noche, silenciosa, en la soledad de su celda.

Una pincelada de luz pasó por el rostro de la monja y a Aima le pareció de mármol, tallado de las sombras, similar al de la muerte. Escuchó el relato de un día de vendimia, de un error maravilloso, de un amor imposible.

Sor Addolorata iba explicando; Aima comprendió que aquella era su historia y, a medida que hablaba, entendió hasta qué punto aquel corazón había sido capaz de sufrir sin romperse. Imaginó la agitación de su sangre juvenil disimulada bajo los negros hábitos y cómo lenta, desgarradoramente, todo había perdido importancia para ella: el pecado se había desvanecido, las criaturas que alumbró y no quiso habían desaparecido, igual que los sentimientos ardientes se habían extinguido bajo el velo.

—Tú en la vida harás un gran bien a muchas personas —le dijo sor Addolorata al final del relato—. Serás amada y amarás a Dios de un modo distinto pero igualmente santo. Aima, no tienes que disculparte por haber vivido.

Sus dedos, quién sabe cómo, se habían entrelazado.

—Él no me querrá. Yo no puedo vivir con alguien si no puedo ser sincera.

—Tendrás que contárselo todo, tal como me lo has contado a mí y, al final, sabrás.

—¿Qué sabré, hermana?

—Si te ama de verdad.

31

Los dos pequeños lagos

Junio de 1389

Decenas de palas se hundían, excavaban, sacaban piedras para hacer más profunda la herida en la tierra.

—No han sido suficientes los voluntarios que trabajaban en la obra, hemos tenido que buscar trabajadores en el condado —dijo el lugarteniente Bartolomeo de' Canzi casi en tono de disculpa.

—Las excavaciones avanzan más rápido ahora, los diputados estarán satisfechos cuando se lo comuniquemos —le respondió el vicario de provisión de aquel año, Giacomo de' Ruggeri, e hizo una pausa exhalando un profundo suspiro—. La idea de conectar el Naviglio con el foso de las murallas internas es brillante, pero se necesitarán meses de trabajo antes de que todos los canales sean navegables.

—No lo creo, he visitado las excavaciones viniendo hacia aquí —intervino Marchetto da Carona, uno de los ingenieros de la obra a quien Giacomo había pedido que hiciera una inspección. Su talento era conocido por todos y cada vez se consultaba más su opinión, no solo respecto a los muros y pilastras.

—¿Habéis ido también a la Vettabbia? —le preguntó.

—Sí, hemos limpiado el caz; había muchos residuos y el olor era insoportable. Los curtidores tiran allí los líquidos sobrantes de la elaboración de las pieles.

Bartolomeo arrugó la nariz.

—¿Todavía utilizan la orina?

Marchetto se rascó la cabeza, reflexionando.

—No sabría decírselo, pero desde luego es un olor que se mantiene en la nariz un buen rato.

Los tres permanecieron en silencio unos instantes, observando a un individuo de cabello oscuro, casi del mismo color que la tierra que era extraída y arrojada a una carretilla.

—¿Y ese quién es? —preguntó Marchetto.

—Ugolotto da Rovate, un proveedor de arena, que nos ha proporcionado mucha mano de obra nueva.

Bartolomeo, que era novel en el trabajo de las obras, pero estaba encantado con el nuevo trabajo que se le había ofrecido en la Fabbrica, se apartó para dejar pasar a un obrero que empujaba una carretilla.

—Creía que los suministros de arena ya no eran necesarios, puesto que ahora se utiliza el mármol en grandes cantidades —dijo comprobando el borde de la túnica manchada por una salpicadura.

—Al contrario —respondió rápido Marchetto—. Las losas de mármol se utilizan para la cubierta, para los muros se siguen usando ladrillos y argamasa. Dos capas de mármol en el exterior y en el interior una de ladrillo para dar solidez a la estructura.

—Así que la Fabbrica no tendrá que dejar de pagar a ciertas personas —reflexionó Bartolomeo.

—¿A quién os referís? —preguntó el ingeniero.

—A ese Ugolotto —respondió Bartolomeo con una mirada despectiva—. Parece que en el pasado contrajo algunas deudas con la Fabbrica.

El vicario hizo un gesto con la mano.

—Como bien podemos decir frente a la excavación de estos canales, es agua pasada. Sus deudas fueron saldadas meses atrás y parece que ahora es un buen proveedor.

—*Vulpes pilum mutat, non mores*. Muda el pelo la raposa, su natural no despoja, como decía Vespasiano —masculló Bartolomeo, que presumía de saber también latín.

—¿Vespasiano? —preguntó Marchetto alzando una ceja.

—Vos sabéis de pilastras y de piedra; yo, por mi oficio, leo a los antiguos y así practico la lengua.

Giacomo le guiñó un ojo a su lugarteniente.

—Tened paciencia, ingeniero; el notario aquí presente es un gran lector.

Marchetto le sonrió.

—Bravo, micer Bartolomeo, vos estudiáis los pergaminos y yo la piedra.

—Pues entonces nos llevaremos bien —le respondió este sonriendo.

—Señores, debo despedirme, hace rato que estoy ausente de la obra y estoy seguro de que me necesitarán antes del mediodía.

—Id, id, maestro, y gracias por el asesoramiento. Tendremos presentes vuestros consejos.

En cuanto Marchetto se hubo alejado, el vicario empezó a reflexionar en voz alta.

—Bartolomeo, tendremos que pedir la autorización del conde de la Virtud para aprovechar el caz de Vettabbia; recordadme que se lo diga a los escribanos cuando hagamos la primera reunión. —Suspiró, alisándose la perilla—. Deberemos ponerle un nombre al lago que se formará, ¿tenéis alguna idea?

Bartolomeo miró a su alrededor.

—Puesto que se encuentra cerca de la iglesia de Santo Stefano, me parece obvio.

—¿Laghetto de Santo Stefano, queréis decir?

—¡No querréis llamarlo Laghetto de los Animales! —dijo Bartolomeo, sorprendido—. Aunque en este antiguo prado se celebraba el mercado del ganado, no me parece muy adecuado.

—¿Qué tenéis contra los animales, Bartolomeo?

Los dos hombres empezaron a caminar alejándose de las excavaciones.

—Nada, a veces incluso son mejores que los hombres, pero creo que deberíamos llamarlo Laghetto de Santo Stefano.

El vicario se echó a reír y puso la mano derecha sobre el hombro de su compañero.

—Que así sea, propondremos el nombre a los diputados.

—Ya veréis como lo aprueban. Laghetto de Santo Stefano suena muy bien.

Alberto, subido a una escalera de madera, controló la solidez de la maciza viga plantada en el suelo y llamada «antena»; hizo lo mismo con los clavos, las abrazaderas, las juntas y las cuerdas.

—¿Está todo bien? —le preguntó Tavanino, que estaba debajo de él y parecía un enano.

—Todo bien, maestro —le respondió tras una última inspección al polispasto que debía levantar las losas de mármol y granito de las barcazas que llegaban hasta el Laghetto de Gazzano.

Era casi mediodía, el sol caía a plomo derramando el polvo de oro de sus rayos sobre la superficie del Laghetto, que desde arriba parecía una losa.

Antes de bajar, Alberto divisó el campanario de Sant'Eustorgio, el más alto de la ciudad, coronado por una estrella de ocho puntas, que recordaba el cometa de los Magos y el paso de sus restos a Milán. Las agujas daban la razón a su estómago, que empezó a protestar cuando olisqueó en el aire, cómplice de la nariz, el perfume de carne asada.

El hambre, mala bestia.

Bajó con agilidad los peldaños de madera hasta el antepenúltimo, desde el que dio un salto que obligó a retroceder a Tavanino.

—Hijo mío, ya no puedes ir por el mundo creyendo que eres una libélula.

El hombre severo, que le había enseñado todo cuanto sabía, siempre le arrancaba una sonrisa.

—En este momento, más que libélula me siento lobo —murmuró, recogiendo el retal de algodón que había dejado colgado de la escalera. Se secó el sudor de la frente y del cuello, mientras Tavanino ordenaba a los aprendices más jóvenes que recogieran las herramientas.

Alberto se pasó los dedos por la espesa cabellera rubia. La camisa a la que había cortado las mangas le tiraba del pecho, pero por otro lado le permitía moverse cómodamente mientras trabajaba. Miró a su alrededor buscando la hostería cuyo puchero era el culpable de difundir aquel aroma celestial.

—Es hora de comer, maestro —dijo con un tono que no admitía réplica.

—Para ti siempre es hora de comer, querido mío.

—Vamos, no me diréis que estáis ayunando. Hace tiempo que acabó la Cuaresma.

En aquel momento se oyó una voz femenina, una melodía rica y plena, de timbre oscuro y volumen intenso.

Se dio la vuelta.

Junto al muelle y al Laghetto los pescadores habían dejado de pescar, los barqueros de amarrar las barcazas, los obreros de cargar en los carros las losas de granito. Incluso el tabernero, con una pila de platos entre las manos, y la mujer, con la cuchara metida en la sopa, sonreían extasiados.

Allí donde ella habla, desciende
un espíritu del cielo, portador de fe.
Como el alto valor que ella posee,
está más allá de lo que a nosotros cumple.
Los actos suaves que ella muestra a los demás,

van llamando al amor, en competencia,
en aquella voz que lo hace oír.
De ella decir se puede:
noble es cuanto en la dama se descubre,
*y hermoso cuanto a ella se asemeja.**

¿Dónde había escuchado estos versos? Inmediatamente apartó este pensamiento para fijarse en la autora de este encantamiento, una mujer joven y un coro, vestidos todos ellos de brillantes amarillos, naranjas, rojos y rosas. La cantante llevaba un corpiño ajustado, mangas estrechas hasta la muñeca, una falda ancha que resaltaba la fina cintura y gorjeaba al sol jugando con las notas y las palabras de la estrofa... ¡Ya está! Era Dante.

—Amor que en la mente me habla —susurró. Y recordó cuántas veces lo había castigado con la palmeta Gregorio da Casorate cuando recitaba esos versos dedicados por el poeta a la filosofía.

* Traducción de Biblioteca virtual Cervantes.

Sin embargo, en aquel momento su pensamiento no iba dirigido precisamente a la filosofía.

Una voz que producía escalofríos, el cabello rizado debajo de la cofia, un tumulto de rojo a causa de la expresión de su rostro, de los gestos de las manos. Cobre resplandeciente bajo el sol, aunque en realidad brillaba toda la doncella.

—Ah, si tuviera treinta años menos —suspiró Tavanino, mientras algunos echaban monedas en el cestillo que una muchacha del coro presentaba a los transeúntes.

—Yo tengo la edad adecuada —murmuró Alberto, mientras buscaba desesperadamente una moneda para poder acercarse.

—Los coros de estas muchachas se escuchan ahora en todas las parroquias —dijo Tavanino, aproximándose con algo brillante entre los dedos.

Alberto se puso frenético, pero no tenía dinero. Avergonzado, se quedó mirando a la doncella pelirroja y, cuando el soneto acabó, tenía su rostro perfectamente impreso en la mente. Incluso el hambre se había desvanecido.

32

Una noche de verano

Julio de 1389

Marchetto da Campione estaba hablando con Jacopo Fusina. Pietro sabía de qué hablaban: la forma de los pilares en la zona del ábside. Había ayudado a los ingenieros a hacer tres modelos distintos en madera que luego se habían presentado a los diputados y al vicario; finalmente, el mes anterior se había tomado la decisión.

Era instructivo presenciar esas discusiones, siempre acababa aprendiendo algo, y en los últimos tiempos trabajaba tanto para Marchetto como para Jacopo Fusina. A Marco Frisone se lo veía cada vez menos en la obra, se quejaba con mucha frecuencia de dolores de estómago que le impedían trabajar.

Jacopo Fusina había recibido el encargo de esculpir el portal que permitiría pasar de la sacristía norte a la iglesia propiamente dicha. El ingeniero trabajaba en el almacén junto a Santa Maria Maggiore y Pietro, junto con otros tres aprendices, pasaba allí muchas horas.

Una de sus obligaciones era mantener en orden las herramientas: cinceles puntiagudos, cinceles planos para eliminar las asperezas, picos dentados para romper el mármol en pequeñas esquirlas, además de las utilizadas para los acabados y el pulido —escofinas, limas y piedra pómez—. Cada noche había que barrer los residuos de mármol y quitar el polvo.

—Hay que trabajar en un ambiente limpio —repetía siempre el maestro dirigiéndose también a los más jóvenes—. En el taller y en la obra, el orden y la precisión son esenciales.

Pietro observaba el mármol, primero solo piedra, luego casi desmenuzado por el ímpetu del artista, trabajado, pulido y, finalmente, tan brillante que su nueva limpidez parecía convertirse en el intermedio entre la espiritualidad del alma humana, la pasión del artista y el carácter indomable de la materia.

El maestro, como todos los campioneses, trabajaba como si el bloque fuese dúctil; empezando por una de sus caras, desbastaba, recortaba, quitaba pedazos aquí y allá y hacía surgir las figuras poco a poco, como si en el mármol ya estuvieran rodeadas de materia inútil.

No era así.

El proyecto de la luneta lo había visto antes esbozado sobre la arena, luego reproducido con todo detalle en el precioso pergamino, que a veces estaba desplegado sobre la mesa y a veces colgado para que la luz lo iluminase para el artista.

Pietro había estudiado a fondo el boceto. En la luneta, Jesucristo en el trono al lado de la Virgen y san Juan Bautista con su propia cabeza en la bandeja. En el arquitrabe superior, la paloma del Espíritu Santo, cuatro cariátides —ángeles en realidad— que sostenían un edículo. En el centro, de nuevo Jesucristo en un trono, sustentado por querubines y rodeado de ángeles y santos. Una vez terminado el bajorrelieve, se pintaría y se le aplicaría pan de oro para obtener un efecto más sugestivo aún a la luz de las velas.

Pietro solo podía imaginar la impresión que causaría el portal al que entrara o saliera de la sacristía, y cada día se sentía orgulloso de ser uno de los aprendices elegidos para aquella primera escultura de mármol veteado de rosa, ocre, liso como el terciopelo y casi vivo.

Al Laghetto de Gazzano seguían llegando ininterrumpidamente las barcazas cargadas del precioso material desde la zona del lago Mayor, gracias a Giovannolo Flandrone, que había sido enviado allí el año anterior y que desde entonces gestionaba el suministro.

Zeno, el hermano de Jacopo, que era el encargado de la cantera desde el mes de enero, había avisado a Pietro de que en su próximo viaje lo llevaría consigo al corte de los mármoles entre Pallanza y Mergozzo.

—Un verdadero artista se ensucia las manos, sabe hacer de todo —le había dicho en aquella ocasión—. Tiene que conocer la piedra que tendrá que esculpir como la palma de sus manos, tiene que saber de dónde llega y cómo ha sido cortada en la cantera. Un poco como el padre que conoce a su hijo desde el primer vagido.

—Y bien, amigo, ¿nos vemos esta noche en la taberna?

Pietro se sobresaltó. Alberto llevaba un tablón sobre el hombro y lo miraba divertido.

—Pero ¿tú no duermes nunca? —replicó dejando el cincel sobre la mesa.

—¿Y tú estás sordo? Es la tercera vez que te lo pregunto.

—Sabes que no me gusta beber.

—Vamos, amigo, necesito olvidar las penas —susurró Alberto quitándose el peso del hombro y sacudiendo el serrín de la camisa.

—¿Tú tienes penas? Qué novedad.

—Estoy enamorado.

Pietro lo miró.

—Tú amas el mundo entero, especialmente si tiene una bonita sonrisa y un pecho generoso.

Alberto apoyó un extremo de la viga en la mesa aligerando el hombro.

—No me ofendas, no estoy bromeando —dijo con expresión seria.

—Vosotros dos, basta de charlas. Pietro, falta poco para mediodía, pero ese rostro de querubín ha de ser un espejo antes del cierre de la obra.

El maestro Jacopo, con el ceño fruncido, agarró el borrador y lo miró.

—Está bien, sigue así —dijo con un gesto y luego, dirigiéndose a Alberto—: El maestro Tavanino necesita esa viga, date prisa. Por cierto, a la derecha del ventanal norte, en el segundo piso del andamio, se ha soltado un tablón. Será mejor que vayas a revisarlo, los constructores han de trabajar seguros.

—Voy inmediatamente, maestro.

—Y procura supervisar el montaje de las poleas que han de subir las losas de mármol. ¿Tavanino sigue en el Laghetto de Gazzano?

—Volverá a la obra mañana.

—Bien, ahora no pierdas más tiempo.

—Sí, ingeniero. Pietro, ¿quedamos esta noche?

—Bien, bien, así podrás explicármelo todo delante de un vaso de vino.

Avergonzado por haber sido pillado en un fallo, Pietro miró al maestro Jacopo. El hombre parecía exhausto y aparentaba más años de los que en realidad tenía. Puede que fuera por el calor; el sol brillaba sobre la obra y el sudor y la sed eran compañeros omnipresentes de todos, desde el conductor de carretillas hasta el ingeniero más instruido. De pronto notó que el cabello se le había vuelto gris y más escaso.

—No empines demasiado el codo esta noche, mañana tendremos que trabajar en la luneta —dijo Jacopo devolviendo la mirada—. Y no hagas caso de las malas compañías.

Pietro fijó la mirada en la mesa.

—Alberto es un buen muchacho —replicó volviendo al trabajo.

—Estoy seguro de ello, pero hay que estar en guardia, porque si quieres llegar a ser un buen artista, has de concentrarte únicamente en el trabajo.

Pietro cogió el cincel. Hacía calor, porque el sol caía a plomo sobre el pináculo de Santa Tecla.

—Hoy estáis de mal humor —constató. Maestro Jacopo siempre se había mostrado amable, a diferencia de su hermano Zeno, más arisco. El otro no respondió sino con un largo suspiro y Pietro creyó que lo había ofendido.

—El francés ha sido nombrado ingeniero en jefe esta mañana —dijo finalmente, haciendo girar entre los dedos un trozo de mármol descartado.

—¿Nicola de' Bonaventuri? —preguntó sorprendido Pietro—. ¿Y Simone da Orsenigo?

—Despedido. Al parecer, han intervenido el conde de la Virtud y el arzobispo, así que lo tendremos por aquí durante un tiempo.

—¿Y no podría ser útil la opinión de un francés?

—¿Útil? —respondió con brusquedad el ingeniero—. Los maestros de los lagos no necesitamos que vengan extranjeros a meter las narices en nuestro trabajo. En cualquier caso, no es más que un prepotente como todos los que llegan de más allá de los Alpes; ya ha tenido algo que decir sobre los diseños de mis pilares.

—¿Así que estará al mando de la obra?

Jacopo lo miró con cara de pocos amigos.

—Veremos lo que dura.

Dentro de la taberna del Zenzovino había poca luz, y las largas mesas y los bancos estaban repletos de clientes. Por poco dinero se podía comer la «minestra de la Tosa», con verduras frescas y, si tenías suerte, algún trozo de tocino. También eran famosas la anguila rellena y las tripas guisadas con cebolla; sin embargo, Pietro era un fanático del timbal de carne y judías que tenía en su plato.

En la mesa de al lado comía un jorobado con una nariz que podía competir con ventaja con la de un cuervo, y no paraba de hablar con un tipo que llevaba una esclavina con mangas muy anchas y bordadas sobre una túnica y una camisa.

—Me pregunto cómo no tiene calor con todo lo que lleva puesto —comentó Alberto.

Pietro miró por encima de las cabezas. En la mesa del fondo de la sala, junto a la ventana que daba a la zona del burdel del Castelletto, estaban sentados Marco da Campione, Marchetto, Jacopo y Zeno Fusina con un hombre desconocido, de perfil definido y bien modelado, espalda recta y cabello negro rizado, que caía espeso sobre los hombros.

—¿Quién será ese individuo? —preguntó Alberto atacando con apetito su anguila.

—Se llama Giovannino de' Grassi y es un pintor, trabaja en la corte de Pavía.

—Siempre lo sabes todo, Pietro.

—Escucho y miro a mi alrededor. A propósito, ¿y tus penas de amor? Por lo menos no te han quitado el apetito.

La cucharada de relleno se detuvo a medio camino entre la boca y el plato.

—Para ti es muy fácil —masculló el amigo—. Sabes dónde vive tu amada, sabes su nombre y has podido regalarle el retrato sobre el que lloriqueabas todas las noches.

—Es cierto, pero no he podido hacer nada más. Aceptó el regalo, lo contempló un momento y luego se puso a llorar. —Pietro revolvió la sopa en una vana búsqueda del tocino—. Luego entró de nuevo en casa y la mujer a la que llamó «mi benefactora» me sonrió y cerró la puerta.

Alberto acabó de masticar.

—Dime una cosa, ¿lo hizo con suavidad o la cerró de golpe?

—¿Por qué? ¿Hay alguna diferencia?

—Y tanto —replicó Alberto con una media sonrisa—. ¿Y bien?

—Casi no oí el clic del pestillo.

—Es una buena señal; no solo gustas a la muchacha, sino también a la madre.

—No creo que sea la madre, no se le parece en nada.

—Tranquilo, la volverás a encontrar; es más, si yo fuera tú, me acercaría a su casa a esperarla el próximo día de mercado.

Pietro llamó al tabernero con un brazo y este hizo un gesto de asentimiento.

—No creo que le gustara mi retrato, me parece que habría querido rompérmelo en la cabeza.

Alberto negó con la cabeza, decepcionado.

—Realmente, no conoces a las mujeres. Estaba demasiado emocionada y feliz para decir una palabra, créeme.

—Tengo el presentimiento de que voy a tener que olvidarla. —Le consoló la llegada del tabernero con una segunda ración de timbal. La escudilla hirviendo exhalaba un aroma que lo reconcilió con el mundo. Casi—. Y bien, ¿me vas a explicar de una vez tus problemas?

La media sonrisa de Alberto se apagó. Bebió un sorbo de vino y se limpió la boca con el dorso de la mano.

—No sé cómo se llama —contó con los dedos—, no sé quién es, ni si vive en la ciudad o en el campo. Solo sé que tiene un rostro virginal y canta con una voz tan pura que la tomarías por un ángel.

A Pietro le entró la risa, luego hizo una mueca porque el timbal estaba caliente y le había quemado la lengua. Entre un hipido y un golpe de tos consiguió no verter la escudilla.

—Te estás riendo de un hombre con el corazón roto —farfulló el carpintero—. No he podido ni siquiera acercarme.

—Si es una de las *puellae* que cantan para recoger ofrendas para la nueva iglesia, todo lo que tienes que hacer es pasear por San Marcellino, San Paolo in Compito o San Giovanni sul Muro.

—Tendré que peregrinar por todas las iglesias de Milán para encontrarla —dijo Alberto moviendo con pesar la cabeza.

—Consuélate, al menos te volverás devoto. —Pietro bajó la voz—: Creía que esta noche querías ir al Castelletto.

Alberto también bajó el tono.

—Al Castelletto no volveré a ir —prometió solemnemente—. ¿Tú crees que también cantan delante de San Giacomo in Raude?

—No sé, cantan en todas partes; por tanto, también lo harán delante del barrio de las prostitutas. Dicen que la ramera Paneria también ha hecho una ofrenda generosa, un cinturón del más fino cuero con piedras preciosas.

—Ah, ¿sí? En cualquier caso no me acercaré por allí durante un tiempo —declaró Alberto tragándose todo el vino y empezando a comer de nuevo.

—Mira quiénes están aquí, los dos amigos íntimos.

Ambos levantaron la cabeza. Era el tipo con la camisa de mangas largas. Alberto lo reconoció de inmediato, aunque no había crecido en altura, sino en anchura; tenía la cara roja por el calor y la perilla sucia. Lo que no había cambiado en Ugolotto da Rovate era la mirada torva, que agitaba su alma y que sabía disimular muy bien.

Plantado a un lado de la mesa con aire desafiante, señaló la escudilla que Alberto tenía delante.

—Esa era mi ración de anguila —dijo con voz apagada.

—Yo no diría eso —replicó rápidamente Pietro, que sin duda no recordaba quién era—. Cuando hemos llegado había un puchero muy grande, de modo que harás bien en comprobarlo personalmente y así te quitarás de en medio.

—Y yo digo que esa era mi anguila y ahora tendrás que compensarme. —Ugolotto había hablado ignorando a Pietro, y miraba a Alberto, que empezó a comer de nuevo. Dirigió una mirada de advertencia a su amigo, pero este no captó el significado.

—¿Qué quiere este? —le preguntó a media voz.

Ugolotto lo oyó.

—¿Acaso sois amiguitos? —dijo e hizo un gesto obsceno, con una carcajada tan estruendosa que muchos clientes se volvieron a mirarlo. Pietro apartó el taburete en el que estaba sentado.

—¿Sabes lo que eres tú? —replicó—. Uno que busca pelea. —Y se puso en pie dispuesto a golpearlo. Alberto no podía permitir que se metiera en líos, no con los ingenieros sentados en el lado opuesto del local.

—Déjalo en paz —le dijo a Pietro.

—Nos ha insultado y ¿sabes qué te digo? Que tengo ganas de pelea.

—Mira a tu amiguito —se burló Ugolotto—. Da miedo a los ratones.

Alberto se puso en pie y descubrió con placer que era más alto que aquel bravucón. No se dio por aludido, agarró a Pietro por un brazo y se lo llevó a rastras, directo a la salida.

—Me ha llamado sodomita —siseó Pietro oponiendo resistencia—. Por una calumnia como esta podríamos arriesgarnos al exilio o a la hoguera.

—Tarde o temprano le haré pagar por todo —masculló Alberto avanzando entre las mesas, con el eco de una risa malvada a sus espaldas. Lanzó al vuelo una moneda para el tabernero y salieron como flechas, doblando la esquina. Pietro jadeaba, y sus ojos despedían chispas.

—¿Por qué me has sacado de allí, maldita sea? —protestó.

—¿No le recuerdas? —replicó Alberto igualmente furioso—.

Es aquel desgraciado que encontramos en Campione el día del incendio.

Pietro cerró la boca y se golpeó la frente con la palma de la mano.

—Ya decía yo que lo había visto antes. —Y se dispuso a volver a la taberna.

—No hagas tonterías, allí dentro están todos los ingenieros. Precisamente hoy el maestro Jacopo te ha avisado, ¿quieres arriesgar tu futuro?

—Por todos los demonios, cómo me gustaría romperle la cara —dijo Pietro y dio un golpe con la mano en la pared.

—No sabes cuánto; llevo esperando años, pero esta noche no es el momento adecuado.

Caminaron por la calle, presos de una gran agitación. El cielo sobre sus cabezas era de color azul cobalto, la luz todavía serpenteaba entre los callejones, donde el bochorno no daba tregua ni siquiera después de la puesta del sol. El eco de las campanas que tocaban la hora de las completas los acompañó hasta la obra, silenciosa, donde las sombras de los guardianes vigilaban la nueva iglesia.

—Vamos a ver si hay alguien deambulando en torno a los restos del baptisterio de San Giovanni, me dijeron la otra noche que alguien cogió un capitel de mármol.

—No lo creo —dijo Pietro moviendo la cabeza—. ¿Qué iban a hacer con él?

Alberto se encogió de hombros.

—Quién sabe. Lo utilizarán como dintel sobre una puerta. Cuando Tavanino recibió el encargo de derribarlo, no creyeron que pudiera sacarse tanto buen material.

Giraron frente a Santa Maria Maggiore, subieron los escalones por pura diversión y contemplaron el tablero blanco y negro de la fachada, que llegaba hasta el rosetón de mármol.

—El blanco, el negro y el rojo —murmuró Pietro deteniéndose—. El ladrillo de barro, el más humilde de los materiales con que se fabrican los edificios santos, compuesto de la misma sustancia que Adán, el padre de los hombres.

—Eres un pozo de sabiduría —dijo Alberto observando su expresión embelesada.

—Monseñor Anselmo me hacía estudiar mucho y leer, además de transcribir códices. Entonces no me interesaba, procuraba escabullirme; hoy le estoy agradecido, porque he comprendido que el conocimiento es el arma más adecuada para derrotar la ignorancia y el mal.

—Yo también estoy muy agradecido a Gregorio di Casorate —reflexionó Alberto—. ¿No te parece curioso que ambos hayamos tenido como protector a monseñor Anselmo? Lo recuerdo desde que era pequeño, siempre estuvo ahí.

Intercambiaron una mirada, luego ambos volvieron a contemplar Santa Maria.

—No lo había pensado nunca —dijo Pietro—. Además de ser extraño, es otra cosa que tenemos en común.

—Podríamos ser hermanos.

—¿Tú, mi hermano? —replicó Pietro—. No sé si me gustaría; al fin y al cabo, solo eres un pelmazo. —Lo dijo riendo y luego, sin darle tiempo a replicar—: Adán, ladrillo de la iglesia, representa la contribución de cada cristiano a su edificación. Esos muros los hemos hecho sólidos nosotros, sus hijos, que, en nombre de la fe común en Cristo, construimos sobre la primera piedra angular de la iglesia.

—Jesús es la piedra que, desechada por vosotros, los constructores, se ha convertido en la piedra angular —susurró Alberto.

—También conoces los Hechos de los Apóstoles —dijo Pietro, complacido—. No eres tan ignorante como quieres hacerme creer.

Le dio una palmada en la espalda con toda la fuerza y el entusiasmo del buen escultor que llegaría a ser. Se pusieron de nuevo en marcha, bajaron los escalones y se encontraron frente al pórtico del Arengo.

—¿Qué están haciendo? —preguntó Pietro al ver un grupito de mujeres.

—Vamos a ver —dijo Alberto. Había recuperado el buen humor, pero se prometió investigar a Ugolotto. ¿Qué estaba haciendo en Milán?

33

Un coro en la noche

Aima estaba de espaldas a los pórticos, y miraba la obra vacía mientras discutía con Matilde.

Tenía una tarea difícil, debía convencerla de que actuara ante la multitud en dos celebraciones que tendrían lugar en la ciudad: una en el próximo mes de agosto, en la fiesta de la Asunción de María, y la otra en septiembre, en el primer aniversario de Giovanni Maria Visconti, el heredero del conde de la Virtud. El niño había nacido el 7 de septiembre, la víspera de la fiesta de Santa María Naciente, que era la principal solemnidad de la nueva iglesia.

La voz de Matilde hacía que se doblaran las ofrendas y arrancaba aplausos a la multitud, por eso el vicario de provisión le había pedido que cantara un solo en ambas ocasiones.

—Tu voz le encantará al conde de la Virtud y a su esposa, créeme —le repitió por enésima vez.

—Aima, cuando esté sola en el escenario, no recordaré ni un solo verso —respondió Matilde suspirando.

—No seas tonta, conoces el repertorio tan bien que podrías recitar sonetos y madrigales al revés. En cualquier caso, todavía tenemos tiempo para practicar juntas. —Aima tuvo un momento de vacilación y luego añadió—: No te enfades con tu padre Antoniolo si desea que el nombre de los Roffino sea recordado, no solo porque es un diputado de la Fabbrica, sino también porque su hija cantará delante del señor de Milán.

Matilde negó con la cabeza, obstinada.

—No tendré voz para cantar, abriré la boca y solo me saldrá un silbido.

Las otras chicas del coro, que la estaban escuchando, suspiraron decepcionadas.

—No hay manera de convencerla —se lamentó Maria Addolorata, la contralto del coro—. Déjala, cantaremos todas juntas.

—Entonces ¿qué hemos venido a hacer aquí, al aire libre? —dijo Anna—. Yo tenía que ver a mi novio esta noche.

—No te quejes, Anna; a tu novio lo ves incluso demasiado, y si se enterara tu madre…

—Si no me delatas tú, Clotilde, nadie lo sabrá nunca.

Aima levantó la voz.

—Callad. Anna, puesto que el escenario se construirá delante del Arengo, ensayemos el soneto de Petrarca y veamos el efecto de nuestras voces.

—Ese escenario lo construiré yo —dijo una voz masculina.

Todas se dieron la vuelta.

Dos jóvenes las estaban observando, quién sabe cuánto tiempo llevaban allí. Matteo, que las había escoltado junto con su padre Giovannolo, se acercó a ellos, amenazador.

—Largaos —dijo inmediatamente, pero luego, al reconocer a uno de los dos, sonrió—: Pietro, ¿qué haces aquí? Mi hermana y las *puellae* están ensayando unos cantos, no sé si quieren tener público.

El marido de su benefactora dio un pescozón a su hijo, aunque la cabeza de Matteo ya estaba a la misma altura que la suya.

—Tened paciencia, mi hijo siempre habla demasiado.

—No se preocupe, micer Giovannolo. Matteo lo hace por el bien de Aima Caterina.

Aima puso los ojos en blanco. El cantero insistía en llamarla con los dos nombres, como micer Carelli.

Qué mala suerte encontrarlo precisamente aquella noche, durante unos días había conseguido relegar su obsesión al amanecer y al atardecer. Ya sabía que aquella noche no pegaría ojo consumiéndose en el pensamiento de su figura imponente, de la mirada severa e inteligente, de aquellas manos grandes que sabían crear una obra maestra con los pinceles y el cincel. Cuánto había llorado sobre el retrato: de alegría, de amor y de dolor.

La estaba mirando descaradamente, una mirada que la turbó y le rompió el corazón: súplica, avidez, anhelo, nostalgia, devoción. Recordó la discusión que había tenido con donna Marta cuando le enseñó el retrato.

—Este joven no solo es bueno, sino que ha sido capaz de captar tu alma y puedo decirte, ya que tengo cierta experiencia, que está perdidamente enamorado. —Había suspirado y añadido, en un tono de reproche—: Es atractivo, tiene unos ojazos azules que se te pegan al corazón. Querida mía, no sé por qué te haces la remilgada.

Aima se había levantado de detrás del escritorio, temblando un poco y recogiendo el retrato con más indiferencia de la que había en su corazón o en su mente. Se lo había metido debajo del brazo dirigiéndose a la puerta del estudio.

—Ya sabéis por qué, señora. No soy pura y este joven, precisamente porque es honesto y bello, merece una mujer que yo no seré nunca.

Donna Marta había puesto los ojos en blanco.

—¿Qué tonterías dices, Aima? Hace días que te lo repito: ¿acaso crees que todas las mujeres que van al altar son vírgenes? —Soltó una carcajada de puro escepticismo—. Conozco a varias mujeres de la nobleza que se llevaron botellas con sangre de conejo la primera noche de bodas y, sin demasiados escrúpulos, la vertieron sobre las sábanas blancas.

—Es posible —había objetado Aima—, pero deberán dar cuenta de ello a Dios y a su conciencia.

—No, querida mía, lo harán al confesor y espiarán la pena con unas avemarías y unos padrenuestros.

—¿Podemos quedarnos? —preguntó el hombre que lo acompañaba y su voz devolvió a Aima al presente.

Una espesa barba le cubría ahora la barbilla, pero ella lo reconoció. Siguiendo su mirada, se volvió hacia Matilde. Su amiga miraba hacia abajo y tenía las mejillas rojas como el atardecer que estaba coloreando el cielo.

—¿Pueden quedarse, Matilde? —le preguntó a su vez y, finalmente, se oyó un débil «Sí».

—Buena chica. Así que vamos, cantad y luego os acompañaremos a casa, pronto oscurecerá —la instó Giovannolo.

Bajo las miradas penetrantes de los recién llegados, Aima y las otras siete se dispusieron en círculo, rodeando a Matilde, que permaneció en el centro.

Nueve.

Era el número elegido para el coro, símbolo de la Trinidad y del sacrificio de Jesucristo para la salvación de los hombres. Aima había leído en los Evangelios que Jesucristo había sido crucificado a la hora tercia, había comenzado la agonía a la sexta y había muerto a la nona. Con su voz rendían homenaje al Hijo del Hombre, que había dado la vida para salvar a la humanidad del pecado.

Le correspondía a ella empezar con un leve gorjeo y lo hizo.

Al principio con la vista baja y luego, en el *crescendo* de las notas, alzó la mirada. Aunque esperaba encontrar la del aprendiz, al verlo se sobresaltó igualmente. Por suerte Matilde inició el solo, y la pureza de su voz le permitió concentrarse.

Observando al hombre que había dicho que la amaba al entregarle el retrato, tomó una decisión.

Matilde temía que no saliera ningún sonido, en cambio la voz no la traicionó. Dejó que las palabras y la melodía la tranquilizasen y, como siempre, halló en el canto la fuerza para seguir adelante, mirando los pilares de la nueva iglesia que se alzaban en el crepúsculo.

—«María Naciente, dame la fuerza».

Y la fuerza vino.

Empezó con el madrigal de Jacopo da Bologna, el compositor que había escrito no solo para Luchino y Giovanni Visconti, sino también para el joven Gian Galeazzo. Era el homenaje al conde de la Virtud que las *puellae* habían elegido para dar comienzo al espectáculo de la celebración de su heredero.

Las palabras florecieron en sus labios.

Bajo el imperio del poderoso príncipe
que en su nombre tiene alas doradas,
reina la culebra cuya mordida me vence...

Brotaban con cada respiración, con cada dilatación del pecho; el aire fluía en ella como agua milagrosa, e imaginó que la acompañaban laudes, violas y flautas. Dominada por la emoción, halló finalmente el valor para cruzar la mirada con la del joven carpintero, al que había visto el día anterior delante de Sant'Eustorgio. Tan claro como la luz del día, tan alto como los soldados entrevistos por las calles de la ciudad, la escolta armada del señor de Milán.

Cantó y se olvidó de todo, salvo del rostro impreso en el anochecer, y cuando terminó le pareció que despertaba de un sueño.

—¿Y tú querías privarnos de tu voz? —murmuró emocionado el padrino de Aima, un hombre bueno que las acompañaba por la ciudad y las ayudaba en la recogida de las ofrendas para la nueva iglesia.

—No era tan difícil, ¿verdad? —le susurró Aima estrechándole las manos con fuerza. Le brillaban los ojos—. Si cantas así en septiembre, nadie podrá olvidarte.

—Yo tampoco podré olvidar nunca vuestra voz.

Matilde se encontró con una mirada azul como el manto de la Virgen María.

—Me llamo Alberto, os oí cantar en el Laghetto y desde entonces he soñado todas las noches con volver a escuchar vuestra voz. Sois un ángel.

Se produjo un silencio embarazoso. Matilde miró a su alrededor. Aima, con una mirada de advertencia, la instó a responder.

—Gracias, Alberto; sois muy amable.

El joven se llevó la mano al corazón e hizo una torpe reverencia.

—Gracias a vos por haberme hecho el más feliz de los hombres.

—Si sois feliz, acompañemos todos juntos a estas muchachas a sus casas para que lleguen sanas y salvas —propuso micer Giovannolo.

—Estamos a vuestro servicio, damiselas —dijo el del cabello oscuro.

Aima conservaba su retrato a los pies de la cama, el primer objeto en el que posaba la mirada al despertarse por la mañana y el último antes de apagar la vela, pero en ese momento se mostró indiferente a las miradas suplicantes que le dirigía el joven.

El grupito empezó a caminar bajo los pórticos. Alberto y Pietro se situaron junto a Matilde, los tres caminaban precedidos de Aima y Matteo.

—¿Sois aprendiz en la obra? —preguntó la muchacha en un susurro. El carpintero la oyó.

—Sí, y de ahora en adelante no me perderé ni uno solo de vuestros conciertos.

—Haremos muchos, desde ahora hasta septiembre —intervino Aima acercándose a Pietro—. Vosotros contribuís con vuestra fuerza y vuestros conocimientos; nosotras, las mujeres, ayudamos a la iglesia a crecer con nuestras voces.

—Las ofrendas que recogéis son una contribución necesaria para comprar los materiales y pagar los sueldos a los ingenieros y a todos nosotros. Es importante que no dejéis de cantar nunca —añadió Alberto, mirando a Matilde.

—No lo haremos, así la iglesia de los milaneses podrá rozar el cielo —concluyó Aima contemplando la obra, un destello de sombras y antorchas en la oscuridad.

Aima miró al frente. Al final de la estrecha calle pudo divisar la casa de donna Codivacca y de su marido, cuya voz sonaba a sus espaldas como una cantilena.

Era tan emocionante saber que a su lado caminaba Pietro, el artista; sin embargo, nunca en su vida había estado tan asustada. Esa noche era el momento adecuado para decirle todo lo que pesaba en su corazón, para confesarle lo que su benefactora le había recomendado. Luego, todo quedaría en manos de la Providencia.

El ruido de las pisadas sobre el empedrado, las risas divertidas de Matteo, las preguntas sobre la obra que micer Giovannolo hacía a los dos aprendices. Todo parecía un sueño cuando llegaron frente a la entrada: la puerta de roble viejo, la aldaba de latón pulido por el uso y la antorcha que ardía sobre sus cabezas.

—Hemos llegado —dijo Giovannolo y llamó.

El criado encargado de aquel servicio abrió la puerta.

—Entrad a beber un vaso de vino, es de la viña de mi esposa y os aseguro que os ayudará a dormir —dijo.

El patio estaba en silencio, solo se veía al portero; los criados y criadas ya se habían retirado, incluso donna Codivacca solía acostarse después de las completas.

—Os lo agradecemos —dijo Alberto el carpintero—, pero tenemos que regresar a nuestros alojamientos en la obra.

—¿Sois abstemios o tímidos? Vamos, vamos, no hagáis cumplidos; un vaso no le quitado nunca el sueño a nadie. ¡Gaspare! —llamó de nuevo Giovannolo—. Trae cuatro vasos de aquel buen tinto de San Colombano.

Aima sabía que el único defecto de aquel buen hombre era la pasión por el vino; más que invitar, lo que deseaba era beberlo él.

Iba a despedirse cuando sintió sobre ella la mirada de Pietro. ¿Cómo resistirse a esos ojos y confesar a su propietario sus pecados?

Sin embargo, halló el valor para devolver la mirada con un nudo en la garganta. Era como si se hubieran intercambiado un mudo mensaje porque el joven, mientras esperaban el vaso que tardaba en llegar, se apartó unos pasos. Micer Giovannolo y Matteo alababan las virtudes del rojo néctar, de la última cosecha, del dulce jugo de los granos redondos y firmes.

Pietro se colocó a su lado.

—Sois la muchacha más hermosa que he visto nunca y perdonad si os lo repito. Creo… —Aima vio que tragaba saliva, bajaba la vista y luego alzaba de nuevo los ojos para mirarla—. Creo que cuando esculpa mi primera Virgen le pondré vuestro rostro.

Se le hizo un nudo en la garganta.

—No soy digna de eso, no lo hagáis.

Pietro pareció sorprendido.

—No hay nadie más digno que vos.

Aima negó con la cabeza.

—Os lo ruego, no insistáis. Las mujeres son fuente de pecado y de tentación, si los hombres caen en el pecado de la carne es culpa de la mujer —recitó Aima de memoria, las mismas palabras del sacerdote con el que se había confesado después de la conversión—. Fue Eva la que sedujo a Adán, Eva la que se alió con la serpiente, el diablo disfrazado.

—¿Queréis ser monja? —susurró el joven abriendo mucho los ojos.

Aima no respondió, inclinó la cabeza.

—Ahora lo entiendo —murmuró con tristeza y, con la misma cautela de unos momentos antes, se apartó de ella.

Había llegado el vino, una bandeja con cuatro vasos, y Giovannolo dedicó un brindis a la nueva iglesia en construcción.

Aima, sin ser vista, se alejó hacia las escaleras y subió al primer piso. Desde la galería de madera contempló sus siluetas apenas visibles a la débil luz de las antorchas.

La verdad era un peso enorme que le aplastaba el alma. Habría querido llorar; las últimas fuerzas que le quedaban la abandonaron, parecía estar completamente absorta en la contemplación de sus manos, que temblaban agarradas a la barandilla.

Dios la estaba castigando, había creído estar salvada y, sin embargo, pagaba su sumisión a los deseos del amo con aquel terrible sufrimiento. Se mordió el puño para ahogar los sollozos y poco después el patio volvió a estar en silencio.

Los aprendices se habían marchado.

34

La promesa de Caterina

Pavía, enero de 1390

—¡No lo hagáis! —Margherita le agarró bruscamente la muñeca.

—¿Por qué?

Con la mano libre Giacomo siguió deshaciéndole la trenza. Ella mantuvo la presión de los dedos, pero no hizo nada para impedirle continuar.

—¿Por qué las mujeres os peináis de esta manera? —susurró, al tiempo que le soltaba el cabello, que le cayó sobre los hombros.

El candelabro de oro, que contenía finas velas, apenas le permitía distinguir el rostro de la mujer. La luz difusa se perdía en el pasillo, en las escenas de caza, en los antiguos mitos, en las verdes colinas pintadas en las paredes, que se desvanecían en la oscuridad como voces lejanas.

Se puso a masajear sus músculos tensos.

—Relajaos, no voy a hacer nada que no queráis.

—Lo que quiero es que no hagáis nada.

Giacomo soltó una risita.

—Apostaría a que de pequeña teníais problemas por culpa de vuestras mentiras.

—En absoluto, era una niña muy sincera.

—¿De verdad? —Le pasó los pulgares por las zonas sensibles detrás de las orejas—. Al crecer os habéis vuelto un poco mentirosa.

—No.

—¿No? Entonces ¿cómo se explica que en este momento vues-

tro corazón lata con tanta fuerza? No podéis negarlo porque...
—posó la palma de la mano sobre su pecho— puedo sentirlo claramente.

Ella bajó la mirada sobre los dedos arqueados en torno al pecho izquierdo. Giacomo sintió con más fuerza los latidos contra la palma, el pecho que subía y bajaba.

—Besadme.

Las manos, que hasta unos instantes antes habían sostenido los hilos del bordado, se deslizaron sobre los hombros, sus bocas estaban a un suspiro de distancia; finalmente, levantó la cabeza y lo complació. Conocía su sabor, el tacto, la consistencia de su piel. Tenía que partir, la guerra lo esperaba en Padua, en Bolonia; lejos, demasiado lejos de ella.

Reabrió los ojos lentamente y se encontró con los de ella. Durante un largo instante se miraron, respirando cada uno el aliento del otro, tratando de prolongar la breve intimidad. Giacomo siguió mirándola, bajó la cabeza y la besó de nuevo en un último y desgarrador beso; luego, aflojó la presión para acariciarle los labios con los suyos.

—Esta noche venid a mi cama —dijo—. Os deseo.

—Lo sé —replicó Margherita, tranquila—. Yo también os deseo.

—¿Vendréis?

—No puedo, me necesita.

Giacomo no fue consciente de que había retenido la respiración antes de emitir un largo suspiro. Se apartó de Margherita y se apoyó en la pared.

—El conde me necesita, necesita a mis soldados, pero esta noche será solo nuestra.

Margherita volvió a anudar la trenza.

—De acuerdo, mantened el fuego encendido.

Giacomo hizo una media reverencia, alargó una mano para entrelazar sus dedos con los de ella.

—Siempre lo estará para vos.

La condesa de la Virtud estaba sentada en la cama colocada sobre la tarima, rodeada de arcones y cubierta por un suave edredón y preciosas sábanas.

A Margherita, que se había reunido con ella en sus apartamentos privados, le pareció cansada y frágil, vestida de brocado de oro del mismo color de la tapicería.

—Moriré, lo siento —dijo Caterina Visconti, con los ojos brillantes, la mano posada sobre el vientre ya visible.

Margherita se acercó a la mesita sobre la que, además de la taza con la tisana, estaban el espejo de mano de plata y los peines con incrustaciones de marfil, regalo de la corte francesa. A su lado, el libro de las horas.

A pesar de la gran chimenea, no hacía calor, de modo que acercó la taza a la condesa y ordenó a las camareras que removieran las brasas y añadieran troncos de leña.

—Dejadnos solas —dijo de pronto Caterina, dirigiéndose a las damas de compañía, que bordaban junto a la ventana. Era un gesto lánguido, de modo que Margherita buscó el calentador por debajo de las sábanas y, como todavía estaba tibio, levantó las enaguas y lo acercó a las zapatillas de raso. Los pies, cubiertos con medias de lino, estaban fríos.

—Estáis helada, mi señora. Apoyadlos, se calentarán.

—No sobreviviré, estoy sufriendo demasiado.

Margherita la miró, comprensiva.

—También sufristeis con Giovanni Maria y ahora vuestro hijo ya camina.

Una fugaz sonrisa iluminó el rostro de la noble dama.

—Será huérfano. Este segundo embarazo empezó mal.

—No. Sois valiente y la santísima Virgen os protege.

—Debería ir en peregrinación a la nueva iglesia.

—El viaje os cansaría demasiado, correríais el riesgo de perder de verdad a vuestro hijo.

—Entonces en septiembre haré una ofrenda en la fiesta de Santa María Naciente. —Caterina levantó la cara hacia el techo, la piel brillaba de sudor y tenía el cabello pegado a las sienes—. Santa María, Madre de Dios, ruega por mí. —Su voz se fue debilitando, pero no la fervorosa oración que murmuraba a media voz—: Me gustaría ir a la capilla a dar gracias a la Virgen, Margherita —dijo, finalmente.

—¿Es prudente que os levantéis de la cama?

—La oración siempre es eficaz, me ayudará. Pero vos tendréis que hacerme un favor.

—Todo lo que queráis, condesa.

—El conde de la Virtud hace tiempo que desea tener un lugar para su devoción, de modo que hoy le he pedido permiso para erigir una iglesia. El padre Stefano Macone querría construir un monasterio para sus monjes y yo lo ayudaré.

—¿El prior de la cartuja de Garegnano?

La condesa se cubrió la cabeza con un fino velo recamado con perlas.

—Esta noche seréis mi testigo, dictaré testamento por si muero.

—No moriréis, mi señora.

—Estamos en las manos de Dios, Margherita. Nadie conoce su destino. Me gustaría acabar mi viaje terrenal dejando una herencia, una casa donde mujeres y hombres de fe puedan hallar paz y refugio. La villa donde paso los veranos está en un lugar soleado, en el límite de la finca de caza. Quiero que el monasterio se construya allí, en el borde del bosque.

—Llamaremos al secretario de vuestro marido, estaré con vos esta noche.

Abrieron la puerta y caminaron por el pasillo. Margherita sostenía a la condesa.

—He perdido tanto, Margherita —le susurró—. Mi vida está salpicada de duelos y, ahora que Valentina se ha reunido con su marido en Francia, todavía estoy más sola.

—Estoy yo, señora, vuestras damas de corte y vuestro marido.

—Sí, mi marido —murmuró la condesa con voz quebrada—. Me ha quitado mucho y al mismo tiempo me ha dado tanto.

Margherita observó el perfil austero de la condesa, su expresión concentrada. Era una mujer valiente.

—Está orgulloso de vos.

Rezaron una junto a la otra en la capilla de la condesa, pintada con los frescos de Giovannino de' Grassi. Quién sabe si aquel niño que llevaba en el seno sobreviviría, quién sabe si sobreviviría aquella mujer frágil solo en apariencia.

Castillo de los Visconti, finales de febrero

Cuando se despertó aquella mañana, jirones de niebla cubrían la llanura dándole una apariencia espectral. Hacía días que no veía el sol, que miraba el techo sin verlo y bebía tisanas y brebajes cada vez más desagradables.

La ansiedad, el dolor y la pena surgían en ella como flores malignas en sus horas de vela. No recordaba nada de los sueños; se estremecía al volver al presente, agotada, con un nudo en la garganta.

—¿Cómo estáis, mi señora? —le preguntó Margherita.

—Como siempre, amiga mía.

Permanecieron un rato en silencio, luego Caterina quiso levantarse y la amiga le ahuecó las almohadas.

—¿Tenéis frío? —le preguntó. Iba a responderle que no, pero de pronto sintió la necesidad de estar sola.

—Margherita, hacedme un favor. No recuerdo dónde dejé ayer el chal, tal vez en el salón verde.

La mujer dudó solo un instante.

—Iré a buscarlo. Cuando vuelva iremos a pasear por el jardín, antes de que descienda de nuevo la niebla.

La puerta se cerró con suavidad. Caterina se incorporó, se puso las zapatillas de seda y recorrió con pasos cortos e inseguros el suelo de la habitación. Al llegar delante de la ventana la entreabrió y miró fuera. Un sol pálido iluminaba el paisaje invernal, los árboles desnudos, los tejados brillantes de escarcha.

«¿Cómo he podido estar tan ciega? —se preguntó de pronto tocándose el vientre—. Dios me llama», pensó y, cerrando el postigo, salió al pasillo. Una punzada en el vientre le impidió subir el primer escalón que conducía a la torre de los Espejos, pero se recompuso y endureció los músculos como si quisiera retener algo.

Su cuerpo, que no obedecía, exigía aún una nueva contribución. ¿Cómo podía vencerla, poner en peligro a la criatura que llevaba en su seno?

Monjes y monjas decían que la salvación solo llega a través de la penitencia corporal, tal vez tenían razón. El cuerpo no era más que el abominable revestimiento del alma y ella tenía que vencerlo, vencer el dolor, vencer las fuerzas oscuras que amenazaban con arrebatarle, una vez más, el bien más preciado.

Un hijo, su hijo.

Los escalones eran bajos, brillaban con la cera de abeja, y ese perfume inconfundible flotaba en todos los ambientes. Dulzón, casi nauseabundo.

En cambio, la torre este era un lugar mágico, Caterina no sabía por qué, pero en la sala de los Espejos se sentía como si estuviera en el centro del universo, bajo las falsas estrellas de la bóveda pintada de azul.

Mientras subía, se detuvo varias veces a escuchar los ruidos que procedían del castillo y la voz de su cuerpo. Estaba en silencio, de modo que se armó de valor y continuó.

Allí arriba todo estaba cubierto de cuadrados de cristal de distintos colores, del tamaño de una mano. En cada uno de ellos había una figura pintada en oro: animales, soldados, damas, guerreros, plantas de hojas alargadas y flores. Sabía que también había dos figuras separadas por un árbol de ramas retorcidas.

Adán y Eva.

El hombre y la mujer a los que el pecado original expulsó del Paraíso, pecadores de curiosidad y orgullo.

«Es el deseo de conocimiento lo que los impulsó —pensó—. Fueron tentados por el demonio a comer del fruto del árbol del conocimiento; a desposeer a Dios, en cierto modo, de uno de sus atributos fundamentales». ¿Acaso no era también ella demasiado curiosa, no quería conocer también ella las debilidades de su cuerpo para dominarlo?

Bajó la manilla y entró. En ese mismo momento, una luz inusual para aquel día penetró por una ventana y se produjo el milagro.

Caterina contuvo la respiración.

¿Era aquel el mundo perfecto, creado por los rayos invernales que golpeaban espejos y oro para vestir su cuerpo, su alma, todo? Bañada por un resplandor deslumbrante, sobrenatural, se deslizó ligera, casi ingrávida, en el vórtice luminoso, rozando con las zapatillas el suelo de mosaico con incrustaciones de teselas azules, amarillas, negras.

—Señor Dios nuestro, te lo ruego, dame fuerzas —susurró y posó las manos sobre el vientre—. Señor Dios, perdóname si quiero saber por qué me condenas a este suplicio.

Un suspiro, un ligero dolor. Un dolor que se irradió en su interior, como una raíz que penetra en la tierra. Cada vez más intenso.

—Dios mío —dijo en voz más alta—. Dame el don de las lágrimas para que pueda llorarlo también esta vez.

Y soltó un grito que podría haber roto en mil pedazos todos los espejos de la habitación. Gritó, y de pronto oyó una voz, más voces, y vio figuras que la rodeaban. ¿Eran las de los espejos o eran reales? Caterina abrió mucho los ojos y vio a Margherita a su lado, dispuesta a sostenerla.

—No —le dijo y negó con la cabeza—. ¡No!

Margherita intentó levantarla del suelo sobre el que estaba arrodillada. Se liberó de ella.

—No quiero —murmuró con la voz rota por el pánico—. Todo menos esto, no quiero.

—Mi señora…

Apartó las manos preocupadas que se tendían hacia ella y se levantó tambaleándose. Tenía que salir de la habitación, no podía profanarla.

—Dios, te lo ruego, te lo ruego, haz que no sea verdad. Te lo suplico, ¡haz que no esté muerto! —imploró, sacudida por los sollozos.

Margherita intentó abrazarla, sostenerla.

—Venid, mi señora, venid.

—Quiero a mi hijo, Señor Dios, ¡no me lo quitéis! —Se debatió entre los brazos de Margherita—. No dejaré que sea verdad, no dejaré que se vaya.

Margherita la estrechó con más fuerza y, mientras tanto, había desaparecido la luz, ya solo quedaban la oscuridad y el dolor, que la estaban devorando. Unas manos fuertes la levantaron y la llevaron a otra habitación.

Una punzada que reconoció muy bien le excavó un vacío interior. Como si fuese un cuchillo de hoja dentada.

—Mi señora, acostaos aquí. Calmaos, voy a mandar que llamen a la comadrona.

—¡No puede estar muerto, no puede! —sollozó sin reconocer su propia voz.

Rostros pálidos a su alrededor. Manos agitadas y apresuradas la rozaban, la sostenían. Miró a Margherita, luego tuvo un pinchazo y se dobló con un aullido, agarrándose el vientre. Gritó su dolor a las bóvedas del techo.

Una oración, un tormento, y tembló, sollozó entre aquellos brazos, invocó piedad y perdón, porque sabía que el hilo de la vida era muy sutil y no tardaría mucho en romperse.

Un nuevo pinchazo de una intensidad devastadora, como si le arrancaran las entrañas. Giró la cabeza de un lado a otro, mordiéndose los labios para no gritar más. Sintió un cálido goteo entre las piernas, una corriente tibia que se lo llevaría todo.

Su hijo la estaba dejando.

Pavía, abril de 1390

Cabalgaron hacia el este durante una hora, contemplando el panorama. Era una mañana espléndida y tibia. Los huertos separaban los vastos campos preparados para la siembra de primavera; los plátanos centenarios se alzaban con su follaje verde oscuro, las retamas amarillas, el espino, los temblorosos álamos. Cuando aparecieron los caballeros seguidos por la escolta armada, los rebaños de cabras y ovejas que pacían en el trébol se dispersaron acompañados por los ladridos de los perros.

El río Azzurro, el Ticino, fluía crecido en su cauce, las aguas seguían en ese punto un recorrido tortuoso; tres curvas salpicadas de bajíos, lenguas de arena, islotes.

—¿Tu caballo sabe nadar? —preguntó Gian Galeazzo a Giacomo.

—Ahora lo descubriremos —le respondió el amigo riendo.

En aquel punto las orillas eran más bajas, el grupo vadeó el río siguiendo el sendero de arena, que desaparecía bajo el agua para reaparecer luego en la otra orilla. Ese paso, marcado ya por las huellas, lo utilizaba el cabañero para trasladar el ganado de una orilla a otra.

—Tenemos que cruzar aquí —dijo y, con el rabillo del ojo, vio que Giacomo empujaba el caballo hasta que el agua le lamió las botas. Su corcel no vaciló, llegó el primero a la otra orilla y salió de un salto goteando y orgulloso.

—Estamos ya suficientemente lejos del castillo —dijo Giacomo mirando a la escolta, que se mantenía a una discreta distancia—. Ahora puedes hablar.

Gian Galeazzo se detuvo a su lado.

—¿Cómo lo sabes?

—Me has sacado de la cama demasiado temprano para dar un paseo.

—Me conoces bien, amigo mío.

—Vayamos al paso, los caballos se secarán y podremos hablar.

—Los diputados de la Fabbrica me han escrito sobre el jubileo. Quieren que pida al papa que se lo conceda también a Milán.

—¿Lo harás?

—Debo y quiero hacerlo.

—¿A quién te dirigirás? ¿A Bonifacio IX en Roma o a Clemente VII en Aviñón?

—¿Y me lo preguntas tú, que fuiste testigo de la matanza de Cesena? Roberto de Ginebra nunca será un verdadero papa, es un soldado y como tal se comporta —murmuró Gian Galeazzo con dureza.

—Yo era muy joven entonces —dijo Giacomo dejándose llevar por los recuerdos—. Debido a la carnicería ordenada por el ginebrino, nunca podré ser aliado de los florentinos. Nunca. En cualquier caso, su mayor error fue ceder a Ladislao el reino de Nápoles, devolviéndolo a Francia.

—Según mis informantes en la corte papal —intervino Gian Galeazzo—, parece que en las próximas semanas Bonifacio quiere coronarlo rey de Nápoles.

—Clemente VII perderá el apoyo de los franceses. Debería dimitir —razonó Giacomo.

—No lo hará, es un arrogante degenerado. En cualquier caso, escribiré al papa de Roma. Cuando fue elegido, en noviembre, me envió una delegación, que recibí con todos los honores, así que me debe algo.

Giacomo lo miró.

—No te expongas demasiado, es mejor la neutralidad.

—Es lo que pretendo hacer. He prohibido a mis obispos que tomen partido por uno u otro, el momento es delicado. Al parecer, su santidad ha insinuado que mis pretensiones sobre Bolonia y la Romaña pontificia podrían perjudicar nuestras relaciones.

—Apenas acaba de ser elegido y ya te está provocando. No sabes ganarte las simpatías, amigo.

—No olvidemos que mi hija se ha casado con el hermano del rey de Francia. Así que, de un modo u otro, deberá aceptar mi amistad, sea cual sea el resultado de mis campañas militares.

—Paso a paso, Gian Galeazzo.

Ambos se quedaron mirando el vuelo de una cigüeña, que se alejaba hacia el sur.

—Seré prudente, tenlo por seguro. Por ahora mostraré deferencia y respeto enviando a Roma no solo una carta, sino también a los delegados de la Fabbrica. Le hablarán de la nueva catedral y a su santidad forzosamente le ha de complacer.

El caballo inclinó la cabeza para pastar, Giacomo le acarició el cuello.

—De nuevo dinero a cambio de la absolución.

—Como siempre —respondió Gian Galeazzo—. Tras la contrición y la confesión, el que quiera recibir la indulgencia deberá visitar cinco de nuestras principales basílicas: la mayor de Santa Maria, San Nazaro in Brolo, Sant'Ambrogio, San Lorenzo y San Simpliciano durante diez días y una vez al día, con la obligación de donar a la primera un tercio de lo que cada uno gastaría para ir a Roma. Una parte de estas donaciones irá a parar a la Fabbrica, por esto los diputados y el vicario están trabajando duro.

—¿Los costes de la construcción van aumentando?

—Aumentan como un pan en el horno —se rio Gian Galeazzo—. Sobre todo con el mármol, que los ingenieros han decidido utilizar tanto para las esculturas como para cubrir los ladrillos.

—Será una iglesia blanca como la nieve.

Sus ojos buscaron las cumbres nevadas que se distinguían en el horizonte, la dentada e inconfundible del Resegone.

—Poder entrar en la lista de las iglesias jubilares permitirá a la Fabbrica quedarse con una parte de los ingresos, tal vez así no me pedirán más dinero. Desde luego no lo tengo para la nueva catedral, y ya tendré que aumentar los impuestos para sufragar la campaña militar; además, Caterina quiere construir un monasterio para los cartujos, lo prometió meses atrás y, como el niño murió y ella sobrevivió, ya puedes imaginarte cómo me persigue con esta idea.

—A ti también te gusta esta idea.

—Desde luego, pero no ahora. Ahora tengo una guerra en la que pensar.

—Bolonia y ese miserable Francesco Novello da Carrara, que ha recuperado Padua.

—Maldito estúpido, empezó pidiendo ayuda a Clemente VII y terminó con los florentinos y, finalmente, ha recuperado la ciudad. No debería haber concluido así.

—Y no te olvides de tus primos —observó Giacomo—. Florencia, el señor exiliado de Padua, Francesco Novello, el duque de Baviera y el conde de Armagnac. Todo un ejército y todos tienen cuentas pendientes contigo.

—No te regodees —respondió Gian Galeazzo, irónico—. Tú irás a ayudar a Ugolotto Biancardo, que está asediando Vicenza. Yo quiero Bolonia, deberás fomentar alguna revuelta contra los gobernadores pontificios.

—Ya me lo dijiste, por eso tengo listo el equipaje y mañana estaré preparado para partir con trescientas lanzas y unirme a Jacopo dal Verme.

—Si el papa se aliase con la Liga, me quedaría aislado; tengo que escribirle esa maldita carta.

—Deberás ser humilde sin caer en la adulación. —La mueca de Giacomo hizo arquear las cejas del conde de la Virtud.

—Mis secretarios se encargarán; en cualquier caso, Bonifacio no podrá negarme el privilegio. Y tú, deja de reírte, no veo nada divertido.

35

Candoglia

Lago Mayor, finales de mayo de 1390

—Allá arriba están los prados que se extienden sobre las turberas —dijo Zeno.

Pietro levantó la cabeza y mantuvo la mano apoyada en el borde de la barca. Mejor ser prudentes, aunque el balanceo ya no lo molestaba. Por primera vez había remontado el curso del Ticino hasta el lago Mayor, a bordo de una de las barcazas que transportaban el mármol.

No se había perdido ningún detalle de los paisajes por los que habían pasado.

Escuchaba atentamente los relatos de sus compañeros de viaje, Zeno Fusina y Antonio de' Giussano; el primero enviado por la Fabbrica a las canteras para supervisar el corte de los mármoles, ya desde el mes de enero, y el segundo para contratar nuevos trabajadores.

A Pietro lo había fascinado la navegación y la entrada en el lago, flanqueado a ambas orillas por colinas, viñedos y bosques interrumpidos por algún castillo; el pueblo de Arona, la fortaleza de Angera con su torre cuadrada que dominaba el paisaje, los islotes boscosos que habían dejado a izquierda y derecha con sus playitas repletas de barcas de pescadores.

—El que se ve a proa es el pueblo de Baveno —dijo al poco rato Maffiolo di Arona, que estaba al timón de la barcaza—. Si te levantas, verás cómo el agua del lago clara y azulada se mezcla con la del Toce, turbia y blanquecina.

—¿Es su desembocadura? —preguntó a Maffiolo.

El hombre mostró los pocos dientes que le quedaban.

—Puedes jurarlo, muchacho, y siempre es navegable y abundante en pesca.

—El Toce transporta río abajo las aguas de los glaciares de la parte alta de Val Formazza —dijo Zeno, que se había unido a ellos—. Por aquí no solo pasan los mármoles para nuestra iglesia, sino también maderas y piedras para otras construcciones en toda Lombardía.

—El cono de ahí arriba es el monte Orfano —intervino Maffiolo—. A su espalda está el pueblo de Mergozzo con su Laghetto. Algunos de los picapedreros que trabajan en la cantera viven allí; en cambio yo vivo en Ornavasso, justo enfrente del monte de la cantera subterránea.

—¿Subterránea?

Maffiolo esbozó otra de sus sonrisas desdentadas.

—¿No te lo ha dicho nadie? El mármol está dentro del monte, no fuera.

Pietro sintió más curiosidad aún y, en cuanto la barcaza entró en el Toce, olvidó toda precaución y se dirigió hacia la proa, acompañado inmediatamente por Antonio de' Giussano y Zeno.

—El mármol más bello se encuentra en una grieta de la montaña —comenzó Antonio, que había inspeccionado la nueva cantera—. La entrada tiene casi diez varas de ancho y el mármol del interior está dispuesto en venas perpendiculares, algunas transparentes como el alabastro.

—Por lo que he podido constatar —añadió Zeno, que examinaba la montaña que tenían delante—, es el mejor que he visto hasta ahora.

—La única pega es que está muy arriba —suspiró Antonio—. Seguramente ya fue explotado por los antiguos, pero el camino que conduce hasta allí ahora está cubierto de vegetación.

—Eso no será un problema —murmuró Zeno, pensativo—. Con ayuda de los picapedreros y de algún obrero arrancaremos la maleza y construiremos un camino suficientemente ancho para que puedan bajar las losas, incluso las más grandes.

Miró a Pietro, que lo estaba escuchando.

—Un buen ingeniero ha de saber hacer de todo —puntualizó como siempre—, incluso los caminos para transportar la materia prima de la cantera hasta la obra, no me cansaré nunca de repetírtelo.

—Maestro, ¿subiremos enseguida a ver el mármol?

Zeno miró el sol.

—No, llegaremos allá arriba al atardecer. Dormiremos en la posada de Ornavasso, mañana nos levantaremos al alba.

Cuando los primeros rayos de sol encendieron con reflejos iridiscentes la superficie del lago, Pietro ya estaba sentado en la valla. Comía un pedazo de pan y queso masticando cuidadosamente, concentrado en la noche recién transcurrida, iluminada por un sueño bello e irrepetible.

Aima Caterina salía del lago desnuda, con el cabello como oro líquido y la piel brillante con la luz. Él la contemplaba, una frágil y etérea visión. El resplandor del agua proporcionaba a su rostro una vaguedad vacilante y temblorosa, como la de una pintura desenfocada. Sin embargo, antes de que la imagen se desvaneciera por el brusco despertar, ella le había sonreído.

Revivió en ese momento las emociones nocturnas, como si su cuerpo sufriera la pasión, el hambre, el dolor, y se tragó el último bocado.

No la había olvidado. A pesar del trabajo, de los días, de las semanas; a pesar de buscar en los rostros por las calles una expresión, una mirada que lo emocionase como se había emocionado cuando la vio por primera vez.

Aima Caterina.

La carne exigía un tributo, pero era solo carne; satisfacerla lo dejaba hambriento, agitado, acariciado. Conseguía su propio placer en una danza tan rápida como un redoble de tambor, en el que solo el latido de la sangre guiaba su cuerpo; una exigencia a la que se había entregado sin hallar otra solución, al igual que no había separación entre la velocidad del viento, la agitación de las olas o la salida del sol.

Cuando vio llegar a maestro Zeno y a Antonio, Pietro saltó de la valla y tomó una firme decisión: iría a buscar a Aima Caterina, le confesaría de nuevo su amor y escucharía la sentencia que le daría o le arrebataría la esperanza.

Por última vez.

La balsa que cruzaba el Toce desde Ornavasso hasta las pocas casas de Candoglia los condujo a la otra orilla. Comenzaron a caminar por el sendero. Era estrecho, fresco, olía a flores, y al fondo se oía el gorjeo de herrerillos, pinzones y ruiseñores. Tan solo los surcos producidos por las ruedas de los carros, que a duras penas lograban subir, indicaban que algo inusual estaba sucediendo en el camino.

Esquirlas de mármol de todos los tamaños yacían en el polvo. Pietro cogió una semejante a un puñado de nieve.

—Están por todas partes —dijo Zeno, que se había colocado a su lado.

Pietro hizo girar la más grande entre sus dedos; golpeada por el sol, brilló como una piedra preciosa, y esto le hizo acelerar la marcha, ansioso.

En el último tramo, el polvo y la tierra se volvieron blancos, única señal de la presencia de la cantera y, de pronto, salieron a un claro desprovisto de vegetación, desde el que se podía disfrutar de un extraordinario panorama de verde y de aguas y, más abajo, la cinta plateada del río Toce, que rodeaba el monte Orfano y desembocaba en el lago.

Lo primero que vio fueron las barracas de los picapedreros, construidas con leños recién cortados, simples refugios para la noche. Miró a su alrededor, impaciente, siguiendo a su maestro. Cruzaron una espesura y luego, a la izquierda, apareció una pared altísima, empinada.

—Ahí está —dijo Zeno.

Un monstruo debía de haber arañado la montaña arrancándole una enorme esquirla y dejando aquella cicatriz incurable en el flanco rocoso.

—El grano es más grueso que el de Carrara —decía Zeno, mientras subía los toscos escalones tallados en el mármol, y Pietro lo siguió, atónito.

Fueron engullidos tan repentinamente que contuvo la respiración y dejó de escucharlo. No sabía muy bien qué había esperado, pero desde luego no lo que vio.

Lo primero que lo impresionó fueron las paredes blancas, veteadas de gris, amarillo, rosa, tan altas y amenazadoras que le daban sensación de asfixia; luego, con el asombro oprimiéndole la garganta, captó el brillo, la animación, el latido del mármol allí donde lo rozaba la luz del sol, mientras que más adentro eran las antorchas las que creaban manchas de sombras y luz igualmente sugestivas.

Al fondo se oían golpes de pico, voces, chasquidos, el crujido sordo de las piedras arrancadas con paciente violencia del vientre de la montaña.

—Es hermoso, ¿no? —dijo una voz. Pietro volvió al presente; el maestro lo miraba con una gran sonrisa dibujada en el rostro.

—Más que eso —murmuró Pietro, incapaz de articular otras palabras.

—Los antiguos la excavaron y obtuvieron ese enorme espacio, dividido en losas y pilares.

—Una catedral en la caverna —murmuró Pietro observando la bóveda, tan alta como la de una iglesia—. La montaña se transforma en la nueva iglesia.

—Tienes razón, muchacho; ahora ven conmigo, te voy a enseñar cómo realizamos el corte.

Pietro estudió y deambuló durante horas por la inmensa gruta, con una antorcha en la mano. Le causaba un extraño e intenso placer imaginar la nueva iglesia alzándose sobre Milán como nieve, el mismo mármol extraído con picos y esfuerzo por los picapedreros. Cuando salió de la cantera, el sol se había ocultado ya detrás de las montañas y un carro lleno de escombros se dirigía hacia el camino.

—¿Adónde los llevan? —preguntó a Zeno, que recogía las herramientas propiedad de la Fabbrica de las manos polvorientas de los obreros.

—He pensado en usar los restos para pavimentar el camino, partiendo desde arriba —le respondió—. En algún sitio hay que meterlos.

Pietro asintió. Apenas unos días antes se había mostrado reacio a abandonar el trabajo en Milán por ese viaje al lago; Marchetto y Jacopo estaban trabajando duro en las sacristías, aunque no con el mismo entusiasmo que siempre los había caracterizado, sobre todo desde que en marzo los diputados hubieron preferido al diseño de Jacopo para la ventana central del ábside el de Nicola de' Bonaventuri.

Ahora la cantera lo fascinaba, porque el corazón de la nueva iglesia estaba allí, entre aquellas losas de mármol.

El cielo aún estaba oscuro, pero por el este se percibía ya un destello en el horizonte. Muy pronto el sol iluminaría las islas, los bosques, las cumbres de las montañas, transformando la sombra en blanquísima luz.

Ugolotto da Rovate dirigió la mirada al lago. La balsa estaba saliendo del Toce, la mitad del trabajo estaba hecho.

Durante la noche se había cargado la mercancía a toda velocidad, no había caído nada al agua y ahora las diez botas de vino, los quince fardos de lana y las tres docenas de barriletes de especias y clavos de olor iban camino de Milán, ocultos en el fondo de la barcaza, debajo de las losas de mármol que llevaban la marca AUF, *Ad Usum Fabricae*.

El mayor envío de mercancías de su carrera de contrabandista, iniciada cuando la demanda de arena gruesa para la nueva iglesia de Milán había disminuido drásticamente. Alguna entrega fallida, alguna protesta de los diputados y, en un abrir y cerrar de ojos, la competencia lo había sustituido.

Pero él no era de los que se desaniman.

La idea de importar mercancías a Milán sin pagar impuestos era brillante, y más brillante aún había sido intuir la utilidad de las pesadas losas, que aseguraban a las mercancías de contrabando no solo un viaje exento de impuestos y aranceles, sino también la certeza de que ningún oficial tendría nunca la fuerza para levantarlas y controlar el contenido de las bodegas o de los barriles encajados debajo del mármol.

Durante meses había controlado el tráfico del Toce al Ticino, barcazas cada vez más numerosas y pesadas, y ahora iban a reactivar las antiguas canteras, dos más abajo, la de la Fontana y del Ciochirolo, y la otra casi en la cima de la montaña, llamada la Superiore precisamente por la altura.

Los controles a las barcazas eran esporádicos; para subir y bajar de las canteras había que trepar como las cabras, se perdían horas todos los días y los picapedreros estaban agotados y distraídos. En el pequeño puerto que iba a construirse en el terreno inundable y que de momento solo era un pontón de tablas, nadie se ocupaba de controlar las barcazas cargadas de mármol.

Y además, ¿quién iba a querer robarlo?

Nadie, y menos él, que solo estaba interesado en ocultar la mercancía de contrabando en los escondites secretos que había acordado con su cómplice, Petrasio Fontano, el dueño de la barcaza. Le había costado un poco convencerlo, pero finalmente el barquero había aceptado ante la cantidad de ingresos que le proporcionaría y las muchas bocas que tenía que alimentar en su casa.

¿Acaso el talento empresarial, tanto en el gobierno como en el comercio, no se mide por los beneficios?

Ugolotto había actuado precisamente así. Al principio lo había usado un par de veces para hacer un favor a los amigos con los que traficaba entre los puertos de Intra, Pallanza y Arona, luego se le había ocurrido la idea cuando alguien había bromeado sobre las ventajas que el conde de la Virtud había concedido a la Fabbrica de la nueva iglesia: la exención para todas las mercancías que se utilizaban en su construcción.

Dicho y hecho.

Por otra parte, era un hábil manipulador y, cuando la tentadora ocasión se le presentó, convenció a Petrasio de que era posible realizar el negocio con éxito y sin riesgos.

Él llegaba a Milán por tierra, al atardecer, y encontraba la barcaza lista para ser descargada con la grúa en el Laghetto de Sant'Eustorgio. Unas recompensas bien distribuidas y por la noche barriletes, fardos y botas desaparecían; a la mañana siguiente, al cabo de pocas horas, el dinero estaba en su bolsillo.

Era rico, más de lo que había esperado; teniendo en cuenta la vida que llevaba, no necesitaba más dinero.

Entonces ¿por qué lo hacía?

Él mismo se había hecho la pregunta, y creía conocer la respuesta. Lo que realmente lo atraía era el riesgo, las dificultades. Una pelea de vez en cuando, la planificación, la satisfacción.

Ugolotto rio a carcajadas. Se había guardado mucho de decir al cómplice que, si lo hubieran descubierto, las consecuencias habrían podido ser graves y habrían recaído solo en Petrasio. Las penas por contrabando eran la pérdida del cargo, una fuerte multa y, además, tal vez algo peor. No era asunto suyo.

Ahora regresaría a Milán, luego colocaría las mercancías, después iría a divertirse a alguna posada y, finalmente, al Castelletto. Una de aquellas alegres muchachas tenía un buen par de tetas.

36

Un adiós

Milán, julio de 1390

Hielo en los huesos y, sin embargo, fuera brillaba el sol de verano sobre la ciudad. Anselmo estaba en pie entre los sacerdotes, junto al altar. Miraba al arzobispo Antonio da Saluzzo, que oficiaba el rito fúnebre y, a ratos, el cuerpo de su hermano Marco, que se había ido para siempre.

Siempre.

Como hombre, no conseguía aún dar un significado preciso a esa palabra. Su naturaleza oculta bajo el hábito monacal, oculta a todos menos a Dios, estaba inundada de tristeza, de rebeldía y de rabia contra la caducidad de la existencia humana. Como hombre de Dios, sabía que la fe nunca debería ser destruida por las dudas.

La muerte es el lado de la vida opuesto a nosotros, no iluminado.

La única enseñanza que había sacado de su camino terrenal plagado de dudas, preguntas y oraciones era que la verdad última solo está en Dios. El hombre, criatura frágil e inclinada al pecado, únicamente puede captar la sombra o un reflejo de esa verdad, pero nunca poseerla por entero. Pensó en lo que había escrito san Pablo en la Primera Carta a los Corintios: «Ahora vemos en un espejo, en enigma; entonces veremos cara a cara».

Su hermano había superado el tiempo de la lejanía, del silencio, de la duda, y estaba a punto de ser puesto a prueba. Su cuerpo mortal sería colocado justo allí, en Santa Tecla, *ad sanctos*, junto a las reliquias de los santos, para que su alma se beneficiara de su poder salvífico.

Cuerpo y alma, tierra y cielo, blanco y negro, bien y mal.

Marco, invadido por una extraña enfermedad que había derrotado a su cuerpo, pero que le allanaría el camino hacia el reino de Dios. Aunque sus restos estaban ahí, envueltos en la sábana blanca, el alma ya se estaba preparando para la vida eterna.

Anselmo suspiró y miró a su alrededor.

Todos estaban en pie entre cirios encendidos, letanías y oraciones. Allí estaban todos los trabajadores de la obra, una masa compacta y silenciosa, y en primera fila los maestros, sus colegas.

Le parecía que se habían visto hacía pocos días, en el monasterio de Campione, para hablar de la nueva iglesia, y aquel recuerdo entristeció más aún a Anselmo, consciente de que el tiempo era inaprensible, el futuro invisible y el pasado perdido para siempre.

Unos pasos más allá, vio a Jacopo y a Zeno, que habían regresado el día antes del lago Mayor, y a Pietro y Alberto, sus niños convertidos ya en hombres. Distintos en apariencia e iguales a sus ojos.

Un poco apartado, junto a una columna, Marchetto.

Las vicisitudes de sus vidas y el papel que él había desempeñado acentuaron su malestar, que se volvió más intenso. Se quedó quieto sin levantar la vista del ábside, concentrado en la fila que a ratos se detenía y miraba durante un largo y triste instante el cuerpo sin vida.

Un sollozo, una tos, el ruido de las suelas, los suspiros de las mujeres que pasaban y derramaban unas lágrimas. Por un momento le parecieron espectros entre las velas, a punto de desvanecerse en la oscuridad de las capillas.

Una señal de la cruz, una rodilla doblada, un susurro apagado, el adiós.

«Adiós, querido hermano, nos volveremos a ver en el Purgatorio». Porque él seguro que no iría directo al Paraíso.

Alberto ya había visto demasiados muertos y moribundos en sus dieciocho años de vida, no quería ver más. Aquella tarde había dejado a medias el diseño preparatorio de la grúa que debería construirse en el Laghetto de Santo Stefano, de momento solo una excavación vacía.

En unos meses, las barcazas cargadas de mármol podrían entrar en el lago de agua artificial, que se había creado en la zona no cultivada en poco más de tres años.

A él y a Tavanino les correspondía construir las máquinas de madera que permitirían descargar las losas. Hasta ese momento, el Naviglio estaba conectado con el Vettabbia y el Fosso, y se estaban instalando esclusas en el Brolo, porque ese tramo discurría contracorriente.

En cuanto salió de Santa Tecla, respiró a fondo para eliminar el sutil olor a incienso y a muerte que había impregnado la iglesia durante los funerales de Marco Frisone.

Le parecía imposible que el ingeniero hubiese muerto, solo tres días antes lo había saludado desde lo alto de un andamio junto a la sacristía norte, y el hombre, aunque un poco más delgado, le había sonreído.

—No me hago a la idea de que no volveremos a verlo —comentó Pietro, que lo había seguido al salir de la antigua basílica—. Era un buen hombre.

Sin responder, Alberto se dirigió hacia el Arengo. Dio una patada a una serie de guijarros, giró a la izquierda por detrás de las paredes del palacio de los Visconti, y siguió caminando a paso ligero hacia el Verziere.

—¿Adónde vamos? —le preguntó su amigo.

—No lo sé, estoy dando vueltas y pensando —respondió impaciente.

Pietro no replicó; de vez en cuando chocaba con los guijarros, que salían despedidos en distintas direcciones. Llegaron a la orilla del canal, que pronto inundaría el Laghetto; el agua era de color terroso, lisa como una tabla.

Alberto cogió una piedra y la lanzó.

—Mañana iré a casa de Matilde —dijo decidido—. Quiero casarme con ella.

Cogió otra piedra, examinó su superficie plana y lisa, y luego la lanzó con un rápido movimiento de la muñeca. Antes de hundirse, rebotó tres veces.

—Su padre te aprecia, pero ¿cuánto ganas en la obra? —preguntó Pietro.

—Suficiente para poder mantenerla y, en cualquier caso, siempre tengo la carpintería de mi padre, en Ascona. Trabajé con él en la abadía de Mirasole en los robles que el preboste y los padres suministraron a la obra. Lo encontré envejecido, se alegraría si volviera a casa a ayudarlo.

Pietro se sentó en el terraplén.

—Si te vas, para mí la obra ya no será lo mismo.

Otra piedra rebotó, cinco saltos que arrancaron al amigo una breve exclamación.

—Todavía no me he ido —replicó—. Dependerá de Matilde, si quiere casarse conmigo.

—Te ama, se lee en sus ojos.

—Solo nos has visto juntos en misa y un día en el mercado.

—Para mí fue suficiente —respondió Pietro sin dudarlo un instante—. Tú la mirabas con ojos de carnero degollado.

—No es cierto —se quejó Alberto—. Y tú nunca has visto un carnero más que en el plato.

—Es posible, pero estáis enamorados y estoy seguro de que te dirá que sí.

Alberto no se inmutó.

—No seas pájaro de mal agüero, calla y reza por mí.

—Seré una tumba hasta que os vea en el altar. ¿Y quién cantará en vuestra boda?

—Ya lo pensaremos —murmuró Alberto, decidido ya a intentarlo—. A propósito, hace unos días vi a tu bella rubia en la calle de los orfebres. Al parecer, todavía no ha entrado en el convento.

Pietro se giró bruscamente para mirarlo.

—¿Por qué no me lo dijiste antes?

—No creía que siguieras interesado, hace tiempo que no hablas de ella.

—Estaba en la cantera, ¿cómo habría podido hablarte de ella?

—El rostro de Pietro se había ensombrecido. Cruzó los brazos sobre su robusto pecho.

—Imagina si pudiésemos concertar dos bodas —reflexionó Alberto en voz alta, pero el otro no se volvió.

En julio, el silencio dentro de las murallas de Milán era casi total. Enmudecían incluso los mendigos sin hogar, que abarrotaban calles y plazas pidiendo limosna. Bajo el sol inclemente se trabajaba más lento, a veces el aire parecía tan caliente que quemaba el interior de la nariz.

Alberto podía percibir la tensión de Pietro como si fuese la suya. Se arrepintió de haber hablado de boda, de haberle hecho recordar que podría haberse casado con la muchacha que amaba.

—La muerte de Marco Frisone me ha hecho pensar que la vida es breve, Dios puede llevarte consigo cuando menos lo esperas. —Suspiró—. Encontrarás otra mujer, una que no se haga monja.

—No quiero que me consuelen —replicó Pietro, y buscó su mirada—. En la obra me prometí a mí mismo que volvería a verla y a hablarle para intentar disuadirla.

—Está bien, pero después deberás resignarte.

Pietro apartó la mirada y la dirigió a un punto impreciso en la orilla del canal.

—En el monasterio de Campione necesitan a alguien para esculpir el nuevo portal del refectorio. He rechazado la oferta del padre Anselmo, ¿y sabes por qué? Porque sigo esperando encontrarla.

—Pues entonces adelante, no lo dejes en manos del destino.

—No sé qué decirle —replicó Pietro con un punto de desesperación en la voz.

Alberto le puso una mano en el hombro y apretó con fuerza.

—Si piensas demasiado, nunca encontrarás las palabras adecuadas. Solo te saldrán espontáneamente si eres sincero. Lucha hasta el final.

Pietro asintió, aunque poco convencido.

—Tú eres mejor que yo en estas cosas.

—Sí, es cierto —replicó Alberto con una ancha sonrisa—.

Por otra parte, no puedo aconsejarte otra cosa; es tu vida, amigo mío.

Se oyó un ruido de pisadas y voces que se perdían en el laberinto de callejuelas detrás de ellos.

—Trabajo todo el día, respiro un aire tan cargado de polvo de mármol que por la noche me cuesta respirar. Estoy siempre solo en la cantera, los otros obreros creen que soy un eremita —dijo Pietro lentamente—. Pero yo no soy así. El mío es el aislamiento atormentado de un hombre que se siente vivo solo a medias.

—Entonces, ¿a qué esperas?

Pietro asintió, dudó por un momento y luego le dio la espalda a su amigo.

A través de un estrecho callejón, al que se asomaban casas con los postigos entreabiertos para impedir el paso del calor, regresó a la vía de Compedo, más aireada. Había poca gente, algunos mendigos en cuclillas sobre los escalones de una entrada, un gato lamiendo agua de un cuenco, un carretero que, cubierto de sudor, sostenía los varales de un carro y silbaba una melodía que Pietro no había escuchado nunca.

En cierto momento dejó de mirar a su alrededor y fijó la vista en la obra, que se vislumbraba un poco más adelante, interrumpiendo ya el horizonte de la calle que desembocaba en la plaza. La visión de las piedras, maderas y mármoles deslumbrantes lo animó como al peregrino la vista del ansiado destino.

Su casa era aquella obra, no el monasterio donde había crecido, no la pequeña habitación que compartía con Alberto, sino aquella obra en continuo movimiento, aquel conjunto de arquitectura, trabajo y devoción que, día tras día, crecía y se enriquecía con estatuas, muros y losas de mármol, en una incrustación incorruptible puesta sobre los ladrillos que constituían su esencia.

Rojo por dentro, blanco por fuera, como un cuerpo humano que tiende hacia lo alto, dotada de un corazón palpitante y de una envoltura que habría de proteger el alma de la ciudad y de sus milaneses.

María Naciente, la iglesia naciente. La casa de Dios, la *domus* del *Domine*.

El Duomo.

Se detuvo, parpadeando y con la mano en el corazón.

Aquella mañana el padre Anselmo, ante el cadáver de su hermano, le había preguntado cómo estaba, si el trabajo le gustaba, si había encontrado su camino, iniciado el día en que había pintado un pavo real.

—Trabajo y estoy contento —le había respondido con seguridad—. Y vos, monseñor, ¿cómo estáis tras el largo viaje desde Campione? Debéis de estar cansado. Y a vuestro hermano... todos lo echaremos de menos.

El hombre lo miró largamente y, bajo aquella mirada penetrante, Pietro se sintió incómodo. La mirada más amistosa, paternal y afectuosa que jamás había recibido, y se dio cuenta en ese momento.

Se lo debía todo a aquel hombre que lo había criado, castigado, instruido, que había depositado en sus manos un sueño, el de construir con arte, con un estilo preciso en cada regla y detalle; reglas en parte secretas y custodiadas cuidadosamente en las corporaciones de los maestros artesanos campioneses.

Porque él, como todos los maestros, los canteros y los ingenieros que trabajaban en la obra y procedían de los lagos, también era uno más de los oficiales que se dedicaban a edificar y a esculpir.

Su inmovilidad fue interrumpida por una extraña caricia entre las pantorrillas.

Era el gato blanco y rojo, que se restregaba contra los pantalones cubiertos de polvo. Pietro se agachó, le rascó la cabecita, distraído por sus pensamientos y por aquella visión de pilares rampantes, cuatro hasta el momento, que se estaban construyendo; uno con el revestimiento de mármol prácticamente acabado, los otros tres a mitad de camino hacia el cielo.

¿Contento? Sí, lo estaba, aunque era un día triste por la muerte de Frisone, que había sido para él un maestro, y cuya fuerza en la concepción, reflexión en el cálculo y tenacidad de la voluntad en la ejecución había admirado. Misterioso, impenetrable, para él había sido el ejemplo más brillante.

Arte secreto y al mismo tiempo extendido en todas aquellas iglesias, castillos y obras en Italia, en Lombardía y en otros lugares. Obras donde él sabía que se estudiaban la naturaleza y la geometría, extrayendo de la una y de la otra lo más adecuado para expresar la devoción de los hombres a Dios.

Pietro trabajaba de día, estudiaba de noche, asistía a las clases, escuchaba a Jacopo, Zeno y Marchetto cuando explicaban los proyectos o sugerían soluciones; asistía a las reuniones de todos los ingenieros, que se celebraban ocasionalmente en la obra y, de forma más oficial, en presencia de los diputados de la Fabbrica, porque cada día se aprendía alguna cosa.

Conocía el triángulo, el cuadrado, el círculo, las claves geométricas de cada proyecto, conocía la cuerda de doce nudos y había aprendido a usarla.

Su mano acariciaba al gato, la mente volvió a la ya lejana noche en que Marchetto le había hablado de ello. La misma noche en que había conocido a su hijo Giovanni, algo más joven que él cuando llegó a la obra y, pese a ser un niño, interesado ya en la piedra.

Con el niño dormitando con la cabeza sobre la mesa, Marchetto había cogido el bastón, la delgada vara con el pomo dorado y la punta de hierro, que los ingenieros siempre llevaban consigo en la obra.

—Voy a revelarte uno de los secretos de los maestros constructores transmitido desde tiempos inmemoriales; no debe ser revelado a nadie fuera de la familia.

—¿Familia? —había preguntado Pietro, y Marchetto lo había mirado detenidamente.

—¿Acaso no nos llamamos hermanos, entre nosotros? No de sangre, sino de trabajo; lo hacemos desde hace siglos. Hemos heredado el saber de los antiguos y debemos preservarlo. Solo nosotros, maestros de la piedra, podemos ser llamados para construir grandes obras, como esta nueva iglesia de Milán.

Giovanni, mientras tanto, había cerrado del todo los ojos.

—Un buen ingeniero ha de saber manejar el lápiz para los dibujos, conocer la geometría, la historia, la filosofía, la música y la ciencia de los astros, que estudia la influencia del cielo sobre la tierra.

—Cuántas cosas ha de saber un ingeniero —había farfullado Giovanni, al que Marchetto había sacudido con paternal afecto.

—No duermas, hijo. Recordad que el bastón deberá estar siempre bien equilibrado, sirve para dar órdenes y hacer dibujos. ¿Veis estas muescas equidistantes?

El niño había levantado la cabeza.

—Las muescas sirven para definir las medidas principales que utilizamos para construir: el cúbito, el pie, el palmo y el pulgar, que corresponden aproximadamente a las partes de nuestro cuerpo.

Marchetto había apartado las escudillas vacías de la sopa, dejó el bastón y cogió la cuerda de doce nudos. Sus fuertes manos recorrían el cáñamo, manejándolo con maestría.

—En este lado tiene un nudo que cierra el extremo; en este otro, como veis, queda libre. La distancia entre los nudos es un cúbito, esto es, la medida desde el codo hasta la punta de los dedos.

El gato se escabulló, interesado en una puerta que se abría. Salió un hombre y el animal saltó al interior del edificio.

Pietro comenzó a caminar de nuevo, en dirección a la obra. Ni siquiera durante el funeral el trabajo se había interrumpido del todo; algunos obreros y escultores estaban trabajando, se oía el ruido de los cinceles que extraían el mármol para modelar estatuas y bajorrelieves.

Reflexionando miró sus propios pies, contó los pasos sobre la tierra en torno a la nueva iglesia, que ya había perdido su color marrón original para mezclarse con el polvo y los restos de las nuevas piedras, el granito gris y el mármol blanco rosado.

Ocho pasos, como los lados del octágono formado por la superposición de dos cuadrados, uno diagonal al otro. Ocho, la justicia que se eleva por encima de lo terrenal, el desconocido que sigue a la perfección del número siete, el defensor del equilibrio cósmico, el centro del Universo.

Suspiró, un suspiro de pesar.

El octavo día, la resurrección de Cristo y del hombre, el número de la fe, de la Virgen y de la eternidad.

Dirigió la mirada a las sacristías, solo veía la parte exterior, pero sabía lo que escondían: el portal de Jacopo, las pinturas de Giovannino de' Grassi y el bajorrelieve del francés. Los muros del coro ya estaban terminados, preparados para los transeptos, y ya se trabajaba en los pilares que sostendrían el cimborrio y marcarían las naves, sobre las que todavía se estaba discutiendo, ya que no se sabía qué altura alcanzaría la iglesia.

Bonaventuri estaba allí, lo vislumbró vestido con su habitual hábito casi monacal sin mangas y el cabello largo a la moda francesa. Estaba agitando el bastón hacia unos canteros, que lo observaban desde el primer piso de los andamios, atentos y atemorizados. Estaban cerca del gran cabrestante que levantaba las placas de mármol.

El francés no había acudido a Santa Tecla para el funeral. Pietro había percibido cómo se extendía el descontento entre los campioneses reunidos en la catedral de verano. Bonaventuri, con ese gesto de indiferencia total, había deteriorado del todo las relaciones con los trabajadores de los lagos.

Habría apostado que tarde o temprano esos desacuerdos prevalecerían sobre el sentido común y, a fin de cuentas, el maestro francés solo había traído discordia de más allá de los Alpes. Se consideraba experto en mediciones, pero, aunque era bueno esculpiendo —esto había que reconocérselo—, su manera de actuar y su presunción eran insoportables.

Corría el rumor de que también se había enemistado con algunos diputados de la Fabbrica y desde luego esto no era una buena señal. ¿Estaría próxima su expulsión de la obra?

Sin llamar la atención, Pietro caminó a lo largo del muro exterior hasta donde este se interrumpía y encerraba la iglesia de Santa Maria Maggiore, todavía en pie. A partir de aquel punto, la vieja catedral seguía dominando la plaza, con sus paredes de ladrillos rojos, interrumpidas por frisos de mármol blanco ahí donde los antiguos constructores habían reutilizado piezas de edificios paganos.

Santa Tecla estaba allí, silenciosa, esperando. Piedras que demolerían, pero no ahora. Ahora contenían los despojos de un hombre que había sido para él un guía, un inspirador. Un visionario.

A Pietro se le escapó un gemido, leve como una pluma, el sonido de un alma que cruza las puertas de un lugar desconocido, oscuro.

Se apoyó en el muro, hundió la cara entre los brazos y derramó unas lágrimas por Marco Frisone, el ingeniero, tal como lo había visto hacer en la iglesia a Alberto, a escondidas.

La obra nunca más sería la misma sin aquel hombre que se había ido de repente, sin dar a nadie la oportunidad de despedirse.

Cerró los ojos. En cuanto regresara al lago, aquel lago que Frisone tanto había amado, lanzaría una piedra a sus aguas profundas. Un homenaje, porque le había enseñado que la piedra es la materia que mantiene unidos el mundo y las vidas de los hombres, y hace posibles proyectos y sueños.

Se secó los ojos, miró a su alrededor. Comerciantes, campesinos, tenderetes, transeúntes, ricos, pobres; cada uno por su lado, concentrado en su propia vida.

Había tenido un gran maestro.

Suspiró.

No había ningún motivo para arrepentirse, para rendirse. Monseñor Anselmo solía repetir que, pese a la tristeza, pese a las pérdidas incontables, la vida siempre llamaba al deber, al futuro, a la oración.

Frisone los había dejado, pero su recuerdo permanecería vivo, tan sólido y vivo como los ladrillos, la piedra, el mármol. La madera.

Fue consciente de que el maestro ya no pertenecía a ninguno de ellos. A partir de aquel día pertenecería a Dios.

Aceleró el paso, superó los callejones y el pasaje bajo los pórticos y se encontró en el Broletto, al que no dedicó ni una mirada. Se dirigía a la calle donde los orfebres tenían sus talleres, donde el mismo padre adoptivo de Aima Caterina vendía sus trabajos hechos de plata y oro.

En la calle, menos animada debido al calor del verano, muchos comercios tenían las puertas entornadas; alguien había arrojado un cubo de agua para borrar los sucios rastros de un borracho.

La casa de Aima, situada en la esquina de la callejuela que giraba hacia la calle de los Spadari, estaba silenciosa. La fuente encastrada en la pared a la izquierda de la puerta gorgoteaba alegremente, con un humor muy distinto al de Pietro.

Mirando la fachada, se entristeció aún más.

¿Qué pretendía? ¿Apartar a una muchacha de la vocación o forzar un afecto que ella nunca había manifestado sentir?

Se quedó allí, con un nudo en el estómago, mordisqueándose los labios con los incisivos, tal vez para comprobar que estaba vivo o por miedo. Era más prudente abandonar, volver a la obra antes de las vísperas, su momento preferido porque se hacía el silencio y obreros e ingenieros guardaban sus herramientas antes de la oración.

«Yo existo —pensó—, pero no puedo guiar las decisiones de otra persona, y debo dar gracias al cielo por hacer lo que me gusta». Resuelto, dio media vuelta y emprendió camino hacia la cárcel de la Malastalla, que cerraba la calle y albergaba a los que no podían pagar sus deudas.

En aquel momento oyó el sonido inconfundible de un cerrojo que se descorre.

Por la puerta de la casa Codivacca salió Aima Caterina, seguida del joven Matteo, que llevaba entre los brazos una cesta repleta de melocotones y albaricoques; los frutos de la granja a las afueras de la puerta Romana, un huerto y una casa de campo donde, en un día de lluvia y no por casualidad, se había encontrado con su amada.

Con el instinto de un depredador, dio un salto hacia atrás. Esperó que lo adelantasen y empezó a seguirlos, hipnotizado por la cabellera rubia que caía sobre la espalda de la joven. Se balanceaba a cada paso.

Dejó de respirar, aunque caminaba a paso ligero y, concentrado como estaba, logró captar algunas frases que le permitieron entender que se dirigían al monasterio de las Humilladas de Santa Maria al Cerchio, no muy lejos de allí.

La vegetación rodeaba la entrada del monasterio. Un pequeño puente, adosado a un muro muy antiguo, permitía a los visitantes cruzar el canal, que llevaba poca agua debido a la sequía de las últimas semanas.

Pietro se apoyó en el tronco de un árbol, cuyas ramas ofrecían sombra refrescante y protección.

Tras unos instantes de espera, se abrió una pequeña puerta a la izquierda y apareció una monja. En realidad, más de una. Salieron tres a recoger la cesta llena de fruta, y después aparecieron también unos niños con las piernas desnudas y los delantales descoloridos. En pocos instantes, una pequeña multitud se había reunido en el prado delante de la entrada.

Era un momento idílico y Pietro captó su sustancia: Aima Caterina sonriente, los hábitos negros de las monjas contra el muro deslumbrante por el sol, oscuridad y luz, y Matteo que distribuía melocotones entre los niños con las manos manchadas de jugo. Un cuadro, esto es lo que quedaría de aquel día, lo conservaría toda la vida como recuerdo.

—Joven, venid a comer la fruta —exclamó una voz desconocida.

Sor Addolorata había dado permiso a las hermanas para que salieran a recibir a Aima.

Tras la muerte repentina de sor Francesca della Croce y la también inesperada de sor Orsola, que la había sustituido, había sido elegida para dirigir la comunidad.

Sonrió a Aima y al joven Matteo. El calor era opresivo y lanzó una ojeada a la sombra del gran arce, que crecía delante del monasterio. Había alguien bajo las ramas, tal vez el mendigo que desde hacía unas noches dormía allí debajo.

Lo llamó en voz alta para invitarlo a compartir con ellas la fruta y el hombre emergió de la sombra, primero los calzones polvorientos, luego la ropa de trabajo y, finalmente, el rostro. No era el mendigo.

El corazón le dio un vuelco.

Alto, esbelto, con el cabello oscuro brillante algo revuelto, y unos ojos azules que, en el conjunto de aquellos rasgos juveniles, guardaban un parecido perturbador con un rostro del pasado, no debilitado por la acción del tiempo ni por la fragilidad de la memoria.

Marco da Carona, a quien había guardado rencor, al que había odiado y, desde hacía años, perdonado. El mismo aire dulce, risueño y, sin embargo, masculino; fue una impresión tan fugaz e inasible que la paralizó durante el tiempo que necesitó su mente para oscilar entre presente y pasado.

La antigua Costanza resucitó y hasta se sintió ofendida, porque la paciente y ansiosa espera en el rostro juvenil no era para ella; miraba a Aima con tal intensidad que la hermana Addolorata se estremeció y su rostro marchito se ruborizó como el de una jovencita.

—Venid, venid a comer un melocotón —dijo sor Maria detrás de ella y luego oyó la exclamación de Matteo, de júbilo y de sorpresa, y vio que Aima palidecía, luego se sonrojaba y bajaba los ojos brillantes.

Su corazón, aquel corazón que simplemente latía desde hacía tantos años que no podía recordarlo, saltó como un guerrero y empezó a golpearle el pecho.

¿Era posible?

«Dios misericordioso», rezó sor Addolorata «Dios mío, ten piedad. ¿Es posible que me hagas este don y este agravio? ¿Por qué quieres que Costanza regrese de la muerte después de tanto tiempo?».

Gracias al Cielo, el alegre tumulto producido por la repentina aparición la relegó al olvido y pudo reponerse.

Cuando intentó respirar más a fondo, resurgió la vieja Costanza planteándose mil preguntas: «¿Es mi hijo? ¿No eran dos? ¿Dónde está el otro?». Porque estaba segura de que aquel joven, tan parecido en el rostro y en los modales a su viejo amor, era uno de sus hijos. Lo sabía en su interior, igual que sabía la hora de las vísperas, el avemaría o el acto de contrición.

Un dolor tan grande, tan inmenso.

«Tío Anselmo, ¿qué hiciste? Padre, madre, ¿qué hicisteis?». La antigua ira iba y venía, una continua oscilación entre bien y mal, justo e injusto, pecado y absolución, pasado y presente. Sensación que no la abandonó hasta que se dio cuenta de que Aima estaba a su lado.

—Abadesa, ¿os sentís mal? —le preguntó.

—No, no. Bueno, sí, es este calor sofocante.

—Venid, os acompaño a la sombra. Matteo, trae la banqueta, que la abadesa necesita aire fresco.

No fue Matteo, sino el joven, que se acercó tímidamente y colocó un taburete a su lado. Sor Addolorata se dejó caer en él, cruzó las manos que temblaban e intentó tragar saliva.

—Gracias. ¿Cómo os llamáis, joven?

—Me llamo Pietro, santa madre.

—¿Y a qué os dedicáis?

Aima y el joven intercambiaron una mirada, la muchacha se sonrojó.

«Están enamorados».

La intuición sacudió a Costanza y, con gran turbación, buscó los ojos de Aima, que se sonrojó aún más si cabe.

—Soy un escultor de la nueva iglesia.

Ante aquella respuesta cualquier duda se desvaneció, solo podía ser uno de sus hijos.

«Dios Padre, Jesús Santísimo, Virgen Bendita, tened piedad de mí».

37

Revelación y justicia

Pietro se quedó mirando el perfil de Aima Caterina. A su alrededor, los niños jugaban, las cestas vacías se amontonaban en el prado y Matteo perseguía a las palomas, pese a que ya era tan alto como él. La abadesa, mujer de rostro fino y austero, quién sabe por qué de vez en cuando le dirigía miradas llenas de angustia.

Le habría gustado irse y, en cambio, permanecía allí clavado en el prado.

Debería volver al trabajo, si no lo hacía rápidamente, le retendrían una parte del salario; sin embargo, seguía allí, como una de esas estatuas que se empezaban a esculpir para la decoración de la nueva iglesia.

Contemplar los muros altos e impenetrables del monasterio lo entristecía. El pensamiento de que su amada pronto se encerraría allí era insoportable. Lo único que deseaba era refugiarse en su soledad y, cuando lo comprendió, le dio la espalda como un cobarde.

—¿Os vais? ¿Sin despediros siquiera?

Pietro se volvió lentamente. Aima Caterina estaba delante de él, con expresión de disgusto.

—Tengo que regresar a la obra —le respondió con brusquedad.

La leve sonrisa esbozada en sus labios se desvaneció y bajó los ojos. Pietro dio un paso, tendió la mano. Estaba dispuesto a quedarse un mes o toda la vida, si fuera necesario. Comería y dormiría bajo aquel árbol pensando en ella, suspirando y adorándola de lejos.

¿Por qué era tan tonto?

—Quería despedirme, pero sin molestar. ¿Es este el convento donde tomaréis los hábitos?

Aima puso cara de sorpresa, lo miró fijamente durante tanto tiempo que Pietro se sintió perdido.

—No me voy a hacer monja —murmuró en voz baja. Cuando alzó la vista, sus ojos brillaban—. Pietro, debo deciros una cosa que desde hace demasiado tiempo me pesa en el corazón.

Aima empezó a hablar sin levantar la vista, con la voz temblorosa y retorciendo los dedos continuamente. Le habló de una muchacha robada a la familia, de una tierra muy lejana nunca olvidada, del terror, del miedo, de la vergüenza.

No muy lejos de allí, en la vía que desde el prado partía hacia las murallas de Milán, había una hilera de carros que salían de la ciudad. Un rayo de sol entre los edificios de piedra parecía guiar su camino hacia el campo.

Pietro los observó largo rato sin verlos realmente. Los miraba como se mira una hilera de pájaros posados sobre una rama, que están allí por casualidad y dispuestos a emprender el vuelo. Su mente escuchaba cada palabra, cada entonación de la voz, cada matiz.

El sufrimiento, la vergüenza, el arrepentimiento, el renacimiento.

No pensaba en aquellos carros. En aquel momento, sus pensamientos eran tan oscuros que oscurecían la escena veraniega de mercaderes, prados, niños y monjas.

Tan oscuros que le helaban el corazón.

Cuando se dio cuenta de que Aima Caterina callaba, apartó la mirada del resto del mundo para concentrarla en ella. Lloraba en silencio, en cambio él estaba lleno de una rabia tan cegadora que no habló, no osó ni siquiera moverse ni respirar.

El grito alegre de un niño lo hizo estremecer, la llamada de la abadesa que quería llevar a su rebaño de nuevo al monasterio lo despertó del todo. Captó el movimiento de Matteo, que recogía la cesta.

—Decidme su nombre —consiguió pedir entre dientes, y el sonido le salió como un latigazo.

Aima levantó la vista, lo miró y se secó rápidamente la mejilla con el dorso de la mano.

—¿El nombre? —murmuró, desconcertada.

—Decidme el nombre de ese cobarde —replicó Pietro, más decidido—. Quiero matarlo.

Aima contuvo la respiración.

—Piedad —susurró, angustiada—. No es por esto que os he contado mi historia. No debéis, no quiero que hagáis nada. Me haríais daño a mí también, no podría soportar el peso de esa muerte sobre mis hombros. Jesucristo nos enseña el perdón y yo hace mucho tiempo que perdoné a Lunardo Solomon.

—Sois un ángel —murmuró, asombrado y un poco decepcionado.

—Os la he contado para que sepáis que no soy digna —dijo Aima rápidamente, viendo que se acercaba el hermanastro—, no tengo nada que ofrecer a un joven como vos.

Pietro le agarró las manos, como se hace con un pajarillo que huye. Estaban tan heladas que las envolvió para calentarlas, sin avergonzarse de las suyas, ásperas, sucias de cal y con mucho polvo de mármol debajo de las uñas.

—Aima Caterina, solo tengo un corazón —murmuró con sinceridad—. Y este corazón es vuestro y lo será para siempre. Sois la mujer más valiente, lo que me habéis contado no ha hecho más que aumentar mi sentimiento hacia vos.

Aima se quedó observándolo largo rato, inmóvil, con las manos unidas a las suyas; un punto de contacto en el que pareció fluir algo misterioso y bello, o eso creyó Pietro. Desesperado por su silencio, intentó expresar lo que sentía.

—Nunca había experimentado tal tumulto de emociones, nada ha provocado en mi alma una angustia como la que he experimentado al escuchar lo que os ocurrió. Y os doy las gracias, vuestra historia la llevaré conmigo siempre, pero, os lo ruego, decidme que no os haréis monja; dadme esperanzas. Decidme si vos también sentís algo por mí, y si un día tendré el honor de llamaros esposa. Mi vida, Aima Caterina, estará vacía si no puedo veros de vez en cuando, porque desde este momento nuestro destino depende solo de vos.

Aima Caterina rompió a llorar. Un llanto tan desesperado, tan incontenible que la abadesa, ya en el umbral del portal, volvió atrás y Matteo se precipitó hacia ellos soltando la cesta.

—Pietro, ¿qué le habéis hecho a mi hermana?

El joven no la soltó; Aima parecía débil, incapaz de sostenerse de pie.

—No le he hecho nada. —La tomó entre sus brazos, ella se agarró a sus hombros estrechándole con fuerza, sacudida por el llanto.

—¿Qué le habéis hecho? —insistió la monja, con el ceño fruncido y tratando de separarlos.

Fue Aima Caterina la que se dio la vuelta, liberándose lentamente del abrazo. Ya no lloraba, sonreía.

—Teníais razón, madre. Me ama de verdad y yo también lo amo.

Pietro bebió un buen trago de vino. Parecía mejor que de costumbre, incluso la taberna parecía más limpia y los clientes más alegres.

—Borra esa estúpida sonrisa de la cara —le advirtió Alberto—. Con este calor insoportable tu felicidad está fuera de lugar, y después de un mes estoy un poco harto. —Se secó la frente con una manga de la camisa y apartó el plato vacío.

—Donna Codivacca ha consentido que acompañe a Aima Caterina a la procesión de Santa María Naciente. Solo faltan dos semanas. Estoy pensando que podría comprarme un trozo de lino y que me hagan una camisa nueva.

—La que llevas todos los días ya vale, lo que necesitas es una visita a las lavanderas del Naviglio Grande. —Alberto apuró la bebida—. Quiero que sepas que me lo has dicho diez veces desde ayer. El mundo sigue igual, amigo mío.

—Yo digo que es más bello —replicó Pietro guiñando un ojo.

—Y yo digo que debemos apresurarnos, hoy tengo que cubrir con tablones el ábside, el retrocoro y el transepto. Un trabajo ingrato bajo el sol.

—¿No han pedido también las tejas?

—Sí, por supuesto —suspiró Alberto—. Pero el trabajo más duro será el nuestro, el de los carpinteros. Ya hemos preparado los tablones, las vigas de la estructura y las de las cerchas. Hoy empezaremos a clavarlas para construir la estructura de soporte. No hay techo, y menos de tejas, que pueda aguantar sin un envigado.

—Dos bocados de estofado y volvemos a la obra —prometió Pietro metiéndose en la boca un pedazo de carne y masticándolo a toda prisa.

Alberto, a pesar de la cariñosa reprimenda, parecía estar a gusto en aquel rincón con un vaso de vino y escuchando las charlas a su alrededor.

Habían trabajado mucho aquel verano; gracias al cielo, la vendimia que los llevaría de vuelta a su tierra natal prometía una cosecha excepcional y, por último, a finales de julio, habían despedido a Bonaventuri.

El ambiente en la obra volvía a ser tranquilo, la colaboración intensa entre los ingenieros le recordaba sus primeros meses en el trabajo y las veladas pasadas escuchando a los maestros y sus proyectos, los razonamientos sobre las dimensiones, sobre los progresos de la nueva iglesia, como si fuese una criatura que crecía alimentándose de su trabajo.

Aunque le dolían la espalda, las manos y los antebrazos, su espíritu estaba en paz incluso después de una jornada de duro trabajo, porque pensaba en su Aima Caterina y en su primer beso. Rendido de cansancio, a gusto con sus compañeros, contento y satisfecho, dejó la cuchara y vio que el rostro de Alberto se volvía sombrío.

—Acaba de entrar Ugolotto —susurró, y el ambiente se trastocó.

—Tarde o temprano tendremos que darle una lección —le respondió Pietro, convencido—. No me importa que trabaje para la Fabbrica, sigue siendo un arrogante.

Alberto permanecía sentado, tenso, como si esperase que lo atacaran por el lado ciego; se irritó con el recién llegado por haberle quitado el apetito.

Habían descubierto que, en vez de arena, ahora transportaba los mármoles. Eso no le había impedido desacreditar en varias ocasiones el trabajo de Alberto y, unas semanas atrás, se había quejado de que la grúa montada en el Laghetto de Santo Stefano no funcionaba bien. El rumor había llegado a oídos de Tavanino, y una comisión de diputados, encabezada por el administrador de la Fabbrica, había ido a inspeccionarla.

El cabrestante, que permitía levantar de las barcazas las losas de mármol para cargarlas en los carros, que luego las transportarían a la obra, era una obra maestra de engranajes, ruedas y rodillos en los que se enrollaban las cuerdas, hecho todo de madera y tan bien montado y proporcionado que se utilizaba desde el alba hasta el anochecer sin ningún problema. El asunto no trajo consecuencias, pero Alberto se la tenía guardada.

Ya no se trataba de burlarse o de ridiculizar, ahora Ugolotto había insinuado que Alberto no hacía bien su trabajo y algún día encontraría a alguien dispuesto a creer sus patrañas.

—He terminado, vámonos —dijo Pietro dejando unas monedas sobre la mesa, como de costumbre—. Si tenemos que empezar una pelea, conozco el callejón adecuado.

En mangas de camisa, se apresuraron hacia la salida. Apenas habían dado unos pasos en la calle, cuando una voz los detuvo.

—Huyen como ratas.

Se dieron la vuelta. Ugolotto estaba apoyado en la pared de la esquina de la taberna, con los brazos cruzados. Junto a él había un tipo con la cara enrojecida por la bebida, el cuello ancho y los ojos pequeños.

—Se ve que me tienen miedo —dijo con una sonrisa desagradable dirigiéndose a su compañero, que asintió con un gesto. Tal vez era mudo, pero ciertamente los bíceps hinchados como odres hablaban por él.

—No te hagas ilusiones —replicó Alberto, cortante, e intercambió con Pietro una mirada de complicidad.

No era la primera vez que participaban en una pelea, resuelta casi siempre con dobles copas, algún ojo morado y sin efectos adversos para los dedos, su instrumento de trabajo.

Una mirada astuta brilló en los ojos de Ugolotto.

—Tal vez es el momento de romperte de nuevo un brazo.

—Tal vez es el momento de darte la lección que te mereces —replicó Pietro.

—Mi amigo tiene razón —añadió Alberto—. Y en cualquier caso, necesitamos pruebas.

—¿Pruebas? —preguntó Ugolotto—. ¿De qué?

—De que eres una basura y un mentiroso.

Ugolotto permaneció en silencio, sus ojos se transformaron en profundas hendiduras encastradas en el cráneo.

—Es fácil para ti hablar así, Alberto —comentó finalmente—. A cinco pasos de mí y de mi amigo Gaspare.

Alberto dio un paso exagerado hacia adelante.

—Ahora estoy a cuatro —exclamó—. Y tú sigues siendo una basura.

Ugolotto y Gaspare también dieron un paso adelante, al igual que Pietro. Ahora estaban unos frente a otros, habrían podido tocarse alargando un brazo. O lanzando un puñetazo.

Alberto avanzó aún más.

—Ahora estoy a un palmo de tu cara y adivina qué eres tú.

La mano derecha de Ugolotto se cerró y saltó, el brazo apuntó a la garganta de Alberto, que lo agarró por la muñeca, luego tiró de ella y la hizo pasar por encima de la cabeza. Llevando el peso hacia atrás, empujó a Ugolotto hasta aplastarlo contra la pared de la taberna.

Gaspare hizo ademán de ayudarlo. Pietro le cogió de la ropa y lo golpeó; un golpe repentino y violento, alimentado por una rabia ciega y un impulso poderoso.

Le dio en la mandíbula; la cabeza se dobló hacia atrás, pero no cayó al suelo, se tambaleó luciendo una sonrisa amarilla y cavernosa.

Empezaba la diversión, Pietro se concentró en él, perdiendo de vista al amigo.

Ugolotto respiraba agitada y superficialmente.

—Las reglas son pocas —exclamó—. Solo manos y pies. ¿Está claro?

—Como el sol —respondió Alberto.

—Creo que huirás —dijo—, porque eres un sodomita y estoy pensando en denunciarte a los alguaciles.

Alberto se quedó quieto donde estaba.

Con puñetazos y patadas aquel desgraciado podría romperle los huesos, pero sus palabras nunca le harían daño, solo las utilizaba para distraerlo. Hizo caso omiso de la cantinela ofensiva y miró los ojos torvos, las manos y los pies, mientras reflexionaba cuidadosamente.

Ugolotto avanzó rápido, hizo una finta a la izquierda y Alberto permaneció inmóvil.

—Esta vez no hay árboles —le dijo—. Tendrás que enfrentarte a mí y ¿sabes qué pienso? Que no tendrás agallas.

El otro frunció el ceño, pareció crecerse y luego se abalanzó sobre él moviendo el brazo derecho para asestarle un puñetazo de abajo arriba. Alberto lo esquivó agachándose, luego se levantó rápidamente y se dio la vuelta.

—Ven, estoy aquí —lo provocó.

El otro atacó de nuevo con el mismo movimiento, pero Alberto era un carpintero, transportaba pesos y tenía los brazos fuertes. Ugolotto se limitaba a observar el trabajo de los demás y las grúas que cargaban y descargaban las losas de mármol en las barcazas. No estaba entrenado; de hecho, ya estaba sin aliento.

Alberto hizo una mueca con los labios como para mandarle un beso.

—¿No consigues darme? Entonces el sodomita eres tú —se burló.

La provocación funcionó. El puño le pasó a tres dedos de la nuca y Alberto se echó hacia adelante, asestando a su adversario un cabezazo en el mentón. Un movimiento calculado, preciso, de modo que dio un paso atrás para que Ugolotto tuviese espacio para caer.

Sin embargo, siguió en pie, maldiciendo de dolor. En sus ojos no había nada más que ira, tal vez una vaga diversión y una gran seguridad en sí mismo. Se apartó a la izquierda, Alberto se movió en consecuencia.

«Quiero dejarlo fuera de combate al menos una semana», pensó. Los pómulos, tal vez. Un golpe seco le provocaría, sin duda, un fuerte dolor de cabeza.

Estaba en lo cierto, cosa que le proporcionaba impulso y seguridad.

Vio cómo las manos de Ugolotto se abrían y cerraban, e inmediatamente le soltó un puñetazo con la derecha, bajo y rápido, que le acertó en el vientre. Alberto estaba preparado, había tensado los músculos. Fue tremendo, pero el otro se había descubierto, así que le asestó un segundo cabezazo, esta vez en el centro de la nariz.

El desgraciado se llevó las manos a la cara con un gemido y una retahíla de improperios, luego le dirigió una mirada torva. Estaba dolorido, enfadado y humillado, y no se quedó quieto mucho rato; levantó la rodilla e intentó golpearle en la ingle. Fue demasiado lento, por un pelo se salvaron sus testículos, pero perdió el equilibrio y apenas tuvo tiempo de alegrarse: recibió un puñetazo en el estómago.

—Y bien —murmuró Ugolotto, triunfal—. ¿Todavía crees que puedes derrotarme?

Alberto recordó la deliberada maldad de aquella carroña, con quien ahora podía ajustar cuentas. La rabia borró el dolor, reaccionó. Giró el torso con una brusca contracción y se preparó para asestar un puñetazo bajo, apuntando al centro del pecho del adversario. El golpe llegó justo donde había imaginado, un derechazo directo, violento. Ugolotto dio un salto y fue a chocar con la puerta de la casa que tenía a su espalda.

Alberto se puso en guardia y fue una suerte, porque aquel gusano había deslizado una mano por debajo de la amplia camisa, el codo se estaba levantando y echándose hacia atrás para sacar el objeto que quería, fuese cual fuese.

Un cuchillo.

Apuntando hacia él, dispuesto a clavárselo.

—Mentiroso como el demonio —jadeó Alberto y, cuando lo embistió con la hoja que oscilaba a derecha e izquierda, saltó hacia atrás. Le pasó silbando junto a la barbilla y él aterrizó sobre alguien.

Ya no estaban solos.

De la taberna, atraídos quizá por el alboroto, habían salido el tabernero, su mujer y algunos clientes, y Pietro, con el labio hinchado y un corte en la frente, apareció en su campo de visión. Junto a él reconoció, porque iban armados y por su aspecto amenazador, a dos alguaciles, acompañados por el maestro Jacopo.

—¡Tiene un cuchillo! —gritó alguien.

Ugolotto dejó caer el arma al suelo, uno de los alguaciles la recogió y comprobó el filo con la punta del índice. Se volvió y miró tanto a Alberto como a Ugolotto.

—Arrestadlos —dijo.

38

El orgullo y el perdón

Campione, finales de septiembre de 1390

En la iglesia flotaba un suave olor a incienso. Pietro avanzó acompañado por los recuerdos, y esos recuerdos lo llevaron frente al pavo real. Todavía estaba allí, con sus colores vivos sobre los bancos de los novicios. El pico amarillo, la larga cola, el cuerpo ahusado. Era increíble cómo sentía aún el fervor, la inspiración de entonces, cuando era tan solo un muchachito.

—Lo pintaron para los ojos de Dios.

Pietro se dio la vuelta.

—Monseñor, no hicisteis que lo borraran.

El padre Anselmo le sonrió. ¿Había más arrugas en su rostro? ¿O tal vez siempre habían estado allí y solo ahora captaba su sabiduría?

—¿Por qué debería haberlo hecho, hijo? —Se detuvo a su lado—. Alabemos y demos gracias a Dios por todas sus criaturas, pero sobre todo por los artistas, que nos permiten gozar de la belleza de la creación incluso en la casa del Señor. ¿Has acabado tus oraciones?

—Sí.

—Pues entonces, salgamos de este santo lugar. Si no quiero quedarme con la espalda clavada, he de caminar; y así me cuentas cómo va la vendimia.

Lo precedió hasta la puerta lateral, salieron bajo el porche y cruzaron el huerto.

Anselmo caminaba en silencio, con los brazos cruzados detrás de la espalda, la barba blanca que le llegaba hasta el pecho, digno y austero como el propio monasterio, con aquellos ojos azules que no se habían apagado con la edad.

—Habéis sido un padre para mí —dijo Pietro impulsivamente, casi sin darse cuenta.

El monje se detuvo, respiró hondo y una repentina impenetrabilidad veló su mirada; luego, bruscamente, giró la cabeza ofreciéndole el perfil.

—Mi deber era instruirte, hacer de ti un hombre honrado y devoto, además de un artista.

—Me disteis mucho más que esto, monseñor, y yo os lo agradezco. Como un hijo.

El padre Anselmo asintió, parecía casi conmovido. Siguieron el sendero de grava hasta la terraza que se asomaba al lago.

—A mi hermano le gustaba contemplarlo desde aquí —dijo apoyándose con la mano en la balaustrada. Después, como sacudiéndose recuerdos lejanos, dijo—: ¿Así que la vendimia ha ido bien?

—Sí, monseñor, las uvas están llenas y muy dulces; las he probado.

—Bien, en el monasterio brindaremos a vuestra salud. ¿Habéis terminado?

—Solo faltan las hileras más altas, en unos días habremos acabado.

—Y los ingenieros y tú podréis volver al trabajo.

Pietro se apoyó en el muro, observó la superficie brillante, las montañas rodeadas de bosques. En la orilla opuesta se hallaba el pueblo de Melide, patria de cinco canteros que trabajaban en la obra. En el conjunto de tejados rojos destacaba el campanario, en armonía con la luz de septiembre.

—Sí, y no veo la hora —le respondió, entusiasta—. Los pilares del coro y del transepto norte ya están alzados; desde hace un tiempo se está discutiendo sobre los cuatro que deberán sostener el cimborrio. Se le ha hablado al arzobispo de aumentar en tres cuartos el diámetro.

—Así que todo avanza, tanto los trabajos como la preparación del jubileo. ¿Cómo están Jacopo y Marchetto? ¿Siguen encargándose de la obra?

—Sí, monseñor, y hay otros grandes ingenieros como Lorenzo degli Spazii, un magnífico pintor y escultor, que tal vez será nombrado este año, Giovannino de' Grassi y el indefectible Simone da Orsenigo.

—¿Está bien Orsenigo? El pasado invierno, si no me equivoco, estuvo enfermo.

—Ahora está bien y parece más animado que antes; por suerte, la gran plaga sigue lejos de Milán. Los diputados le acaban de enviar al monte de los mármoles, en el lago Mayor, junto con Tavanino. Han ido allí para establecer acuerdos con los barqueros.

—Pero ¿no había ya unos acuerdos con los barqueros? Sé que el arzobispo Antonio dio su autorización para el transporte, y el conde de la Virtud para utilizar los canales y eliminar los aranceles.

—Sí, decís bien, monseñor. Pero uno de los transportistas es el hombre que detuvieron junto con Alberto, de modo que en la obra se necesitan otras barcazas que transporten el mármol del Toce.

—Os metisteis en un buen lío —masculló el monje.

Pietro bajó la mirada, pero solo un instante.

—He venido también por eso, para defender la causa de mi amigo, el carpintero de Tavanino.

—Lo sé, lo sé —dijo Anselmo, contrariado, moviendo la cabeza—. Ese muchacho tiene la sangre caliente; estar un tiempo en la cárcel le hará bien.

Pietro hizo girar la gorra entre las manos.

—Iba a casarse el próximo mes con Matilde y creedme, monseñor, no lo diría si no fuese la sagrada verdad: no es culpa suya, sino de ese maldito impío.

—¿Vas a defenderlo cuando por vuestra imprudencia habéis estado a punto de perderlo todo? Tú te salvaste de milagro, si no recuerdo mal. Y modera el lenguaje, Dios nos ve desde allá arriba.

—Perdonad, monseñor. Vos me enseñasteis a no tolerar las injusticias, y ese tipo, ese Ugolotto da Rovate, es un gran mentiroso. Persigue a Alberto desde que era un niño, estuvo a punto de morir en los bosques por culpa suya.

—¿Qué dices? —murmuró el padre Anselmo—. ¿Cómo has dicho que se llama?

—Ugolotto da Rovate, el hombre que lo atacó con el cuchillo.

Anselmo se rascó la barba, pensativo.

—No me habían dicho su nombre.

Pietro captó el momento de incertidumbre y lo aprovechó.

—Es un sinvergüenza; hemos soportado sus insultos durante meses, incluso años. No sé cuál es el motivo, y Alberto tampoco, pero el rencor que le tiene se lee en su cara. Ese día llegó al límite, no podíamos seguir tolerando su arrogancia ni sus calumnias. —Pietro se iba acalorando al recordar la pelea—. Os juro, monseñor, que se está castigando a un inocente.

El padre Anselmo permaneció callado, contemplando el lago.

—Cuéntame bien lo que pasó —lo instó. Y Pietro empezó a explicar desde los últimos momentos en la taberna hasta el momento en que, tras haber noqueado a Gaspare, había visto brillar la hoja de un cuchillo en la mano de Ugolotto.

—Tuve un escalofrío, monseñor, aunque era a finales de agosto y parecía que estábamos en el infierno.

—Cuida tus palabras.

—Perdonad, monseñor. Así que intervine, pero alguien, quizá el tabernero, ya había mandado al chico a avisar a los guardias.

—¿O sea que no fue Alberto el que provocó la pelea?

—No. Nos equivocamos al seguir el juego de aquel pendenciero, pero estábamos exasperados.

—Y dime, ¿les disteis bien?

Una amplia sonrisa se dibujó en los labios del monje. Pietro se la devolvió.

—Y tanto, monseñor. Aquel Gaspare y él salieron de allí en angarillas, en cambio Alberto se sostenía en pie sin ayuda de nadie.

—Bien. Y tú, después de haberte curado las heridas, corriste a Santa Tecla para pedir perdón al Señor, imagino.

—Bueno, de inmediato no. Fui para las vísperas.

—La próxima vez, vas directamente.

—Lo haré, monseñor.

—Iré a Milán a ver al arzobispo y le hablaré bien de tu amigo, pero que esta historia no se repita; a partir de ahora no os metáis en líos. Y ahora dime, esta Matilde, esta cantante, ¿es una buena chica? ¿Y su familia?

—Posee una voz de oro, es hermosa y los Roffino pertenecen al gremio de los tundidores.

—Una buena joven, por tanto. ¿Y tu Aima Caterina?

Pietro sintió calor en las mejillas, afortunadamente cubiertas por una barba de tres días.

—Siempre lo sabéis todo, monseñor.

—Es mi deber vigilar a mis pupilos. ¿No te dije que fui yo quien recomendó a Alberto a Tavanino?

—Sí, hace mucho tiempo.

—Y bien, ¿esta muchacha?

—Nos casaremos, monseñor. Pedí su mano por la fiesta de Santa María Naciente y la familia me la concedió.

—¿Así que donna Codivacca da su aprobación?

—Al parecer, está de acuerdo —respondió, orgulloso, Pietro.

—Bien, es una mujer generosa y devota, sé que ha hecho muchas donaciones para la nueva iglesia y, si esto es lo que quieres, tienes mi bendición.

Le puso una mano en el hombro y Pietro percibió todo su peso. Asintió, con un nudo en la garganta.

—Regresemos —dijo finalmente el monje con un suspiro—. Es la sexta, yo he de encontrarme con Dios y tú tienes mucho trabajo allá arriba, en las viñas.

Notó en los hombros un cierto alivio del desesperado cansancio que había padecido durante días; Anselmo se preguntó por qué había temido tanto aquel encuentro, aun sabiendo en lo más íntimo que los perdonaría.

En realidad, no se trataba en absoluto de esto. No de dos jóvenes que habían desahogado su energía y defendido su honor. No, era el remordimiento lo que lo roía, su arrogancia de antaño, el hecho de haberse creído juez y de haber juzgado.

—¿Quién soy yo, mi Señor? —murmuró de rodillas sobre el duro suelo de la iglesia—. Un penitente, eso es lo que soy. He fracasado, no he conseguido lo que había pretendido ser, lo que quería ser por Ti. Durante demasiado tiempo he sido el caballero con la espada, lo que era antes de convertirme en lo que soy, el caballero de Cristo.

Una leve sonrisa se dibujó en su boca, una apariencia de sombra.

—Te pido perdón, Dios mío, y estoy aquí, delante de ti. —Dirigió la mirada hacia su hijo, clavado en la cruz por los pecados—. No quiero eludir mi responsabilidad, mis defectos, mis imperfecciones. Sabía que llegaría este momento, el momento de la verdad.

«Todo es como Nuestro Señor Jesucristo quiere que sea», pensó, y no habría podido aprenderlo de una forma menos destructiva. Dios es misterioso, sus razones trascienden nuestro intelecto.

Se merecía la lección para domar el orgullo que todavía perduraba en él, un orgullo que lo convertía en hombre antes que en instrumento de Dios.

—No consigo perdonarme a mí mismo, ¿cómo puedo, por tanto, esperar tu perdón?

Alzó la mirada.

Las rodillas le dolían, sin embargo, el dolor era benéfico ante ese pavo real, testigo de su orgullo.

Y de repente, la luz.

Por el rosetón que tenía a sus espaldas penetró un brillante rayo de sol directo como una espada; dio vida al pavo real, que pareció moverse y mirarlo fijamente.

Anselmo comprendió. Solo Dios puede perdonar, y solo perdonará si existe un arrepentimiento sincero.

—Y, sin embargo, estoy orgulloso de los dos muchachos —susurró—. Los salvé y crie en este mundo creyendo que era tu voluntad. Quise..., quiero a ambos como un padre.

El pavo real palpitó bajo la luz.

Símbolo del hombre perfecto, justo, santo; no corrompido por ningún vicio porque, como había escrito san Agustín en *La ciudad de Dios*, su carne es incorruptible.

Se puso en pie delante del crucifijo, que había defendido con la espada.

—Todavía no estoy preparado para ser perdonado por ti, mi Señor. Tengo que ir a Milán, a hablar con la mujer que los engendró.

Se persignó.

Así sea.

Milán, mediados de octubre de 1390

—Gregorio, vamos, que no estoy decrépito. Déjame bajar de esta estúpida cabalgadura.

—Monseñor, casi hemos llegado. Sé que no os gustan los cuadrúpedos, pero permiten que no os fatiguéis.

—En este momento no me gustan ni siquiera los bípedos.

Vio la risita de Gregorio da Casorate, orgulloso de haber vencido la disputa sobre los medios de transporte.

—Debería haberte enviado a Roma hace años —lo recriminó—. Me habría librado de tu prepotencia.

Gregorio sujetaba con firmeza las riendas y aceleró el paso.

—Lo que más me importa es vuestra salud —dijo—. Por eso os he ahorrado el camino desde la basílica de Sant'Ambrogio hasta el convento de las monjas.

—No es una gran distancia y hasta puedes hacerte la ilusión de que me has salvado las piernas, pero lo que es el hígado se está consumiendo de impaciencia. Este burro es lento como un caracol.

—No os quejéis, monseñor; la abadesa no se escapará.

Anselmo en el fondo sabía que Gregorio tenía razón, pero nunca lo admitiría en voz alta. Además, esas discusiones mejoraban su humor.

Gregorio era eficiente, devoto, repartía sabios consejos y templaba su impaciencia. Ya estaba preparado para el priorato, pero sobre ese asunto reflexionaría en el camino de regreso a Campione; de momento, debía pensar en el encuentro con la hermana Addolorata que, ironías del destino, le había enviado un mensaje justo el día antes de su partida hacia Milán.

«La divina providencia», había pensado enseguida.

No sabía qué quería la nueva abadesa ni si la cita implicaba el pasado, el presente o el futuro.

Sin duda estaba de buen humor, excepto por el asno. El arzobispo, con el que había hablado aquella mañana, intercedería de buen grado por Alberto, sabiendo que era uno de los mejores carpinteros de la obra. No obstante, el joven había sido ya liberado gracias a la intervención del vicario de provisión y del podestá que, casualmente, habían presenciado el dramático epílogo de la pelea.

El secretario del arzobispo había reunido informaciones.

—Este Ugolotto da Rovate está acusado de haber atentado contra la vida de un alumno ingeniero de la nueva iglesia y adeuda al ente setenta florines de oro desde la época en que era transportista de arena —había explicado el prelado a su regreso a Sant'Ambrogio—. Y, es más, los alguaciles inspeccionaron a fondo una de las dos barcazas que el granuja utilizaba para transportar las losas del Toce a Milán y, debajo de un falso entablado, encontraron fardos de seda y algunos barriletes de especias, mercancías que no están exentas de aranceles. Ahora tendrá que rendir cuentas a la justicia del señor de Milán.

Por decirlo suave, el granuja estaba cubierto de barro del Toce hasta los ojos, y desde hacía unos días se encontraba ya en la cárcel de la Malastalla, la reservada a los deudores.

El portón se abrió, la monja les hizo pasar y Anselmo finalmente se bajó del maldito animal. La abadesa, que lo esperaba delante de la puerta de la capilla, lo condujo hasta un banco solitario en el jardín.

—Me habéis mandado llamar —dijo Anselmo sentándose y observando su palidez. De su sobrina Costanza, despojada ya de su identidad mundana, solo quedaba la monja que mucho tiempo atrás le había confiado la vocación.

—Sí, así es —respondió—. Lo que voy a deciros deberá quedar entre nosotros. Dios me ha inspirado y confortado, pero sobre todo me ha dado valor para enfrentarme al pasado.

«Pues así es —pensó Anselmo—, Dios nos llama a su juicio».

—He conocido por casualidad a un joven —prosiguió la mon-

355

ja y se llevó la mano derecha al pecho—. Justo aquí mismo sentí que era mi hijo. Fue la divina providencia.

Le temblaba la voz, le temblaban las manos, todo su cuerpo se estremecía por dentro. Anselmo alargó una mano, intentó detener el temblor, que llegó hasta él a través de la piel y de los huesos.

—Hace tiempo que os perdoné a vos, a mi padre y a mi madre, que en paz descansen —murmuró la abadesa—. No os he llamado para recriminaros, Dios es testigo, sino porque tengo necesidad de saber, de modo que voy a hacer tres preguntas y ya no os preguntaré nada más, ni querré veros más. Son las condiciones por las que he hecho una promesa al Señor.

Se giró y habló en voz tan baja que Anselmo apenas podía oírla.

—¿Sobrevivieron los dos?

—Sí, trabajan en la nueva iglesia. Alberto es carpintero, Pietro será ingeniero como su padre. Son honrados y temerosos de Dios...

—Callaos, no me digáis más de lo que he preguntado.

La monja levantó la vista de su regazo y lo miró fijamente. Había un vacío en sus ojos, algo tan escalofriante que sintió un hormigueo en la nuca e, instintivamente, levantó la mano para masajearla.

—¿Tienen una familia?

—Alberto se casará a finales de mes con Matilde Roffino, Pietro está enamorado...

—Sí, la conozco, los he visto —lo interrumpió de nuevo y casi le faltó la voz para preguntar—: ¿Qué saben de su madre?

—Son huérfanos.

La mano sobre el pecho se deslizó hacia abajo, cayó como sin vida sobre el hábito.

Qué herida tan terrible.

A Anselmo lo embistió el dolor de su sobrina como le había invadido la gracia de Dios en la época de su vocación. Y, como no era más que un hombre, tomó aquella mano y la estrechó.

—Dios es amor, hija mía. Jesús, antes de iniciar la predicación, atravesó el desierto. Allí no encontró solo una profunda intimidad con su padre, sino también tentaciones; así se hizo uno con los hombres. —La mano inerte permaneció donde estaba—. De aquella prueba salió vencedor, recorrió su camino hasta el final y se convirtió en la vía que debemos seguir nosotros, que estamos en el camino. Debemos enderezar los senderos de nuestra existencia para que Él pueda venir a nosotros, debemos prepararle el camino quitando los obstáculos uno por uno y, una vez tomada esta decisión, rezar y esforzarnos por adecuar nuestra voluntad a la suya.

Sor Addolorata seguía inmóvil, parecía que no respiraba.

—Mírame, hija.

Lentamente, giró la cabeza.

Había muchas cosas en los ojos del padre Anselmo: ternura, compasión, emoción, dolor. Pero también tenían la expresión de los ojos de un monje, sabios, lógicos, razonables.

—Ahora, escúchame: no es pecado lo que deseas —dijo—. Ahora te hablaré de los niños que fueron y de los hombres en que se han convertido. Has de saber que Marco Solari da Carona, Marchetto, trabaja codo con codo con esos muchachos. Se casó, tuvo otros hijos y uno de ellos, Giovanni, lleva la piedra en la sangre.

—No me digáis nada más.

—No lo haré, ni diré nada a ese hombre sobre la existencia de sus hijos, a no ser en caso extremo. Solo Dios sabe cuánto podría sufrir. ¿Estás de acuerdo conmigo?

Sor Addolorata asintió y habría querido interrumpirlo, pero no tuvo fuerzas.

Permaneció sentada, erguida y rígida, mientras el tío empezaba su relato, y se sintió como debía de sentirse el sediento al final del desierto: bebió hasta la última palabra.

Al final, tomo su mano izquierda entre las suyas. Aunque la piel era como el pergamino, era grande, fuerte. En el índice llevaba, como siempre, el anillo de plata de los caballeros de Jerusalén, con la cruz latina grabada.

Lo besó.

—Gracias por todo lo que habéis hecho y haréis por ellos, tío.

Luego abrió los labios para dejar salir el grito que había estado conteniendo durante dieciocho años. Solo salió un gemido, el sonido de un alma que, desde el Purgatorio, sabe que ha iniciado el camino hacia el Paraíso. Se puso de rodillas y lloró, acurrucada.

—Llora, hija —dijo el monje poniéndole una mano sobre el velo—. Llora. Derrama las lágrimas por el pasado para poder afrontar lo que te reserva el futuro.

39

Alessandria, 24 de julio de 1391

La mayoría de los soldados no tenía ni idea de lo que los aguardaba. A juzgar por la repentina agitación en el campamento, se esperaba un feroz combate para la mañana siguiente, pero, aunque corrían rumores de que los franceses del conde Juan III de Armagnac formaban un enorme ejército, los hombres estaban confiados.

Por supuesto, protestaban, porque no existe soldado que no proteste. Por el hambre, por los mosquitos, el bochorno y el calor, que convertía las armaduras en parrillas candentes.

Giacomo da Gonzaga dejó escapar un profundo suspiro.

El sol concedía finalmente una tregua a la llanura abrasada; acababa de desaparecer y algunos soldados de infantería ya se preparaban para la guardia nocturna. Los que no estaban de servicio se habían tumbado bajo los árboles y otros atendían los fuegos; por todas partes olía a estiércol, sudor, legumbres cocidas y heno cortado.

Le correspondería a él y a sus hombres apoyar a las tropas de Jacopo dal Verme para dar la estocada final e impedir las incursiones de las patrullas francesas, atrincheradas en el pueblo de Castellazzo desde finales de junio.

Contempló el horizonte. Como cada tarde, en el este era ya azul oscuro, en el oeste se había teñido de rojo, rosa y oro, y estaba cediendo el paso a una iridiscente media luna.

Miró la carta. Le había enviado cuatro, y Margherita le había respondido solo con una. Con un gesto amoroso rozó la sobreveste e hizo crujir el pergamino oculto. Se había convertido en su talismán, ese ligero ruido era música para sus oídos. Precioso, no solo por su finura, sino sobre todo por las palabras escritas: lo esperaba con todo su corazón, con afecto y sentimiento.

Siguió escribiendo, no le quedaba mucho tiempo antes de que oscureciera del todo.

… no conseguiría deciros cuán profundamente os amo ni aunque todos los miembros de mi cuerpo pudiesen hablar. Vuestra nobleza, vuestra belleza y vuestro recuerdo me acompañan constantemente, y anhelo el momento en que nos encontraremos de nuevo, dónde y cuándo queráis.

Como creo que ya sabéis, en abril el ilustrísimo conde de la Virtud declaró la guerra a Florencia. Giovanni Acuto asumió la defensa militar de la República toscana y encargó a Carlo Visconti, hermano de vuestra querida condesa e hijo del diablo Bernabò, que incitara a la rebelión a toda la Lombardía.

El propio Carlo pidió a su cuñado, Juan III de Armagnac, que bajara a las tierras del Piamonte y la Lombardía para causar muerte y devastación. Todos aliados en la Liga antiviscontiana liderada por Bolonia y Florencia.

Ahora nuestro señor ya es temido por todos.

En mayo, Acuto llegó al Adda; lo sé por unos exploradores que Dal Verme envió a todas partes. Afortunadamente para nosotros, todavía no ha conseguido reunirse con Armagnac, gracias también al valiente Bernardino de la Salle, que desertó con sus mil quinientas lanzas, pasándose al servicio de nuestro ilustrísimo señor.

Armagnac ha puesto sitio al pueblo de Castellazzo, a unas millas de Alessandria, desde donde os escribo. Los sitiados se han defendido con heroísmo cuando han visto nuestros estandartes ondeando sobre las murallas de la ciudad; han efectuado una salida y destruido un refugio que los franceses habían construido para albergar a sus oficiales y a los caballos.

Uno de nuestros espías ha informado al general Dal Verme que Armagnac se prepara para una ofensiva, tal vez ya a partir de mañana, porque teme que los refuerzos llegados al mando de Biordo Michelotti hagan que su empresa sea desesperada.

Estamos preparados para enfrentarnos a ellos, contamos con la protección de la santísima Virgen y de la justicia, tened fe. Mi único deseo es volver a vuestros brazos, mi amadísima señora. Mi corazón os pertenece ahora y os pertenecerá para siempre.

Vuestro devotísimo siervo,

GIACOMO DA GONZAGA

—No hacéis más que garabatear.

Giacomo levantó la vista. En la oscuridad, los ojos negros de Dal Verme parecía que relampagueaban, pero no era rabia, solo ironía. Le devolvió la leve sonrisa y le indicó que se sentara en la mesa del campamento, gastada ya por el uso y desvencijada.

—Estoy hechizado —dijo. Su escudero se acercó y se hizo cargo de la carta y de todo el material de escritura.

Dal Verme se sentó en un tronco caído.

—¿La amáis mucho?

Giacomo se quedó mirando un punto del campo, luego levantó la vista hacia el cielo, donde brillaba una estrella solitaria.

—Más de lo que podía imaginar.

Dal Verme asintió y levantó la jarra.

—Bebed conmigo —propuso.

Giacomo cogió la cantimplora que había apoyado en una pata de la mesa.

—¿Por qué brindamos, Jacopo?

—Mañana entraremos en combate —dijo el condotiero con cierta altivez—. Mañana es la fiesta de Santiago* el Mayor; bebamos por vos, por la victoria y por vuestro futuro.

Giacomo asintió.

—Mi madre era muy devota del apóstol de Jesucristo.

—Pues bebamos también a la salud de vuestra madre —añadió Dal Verme levantando la jarra.

—Descanse en paz.

* En italiano, Giacomo.

Los grillos cantaban, se oyó el relincho de un caballo, otros respondieron piafando.

—Santiago también es mi protector —dijo Dal Verme. Rebuscó en una pequeña bolsa de cuero que llevaba en el cinturón. Le mostró una concha, pequeña pero inconfundible—. ¿Habéis ido alguna vez en peregrinación al lugar donde fueron encontrados sus restos?

—¿A Santiago de Compostela? No, nunca.

—Esta me la dio un peregrino con su bendición, la llevo siempre conmigo. Yo también iré algún día —declaró el condotiero—. Por ahora, lo que espero de Santiago es protección y un milagro. ¿Sabéis que sus apariciones han guiado a los cristianos contra los infieles? —le preguntó.

—Sí, Santiago el Matamoros, como muchos lo llaman. Estoy seguro de que mi homónimo estará a nuestro lado.

Dal Verme se levantó.

—Mañana será un gran día, Giacomo da Gonzaga. Dejad de escribir, rezad y pensad en la batalla.

—Ya falta poco —dijo alguien.

Había nerviosismo en aquella voz, Giacomo no replicó porque él también estaba ansioso, aunque procuraba no demostrarlo. Permaneció a lomos de su corcel, inmóvil y ligeramente inclinado hacia adelante, con una expresión sombría en el rostro. Escrutó la llanura, agarrando la empuñadura de la espada con una mano.

La mayoría de los soldados se escondía entre los árboles, a su lado solo quedaban dos oficiales. Uno de ellos era un bresciano, un individuo muy sensato, soldado al servicio de Venecia, que también había elegido pasarse a las filas de los Visconti.

—Quizá no vengan —dijo en un susurro. Giacomo tuvo la sospecha de que esperaba no ver llegar a los franceses.

—No tardarán en estar aquí —gruñó el otro, un alessandrino de antiguo linaje, Tommaso Ghilini, con una llamativa cicatriz en la mejilla izquierda—. Me lo dicen los huesos.

Y efectivamente así fue. Desde el sur vieron una nube que oscurecía el campo. Solo podía ser Armagnac con sus tropas, destellos de luz animaban el polvo provocado por el galope.

Escudos, lanzas y espadas.

Giacomo se inclinó sobre la silla de montar.

—Tres escuadrones —dijo Ghilini.

—Son mil quinientos, los otros los habrá dejado en Castellazzo —razonó el bresciano y lanzó un escupitajo entre los cascos de los caballos.

—Como ha ordenado Dal Verme, los haremos avanzar hasta el puente de la Capalla —dijo Giacomo.

—El capitán Trotti tiene órdenes de atacarlos de frente, saliendo de la puerta Marengo.

—Esperemos y veamos.

Vieron ondear los emblemas de los condes de Armagnac, cuatro leones rampantes. El portaestandarte cabalgaba detrás de un hombre montado en un gran semental negro.

—Este es el conde —dijo Tommaso, despreciativo.

Desde que había bajado de Francia había destruido el ganado, saqueado aldeas y masacrado a campesinos inermes, también había secuestrado a alguna joven para venderla como esclava.

—Deberíamos… —comenzó el bresciano.

—Todavía no —lo interrumpió Giacomo, con la mano en la empuñadura para asegurarse de que nada le impediría desenfundarla rápidamente. De la empuñadura, los dedos subieron al pecho. No podía escuchar el leve crujido del pergamino, pero el mero hecho de pensar que descansaba sobre su corazón lo tranquilizó.

En el aire opaco que precedía al amanecer, Giacomo condujo a sus caballeros hasta sus posiciones. Se detuvieron entre juncos y marañas de zarzas, no lejos de las orillas del Bormida.

Como todavía disponían de algún tiempo antes de la matanza, muchos de sus hombres hicieron la señal de la cruz e inclinaron la cabeza sobre las armas, mientras de los labios salía una plegaria silenciosa.

Giacomo ordenó la carga. El grito pronto fue dominado por el de sus hombres, el de los caballos al galope tan sedientos de sangre como sus amos. Su valiente corcel pateó el terreno con sus duros cascos; junto a él, Ghilini y el bresciano galopaban hacia el flanco de los franceses, ocupados estos en defenderse de los infantes de Trotti y de Dal Verme, que habían atacado primero delante de la puerta Genovese.

Apenas habían iniciado la carga cuando los franceses se volvieron para mirarlos, incrédulos. Los que ocupaban la última fila perdieron la cabeza. Unos escaparon hacia los caballos, otros intentaron organizar un muro en defensa de los compañeros más adelantados. Giacomo vio que se abrían brechas en la formación y comprendió que no tenían esperanzas.

Les correspondía a ellos emprender la matanza.

Vio emerger la silueta del sol naciente, los rayos oblicuos otorgaban un brillo rosa iridiscente a los yelmos y las corazas de los enemigos, mientras sus hombres caían sobre ellos gritando.

El choque de las armas ahogó todo ruido, y el sol y el paisaje desaparecieron, sustituidos por figuras humanas que se movían en la macabra danza de la guerra. Primero en pie, luego con la misma velocidad eran arrojados al suelo.

Las espadas giraban, atravesaban las protecciones de cuero, penetraban en los puntos vulnerables hasta la carne desnuda y todo el pequeño mundo a su alrededor se teñía de salpicaduras rojas, entre los relinchos de los caballos enloquecidos, heridos, moribundos como los hombres que nunca más obedecerían ninguna orden, ningún mandato.

Moribundos que invocaban el nombre de Cristo, de sus madres y del santo del día.

Giacomo se concentró en un infante que gritaba a los compañeros que cerraran filas. Sus miradas se cruzaron y tal vez el hombre se dio cuenta de que no tenía salvación. No intentó huir, mantuvo la espada en alto.

Comprendió que quería cegarle el caballo o cortarle los tendones; primero el animal, luego el caballero.

Mientras el muro de los enemigos se desmoronaba bajo el ímpetu de sus hombres, Giacomo se inclinó hacia adelante y espoleó a la montura con la pierna izquierda. La cabalgadura se echó a un lado un instante antes de que el francés bajase su espada hasta el hocico. La punta le rasguñó el pecho, pero no era una herida mortal.

Su espada, en cambio, le había herido el brazo derecho, un golpe fortuito. El soldado permaneció un instante inmóvil, con los ojos en blanco, como pasmado.

Después, emprendió la huida.

Giacomo lo siguió, era una presa ya condenada. Lo mató de un tajo inclinándose sobre la silla con un gesto ágil, en sincronía con los movimientos del caballo.

Detrás de él, Ghilini había logrado romper la formación francesa. Pudo oír sus llamadas, tenían que converger de nuevo para un segundo pase. Giacomo puso el corcel al paso y rápidamente limpió la sangre de la hoja antes de que se secara.

Fue en busca de otros franceses a los que herir. El caballo se abalanzó sobre dos fugitivos y los derribó.

En el campo de batalla reinaba el caos: los hombres de Armagnac, presa del pánico, caían bajo los golpes de sus caballeros, a los que se estaban añadiendo los de Trotti, Ugolotto Biancardo y Leonardo Malaspina.

Gritaban, mataban, cada uno bajo sus propias banderas ondeando al viento.

Un soldado a su izquierda se adelantó soltando un rugido y batiendo el aire con la espada. Giacomo dejó que se aproximara y luego acabó con él de un tajo en el cráneo.

Su caballo giró sobre sí mismo y fue en aquel momento cuando vio a Armagnac, que huía flanqueado por dos hombres hacia una zona de árboles a orillas del río. Su cuerpo estaba inclinado a la izquierda, parecía herido.

No lo pensó ni un momento, se lanzó en su persecución mirando a su alrededor.

Estaban a unos cien pasos de distancia y de pronto tres caballos le cortaron el paso impidiéndole seguir. Se entabló una batalla entre los recién llegados y la escolta del conde francés, que huyó sin mirar atrás.

Entonces Giacomo partió al galope. Sin pensar en nada, penetró en el bosquecillo por donde había desaparecido el francés, con la mirada puesta en la presa.

Una rama le golpeó el yelmo; más abajo quizá le habría hecho perder el conocimiento, pero conservó la conciencia mientras caía sobre el duro terreno. Las salpicaduras de tierra de los cascos le llegaron a la cara.

Se dio la vuelta gimiendo, pestañeó.

Debía de haberse roto alguna costilla, porque hasta respirar constituía un suplicio. Montó de nuevo, justo a tiempo de ver a dos franceses que corrían hacia él.

¿Desertores o la escolta a pie del conde?

El primero le asestó un tajo sobre el yelmo. El hombre, que había perdido el suyo, tenía la mitad del rostro cubierto de sangre. Giacomo vio su expresión sombría, su mirada dura.

Sintió un dolor punzante en la espalda. ¿Dónde estaba el otro? Vio un destello de su figura detrás de él.

Un hilillo caliente se deslizó por la espalda, apenas podía respirar, pero logró dar un golpe al azar al primero, que lo alejó, aunque no mucho.

Como gatos alrededor de un ratón.

«Levántate, respira», pensó. Jadeaba, sentía una opresión en el pecho, la garganta le quemaba, sintió náuseas.

En aquel momento vio a Ghilini, que se acercaba con un escuadrón. Los dos franceses se dieron a la fuga; él fue testigo de su muerte, arrastrados por los corceles que perseguían a Armagnac. Tommaso desmontó, corrió hacia él y le tomó la mano.

—Lo cogeremos —le dijo—. Te he visto partir al galope, sabía que había un motivo.

El alejandrino le sonrió, él le devolvió la sonrisa con una mueca, porque el dolor era muy agudo.

—Te llevaremos al campamento; ya verás, todo irá bien.

Jacopo salió de la tienda. Tenía náuseas y se sentía agotado. Cuánta sangre, cuánto sufrimiento. Se alejó a grandes pasos, sin prestar atención a nada ni a nadie, con la mirada fija en un punto lejano, un lugar imposible de alcanzar.

Su cuerpo le exigía ya comida y sueño. ¿Dónde estaban la fuerza y el impulso que antes poseía en abundancia?

Se encontraba agitado. Nunca había luchado contra hombres tan reacios a morir.

La noche se alargaba ante él y no veía el final. Recobraría el aliento, comería y dormiría, pero no ahora. No ahora.

Caminó hasta que las voces, los relinchos, el ruido del campamento de los vencedores se convirtieron en un débil silbido a sus oídos. Escuchó el viento que soplaba y aliviaba un poco el calor.

No temía a la muerte, ya no. Sabía que tarde o temprano la tierra ensangrentada sería también su tumba, pero no estaba preparado para perder a un amigo, tampoco estaba preparado para decirle a su señor que había perdido para siempre a un hermano.

Se detuvo, no veía nada, todo estaba borroso por el velo de lágrimas. Se las arrancó de las mejillas con rabia, la rabia impotente de quien está desesperado a pesar de la victoria.

Deslizó la mano derecha por debajo de la malla. El pergamino crujió, y sus ojos captaron algunas palabras, algunas frases de amor, y se sintió un intruso.

Tenía que decírselo él a aquella mujer. Aunque era un soldado, un mercenario a sueldo del más rico, encontraría en su interior aquella brizna de humanidad que había perdido hacía años.

Se lo debía a Giacomo Gonzaga.

—No lo protegiste —susurró a la oscuridad y, vuelto hacia el cielo, apretando el pergamino con rabia—. No lo suficiente.

40

Una jaula de locos

Milán, mediados de diciembre de 1391

Soplaba un viento frío y húmedo, que mordía la cara, y amenazaba lluvia, o tal vez nieve. Si Marchetto no hubiera tenido tanta prisa por celebrar aquella reunión de inmediato, no habría salido. A su lado caminaba Pietro, el joven pupilo del padre Anselmo, envuelto en la capa y doblado ante las ráfagas. Recorrieron la obra, totalmente a oscuras aquella noche, porque era imposible mantener las antorchas encendidas, ni siquiera con brea.

Sin embargo, en la oscuridad oyeron el saludo de los guardianes, de los hombres que vigilaban las herramientas, los bienes donados a la Fabbrica y custodiados cerca del altar de Santa Maria Maggiore.

El almacén estaba iluminado, desprendía una luz atractiva y ambos aceleraron el paso.

Cuando abrieron la puerta, los invadió un calor vigorizante. Los ingenieros estaban alrededor de la mesa; unos en pie delante de los diseños, otros estudiaban la superficie de arena sobre la que se trazaban esbozos y dimensiones con la caña.

Marchetto puso las dos botellas de vino sobre la mesa, en buena compañía.

—Has hecho bien en traer el vino de Campione —lo saludó Jacopo—. Y por suerte no eres el único que ha tenido esta feliz intuición.

Se quitaron los sombreros y tanto él como Pietro brindaron ante las caras sonrientes de Giovannino de' Grassi, Zeno, Tavanino, Alberto, Lorenzo degli Spazii y el anciano Bonino, con un pedazo de queso entre las manos. Marchetto fue a abrazar a Zeno, que había regresado expresamente de las canteras del lago.

—¿Cómo va allí arriba? —le preguntó.

—Las responsabilidades son grandes, pero el trabajo va de maravilla.

—¿Y Pietro lo ha aprendido todo bien?

Zeno le dio un golpecito en el hombro al joven.

—Conoce el mármol mejor que yo, y no lo digo porque esté aquí delante. Dentro de poco podremos llamarlo ingeniero, puedes estar orgulloso de tu discípulo.

—Lo estoy, lo estoy.

Lorenzo degli Spazii se acercó.

—¿Empezamos? —dijo con su voz profunda y los ojos oscuros brillando de excitación. Se movió con el mismo impulso vehemente y ágil que utilizaba para cualquier otra acción, incluso en la obra.

A Marchetto le gustaba mucho, era directo y razonable, no como aquellos extranjeros llamados por la Fabbrica, que venían a dar su opinión sin conocer a fondo la construcción.

Pensó en los cinco años transcurridos, en las jornadas entre polvo, madera y piedra, proyectando, calculando, porque cada pilón, cada ladrillo de aquella iglesia estaba allí porque allí tenía que estar.

De los cimientos a la construcción de las primeras paredes, de los primeros grandes pilares que deberían sostenerla, a las estatuas, a los bajorrelieves, hasta las ventanas del ábside, no había un rincón, una esquina, una pared de aquella iglesia que no conociera, e igualmente Jacopo, Zeno y todos los demás.

Era su criatura, crecida primero en la mente y luego en los corazones, y realizada con amor y devoción.

—Así que Firimburg y Fёrnach fueron un cometa, pero ahora han llamado a otro, Enrico de Gamondia.

—He hablado con él, parece un hombre razonable —dijo Giovannino.

—Al principio todos son prudentes, pero luego, en cuanto estudian los números y ven las paredes, se vuelven escépticos —murmuró Bonino con la boca llena.

—La cuestión es que no todos construyen de la misma manera, no entienden que no hay nada improvisado —intervino Jacopo—. Debemos defender nuestra iglesia, resistir a las provocaciones y responder razonadamente sin dejar que nos confundan. Conocemos nuestro proyecto, lo hemos puesto en práctica y esta es nuestra fuerza, nuestra certeza: que ningún pilón, ningún muro podrá nunca derrumbarse. Y por eso nos hemos reunido aquí hoy, para decidir una estrategia y afrontar las críticas unidos.

Se elevó un coro de voces para aprobar las palabras de Jacopo.

—Ahora dejemos de beber —continuó— e intentemos definir esta altura siguiendo los números de Stornaloco.

Extendieron sobre la mesa una gran hoja de pergamino. El proyecto había sido trazado con creta sanguina muy afilada, y a la luz de los muchos cirios esparcidos por la habitación aparecieron líneas y figuras geométricas. Marchetto sacó de su bolsa regla, escuadra y compás y se los entregó a Jacopo que, después de la muerte de Marco Frisone, era el mayor.

—Que los use nuestro Pietro —dijo Jacopo—. Su mano es más firme que la mía.

Pietro dio un paso adelante, emocionado.

Gracias a las instrucciones de los maestros dibujó de nuevo las medidas propuestas por Stornaloco, reprodujo cuidadosamente el esquema de los cuadrados de distintos tamaños en que estaba basado el antiguo proyecto de la catedral, hecho por Marco Frisone en los primeros años, y que partía en paralelo al perímetro de Santa Maria Maggiore.

—Tenemos que elegir un módulo que se adapte —dijo Marchetto—. Como hacemos siempre, partiremos de este para calcular las medidas de la construcción.

—Todo depende del tamaño de los pilares y de las naves —murmuró Lorenzo—. La pregunta a la que deberemos dar respuesta es si la iglesia, sin contar el cimborrio, ha de tener una altura sobre la base del cuadrado o del triángulo.

—Esperad, dibujo el perímetro de la antigua iglesia y luego partimos de ahí —propuso Pietro.

Usó el módulo de los dieciséis pies milaneses como intereje entre los pilares: dos naves al norte, dos naves al sur, el ábside orientado hacia el este a la salida del sol y, en el centro de la iglesia, la gran nave de dos módulos.

—La mitad de nuestros interejes es el número ocho —dijo Jacopo dirigiéndose a Tavanino que, al ser carpintero, tenía menos conocimientos de arquitectura—. Es el número de la Virgen, y es natural, puesto que la iglesia está dedicada a María Naciente.

Lorenzo degli Spazii asintió.

—Será el punto de unión entre cielo y tierra, como la santísima Virgen lo fue entre los hombres y Dios al convertirse en la madre del Salvador.

Pietro, moviendo la escuadra y el compás sobre el papel, trazó un cuadrado, que abarcaba una parte del aula, luego cerró la figura geométrica y alzó la vista para encontrarse con la mirada de los demás.

—¿Sabéis qué estaba pensando ayer noche? —dijo de pronto Giovannino de' Grassi—. Que esta obra nuestra nos sobrevivirá. Dentro de muchos siglos, tantos que no puedo ni contarlos, todavía habrá milaneses que cruzarán su umbral y rezarán a Dios entre sus paredes.

—Sí, tienes razón —convino Marchetto con una leve sonrisa—. Pero la herencia de los maestros de los lagos permanecerá en cada losa de mármol, en cada pilar, en cada arco, y este lugar santo será un punto de referencia para la ciudad, su símbolo. Un símbolo para todos aquellos que, espoleados por la fe, desearán encontrar a Dios en su camino.

—Será magnífica —murmuró Pietro, y siguió dibujando la planta de cruz latina, con el altar mayor en el centro como en la catedral de Colonia y el cimborrio con los cuatro pilares más grandes.

—El cuadrado es el símbolo de la tierra —intervino Marchetto, dirigiéndose siempre a Tavanino—. El cimborrio, que se elevará hacia Dios, será redondo, como símbolo del cielo.

Jacopo tomó el compás, fijó la punta en la mitad del lado exterior del cuadrado que contendría el altar mayor e insertó la creta sanguina en el otro brazo, que apuntó hacia el vértice del cuadrado opuesto. Trazó un arco, deteniéndose en la prolongación del lado del cuadrado.

—La sección áurea —murmuró Pietro.

—También aplicamos el módulo cuadrado para el ábside, deberíamos hacer lo mismo para la altura —razonó Jacopo.

—Stornaloco sugiere calcularla sobre la base del triángulo —dijo Pietro.

—Sí, una solución para determinar las dimensiones de las naves. Un triángulo equilátero que tiene como base la anchura de la iglesia, cinco naves, cincuenta y dos pilares, como las semanas del año. Si partimos de la base de nuestra iglesia, noventa y seis brazas, y mantenemos la relación entre base y altura de nuestro triángulo, la altura de la iglesia superaría las ochenta y cuatro brazas.

—Una altura excepcional, pero que plantea muchos problemas —intervino Bonino, reflexionando en voz alta.

—Explicaos, maestro —preguntó Tavanino, interesado.

—Podemos utilizar la proporción del triángulo como indica Stornaloco y, por tanto, tener pilares y naves más altas —respondió Jacopo—. Podemos, no estamos obligados.

—Pero si nos basamos en el cuadrado, la anchura de las naves deberá ser igual a la altura de la nave central —dijo Zeno—. Siempre hemos pensado en hacerla más alta.

Un largo silencio siguió a sus palabras.

—Por tanto, o aumentamos la altura de la nave central, o habrá que reducir la anchura del edificio —concluyó Pietro.

—En el primer caso, no me atrevo a pensar cuántas grúas y cabrestantes deberemos montar sobre los andamios para alcanzar esta altura, ¿no es así, Tavanino?

El carpintero asintió.

—Estás muy callado esta noche, Alberto —dijo este dirigiéndose a su ayudante—. ¿Estás pensando en las máquinas o en tu mujercita que te espera en casa?

Los ingenieros se echaron a reír y Alberto se sonrojó, pero también se reía.

—Pensaba en mi Matilde, pero con vuestros pilares clavados aquí. —Y se golpeó la sien—. Con todas estas medidas y alturas, triángulos y naves me ha entrado dolor de cabeza. En cualquier caso, si me permitís un consejo, yo probaría ambas soluciones y así, como hacían los venecianos, resolvemos de una vez.

—Alberto tiene razón —intervino Marchetto—. Hagamos los cálculos de ambos supuestos, cuadrado y triángulo. Seguramente tendremos tiempo de discutirlo de nuevo en una de las reuniones periódicas con la Fabbrica y su excelencia el arzobispo. Veremos si hay que rebajar la altura de los pilares de la nave mayor y de las bóvedas renunciando al correcto orden del triángulo. Lo que es seguro es que no vamos a demoler nada.

—Bien dicho, Marchetto. Sería una solución contra las proporciones sugeridas por Stornaloco, pero seguramente más prudente y factible —aprobó Bonino, satisfecho.

—Ya me imagino los pilares, altísimos —dijo Giovannino de' Grassi—. Y los capiteles, que deberán ser todos diferentes a los otros.

—Cuando pone esa cara —dijo Jacopo divertido— quiere decir que algo se le está ocurriendo, ¿no es así, Giovannino?

Por toda respuesta, el artista cogió una sanguina y, en una esquina de la planta dibujada por Pietro, trazó unas líneas. Los ingenieros alargaron el cuello.

—Serán octogonales —murmuró Giovannino sin levantar la vista—. Tendrán nichos con grandes estatuas esculpidas en el primer orden y luego otras más pequeñas, alrededor, con otros elementos arquitectónicos.

—¿Qué tipo de estatuas?

—Del Antiguo y del Nuevo Testamento —respondió rápido Giovannino.

Jacopo alzó una ceja, mirando el esbozo que estaba naciendo ante sus ojos.

—Una procesión de figuras que acompaña a los fieles hacia el altar —murmuró cautivado—. Capiteles nuevos, como nadie ha visto nunca antes.

—Así es —confirmó el artista, entusiasmado, mientras seguía dibujando.

—Fíjate en estos —murmuró Bonino llenando el vaso con el

tinto denso. Lo bebió a sorbos, con una sonrisa socarrona en los labios—. Cosa de locos.

—¿Qué rezongáis, maestro Bonino? —preguntó Zeno, divertido.

—Nada, nada. Solo digo que todavía no hemos terminado los pilares y vosotros ya estáis viendo los capiteles. Solo unos locos como nosotros pueden hacerlo.

Se echaron a reír y todos mojaron el gaznate imitando a Bonino.

—Todo artista lo es, maestro.

—Pues entonces, ¡a la salud de los locos!

41

El compañero de armas

Tras haber bordeado un canal por donde el agua corría, plácida, hacia el centro de la ciudad, Anselmo llegó al lado opuesto de un mercado donde se vendía pescado seco y en salazón. Aunque el olor era insoportable, lo superó como si pasara por un campo de flores.

Si bien su cuerpo estaba entre los puestos y las tinajas donde las anguilas se agitaban en los últimos instantes de su vida, su mente estaba concentrada en lo que había ocurrido aquella mañana en el monasterio de Sant'Ambrogio.

Después del habitual encuentro con el abad, este le había acompañado al jardín y le había dejado solo alegando una excusa. Poco después, habían llegado cinco hombres armados. No le cupo duda alguna: el porte, la arrogancia, la mirada del más alto eran inconfundibles, y no había tenido tiempo para más conjeturas.

—¿Sois monseñor Anselmo, gastaldo del monasterio de Campione?

Ante su gesto afirmativo, el hombre se había presentado.

—Me llamo Ascanio d'Ancona, estoy aquí para acompañaros ante una persona que os espera en la *mansio* de Santa Croce.

Tras oír estas palabras, a Anselmo ya no le cupo duda. La *mansio* pertenecía desde hacía siglos a la orden de los Caballeros de San Juan de Jerusalén de Milán; él mismo había visitado varias veces a los hermanos que, en el hospital contiguo, curaban a los peregrinos, mendigos y enfermos de la ciudad y sus alrededores.

Ahora, esos cinco hombres, cubiertos con capas negras, caminaban a su lado y la gente se apartaba a su paso, como ratones que huelen a los gatos.

Tras haber cruzado un arco, se adentraron en un laberinto de callejas secundarias, un extenso barrio de casas pobres, y dejaron atrás el que tiempo antes había sido uno de los pequeños castillos urbanos de Bernabò Visconti, puerta Romana.

No tardaron mucho en cruzar el Brolio, la zona destinada a bosques y luego la de las viñas y huertos que rodeaban la *mansio* principal, la más antigua. El campanario, parecido a una torre de vigilancia, se elevaba sobre el grupo de edificios que rodeaban una pequeña iglesia con un pórtico de cuatro columnas.

—Por aquí, monseñor.

Ascanio d'Ancona lo condujo hacia la izquierda, hasta una puerta lateral que, si la memoria no lo traicionaba, daba al claustro interior. Dos hombres de la escolta se detuvieron en aquel punto, que él y Ascanio superaron. El jardín, con un pozo en el centro y rodeado de antiguas columnas de mármol rojo, estaba desierto.

D'Ancona se detuvo delante de otra puerta.

—Estaré aquí fuera, cuando hayáis acabado os acompañaré de nuevo a Sant'Ambrogio.

Anselmo no respondió, subió los tres escalones y entró. Era una habitación vacía, con una mesa en el centro, un crucifijo colgado de la pared más corta, y una ventana no más ancha que un brazo y cerrada por una verja de hierro. Sobre la mesa, un pergamino enrollado, mapas, dos vasos, una botella de vino y un cabo de vela. Se acercó a la ventana, un velo de niebla flotaba sobre los campos interrumpidos por el pequeño huerto.

—Que la paz de Dios sea contigo, hermano.

Anselmo se dio la vuelta.

Fray Ricciardo Caracciolo, gran maestro de la Orden de los Caballeros de Jerusalén, lo observaba desde el umbral, alto y austero, vestido con la larga túnica blanca adornada con la cruz de san Juan.

Nacido en una noble familia napolitana, había luchado con él en Rodas, había sido prior de Capua y ahora era embajador de la

Santa Sede. Cuatro décadas de incursiones por desiertos y mares habían forjado su naturaleza vigorosa, que lo había ayudado a sobrevivir a un año de esclavitud a bordo de una galera infiel. El cabello y la barba de plata, los ojos como esferas de obsidiana y el rostro esculpido en bronce.

—Excelencia —comenzó Anselmo.

Caracciolo superó rápidamente la distancia que los separaba y lo rodeó con un abrazo fraternal.

—Te prohíbo que utilices este título en privado, para ti soy y seré siempre Riccio, el soldado que compartió contigo miedo y arrogancia en nuestra primera batalla contra los infieles.

Anselmo le correspondió con las habituales y afectuosas palmaditas en los hombros que siempre se habían intercambiado en sus anteriores encuentros.

—Qué magníficos recuerdos conservamos, amigo mío —dijo estrechándolo—. Nunca olvidaré aquella noche.

—Tampoco yo, Anselmo. Nuestra juventud ha pasado con demasiada rapidez. Lamento no haberla vivido más intensamente.

—El tiempo es el único enemigo que tenemos en este mundo —suspiró y frunció el ceño—. Había intuido que ese Ascanio era un soldado, pero no creía que de Cristo.

Mientras acercaba una silla y hacía señas a Anselmo para que se sentara, Ricciardo sirvió un poco de vino en los vasos.

—En realidad, esos cinco son mercenarios al servicio de su santidad, hombres de toda confianza. Cuento también con tu discreción, Anselmo. Ahora brindemos por nuestro encuentro, luego te explicaré qué me trae a Milán.

El vino era espeso, rojo y potente y a Anselmo le despejó la garganta y la mente. Rieron, recordaron anécdotas, evocaron a los hombres que habían conocido en la guerra y en la paz, y que ahora descansaban en algún rincón de Tierra Santa. Cuando vació por segunda vez el vaso, Anselmo miró al amigo, que asintió, dispuesto a explicar.

—Este encuentro nunca ha tenido lugar —empezó con voz grave—. Estoy aquí porque no conozco al hombre con el que debo reunirme y sé que en ti encontraré una fuente leal y directa.

—O sea que, si he entendido bien, nadie sabe que estás en Milán.

—De momento no —confirmó Ricciardo, dejando el vaso—. Me esperan en la corte de Pavía dentro de unos días.

—Pavía —murmuró Anselmo—. Entiendo.

—Lo sé —dijo Ricciardo—. Tu mente aguda ya está haciendo suposiciones y conjeturas, que en su mayoría estarán fundamentadas. Su santidad está muy apenado porque los señores de la guerra han perdido el rumbo y se están destruyendo unos a otros en esta lucha fratricida.

—El conde de la Virtud es un hombre devorado por el fuego de la ambición. Se parece al viejo Bernabò más que a su padre, pero pobre de ti si se lo adviertes.

—Dime otra cosa, algo que pueda serme de provecho.

—Ha cambiado mucho desde que era un niño. Pude hablar con él con ocasión del jubileo, con el arzobispo, cuando recibimos las bulas papales. Solo puedo decirte que está sediento de dinero, ha aumentado los impuestos en Milán, cosa que ha extendido el descontento entre la población.

—No es el primero ni será el último. Dal Verme y sus mercenarios le deben de costar mucho dinero.

—Apela a los diezmos que le debe al papa y luego hazle una oferta de dinero. Está endeudado, aceptará cualquier propuesta, pero no olvides que acaba de llenar las arcas con los ingresos del jubileo, promulgado para otro año.

—Que ha de compartir con el arzobispo de Como y con su santidad, en realidad.

—Exactamente. Para ciertos señores, el dinero nunca es suficiente.

Los dos hombres intercambiaron una mirada significativa, que no necesitó de ningún comentario. Ricciardo suspiró.

—Esta guerra entre los Visconti y Francesco Novello da Carrara ha arrastrado a la ruina también a la República de Florencia, Venecia y a muchos potentados de Italia. No puede continuar.

—Su santidad quiere negociar la paz y te ha enviado a ti.

—Sí, he estado en Florencia y mañana regresaré a Crema, para dirigirme luego a Pavía.

Anselmo suspiró observando el fondo del vaso.

—Los vientos de guerra nos arrastran y el destino está regido por el caos.

Ricciardo frunció el ceño.

—¿Y qué tiempo no lo es? ¿Qué guerra no genera nuevos demonios? Giovanni Acuto es hoy un viejo condotiero, el verano pasado perdió en la batalla a un poderoso aliado, el conde de Armagnac. Poco tiempo antes había conseguido evitar ser capturado gracias a un engaño: abandonó el campo de batalla dejando los fuegos encendidos tras haber desafiado a Dal Verme. En Florencia le concedieron la ciudadanía y le llenaron la bolsa de florines contantes. ¿Cuánto durará, Anselmo? ¿Cuánto durará este extranjero con sus jueguecitos?

—¿Temes lo que pueda pasar después de su muerte?

—Ambos conocemos la caducidad de la existencia humana. Parece ser que Acuto quiere regresar a su patria, a Inglaterra, y cuando Florencia pierda a su capitán, ¿qué pasará con los territorios papales? ¿Quién se opondrá a este Visconti que engulle ciudades como Cerbero, el perro infernal?

—Necesitáis un baluarte para los Estados Pontificios.

—Un baluarte para la paz en Italia, en realidad. Guido Tomasi, el embajador florentino, me ha confiado sus temores y no son un asunto menor, te lo aseguro.

—Ese baluarte eres tú, Ricciardo, y es una gran responsabilidad.

—Lo es, Anselmo. Deberé arrancar al conde de la Virtud una tregua y su renuncia a Padua.

—A cambio de dinero. Cuatrocientos o quinientos mil florines.

Ricciardo cruzó los brazos sobre el pecho.

—Es demasiado.

—Para la paz nunca es demasiado y, recuerda, necesita liquidez.

El gran maestre suspiró.

—Así sea, despertaré su apetito con el vil dinero que mueve el mundo.

—Poder y dinero, Ricciardo. El hombre es débil, sometido a las tentaciones.

—¿Es un hombre leal el Visconti? —le preguntó a bocajarro Ricciardo.

Anselmo sonrió, una sonrisa prudente.

—Tú mismo puedes responder a esta pregunta, pero te lo diré yo en voz alta: no lo es. Después de todo, mira lo que hizo con su tío y sus primos. Es suficiente para juzgarlo.

—Como siempre tienes razón, necesitaba escucharlo. Confío en tu juicioso criterio y en tu probada discreción. El equilibrio de los poderes es delicado, cualquier enemigo de la Iglesia podría hacer un uso indebido de estas informaciones y causar un grave perjuicio a la auténtica fe. El ejemplo de los príncipes es fundamental para el buen gobierno de los súbditos; un mal ejemplo sería nefasto no solo para Milán, sino para toda Italia.

—Lo sé muy bien, Ricciardo. La guerra no conviene, en particular a la Iglesia. Todo lo que suponga descrédito de la autoridad y desorden e incite a los súbditos a la desobediencia no ayuda en absoluto a la causa de la cristiandad.

—No habrías podido decirlo mejor.

—Amigo mío, te esperan días difíciles y ten en cuenta mis pocos consejos. Mis oraciones te acompañarán hasta tu regreso a Roma.

—Te doy las gracias, hermano. Y ahora permíteme que te ofrezca una comida ligera y la escolta para regresar sano y salvo a Milán o, si prefieres, pasaremos la noche bebiendo vino y recordando los viejos tiempos junto al fuego.

Anselmo se puso en pie.

—Empieza a anochecer y ¿sabes qué te digo? Me agradará calentarme con este néctar y revivir la ilusión de nuestra juventud.

Cárcel de la Malastalla

Una puesta de sol como aquella la recordaría durante mucho tiempo. Naranja, rojo y nubes doradas suspendidas en el cielo.

Todo lo que tenía que hacer era observar, meditar y esperar.

Ugolotto hizo una mueca y se dejó caer sobre el duro tablón que le servía de cama, de silla, de mesa. El jergón enrollado durante el día se convertía en colchón por la noche; la comida dejaba mucho que desear, pero él se mantenía igualmente en forma, a la espera de salir de aquella maldita prisión.

Había enviado mensajes a todos los que le debían favores, ahora solo debía tener paciencia. Salir de allí era el objetivo principal, luego ya pensaría en cómo hacérselas pagar a aquellos dos. Sabía, porque los chismes y las malas lenguas no faltaban ni entre los guardianes ni entre los que iban y venían para confortar a los prisioneros, que los dos se habían casado.

Él se estaba pudriendo en aquella celda que apenas medía unos pasos, y ellos se entregaban a las mujeres y a la lujuria. Si no fuera porque podría pisarla él mismo, escupiría la saliva que le había subido a la garganta junto con la rabia.

—¿Todavía le sigues dando vueltas? ¿No te he dicho que los vapores insalubres nacen justamente del rencor? El mal humor provoca malas enfermedades, créeme.

Ugolotto bajó la mirada. El compañero de celda era un personaje bastante extraño; al menos explicaba cosas interesantes, como esta historia de las hierbas buenas y malas. Decía llamarse Basilio Capello.

En la cabeza le crecía una pelusa entrecana, tenía arrugas profundas a ambos lados de los finos labios y una venda de seda en el ojo izquierdo. Le había contado que lo había perdido muy joven, a causa de una puñalada durante el ataque de unos bandidos. Era difícil saber si era cierto, puesto que la historia la había escuchado ya cinco o seis veces y siempre en versiones distintas.

Parecía lo bastante viejo como para ser su padre, pero era vigoroso y enérgico y comía como un lobo su ración. Sobre los pelos canos del pecho le colgaba un talismán de metal brillante atado a una correa de cuero. En él estaba grabada una cruz de plata con cuatro triángulos, dos con el vértice hacia arriba y dos hacia abajo.

Fuego, aire, agua y tierra.

El hombre se acercó a él y miró por la ventana.

—El rojo es el símbolo del fuego. Indica exaltación, el predominio del espíritu sobre la materia, la fuerza. Forma parte de los cuatro colores primitivos: el negro, el blanco, el amarillo y el rojo.

—¿Por qué me cuentas estas cosas?

—Porque eres curioso y está escrito en tus ojos. —Basilio apartó la vista y lo miró fijamente—. Más negros que el negro, raíz y origen de los otros colores, raíz de toda la materia que se descompone, *solve et coagula*. El negro es putrefacción, sin él no hay corrupción y, por tanto, no puede haber generación. Has de caer en el abismo para regresar a la luz.

—Hablas de cosas extrañas, no las entiendo —se lamentó Ugolotto.

El compañero negó con la cabeza y agarró los barrotes que les impedían escapar. Ugolotto había pensado en ello, pero estaban bien sujetos a la pared.

—Me han dicho que construyen una nueva iglesia —dijo Basilio en tono bajo y seco.

—¿Cuánto hace que estás aquí? —le preguntó.

—No lo recuerdo, pero se está mejor que en los bosques. Allí hace frío y comes poco si no robas en las granjas.

—Eso es lo que eres, un ladrón y además loco. —Le dirigió una mirada torva—. Y no me hables de la nueva iglesia —susurró pensando en sus problemas.

—Todas las iglesias tienen el ábside orientado hacia el este —murmuró el viejo.

—Estás diciendo tonterías, ¿qué sabes tú de las catedrales?

El hombre parecía no haberlo oído. Miraba el campanario de Santa Tecla, la parte más alta que sobresalía por encima de los tejados.

—Los transeptos forman el brazo transversal de la cruz porque son cruces, ¿lo sabías? Catedrales…, grandes cruces plantadas en tierra para gloria de Dios. Su posición es deliberada, de modo que los fieles que entran por el oeste avancen hacia el altar con la cara vuelta hacia el punto por donde sale el sol. ¿Y sabes qué hay allá, en oriente? La Tierra Santa, la cuna del cristianismo. Salen de la oscuridad y se dirigen a la luz.

Ugolotto reflexionó sobre esas palabras. Tal vez el viejo no estaba tan loco como parecía.

—Las almas tienen recovecos secretos, así que las catedrales tienen lugares bajos, húmedos y fríos.

—Sí, como las tumbas —asintió—. Pero ¿tú conoces alguna manera de salir de aquí?

—No, pero cuando salga tendré mucho que hacer.

Ugolotto soltó una carcajada.

—Ya tienes un pie en la tumba, no sé si saldrás vivo de aquí.

—Por supuesto que sí —murmuró Basilio con una sonrisa perversa—. Y cuando sea libre, iré a buscar al hombre que mintió e hizo que me encerraran aquí. Haré que muera lentamente entre sufrimientos atroces.

—¿Qué estás diciendo? Tienes que clavarle un puñal en el vientre, de esta forma la muerte será instantánea y no tendrás que pensar más. La última vez que tuve esta ocasión la desperdicié como un tonto.

Golpeó la pared con el puño, el dolor en los nudillos fue muy fuerte.

—No lo comprendes. Si matas con el cuchillo, el muerto trae desgracia. Pero... —Basilio bajó la cabeza y dijo con un hilo de voz— hay muchos modos de morir, igual que hay muchos modos de vivir.

Su voz era fina como la lluvia, pero también cortante como el hielo. Ugolotto sabía que en su corazón había un vacío, tan grande como el mundo a su alrededor. En ese vacío no había gracia ninguna, ni recto camino, ni guía que lo dirigiera y, muchos años antes, un empujón en el bosque lo había desviado del camino de los justos.

—Cada uno de nosotros tiene un secreto —susurró mirando al compañero de extraña mirada, que hablaba de locura—. El mío habla de lluvia, de agua, de dolor. Había llovido tanto aquella semana y el Olona se había desbordado.

—Agua, sí, mucha agua. Para obtener la materia prima hay que ir al fondo del mundo —prosiguió Basilio, como si no lo hubiese escuchado—, allí donde se oye retumbar el trueno, soplar el viento, caer el granizo y la lluvia; se la podrá encontrar allí si se la busca.

Ugolotto siguió el hilo de los recuerdos.

—Emma había ido al río.

El hombre que tenía a su lado murmuró algo más, Ugolotto no le prestó atención, veía el pasado, a su hermana, su rostro perfecto y pálido como la nieve recién caída, las trenzas empapadas colocadas sobre el pecho, un mechón de pelo pegado a la frente; en las pestañas, gotas que parecían lágrimas.

Tan bella y fría, goteando en la muerte.

Cuando volvía a verla en sus sueños no estaba corrompida ni por el tiempo ni por el sufrimiento. A veces corría por el prado, a veces sonreía. Pero más a menudo la veía caer en las aguas fangosas y turbias del río, veía sus brazos agitándose sobre la corriente, luchando contra las olas que la arrastraban. Pedía ayuda a aquellos inútiles chiquillos que jugaban en las orillas.

Nadie se había lanzado a salvarla y Emma se había hundido, en la realidad y en los sueños. Cuando se despertaba, el corazón parecía querer salirse del pecho, sentía sus latidos en los oídos como las invocaciones, como los gritos de acusación cuando comprendió que nadie había querido salvarla.

Ni tampoco Alberto.

Desde aquel día llevaba una espina clavada en su alma, una herida no cicatrizada que sangraba, y seguía escuchando las voces de los que decían: «Nadie podría haber hecho nada».

Él nunca lo había creído.

Su mente estaba vacía de todo pensamiento consciente, invadida por mil recuerdos de Emma, que no dejaban lugar para el cielo ni para la plegaria, y mucho menos para el perdón.

Se sobresaltó cuando Basilio le tocó el brazo.

—Así es como debería ser —musitó—. Y así es como debe ser.

Con un suspiro, Ugolotto volvió en sí y le preguntó a su compañero:

—¿Conoces maneras de morir?

—Conozco muchas cosas. Hay sustancias que deben hervir día y noche sin parar, para que su naturaleza celestial pueda evaporarse y ser sustituida por la terrenal. La tierra es el mal, el cielo es el bien.

—Realmente, estás loco —murmuró Ugolotto volviendo al duro jergón.

Basilio se quedó junto a la ventana. Hablaba en susurros de venenos, sustancias nocivas, muertes y resurrecciones. Fue en ese momento cuando Ugolotto empezó a pensar.

Monasterio de Campione, principios de febrero de 1392

La sala de estudio era una habitación con paredes de piedra, adyacente a la biblioteca del monasterio. La chimenea crepitaba, Anselmo añadió un tronco disfrutando del olor a leña y a pergamino que impregnaba el aire.

Un tapiz de Arras cubría la pared norte. Era el exvoto de un comerciante de lana de Lugano, un tal Brandolino Broglia. El hombre, aplastado por un carro, había invocado la salvación encomendándose a Santa Maria dei Ghirli y había sobrevivido. El tapiz había costado una fortuna y había querido donarlo a los monjes.

En el lado izquierdo de la habitación, tres novicios canturreaban, monótonamente, formas verbales latinas simples. Anselmo dejó en su lugar el atizador y empezó a marcar de nuevo el ritmo de la cantilena con la mano derecha. Sus ojos recorrieron la estancia con habilidad consumada, controlando también a los tres que estaban encorvados sobre el salmo 42: «... Envíame tu verdad y tu luz, que ellas me guíen, me conduzcan hasta tu monte santo, hasta tu morada...». Tenían que aprenderlo de memoria, pero la inclinación de las cabezas indicaba que habían dejado de concentrarse.

Sin que la otra mano perdiera ni una sola frase de la cantilena, Anselmo dio una palmada con la mano izquierda en la nuca del más cercano.

—¡Ay, monseñor!

—Dios ve y provee —masculló, y fue suficiente para devolver a los indisciplinados al buen camino.

Cuando se dio la vuelta para empezar de nuevo el peregrinaje por los bancos, vio en el umbral a Gregorio da Casorate. El joven le dedicó una sonrisa tensa, luego agachó la cabeza y regresó al pasillo.

Anselmo se dirigió a los estudiantes.

—Si oigo volar una mosca, tendréis que hacer una penitencia que no olvidaréis hasta la Ascensión.

La concentración de los alumnos volvió a ser absoluta, de modo que fue a reunirse con Gregorio.

—¿Aún no has aprendido que no debes molestarme durante las clases? —le preguntó apresuradamente y cogió el pergamino.

—Perdonadme, monseñor —dijo Gregorio, contrito—. Me lo acaba de entregar el hermano Ignazio. Estaba aterrorizado.

Anselmo levantó una ceja.

—¿Y qué podría asustar a un monje en el umbral de un monasterio?

Se dio cuenta enseguida de que era un pergamino nuevo, no un vulgar palimpsesto borrado y reescrito varias veces para ahorrar.

—El siniestro sujeto que ha entregado la misiva, monseñor —contestó Gregorio bajando la voz—. El hermano Ignazio ha dicho que tenía la misma expresión que Caronte, el barquero de los condenados.

Gregorio se santiguó, miró el sello, grabado en lacre rojo sangre. Un sol con un león rampante en el centro.

Un mensaje de Ricciardo Caracciolo. Lo abrió rápidamente y distinguió enseguida la elegante escritura del viejo compañero de armas.

—Mmm, han decidido hacer la paz —masculló.

—¿Quién, monseñor?

Anselmo no respondió, siguió leyendo moviendo apenas los labios. Al llegar a la rúbrica, miró a Gregorio.

—¿Todavía estás aquí?

El joven parpadeó y la nuez de Adán subió y bajó.

—Voy a tranquilizar al hermano Ignazio —dijo, y desapareció con un ruido de pisadas semejante al de las gotas de lluvia sobre las tejas.

—Todavía no sabe moderar la curiosidad —murmuró Anselmo enrollando el pergamino.

Pensó en las noticias recibidas. Su amigo había conseguido llevar a cabo la misión de paz entre los beligerantes; Bonifacio IX tenía buenos motivos para alegrarse.

La reunión se había celebrado en Génova bajo la égida del dux Antoniotto Adorno, en presencia de los embajadores de los florentinos, del marqués Alberto d'Este, de Francesco da Carrara con sus aliados por una parte y los del señor de Milán, por la otra.

Los pactos establecían que cada uno se quedaría con los territorios conquistados. Francesco da Carrara conservaría Padua, el conde de la Virtud lo que había conquistado en Toscana, las ciudades de Belluno, Feltre, Cividale y el castillo de Bassano. En Lombardía no podría entrometerse en los territorios al otro lado del río Secchia, cuyos dueños eran los boloñeses.

Anselmo suspiró.

Ricciardo acababa la carta con una nota en la que decía que Francesco da Carrara debería pagar al señor de Milán una gran suma de dinero.

«Como siempre, tenías razón; la codicia lo puede todo», concluía Ricciardo, e imaginó su sonrisa socarrona mientras pronunciaba esta frase.

A veces Anselmo habría renunciado de buen grado a tener razón.

42

Un encuentro y una herencia

Milán, mayo de 1392

Sor Addolorata apagó la lamparilla y en la celda solo permanecieron las sombras del amanecer. No podría dormir sin aquella pequeña luz que iluminaba el crucifijo. A veces, por la noche la lamparilla se consumía, el aceite que flotaba sobre el agua se acababa, la luz se apagaba y ella se despertaba, ansiosa.

En la celda, una única mesa, y sobre ella un cirio pascual y el ramo de olivo bendecido en la Pascua anterior. Una cama, una silla y una pequeña cómoda; las paredes estaban encaladas y el suelo cubierto de ladrillos fríos y polvorientos.

Al sonar la campana, se dirigió hacia la iglesia para rezar el oficio nocturno, una señal a las hermanas, las laudes matutinas y ya estaba delante del portal.

La hermana Orsola llevaba la cesta con las provisiones, ella un saco con ropa para entregar en el Hospital del Brolio.

Penetraron en los callejones, los mismos que recorrían desde hacía muchos años todos los jueves y los martes. Por lo general, apenas hablaban, contemplaban los edificios y los patios con la mirada tranquila y melancólica que la oración enseña en la clausura. A los transeúntes les parecía que sus voces brotaban de labios santos, como el fluir constante y monótono de una fuente.

—Benditas, benditas seáis —las saludó una campesina asiendo las manos de la abadesa. Se las besó y sor Addolorata le dio las gracias con ternura.

Reanudaron la marcha entre saludos, invocaciones y peticiones. Una peregrinación urbana con sabor a buena voluntad, aunque ellas miraban la ciudad casi sin ver las casas o las personas.

Entraron en Santa Tecla para una breve visita al Cristo crucificado del altar. La misa acababa de terminar y en la nave central flotaba aún el aroma del incienso.

Ya era totalmente de día, y de pronto apareció ante ellas la Fàbbrica, la gran obra que estaba engullendo la catedral de invierno de Santa Maria.

—Mirad, madre —murmuró Orsola levantando el rostro—. Esta semana también han hecho grandes progresos.

—Sí, sí, respondió con prisa, procurando no mirar a su alrededor, manteniendo la mirada fija en lo que tenía delante, alejada de los andamios, de los trabajadores y, sobre todo, de los ingenieros, que se afanaban en el esqueleto de la nueva iglesia.

Cada noche, antes de ese doloroso viaje hasta el Brolio, sor Addolorata rezaba de manera especial e invocaba a Dios para que le ahorrase la visión de aquellas criaturas que había abandonado hacía mucho tiempo.

Ahora sabía, y saber era espantoso. En la celda se arrodillaba con un movimiento habitual, tendiendo los brazos hacia el crucifijo. Sus labios murmuraban, su alma se concentraba en la oración y el cuerpo en penitencia para recordarle que la carne es pecado.

—Lo que hacen es un himno a Dios, como cantar un salmo con piedra y ladrillos —afirmó la hermana frenando el paso.

—No digáis tonterías y caminad más rápido, hermana. Los huérfanos nos esperan.

—Señor bendito, ¿qué ocurre? —preguntó de pronto la hermana y se detuvo.

Se oyeron gritos y una lluvia de escombros cayó desde arriba en medio de un torbellino de polvo.

—¡Mirad, mirad, madre! —chilló de pronto sor Orsola, mientras se tapaba la boca y abría mucho los ojos.

Costanza se habría dado la vuelta enseguida, sor Addolorata tardó bastante en mirar a los tres hombres tendidos en el suelo, cubiertos de escombros. Sonaron gritos de auxilio, de llamada, de advertencia y, cuando la lluvia cesó y el polvo se hizo menos denso, muchos acudieron al lugar del derrumbe.

—Tenemos que ayudarlos, madre —dijo Orsola y la plantó allí sin darle tiempo a prohibírselo.

Sor Addolorata miró a su alrededor. La confusión iba en aumento, y captó en los rostros de la gente el miedo a que hubiese ocurrido algo grave en la obra.

—Venid, venid, hermana, os necesitan —pidió una voz y una mujer la tomó del brazo y la empujó suavemente.

Guiada por la desconocida y por una fuerza interior que no sabía que poseía, sor Addolorata empezó a caminar. Un paso después de otro, tampoco era tan difícil.

—¿Sois vos, Señor, quien me ponéis a prueba? —murmuró y, a medida que se acercaba escoltada por el grupito de milaneses, su corazón se iba enterneciendo a la vista de los heridos.

Los transeúntes que habían resultado heridos accidentalmente, unos sentados y otros todavía en pie, se taponaban las heridas gimiendo y desconcertados, pero los más graves eran los tres que estaban tendidos como cadáveres en el cementerio.

Uno yacía con los brazos abiertos, completamente blanco de polvo y cubierto de fragmentos y esquirlas de ladrillos; otro, algo más alejado, estaba tumbado de lado, inmóvil, cubierto también de cascotes y por debajo de su cabeza se estaba extendiendo una mancha roja. El último ya no estaba en el suelo, se había sentado con la ayuda de un chico y se quejaba en voz muy baja tocándose con cuidado el cabello; la barba polvorienta y la cara de sufrimiento.

Otros trabajadores, a los que el derrumbe apenas había rozado, miraban a su alrededor como aturdidos por haber escapado de la desgracia.

—Abrid paso, abrid paso —solicitó una voz firme. Pertenecía a un hombre alto, sorprendentemente intonso a diferencia de todos los demás—. Hermanas, el Señor os manda —añadió cuando las vio, y las invitó con un gesto a acercarse a los heridos.

Sor Orsola sabía de hierbas, curaba molestias leves en el monasterio. Inmediatamente se arremangó y levantó el hábito para poder arrodillarse junto al más grave.

—Rápido, rápido, traedme cubos de agua limpia —ordenó como si estuviera en el convento dando órdenes a las hermanas—. ¡Y algunos trapos!

En ese momento, la compañera la buscó con la mirada.

—Madre —le dijo suplicante—. Esta ropa servirá aquí. —E indicó con la mirada el saco destinado a los huérfanos.

Fue entonces cuando en sor Addolorata dominó el sentido del deber, la piedad cristiana que desde hacía años cultivaba. Se entregó a los necesitados sin temer ya a quién podría encontrar y fue monja, desde el velo a las manos que bañaban paños de tela y aliviaban el dolor con pocos gestos, con palabras de consuelo.

El hombre que sangraba estaba inconsciente pero todavía vivo. Sor Orsola le vendó con fuerza y recomendó a los cuatro obreros que habían llevado una camilla improvisada que tuvieran mucho cuidado.

Sor Addolorata se acercó al que estaba sentado, rodeado de algunos trabajadores. Uno estaba inclinado, apoyado sobre una rodilla, y lo sostenía.

—¿Qué ha ocurrido? —preguntaba el herido con voz ronca. Tenía los párpados cerrados y una mueca de dolor en la boca casi invisible entre los pelos de la barba.

—No lo sé, maestro —respondió el obrero—. He enviado a Giustino a controlar ahí arriba, pero no había nadie trabajando.

—Gracias a Dios —murmuró el hombre con un suspiro de alivio, que le arrancó un quejido.

—Dejadme pasar —dijo sor Addolorata, y el obrero se apartó de inmediato.

—¿Qué sucede, Beniamino? ¿Quién ha venido?

—Son monjas, maestro.

—Sí, vuestro hombre tiene razón, pasábamos por la plaza y hemos presenciado el accidente.

El hombre levantó la cara hacia ella y sor Addolorata tuvo una extraña sensación. Tal vez debida a la herida abierta en la frente, que sangraba, o al hecho de que tenía los ojos cerrados, las cejas y pestañas cubiertas de polvo.

—Sois la mano de Dios —afirmó el hombre.

—Y su voluntad —respondió ella—. Pero ahora callad y estaos quieto, tengo que limpiaros la cara y vos, Beniamino, dadle de beber.

El ingeniero abrió la boca, bebió un sorbo. Vaciló, luego tragó con una mueca. Sor Addolorata no le prestó atención, sumergió un paño en el cubo que otro obrero le entregó y lo acercó al rostro del pobre hombre. Le limpió la cara como una madre limpia las heridas del hijo. La nariz pronunciada, las cejas castañas, luego las mejillas y la frente, hasta que la herida dejó de sangrar.

—Ahora podéis abrir los ojos —le dijo.

—No puedo, me duelen.

—Os habrá entrado polvo —le sugirió—. Lavaos la cara. Tú, muchacho, trae otro cubo.

Beniamino se limitó a pedir ayuda.

—Rápido, necesitamos agua limpia. El ingeniero Marchetto no ve.

Al oír ese nombre, sor Addolorata contuvo la respiración. Un instante fulminante y su mente retrocedió veinte años y, en aquellos rasgos duros, viriles, que el tiempo había cambiado, halló el rostro ya olvidado.

El mundo la llamaba de nuevo, un mundo de egoístas, de inhumanos, de crueles, y le pareció que la inmensa decepción del amor que había enterrado toda esperanza y todo deseo, dándole solo la nostalgia de la soledad y de la oración, la arrastraba a un vórtice profundo.

Por suerte, tuvo tiempo de recuperarse, porque Marchetto, el joven que la había conocido mejor que nadie, el único, estaba allí delante de ella, en carne y hueso, y se estaba lavando la cara como haría un marido por la mañana antes de ir a trabajar.

Sor Addolorata rechazó de inmediato la imagen. Se concentró en el paño que apretaba entre las manos, mojado, arrugado. Se apresuró a buscar un cubo, enjuagó el paño una y otra vez como si lavándolo y lavándose las manos su presencia pudiese desaparecer.

—*Afflictis Tu spes unica rebus* —murmuró el ingeniero—. En

todo lo que nos aflige eres nuestra única esperanza. —Buscó su mano, la encontró y la apretó, agradecido.

El ojo izquierdo estaba rojo de sangre, parecía una cereza aplastada.

—Veo como a través de un velo, como si hubiese niebla —dijo y se mordió los labios a causa del dolor.

Sor Addolorata tragó saliva y dio gracias a Dios; no por esa dolencia, sino porque la ceguera momentánea le estaba salvando la vida. Porque si él la hubiese reconocido, moriría allí, sobre aquellas piedras. De dolor.

—¿Creéis que me quedaré ciego?

«¡No!», quiso gritar, con la mano en la suya que la mantenía prisionera.

—No —dijo con una voz calmada, que ni ella misma reconoció—. Sois un ingeniero de esta maravillosa obra, el Señor no lo permitirá.

—Dios lo quiera. Pero no pido milagros, hermana.

Las manos fuertes y rugosas la soltaron, y sor Addolorata se sintió sola como no se sentía desde hacía muchos años. Sola y triste.

Cómo había cambiado. Antes era solo un muchacho, que miraba con avidez el mundo. Ahora esos ojos eran sabios, había crecido y tenía unos hombros robustos, señal de fuerza y decisión.

En los dedos callosos y en las manos morenas y largas se apreciaban cortes y rozaduras, algunos recientes, otros simples cicatrices producidas por el trabajo diario o por las santas piedras que acumulaba para construir la casa de la Virgen santísima.

Sus palmas de monja habían sentido todo el tiempo pasado en aquel hombre, Marchetto da Carona. El tiempo que había dejado su huella en su expresión de dignidad y de ingenio.

Siempre lo había imaginado grande y, efectivamente, se había convertido en alguien grande; nunca le había guardado rencor y, si lo había hecho, ya lo había olvidado.

—Madre, la campana.

Sor Orsola.

Era justamente ella la que la apremiaba. Sonaron las campanas de mediodía, no muy lejos se estaban recogiendo ya los escombros, los heridos estaban todos en pie, los transeúntes tranquilos porque el incidente no había causado grandes daños a aquellos santos trabajadores.

—Tenemos que irnos —dijo al herido.

Este se levantó con dificultad.

—Os estamos muy agradecidos, hermanas —dijo Marchetto, mientras las lágrimas le corrían por las mejillas y desaparecían en la barba—. Rezad por nosotros.

Lloraba a causa del polvo, sor Addolorata se hizo la ilusión de que lloraba por la vida que había pasado junto a ellos y que, en vez de unirlos, los había separado.

—Lo haremos —le respondió—. Seguid lavándoos los ojos hasta que haya pasado el dolor.

Ojalá lo hubiese podido hacer también ella.

Sor Addolorata no hallaba la paz en su celda y fue a postrarse al pie del altar.

Había subido de rodillas los cinco escalones, bañándolos con sus lágrimas, con el ímpetu y la conmoción de aquel encuentro inesperado.

Y allí había permanecido toda la noche, abrazando convulsivamente la piedra bendita. Durante la noche, bajo la luz de la luna, no pudiendo soportar la pena, había bajado al jardín a rezar sobre las tumbas de las hermanas muertas en el convento en tiempos pasados. De tumba en tumba, en la noche clara, presa de un dolor agudo, sin importarle el tiempo ni el lugar.

Cuando regresó al claustro, se detuvo delante del bajorrelieve colocado bajo una lápida antigua, muy antigua.

Cristo juez, rodeado de los apóstoles y de los fieles.

—Una prueba —murmuró sor Addolorata—. Solo una prueba, pero tú eres el camino, la verdad y la luz.

Después de las oraciones de la mañana, se fue al estudio, cogió tinta y la larga pluma que utilizaba para escribir las cartas al arzobispo o a los ilustres señores de Milán cuando tenía necesidad u ocasión. Había aprendido a escribir en el monasterio, una de las muchas cosas que le habían enseñado las hermanas.

Escribió con la cabeza inclinada, hasta que le dolió la muñeca. Explicó con todo detalle lo que le había ocurrido el día anterior, y describió las emociones y los sentimientos que la habían perturbado en aquella noche de insomnio.

... os doy las gracias y os perdono, tío Anselmo. Tal vez no nos volvamos a ver, o tal vez la vida nos depare otros encuentros. Todo, como bien sabéis, está en las manos de Dios, y en esas manos de ingeniero he encontrado finalmente la verdad y el consuelo que tanto he buscado en todos estos años. Os perdono, ahora puedo decirlo, porque Nuestro Señor me ha guiado con su luz y me ha dado su consuelo. Os perdono por lo que me hicisteis: me quitasteis a mis hijos, pero me disteis a Dios.

Milán, marzo de 1393

—Ya soy viejo, madonna Codivacca. Siento que mi fin está cerca.

—¿Qué decís, micer Carelli? No habléis así, me entristecéis; yo tampoco soy una jovencita y este estómago que me duele desde hace meses es un mal presagio.

Marco Carelli rodeó el escritorio y le cogió las manos. Marta iba a levantarse, él se lo impidió.

—No quería entristeceros, perdonadme. Tras la muerte inesperada de vuestro marido, he cambiado. —La soltó con un profundo suspiro—. En realidad, hace mucho tiempo que he cambiado —murmuró y se miraron fijamente.

—Así es, mi buen amigo.

—He cambiado gracias a vos y a Aima Caterina, no olvidaré a vuestra ahijada. ¿Cómo está? ¿Cuándo nacerá el bebé?

—Están bien, Aima está muy nerviosa, pero con buena salud.

—Nerviosa como lo están siempre todas las mujeres.

En aquel momento entró Flora, la mujer del mercader. Iba acompañada de una criada que sostenía una bandeja.

395

—¿Se está quejando también con vos de su salud? —dijo la mujer sentándose en el otro sillón delante del escritorio.

—Como hace siempre, donna Flora. —Marta olió el perfume que procedía de la jarra, era delicioso—. ¿Qué habéis puesto en el vino?

Donna Flora sonrió.

—Una receta personal. Bebedlo, es un tónico excelente para vuestro mal. Os desvelaré solo uno de los ingredientes: el jengibre.

—He oído hablar de él, es muy caro.

—Aunque mi marido se queje de su salud precaria, acaba de llegar de Venecia y ha traído un saco de quince libras. Os daré unas piezas y os enseñaré cómo usarlo. He oído que hablabais de vuestra ahijada, merece todo el bien del mundo.

Marta bebió un sorbo de vino, pensativa. Siempre se había preguntado si la mujer estaba al corriente de los vicios del marido y de las esclavas que, años atrás, entraban y salían de su casa. Pero esto era ya agua pasada.

—Sí, fue una gran suerte encontrarla. Si mi hijo Matteo ahora puede prestar servicio como armígero del conde de la Virtud, se lo debo a ella.

—Una historia realmente conmovedora, estoy de acuerdo. Decidme, ¿para cuándo es el parto?

Marta se preguntó por el motivo de la invitación y de todo aquel interés por Aima y el hijo que iba a nacer. No hablaba de ello por superstición, había tantas incógnitas en un parto, un momento difícil en que la vida de la madre y del recién nacido estaban en las manos de Dios.

—Nacerá en mayo, si la Providencia lo permite.

—Mayo… —murmuró Carelli—. El mes de la Virgen.

—Sí, Aima está muy feliz. Si es una niña la llamará Maria, ya me lo ha dicho.

—Maria, un nombre cargado de buenos augurios —comentó donna Flora con una sonrisa sincera—. Mi querido esposo, ¿ya le has informado de tu decisión?

—¿Lo ve, donna Marta? Por eso digo que las mujeres están siempre nerviosas. No, todavía no se lo he dicho.

Donna Flora sonrió.

—Entonces lo haré yo. Mi marido está pensando en dejar un importante legado a la nueva iglesia —dijo la mujer dirigiendo una mirada de aprobación al esposo.

—Una noble decisión, y sé que no es la primera vez —comentó Marta, cada vez más desconcertada.

—No, no lo es. Conocéis nuestra devoción, no podría ser de otra manera —intervino Carelli—. La Fabbrica es una entidad noble que trabaja para los milaneses y para la fe, y yo siempre insto también a los gremios a aportar su contribución.

—Sabemos que vos también sois una devota bienhechora de esos ingenieros —añadió la mujer de Carelli—. Y lo que vamos a decirle ha de obtener vuestra aprobación.

Marta asintió, cada vez más perpleja.

—La tendréis siempre.

—Bien. Además del legado a la Fabbrica, mi marido querría constituir una dote para Aima.

—Que quede claro —intervino el hombre— que no pretendo inmiscuirme en los asuntos de vuestra familia, sé que a vos tampoco os faltan los medios. Deseo rendir homenaje a la fuerza que Aima ha demostrado enfrentándose a las adversidades de la vida.

Marta se quedó sin palabras, pero pronto el desconcierto dio paso a la satisfacción. Era una mujer práctica, consciente de que en la vida hay buena y mala suerte, y que hay que aprovechar la buena, venga de donde venga. Incluso de un hombre que, con aquel gesto, tal vez pretendía limpiar su conciencia.

—Micer Carelli, no me corresponde a mí aceptar o no vuestra generosidad, y os agradezco que me hayáis puesto al corriente —dijo Marta con una sonrisa—. Informaré a Aima y, en cuanto a mí respecta, tenéis mi aprobación y mi más profunda gratitud.

—Obviamente, a la Fabbrica, que controlará mi legado, no le daré los detalles.

—Dirá que es una protegida suya y que se trata de la dote que le había destinado para su matrimonio —añadió donna Flora.

—Por otra parte, es la verdad, aunque Aima ya está casada y

llego un poco tarde —confirmó Carelli devolviendo la sonrisa—. Pues bien, si estamos de acuerdo, es hora de brindar.

El comerciante levantó el vaso de cristal de Murano engastado de piedras semipreciosas atrapadas en una red de plata.

—A la salud de Aima Caterina, de su marido el ingeniero y del niño que va a nacer.

Marta levantó el suyo.

—A vuestra salud y que Dios nos proteja a todos.

43

Nuevas generaciones

En casa, Aima estaba sentada con Matilde a la sombra junto a la ventana. El huerto era una exuberancia de ensaladas y brotes tiernos. Pietro cultivaba lo necesario para la familia, aunque donna Codivacca venía todos los días con pescado y carne, una excusa para hacer una visita y cuidar a su protegida.

Las ramas del cerezo estaban cargadas, Matilde ofrecía un puñado de cerezas a las gemelas, sentadas sobre la hierba. Las niñas, que tenían ya casi dos años, eran una maravilla con los labios manchados de rojo y una nube de cabellos dorados.

—¿Estás llorando? —le preguntó Matilde ofreciéndole los frutos rojos y brillantes que sobraban.

Aima se secó las lágrimas con un extremo del delantal.

—No sé, desde hace un tiempo me emociono incluso cuando oigo maullar el gato del vecino.

Matilde se echó a reír.

—No eres tú, es este —dijo señalando el vientre abultado—. A mí también me pasaba. Alberto entraba en casa por la noche cubierto de serrín, con las manos llenas de astillas, sucio y desgreñado, y yo me echaba a llorar. Cuando estás embarazada, el mundo parece más hermoso, te emocionas por cualquier cosa, incluso por un marido al que hay que atender de la cabeza a los pies.

—Oh, Matilde, soy tan feliz y mi vida es tan perfecta que tengo miedo.

—No seas tonta. Estamos casadas con hombres maravillosos, somos amigas y pronto tú también tendrás un hijo. Rezo todas las noches y estoy segura de que tenemos la protección de la santísima Virgen. ¿Acaso Pietro y Alberto no están construyendo su casa en la tierra?

—Sí, y es una casa maravillosa.

Matilde se sentó a su lado.

—Ayer, cuando canté en Santa Maria Maggiore, yo también me emocioné. Sobre todo cuando las niñas pusieron las coronas de flores sobre la cabeza de nuestros ingenieros.

—Dímelo a mí. Antes de que Pietro se agachara para recibirla, ya estaba yo llorando.

—¿Volverá a Candoglia este año?

—Confía en que no, ya han construido los dormitorios, por tanto, para controlar el trabajo y los cargamentos de mármol ya no se necesitan más de dos o tres personas. Todo es ya más sencillo.

—Me alegro, así estaréis juntos y podrá disfrutar de su hijo.

—¿Y Alberto? ¿Sigue trabajando en la esclusa del Toce?

—En realidad, hace poco que han terminado, las crecidas de primavera son peligrosas e imprevisibles. Cuando regresó a Milán me dijo que Tavanino siempre está cansado y, por tanto, él tiene mucho trabajo.

—Siento no poder participar en las fiestas del veintidós de junio —suspiró Aima—. Será una procesión memorable y hasta a mí me gustaría cantar en ella, pero con un niño tan pequeño sería pesado. —Otro suspiro más angustiado—. Si sobrevive.

—No digas tonterías, todo irá muy bien. —Matilde adoptó un aire conspiratorio—. He estado curioseando por el barrio de puerta Orientale, con las monjas de Santa Radegonda. Están preparando una gran estatua de madera de la santísima Virgen rodeada de santos. La llevarán en procesión hasta el atrio de Santa Tecla y donarán a la nueva iglesia una suma muy generosa, o eso es lo que se dice.

—Espero poder asistir.

—Seguro que estarás allí, no seas aprensiva. Alberto me ha dicho que ampliarán el escenario delante del Arengo, se espera una gran afluencia de gente incluso del campo.

Una de las gemelas se echó a llorar, Matilde se levantó y la cogió en brazos.

—Benvenuta es la más sensible —dijo besando sus rizos—. Laudata, en cambio, es muy inquieta; desde que le quité los pañales, no para de dar vueltas por la casa y de tocarlo todo.

Laudata, sentada todavía sobre la hierba, las miró y sonrió.

—Más lista que un zorro —comentó la madre, orgullosa.

—Has hecho bien en renunciar a la nodriza, Matilde. Si tengo bastante leche, yo también criaré a mi hijo.

—¿Das por descontado que será un niño?

—No, me he acostumbrado a hablar así. Por cierto, sé que bebías una tisana, ¿era por la leche?

—Sí, haré que mi madre te la prepare; es una receta de familia. Se hace con cardo mariano, galega y hojas de ortiga. Tienes que beber un vaso por la mañana y otro por la noche, y endulzarla con miel porque la ortiga tiene un sabor muy desagradable.

—Gracias.

Matilde la observó y luego levantó los ojos al cielo.

—Tienes los ojos brillantes de nuevo.

Aima sorbió.

—Es que mi hijo aquí dentro ya no tiene sitio. No puede faltar mucho, o me partiré en dos. —Puso una mano sobre el vientre abultado—. Casi no puedo caminar y estoy tan gorda que dentro de poco no pasaré por la puerta.

—Pues haremos que tu marido la ensanche con el cincel —dijo donna Codivacca, que se había reunido con ellas en el jardín. Mandó que la sirvienta que la seguía pusiera la cesta rebosante sobre el banco y luego indicó a la jovencita que lavara los hornillos y la mesa de madera sobre la que se preparaban las comidas.

Observó a la niña que Matilde sostenía en la cadera. Su piel era más suave que los pétalos, los rizos brillaban como monedas de oro.

—Tus hijas son preciosas, Matilde.

La joven hizo un amago de reverencia. Siempre la intimidaban la severidad y el aspecto matronal de donna Codivacca.

—Gracias, madonna —dijo ruborizándose.

—Coge una de las gallinas que le he traído a Aima y haz un buen caldo para las niñas, es saludable.

Tal vez era una manera de despedirla, pero el hecho es que Matilde cogió a la otra gemela y entró en la casa, ayudada por la sirvienta.

—Hice bien en insistir en que vinieras a vivir a esta casa —dijo donna Codivacca contemplando el jardín—. Mis padres siempre decían que en esta zona de la ciudad el clima es más salubre, quizá porque la poterna Monforte da a los bosques de hayas.

—Fuisteis demasiado generosa.

—No me des más las gracias, Aima. Y bien, hoy espero esa importante respuesta.

—¿Se refiere al legado de micer Carelli?

—Exacto. ¿Qué habéis decidido tu marido y tú?

—Que lo aceptaremos.

La madrina le tomó las manos, estaba radiante.

—Bravo, hija, es una buena noticia, y tu marido es un hombre prudente. Los bienes materiales son necesarios para asegurar una vida tranquila a la familia.

—Lo hemos pensado mucho. Las propiedades que nos legará micer Carelli las registraremos de inmediato a nombre de nuestros hijos, si tenemos otros además de este.

—Hacéis bien.

—Y una parte del dinero que obtendremos de la venta de las fincas en puerta Ticinese lo donaremos a la nueva iglesia.

Donna Codivacca aprobó con un gesto.

—Un don que será apreciado por Nuestro Señor. Muy bien.

Castillo de Pavía, junio de 1393

Caterina contempló a su primogénito, que correteaba bajo la pérgola con una espada de madera en la mano y gritando. Giovanni Maria era impetuoso, a menudo incontrolable, y el padre alentaba su agresividad.

Ella creía que eso no era bueno.

Dos días antes, con aquella misma espada, había golpeado a

la nodriza solo porque la mujer le había reprendido por haber despertado al hermanito que acababa de mamar. La pobrecilla por poco pierde un ojo, de modo que la había mandado a casa y comprado su silencio con un puñado de florines.

Suspiró, disfrutaba contemplando a su segundo hijo.

Ajeno a todo, Filippo Maria dormitaba entre sus brazos, vestido con pañales de finísimo lino en los que había hecho bordar el símbolo del linaje de los Visconti, la víbora y la «raza», el sol radiante con la tórtola y la cartela *à bon droit*. La inscripción estaba bien inclinada hacia la derecha, y los puntos perfectamente trazados con hilo de oro. La bordadora que le había recomendado Margherita era realmente muy buena.

Incluso a Gian Galeazzo le había agradado esa idea suya del bordado.

—Un símbolo que me gustaría que usaran esos cabezotas de la Fabbrica en la nueva iglesia —había murmurado—. No ha habido manera de conseguir que hagan la capilla de San Gallo para los restos de mi padre, y ¿sabéis qué os digo, señora esposa? Que de algún modo los obligaré a poner la *raza* en la vidriera del ábside.

No sabía nada de los deseos de su marido ni de sus peleas con el vicario y los Doce de provisión; en cuanto a ella, hacía poco que había pagado su deuda por las piedras que el senescal Castellino Pasquali había comprado a la Fabbrica para construir la nueva capilla en la iglesia de Santa Maria alle Case Rotte, que todo el mundo en Milán llamaba ya «alla Scala», en recuerdo de su madre Regina, que la había hecho construir.

La cantidad solicitada en febrero no era desorbitada, pero ella había añadido doscientos florines como oblación y sostenimiento. Al fin y al cabo, la nueva iglesia estaba dedicada a María Naciente, y solo a la Virgen debía el nacimiento de sus hijos, que había deseado con toda su alma.

Sin embargo, a veces lamentaba que no fuesen niñas.

«No pienses más en esto», se dijo a sí misma admirando las pestañas del niño, que rozaban sus mejillas regordetas y sonrosadas por la leche.

El grito de Giovanni Maria por el ataque de un imaginario enemigo la sobresaltó. Iba a reñirle, pero recordó que era el heredero varón. Mejor que fuese así: lleno de vida, ardiente de energía, orgulloso como un príncipe. Dentro de poco su misión se acabaría; el niño tenía ya cinco años y pronto sería confiado a un preceptor y al maestro de armas para dar comienzo a su educación.

—¿Condesa? —Margherita se había acercado sin hacer ruido y se había detenido entre ella y sus damas—. ¿Pasa algo? —le preguntó.

—No, siéntate a mi lado.

La joven no se había recuperado de la muerte de Giacomo da Gonzaga, ocurrida en la batalla en la que se habían enfrentado el ejército del conde de Armagnac y el de Jacopo dal Verme. Después de casi dos años seguía vistiendo de luto, a pesar de que solo los unía una promesa de matrimonio. Ella misma le había dado la triste noticia, entre lágrimas, porque Giacomo no había sido tan solo un buen amigo de su marido.

—Nunca me casaré con otro hombre —le dijo en el momento de su desesperación más profunda, y Caterina la entendía. A pesar de todo lo que Gian Galeazzo había hecho a su propia familia, a su padre Bernabò y a sus hermanos, ella seguía amándolo irremediablemente.

—Echo de menos a mi madre —confesó—. Habría sido feliz abrazando a su nieto, si hubiese sobrevivido.

La capa negra de Margherita le rozó la manga.

—He aprendido a no pensar así después de haber perdido a Giacomo, no es saludable. Todo lo que podemos hacer es vivir cada día en su honor.

A Caterina se le hizo un nudo en la garganta y reaccionó abrazando con fuerza a su hijo, pero luego, al notar el malestar de su compañera, le puso al niño entre los brazos y la expresión de Margherita cambió.

—Sostenedlo vos, pesa demasiado —le dijo con brusquedad, como si ya estuviese harta de la amada criatura. Margherita lo acunó con ternura.

—Vuestra madre era una señora de gran nobleza de espíritu, descanse en paz —le dijo.

—También Giacomo, amiga mía. Hicisteis bien en pedir que fuese enterrado en la pequeña iglesia de vuestra familia, puesto que no tenía parientes próximos.

—Sí, quería hacer al menos eso por él.

No habían vuelto a hablar en tono confidencial desde aquel infausto día; Margherita se había encerrado como un erizo en un lúgubre silencio, y hacía apenas unas semanas que había retomado sus deberes como dama de compañía. Ella había tolerado su ausencia, consciente de su malestar.

Margherita se aclaró la garganta.

—Condesa, quiero pedir vuestro permiso para volver a Mozzate, el pueblo de origen de mi familia. Mis tierras necesitan cuidados y la casa de mi padre está en ruinas.

Caterina sintió como si le clavaran un puñal en el corazón.

—¿Os quedaríais si os lo pidiera?

La mujer bajó los ojos hacia el niño.

—Haré todo lo que deseéis, condesa. La sabiduría está de vuestra parte.

—Sabiduría, ¿dónde estaríamos sin sabiduría? —dijo Caterina con una sonrisa amarga—. Tenéis mi permiso, pero os echaré mucho de menos.

—Gracias, condesa —murmuró Margherita. Le estrechó la mano y luego, con esa misma mano, acarició los pañales del pequeño Filippo Maria, que había reabierto los ojos y la contemplaba pacífico.

Milán, diciembre de 1393

Una luz pálida irrumpía a través de las ventanas con cristales de colores, avivando el brillo de la piel de Matilde. Acurrucada entre las mantas, con un mechón de cabellos cruzándole una mejilla, tenía los labios color granate abiertos en un tenue aliento.

Alberto estudió su perfil, se imaginó despertándola con besos y caricias. Se deslizaría en su interior, la aplastaría contra el colchón arrancándole gemidos y suspiros y luego…, luego se dio cuenta de que el deseo iba a vencerlo y tenía mucho trabajo aquel día, además de controlar las ruedas dentadas de la grúa montada en el Laghetto de Santo Stefano.

Le apartó el cabello del rostro. Dormía plácidamente como las gemelas; sus mujeres, sus tesoros. Le rozó los labios y fue tan delicado que ella ni siquiera se movió.

No había amanecido aún cuando salió de casa.

Se envolvió en la capa de lana porque el frío era intenso. Se había inclinado sobre la cuna de sus hijas, tallada en la madera de un olivo crecido a orillas del lago. Estaba tan orgulloso de ellas, eran tan hermosas que le dolía el corazón solo de verlas.

Un dulce aroma le llegó desde un punto detrás del mercado. Aceleró el paso, le pediría al panadero que le guardara una hogaza de pan negro; a Benvenuta y a Laudata les encantaba.

Se cruzó con carros tirados por bueyes que, desde el amanecer, iban y venían entre la obra y el Laghetto con las losas de mármol que habían llegado de los montes. Pero no eran los únicos que animaban las calles de la ciudad; circulaban también carros llenos de sacos de harina, cebada y leña. Distinguió troncos de roble y de olmo bien curados sobre el carro que se cruzó con él en la calle.

Cuando estuvo cerca de la obra, entrevió una sombra que se deslizaba dentro de la caseta de los ingenieros. Intrigado, se acercó a la puerta recién cerrada y entró también él.

El hombre, que todavía llevaba en la cabeza un sombrero de ala ancha, estaba encendiendo una luz. Se dio la vuelta y Alberto lo reconoció.

—Maestro Jacopo, he visto a alguien y he entrado para controlar.

—Has hecho bien, Alberto. Nunca se sabe quién merodea por la obra, y los guardianes de la Fabbrica a menudo se duermen al amanecer. Como ves, soy yo, he decidido sacar provecho a mis horas de insomnio.

—¿Vuestro hermano Zeno ha vuelto de Candoglia?

—Sí, y de muy buena gana —sonrió Jacopo—. Ahora ya se ha

acostumbrado a la ciudad, a los ruidos, al bullicio de la gente y a la comodidad de encontrar las tiendas siempre abiertas.

—He oído que Giacomo de' Comi, el obrero que se fracturó un pie después de la fiesta de la Ascensión, no volverá a la obra.

—No, pobre muchacho. Pero la Fabbrica le ha asignado un salario diario de dos sueldos hasta que encuentre otro trabajo.

Alberto se acercó a un paño muy hermoso, una trama de la seda más preciosa de color de oro, que representaba el rostro de la Virgen con el Niño en brazos.

—¿Es este el paño que la reina de Chipre ha regalado a la Fabbrica?

El maestro se acercó, apuntando con el rostro al dibujo.

—Sí, ¿no es una maravilla? Lo usaremos en la misa de Navidad como adorno del altar de Santa Maria Maggiore.

—Es una buena señal que incluso desde tierras lejanas admiren nuestro trabajo.

Jacopo asintió, sin apartar la mirada del paño dorado.

—Una excelente señal. Nuestra iglesia será magnífica. No hagas caso de los que van por ahí pavoneándose diciendo que las medidas son erróneas y que tarde o temprano se derrumbará. —El maestro se quitó el sombrero y se dio la vuelta para mirarlo—. Es sólida y está bien construida y, con las nuevas medidas de los pilares y de la altura, estoy seguro de que aguantará hasta el fin de los tiempos.

—Yo también lo creo. Vosotros, los maestros de los lagos, poseéis un saber sin límites.

Jacopo se dirigió con la vela a la pequeña estufa de hierro y encendió las ramitas y la paja que alguien había preparado. La llama prendió con fuerza, Alberto se acercó para calentarse las manos.

—Sin límites, no —precisó Jacopo—. Nosotros solo somos artistas, nuestro saber no es omnisciente. Pero recuerda que todo límite humano es el espacio de Dios, el espacio donde Él se deja atraer para manifestar su poder de vida.

—Pero vosotros procedéis todos de un mismo lugar, os conocéis todos.

—Sí, esto es cierto. Nos solicitan en toda Lombardía y en otros lugares. Algunos hermanos de arte están en Trento, en Verona, en Orvieto. Más allá de guerras y rivalidades, nosotros llevamos las piedras para edificar las casas de Dios sobre la tierra. Es así desde tiempos inmemoriales. —Jacopo tomó dos troncos de leña y los puso en el brasero abierto—. Nuestro saber se remonta a un antiguo señor longobardo, Totone.

—¿Quién era?

—Un comerciante. El dinero, si es usado por cristianos, permite cambiar el mundo y Totone lo cambió. Vivía en una de las más importantes vías de comunicación de aquella época, por donde pasaban mercancías y peregrinos que se dirigían a Tierra Santa, a Roma o a Santiago de Compostela. Muy pronto se hizo tan rico que pudo comprar cabo San Martino, un promontorio sobre el lago de Lugano. ¿Has estado allí alguna vez?

Alberto sonrió.

—Desde luego, Pietro y yo hemos ido allí a pescar un montón de veces.

—¿Y sabes por qué lo compró? —prosiguió Jacopo—. Porque así podría transportar las mercancías a Lugano sin pagar aranceles.

—Un hombre astuto.

Jacopo sonrió, él también se estaba calentando las manos.

—Y previsor. Todavía era joven cuando hizo testamento y decidió dejar todos sus bienes y los terrenos de Campione al monasterio de Sant'Ambrogio, en Milán.

—¿Y por qué? ¿Por la salvación de su alma?

—No solo por eso, lo hizo para convertir su finca en un albergue para los peregrinos. Pero yo creo que lo hizo sobre todo para no pagar los aranceles al obispo de Como.

—Un zorro, nuestro Totone —dijo divertido—. Así se aseguraba la protección de Dios y la de un poderoso aliado milanés. Pero ¿esto qué tiene que ver con el arte de los maestros de los lagos?

—Todos los habitantes de la zona sabían trabajar las piedras de las numerosas canteras de la zona. El rey longobardo Rotari había promulgado un decreto, por el que todos los que ejercían el oficio de canteros deberían llamarse maestros «comacini»,* porque eran los mejores. En Campione la escuela nació gracias a los abades de Sant'Ambrogio. Cuando se envió allí al primer gastaldo para administrar las posesiones, se creó un monasterio dependiente de Milán y, con los años, una gran biblioteca.

—Monseñor Anselmo es uno de ellos, el descendiente de aquel primer gastaldo —murmuró Alberto, pensando en aquel hombre con gran afecto.

—Sí, y a él debemos nuestra presencia aquí, en la obra.

—Gracias a Totone —murmuró Alberto.

—Sí, gracias a un antiguo comerciante podemos construir catedrales. Y gracias también a Vitrubio, otro sabio de la Antigüedad, que nos dejó en herencia los secretos de la arquitectura.

Jacopo se quitó la capa, la caseta ya se había caldeado. Apoyados en una esquina estaban su delantal, el bastón y la cuerda de doce nudos. Alberto se acercó y la cogió para examinarla.

—Una de vuestras herramientas de trabajo, como yo utilizo sierras, cuerdas y engranajes.

Jacopo asintió.

—Mucho más que una simple herramienta, créeme. La distancia entre estos nudos equivale a un codo, aproximadamente la medida desde el codo hasta la punta de los dedos.

—Sí, lo sabía. Por eso yo también usé la de Pietro para tomar medidas en mis cabrestantes.

—Con esta no te equivocarás. Permite trazar los ángulos rectos y otros elementos de un proyecto con precisión geométrica. Además del ángulo recto, derivado del triángulo pitagórico, cuyas longitudes de lado están en una proporción de tres, cuatro y cinco, nos ayuda a trazar los triángulos equiláteros con un lado de cuatro codos, los cuadrados con el lado de tres codos y los rectángulos de dos y cuatro codos, pirámides y circunferencias.

---

* Grupo de constructores, canteros, albañiles, estucadores y artistas unidos en un gremio de empresas constructoras compuesto de profesionales especializados, activos desde el siglo VII en la zona próxima a Como. (*N. de la T.*).

—Es increíble cómo un objeto tan simple puede ayudar a construir edificios tan complejos como las catedrales —razonó Alberto tocando los nudos bien apretados de la cuerda.

—Cada uno tiene sus propios hábitos, sus instrumentos, sus sistemas de medición y, sin embargo, todos consideran maestros a Vitrubio, Villard de Honnecourt, que nos dejó dibujos muy hermosos, y Gerberto de Aurillac, que fue abad del monasterio de Bobbio y más tarde papa con el nombre de Silvestre II. Escribió un texto para los constructores, en el que recogía las indicaciones de antiguos manuscritos, y conocía tan bien las artes del trivio y del cuadrivio que fue acusado de brujería. Afortunadamente, reconocieron que estaban equivocados.

—Algún día tendré que leer todas estas obras. La madera es mi oficio, pero la piedra también tiene su encanto —murmuró Alberto devolviendo la cuerda a Jacopo.

Este la tomó con una sonrisa.

—Tu amigo Pietro ya está bien instruido, confía en él. Pero ahora pongámonos en marcha, nos espera una nueva jornada de trabajo.

44

Duque de Milán

Los caballos resoplaron sacudiendo la cabeza bajo el sol implacable que hacía brillar la armadura de los dos caballeros; el que estaba a la derecha llevaba sujeto el yelmo de acero con una tira de cuero roja, sostenía una lanza acabada en punta roma para no herir al adversario y montaba en una silla de terciopelo carmesí con la gualdrapa de tela dorada. El otro llevaba un yelmo azul con una banda plateada; aún no se había bajado la visera y por debajo se podía entrever una capucha de malla de acero. Las espuelas, la cota de malla, la coraza, los brazales y los manteletes, todo era blanco y azul.

—Son muy hermosos, madre —susurró Giovanni Maria Visconti.

No era más que un niño entusiasmado con el mundo, sobre todo aquel día, el quinto de las celebraciones por la investidura de su padre como duque de Milán.

—Ahora calla o perturbarás la concentración de los caballeros —le pidió Caterina, sentada en el tablado cubierto de paños de seda púrpura. Se lo dijo, aunque sabía que sería imposible oír la débil voz de su hijo entre la multitud congregada para aquella ocasión.

El murmullo y los movimientos se atenuaron, muy pronto todos se quedaron quietos como estatuas y, cuando los caballeros bajaron las viseras y levantaron las lanzas, nadie osó respirar.

Una pezuña raspó el suelo y el gesto se hizo evidente, la incitación que desencadenó la carga.

Avanzaron, lanza en ristre, levantando ráfagas de polvo como temibles máquinas de guerra, un desafío entre hombres cubiertos de acero, celebración de un gesto guerrero que, desde hacía siglos, encarnaba la nobleza, el honor y los conflictos.

Una batalla, ese día simple simulacro, que algún día sería mortal.

Sin embargo, la impresión que recibió Caterina fue terrible: el momento crucial en que las lanzas se rozaron, el chirrido que provocó escalofríos, el estruendo del golpe en pleno pecho del caballero blanco y azul que lo derribó de su montura, los gritos del público, el ruido del metal y del cuerpo sobre la arena, traída de las orillas del Ticino para que los caballeros que querían demostrar su valor tuvieran una pista perfecta.

La multitud se puso en pie; unos gritaban, otros aplaudían y otros comentaban en voz alta superando el tumulto desencadenado por el otro caballero, que se mantenía en su montura mientras apuntaba la lanza hacia el cielo y hacía danzar al corcel, negro como la muerte.

Caterina miró a su marido, en pie también entre Teodoro II, marqués de Monferrato, y el conde Antonio di Urbino. Hablaba y aplaudía, con la cabeza muy cerca de sus invitados. Se preguntaba qué estaría diciendo su magnífico esposo, que ese día veía coronado su sueño: convertirse en duque, señor indiscutido de esa ciudad amada, a veces despreciada, pero que por un motivo u otro llevaba en su corazón.

A su alrededor estaban los señores de Padua, el arzobispo de Milán Antonio da Saluzzo, su hermano Ugo, los nobles y los embajadores de Sicilia, Venecia, Florencia, Bolonia, Pisa, Siena, Ferrara, Perugia, Lucca y Génova.

Las guerras los habían dividido, las muertes causadas por los mercenarios habían vestido de luto sus ciudades, se habían dilapidado fortunas y reducido al pueblo a la miseria, pero en aquellos pocos días todo se olvidaría y solo importaría la fiesta, los banquetes, la justa de los caballeros, las competiciones para asombrar a las damas y divertir a los milaneses. También ellos se olvidarían por un tiempo de los impuestos cada vez más gravosos.

Caterina miró a su alrededor: tiendas de campaña, magníficos pabellones levantados sobre el prado del monasterio ambrosiano, un bosque multicolor interrumpido por los tablados y las gradas abarrotadas de hombres y mujeres cubiertos de seda, colores y joyas.

Esos días de fiesta los guardaría siempre en su corazón.

Posó la mirada en la cabeza del primogénito. Siete años ya desde aquel horrible parto.

Ahora podía tocar a su criatura y lo hizo. Puso la mano enguantada sobre el sombrero adornado con una pluma de avestruz.

Giovanni Maria se volvió y le dirigió una mirada de reproche, como si el toque de la madre hubiese roto el momento mágico en que el vencedor recibía el pañuelo de seda de la madrina y el broche valorado en mil florines.

Su hijo menor estaba seguramente en una de las salas del Arengo perseguido por las niñeras, revoltoso, demasiado pequeño aún para pasar al aire libre aquel día, que la tormenta desatada por la tarde había refrescado. La lluvia había limpiado las calles, abrillantado los tejados, enfriado el aire y desteñido las múltiples telas que cubrían los tablados; gotas de colores habían pintado también la grava y la hierba de los prados.

Suspiró.

Disfrutaría de cada instante; en el fondo de su corazón sentía que era la culminación, la cumbre alcanzada después de años de compartir y sufrir, de fortuna y desgracias. Era feliz, no tuvo miedo de admitirlo.

Dirigió un fugaz pensamiento a su padre, a su madre, a sus hermanas y hermanos muertos o lejanos. La sonrisa se desvaneció, pero solo un instante. Los aplausos y la multitud la devolvieron al presente glorioso, a la variopinta asamblea de enemigos convertidos en amigos, de enseñas, de banderas y gallardetes.

El sábado, el día de la investidura, el conde Benesio, representante del emperador Venceslao II, había recibido en el tablado al conde de la Virtud. A su izquierda Paolo Savelli, príncipe romano, a la derecha Ugolotto Biancardo; a continuación, sus mercenarios y, delante de todos, Jacopo dal Verme, que llevaba la armadura sin sobreveste, para que las chapas y las incrustaciones de oro puro resplandecieran a la luz del sol; por encima de todos, el estandarte con el águila imperial junto a la serpiente viscontea.

Así había sido investido duque el conde de la Virtud, Gian Galeazzo Visconti. A partir de ese día, y para siempre, todos sus hijos varones heredarían el título, además de castillos, montes, llanuras y bosques.

Tierra y agua, hombres y bestias.

Arrodillado frente a Benesio, el nuevo duque, como un antiguo caballero, había mostrado nobleza y orgullo y había pronunciado con voz potente el juramento. Luego, cubierto con el manto y el sombrero ducal, había montado en su corcel precedido de estandartes con águilas y serpientes, rodeado de una multitud alegre, y había entrado finalmente en el patio del Arengo para comenzar el suntuoso banquete.

Sobre las mesas cubiertas de blancos manteles, un derroche de cubiertos de plata, de platos de oro y vasos de cristal; flotaba en el aire el aroma de miles de panes horneados, de faisanes, pollos, jabalíes, de toda una manada chisporroteante de grasa y especias y regada con vinos tintos suaves.

La ovación devolvió a Caterina al presente.

Era una duquesa.

El marqués de Monferrato desfilaba mostrando a todos sus trofeos. A las riendas de su corcel había atado un pañuelo escarlata.

El mundo pertenecía a Gian Galeazzo y el ducado era suyo.

Milán, 10 de septiembre de 1395

—¿Oyes las aclamaciones de la multitud? —dijo Alberto.

—Si subes al andamio, las oirás aún mejor —le respondió Pietro.

—No, le dejo el honor a Cristoforo.

Ambos miraron hacia arriba.

Si se comparaba con todos los otros edificios de Milán, con las iglesias y las torres, el resultado era titánico.

El lado este de la nueva iglesia, el ábside, había crecido de forma desmesurada, y paredes y pilares subían hacia el cielo con prepotencia, marcando un claro límite con la modesta y pequeña Santa Maria Maggiore. Las paredes más altas, más gruesas, de mármol blanco, estaban engullendo la estructura de la vieja catedral de invierno; una boca de piedra con dientes afilados que parecía querer tragársela.

Era un espectáculo emocionante al que todos los milaneses podrían habituarse. Sin embargo, casi todas las semanas, había algo nuevo: una estatua, una losa de mármol, un pilón, un detalle más en los arcos rampantes de las ventanas del ábside, y los ciudadanos se quedaban encantados mirando, unos con prisa, otros dubitativos y otros fascinados. Algunos, los más ancianos, pasaban allí la mayor parte del día comentando sus impresiones con algún trabajador, como si fueran ellos los ingenieros y no meros panaderos, carniceros o simplones venidos del campo.

La nueva casa de Dios crecía y causaba asombro.

Alberto y Pietro dejaron que su mirada vagara del joven carpintero Cristoforo, en el primer piso del andamiaje, a la airosa construcción que se alzaba sobre ellos.

Como gigantescas arañas, los tornos, cabrestantes y grúas se asomaban por la obra como guardianes de los materiales y de los trabajadores, como centinelas que levantaban pesos increíbles para la casa de Dios dedicada a la Virgen.

Pietro bajó la vista y se quedó mirando a su amigo.

—¿Todavía no tragas al muchacho?

Alberto se encogió de hombros.

—No me gusta, esto es todo. Aparentemente, sigue los consejos, te escucha, pero luego hace lo que le da la gana y crea problemas.

—¿Cómo está Tavanino?

—Bien, fui a verlo cuando regresaba del Ticino para recuperar las losas hundidas en primavera. Las infusiones que le prepara su mujer parece que están obrando milagros, y el haber reducido la responsabilidad y el trabajo le han devuelto el buen color. Está contento de que su lugar lo ocupe Beltramo de Conigo, dice que sabe lo que se hace.

—Entonces no te enfades, hazme caso —comentó Pietro sabiamente—. El padre no es responsable de la conducta del hijo, por tanto, Beltramo no es responsable de las tonterías de Cristoforo.

—Eso es cierto —replicó Alberto, ocupado en medir el tablón sobre el que clavaría un clavo—. Si yo fuese responsable de todas las travesuras de Laudata, mi mujer debería darme una paliza todas las noches.

Se echaron a reír.

—Hace tiempo que no veo a las gemelas, ¿están bien? —preguntó Pietro.

—Brincan como saltamontes y no paran de hablar en todo el día. ¿Y tu hijo Antoniotto?

—Es un pillo y come como un lobo. Aima está muy atareada y echa de menos la ayuda de donna Codivacca.

El clavo desapareció en la madera con un golpe furioso.

—Pobre mujer, a veces me pregunto con qué criterio Dios decide privarnos de los seres más queridos.

—Hacía tiempo que estaba enferma, lo sabíamos —dijo Pietro—. Sin embargo, Aima no se esperaba una muerte tan repentina; hace de ello más de un año y todavía la llora, y yo doy gracias a ese Dios, al que tú culpas, de que el hijo la mantenga ocupada.

—¿Matteo está con las tropas del duque?

—Creo que sí, espero que no le ocurra nada. Aima quedaría destrozada.

—Hicisteis bien en donar parte de la herencia de Carelli a la nueva iglesia, que el Señor lo tenga en su gloria también a él —murmuró Alberto, convencido—. ¿Sabes que los diputados quieren traer su cuerpo de Venecia a Milán?

—Sí, lo he oído. —Pasó junto a ellos un carro cargado de escombros, Pietro dio una palmada al lomo musculoso del buey—. Quieren enterrarlo en el nuevo cementerio y, como ves, están derribando las casas de bastantes ordinarios de la iglesia.

—Basta que el señor conde abra la boca o el arzobispo lo ordene y toda la Fabbrica se moviliza para tenerlos contentos —dijo Alberto.

—Recuerda que desde el sábado ya no es conde, debes llamarlo duque —objetó Pietro.

—Se llame como se llame, para nosotros no cambiará nada —replicó Alberto—. Y no te creas, los de la Fabbrica no le dicen que sí a todo a nuestro duque. La mayoría de las veces discuten con él o con sus secretarios con cartas más bien duras.

—¿Has leído alguna?

—Tuve ocasión de hacerlo en la reunión de la semana pasada. Parece ser que el duque quiere construir una gran iglesia en sus propiedades.

—Y para nosotros siempre trabajo y más trabajo. Menos mal que el maestro Marchetto hizo que los trabajadores de las puertas demolieran la casa del arzobispo. Los de la puerta Orientale han trabajado duro, pero también han bebido como esponjas. —Alberto miró a su alrededor y bajó la voz, aunque nadie parecía hacerles caso—. Jacopo, Giovannino y Marchetto están al mando de la obra y estoy seguro de que no permitirán más injerencias, ya verás. Acabará como con el último extranjero, aquel Füssingen. Lo dejaron opinar sobre los pilares y la ventana del ábside y, al final, se fue a Francia, donde piensan como él.

—Tienes razón. Nosotros tenemos mejores cosas que hacer que escuchar las dudas de un alemán sobre nuestras ventanas —le respondió Pietro.

No quería acercarse demasiado y correr el riesgo de que lo vieran, se había prometido abandonar la ciudad el mismo día en que el duque decidió perdonar a todos los deudores, abrir las celdas de la Malastalla y dar un florín a todo el mundo.

Sin embargo, todavía estaba allí.

Ugolotto da Rovate se rascó los pocos cabellos que le quedaban y examinó por enésima vez el nuevo aspecto de la plaza y la altura alcanzada por la nueva iglesia.

Frunció el ceño, pensativo.

Podía trepar por aquellos tablones y atraer a una trampa a aquellos dos malnacidos. Merecían una muerte lenta y dolorosa.

¡Qué satisfacción sería verlos precipitarse al vacío, con los brazos abiertos y el terror reflejado en el rostro! Un empujón y sería el último vuelo. Cerró los ojos y saboreó la escena por centésima vez.

Le habían robado cinco años, cinco larguísimos años en los que nadie se había presentado a pagar sus deudas.

¡Cuántas cuentas pendientes tenía!

Si pudiese, si tuviese fuerza y poder, reduciría a escombros aquel edificio blanco, aquella prepotente sinfonía de piedras, madera y mármol a la que llamaban casa de Dios. Nadie en Milán, nadie en toda Lombardía, ni tal vez en toda Italia, odiaba aquel montón de piedras tanto como él, con ímpetu y pasión.

Pasión, sí. Rencor. Le gustaría destrozarla, aniquilarla, incluidos los ingenieros, los maestros y los obreros. «Malditos sean todos», pensó.

Cinco años pasados con Basilio, que no lo había resistido y había muerto el invierno pasado.

Maldito, lo había abandonado.

Se acabaron las distracciones, las conversaciones, las palabras, quedaba solo el silencio interrumpido por los gritos de los transeúntes, las voces de los desconocidos, el ruido de las ruedas de los carros sobre el pavimento, el sonido de las campanas. Estaba obligado a escuchar y no a vivir, porque la ventana de la celda daba a una calle de la ciudad.

Antes de Basilio y después de Basilio, en esto había consistido su vida.

De día razonaba y maldecía, de noche recitaba sus enseñanzas en vez de las oraciones, porque tarde o temprano, estaba seguro, le resultarían útiles.

Al mirar hacia arriba tuvo la impresión de que el edificio se movía; en realidad, era la actividad de los obreros, el subir y bajar de las grúas que llevaban a alturas vertiginosas ladrillos, cubos, herramientas. Un hormigueo constante y desordenado.

Vida.

Apretó los puños discurriendo cómo podría resarcirse de lo que se le debía, vida y dinero.

Como el sueño de derribar la iglesia era irrealizable, de momento podría hacer otra cosa, por ejemplo, dirigirse a Lodi. Basilio le había dicho que allí vivía su hermana, viuda.

«Una buena mujer —le había explicado su compañero—. Tiene una pequeña granja no lejos de una fuente de agua caliente y maloliente. Se dedica a sanar. Cuando salgamos de aquí, iremos a verla para recuperarnos; bañarse en la poza caliente que está junto al gallinero es como llegar a las puertas del Paraíso».

Mejor abandonar Milán.

Si la hermana de Basilio existía de verdad, le entregaría el colgante que este le había dado antes de morir, la cruz de plata con los cuatro triángulos.

Fuego, aire, agua y tierra.

La tocó con dos dedos, acariciando su lisa superficie. Estaba caliente, la llevaba en el pecho en contacto con la piel.

Recuperaría las fuerzas, encontraría un techo y cobraría lo que le debían sus supuestos amigos, aquellos que le habían dado por muerto e ignorado durante años.

«Esa podrida cárcel no me ha matado, siento decepcionaros», pensó y soltó una sonora carcajada, alegre después de tanto tiempo, que atrajo la mirada de algunos transeúntes.

—¿Qué queréis? —les gruñó—. Largaos.

Se levantó la capucha, la bajó sobre la frente y le dio la espalda a la nueva iglesia; el Duomo, como ya lo llamaban aquellos milaneses de mierda.

Diciembre de 1395

No tenía frío ni hambre. Giovannino de' Grassi podría vivir para ese lápiz de plata que sostenía entre los dedos y para las hojas de pergamino sobre las que dibujaba. Precioso papel que reutilizaba sin desperdiciar ni un centímetro.

Los pilares serían suyos, soñaba con ello desde que, años antes, había tenido una visión de capiteles poblados de estatuas.

Finalmente, estaba realizando el dibujo, que sería presentado a su excelencia el arzobispo Antonio da Saluzzo, entusiasmado con la propuesta.

«Dibujadlos, maestro Giovannino —le había dicho el anciano prelado—, de modo que pueda verlos y no solo imaginarlos».

El encuentro se había producido a finales de julio, cuando la Fabbrica le había encargado la decoración de las esculturas de los portales de las sacristías, esculpidas por el maestro Jacopo y por aquel alemán que desapareció muy pronto, Fërnach. Los diputados no habían escatimado en gastos: habían comprado pan de oro y el bellísimo azul del lapislázuli. Su hermano Porrino, recién contratado en la obra, había sido una ayuda valiosa, sobre todo ahora que la gota le impedía estar mucho tiempo en pie.

Octogonales; por tanto, tenía a su disposición ocho nichos.

Reflexionó.

La sibila debía llevar una túnica sedosa, tener el rostro sabio y un porte orgulloso. Trazó con la mano curvas y líneas, que fluían sobre el folio como la túnica imaginada, jugó con los claroscuros para representar mejor los llenos y los vacíos.

Un pinchazo en la muñeca lo inmovilizó. La sujetó con fuerza, como si apretándola pudiera mitigar el dolor.

Él, el artista de los pinceles, traicionado por el cuerpo. «Dios mío, Dios mío —pensó—, ayúdame a acabar estos capiteles, son mi ofrenda a tu casa».

Poco a poco el dolor fue remitiendo y siguió con sus reflexiones. Entre las estatuas encerradas en los nichos insertaría pequeños pilares y agujas decoradas con conchas y hojas. Quería que a los ojos de un observador la materia, el mármol, apareciera no sólido sino dúctil, suave como la seda, como si tuviese vida, movimiento y aliento.

Esta obra suya sería una novedad, más allá de todo lo que había intentado hasta entonces, y quería probarlo a cualquier precio. Por eso pasaba horas en el almacén dibujando, imaginando, haciendo esbozos para conseguir las líneas llenas de movimiento que tenía en la cabeza.

Ejercicio, disciplina, concentración. Olvidarse del mundo, de aquellas paredes de tablones, entrar en la iglesia con los ojos cerrados e imaginar que te mueves entre los altísimos pilares, observar la procesión de los capiteles con aquella cantidad de santos.

El pueblo de Dios.

Debería hacer también algún modelo en creta, para mostrárselo al arzobispo. Era el momento adecuado, ahora que la inspiración fluía en él como agua fresca, como un torrente crecido por la lluvia.

Meses antes no había sido así.

Todavía recordaba aquel día de finales de marzo, cuando había acompañado a los ingenieros Jacopo Fusina y Marchetto da Carona al Laghetto de Santo Stefano, donde Alberto el carpintero y sus ayudantes estaban montando una gran grúa nueva para descargar las barcazas cargadas de mármol.

Qué tortura, aquellos días.

Su mente vagaba en busca de inspiración para realizar el primero de los capiteles que tenía en mente. A veces le parecía ver las estatuas, casi tocarlas en sus detalles, los drapeados, los rizos sueltos sobre los hombros, los cinturones para recoger los pliegues de las túnicas, pero en cuanto intentaba dibujarlas, la visión desaparecía.

Insatisfecho de día, de noche daba vueltas y más vueltas en la cama y rezaba a la Santa Madre de Dios para que le devolviera la chispa creativa que parecía haber perdido.

En la orilla opuesta a aquella en la que atracaban las barcazas, el margen descendía suavemente en el agua, y después del invierno había crecido allí una hierba muy fina y verde. Inmerso en las reflexiones, mientras a sus espaldas los compañeros acribillaban al carpintero con sus preguntas, se había quedado fascinado contemplando a las lavanderas que charlaban y reían al sol. Con los muslos desnudos y las pantorrillas torneadas, golpeaban los paños enjabonados sobre una losa plana de piedra que no servía para la obra.

Aquellos pies pálidos, los brazos al desnudo, las ropas recogidas en pliegues metidos en los delantales, aquella morbidez tan femenina. Un oficio tan antiguo como el mundo, refinado por esos gestos seguros, llenos de energía y, al mismo tiempo, de gracia.

Había conservado esa visión hasta que llegó a la caseta y pudo dibujarla sobre el pergamino. La inspiración está en todas partes, inasible, imprevista. Solo hay que atraparla, reconocerla y atesorarla.

Giovannino suspiró satisfecho y apartó el folio, para estudiarlo.

Una ligera modificación a la capa y de la túnica sobresaldría el pie de santa Lucía, patrona de los canteros y de la vista.

45

A mitad de camino entre Milán y Pavía

Alrededores del castillo de Pavía, principios de abril de 1396

—Ilustrísimo, este lugar es magnífico.

Fray Macone, prior de la cartuja de Garegnano, tenía los ojos brillantes. Tras desmontar del caballo, había seguido al duque, a la duquesa y a su séquito por el camino que bordeaba el edificio de piedra, la lujosa mansión que ella utilizaba durante el verano.

Caterina siguió como hipnotizada la blanca túnica del monje. Se volvió; las niñeras habían traído a los niños, que saltaban y jugaban entre las flores. Tranquilizada, observó la ventana con los postigos cerrados, por la que se asomaba a menudo para respirar el aroma del campo y disfrutar viendo a sus hijos jugando en el prado.

Por fin podría hacer realidad su promesa en aquel claro, abierto unos veinte años atrás por su suegro Galeazzo II para reunirse con los cazadores durante las batidas.

Perfecto para la nueva cartuja. Los árboles de grueso tronco ofrecían frescor a los caminantes; sembrado de flores, era el paraíso de las mariposas: amarillas, naranjas, azules, decenas y decenas, desde la primavera hasta finales de verano.

—Mi señora duquesa eligió este lugar, fray Macone —dijo su marido sin detenerse—. Es a ella a quien debéis dar las gracias.

El religioso le sonrió, haciendo una señal de bendición.

—Excelencia, aún no habéis dicho ni una palabra. —Gian Galeazzo se había dirigido al obispo de Novara, que lo observaba todo con su habitual mohín. Inesperadamente, sonrió.

—Sus muy ilustres gracias me han dejado sin palabras. Doy gracias a Dios por este don.

Caterina se acercó y, arrodillándose, le besó el anillo. Él le puso la mano sobre el velo que le cubría la cabeza. Gian Galeazzo, entretanto, se había acercado a los invitados milaneses.

—Me gustaría que los trabajos empezasen pronto, Jacopo.

Jacopo Fusina.

A Caterina le fascinaba su aspecto. El cabello desgreñado, la frente ancha, el rostro marcado por las arrugas, que le daban una apariencia de piedra esculpida. Los ojos azules, inquietos, observaban el mundo como si lo contemplasen desde una perspectiva distinta, con más claridad que el común de los mortales. Brillaba en ellos una inteligencia extraordinaria, perceptible pero escurridiza, como la sombra melancólica oculta en lo más recóndito de su mirada. Como si hubiese visto un mundo mejor y supiese que lo había perdido para siempre.

Cuando le dijeron que era uno de los ingenieros que estaban al frente de la obra de la nueva iglesia de Milán, se había sentido intimidada. ¡Qué mente excelsa, llena de cálculos y admirables proyectos! Gian Galeazzo lo trataba con deferencia, una cierta simpatía y benevolencia. Y también respeto, sí, y pocos eran los hombres que podían presumir de este privilegio.

Caterina había imaginado una iglesia como la que recordaba de niña, parecida a San Giovanni in Conca, con un rosetón en la fachada, bíforas y tríforas distribuidas aquí y allá, y ventanas con los arcos apuntados que siempre le habían gustado. ¿Qué fachada imaginaría aquel hombre? ¿Cómo sería la planta de la iglesia?, ¿y los interiores? ¿Tendría un campanario tan alto como para dominar la llanura? ¿Podría verlo desde los muros del castillo de Pavía?

Jacopo había tanteado el terreno con una larga caña que usaba a modo de bastón, miraba a su alrededor.

—El terreno es sólido, excelencia —dijo de pronto—. Haremos cimientos profundos como para sostener una gran altura.

Caterina se agachó para coger una margarita, caminaba junto al obispo.

—Hija mía —estaba diciendo este—, en el Evangelio de Mateo Jesús dice: «Vosotros sois la luz del mundo»...

Pero Caterina no lo escuchaba, intentaba captar las frases que se estaban intercambiando Jacopo Fusina y su marido, junto con el otro ingeniero, que también había venido de la Fabbrica, Marco Solari da Carona.

Tenía un bonito nombre y era un hombre apuesto, de cuerpo esbelto, ojos muy claros y una espesa cabellera castaña, que apenas empezaba a blanquear en las sienes.

Gian Galeazzo ya había dispuesto hacer una primera donación para la cartuja, y quería que el trabajo fuese guiado por una entidad, como se hacía con éxito en la Fabbrica milanesa.

La cartuja era uno de sus temas preferidos cuando se hallaban en la biblioteca. No se hablaba de guerra en su presencia, sino de construir una iglesia ducal, que se convertiría en la de sus descendientes de la dinastía de los Visconti.

No era la primera vez que Jacopo Fusina y su marido se encontraban. En esos años le había pedido a menudo consejo sobre la arquitectura, sobre los ingenieros extranjeros contratados por sugerencia suya que, a la larga, habían resultado un fracaso. También sabía que, durante el último invierno se había retirado al lago, a su pueblo natal, para estudiar el proyecto de la cartuja.

—Podremos empezar hacia el mes de agosto para poder continuar hasta finales de diciembre, antes del invierno.

—Haremos como decís, maestro.

—Bernardo da Venezia me presentará sus dibujos —continuó Fusina—. Es uno de los mejores de mi tierra, habéis hecho bien en llamarlo, porque yo no podré quedarme mucho tiempo; la obra de Milán me reclama.

—Lo sé, lo sé, maestro. Tan numerosos como egoístas los diputados de la Fabbrica. ¿Cómo van los trabajos?

—Muy bien, excelencia —le respondió Marco da Carona—. Han encargado un órgano, pero ya tocan el que fray Martino nos ha prestado.

—Bien, la misa cantada es otra cosa —dijo su marido, juntando las manos en la espalda como hacía cuando meditaba.

Los ingenieros se alejaron charlando, ella se quedó a su lado.

—Esta noche volveremos a hablar con los ingenieros y, si lo deseáis, podréis escuchar lo que nos proponen para nuestro templo santo.

Caterina se sonrojó ante la consideración que le demostraba su marido.

—Estaré allí con mucho gusto —le respondió.

—Quiero que mis huesos también descansen en este lugar. Haré testamento para que tras mi muerte no surjan malentendidos, ni siquiera sobre mis restos. —Miró a Giovanni y a Filippo, que corrían seguidos por las niñeras—. Esto es lo que quedará de nosotros, mi querida duquesa.

Caterina no encontró palabras para responder y, cuando quiso hacerlo, era demasiado tarde. Su marido ya se había reunido con el obispo.

Milán, octubre de 1396

—¿Un mapamundi? —preguntó Giovannino.

—Sí —le respondió Marchetto—. Quieren que lo pintes en la sacristía norte, en azul y oro, con tierras firmes y aguas tumultuosas.

Giovannino rio.

—Al parecer, les gustan mis dibujos… tumultuosos.

—No presumas demasiado —dijo Marchetto manteniendo la sonrisa.

—No, no lo haré, a pesar de que se me ha predicho que moriría en la cúspide de mi fama —replicó Giovannino, sin mostrar ni miedo ni nostalgia.

—Los profetas y las hechiceras no son cristianos —objetó Marchetto seriamente—. Ambos sabemos que son charlatanes, ninguna cosa de las que dicen es verdad.

—Tienes razón. No sé nada de encantamientos, brujerías y cosas semejantes; ocurrió hace muchos años y no pude evitar escuchar a aquella mujer —respondió Giovannino—. Ya sé que son artes falsas, se basan en la fantasía y la superstición. Y, a propósito del mapamundi, los diputados tendrán que esperar. Con Jacopo estamos trabajando en el diseño de las vidrieras de la sacristía sur. Es un experimento, después hablaremos con los vidrieros.

—Estaremos en la cartuja la semana próxima.

—Los Doce no estarán contentos.

—El duque tiene preferencia, no se le puede decir que no. También preguntó por ti y tendrás que acompañarnos, tanto si tienes compromisos como si no.

—Sí, lo sé. He recibido una carta de uno de sus secretarios, Ottorino Mandelli.

—Teniendo en cuenta que también está en marcha la obra de la iglesia de Como, escasean los ingenieros. He echado mucho de menos a Lorenzo degli Spazii, sobre todo por su buen ojo para detectar los defectos del mármol.

—Envía a Pietro, tu joven discípulo. Es muy bueno.

—No, Pietro se quedará aquí. Zeno regresa de Candoglia y, si falto yo en la obra, ha de tener un guía, aunque ahora ya está capacitado para dirigir los trabajos.

—Te gusta mucho, ¿verdad? —le preguntó Giovannino.

—Le tengo cariño, sí. Lo he visto crecer; cuando llegó a la obra era poco más que un chiquillo.

Marchetto guardó el compás en la caja de madera, tras haberlo limpiado con un paño.

—Estáis aquí, os estaba buscando. —Cristoforo da Conigo, otro de los ingenieros de aquel año, entró en el almacén—. He encontrado por casualidad al vicario de provisión.

—¿Dónde estaba? —preguntó Marchetto.

—Observando el trabajo de las ventanas. Es un personaje muy activo. Y simpático.

—Estaba curioseando, me imagino que querría algo —dijo Giovannino con resignación—. Espero que no haya mencionado mi nombre.

Cristoforo se quitó el gorro y se pasó la mano por el cabello. El flequillo, que no estaba protegido por la lana, estaba blanco por el polvo del mármol.

—No, tranquilo. Me ha dicho que en la última asamblea se

427

habló de enviar un ingeniero a Bobbiate, junto al lago. Han encontrado unas piedras que podrían utilizarse en la obra. —El ingeniero se sentó en un taburete, agotado—. ¿Vas tú, Marchetto?

El interpelado se quedó pensando.

—No, prefiero quedarme aquí por el asunto de los capiteles.

—Enviamos a Pietro, hazme caso. Es joven, los viajes no le dan miedo —insistió Giovannino.

—¿Adónde tengo que ir? —Pietro acababa de entrar. Llevaba un saco de pan negro y puso un trozo de queso sobre la mesa, apartando el modelo en madera de una estatua.

—Los diputados quieren un ingeniero en Bobbiate, hemos pensado en ti —dijo Giovannino.

Pietro los miró uno por uno.

—No soy ingeniero.

—Ya tienes los conocimientos, muchacho —aprobó Marchetto, poniéndole la mano en el hombro.

—Gracias, maestro.

—¿Sabes, Marchetto? Además de tener en común el don de la piedra, este chico también se te parece —dijo Cristoforo cogiendo una rebanada de pan.

—Has bebido demasiado vino esta mañana —replicó Marchetto, divertido.

—Esta mañana no, pero con este buen queso tengo intención de beber al menos dos vasos —replicó el otro, alegre—. Entonces está decidido. Vas a ir al lago, muchacho, y te lo ruego, si las piedras son buenas, haz que las traigan a la obra.

El día estaba llegando a su fin, el toque de rojo en el cielo recordaba los colores del otoño. Pietro caminó entre las hileras de casas imponentes y sombrías pensando en el encargo que acababa de recibir.

No le gustaba dejar sola a Aima, ni a su hijo. Regresar a casa todos los días y encontrarse con ellos era una alegría, pero el trabajo era importante y se había sentido halagado por las palabras sinceras de Marchetto.

Dobló la esquina hacia la casa de donna Codivacca, que ahora era de su propiedad. Vivían en el primer piso y las habitaciones del segundo albergaban a Alberto y su familia. El tercer hijo de su amigo nacería el mes que viene.

Él también deseaba tener más hijos, pero la Virgen santísima no se los había concedido aún. Dobló la esquina, pasó por delante de la fachada de San Babila y, justo entonces, distinguió una silueta que cruzaba la calle perpendicular a la plaza. Fue solo un instante; antes de que pudiese saber quién era, desapareció por la calle lateral.

Qué raro, pensó, le había parecido reconocer el paso de Ugolotto da Rovate. Le había llegado la noticia de que, al ser perdonado por el duque, había abandonado Milán apresuradamente.

Aquel tipo estaba impregnado de oscuridad y él, desde entonces, se había prometido permanecer siempre vigilante.

Monseñor Anselmo le dijo en cierta ocasión que dentro de cada hombre vive Dios, pero Pietro estaba seguro de que dentro de aquel bastardo vivía el demonio.

Decidió echar un vistazo.

Dobló también hacia el callejón por donde lo había visto desaparecer un segundo antes. No había nadie, excepto un par de muchachos que bromeaban. Se acercó a ellos.

—¡Eh, vosotros! ¿Habéis visto pasar a alguien?

Lo miraron extrañados.

—No, señor. Aquí solo estamos nosotros —respondió uno, pero cuando Pietro se alejó los oyó reírse a sus espaldas.

Estuvo dando vueltas por los callejones hasta que se dio por vencido y regresó a su casa. La criada le abrió la puerta y le entregó la capa.

—La señora está en el estudio —le dijo con una sonrisa—. Vuestro hijo, como de costumbre, está con las gemelas.

—Gracias Bianca, iré con mi mujer.

Pietro apreciaba el espíritu de Aima, además de respetarla como compañera. Desde la muerte de su benefactora, se ocupaba de los bienes y de las fincas que la mujer les había legado, una herencia discreta que Aima administraba con la pericia de un contable.

La puerta estaba entreabierta y a través de la rendija examinó la estancia como si la viera por primera vez. El escritorio, el arcón tachonado, las ventanas abiertas a la brisa de octubre. Su mujer no notaba el frío, una cualidad que tal vez se debía a sus orígenes.

Sus ojos se posaron en la gran estantería que estaba a sus espaldas, códices y manuscritos adquiridos por el marido de donna Codivacca que tenían cierto valor.

Encima del escritorio había tinteros, un pequeño bloque de mármol descartado de la obra, un montón de papeles del que colgaba el rosario de marfil que le había regalado por Navidad. Delante, una única silla cubierta de raso amarillo.

Pietro se acercó. Sus ojos se posaron brevemente en los folios y luego se sentó con mucho cuidado. Aima no levantó la vista, siguió leyendo el pergamino.

—Te he oído, ¿sabes? —le dijo—. ¿Hoy también vienes cubierto de escombros?

—No.

—Las ventas de la cosecha han ido bien, podremos dar algún saco a la Fabbrica.

—Que así sea.

Aima finalmente alzó la vista y le sonrió, mostrando los dientes blancos irregulares. Fue suficiente para turbarle los sentidos. La joven extendió la mano izquierda y le acarició una mejilla por encima del escritorio.

Su tacto era tan delicado, tan distinto de la dureza del mármol que trabajaba todos los días. Nunca dejaba de sorprenderlo la diferencia sustancial: la suave solidez de la piel de ella comparada con la firmeza de la sustancia que amaba esculpir.

La caricia duró demasiado poco, pero ella dejó el folio, dio la vuelta al escritorio y le echó los brazos al cuello.

Pietro sonrió y se la acercó aún más.

—Pietro, bienvenido a casa —dijo Aima, y abrió los labios, inclinó el rostro hacia el suyo; él la besó estrechándola aún con más fuerza, sintió su propia barba áspera contra la piel suave y la palma de la mano en la espalda de su mujer.

Apartó los labios de los suyos y volvió a mirarla. Era real, en todos los sentidos, real como el mármol que esculpía.

Amor y deseo se fundieron en una sola cosa tratando de dominarse mutuamente, y se amaron allí, en aquella habitación donde la oscuridad y la luz del crepúsculo se perseguían.

«Dios conoce hasta los pensamientos más íntimos de un hombre», pensó Ugolotto; los suyos los conocía también el diablo. Fantasías, miedos, vergüenzas, los deseos nunca manifestados y los que todavía le quedaban por cumplir.

Una sacudida de ese sentimiento incontrolable, que lo asaltaba cuando se hallaba al borde de un precipicio real o imaginario, creció en su interior y muy pronto alcanzó la cima, elevándose como la espuma desde las profundidades de sus entrañas.

Demonios, eso es lo que tenía dentro. Pateaban como sementales al galope, y lanzó un gemido, mientras lo que gritaba en su interior le ordenaba que volviese atrás y saciara la sed que lo devoraba.

No, ahora no.

«Deja que explote», pensó, unos instantes robados al tiempo y esa sensación de derrota, la agonía, cesarían.

No, no es el momento.

Apoyó el brazo en la pared del edificio de la esquina. Respiró a fondo, para calmarse.

Tenía frío, una gélida mano espectral le tocaba la cabeza para recordarle que el mal era una dulce bebida que se tomaba a sorbos de una copa de cristal, no una fétida ciénaga que el hombre ha de temer a toda costa.

—Paciencia, paciencia —susurró para sí, y en aquel lapso le llegó el sonido de una melodía.

Imposible saber de dónde procedía, si de las ventanas iluminadas sobre su cabeza o de la casa de enfrente o, incluso, de la iglesia que reconoció como Santa Maria alle Case Rotte.

Instrumentos de cuerda, un arpa y un laúd. La primera con notas agudas, delicadas, una lluvia primaveral; el segundo, un sonido más grave, más profundo, olas que chocaban contra los escollos en una noche de tormenta.

Había visto las tormentas invernales, el mar que se hinchaba en oleadas majestuosas y se lanzaba contra la costa como si quisiera arrebatarle iglesias, castillos, casas y hombres. Cuánto había amado aquellos meses transcurridos vagando sin rumbo con la hermana de Basilio, el olor de la sal en la nariz y su consistencia en los dedos.

La música lo arrastró lejos de aquella calle milanesa, vio su caída y su ascenso. Los recuerdos danzaron al ritmo de las notas, presente y pasado unidos en un abrazo ardiente y primitivo.

Ugolotto mantuvo los ojos cerrados, dejando que la música penetrara en su alma, si es que todavía tenía una. Las notas más oscuras inundaron sus sentidos con oleadas de extática melancolía: lo que había sido, lo que había hecho, lo que había perdido y aquello a lo que había renunciado.

Experimentó una exaltación brutal, una tristeza indecible, evocó los espectros que llevaba en su corazón y con ellos viajó hacia la eternidad oscura, sin redención. Él, artífice de su propio destino.

Ningún Dios. Ninguna absolución. Ningún pecado, porque solo existía su naturaleza y a esta naturaleza estaba sometido.

La música se elevó, se precipitó, lo arrastró. Liberó lo que tenía encerrado en su corazón, lo que había hecho, deseado y proyectado; horror, maravilla, poder y venganza.

Tan repentina y furtiva como había llegado a sus oídos, cesó de repente la música y dio paso al silencio. Se sintió solo, Milán le pareció vacía; el presente lo devoró de nuevo y concluyó que la carne no era más que polvo, calcinada, oscura como un tronco de leña quemado.

El viento que soplaba del norte le llevó el olor acre de un fuego apagado, un hedor mezcla de carbonilla húmeda y leña consumida por el fuego.

La semana anterior había estallado el peor incendio que se

recuerda en el centro de la ciudad; una casa entera había sido devorada por las llamas, y ningún miembro de la familia que allí vivía se había salvado.

Debido a una serie de coincidencias afortunadas, la gente que había acudido en auxilio había podido contenerlo, y el viento y la amplitud del lugar habían evitado que se propagase a otras construcciones.

Su sonrisa se apagó, sustituida por una expresión de indiferencia severa y altiva.

Los que habían denunciado a Basilio ya no eran más que cenizas.

Ahora podría dedicarse, en cuerpo y alma, a lo que deseaba hacer desde el primer momento en que puso de nuevo un pie en Milán.

46

Los años pasan deprisa

Castillo de Pavía, febrero de 1397

Gian Galeazzo se quitó la capa y la puso sobre la silla que había sido de su padre. Había aprendido mucho viéndolo interactuar con sus subordinados.

El lenguaje del poder es presencia, gestos, pensamiento. Le había mostrado el camino enseñándolo a brillar con luz propia. El terciopelo verde oscuro de los reposabrazos estaba desgastado de tanto apoyar sus manos en él.

Rozó el tejido con un suspiro.

El tiempo es inaprensible, y aquel día le parecía haber entrado en una tierra de sombras. Recordó una frase de las *Confesiones* de san Agustín: «Dios es intemporal, pero para los hombres no existe un antes y un después, solo un eterno presente».

En la habitación flotaba un aroma de leña quemada, de humo. Se sentó y cerró los ojos.

Había dejado atrás a propósito a todos los cortesanos al salir de misa; la voz animada del sacerdote, sus gestos rápidos, las palabras del sermón habían llenado el vacío de su mente, pero, tras bajar los escalones de la anteiglesia, había caminado en silencio y se había distanciado para estar solo.

No podía permanecer sentado, de modo que se puso a dar vueltas por el estudio tocando los distintos objetos: el motivo del águila imperial bordado con hilo de oro sobre el escudo de la familia, la caja de marfil que contenía los sellos, el cofre de plata que le había regalado su mujer con las plumas de oca y los punzones.

El tiempo.

Tenía casi cuarenta y seis años y ese mero pensamiento le estropeó el día por completo.

Observó el paisaje deformado por las superficies de los cristales, tan parecido al agua. Nubes grises se cernían sobre la llanura, sobre el bosque, sobre los jardines con los árboles aún desnudos. ¿Cuánto tiempo más podría observarlo, disfrutarlo, respirarlo?

Con un gesto y un «no» que le subió a los labios como un suspiro involuntario, se puso de espaldas a la ventana e intentó reconducir sus pensamientos a lo que lo apremiaba, Mantua.

Los Gonzaga eran cada vez más arrogantes; ese ribaldo turbulento y holgazán, Francisco I, todavía tenía una cuenta pendiente con él, ¿acaso no había mandado decapitar a su prima Agnese en 1391 con una falsa acusación de adulterio? Aquella boba le había mostrado su hostilidad cuando había depuesto a su padre Bernabò, pero seguía siendo sangre de su sangre.

Dio la vuelta al escritorio, la silla se movió con un chirrido molesto, pero su mente estaba concentrada en la Toscana, donde tenía de su parte a Siena y Pisa. El golpe que pensaba dar contra el Gonzaga era importante, pero al fin y al cabo se lo había buscado. Su alianza con los florentinos era un auténtico desafío.

Sacó del cofre de plata su punzón favorito, de madera de rosa y ébano, y lo sopesó con dos dedos. Debía actuar contra Mantua y contra Florencia. Cogió un folio de pergamino y mojó el punzón en la tinta.

Para lanzar el primer ataque enviaría a las tierras de Pescia al capitán Alberico da Barbiano; bastaría para mantener a raya a los florentinos, que tres años antes habían perdido al viejo bastardo de Acuto.

Oyó que llamaban a la puerta y, antes de que se abriese, ya sabía quién osaba turbar su paz.

—Señor duque —murmuró Francesco Barbavara desde el umbral.

Esbelto, un manojo de nervios, de energía, la piel olivácea tensa en los pómulos, los ojos negros que parecían traspasar a los interlocutores. Había recorrido un largo camino aquel hombre salido de la nada, empleado tiempo atrás en los humildes servicios de la corte ducal. El duque se había fijado en él por casualidad, le había gustado su forma de actuar directa, sin rodeos, su capacidad de analizar hechos y situaciones con la misma agudeza con que contaba los números y se ocupaba de los asuntos financieros.

Tasas y tributos no tenían secretos para él, conseguía siempre ofrecerle, con pocas palabras, un resumen preciso y claro de cuánto dinero se necesitaría para una u otra guerra, y su iniciativa de hacer pagar tributos al clero, algo que él nunca había pensado, le había gustado tanto que le dio en feudo el castillo de Settimo, en el campo de Pavía.

Tras haber ascendido en dignidad, el novarés se granjeó sus simpatías y se ganó su total confianza, convirtiéndose muy pronto en su brazo derecho, hasta el punto de merecer honores y de compartir los secretos más celosamente guardados del Estado. En la corte no era bien visto, era un extranjero, pero a él no le importaban ni la envidia ni los chismes.

—Entrad, entrad.

Barbavara obedeció, cerró la puerta y se acercó al escritorio.

—El tiempo corre, mi querido amigo, y no le importa ver cómo se desvanecen nuestros intentos de doblegar la existencia y reducirla a lo que nos gustaría —le dijo, convencido de que el hilo de aquel triste pensamiento era muy claro incluso para su primer tesorero.

—Todo intenta escapar del orden, la vida es eternamente huidiza y el miedo a no tener suficiente tiempo nos acosa como un soberbio semental —replicó Barbavara confirmando su intuición.

Gian Galeazzo alzó la vista, el hombre lo estaba mirando como un vidente mira la bola que contiene presagios.

—Desde hace un tiempo, cada año que pasa es como tener que tragar una piedra —continuó, y sus palabras confirmaron sus temores de antes, aunque Barbavara aparentaba ser más joven que él.

Todo pareció detenerse. Gian Galeazzo miró a su alrededor. Los tapices, el puño enjoyado de su canciller, la luz reflejada por el cristal de roca que sostenía los papeles. Cosas reales todas ellas, porque podía verlas y, si alargaba la mano, tocarlas; pero compartir esas pocas frases ya era parte del pasado.

Dejó el punzón e intercambió con el hombre una larga mirada.

—¿Cómo están mis hijos, Barbavara? ¿Y mi segundogénito? —preguntó tras unos instantes de silencio—. No he hablado con él desde el pasado agosto, cuando lo ayudasteis a poner la primera piedra de la cartuja.

—Crece, pero sus intereses están demasiado alejados de los vuestros, no es más que un niño.

—Filippo Maria fue un don del cielo, es el favorito de su madre.

Barbavara asintió.

—Hace un rato que he dejado a Giovanni Maria con su preceptor. Es estudioso, pero también hay que darle un ejemplo guerrero.

—Estoy de acuerdo con vos —asintió.

—Si me permitís, la señora duquesa favorece demasiado su espíritu poético. Intenta dirigirlo hacia las letras, más que hacia la guerra, pero solo obtiene el efecto contrario.

—¿Qué queréis decir?

—La semana pasada cogió una hoja de espada sin terminar de la reserva del armero y empezó a correr por el corral causando estragos entre las codornices y los pavos reales. Luego atacó al mozo de cuadra y le hirió en un brazo.

Gian Galeazzo soltó una carcajada cínica.

—Es incontrolable, siempre ha sido así. Espero que le hayáis dado algún dinero a la familia de ese criado.

—No creará ningún problema, señor duque.

—¿Castigasteis a Giovanni por las aves muertas? Semejante conducta es indigna de un príncipe, en realidad de cualquier hombre. ¿Cómo va a gobernar si no sabe gobernarse a sí mismo?

—¿Qué niño no pierde la cabeza de vez en cuando? —justificó el administrador con una leve sonrisa.

—He de pasar más tiempo con él —murmuró Gian Galeazzo—. Mañana ordenaré a uno de mis capitanes que empiece a adiestrarlo en el uso de las armas. Dejaré a mi señora duquesa unos meses más para ser madre; después, en verano, lo llevaremos con nosotros a Mantua, cuando entremos victoriosos en la ciudad.

Barbavara apoyó una mano en la silla que estaba frente al escritorio y se inclinó hacia él como un arco tenso.

—Mi duque, ¿realmente tenéis intención de atacar al diablo Gonzaga?

Gian Galeazzo dejó a un lado la carta e hizo una señal al tesorero, que se sentó sin apartar la mirada de su rostro.

—Sí, quiero romper la tregua —confirmó Gian Galeazzo, satisfecho de tener otras cosas en que pensar que no fuesen el tiempo y los años de su vida—. El comandante Da Barbiano con su compañía está pasando el invierno en los alrededores de Pisa, ¿por qué creéis que lo he dejado allí?

—¿Queréis enviarlo contra los florentinos?

—Es un movimiento inesperado y él es el hombre adecuado.

—En esto lleváis razón, él es quien ha forjado a vuestros capitanes más valientes.

—¿Acaso no pagamos por su rescate del francés treinta mil florines? Es hora de que este dinero vuelva a mis bolsillos con intereses.

—Informaré al capitán Dal Verme de vuestras intenciones para que prepare a sus hombres.

—Sí, pero que esto quede entre nosotros —le rogó Gian Galeazzo, seguro de que su mirada bastaba para que aquel hombre astuto comprendiera cuán necesaria era la sorpresa con los florentinos y sus aliados.

Se miraron, unidos por un objetivo común.

—Quiero hacer testamento —le dijo de pronto. Francesco Barbavara permaneció impasible, solo una ceja ligeramente alzada.

No se había equivocado al juzgar a aquel hombre.

Milán, 31 de octubre de 1398

—¡Apartadlo de ahí! ¡Más a la derecha, más a la derecha!

Jacopo gesticuló con la caña, y el dolor de estómago le provocó una arcada. Miró hacia arriba, donde aquellos insensatos estaban levantando una losa de mármol. Demasiado viento aquel día, ya se lo había advertido a Marchetto.

Su respiración se vio interrumpida por un acceso de tos. No se encontraba bien, nada bien; se sentía débil, y ese dolor de vientre constante y las náuseas no desaparecían, ni siquiera con las infusiones de la criada. Sus hierbas no servían para nada, la única certeza en la tierra era la piedra.

No quería apoyarse en la caña, era una herramienta de trabajo, pero se vio obligado a hacerlo y, sin saber cómo, de pronto se encontró mirando el suelo desde una perspectiva inédita.

Ahora le dolía incluso la nariz.

Oyó voces, llamadas, sintió que lo agarraban, le dieron la vuelta y vio el cielo azul.

Bellísimo, como el manto de la Virgen pintado con el valioso lapislázuli.

Campione, noviembre de 1398

Anselmo se acercó a los sobrinos nietos. Estaban en pie, con los gorros en las manos, los rostros incrédulos ante las repentinas y devastadoras pérdidas que habían sufrido no solo ellos, sino toda la obra de la nueva iglesia milanesa.

A principios de julio había fallecido Giovanni de' Grassi, el gran pintor, y no era un consuelo que su hermano Paolino hubiera asumido los encargos de la obra. Había fallecido el hombre, no solo el artista; un guía experto, fiable para todos los obreros que habían acudido en masa a su funeral en la iglesia de Santa Tecla.

Sin dar crédito aún a la repentina muerte, a finales de octubre había fallecido también Jacopo Fusina, o Jacopo da Campione, como lo llamaban los compañeros en la obra.

Ambos habían dejado un vacío imposible de cubrir en la dirección de la obra, sobre todo porque ambas muertes habían sido repentinas, tras una breve serie de síntomas incurables que los habían debilitado y postrado antes de la muerte.

Los dos jóvenes charlaban con un grupo de artistas, que habían llegado a Campione para asistir a las exequias del maestro

Jacopo, quien había manifestado en su testamento la voluntad de ser enterrado en su ciudad natal.

La consideración de que gozaban en la Fabbrica del Duomo había hecho que los Doce decidieran hacerse cargo de los gastos del entierro de ambos, pero la decisión no había impedido que todos los obreros, maestros e ingenieros hicieran una colecta. Con el dinero recaudado habían encargado un bello paño de seda y oro para cubrir los restos de quienes habían sido guía y ejemplo.

Anselmo suspiró. Cuántas muertes en los últimos tiempos, qué vacío insalvable habían dejado en ese pasado que recordaba tan bien y que, por un motivo u otro, llevaba en su corazón.

Su hermano Marco, luego Antonio, su mujer, y ahora Jacopo y aquel buen Giovannino, que le había regalado un breviario ilustrado que desde las pasadas Navidades llevaba siempre consigo.

Lo guardaba en una bolsita de piel atada al cinturón de la sotana, para recordarle que del hombre, del genio, de la mente de cualquiera solo nos quedan objetos, los recuerdos y las obras.

«Os tengo a todos presentes en mis oraciones», pensó.

—Monseñor.

Anselmo se dio la vuelta. Pietro estaba a su lado junto con Alberto. La muchedumbre se había dispersado, y muchos estaban subiendo la empinada escalera que, desde la iglesia de Santa Maria dei Ghirli, conducía a la calle principal del pueblo.

Podía mirarlos a los ojos, azules en ambos. El carpintero era rubio, aunque con el tiempo el oro puro se había vuelto más oscuro, menos brillante. Su rostro era imberbe, la expresión de tristeza.

El futuro ingeniero era moreno, llevaba una barba espesa.

—«Si alguien quiere venir en pos de mí, que tome su cruz y me siga» —murmuró con voz grave y vio cómo brotaban las lágrimas en los ojos de sus sobrinos.

—Nunca lo olvidaremos, monseñor. Ha ocurrido todo tan rápido que todavía no nos hacemos a la idea —dijo Pietro, el autor de aquel pavo real que todavía lucía en la iglesia. Pietro el rebelde, indómito y terco.

Alberto contemplaba el lago plácido, indiferente. Alberto, más tranquilo, dócil pero decidido y duro como los robles que derribaba para construir andamios y grúas.

—Hijos míos, la muerte nos llega en cualquier momento. Como dice san Agustín: «Algunas acciones parecen duras y crueles, pero se llevan a cabo para imponer la disciplina bajo el dictado de la caridad». Nuestro hermano Jacopo está en el camino que conduce a Dios, recordadlo, y ayudadlo en su viaje con vuestras oraciones.

—Hijos, estáis aquí —dijo Tavanino—. Regresaré a Milán con vosotros. Esta tarde iré a casa de su hermano Zeno para rendir homenaje a nuestro Jacopo. ¿Vais a venir? Estaremos allí todos, maestros y carpinteros.

—Sí, iremos —respondió rápido Alberto—. Os veremos muy pronto.

—Monseñor Anselmo...

—Yo también iré, Tavanino, gracias.

El hombre se alejó. Tras la muerte de Giovannino, la escasez de ingenieros especializados había obligado a los diputados a contratar de nuevo al buen carpintero, que se dirigía rápidamente a Milán para pactar su nuevo cargo.

Anselmo lo vio alejarse y luego se volvió hacia los sobrinos.

—¿Las gemelas están bien? —preguntó a Alberto.

—Gracias a Dios sí, monseñor. En mi casa ahora mandan ellas, pero cuando intento imponerme y las riño, me miran con tanta pena que se me hace un nudo en la garganta y les consiento todos los caprichos.

Anselmo se echó a reír.

—No eres el primero ni serás tampoco el último y, en cualquier caso, no hay nada mejor después de la muerte que mirar la vida. ¿Y tu hijo, Pietro?, ¿crece bien?

—Como su padre —le respondió el joven con una sonrisa fugaz.

—Ah, entonces es un travieso. Cuando vaya a Milán el mes próximo iré a verlos, y también a vuestras esposas.

Se hizo el silencio.

Anselmo era un hombre práctico, la disciplina del monasterio no había domado del todo su impaciencia. Los escrutó, primero al moreno y luego al rubio.

—Ahora hablad, por el amor de Dios, u os sacaré yo mismo lo que tenéis en la punta de la lengua.

Los sobrinos intercambiaron una mirada.

—Monseñor, no se os escapa nada.

Anselmo sacudió el índice bajo la nariz de Alberto.

—Os conozco desde que os lo hacíais encima. ¿Y bien?

—Vos sois un hombre de mundo, monseñor —dijo Alberto.

—¿Qué quieres decir?

—Que conocéis muchas más cosas que nosotros, habéis sido guerrero y para mí no hay quien os iguale en experiencia y sabiduría.

Anselmo se rascó la barba, más bien divertido.

—Si no fuese un humilde siervo del señor sin un florín en el bolsillo, pensaría que apuntas a mi herencia, Alberto.

—No, no es eso.

—Vamos, díselo —lo incitó Pietro—. De acuerdo, lo haré yo —prosiguió impaciente, pero Anselmo levantó una mano y le impuso silencio.

—Deja hablar a tu amigo y controla tu impulsividad, hijo mío.

Alberto dejó escapar un profundo suspiro.

—Primero estaban bien, luego de pronto empezaron a debilitarse y a vomitar, a tener pérdidas de memoria, dolor de estómago y a quejarse de un terrible dolor de cabeza.

—¿De quién estamos hablando?

—De los maestros Giovannino y Jacopo. Han muerto de un mal misterioso, tras unas semanas de sufrimiento.

—¿Creéis que puede ser la gran peste?

—No lo sabemos, monseñor —intervino Pietro—. Vos la pasasteis y os curasteis.

—Era joven y robusto por aquel entonces y el Señor me permitió vivir. Pero los síntomas son muy distintos de los que me habéis descrito. El cuerpo se cubre de manchas y salen unos terribles bultos por todo el cuerpo. Los que enferman pierden muy pronto la capacidad de caminar, tienen fiebre muy alta y los últimos días entran en agonía. —Anselmo los observó—. Por lo que me habéis dicho, tanto Giovannino como Jacopo estaban en el trabajo cuando murieron. Es decir, en pie y conscientes.

—Sí, así es.

—Entonces podría ser otra enfermedad.

—En los últimos tiempos los maestros vivían en la misma casa —intervino Alberto—. Intentamos hablar con su criada, Marozia, para averiguar si habían comido algo en mal estado.

—¿Y qué os dijo esta Marozia?

—Nada, monseñor. Desde la muerte de maestro Jacopo ha desaparecido, no logramos encontrarla y nadie parece haberla visto.

Anselmo reflexionó unos instantes.

—Tal vez la pobrecilla huyó temiendo que la culparan, como estáis haciendo vosotros.

—Tal vez —respondió Alberto retorciendo el gorro.

—Hijos míos, no busquéis el mal donde no lo hay —dijo Anselmo—. Todos vivimos momentos de dificultad y sufrimiento. Dios nos pone a prueba, y el destino y la voluntad de Dios son cosas muy diferentes.

—Sin embargo, es muy extraño —murmuró Pietro.

—No hay nada de extraño en la muerte —replicó el monje—. Nuestros sufrimientos son la consecuencia directa e indirecta del pecado, del rechazo de Dios. Sin embargo, en Cristo, gracias a la misericordia de Dios, podemos superar nuestros límites, ir más allá de nuestras posibilidades, salir de la muerte hacia la vida eterna. Podemos elegir a Dios y su voluntad, y nuestros amigos lo han hecho, llegando al final de su existencia. Tened fe, no dudéis ni os angustiéis.

Carona, septiembre de 1399

—Los diputados han enviado a una persona para informarse sobre tus habilidades, Gaspare —dijo Marchetto a su hermano—.

443

Pero no te preocupes, cuando sepan que has trabajado en Trento y en Verona, no dudarán en contratarte. Necesitan buenos ingenieros después de la muerte de Giovannino y Jacopo.

Gaspare da Carona, apoyado en la barandilla de piedra, podría muy bien ser confundido con una estatua. Llevaba una capa negra, el rostro perfectamente afeitado y el cabello cortado a cepillo.

Con aquella mirada franca e inteligente, de no ser un artista, podría haber sido un sacerdote. Durante un tiempo había sido novicio en el convento de los dominicos de Sant'Eustorgio, pero el amor al arte había prevalecido sobre el amor a Cristo.

—No es fácil encontrar maestros de la piedra como nosotros, los maestros del lago —comentó Gaspare, sin dejarse impresionar por la decisión de los diputados de la Fabbrica milanesa.

—No, no lo es en estos tiempos. También contrataron a Porrino, el hermano de Giovannino; hace ya un año que trabaja para la nueva iglesia.

—¿Es tan bueno como el hermano?

Marchetto miró las cubas repletas de uva, alineadas a lo largo de la calle principal de Carona. Sus conciudadanos estaban en plena actividad, tanto por la vendimia como por ser día de mercado.

Antes de responder, Marchetto se lo pensó un poco.

—Es distinto, pero también es muy hábil con los colores. Todos tienen muy buen ojo en esa familia, incluso el hijo de Giovannino, Salomone.

—No sabía que tuviera un hijo.

—Hace dos años le encargaron la decoración de una copia del Beroldo.

—¿El manual litúrgico de la iglesia ambrosiana?

—Sí, aunque trabajó bajo la tutela de su padre y siguiendo sus indicaciones. Un buen chico, paciente y preciso. Creo que también lo contratarán para ayudar al tío.

Una música ensordecedora de pífanos y tambores les cortó la conversación. Se asomaron desde la terraza, los puestos de los vendedores estaban cubiertos de telas blancas, rojas y naranjas, que emitían reflejos de oro y plata. Unos vendían quesos, otros coles, herramientas, ollas y animales de gallinero —faisanes, gallinas, conejos—.

Marchetto apoyó los antebrazos en la barandilla de madera y pensó en los largos meses pasados en la obra, en los ingenieros como el escultor Gualtiero de' Monich, que estaba esculpiendo un bellísimo ángel, en Antonio da Paderno, experto en el diseño y en los cálculos, en Giacomolo da Venezia y en su hermano, pintores y escultores muy dotados.

La iglesia milanesa había progresado mucho en pocos años, gran parte de ella ya estaba cubierta por las bóvedas y, donde no habían podido terminarlas, se habían construido techos provisionales de madera y tejas.

A su regreso empezaría a pensar en los suelos y hablaría con Monich sobre las gárgolas, que debían canalizar el agua de lluvia.

En la catedral de Colonia se habían esculpido en forma de dragones, criaturas mitológicas y monstruos y, en su opinión, también la nueva iglesia debería tener su bestiario para ahuyentar las fuerzas del mal.

Al claro frente a la pequeña iglesia de Carona habían llegado tres mujeres con panderetas y cascabeles en los tobillos, acompañadas por un laudista. Un poco más lejos ardió la impresionante llamarada de un tragafuegos.

—No soporto el olor a brea quemada —dijo Gaspare arrugando la nariz.

El sol todavía calentaba, el verano parecía no tener fin aquel año. Carona, asomada al lago de Lugano, parecía suspendida sobre una nube. A Marchetto cada vez le costaba más marcharse de allí.

Observó al hombre que estaba tragando la vara sobre la que vacilaba la llama. Contuvo la respiración como la multitud y, cuando la boca se abrió de nuevo, la llamarada de fuego le arrancó incluso a él una exclamación y un aplauso.

—No consigo entender cómo se las arregla para no quemarse —comentó el hermano.

—Él no sabe cómo se talla el mármol —replicó el otro sabiamente—. Me consuela que no corramos el riesgo de quemarnos el pelo.

Gaspare alzó una ceja.

—Pero nos arriesgamos a perder la vista con las esquirlas de piedra o a rompernos los dedos o herirnos con el martillo o el cincel.

Un grupo de niños salió corriendo del callejón junto a la iglesia.

—La vendimia es mi fiesta preferida —dijo Marchetto sin responderle, con un toque de nostalgia en la voz.

—Padre, ¿puedo ir?

Giovanni, su hijo, ya casi un hombre.

—Ve, pero no llegues tarde a cenar.

—Trece años y parece que fue ayer —dijo Gaspare mirando al sobrino que bajaba las escaleras corriendo para reunirse con los amigos—. ¿Se acuerda de su madre?

—No, no creo —respondió Marchetto con un suspiro.

Su esposa, Nicorina, murió de parto, y tampoco la recién nacida logró sobrevivir. Giovanni había sido criado por la suegra, una viuda de carácter decidido a la que debía mucho.

Recordó cómo le gustaba a Nicorina aquella época del año, sobre todo porque él iba a casa para la vendimia. Había intentado convencerla muchas veces de que fuera a vivir a Milán, pero ella siempre respondía que, sin aquel panorama, las montañas y el perfil líquido del lago, moriría.

La entendía.

Aunque la había querido, nunca había estado enamorado de ella. Las emociones arrolladoras, la ansiedad, la pasión y el amor, sí, el amor, solo lo había sentido por Costanza, que ocupaba en su corazón un lugar especial.

Los mocosos corrían alrededor de los puestos, provocando los gritos de los comerciantes, el tragafuegos escupía llamas sobre las cabezas de los imprudentes, arrancando risas y aplausos.

Marchetto experimentaba cierta melancolía. El recuerdo de aquel día en el pajar en Campione lo conservaba impreso como una marca: palabras, emociones, miradas, olores y la piel de ella, perfecta y blanca como el mármol.

—¿Dónde tienes la cabeza?

Su hermano lo estaba mirando con una extraña sonrisa.

—En el pasado —respondió suspirando.

Gaspare se puso serio.

—Olvida el pasado, nunca volverá.

47

Un asunto transalpino

Milán, principios de diciembre de 1399

¿Quién le había mandado hacerlo? Con todas las responsabilidades que pesaban sobre sus hombros, ahora también la cuestión de la epidemia.

Engiramo de' Bracchi, vicario de provisión, cruzó el callejón y pasó por delante de la iglesia de San Giovanni in Conca. Echó una mirada al que fue el palacio noble de Bernabò Visconti y recordó el final del viejo señor de Milán. Había sido un amo cruel y autoritario, sin duda, pero no merecía acabar sus días en una celda poco más grande que una madriguera y como una rata de alcantarilla.

Suspiró abatido.

Se habían dado casos de enfermos con síntomas parecidos a los de la gran peste, descubiertos en el edificio donde hallaban refugio y una comida caliente los viajeros y los pobres de Milán.

Debía pedir al podestá, Pietro Cavalcabò, que pusiera en cuarentena todo el barrio y escribir al ilustrísimo duque para que estableciera puestos de control en las puertas de la ciudad.

Se ajustó la falda hacia abajo, cubriéndose los calzones. Tenía que reñir al sastre, siempre le cosía las túnicas demasiado cortas. Se arrebujó en la capa de lana forrada de piel y se subió la capucha.

Una mirada al cielo y calculó que pronto empezaría a nevar, de modo que se apresuró en dirección al palacio del Broletto. Bajo los pórticos se habían reunido algunos de los diputados para la asamblea y, por la gracia de Dios, también estaban los ingenieros.

Con un murmullo lo siguieron todos a la sala donde el criado pagado por la Fabbrica había encendido las chimeneas. Dejó tiempo para que todos se calentaran y luego los llamó al orden.

—Declaro abierta la reunión de hoy, lunes quince de diciembre. Escribano, resumid los últimos hechos ocurridos, por favor.

El hombre abrió el registro, sacó las últimas hojas de pergamino y se aclaró la voz.

—El doce de octubre, maestro Giacomo da Venezia y su hermano fueron solicitados por el ilustrísimo duque para su cartuja de Pavía. Junto a la iglesia de Santa Tecla debía construirse un local para almacenar y vender los bienes que a diario se ofrecen a la Fabbrica.

—Ya está hecho, vicario. Todavía se está trabajando en el tejado, pero esta semana estará acabado —intervino el maestro Marco da Carona.

Asintió e hizo un gesto.

—¿Ha regresado vuestro hermano Gaspare del monte de Domodossola?

—Sí —le respondió el ingeniero—. Ya vuelve a trabajar en la obra.

—Escribano, proseguid.

—El veintiséis de octubre se pagaron nueve liras y ocho sueldos a Caterina de' Marcellini por los gastos ocasionados por los que murieron en su casa durante la epidemia.

—Invoquemos la gracia de Dios —exclamó una voz. Una serie de signos de la cruz y «amén» siguieron a la invocación.

—Nuestro deber es continuar la construcción de la nueva iglesia, así que me encargaré de pedir a nuestro ilustrísimo duque que tome las medidas adecuadas.

—A propósito de la construcción —dijo una voz con fuerte acento extranjero—. En mi opinión, la nueva iglesia corre peligro de derrumbarse.

Se hizo un silencio glacial en la asamblea. La Fabbrica había contratado a Jean Mignot para llenar el vacío dejado por la grave pérdida de Jacopo Fusina y Giovannino de' Grassi.

Giovanni Alcherio, milanés residente en París, donde aún se

estaba trabajando en Notre-Dame, había sido el encargado de buscar un ingeniero para la nueva iglesia.

Mignot, que había recibido el encargo de acabar las dos sacristías, había criticado además otras partes de la obra: los pilares, los capiteles, las ventanas, las tríforas, quejándose de que la construcción tenía graves defectos geométricos y corría el riesgo de derrumbarse.

En vez de hablar con los colegas, había escrito directamente al duque. Engiramo también estaba muy molesto; no solo había pasado por encima de los ingenieros, sino también de la propia Fabbrica.

—Son impresiones vuestras —intervino con malos modos Marchetto da Carona, y varias voces se alzaron en su defensa.

—Silencio, silencio —gritó el vicario y se puso en pie. Entonces todos callaron.

—Maestro Mignot, entiendo vuestras dudas y, precisamente por este motivo, os pido que hagáis una relación detallada de vuestras observaciones y objeciones y que la presentéis cuanto antes a esta asamblea o a otra especialmente convocada para este fin.

—Bien dicho, vicario —dijo el joven Salomone de' Grassi.

Sin embargo, Engiramo no se alegró. Por lo que estaba viendo, aquel francés enjuto con la cara larga como la de un caballo les iba a crear problemas.

Él creía firmemente en la capacidad de los ingenieros de los lagos, que hasta aquel momento habían realizado un trabajo admirable. Una guerra, eso es lo que iba a estallar, y él se encontraría justo en medio. Problemas, problemas y epidemias.

«Quién me mandó hacerlo», pensó mirando con antipatía aquella cara de caballo. O, más bien, de asno.

48

Dolor

Campo en los alrededores de Miradolo, febrero de 1400

Ugolotto estaba tendido sobre el jergón, un bulto de lana enmarañada, pero, en definitiva, la cama de un príncipe. Junto a él, el cuerpo desnudo y caliente de Marozia; sobre él, la mancha luminosa del tragaluz.

En aquellos días suspendidos en el vacío observaba el cambio de la luz, los matices que ningún pintor podría jamás reproducir. Un color indefinible entre el rojo, el rosa y el naranja, la evolución de su existencia desde que había salido de la Malastalla y había unido su destino al de Marozia.

No era hermosa ni amable. La hermana de Basilio era una salamandra, capaz de resistir al fuego y de renacer de ese fuego.

Le había entregado el colgante con los triángulos del hermano y ella lo había golpeado. Débil y hambriento, molido por los golpes, había acabado en un charco denso y apestoso y allí se había dejado absorber por el fango caliente.

Cuando despertó, estaba en una casucha construida en torno a un manantial de agua hirviendo. El vapor flotaba como una neblina, una mujer le pasaba un paño limpio por el cuerpo mientras entonaba una cantilena, el colgante de Basilio pendía entre sus senos.

Rojo, rosa, naranja.

Sucumbió al hechizo de aquella puesta de sol, igual que había caído en los brazos de aquella mujer, que lo había escuchado, consolado e instruido. Con ella había aprendido a no temer nada, a decidir su propio destino y el de aquellos que lo habían herido.

Le había enseñado que la paciencia es un don y el veneno su arma, que la ira debe enfriar el espíritu y no calentarlo, que el tiempo de la venganza ha de saborearse como un vino, y el vino es la sangre de la tierra, y esa sangre derramada será el mejor premio.

Habían pasado juntos muchas horas de la noche estudiando el mejor modo de herir, a la luz amarilla de las velas o iluminados por los tonos bermellones del crepúsculo, cuando este da paso a la oscuridad absoluta.

Habían transcurrido cinco años, ahora se dejaba mecer por el tiempo, por las fases de la luna, por el crecimiento de las hierbas.

Recordó lo que le había dicho Basilio poco antes de morir: que todas las cosas que existen influyen en todas las demás, que cada instante tiene un significado, que los hechos se modifican unos a otros y los destinos están unidos, indisolublemente.

Ugolotto estaba unido al chico del bosque, su vida tenía sentido en función de su sufrimiento, porque todo lo bueno y lo malo era culpa suya. Alberto da Castelseprio, el fin y el principio, que había pagado solo en parte con un sufrimiento indirecto, cuyo artífice había sido Marozia.

Cinco años.

Alargó el brazo, rozó el metal con los dedos, lo apretó. Ligero, fino, frío como su alma perdida. Por un instante, su cuerpo tenso se relajó.

Era un regalo de su compañera. Un buen día apareció ante él con ese rostro hundido de piel firme como la seda, con los rizos recogidos en un moño desordenado en la nuca y los ojos de un verde intenso como no había visto en ninguna otra mujer.

—Es un estilete. Lo utilizan los curas para regalarles la muerte a los moribundos en los campos de batalla. —Lo había dicho con cierto disgusto—. Deciden con su incuestionable juicio. Lo llaman «misericordia». —Se lo había entregado con una sonrisa pausada—. Haz buen uso de él, aprende y la muerte llegará instantánea, y sin sangre.

La empuñadura era de plata labrada y tenía engastada en el pomo una piedra de luna lechosa y lisa como la piel de ella.

El corazón le dio un brinco.

Había utilizado muchas veces la hoja afilada en caminantes que habían tenido la mala suerte de acercarse demasiado a su refugio.

Muy larga, increíblemente letal.

El acero mate parecía inocuo debido a su extrema delgadez, pero siempre había quitado la vida con extraordinaria precisión.

Marozia se levantó, le rozó los labios haciéndole deslizar la palma de las manos del pecho a los hombros, con una sensualidad deliberada que lo fascinó. Quiso liberarse del estilete apoyándolo junto al lecho, pero en realidad solo consiguió tener de nuevo a Marozia entre sus brazos, como una serpiente fuertemente enroscada en torno a su voluntad.

Todo se olvidó, encontró su boca, la abrió por la fuerza, con avidez, deseando algo más, sin conseguir estrecharla lo suficiente para aplacar el espantoso impulso que crecía en su interior. Ella le ofreció el cuello, se descubrió los hombros, donde la piel era fresca y más lisa y brillante que la seda.

Era como ahogarse, jadeante e indefenso. Un peso enorme le aplastaba el alma, liberando los vapores oscuros de los sentidos, que lo inundaron como una riada imprevista.

—Acabaremos entre las llamas eternas del infierno —le susurró Marozia.

Sopesó los pechos entre las manos.

—Es un lugar muy concurrido, según se dice —replicó mirando la hoja que ahora estaba en las manos de ella—. Si quiero ajustar cuentas con ese bastardo, deberé confiar en la generosidad del diablo.

La carcajada de Marozia, ronca y profunda, evocó muerte y oscuridad.

—Lucifer estará más que feliz de ampliar tu crédito —replicó montando sobre él.

Ugolottto la miró.

Sus ojos brillaban y quedó atrapado en un pantano sin fondo, cuyo diabólico diseño él mismo había proyectado y de cuyas profundidades era imposible escapar.

La calle ofrecía un espectáculo animado, porque en la calle se trabajaba, se discutía de negocios o de política, y muchos pasaban en ella la mayor parte del día, desde el ángelus del amanecer hasta el de la tarde.

Los artesanos rodeados por un grupo de curiosos y clientes que esperaban, los notarios que redactaban las escrituras para quienes no sabían leer ni escribir, los barberos que cortaban el cabello y los zapateros que reparaban el calzado.

En la calle circulaban aquel día los carros de los campesinos, traían los víveres a Milán, aunque no tan abundantes como de costumbre. La gran peste estaba en la ciudad, la gente andaba con prisas, con la cabeza baja y sin mirar al frente.

Sin embargo, había que comer, los vivos tenían que seguir viviendo.

De pronto se oyó un toque de trompeta, un heraldo municipal desde la plaza del Broletto anunció un edicto del duque.

—Apresurémonos a comprar la verdura, no me gusta esta multitud —dijo Aima.

Matilde, que llevaba de la mano al hijo más pequeño, cogió el repollo que le entregaba un vendedor ambulante.

—Sí, tienes razón y, a decir verdad, no debería haber cedido a los caprichos de este señorito —dijo dirigiendo a Tommaso una mirada de reproche. El niño todavía tenía los ojos brillantes por la llantina al ver alejarse a su madre, de manera que no le prestó atención y se limitó a sorberse los mocos.

Una vez llenas las bolsas con coles y hierbas, evitaron a un mendigo y sortearon a un afilador, que despedía chispas a su alrededor.

—Necesito un ungüento para las manos —dijo de pronto Matilde, mostrando los nudillos enrojecidos.

Aima los observó, luego se dirigió a la criada que las había acompañado y le entregó el cesto y las bolsas con las verduras.

—Vuelve a casa, nosotras nos acercaremos al puesto de donna Margherita —dijo e invitó a su amiga a seguirla—. Vamos a ver si la vieja de Florencia todavía vende sus mejunjes.

—¿Aquella a la que compraste el elixir para el cabello?

La cabellera de Aima, del color del oro, siempre estaba lustrosa y brillante.

—Sí, esa misma. Ya veo su puesto.

Se dirigieron hacia los porches, donde una corte de curiosos rodeaba a la herbolaria. La voz profunda y ronca de la mujer se imponía sobre la algarabía.

—¿Queréis arrancaros todos los pelos? —estaba diciendo—. En este cuenco tengo el remedio infalible.

—¿Me aseguras que volveré a estar lustroso como un bebé? —gritó alguien y resonaron risas entre los presentes.

—Con esa cara que tienes nunca has estado lustroso, cariño. Pero si quieres te hago un precio especial.

—¿Qué contiene? —preguntó otra persona.

—Cal viva, agua y un ingrediente secreto —respondió rápida la florentina—. Se deja al sol y veréis qué buen efecto.

—¿Cuánto tiempo hay que dejarlo al sol?

La anciana sonrió, astuta, y le guiñó un ojo.

—Te lo voy a decir a ti, guapo, y luego me robas el negocio.

Aima se dirigió a la muchachita de trenzas, que entregaba los productos y cogía el dinero con gestos ávidos.

—Querría el elixir para el cabello, el que tiene camomila, y el ungüento para las manos que me vendisteis la semana pasada.

Matilde contempló los envases que estaban expuestos, cogió uno y lo olió. Olía a pétalos de rosa, no estaba nada mal. Se dio la vuelta para que lo oliera el niño.

—¿Tommaso? ¿Dónde estás?

Levantó la vista. Pequeño, pero vivo como un lince.

Dio la vuelta al puesto, esquivó a algún transeúnte y avanzó, rápida, entre los tenderetes que bullían de actividad. Finalmente, lo vio; trotaba detrás de un asno conducido por el pescadero. Las cestas, vacías ya, rebotaban en los costados del animal y la cola era sin duda un fuerte reclamo para la mente de Tommaso.

Matilde apretó el paso para no perderlo de vista, alzando la falda para no mancharse el vestido. El asno y el amo se metieron por un callejón lateral. Durante el tiempo que los perdió de vista, fue presa de una enorme ansiedad, pero, por suerte, al asomarse al callejón, vio el trasero blanco, gris y peludo.

Le iba a dar una buena azotaina a aquel mocoso. Aceleró el paso, estaba a punto de alcanzarlo cuando alguien la agarró por el cuello, obligándola a detenerse. El brazo le impidió respirar, tenía los hombros contra el hombre que la retenía.

—La misericordia llega rápido —le susurró una voz.

Un dolor punzante en la espalda, arriba. Se extendió, le explotó en la cabeza, apagó toda luz.

La túnica negra crujió en torno a los pies cuando agarró a la mujer y le rodeó el cuello con el brazo izquierdo.

Ya tenía el estilete en la mano, no hizo falta más que un gesto para levantar el brazo y clavarlo en un punto exacto de la espalda, un poco hacia la izquierda. Misericordia se hundió letal, precisa, hasta el mango, en el cuerpo flexible.

Cuando llegó al corazón, la excitación le provocó escalofríos desde la espalda hasta la nuca; el instante en que le arrebató la vida, en que la carne viva se convirtió en alimento para los gusanos, en que contempló la muerte con el ardor de un enamorado.

Justo en el momento en que sintió en sus brazos el peso de ella, su odio pudo por fin liberarse sin piedad y sin freno. Retiró la hoja ayudado por el cuerpo que se deslizaba hacia el suelo; la carne no opuso resistencia, no hubo succión, ni sangre. La sostuvo, luego la acomodó sobre el pavimento. Contempló el rostro, que tenía los ojos muy abiertos, como preguntándose algo que nadie podría nunca responder.

Con un gesto delicado, se los cerró.

—Adiós, Matilde —murmuró y luego, sin más tardanza, se dirigió hacia el pescadero, que seguía caminando por el callejón, ajeno a cuanto había sucedido.

Cogió al niño, tapándole la boca. En dos zancadas estuvo de nuevo junto al cadáver.

—Tommaso, quédate junto a tu madre —le ordenó bruscamente.

El pequeño, que todavía no había advertido su presencia, ni la del cuerpo sin vida que tenía a sus pies, vio cómo el hombre negro se alejaba hasta desaparecer en el callejón.

Y se echó a llorar, por segunda vez aquel día.

Margherita tenía ideas muy personales sobre cómo curar todo tipo de enfermedades y vender su mercancía. La elegante dama que estaba comprando por segunda vez su elixir para los cabellos en realidad no lo necesitaba, pero era hermosa y amable, y ella apreciaba la bondad y la gentileza. Hizo un gesto a la nieta, que le estaba dando el cambio, y le sonrió.

—Bella señora, tomad también este ungüento para la cara —la invitó tendiéndole el cuenco.

La joven la miró con interés y Margherita apreció el hecho de que la escuchase. Tomó una decisión. Se agachó un poco hacia ella, para que no la oyeran los otros clientes deseosos de conseguir gratis sus productos.

—Cogedlo, es un regalo —susurró—. La próxima vez que nos veamos, me diréis si vuestra piel se ha vuelto más luminosa.

La anciana se dio por bien pagada con la sonrisa que obtuvo a cambio. El regalo pasó de una mano a otra con su aprobación y la felicidad de la mujer.

—Abuela, ha ocurrido algo en el callejón —dijo su nieta estirando el cuello.

Una pequeña multitud se estaba reuniendo frente al cruce de la calle de los Spadari. La gente gesticulaba y luego se metía en el callejón.

Ella también fue a curiosear, siguiendo a la clienta. Cuando doblaron la esquina, vieron un pequeño grupo de personas detenido a unos diez pasos de ellas. Entre las capas, los calzones y las túnicas se entreveía a alguien tendido en el suelo. La joven clienta frunció el ceño, luego tuvo un sobresalto y, sin decir palabra, se alejó en aquella dirección.

Margherita la siguió y, como ella, se abrió paso entre la gente.

—¡Dejad paso, dejad paso, holgazanes! —gritaba a diestro y siniestro para ayudarla.

—¡Matilde! ¡Tommaso! —gritó Aima, dejando caer al suelo la bolsita con las compras. Se oyó el tintineo de las monedas y Margherita vigiló atentamente y repartió algunos codazos.

—Fuera, fuera, dejadla en paz. Y tú, aparta ese pie de la bolsa o te las verás conmigo, ¡desgraciado!

El hombre era uno de los muchos ladronzuelos del mercado. Margherita lo conocía bien y bastó una mirada para hacerlo retroceder. Tiempos duros, aquellos, de enfermedades malas y pobreza, por culpa de aquel duque, que aumentaba los impuestos desmesuradamente para pagar guerras y crueles caballeros que saqueaban los campos. Ella también había perdido a un hijo y al marido en una de esas guerras.

—¡Matilde! —seguía llamando la pobre joven, dirigiéndose a la mujer que estaba inconsciente. El niño, un chiquilín moreno con la cara enrojecida, parecía haber agotado las lágrimas.

—Vamos, vamos, pequeño —le dijo cogiéndolo en brazos.

La señora que estaba arrodillada la miró, desesperada, así que llamó a su nieta que, como siempre, le iba pisando los talones.

—Tonia, coge al niño y vuelve al puesto. Procura que no te roben y mantenlo a tu lado, no dejes que se aleje o te moleré a palos.

La muchachita obedeció. La vendedora sintió que le tiraban del vestido.

—Me llamo Aima, señora, ayudadme. No sé qué le ha ocurrido, es mi amiga Matilde. Estábamos comprando y la he perdido de vista un momento.

La mirada desesperada le rompió el corazón.

—Nadie me trata ya de señora desde tiempos inmemoriales, querida mía. Me llamo Margherita —le respondió inclinándose junto al cuerpo exánime que Aima estrechaba entre los brazos—. Habrá tenido un desmayo... Vamos, dejadme ver —le dijo animándola.

Aima apoyó la cabeza de su amiga sobre su regazo y Margherita le palpó la cara, el cuello, le cogió una mano y la sostuvo entre las suyas. Le invadió una pena infinita y las lágrimas asomaron a sus ojos.

Otro huérfano en Milán, otra familia destruida, otra mujer que, quién sabe cómo, había entregado el alma a Dios. Bajó la voz.

—Esta muchacha está muerta —susurró.

—Pero... ¿qué decís? —Y la joven dirigió la mirada a su amiga. Margherita leyó en ella horror y consternación, pero también conciencia, porque la tenía entre sus brazos y sentía el peso de la muerte.

—Decidme, Aima, ¿tenéis a alguien cerca de aquí? —le preguntó.

El corrillo de gente a su alrededor iba en aumento, y de él surgía un clamor estupefacto y respetuoso.

—Mi..., mi marido es un ingeniero de la nueva iglesia —dijo Aima con lágrimas en el rostro—. Se llama Pietro da Campione, tal vez pueda venir a ayudarme.

Margherita le acarició la mejilla mojada mientras se ponía de pie.

—Seguro que vendrá —dijo y luego se dirigió a la gente gritando—: ¿Habéis oído? ¡Es la mujer de uno de los ingenieros que construyen nuestra iglesia!

—¡Vamos a llamarlo! —dijo uno, e inmediatamente tres, cuatro, seis hombres salieron corriendo como liebres hacia la obra.

Mientras tanto, el barbero se había acercado con uno de los paños que ponía sobre los hombros de los clientes. Hizo con él un cojín y ayudó a apoyar la cabeza de la pobrecilla. El notario trajo su paño de terciopelo y en un gesto absurdo la cubrieron hasta la barbilla, dejando al descubierto el rostro pálido y bellísimo. Se acercaron hombres, comerciantes, mujeres, niños, todos tenían una frase piadosa, una caricia, muchos susurraban oraciones y en un momento dado incluso llegó un monje con el rosario en la mano, que se inclinó y confortó a la pobre Aima que, incrédula, miraba a la amiga inerte y la sostenía entre los brazos, la acunaba, la acariciaba llamándola por su nombre, como si fuera suficiente para que Dios se la devolviera.

De pronto, se abrió una brecha entre la multitud y por allí entraron corriendo en el callejón los canteros, los carpinteros, los simples obreros y los ingenieros que habían abandonado la obra.

Una hilera compacta de santos hombres, que todos los milaneses conocían de vista.

Los respetaban, los querían, porque estaban construyendo su iglesia, la iglesia más bella del mundo.

Uno de ellos, cuando vio a la muerta, se arrojó a su lado gritando.

—¡Matilde, Matilde, amor mío! —gritaba un hombre rubio como un ángel, roto de dolor.

Otro, moreno y barbudo, se desplomó junto a la mujer aún viva, que no soltó a la amiga y lo miró como si en su rostro pudiese hallar una respuesta.

Debía de ser Pietro, pensó Margherita, porque captó en aquellas miradas el afecto que los unía.

Se hizo el silencio entre la multitud atónita, pero nadie se quedó con los brazos cruzados, todos se pusieron a trabajar. Todos los milaneses rodearon al pobre carpintero y a su bellísima esposa, convertida en un ángel.

Solo, a lo lejos, se oía llorar a Tommaso.

49

Némesis

Las calles estaban medio desiertas, las tiendas cerradas, muchas casas tenían las ventanas tapiadas para mantener alejados tanto a los malintencionados como al contagio.

Anselmo sabía con certeza que, desde principios de febrero, el duque se había trasladado al castillo de Marignano con toda su familia. Los que podían habían abandonado la ciudad; en las puertas se registraba un flujo ininterrumpido de carros y carretas, caballos y cualquier otro medio de transporte, que desaparecían en los campos para evitar a sus semejantes.

Se habían quedado los pobres, los enfermos y los que no tenían dónde ir o, simplemente, no temían, como él, la gran peste y confiaban en la Providencia.

El hedor de la muerte flotaba sobre la ciudad, apenas perceptible pero real.

Se adentró en el callejón que bordeaba la iglesia de Santa Maria Segreta, pasó por delante del edificio de la esquina, que sabía que era propiedad de un aristócrata. En la logia ondeaba una bandera de color rojo, pero el palacete parecía desierto.

Unos pasos más y, a izquierda y derecha del callejón, empezaron a aparecer los rótulos sobre las tiendas de los armeros; la novedad eran los cestos de mimbre llenos de hierbas para ahuyentar la peste.

Casi había llegado, pero no tuvo que buscarlo: el vicario general del duque, micer Giovanni de' Rossellis, investido con poderes especiales para la epidemia, ya estaba en acción.

—Anselmo —lo llamó en cuanto lo vio.

Se habían conocido con ocasión del jubileo diez años antes y desde entonces, cuando volvía a Milán para ir a Sant'Ambrogio, Anselmo siempre iba a visitarlo para compartir con él un vaso de vino.

—Este otro jubileo realmente no era necesario —dijo saludándolo con un fuerte apretón de manos—. Los peregrinos traen consigo el aire de la peste.

—Tienes razón, el mal se propaga con más facilidad entre la multitud, sucedió lo mismo con la gran peste de 1348 en Rodas.

—Acabo de dar órdenes a mis hombres y luego estoy contigo.

Giovanni se giró y el vuelo de la capa rozó el pavimento. Dio instrucciones a los diez oficiales, ciudadanos voluntarios tocados con sombreros puntiagudos y largas máscaras de nariz ganchuda, que los convertían en personajes lúgubres y temibles.

—El ilustrísimo señor duque ha tomado la iniciativa de cerrar las puertas —dijo volviendo junto a Anselmo—. Ahora está buscando un sitio donde albergar a los apestados y enterrar a los muertos.

Se dirigieron a la casa de Giovanni, en el barrio de los Cappellari. El hombre siguió hablando.

—Hemos decidido buscar un lugar fuera de la puerta Orientale. El duque guarda allí ahora a sus perros de caza.

—¿Por qué justamente allí?

—Porque el viento en Milán sopla siempre del oeste, mientras que las enfermedades más graves llegan de Venecia.

—La Serenísima, meretriz de la laguna y crisol de riquezas y muerte.

—Has dicho bien, Anselmo.

Entraron por la puerta principal. Giovanni lo acomodó en el estudio, donde un criado les llevó una jarra y un cuenco con garbanzos y nabos hervidos. El gorgoteo del vino en los vasos alivió un poco la angustia de Anselmo.

—Sería una gran cosa descubrir el origen de esta peste, aunque estoy convencido de que se debe a malas influencias astrológicas —dijo Giovanni, tras beber un sorbo de vino.

—En efecto, las conjunciones astrales son nefastas. Parece que el 28 de marzo de 1345 a la conjunción de Júpiter y Saturno se añadió Marte, y todo esto ocurrió cuando surgió la gran peste. Parece que también se produjo una gran conjunción con motivo del nacimiento de Cristo Nuestro Señor.

—¿Y tú me hablas de astrología?

Anselmo sonrió, hacía tiempo que no ocurría y le pareció extraño. Tal vez era consecuencia del vino.

—El templo bíblico de Salomón también tenía un sistema de observación de las estrellas, un lago sagrado justo delante de la entrada. Solo que no era un lago como lo imaginamos, sino una gigantesca vasija de metal montada sobre doce bueyes en grupos de tres, orientados al este, norte, sur y oeste. También en los claustros hay un pozo y una balsa, y allí se refleja la estrella polar.

—Te oigo hablar y descubro mi infinita ignorancia. Salud —dijo Giovanni y levantó el vaso.

—Tu sabiduría está orientada a otras materias, amigo mío. Pero estrellas y planetas están presentes a menudo, con sus alegorías, en las Sagradas Escrituras. El análisis de sus movimientos y de los cambios que producen en los seres humanos ha de llevarnos a reconocer en ellos el camino divino que hay que seguir con toda nuestra voluntad. Mis estudios de astronomía son fruto de mi curiosidad incurable.

—Siempre has sido curioso. ¿Así que Saturno es un planeta negativo?

—El plomizo Saturno está considerado el planeta de la melancolía. Entre los paganos se representaba con una clepsidra y una guadaña en la mano. Árbitro del tiempo y divinidad que no solo siega las mieses, sino también la vida de los humanos.

—Tú estudia las conjunciones astrales y yo me limitaré a cumplir las órdenes del duque. He organizado a los diputados de la sanidad como un cuerpo de guardia que, junto con los soldados, han de vigilar puertas y poternas. Se necesita un permiso para salir de la ciudad, expedido por mí o por uno de los oficiales superiores.

—Necesitaré ese salvoconducto tarde o temprano —dijo Anselmo depositando el cuenco vacío.

Giovanni se levantó, rebuscó en un cajón y le tendió una hoja doblada, que llevaba un sello de lacre y una cinta negra y roja.

—Con esto podrás ir y venir cuantas veces quieras. Sé que ya has pasado la enfermedad.

—Gracias. Antes de marcharme de Milán, iré al Hospital del Brolo; el abad de Sant'Ambrogio me ha pedido que me quede unos días, hay muchos enfermos y los decanos están muriendo como moscas.

Giovanni negó con la cabeza.

—Mal asunto.

—Sí. ¿Y en cuanto al otro?

El hombre lo miró un instante, luego bajó la vista.

—Nada, amigo mío. Desgraciadamente, no hay testigos, quienquiera que lo hiciese actuó con rapidez y con una precisión mortal. Era un asesino a sueldo, alguien que sabe de muertes.

Anselmo suspiró, serio.

—No comprendo quién pudo querer hacer daño a esa buena muchacha. Era una de las cantantes, tenía una familia y su marido es uno de mis protegidos.

—Lo sé, Anselmo. Créeme, he hecho todo lo que he podido para descubrir algo en cuanto encontramos la herida en la espalda.

—El marido está destrozado, no consigue superarlo.

—Lo entiendo y lo siento.

Anselmo asintió. Giovanni no podía hacer nada, pero saber que la pobre Matilde había sido asesinada en la calle, y que su asesino todavía vivía, le producía una ira fría y muy poco cristiana. La agitación que le producían esos sentimientos lo obligó a levantarse.

—Te doy las gracias por el vino y por esto —dijo metiéndose el salvoconducto en el bolsillo que llevaba colgado del cinturón—. Me llevaré conmigo una mujer, dos criadas y cuatro niños.

—Antes de irte, asegúrate de que no estén ya enfermos —dijo Giovanni en tono grave—. En cualquier caso, haces bien en llevártelos. Con el calor del verano, la epidemia podría extenderse con más rapidez aún.

—Es lo que temo.

—Te ruego que en el hospital recuerdes a todos que está prohibido trasladar a los muertos antes de la inspección de los diputados de la sanidad; solo ellos pueden autorizar el entierro.

—Lo haré, no te preocupes. Que Dios te bendiga, Giovanni.

—Así sea.

El viejo maestro del Brolo, Domenico Cassina, el que había acogido a los gemelos, llevaba muchos años muerto. En su lugar había sido nombrado un tal Guideto de' Pirovano, al que Anselmo se dispuso a seguir por el pasillo.

El hombre parecía abatido, tenía profundas ojeras y el cabello desgreñado de quien se tira en la cama y permanece en esta posición toda la noche.

Anselmo había temido encontrar desorden y suciedad, en cambio el orden y la limpieza reinaban en todo el recinto, en la medida en que lo permitían las circunstancias de los enfermos. Las paredes habían sido encaladas recientemente, no había ni rastro de cucarachas o ratas, y los apestados estaban distribuidos en tres sectores: los que presentaban los primeros síntomas, los que estaban en la mitad del curso de la enfermedad y los que se encontraban próximos a la muerte. También en este sector había por doquier cestos con hierbas, mirra, ajo, clavos y menta.

—Tenga cuidado de no resbalar, monseñor —le dijo en un momento dado el hombre.

Anselmo entró en la sala que, desde la época de los gemelos, había sido pavimentada con baldosas de terracota. Una monja benedictina estaba acabando de fregar con vinagre puro.

—Habéis hecho un gran trabajo, micer Guideto. Hablaré muy bien de vos al abad de Sant'Ambrogio y a su excelencia el arzobispo.

—Os lo agradezco, monseñor. No hago más que cumplir con mi deber.

Si era tan modesto como delgado, era un hombre de grandes dotes.

—¿En qué principio os habéis basado para realizar la división de los enfermos, micer? —le preguntó, curioso.

—Simple observación. Estoy al servicio del hospital desde hace más de un año, y he podido constatar que la enfermedad sigue más o menos el mismo proceso; a los primeros síntomas de fiebre, náuseas y delirio le suceden los bubones, y estos pronto se vuelven tumefactos y surgen lívidos en todo el cuerpo. En esta última fase, la muerte se produce en unas pocas horas.

—Una intuición brillante y loable —dijo Anselmo con profundo respeto—. Podríais escribir vuestras observaciones, resultarían también muy útiles al vicario del duque.

—Lo sé, monseñor, pero el tiempo es siempre tirano.

—Si me permitís, lo haré yo cuando regrese al monasterio de Campione. Apuntaré vuestras conclusiones y firmaré en vuestro nombre.

Guideto asintió complacido.

—Me halagáis. Si os quedáis unos días para confortar a los moribundos, podremos profundizar en el tema.

—Será un honor. Ahora acompañadme a ver a los más graves, querría darles la oportunidad de confesarse y de recibir la extremaunción.

—Muchos están inconscientes, monseñor.

—No importa, rezaré para que reciban la misericordia de Dios y la fuerza divina de Cristo. Incluso el que ha perdido la conciencia obtendrá consuelo de las oraciones.

—Tenéis razón, monseñor.

Callaron, entre gemidos de dolor, frases inconexas e imprecaciones. No todos querían encontrarse con Jesucristo en las últimas horas de su vida. Algunos estaban aterrorizados, otros yacían postrados por la fiebre. La visión de la fragilidad humana entristeció a Anselmo, que empezó a rezar en voz baja junto al lecho de una mujer inconsciente.

Los días y las noches siguientes fueron todos iguales para él; la única distracción fue la visita de Pietro, con el que quiso reunirse al aire libre, en el jardín contiguo al edificio.

—Has hecho mal en venir —le reprochó en cuanto estuvieron bajo la sombra refrescante de un olmo.

—Aima os manda esto —dijo Pietro impasible, abriendo un

paquete. En él había higos rellenos y unos trozos de membrillo, de un rojo tan intenso que a Anselmo se le hizo la boca agua.

—Tu mujer me mima —dijo sin más objeciones, y se dio cuenta de que estaba hambriento.

—Mi mujer está preocupada por vos.

—No tiene por qué, ya pasé la enfermedad.

—Decídselo vos. Os responderá que solo Dios conoce este mal y vos sois un hombre como todos los otros.

El dulce sabor del membrillo le reconcilió con el mundo.

—Dile a tu esposa que nos iremos dentro de cinco días, aquí todavía me necesitan. ¿Seguís todas mis instrucciones? Comida sana y nutritiva, lavarse todas las noches las manos, los pies y el rostro con vinagre y jugo de ajo machacado y evitar al máximo el contacto con la gente. Obviamente, todo esto vale también para los que estáis en la obra. A propósito, ¿cómo está Alberto?

—Sufre, monseñor. Nunca vi a un hombre con tanto dolor.

—Esta tarde no puedo ir, intentaré buscar un rato mañana.

—Os lo ruego, necesita vuestro consuelo.

—¿Y las gemelas? ¿Y Tommaso?

Pietro bajó la vista para mirarse las manos.

—Tommaso dejó de llorar, ya sabéis cómo son los niños pequeños; ahora sigue a Aima a todas partes. Las gemelas continúan llorando.

—La pérdida de una madre es un hecho trágico —murmuró Anselmo pensando en otros gemelos—. Bien, ahora vete. Dale las gracias a tu mujer y dile que, comiendo estas delicias, me ha parecido oír cantar a los ángeles.

Pietro lo miró con ternura.

—Son los coros de los moribundos, monseñor —murmuró y después, con un impulso insólito, le agarró los brazos—. No os atreváis a enfermar, si os perdiéramos también a vos...

—No ocurrirá, hijo mío. Vete y recuerda que estáis siempre presentes en mis oraciones.

—Y vos en las nuestras —respondió, rápido, Pietro mientras se alejaba.

Anselmo dejó escapar un profundo suspiro.

—Señor Jesucristo, no me los arrebatéis, os lo suplico —susurró mirando al cielo—. A ninguno de ellos, concededme esta gracia.

Aquella tarde celebró la misa porque el sacerdote estaba con fiebre, luego fue a lavar a algunos enfermos que parecían en vías de curación —muy pocos, si se comparaban con los muertos—, escuchó confesiones, absolvió de los pecados a los que todavía podían hablar y administró, cada vez con más frecuencia, el rito de la extremaunción.

Solo después de vísperas volvió a su modesto jergón, un camastro que había hecho colocar al aire libre, en un rincón resguardado del jardín. La brisa nocturna alejaba el hedor de la muerte y desde allí podía observar estrellas y constelaciones, fuerzas ocultas más allá de la comprensión humana, testigos de la existencia de una divinidad por encima de todo. Recordó las alabanzas a Dios de san Francisco y, antes de rendirse al cansancio, las recitó en un triste susurro.

—Alabado seas, mi Señor, por hermana Luna y las Estrellas: en el cielo las has formado claras, preciosas y bellas. Alabado seas, mi Señor, por hermano Viento, y por Aire y Nublo y Sereno…

—Perdonadme, monseñor.

Anselmo distinguió la silueta del visitante en la oscuridad. Era fray Giacobino de Viboldone, del convento de los Humillados.

—Sé que son vuestros pocos momentos de descanso, monseñor, pero hay un enfermo que han traído los guardias.

Anselmo se levantó y se puso las sandalias.

—¿Se está muriendo?

—Creo que sí. Si queréis darle un último consuelo…

Anselmo se dirigió a la habitación que utilizaban como enfermería. El olor penetrante de romero, grasa de oca y mostaza quemada le irritó los ojos.

Camas y jergones estaban colocados unos junto a otros, todos ocupados. Entre los enfermos circulaban los decanos que se habían presentado voluntarios para la noche, ofrecían sorbos de agua, los lavaban con agua y vinagre, rezaban junto a aquellos que estaban a punto de morir.

Inmediatamente vio al hombre que yacía boca abajo, sacudido por terribles ataques de tos. Junto a él, un monje intentaba pasarle un paño frío por la frente. Anselmo se acercó.

—¿Está grave?

Por toda respuesta, el religioso levantó la camisa mugrienta del enfermo. Debajo de las axilas, los bubones estaban hinchados y violáceos, el tórax lleno de moratones, que destacaban como estigmas sobre la piel cenicienta. Finalmente, dejó de toser, respirando con un estertor. El cabello castaño le enmarcaba el rostro hundido, las manos, con largos dedos callosos, estaban inertes sobre la sábana.

Ante esa visión, Anselmo sintió que el corazón se le encogía.

Otro joven lleno de vida, tal vez un campesino, un comerciante, tal vez un padre de familia segado por la lúgubre Señora.

Cogió un taburete y se sentó a su lado.

—En tus manos, Señor, encomiendo su espíritu —empezó. De repente, se alzó una mano y le agarró un extremo de la túnica. Anselmo reabrió los ojos, el joven había abierto los suyos y lo miraba fijamente.

—Basilio, ¿eres tú? —dijo y el monje comprendió que estaba delirando.

—Soy yo —le respondió, compasivo.

—Has vuelto —murmuró el enfermo en un acceso de tos.

Anselmo se quitó el crucifijo y lo acercó a los labios del joven, que se apartó.

—¿Y tú me ofreces la cruz? —dijo con voz chillona—. No necesito tus servicios.

—Todos necesitamos a Dios, hijo mío —murmuró Anselmo tratando de calmarlo.

El enfermo negó con la cabeza.

—Te necesito como médico. Estoy mal, Basilio, no quiero morir. Ahora no.

—La muerte no es el fin, es solo el principio.

Durante los dos días siguientes, Anselmo luchó con denuedo por la vida del desconocido.

Debía de tener más o menos la misma edad que Pietro y Alberto. Luchando por él tenía la extraña impresión de salvar a los sobrinos de la muerte, aunque no estuviesen enfermos. Probó hierbas, ungüentos, todos los remedios conocidos y, en un primer momento, pareció que los bubones se reducían. Sin embargo, la mañana del tercer día deliraba de nuevo y, bajo la rojez de la fiebre, se distinguía un nefasto tinte gris.

—Dadle la absolución, monseñor —le sugirió Guideto, que estaba sacando los muertos durante la noche—. No vivirá más de una o dos horas.

Anselmo introdujo el pulgar en una mezcla de cenizas y agua para trazar el signo de la cruz en la frente del joven, pero este fue sacudido por un violento ataque de tos mezclada con sangre. Intentó limpiarlo con un paño y escuchó sus confusos balbuceos.

—Murió en mis brazos —murmuró el pobrecillo.

—No tengas miedo. Dentro de poco podrás reunirte con ella y vivir para siempre ante los ojos de Dios.

—Yo n-no tengo mu... mu...jer —le respondió—. Era la mujer de Alberto, está muerta.

Anselmo se quedó inmóvil y dejó de respirar. No, no, debía de haber oído mal.

—¿Quién murió? —le preguntó con un hilo de voz y obtuvo por respuesta una risa escalofriante, como la de Satanás al precipitarse en el infierno.

—Tenía que sufrir como s-sufrí yo. Matilde, t-tan frágil —murmuró el desconocido y entonces Anselmo le giró la cabeza bruscamente.

—¿Quién sois? ¡Hablad en nombre de Cristo! —gritó impulsado por una rabia que le obstruyó la garganta. El hombre dijo algo entre jadeos, por su mirada pasó una sombra de terror.

Anselmo levantó una mano y le tapó la boca para no oír más obscenidades, para ahogarlo en su propia sangre. «Señor Dios —pensó—, dame fuerzas, aleja de mí las fauces de Satanás».

El pensamiento de lo que estaba a punto de hacer le heló las entrañas, le turbó la mente.

—*Ave Maria, gratia plena* —empezó en voz alta—. *Dominus tecum, benedicta tu in mulieribus et benedictus fructus ventris tui.*

Con cada palabra, Anselmo conseguía levantar un poco la mano. El joven empezó a respirar de nuevo y él nunca supo cuánto tiempo se quedó allí observándolo. En un momento determinado fue presa de convulsiones, el pecho se levantó en una respiración inacabada. La mano de Anselmo estaba todavía junto a la boca, la sangre que vomitó se derramó entre sus dedos.

—*Sancta Maria, Mater Dei…*

Algo abandono aquel cuerpo. Algo que se desvaneció tan furtivamente que lo impresionó.

—*Ora pro nobis peccatoribus, nunc et in hora mortis nostrae.*

Antes había allí vida y ahora ya no la había.

—Amen —murmuró, y solo entonces se dio cuenta de que no lo había absuelto de sus pecados.

—¿Ha muerto, monseñor? —preguntó alguien.

Anselmo se volvió bruscamente y se quedó mirando a una monja.

—¿Llevaba algo consigo?

—Sí, monseñor. Está todo debajo de la almohada.

Sacó una bolsa deshilachada, que en su día debió de haber sido de tela fina. Unos florines de plata, un colgante con símbolos alquímicos y un estilete con una piedra blanca engastada en el puño.

No era posible. Se apresuró a meter de nuevo todo en la bolsa y se fue a ver al maestro Guideto.

Anselmo volvió al hospital acompañado de Giovanni de' Rossellis, Pietro y Alberto. Este último caminaba con la cabeza baja, sin decir palabra. Antes de entrar en la habitación donde habían arreglado el cadáver, Anselmo le cogió aparte.

—Podría ser un malentendido, tal vez había robado la bolsa.

—Lo sé, monseñor —le respondió—. Ahora dejádmelo ver.

Anselmo se hizo a un lado. Una monja retiró la sábana blanca. Aunque descarnado por la enfermedad, Alberto lo reconoció.

Ugolotto da Rovate.

Mil y mil veces había imaginado encararse con el asesino de su mujer para matarlo con sus propias manos, pero luego, cuando se encontró frente a la verdad, se quedó sin respiración.

Más que furia o deseo de matar, solo sintió una tristeza infinita.

50

Recuerdos de un amor

Milán, julio de 1400

Alberto observó el trasiego de los carros que procedían de la vía de Compedo. El día antes, uno de los conductores había perdido el control de los bueyes y había recorrido una parte del interior de la iglesia, sembrando la confusión entre los devotos que estaban rezando delante del altar de Santa Maria Maggiore.

La construcción del cementerio, decidida por los diputados unos años antes, avanzaba entre dificultades y grandes gastos. También se había construido un nuevo almacén, donde desde hacía un tiempo se celebraban las reuniones de la Fabbrica. Y reuniones había habido muchas en los últimos meses, sobre todo para defender la obra de los ataques del francés Jean Mignot, al que todos llamaban ya Giovanni Mignoto. Otro extranjero que pontificaba sobre la solidez de la nueva iglesia.

Alberto miró hacia arriba.

Las proporciones de los pilares eran perfectas. Revestidos de mármol, sostendrían la bóveda sobre el crucero. En el centro, donde el transepto cruzaría la nave, los cuatro grandes pilares a los lados de la cruz eran enormes y se alzaban rectos, todavía sin capiteles, desde el suelo hasta la bóveda en una única línea ininterrumpida.

Simples, lisos, dirigidos hacia el cielo.

Él no era más que un carpintero, puede que de piedra supiera poco o nada, sin embargo, en las animadas asambleas, con los ingenieros alineados a favor del francés o de los maestros de los lagos, había comprendido que en aquella construcción no había solo ingenio, arquitectura, matemática y geometría; aquel edificio era la búsqueda de Dios en la tierra, una prueba de su existencia, de su amor y de la fe de todos los milaneses.

También conocía el contenido de las cartas enviadas por el duque, al que Mignot se había dirigido varias veces para exponer sus razones. El señor de Milán, más que en las disputas, parecía interesado en la construcción de una capilla para su padre Galeazzo y de su cartuja, que estaban levantando en Pavía algunos ingenieros de la iglesia milanesa.

Gracias a Dios, él no era más que un carpintero y, en aquellos tiempos de enfermedades y desgracias, su único consuelo era saber que estaban a salvo las gemelas y Tommaso, que se habían ido a Campione a finales de mayo con monseñor Anselmo, la mujer de Pietro y su hijo.

Pensar en Matilde lo obligó a concentrarse en el presente, para no seguir viendo su rostro de cera modelado por la muerte.

En la caseta de los carpinteros cogió las herramientas y, con la bolsa al hombro, cruzó el espacio obstruido por vigas y tablones listos para ser montados en el nuevo piso de andamios, que ya rodeaban el lado izquierdo del ábside.

Oyó un martilleo febril procedente de la parte trasera del edificio; era frecuente que con aquel calor los escultores y canteros trabajasen al aire libre, a la sombra.

Marchetto llevaba un delantal de cuero y estaba de pie frente a un bloque de mármol parecido a un tronco de árbol. Alberto se acercó, el ingeniero apenas se dio la vuelta y luego siguió picando.

—Alberto, ¿vas a subir a los andamios?

—Sí, hoy montamos un nuevo piso.

Marchetto sonrió.

—Excelente. —Interrumpió su trabajo—. Esculpir el mármol es un trabajo duro, sucio y ruidoso pero satisfactorio. Cada golpe es una colisión, metal que golpea la piedra.

Dicho esto, le hizo una demostración: apuntó el cincel y lo golpeó. Las esquirlas de mármol saltaron en todas direcciones.

—Tienes que observar, ajustar el ángulo para calcular la fuerza, no puedes permitirte cometer errores; dar un golpe en el punto equivocado puede causar una herida, en el mármol o en la mano.

—También has de conocer muy bien el cuerpo humano —constató Alberto.

—Por supuesto, no se puede esculpir una figura si no se tiene conocimiento del propio cuerpo y del de los demás.

—Mi mano está acostumbrada a la madera, mucho más dúctil y, sin duda, requiere menos esfuerzo. —Alberto contempló el retrato dibujado con la sanguina, en el que el maestro se inspiraba. El rostro estaba inclinado hacia la izquierda, la cabeza cubierta con un velo—. ¿Puedo preguntaros quién es?

—Santa Radegonda, es un dibujo de Niccolò da Venecia. —Ambos lo miraron—. Me gustaría hacer una estatua femenina, una santa para colocar en una de las paredes junto al gran ventanal del ábside. Sin embargo, a esta le falta algo, no sé qué. ¿Tú qué opinas?

—Solo soy un carpintero, maestro.

Marchetto se echó a reír.

—¿Y qué? ¿Quieres decir que no eres capaz de juzgar el arte o una expresión del mismo? Mira aquí —le dijo señalando el rostro—. ¿No te parece una postura poco natural? ¿Y la nariz no es algo desproporcionada?

—Sí, tenéis razón —respondió Alberto concentrándose en el dibujo—. Yo la esculpiría en una posición ladeada de tres cuartos. Y no solo el rostro, todo el cuerpo; de esta forma, el observador tendría la sensación de movimiento. Y la túnica debería ser drapeada aquí, en este punto.

—Exacto —murmuró Marchetto—. Y hacerse a tamaño natural, para crear la ilusión de realidad. Habrá que tener cuidado, el mármol es fuerte y frágil al mismo tiempo, pero lo que has dicho tiene mucho sentido. ¿Por qué no haces un dibujo y me lo enseñas?

A Alberto le sorprendió la propuesta, pero sintió que podía hacerlo.

—Lo intentaré, aunque no os garantizo el resultado.

—No te preocupes, todos nosotros hemos sido aprendices y, a

propósito, recuerda que la santa fue también reina y, cuando quiso hacerse monja, consiguió esconderse de su marido gracias al crecimiento milagroso de un campo de avena.

—Sí, lo recuerdo —dijo Alberto dando una última mirada al dibujo.

—He visto tus máquinas para levantar el mármol —le dijo el maestro—. Y el modelo de madera de nuestra iglesia que construiste pieza a pieza con el pobre Giovannino de' Grassi. Lo estuve observando detenidamente durante las discusiones con el francés; pobre de ti si crees que no eres un artista. Ahora vete, haz que bajen del andamio los zánganos que holgazanean allá arriba, que aquí abajo tenemos mucho trabajo.

Alberto pasó desvelado buena parte de aquella noche. Contemplaba la fría luz de la luna, que entraba por la ventana abierta de par en par, y escuchaba el canto de los grillos y el croar de las ranas.

Solo, en aquella cama que había compartido, en la que había amado.

A veces le parecía oler su perfume, rozar su piel. Todo estaba grabado en él, huella imborrable; le bastaba cerrar los ojos para verla tumbada a su lado.

Sus manos se movieron sobre la sábana, tocó el aire y evocó la consistencia de la imagen que lo atormentaba. La rozó, la cabeza inclinada hacia atrás, el rostro, la boca con los labios abiertos.

Apretó los puños y cerró los párpados, porque las lágrimas eran una sustancia peligrosa.

Muerta, perdida para siempre, arrancada; sin embargo, Alberto la sentía en el aire que respiraba, al amanecer, al atardecer, en los momentos de tranquilidad y en los agitados del trabajo.

Estaba allí arriba con él, en los andamios, y cuando contemplaba los tejados rojos o las montañas en el horizonte estaba seguro de que Matilde también los veía. El mundo, su vida era igual a como ella la había dejado y, no obstante, diferente.

Esperó a que amaneciera, después tomó la sanguina que Pietro le había dado la noche anterior cuando, muy serio, le dijo finalmente que quería dibujar a su mujer. La hoja de pergamino era otro regalo y, con todo aquello delante, se quedó esperando que la luz fuera suficiente.

Simplemente, cerró los ojos; siguió la línea precisa de su perfil, el cuerpo adormecido inalcanzable ya, que sin embargo podía ver.

Su amor existiría de nuevo en la piedra, una piedra de la misma dureza que la imagen que él conservaba en su interior. Tenía que sacarla de la mente antes de que se desvaneciera, como se desvanecen los recuerdos.

Campione, finales de diciembre de 1400

El lago era una extensión de aguas tranquilas al pie de los montes cubiertos de bosques. Un panorama que había aprendido a amar. El aliento se condensó ante su cara, hacía frío y Pietro se arrebujó en su capa. Junto a él caminaba Marchetto, con su hijo Giovanni.

Llegaron a la casa propiedad del monasterio, que monseñor Anselmo les había dejado.

¿Había algo mejor que reunirse en las fiestas de Navidad, todos juntos, para disfrutar de los últimos días de un año que había sido triste para todos, en la familia y en la obra?

En esos días había tratado de mantenerlos alegres, también a Alberto y sus hijos, que habían pasado la primera Navidad sin Matilde.

Alberto les abrió la puerta y una oleada de calor y aroma de especias los acogió en la gran sala decorada con troncos y ramas de pino. Los niños corrieron hacia Giovanni, que se dejó arrastrar hacia la chimenea encendida.

Pietro se sentó en su rincón preferido. Delicias del espíritu y de la carne, con la sugestiva misa en Santa Maria dei Ghirli y una comida abundante; la epidemia en Milán parecía haber alcanzado su punto álgido y empezaba a menguar, los trabajos en la nueva iglesia avanzaban y él se había convertido en discípulo de Marchetto, que había recibido un aumento de salario y se mantenía firmemente al frente de la obra, a pesar de las insinuaciones de Mignoto sobre la solidez de la iglesia.

Entonces, ¿qué tenía?

En la escalera asomó su hijo Antoniotto y detrás de él las gemelas y Tommaso. Ya eran mayores y, aunque de vez en cuando todavía se pegaban entre travesuras y risas, al final la complicidad fraternal entre aquellos niños le llenaba de alegría el corazón.

Sin embargo, era incapaz de entender su propia alma, de descubrir el origen del malestar que sentía; solo sabía que en los últimos tiempos sentía una extraña inquietud. Desde lo de aquel incidente, hacía un mes, en el último viaje de Milán al lago.

Alberto y él estaban atravesando la llanura a lomos de un asno, delante de ellos había una arboleda y una pequeña iglesia, que tal vez tiempo atrás servía de punto de referencia a los viajeros, pero que ahora estaba abandonada. Era un día claro de noviembre, uno de esos días en que el sol te calienta la nuca y el frío te pellizca la garganta.

De repente, uno de los batientes del portal se abrió de par en par y salieron tres hombres, harapientos, con largas barbas descuidadas y armados con bastones.

Los robos eran frecuentes. El duque Gian Galeazzo había empobrecido con nuevos impuestos a los campesinos y mercaderes, la gran peste había causado estragos, arrebatando brazos y sostén a muchas familias, y el que no tenía nada que comer se dedicaba a robar para sobrevivir.

En los frecuentes viajes que habían hecho a la cantera, ambos habían aprendido a defenderse y a llevar consigo un cuchillo de caza; Alberto había conservado, a pesar de la opinión en contra de él mismo y de monseñor Anselmo, el estilete con el que habían asesinado a su esposa.

Los asaltantes se apoderarían de los sueldos de los últimos meses, les robarían los asnos y tal vez los herirían o matarían. En aquel momento no podían saberlo, pero no valía la pena dudar. Alberto se estaba enfrentando a dos de ellos y se las estaba apañando bien; uno ya estaba tendido en el suelo de un fuerte puñetazo, el tercero corría hacia él, blandiendo una vieja espada oxidada.

Apretando con fuerza con la mano derecha el cuchillo de caza, se había lanzado sobre el agresor, habían intercambiado golpes, las hojas despedían chispas.

Tras haber esquivado una embestida, Pietro respondió con un golpe en la cara, puesto que el otro era torpe pero decidido. Olvidando toda regla, el desgraciado se le había echado encima blandiendo la espada y ambos habían caído al suelo, habían luchado y un instante después el cuchillo estaba clavado en las costillas de su adversario, que perdía sangre.

Pietro se había quedado allí, sentado sobre el suelo helado hasta que Alberto lo había sacudido como para despertarlo de un mal sueño. El hombre al que había apuñalado yacía inmóvil, pálido como la cera, y él no podía dejar de mirarlo.

—Está muerto, vámonos —le había dicho Alberto.

—No podemos dejarlo así.

—Cuando se despierten los otros, ya sabrán qué hacer. Son maleantes, saben los riesgos que corren. Vámonos antes de que lleguen los cómplices y demos gracias a Dios por haber salido vivos.

Habían llegado a Campione a última hora de la tarde y no habían dicho nada del percance, en parte para no asustar a Aima o a monseñor Anselmo, y en parte porque ninguno de los dos deseaba volver a hablar del tema.

Pietro se levantó y se dirigió hacia el gastaldo, que estaba discutiendo con Marchetto de iglesias y frescos.

—¿Puedo hablar con vos? —le preguntó bruscamente.

El monje lo observó y debió de convencerse de que se trataba de algo urgente. Pietro lo acompañó fuera, a la galería de la escalera.

Frente a ellos, la callejuela empedrada descendía hacia la plaza hasta el lago. En la playa, las barcas de pesca estaban puestas en seco. Pietro se apoyó en la barandilla con un suspiro profundo.

—He matado a un hombre, monseñor —dijo de golpe.

Anselmo no se inmutó, se lo quedó mirando con ojos sabios y expresión imperturbable, como cuando era niño.

—Cuéntame cómo sucedió, hijo mío.

No omitió nada, desde el primer momento hasta que, de nuevo a lomos del asno, se dio la vuelta para mirar por última vez a su víctima.

—Tomás de Aquino escribió en su *Summa Theologiae* que «del acto de la persona que se defiende a sí misma pueden seguirse dos efectos: uno, la conservación de la propia vida; y otro, la muerte del agresor. Tal acto, en lo que se refiere a la conservación de la propia vida, nada tiene de ilícito, puesto que es natural a todo ser conservar su existencia todo cuanto pueda». —Le puso una mano sobre el hombro—. Entiendo tu turbación, Pietro, pero, cuando no hay otra salida, se puede matar al agresor injusto para defender la propia vida y la de otras personas inocentes —murmuró Anselmo.

—Sin embargo, su rostro sigue obsesionándome.

—Piensa en lo que has defendido: tu vida y la vida de todas las criaturas que dependen de ti.

Oía las voces y las risas que procedían del interior de la casa.

—Nunca lo volveré a hacer. —Y se lo juró a sí mismo.

—¿Cómo se puede confiar en una promesa así? La vida nos depara sorpresas que nadie es capaz de prever. Si hubieras muerto, ¿qué habría sido de Aima?

Pietro calló, pensando en esta posibilidad. También pensó en la obra, en todo lo que todavía debía construir: su vida tenía un objetivo, estaba al servicio de una causa.

Aima abrió la puerta y salió de la casa, envolviéndose en el chal que la cubría.

—¿Acaso tenéis calor? He venido a deciros que los membrillos ya están listos, recién salidos del horno y cocidos con vino especiado.

—No puedo resistirme a esta declaración —dijo Anselmo con una gran sonrisa, y volvió a entrar.

Aima se acercó a Pietro.

—Hay algo que te preocupa, lo sé. ¿Quieres explicármelo?

—Ahora no —le respondió, no estaba preparado aún para confiárselo todo.

Aima le cogió las manos, acariciándole los nudillos con los pulgares.

—Tal vez lo que voy a decirte te pondrá de buen humor —susurró y le sonrió—. Estoy embarazada.

De pronto, aquellas palabras parecieron dar un sentido a todo, incluso a aquella muerte.

Era una señal de Dios, de su perdón, de su benevolencia.

Milán, finales de marzo de 1401

Marchetto Solari da Carona contempló los andamios que se alzaban hasta la altura de los pilares. El trabajo avanzaba con cierta lentitud. Muchos canteros y obreros habían desaparecido durante la peste y, desde hacía un tiempo, el ingeniero francés Mignoto solo tenía un objetivo: desprestigiar ante el señor de Milán el trabajo de los maestros italianos y campioneses, y también el de los maestros procedentes del norte. Y, por si fuera poco, los gastos de la obra aumentaban a ojos vista, sobre todo por culpa del cementerio que se había decidido construir hacía ya siete años.

La idea de cuán rápido pasaba el tiempo lo turbó, y se miró las manos, lastimadas en el dorso y en los dedos por pequeñas heridas, callos y abrasiones. ¿Cuántos años habían pasado desde que había acariciado a su mujer por última vez, desde que había enmarañado con cariño la cabeza morena de su hijo, ahora ya un muchacho apasionado por la escultura?

A veces tenía la sensación de que aquel edificio devoraba las vidas de todos los que trabajaban en él. Día tras día, estación tras estación, allá arriba observando las losas, diseñando, modelando arcilla para luego esculpir estatuas en el mármol menos dúctil.

Devoraba vidas, recursos, indiferente a los sacrificios que implicaba cada estatua, adorno, columna o contrafuerte. En cada elemento de arquitectura, del más grande al más pequeño, estaban impresos sudor, trabajo y sangre. Muchos obreros sufrían heridas, unas leves y otras graves, algunos habían arriesgado su vida en aquellos andamios y otros la habían perdido.

Un profundo suspiro salió de su pecho.

Qué angustia pensar que nunca vería el final de aquella obra, ni la forma que imaginaba, ni la estatua de la Virgen que veía en el punto más alto, con el manto y los brazos tendidos para proteger Milán.

Aunque las obras llevaban quince años en marcha, no habían hecho más que empezar, y le pareció muy cercano aquel primer día en la obra con Marco Frisone y los hermanos Fusina, todos ellos ya desaparecidos.

Su catedral, la *Domus*, la casa de Dios Padre Todopoderoso. Tan hermosa si se la comparaba con la vieja Santa Tecla y Santa Maria Maggiore, que ya había sacrificado buena parte de sí misma y de sus muros.

El mármol deslumbrante bajo el sol tuvo el poder de desterrar la melancolía. Marchetto volvió a concentrarse en el trabajo, porque el tiempo que se le había asignado tarde o temprano se le agotaría y, mientras se dirigía hacia el albergue de los escultores, reservó el último pensamiento nostálgico para la pobre Costanza.

«Qué habría ocurrido si hubiera podido hablarle, casarme con ella —pensó mientras pasaba por encima de un montón de astillas de mármol—; qué aspecto habrían tenido nuestros hijos —se preguntó—. En este caso, Giovanni y mis otros hijos no habrían nacido».

Se le hizo un nudo en la garganta, tragó saliva y al abrir la puerta de par en par pudo oír las charlas, los golpes de martillo y cincel y los reproches que le llegaron hasta el umbral del albergue cercano al cementerio.

Nunca se había opuesto a la decisión de construirlo detrás del ábside, que, si no se equivocaba, había sido tomada por los diputados, por los nobles y por los ordinarios de la Fabbrica un neblinoso día de enero de 1394. El propósito era honorable: recoger los legados de aquellos que querían ser enterrados cerca de la nueva iglesia, creando una especie de ciudad de los muertos junto a la de los santos, pronto representados por todos los canteros que tenía delante y que estaban trabajando en la ornamentación.

Los observó mientras trabajaban; lo saludaron con breves gestos y, finalmente, encontró a Alberto, el carpintero.

Era a él a quien buscaba. Cuando le había enseñado el dibujo de la santa, Marchetto había quedado encantado.

Era el rostro de su esposa asesinada, y en aquel rostro se conjugaban el encanto de la pérdida, el afecto, la memoria. En aquellos miembros relajados, en aquella boca de labios carnosos, sobre la que flotaba la sombra de una sonrisa. Al mirar el dibujo, Marchetto se había emocionado. En aquellos pocos trazos de sanguina, más oscuros, más nítidos, más ligeros, se concentraba todo el dramatismo del sufrimiento.

Sus ojos, tristes y felices a la vez, estaban dirigidos hacia arriba y, en esa mirada al cielo la feminidad de la figura se despertaba repentinamente al sufrimiento eterno y a la devoción.

Había invitado a Pietro a dar algunas lecciones de escultura al carpintero, su instinto le decía que también trabajaría bien el mármol. Los aprendices de cantero estaban desbastando los bloques, para entregarlos luego al toque experto de los maestros. A Alberto le habían encargado la talla de Santa Radegonda.

—Para un escultor un buen dibujo no es suficiente —le dijo.

El joven asintió.

—Escoplos, cinceles, punteros, gradinas, uñetas, escofinas de distinto tamaño —añadió señalando cada una de las herramientas de trabajo—. Recuerda, no solo existen distintos colores, blanco perla como en Carrara, moteado de gris, amarillo y rojo como en Seravezza y nuestro rosa de Candoglia. Existen también distintos tipos de mármol, cada uno con un grado de dureza diferente.

—He visto que para las medidas se usa el compás.

—Sí, y deberás tomar las tres medidas principales: la altura desde la extremidad superior hasta la inferior, la mayor anchura y la del volumen, para saber si tendrás suficiente mármol.

—No sé si seré capaz, maestro.

—Aquí el que decide es otro, hijo mío. ¿Quieres expresar tu dibujo? ¿Acortar la distancia entre tú y la imaginación, entre el tacto y la vista? Un dibujo es plano, por bello que sea. Una escultura es una forma sensible hecha de materia, sustancia que quiere ser tocada. Es poesía, es concreción, y posee sombra y alma. Una estatua existe porque nosotros le damos vida. —Lo miró—. ¿Quieres esculpir lo que sientes en tu interior?

—Sí, maestro.

—Entonces empecemos con la arcilla.

51

Muerte en el castillo

Castillo de Marignano, 3 de septiembre de 1402

En el largo pasillo resonaron los pasos de Francesco Barbavara. El hombre vestía su habitual túnica amaranto ceñida en la cintura por una faja de seda dorada. Se cubría la cabeza con el gorro de siempre, del que sobresalían unos pocos mechones de cabello untados con ungüentos perfumados.

Caterina lo siguió en silencio.

Tiempo atrás había sido un hombre de armas, ahora era secretario y administrador del duque; en su nombre redactaba contratos, concedía investiduras de feudos, recibía juramentos de lealtad; no solo eso, sino que suscribía alianzas y tratados y, gracias a él, las finanzas del ducado, en quiebra por las guerras, se habían recuperado.

Ahora sería además albacea de sus últimas voluntades, porque Gian Galeazzo, su marido, se estaba muriendo. Hacía un mes que había contraído una fiebre violenta, que subía por la tarde y lo dejaba exhausto y con una tos seca y persistente.

Entraron en la habitación bien amueblada del ala norte del castillo. Las tres ventanas se asomaban al río Lambro, bordeado de álamos cuyas hojas temblaban con la más débil brisa.

De las paredes colgaban tapices con hileras de caballos rampantes y caballeros armados en el momento de matar a los enemigos bajo los cascos. En los arcones, los bancos de terciopelo, todos con incrustaciones de ébano, marfil y oro, y donde no aparecía la serpiente o la *raza*, símbolos de la estirpe, estaban representados momentos de la vida de los Visconti. Una historia grabada en madera que el enfermo, cuando estaba consciente, seguía con una especie de desesperada tristeza.

En la cama dispuesta sobre la tarima, vestida con abundantes cobertores, estaba impresa la huella rectangular del sol, que entraba por un postigo entornado. Sobre la mesa, junto a la jarra que contenía una infusión de hierbas y restos de comida, quemaba un bastoncillo de incienso para purificar el aire.

—Duquesa —la saludó Gusberto de' Maltraversi, médico y astrólogo personal de su marido, asistido por el paduano Marsilio da Santa Sofia, insigne profesor de medicina, el mejor y más sabio médico del mundo, según se decía.

Caterina los saludó con un gesto. A pesar de los títulos altisonantes y de las sumas exorbitantes exigidas, no habían conseguido salvarlo.

Miró al hombre que yacía entre las almohadas, pálido, la frente perlada de sudor, la nariz más pronunciada entre los pómulos, que parecían querer traspasar la piel. Respiraba con un ligero jadeo, largos intervalos de silencio y luego un débil estertor.

Caterina sintió con agudeza y dolor la brevedad de la vida. La muerte estaba terroríficamente cercana y el viaje hacia ella, vertiginoso; solo la oración podría borrar la angustia que amenazaba con devorarla.

Apretó con fuerza el rosario que sostenía en la mano.

—Os aconsejo que llaméis a Giovanni y a Filippo, duquesa —le susurró el conde Barbavara—. Los médicos me han informado de que es cuestión de horas.

Caterina lo miró fijamente. Su expresión era impasible, como siempre, y los ojos oscuros, insondables. ¿Cómo podía estar tan tranquilo? ¿No sabía que la muerte de su marido causaría graves daños a todo el Estado?

Oyó ruido de pisadas a sus espaldas. Estaban entrando algunos consejeros: Antonio d'Urbino, Giovannolo da Casate y el buen Giovanni da Carnago, que era uno de los pocos que tenía verdadero interés en la construcción de la nueva iglesia de Milán.

Caterina se había dirigido a él varias veces en busca de noticias y para hacer donaciones a la Fabbrica: florines, ropa desechada y tres anillos que habían pertenecido a su madre, Regina della Scala. Nunca se había arrepentido de haberlos donado, estaba segura de que alguna de esas estatuas de mármol o alguno de esos pilares estaban allí gracias a ella.

Susurros, suspiros; de pronto el olor a incienso y enfermedad se le hicieron insoportables, así como la inmovilidad de aquel hombre, que apenas unos meses antes estaba tan lleno de vida.

En cierto momento de aquel calvario, había tomado conciencia de la gravedad del mal que lo aquejaba y, asistido por su capellán, el abad de la iglesia de San Pietro in Ciel d'Oro de Pavía, había limpiado su conciencia. Monseñor Pietro estaba junto a él, sostenía su mano y sus labios se movían susurrando oraciones.

Caterina se dio la vuelta y salió de la habitación como si la persiguieran los perros de caza de su marido. Tenía que encontrar a sus hijos.

Milán, 20 de octubre de 1402

Para celebrar el funeral del duque de Milán, se esperó a que las calles volvieran a estar practicables tras las lluvias torrenciales que habían caído durante todo el mes de septiembre. Hacía ya unos días que el sol había logrado traspasar el manto de nubes, permitiendo a nobles, embajadores y delegados procedentes de toda Italia participar en las exequias.

El interminable cortejo había salido del castillo de puerta Giovia; se había extendido por las calles como una serpiente, como esas espirales de las que tan orgullosos estaban los Visconti. En cabeza, el primogénito Giovanni Maria, de catorce años, al que seguían su hermano Filippo Maria y el hermanastro Gabriele Maria, hijo de la amante Agnese Mantegazza.

Detrás de ellos, Caterina Visconti, el conde Barbavara, cortesanos, parientes, nobles extranjeros y los legados de todas las ciudades bajo la égida del Visconti. Delante del clero, el arzobispo de Milán Pietro Filargo, elegido tras la muerte de Antonio da Saluzzo, fallecido en septiembre del año anterior.

Decenas de caballeros sostenían las insignias de las ciudades conquistadas, un conjunto de escudos animados por toros, leones rampantes, águilas, y lirios, seguidos de hombres a pie vestidos de negro, con la serpiente del ducado cosida en el pecho y un cirio encendido.

La procesión llegó hasta lo que quedaba de la catedral de Santa Maria Maggiore, adornada con banderas y estandartes.

El féretro fue depositado delante del altar.

Los ingenieros y todos los obreros de la obra habían interrumpido el trabajo. Cubiertos de polvo de mármol, algunos habían trepado a los andamios para ver desde arriba la plaza abarrotada.

Pietro, junto con Alberto y una decena de discípulos, había subido a una pila de troncos cuadrados para ver mejor.

—Están haciendo el funeral a un ataúd vacío —dijo Filippino da Modena, un buen ingeniero que había llegado a la obra para sustituir a su padre, Andrea degli Organi.

Pietro se lo quedó mirando.

—¿Vacío?

—Sí, lo decían los de la cartuja —murmuró Filippino—. El cadáver fue enterrado en la abadía de Viboldone, el corazón en la iglesia de San Michele de Pavía y el resto en Francia, según dispuso el duque en su testamento.

—¿Cómo te las arreglas para saberlo siempre todo? —le preguntó Alberto.

El muchacho sonrió.

—Ya sabes que Antonio y yo trabajamos tanto aquí en Milán como en la cartuja.

—Ahora que ha muerto el duque, confiemos en que el hijo no lo tire todo por la borda, es tan joven —dijo Antonio da Paderno, ingeniero y hábil pintor sobre vidrio.

—Después de lo ocurrido con Mignoto, espero que no contraten a otros ingenieros extranjeros —intervino Marchetto, ahora ya eminencia gris de la obra.

—Más que nada, espero que no les den más títulos altisonantes que no merecen —masculló Antonio—. Yo respeto a los extranjeros que trabajan como canteros, vidrieros o carpinteros, y ninguno de ellos ha insinuado nunca que la iglesia esté mal construida, como hizo aquel francés sin base alguna. Y con esos argumentos siguió durante más de dos años.

—Confío en que no suceda nada grave, sabemos que tras la muerte de los tiranos el pueblo se levanta y los hijos de estos padres siempre son unos ineptos —murmuró Marchetto.

—El duque no era tan tirano —lo contradijo Antonio.

—Tal vez no el peor, pero tú eres joven. Por el simple hecho de que fue él quien eliminó al viejo Bernabò Visconti ya se merece ese apelativo.

Milán, 25 de junio de 1403

—Ha estallado un motín en puerta Ticinese —estaba diciendo, muy alterado, uno de los canteros que acababa de llegar a la obra—. Son los parientes de los Visconti, si no he entendido mal, capitaneados por un tal Antonio, que pide justicia y la cabeza del conde Barbavara y de su hermano.

Marchetto y Antonio da Paderno intercambiaron una mirada. Si el pueblo sublevado arremetiera contra la obra, no habría salvación ni para la iglesia ni para los que hasta aquel momento habían trabajado en ella con tantas dificultades.

—El nuevo siglo está en manos del diablo —comentó alguien detrás de Antonio, y el ingeniero vio que muchos obreros hacían la señal de la cruz.

—Escuchad —gritó de pronto—. Debemos permanecer unidos, no cedamos a la violencia. Yo estoy dispuesto a defender la iglesia de cualquiera que quiera profanar esta santa construcción, ¿y vosotros?

Se elevó un grito de aprobación unánime.

—No debemos temer a los milaneses, no tienen nada contra nosotros —añadió Marchetto, dirigiendo una rápida mirada al palacio del Arengo.

La duquesa se había trasladado a vivir allí desde la muerte de su marido, tal vez para estar más cerca de la ciudad que la había visto crecer, pero la conexión que había mantenido a Milán unida a los Visconti parecía haber desaparecido con la muerte del duque.

Marchetto mandó preparar sacos de arena, colocar carros y carretas en posiciones estratégicas y cerrar con llave los almacenes.

Fue Alberto el que echó el cerrojo al de los escultores. Allí estaba Matilde, porque el rostro de la santa, que desde hacía meses intentaba arrancar al mármol, era el de la madre de sus hijos. Había tenido muy poco tiempo para dedicarse a ella y, si bien por un lado tenía prisa por acabarla, por el otro retrasaba el momento de separarse de ella, porque estaba convencido de que era el último vestigio de su esposa.

Retiraron la escalera de los andamios, sobre todo de la zona del ábside, donde el mármol de la decoración sobre los grandes ventanales era más delicado. El trabajo en la obra había continuado a pesar de la peste y las intrigas del Mignoto, y muchos, entre los que se encontraba él mismo, se habían hecho ilusiones de que la regencia de la duquesa Caterina traería un período de paz y buen gobierno.

Nada más lejos de la realidad.

En aquellos últimos meses la situación se había precipitado: continuas sublevaciones en todos los rincones de Lombardía, del Véneto, de Toscana, represalias en Florencia y Venecia, el rencor del papa y la venganza de Francesco da Carrara, que no había olvidado las humillaciones sufridas por la conquista de Padua.

Alberto también pensó en los capitanes mercenarios del difunto señor de Milán —Jacopo dal Verme, Facino Cane, Ugolotto Biancardo, hombres forjados en la guerra—, que ahora disputaban el ducado a los nobles y a los obispos que lo querían para ellos.

Barbavara era odiado por las reformas financieras, por haber sido el brazo derecho del duque y de la duquesa y haber aumentado su poder tras la muerte del Visconti.

—Que la santísima Virgen nos proteja —murmuró Pietro.

—Lo hará —le respondió Alberto.

La multitud de alborotadores era tan densa que desbordaba la plaza; en las calles y los callejones adyacentes, una horda vociferante, encolerizada, se arremolinó delante del Arengo poco antes de mediodía, pero en el palacio ya no había nadie: la duquesa se había marchado con sus hijos al castillo de puerta Giovia.

Marchetto ordenó a los obreros más fornidos que se pusieran en primera fila. Acababa de enterarse por un muchacho rápido de piernas y de cerebro de que los enfrentamientos habían causado algún muerto entre los seguidores del conde Barbavara, y uno de ellos era un tal Giovanni da Casate, al que Caterina Visconti había enviado como mediador.

—No tenemos nada que temer, a nosotros no nos interesa la política —los animó Marchetto, que entretanto se puso delante de todos los obreros.

A la cabeza de los revoltosos había dos hombres, uno huesudo, de cara marchita y antipática; el otro, de aspecto semejante al primero, pero con una expresión de complacencia maligna y furtiva.

—Son los hermanos Visconti, uno de ellos es un forajido —le dijo Filippino degli Organi—. Un día vinieron a curiosear a la obra de la cartuja.

—Buscan venganza —murmuró Alberto—. La ira y la envidia son los peores de los siete pecados capitales.

—Son como fieras que se ensañan con todo lo que encuentran —razonó Marchetto, observando cómo la turba aclamaba a los dos tipos.

—¡Milaneses! —comenzó uno de ellos—. Este ha sido un año infausto para nuestra ciudad.

—¡Milán! ¡Milán! ¡Milán! —le respondió la multitud.

—Yo me opongo a las injusticias, y ¡el conde Barbavara es nuestro peor enemigo!

Durante unos minutos reinó la confusión y luego, con un movimiento que no alteró su orgullosa actitud, Antonio Visconti giró sobre sí mismo realizando un círculo completo para mirar a su alrededor, con el rostro deformado por una sonrisa dirigida a los ingenieros y a los oficiales de la obra.

Poco a poco se hizo un silencio absoluto en las primeras filas.

—Escuchad lo que tengo que deciros, milaneses —dijo con voz clara y estentórea—. Nadie es más consciente que yo de la deshonestidad de los hermanos Barbavara y sé que obtendremos justicia, pero ante este santo lugar yo me detengo, y debéis hacerlo también vosotros.

Habló despacio para que todo el mundo pudiera oírlo, y alguien se encargó de transmitir sus palabras a los que estaban más alejados. Se detuvo de nuevo, hasta que cesaron los gritos más distantes.

—Durante demasiado tiempo nos han ignorado, pisoteado y matado de hambre hombres ávidos de poder y de gloria personal. Hombres sin escrúpulos, que abusan de la confianza otorgada de manera completamente irresponsable.

La multitud comenzó a agitarse de nuevo, a murmurar.

—Su excusa siempre es la misma: que están actuando por el bien del pueblo. Es mentira, se han aprovechado de vuestra buena fe, os han hecho promesas y no las han cumplido.

El rumor subió de tono.

—Sí, lo sé —continuó el Visconti, procurando que sus palabras se escucharan bien—. Merecen ser castigados, pero hay una cosa que debemos reconocerles. —Levantó el brazo señalando con el índice la nueva iglesia y los albañiles, los carpinteros, los ingenieros y los maestros, que estaban alineados—. Ellos. Todos estos hombres que representan la fuerza de nuestra ciudad, nuestra iglesia. Representan años de nuestros sacrificios.

Antonio miró a su alrededor, reinaba de nuevo el silencio y respiró hondo, mientras seguía con el brazo extendido y con el dedo apuntando al mármol blanco, que resplandecía a la luz del sol.

Cuando finalmente habló, su voz sonó cristalina como el toque de campanas.

—Porque esta iglesia la hemos construido nosotros y nos pertenece, ¡como nos pertenece toda esta ciudad!

La multitud respondió con un fuerte murmullo, el murmullo se convirtió en retumbo; desde el fondo surgieron gritos, vítores y muy pronto se elevó un rugido y, finalmente, un estruendo.

Antonio Visconti levantó también el otro brazo y excitó a la multitud a exultar.

—Lo que se ve en su camisa son manchas de sangre —murmuró Pietro al oído de Alberto.

—Sí, y no es el único —respondió el amigo.

El orador dejó al hermano la tarea de calentar de nuevo los ánimos y se acercó a los ingenieros. Alberto pudo ver el sudor en su rostro enrojecido, la respiración jadeante y la herida en la frente.

—Vosotros sois los nobles ingenieros de nuestra iglesia —dijo con aquellos labios resecos, que se habían alimentado de violencia—. Ay del que toque a nuestros constructores.

Los miró a todos, con una mirada tan intensa que Alberto sintió un escalofrío sin saber si era la de un santo o la de Lucifer.

Antonio Visconti contempló los andamios, los contrafuertes, los pilares y los muros que estaban engullendo a Santa Maria Maggiore.

Se santiguó lentamente.

—Si muero, rezad por mí —dijo—. Milán se subleva, pero vosotros no debéis temer ni a güelfos ni a gibelinos, ni a los propios milaneses. Vosotros sois el corazón de esta ciudad, nuestra inversión en la tierra para subir al cielo. Hoy este pueblo lucha por la justicia terrenal; vosotros seguid luchando por la divina, para que descienda sobre nosotros y nos bendiga. Volved a construir nuestro Duomo. Nadie tocará nada, nadie os hará daño; tenéis mi palabra.

52

Salvación

L a estatua de Carelli, la estatua de san Jorge.
    Pietro la vio venir con toda la potencia de un caballero a la carga; la armadura, el rostro barbudo, el cabello esculpido hacia atrás como agitado por el viento. No pudo esquivarla y el golpe fue tremendo, en el costado izquierdo y en el brazo. Un dolor espantoso le cortó el aliento.

Durante un largo y terrible momento no respiró ni se movió, mantuvo los ojos fijos en la aguja del campanario de San Gottardo recortado sobre el azul. Luego empezó a bracear como un hombre que se ahoga. El grito de aviso de Alberto llegó tarde, cuando él ya giraba los brazos como un mirlo que se cae del nido y todavía no sabe volar; rotaban en el vacío, movidos por el dolor, por la desesperación, por el peso del cuerpo.

Los tablones empezaron a hundirse bajo sus pies, y la lenta e imparable succión lo arrastró hacia abajo.

Lo último que vio fue una mano tendida. Y en ese momento tuvo la fulminante certeza de que agarrarla determinaría la diferencia entre vivir y morir.

La agarró.

Sus manos se entrelazaron, el tirón de Alberto fue tan violento que lo dejó sin respiración y por un instante, un fugaz instante, cerró los ojos y después los abrió de nuevo. Estaba abrazado al carpintero, con las manos unidas a las suyas.

—Por todos los demonios del infierno, Pietro —le susurró el amigo—, ¿quieres verme morir en este andamio?

Pietro escuchó su corazón, pero no era el único que latía en su pecho; lo hacía también el del carpintero, el del amigo fraternal que le había salvado la vida.

Permanecieron un buen rato así, abrazados el uno al otro. Luego estalló un aplauso. Pese al dolor que le cortaba la respiración, Pietro abrió los ojos y miró a su alrededor.

Los obreros que estaban en el andamio habían dejado sus herramientas y, con los ojos fijos en ellos, aplaudían.

—Un milagro —dijo Girolamo alegremente.

En la taberna brindaron por la primera aguja, por la habilidad de Alberto y por su fortuna. Pietro levantó el vaso con especial entusiasmo.

Eran muchos los que estaban de celebración: Marchetto, Antonio da Paderno, Gualtiero de Monich con su cara rubicunda y la nariz roja, actual jefe de los grabadores, el joven Filippino degli Organi, que estaba acosando a preguntas a Antonio de' Cortona, un vidriero que había llegado a la obra hacía apenas unos días. Este último había mostrado a los ingenieros y a los diputados algunas muestras de sus hermosas vidrieras de colores para las ventanas de la iglesia y de la sacristía.

—A vuestra salud —dijo este levantando el brazo—. Y a la mía, puesto que a vuestros diputados les han encantado mis vidrieras y me han contratado, incluyendo lecho, comida y bebida.

—Yo haré los soportes de plomo para sostener vuestras vidrieras —intervino Antonio da Paderno—. Y pondré más interés de lo habitual, puesto que sois mi homónimo.

—Bien, gracias, maestro Antonio —dijo el vidriero tras haber apurado el vino—. Vuestro sellado de plomo nos dará la inmortalidad, porque esta iglesia vuestra es un edificio realmente hermoso. ¡Una gran obra, por todos los diablos!

El artesano agarró la jarra y, satisfecho, llenó de nuevo su vaso.

—No nombréis al diablo —lo recriminó Marchetto—. Y moderaos, el vino es un mal consejero.

—Vamos, no pongáis esta cara, y en cualquier caso el pueblo rumorea que es fruto de un pacto con Belcebú —declaró tranquilamente el vidriero.

Los ingenieros se miraron el uno al otro.

—¿Qué tonterías estáis diciendo? —dijo Marchetto—. La iglesia es fruto de nuestro sudor, del sacrificio de los milaneses y, en cuanto a su concepción, no hay ningún diablo, ya que fueron el arzobispo Antonio da Saluzzo y nuestro duque, que Dios tenga en su gloria, los que ordenaron su construcción. Para vuestra información, el maestro Gualtiero aquí presente está haciendo las gárgolas para los canalones y, si alzáis la cabeza un día de lluvia, veréis de qué fauces baja el agua. Criaturas feas que protegen a nuestra iglesia del Mal.

—No es culpa mía si en la ciudad se dice que Gian Galeazzo Visconti soñó con el diablo —se excusó el vidriero en tono conspirador—. Parece ser que le ordenó construir una nueva iglesia.

—También habrá sido un sueño —rio Alberto, tratando de distraer a un Marchetto que estaba bastante irritado—. Pero como por ahora el diablo no tiene nada que ver, yo reservaría el pacto para un momento más dramático que este.

—Sí, tienes razón —intervino Pietro, que había captado la indirecta—. A propósito, Marchetto, esperemos no tener problemas también con los vidrios, puesto que de la cantera ya no nos llegan placas de mármol.

El pensamiento del suministro de mármol, que angustiaba a Marchetto desde hacía meses, lo distrajo del diablo. Hizo un gesto con la cabeza.

—Hasta que no tengamos suministros regulares, no podremos avanzar mucho en los trabajos.

—Estamos haciendo la ornamentación, las estatuas y los suelos —dijo Gualtiero con su acento alemán—. Estad tranquilo, maestro Marchetto. El trabajo no se ha parado nunca, ni siquiera tras la muerte de la pobre duquesa Caterina y las revueltas en el ducado.

Alberto se santiguó, Pietro lo imitó.

—Recemos por aquella generosa mujer que tuvo, en su último aliento, un pensamiento para la nueva iglesia —dijo Marchetto.

—¿Y vos cómo aprendisteis a pintar el vidrio, maestro de' Cortona? —preguntó Filippino.

—Es una antigua tradición de familia, primero mi abuelo y después mi padre. Utilizaban la pasta de vidrio de colores y muchas obras de mis familiares están en Verona, Venecia y Treviso.

—Entonces tendrás que hacer un buen trabajo —le dijo Marchetto.

—Esa es mi intención. Mi padre era un gran estudioso del Antiguo y Nuevo Testamento, y lo que sabía lo explicaba en los vidrios de las iglesias. De esta manera, los fieles podían ver con sus ojos lo que escuchaban durante la misa y recordarlo todo. Mis vidrieras son como un libro.

—Bravo, bravo —lo felicitó Marchetto, que le había perdonado la alusión al diablo.

Pietro dejó su vaso, los ánimos estaban de nuevo serenos; a continuación, le hizo una seña a Alberto para que lo siguiera fuera de la taberna. Estaban en la misma calle donde Ugolotto da Rovate los había desafiado con su compinche.

—¿Por qué no me has dejado acabar el vino? ¿Tienes prisa por volver a casa?

—No, amigo mío —respondió Pietro tendiendo la mano derecha—. Todavía no te he dado las gracias como se debe por haberme salvado la vida esta mañana.

Alberto se lo quedó mirando unos instantes, luego decidió estrechar su mano.

—No tienes que darme las gracias, tú habrías hecho lo mismo.

—Sí, así es —le respondió Pietro intensificando el apretón.

—No hace falta que me la tritures.

—Quiero acabar la estatua de Matilde, si me lo permites —le dijo bruscamente.

Alberto dejó de apretar, se volvió de espaldas y suspiró.

—Cada vez que quito el paño que la cubre y la veo delante de mí, me siento mal —confesó sin ninguna vergüenza—. Se le parece tanto que no me atrevo a tocarla. Tengo como la sensación de profanar su recuerdo.

—No es una profanación, sino un homenaje.

—Es difícil, no sabes cuánto.

Pietro le apretó el hombro; mientras hablaba, Alberto no se dio la vuelta.

—Por eso has esculpido el hombre salvaje, para exorcizar su recuerdo y probar a Marchetto que sus enseñanzas no han sido en vano.

—Sí, así es —respondió el amigo en un susurro.

Pietro le dio la vuelta y buscó su mirada.

—Confía en mí.

Alberto se pasó una mano por los ojos, por la barba y apretó los labios.

—Confío ciegamente en ti, lo sabes, Pietro. Pero, aunque han pasado cuatro años, la sigo viendo como si nunca hubiera muerto.

—Han sido años difíciles, para nosotros y para la obra. La separación de Aima, de nuestros hijos, pero hicimos bien en dejarlos en Campione; el padre Anselmo cuida de ellos.

—El hombre que es como un padre para nosotros —murmuró Alberto.

—El padre que nunca tuvimos, un abuelo para nuestros hijos —coincidió Pietro.

Se dirigieron hacia la obra por la vía de Compedo.

—Ese granuja parece indestructible —siguió diciendo Pietro como si, por unos instantes, hubiese seguido el hilo de los pensamientos.

—Rezo para que viva mucho más tiempo, como Matusalén —dijo Alberto.

—Espero que esté con fuerzas para la vendimia, cuando regresemos a Campione.

—Yo también, y confiemos en el joven duque, que en lo sucesivo consiga mantener la paz en esta ciudad que tanto ha sufrido.

Sus pasos resonaron sobre el pavimento.

—Acaba la estatua de mi mujer, Pietro. Tienes que hacerlo, quiero verla en la iglesia.

Llegaron a la esquina del cementerio, el perfil de la nueva iglesia, majestuosa e intocable, destacaba sobre los colores del atardecer. Parecía que los andamios sostenían el edificio de mármol, pero no era así.

—Nuestra primera aguja —murmuró Alberto observando la estatua del san Jorge, guardián inmóvil y orgulloso.

—Alguien me ha protegido hoy —murmuró Pietro—. Nuestras manos se han encontrado.

—No creí que lo lograra —confesó Alberto—. He seguido mi instinto y te he atrapado.

Pietro lo miró con una sonrisa.

—¿Un milagro?

—Sí, un milagro —le respondió Alberto—. Como esta iglesia.

Milán, octubre de 1404

Cuando Pietro retiró el paño, apareció la figura de una mujer en mármol blanco, con la cabeza inclinada como en actitud de abandono y la boca semiabierta insinuando una oración. La larga cabellera se confundía con los pliegues del velo que la cubría, en total armonía con el rostro, dotado de una belleza sobrenatural. El cuerpo relajado, envuelto en una túnica que le rozaba los pies, con las palmas de las manos elevadas al cielo en una muda petición de salvación. La estatua desprendía una calma maravillosa: una mujer que se aleja del tumulto de la vida terrenal para entregarse a Dios.

Alberto se quedó encantado. Las dificultades que a él le habían parecido insalvables, para Pietro se habían convertido en un reto.

—Es muy hermosa —dijo.

—Tú la esbozaste, tú le diste forma —le respondió Pietro, que pasaba un paño húmedo sobre el mármol para quitar el polvo—. Yo me he limitado a terminarla.

—Le encontraremos un lugar de inmediato —dijo Marchetto entrando en el albergue—. ¿Qué os parece el lado izquierdo del ábside, en la ménsula de la segunda ventana?

—¿Estáis seguro, maestro? —preguntó Alberto, emocionado.

—Lo estoy. En esta escultura veo la mano de dos artistas, una doble interpretación de un *unicum* de formas e imágenes. —Se aproximó, contempló el óvalo perfecto del rostro—. Tu Matilde podrá ser admirada por todos los fieles como ejemplo de devoción.

Alberto se acercó y, con respeto, rozó con los dedos la mejilla lisa.

—A propósito de esa ventana —dijo Marchetto dirigiéndose a Pietro—. Como aquel Antonio da Cortona con el que brindamos en primavera se ha marchado sin terminar el trabajo, los diputados han decidido encargar la realización de las vidrieras a Antonio da Paderno y a Paolini da Montorfano. Les han pedido que preparen modelos y quisiera tener vuestra opinión al respecto.

—Es un gran honor, maestro —dijo Pietro—. ¿Y en cuanto al asunto de los salarios en la cantera? El mármol escasea.

—Nuestro joven duque no está a la altura de sus obligaciones —se lamentó Marchetto—. Nadie tiene el poder, todos se lo arrogan y el desorden reina de nuevo en el ducado.

—Demasiado joven —comentó Alberto.

—No es una cuestión de juventud —replicó Marchetto, ceñudo—. La obra está llena de chiquillos que quieren aprender un oficio. Con poco más de trece años mi hijo ya descargaba escombros, y vosotros mismos llegasteis aquí muy jóvenes para aprender y trabajar. No es la juventud, sino el carácter lo que estropea a un hombre. El condado de Angera se ha declarado independiente, se lo arrebató al ducado una banda de gibelinos, los Mazzarditi, y la gente está asustada, no quiere salir de casa con los bolsillos vacíos, y mucho menos con los salarios para nuestros obreros de Candoglia.

—¿Y qué han decidido los diputados? —preguntó Alberto.

—Suspender los trabajos y mandar a todo el mundo a casa, total, dentro de poco empezará la vendimia.

—Es un desastre para el suministro de los mármoles.

—Sí, pero de momento no podemos hacer otra cosa —dijo Marchetto apretando los labios—. Desde el día de los disturbios capitaneados por Antonio Visconti, no hay paz en el ducado. La muerte de Gian Galeazzo reavivó las ambiciones políticas de los

ricos milaneses, los Porro, los Aliprandi, los Baggio, los Arese...,
que sentían una profunda aversión por Barbavara, al fin y al cabo
un forastero. Todo esto no es más que el preludio de desgracias
inminentes.

Pietro, que había terminado de pasar el paño por la estatua, lo
dobló con cuidado.

—La escasez de mano de obra y la falta de mármol son consecuencias de toda esta incertidumbre —continuó Marchetto—.
Pero la obra seguirá adelante; trabajaremos en las estatuas, en las
gárgolas, en los suelos. Como os decía hace unos días, tengo intención de proponer a los diputados el dibujo para el de la sacristía norte. Y no pongáis esas caras, Dios proveerá de alguna manera, estad seguros.

—¿Cómo pensabais hacer este suelo, maestro? —preguntó
Pietro.

—Con dibujos geométricos de mármol rosa de nuestra cantera, con incrustaciones de negro y rojo. Creo que debería armoni-
zar con los colores de las bóvedas pintadas con estrellas doradas
sobre el fondo azul.

—Podremos utilizar parte de los suelos de Santa Maria Maggiore, tarde o temprano la iglesia será demolida —intervino Alberto, que estaba cubriendo la estatua con un paño blanco.

—Es una buena idea —aprobó el ingeniero—. La propondré
en la próxima reunión y, si queréis mi opinión, a los diputados y
al vicario les parecerá increíble poder ahorrar dinero. Bien, he de
regresar al trabajo. Alberto, ven a controlar el cabrestante de la
parte del Verziere, parece que ha saltado un empalme.

—Ahora mismo voy.

Marchetto se alejó y ellos intercambiaron una mirada.

—Malos tiempos —murmuró Pietro.

—Estoy de acuerdo y te diré una cosa —declaró Alberto con
firmeza—. Ese joven duque no es más que una mala imitación de
su padre. La mirada huidiza, la cara de hastío cuando contemplaba la multitud reunida en el Broletto. Yo también estaba aquel
día, tras las revueltas de junio, y te aseguro que gritó con todo el
aire contenido en sus pulmones: «Viva el duque y mueran los

Barbavara». Como si hasta el día antes el conde no hubiese sido su primer consejero.

—Yo no sé nada de política —rebatió Pietro—. Solo sé que los florentinos nos odian e instigan a los que antes eran nuestros amigos. Todos güelfos, todos a favor del papa.

—En cualquier caso, la duquesa hizo bien en decapitar a los Porro y a los Aliprandi, fueron ellos los que mataron a Casati.

—Sí, pero lo ha pagado con su vida —comentó Pietro con tristeza—. Los obreros que vienen de Monza dicen que fue envenenada en el castillo y, si lo dice el pueblo, hay un fondo de verdad, créeme.

—Ahora el joven duque está a merced de Antonio y Francesco Visconti.

—Y todo esto, como dice Marchetto, no traerá nada bueno.

Milán, junio de 1405

El trueno sonó muy cerca, Marchetto se despertó y saltó de la cama. Cuando sus pies tocaron las tablas del suelo, la sensación familiar fue tranquilizadora. Retrocedió hasta el tabique que separaba el rincón donde dormía su hijo Giovanni; entrevió su silueta y escuchó su respiración regular.

Llovía.

Un aguacero que perfumaría la noche con el olor de la tierra recién arada. La lluvia golpeaba el techo del albergue donde tenía su habitación privada, privilegio al que tiempo atrás no le había concedido importancia y que ahora le resultaba muy útil.

Se estaba levantando viento, escuchó y luego decidió echar un vistazo fuera. Cuando entreabrió la persiana que cubría la pequeña ventana, un trueno se estrelló sobre su cabeza.

Habían abandonado la estatua de santa Radegonda, Matilde, en el andamio sobre la sacristía norte, uno de los obreros se había sentido mal y se habían visto obligados a dejarla allí arriba.

Una nueva peste parecía haberse desencadenado en la ciudad desde hacía un tiempo, como si no fueran suficientes las otras calamidades que se habían abatido sobre Milán en los dos últimos años.

La gente estaba agotada, la pobreza aumentaba y el duque

Giovanni Maria había heredado del abuelo Bernabò los peores defectos.

Como él, amaba la caza, pero sus perros, en vez de animales, despedazaban a exconvictos y a hombres cuya única culpa era que no le gustaban. Tantos vicios y maldades en un chico tan joven no solo lo preocupaban a él, sino a todos los milaneses que vivían aquellos días de angustia y penuria. Casi todos los ordinarios habían huido de Milán, no se oficiaban misas y el organista, que tocaba en la nueva iglesia desde hacía unos años, se había quedado sin trabajo. Muy pronto se quedaría sin sueldo.

La lluvia caía en forma de chaparrones torrenciales, golpeaba con tanta fuerza sobre el techo del albergue que temió que se hundiera.

Se puso los zuecos de madera y se encajó un gorro en la cabeza, aunque pronto estaría empapado.

La puerta casi se abrió de par en par por la furia del viento y, cuando alzó los ojos, apareció en el cielo una larga línea zigzagueante, una telaraña luminosa que iluminó la iglesia con una luz opalescente.

Por un instante Marchetto creyó ver la estatua. El estallido del trueno fue tan fuerte, tan repentino, que le pareció que podría partir la iglesia en dos o arrancar los andamios de los puntos de unión con los muros.

O derribar a Matilde.

Empujado por este pensamiento inaceptable, corrió hacia donde poco antes había visto una escalera. Cogió una cuerda que colgaba de una viga del andamio y, aprovechando la luz intermitente de los rayos, tensionó los músculos, flexionó ligeramente las rodillas y tomó impulso. Sus manos se agarraron al travesaño más alto y empezó a subir.

La lluvia era densa, apenas podía respirar y estaba ya empapado de los pies a la cabeza; sin embargo, una inexplicable energía lo empujó a seguir.

En un momento dado, tuvo la sensación de que la lluvia le estaba penetrando hasta los huesos y no pudo controlar el temblor que lo sacudió varias veces.

Tenía que lograrlo, la estatua representaba meses y meses de trabajo. Si se caía, se rompería en mil pedazos. Siguió ascendiendo, peldaño tras peldaño, tratando de mantener el equilibrio. Las suelas de los zuecos resbalaron. Marchetto miró hacia arriba, hacia aquel cielo como un mar negro.

«Ahora no», quiso gritar; «así no», pero no consiguió que las palabras salieran de su garganta.

Perdió el equilibrio, dobló la espalda hacia atrás, se esforzó por mantenerse erguido, pero siguió arqueándose. En el instante en que sus dedos, a ciegas, se separaron de un peldaño para agarrar otro, su pie derecho se quedó sin apoyo. La escalera vibró, un trueno sacudió sus entrañas y sintió que era succionado desde abajo.

Oyó un grito de advertencia, pero no era su voz.

—¡Padre! —gritaba Giovanni, corriendo bajo el diluvio. La lluvia casi lo dejó sin aliento, así como los truenos, un terrible estruendo que lo había despertado.

Llegó al punto donde lo había visto caer y tropezó con el cuerpo de su padre. Cuando lo vio salir del albergue, pensó que iba a orinar, y solo demasiado tarde se dio cuenta de que se había puesto los zuecos y la gorra.

¿Adónde iba? Era la pregunta que se había hecho mientras se ponía apresuradamente los pantalones y la camisa, puesto que dormía desnudo.

Llegó jadeando y lo encontró desplomado en el fango. Por un instante no consiguió comprender qué le había ocurrido. Cuando le dio la vuelta, inerte e insensible, parecía que no respiraba.

«No puede morir —pensó—. No debe morir».

Dios no podía ser tan cruel, todavía tenía muchas cosas que hacer y que enseñarle. Luego recordó las muertes de los otros ingenieros, la de la pobre Matilde, que siempre le regalaba cerezas cuando era niño, y comprendió que Dios podía hacer cualquier cosa.

A la luz repentina de un rayo, vio una gran mancha morada e hinchada justo por debajo de la línea del cabello. Con toda seguridad era lo que le había hecho perder el conocimiento.

Tenía que conseguir ayuda y rápido.

Marchetto estaba cianótico, con los ojos hundidos en las cuencas. Después de la caída, había recobrado el conocimiento, pero a menudo desvariaba y decía cosas sin sentido; en cambio, otras veces estaba lúcido, aunque por poco tiempo.

Anselmo no entendía aquel fenómeno: la vida palpitaba aún en aquel hombre, aunque nadie lo llamaría vivo, porque ya no podía mover las piernas.

Desde aquella trágica noche en que lo habían llevado al albergue, la procesión diaria de visitantes no había cesado, porque en un momento dado todos se habían hecho a la idea de que el ingeniero Marco Solari da Carona, llamado Marchetto, nunca más se levantaría de aquel lecho.

La mujer que cocinaba para los ingenieros le había estado velando hasta unos momentos antes. Anselmo la había relevado y miraba de reojo la bebida que le suministraba a cucharadas para alimentarlo: leche caliente cuajada con borraja y miel.

Le costaba tragar y, sin embargo, quién sabe cómo, había sobrevivido a pesar del poco alimento. Tal vez porque el cuerpo no se movía, tal vez porque era la voluntad de Dios.

Anselmo se puso a rezar, todo su repertorio de oraciones, y en un momento dado sintió que Marchetto le cogía la mano.

—Rezad por mí —susurró con una voz apenas audible.

Anselmo sonrió y se le ensanchó el corazón. Quizá había esperanza.

—Todos estamos rezando por vos, maestro.

Le pareció que los ojos de Marchetto brillaban y le devolvió el débil apretón.

—He tenido una buena vida —dijo el ingeniero con un débil estertor—. Solo me arrepiento de una cosa, que Dios me perdone. He amado únicamente a una mujer y nunca la he olvidado; tal vez hoy podré reunirme de nuevo con ella.

El viejo corazón de Anselmo, que ya daba brincos en el pecho, se le partió.

¿Cómo podía callar?, ¿cómo no confesar a aquel hombre su pe-

cado, haber decidido el destino de su sobrina Costanza, sor Addolorata, muerta hacía cuatro años mientras curaba a los enfermos durante la gran peste, mientras él estaba en el Hospital del Brolo?

¿Cómo podía callar que había vivido junto a dos hijos que a
diario lloraban por su suerte? ¿Cómo podía en conciencia dejarlo
morir sin revelarle nada?

—Dios, perdona a este pecador —murmuró, y luego apretó la
mano de Marchetto para atraer su atención—. Perdonadme también vos, maestro, porque hace mucho tiempo creí que podía ser
vuestro juez y vuestro verdugo y decidí, sin ningún derecho, vuestro destino y el de mi sobrina.

Al oír pronunciar ese nombre, el ingeniero sonrió.

—Era muy bella —murmuró.

—Sí, lo era.

En aquel instante, oyó los pasos de alguien que subía las escaleras a toda prisa y, como si Dios hubiese organizado aquel momento, aparecieron Pietro con su espesa barba oscura, Alberto
con el pelo rubio despeinado, y Giovanni, un poco más bajo que
sus hermanastros.

—Monseñor Anselmo, ¡está despierto! —exclamó Giovanni
acercándose al cabezal de su padre—. Son vuestras oraciones.

—No, hijo mío. Pero vuestra presencia se debe a la intercesión
de la santísima Virgen. —Anselmo suspiró hondo y, mirando a
Alberto y a Pietro, se preguntó cómo nadie había reparado nunca
en su parecido.

Quizá los ojos de los hombres solo ven lo que quieren ver.

—Venid aquí, hijos míos —dijo—. Escuchad lo que os he de
decir y luego decidiréis si perdonáis a este anciano monje, que
siente todo el peso de los años sobre sus hombros.

Epílogo

Milán, septiembre de 1405

Anselmo llevaba las riendas del burro a lo largo del pórtico de Santa Tecla. Apresuró el paso y, como siempre, se ganó la reprimenda de fray Gregorio da Casorate.

—Despacio, monseñor, tened cuidado —refunfuñó—. Por todos los santos del Cielo, cuanto más viejo, más testarudo.

—Llevas toda la vida mortificándome, Gregorio. Escúchame bien: si voy deprisa, quiere decir que mis piernas todavía funcionan de maravilla.

—Ya —dijo fray Gregorio levantando los ojos al cielo con una sonrisa—. En cualquier caso, he perdido la cuenta de los burros que habéis matado de cansancio.

—Tonterías —replicó Anselmo, irritado—. Todos han muerto de viejos y bien alimentados. Y ahora calla y deja que la mire.

Llegaron caminando hasta la fachada de Santa Maria Maggiore y dejaron el asno al arrapiezo que llevaba un rato siguiéndolos, con la recomendación de que le diera de beber. La moneda que Gregorio depositó en sus sucias manos tuvo el poder de arrancarle una sonrisa.

Anselmo se arrodilló delante del altar y se santiguó, pero no se detuvo, continuó y se quedó admirando los pilares y el interior de la nueva iglesia, que se ofreció a sus ojos dejándolo boquiabierto.

Los obreros estaban trabajando, las piedras temblaban con aquellos pasos, aquellas voces y aquellas manos que construían admirables elementos geométricos y arquitectónicos.

Cantaban mientras levantaban las losas de mármol, las estatuas, mientras golpeaban con los martillos, cincelaban y fijaban aquel revestimiento tan blanco en todas las paredes. Las pinturas de oro, de azul, los bajorrelieves sobre las puertas de las sacristías y el suelo, que empezaba a nacer gracias a las ideas de Marchetto.

La inmensidad de la iglesia resplandecía gracias a aquel mármol y a aquellas voces, y parecía que cada rayo de luz se concentraba en la figura atormentada de Cristo, suspendida sobre el altar.

Precisamente a ese punto dirigió la mirada Anselmo, al rostro del Hijo de Dios, que había sufrido y había muerto por los pecados de los hombres.

Sintió un inmenso dolor.

Marco Solari da Carona había muerto, serenamente, al amanecer del día anterior, con el fondo de las voces de Santa Maria Maggiore, que se alzaban para alabar a Dios.

Lo había velado junto con sus hijos: Alberto el carpintero, Pietro el escultor y Giovanni el aprendiz.

Habían llorado todos, en especial él por haber callado durante tanto tiempo. Lo que había aliviado su corazón habían sido las expresiones de los sobrinos cuando les había revelado que eran hermanos y, además, gemelos.

Unos momentos de incredulidad, luego el relato de sus primeros años y Pietro y Alberto se habían abrazado con tanta vehemencia y entusiasmo que lo habían conmovido. También lo habían abrazado a él, un largo abrazo de perdón, y Giovanni, el más afectado por la absurda muerte de Marchetto, de repente tuvo la impresión de que ya no era huérfano.

—Lo vuestro, monseñor, no fue una culpa, sino un acto de amor —lo había tranquilizado Alberto.

—¿Así que somos una familia? —Giovanni los había mirado, esperanzado.

—Una familia, sí —le había respondido Pietro, que ardía en deseos de explicárselo todo a Aima.

Las últimas palabras del moribundo habían sido para Anselmo.

—He vivido con ellos toda la vida, como un padre —le había susurrado, con la respiración agitada—. Dentro de poco me reuniré con mi Costanza; rezad por mí, monseñor, y recordad lo que escribió san Pablo a los Romanos: «Qué insondables son sus designios y qué incomprensibles sus caminos».

—«¿Quién penetró en el pensamiento del Señor? ¿Quién fue su consejero? ¿Quién le dio algo, para que tenga derecho a ser retribuido? Porque todo viene de él, ha sido hecho por él, y es para él. ¡A él sea la gloria eternamente!» —había citado Anselmo, conmovido.

—Así sea, y recordad que dejo este mundo en paz ahora que sé que mis hijos se ayudarán mutuamente.

—Santa María Naciente —susurró en aquel momento Anselmo, extasiado—. Esta no es más que mi última mirada de admiración.

—Duomo, así la llaman los milaneses.

—Es la casa de Dios, su *Domus*.

Gregorio frunció el ceño.

—¿Por qué habláis de última mirada, monseñor? Ahora que vuestros sobrinos han enterrado a su pobre padre, vos sois la única familia que tendrán.

—Ya tienen sus familias, Gregorio. Aima cuida de ellos como una clueca, sus hijos están casi listos para trabajar en esta obra. No trates de consolarme, tarde o temprano yo también moriré.

—No digáis eso, monseñor.

Los ojos de Gregorio brillaban de afecto y Anselmo le sonrió.

—Mírala, qué hermosa es —murmuró contemplando el blanco deslumbrante cubierto por los andamios sobre los que trabajaban los obreros. Lo estuvo mirando todo, deseoso de conservar una imagen, porque sabía que no volvería a aquella ciudad donde había vivido parte de su vida.

Quería dejar a Gregorio su cargo de gastaldo, deseaba dedicarse tan solo a obras de caridad en Campione, asistir a los enfermos, a los pobres, confortar con la palabra de Dios a quien se había perdido por el camino.

Por última vez suspiró delante del edificio que había visto nacer, que se había cobrado vidas, que había surgido de la tierra a un precio muy alto: dinero y sacrificios.

Y exigiría muchos más aún.

«El hombre es frágil —pensó Anselmo—, la vida es demasiado breve, pero estas piedras verán el futuro que a nosotros nos está cerrado, muchos rezarán, muchos dedicarán un pensamiento a quienes la vieron nacer. A nosotros».

Marchetto, en los últimos momentos, le había confesado que le habría gustado ver allí arriba, en la aguja más alta, a la Virgen con el manto extendido sobre la ciudad que amaba y que la amaba.

Tarde o temprano, otro hombre, en otro tiempo, colocaría en lo más alto de la iglesia una estatua de la Virgen, tal como el ingeniero del lago había soñado. Estaba seguro de ello.

Anselmo suspiró, se tragó la emoción que le había provocado un nudo en la garganta y tocó el medallón de madera con su retrato que, hace tantos años, le había regalado un jovencísimo Pietro.

Así, con aquella señal tangible de amor en el pecho y en la mente, saboreó el final del día, la brisa que traía frescor a la ciudad y a su olfato, el sagrado olor del incienso.

—Construida en el nombre de Dios —murmuró Gregorio a sus espaldas.

—En el nombre de Dios y en el nombre de la piedra —replicó él, conmovido.

Nota bibliográfica

«¡La bibliografía sobre el Duomo es interminable!». Son palabras del profesor Paolo Grillo en *Nascita di una Cattedrale* (Milán, Mondadori, 2017).

Para la redacción de esta novela he optado por confiar sobre todo en la fuente por excelencia, los *Anales* y los *Apéndices de la Veneranda Fabbrica del Duomo*.

Sin embargo, la tarea de un novelista no es buscar la verdad histórica o construir un relato fiel de los acontecimientos, sino insuflar un aliento de vida al pasado y restituir vitalidad y emociones a quienes lo vivieron, oportunidad que es negada a los historiadores.

Nota histórica sobre los Visconti

Los orígenes de la familia Visconti se pueden remontar a finales del siglo x, cuando en Milán se constituyó el grupo de los vasallos mayores o «capitanei». Se trataba de representantes de familias en su mayoría procedentes del condado, precisamente como los Visconti, que venían del lago Mayor y que ya desde el siglo xi se habían trasladado a la capital lombarda, donde disfrutaban de una posición de autoridad y poder. Por una sentencia de 1157, sabemos que la familia poseía un tercio del diezmo de la parroquia de Marliano, hoy Mariano. Con esta capitanía, los Visconti pasaron a formar parte de la *militia sancti Ambrosii*, es decir, de los feudatarios del arzobispo de Milán. El título de vizconde está vinculado a la enseña de la culebra, tomada tal vez de la serpiente en bronce de la basílica de Sant'Ambrogio. No es improbable que el estandarte acompañara a los Visconti en la cruzada de 1100 y fue entonces, según cuenta una leyenda, cuando se añadió la figura del sarraceno entre las fauces de la culebra.

El primer Visconti digno de mención es Uberto, muerto antes de 1248. Uno de sus hijos, Ottone (Invorio, 1207 - Chiaravalle, 8 de agosto de 1295), obtuvo la dignidad arzobispal en 1262. En aquella época dominaba en Milán la familia Della Torre, güelfos de la antigua nobleza. A Martino della Torre, señor de Milán, no le gustó la elección de un Visconti como arzobispo: le prohibió entrar en la ciudad y ocupó las tierras y los bienes del arzobispado para obligar al papa a modificar su elección.

El papa excomulgó a Della Torre junto con su hermano y, a principios de 1263, Ottone abandonó Roma, por orden del papa, para intentar tomar posesión de su arzobispado. Entró en Arona el 10 de abril del mismo año, pero fue expulsado inmediatamente. En junio de aquel año, Della Torre se convirtió también en podestá de Novara, pero el 7 de noviembre, mientras se encontraba en Lodi, contrajo una grave enfermedad y, viéndose próximo a la muerte, pidió y obtuvo que su hermano Filippo lo sucediese en el cargo. Innumerables revueltas de las ciudades limítrofes de Milán marcaron la señoría de Napoleone della Torre que, en diciembre de 1265, tras la muerte repentina de su primo Filippo, se había convertido en señor de Milán. Ottone lanzó su ataque contra los Torriani güelfos; la noche del 21 de enero de 1277 los derrotó en Desio y, quince años más tarde, entró finalmente victorioso en Milán. Napoleone, encerrado en una jaula colgada de la torre del castillo Baradello en Como, murió tras dieciocho meses de agonía. Los enfrentamientos entre los Torriani y los Visconti se sucedieron con suerte alterna durante los últimos treinta años del 1300. En 1281, el día de San Dionisio, los Visconti vencieron en una batalla cerca de Vaprio d'Adda. El santo se convertiría en protector de la familia, junto con santa Agnese —Inés—.

En diciembre de 1287, Ottone nombró a su sobrino Matteo (Invorio, 1250 - Crescenzago, 1322) capitán del pueblo y, en 1291, el consejo general concedió a este último el título de señor de Milán. La herencia del tío fue una señoría todavía débil, Matteo I llevó a cabo una política de acuerdos y compromisos y consiguió ser nombrado vicario imperial. Enrique VII no solo permitió a los Visconti regresar a Milán, sino que, teniendo en cuenta el impulso dado por la presencia imperial a la causa gibelina, favoreció la expansión de la señoría, que en 1315 se extendió también a Piacenza, Bérgamo, Lodi, Como, Cremona, Alessandria, Tortona, Pavía, Vercelli y Novara. A la muerte de Enrique VII (1313), se desencadenó contra Matteo la reacción güelfa y papal. Había ascendido al trono pontificio Juan XXII y su elección marcó una nueva orientación en la política de la iglesia, que se manifestó con el traslado de la sede papal a Aviñón, después de que su predecesor, Clemente V, hubiera vivido en Francia y hubiera instalado la curia papal en la ciudad de Carpentras en 1313.

Juan XXII, que temía la excesiva expansión de los Visconti, excomulgó a Matteo y proclamó una santa cruzada contra la familia lombarda. El señor de Milán, ya septuagenario, dejó el poder en manos de su hijo Galeazzo I en 1322.

Galeazzo heredó no solo la señoría de Milán, sino también la excomunión paterna. Mientras tanto, el papa convocó una segunda cruzada contra los Visconti, en la que participaron, entre otros, el rey de Nápoles y Raimondo Colonna, al frente del ejército antivisconteo. El 15 de junio de 1323 el ejército llegó a las puertas de Milán, pero acudió en socorro de los Visconti un contingente de la milicia alemana enviado por el emperador Luis de Baviera. El choque decisivo tuvo lugar en Vaprio d'Adda y el ejército antivisconteo sufrió una derrota. Sin embargo, las relaciones entre los mismos Visconti no eran buenas y el que fomentó la discordia fue el primo Lodrisio, luchador astuto y audaz, que acabó incitando a Marco Visconti contra su hermano Galeazzo. Marco fue podestá de Alessandria y señor de Lucca, y acusó a Galeazzo I de conspirar contra el emperador en favor del papa. El 5 de julio de 1327, Luis IV de Baviera mandó encarcelar al señor de Milán en la cárcel de los Forni en el castillo de Monza, junto con sus hermanos Giovanni y Luciano, acusados todos ellos de la muerte de otro hermano, Stefano, ocurrida el día antes durante un banquete en el que el hombre hacía de copero y catador del emperador, a la sazón huésped de la familia Visconti y coronado rey de Italia unos días antes. Se atribuyó la muerte de Stefano al intento de envenenamiento del rey. En marzo de 1328, Galeazzo I fue liberado, pero los conflictos con el emperador alemán y la cárcel lo habían debilitado. Murió en Pescia el 6 de agosto y lo sucedió su hijo Azzone (Milán, 1302-1339), que había estado implicado en la desgracia del padre y encarcelado con él en las prisiones de Monza.

En 1329, Azzone, que había heredado los derechos a la señoría de Milán, consiguió cerrar un acuerdo en Pisa con Luis de Baviera, que reasignaba el vicariato imperial de Milán a la familia Visconti. Sin embargo, la confirmación del vicariato no logró extinguir el rencor de Azzone contra el emperador. Por otra parte, el Bávaro, malquisto por la marcha sobre Roma, el nombramiento del antipapa Nicolás V y por su sed de dinero, no era un aliado válido para Azzone. De regreso a Milán desde Roma, donde había sido coronado rey de Italia por el antipapa, el Bávaro puso sitio a Milán, pero Azzone consiguió convencerlo de que regresara a Alemania con una oferta de dinero. A continuación, Azzone intentó reconciliarse también con la Iglesia, a fin de conseguir la revocación de la excomunión, todavía vigente, contra el abuelo Matteo y toda la familia. En 1330, para complacer a Juan XXII, el papa que ahora residía en Aviñón, Azzone dimitió como vicario imperial y aceptó el título de «señor general» de Milán. Aquel mismo año se casó con Catalina de Saboya-Vaud.

Lodrisio, mientras tanto, instigado por Mastino II della Scala, estaba devastando con su ejército de mercenarios los campos en torno a Milán, aunque evitando el choque directo con las milicias visconteas. Cuando una patrulla de los Visconti lo avistó acampado cerca de Parabiago, Azzone estaba en cama con un fuerte ataque de gota, enfermedad hereditaria que caracterizaba a la familia. El tío Lucchino entabló batalla, pero fue hecho prisionero. Para los Visconti parecía el final, pero entonces llegaron los refuerzos y la situación se invirtió. Ganaron la batalla: Lodrisio fue capturado y acabó en la cárcel. Azzone, una vez asegurada la victoria, cambió el rostro de Milán. Construyó calles, alcantarillas, puentes; en el ámbito legislativo promovió los célebres Estatutos, la primera regulación del intercambio comercial y de las actividades artesanales; acuñó moneda, primero con el símbolo del Sacro Imperio Romano grabado, luego hizo acuñar otras, que solo llevaban su nombre y la culebra viscontea.

En 1339 murió Azzone, a los treinta y siete años de edad, y le sucedieron sus tíos Giovanni (Milán, 1290 *ca.* - Milán, 1354), por aquel entonces arzobispo de la ciudad, y Luchino (1287-1349). Por el momento, el arzobispo se mantuvo al margen otorgando a Luchino plenos poderes. Para este último, el objetivo principal era la consolidación del Estado, constituido en aquella época por diez ciudades: Milán capital, Bérgamo, Brescia, Como, Cremona,

Lodi, Pavía, Piacenza, Vercelli y Vigevano. Luchino llevó a cabo una política expansionista con la ayuda de los tres sobrinos, hijos de su hermano Stefano: Matteo, Galeazzo II y Bernabò. Se casó tres veces, primero con una Saluzzo, luego con una Spinola y, finalmente, con una Fieschi —las dos últimas son familias nobles genovesas—. Luchino murió en 1349, tal vez envenenado por su mujer, que siempre lo había traicionado.

Asumió entonces el poder el arzobispo Giovanni, que sería el artífice de la consolidación definitiva del Estado visconteo. La viuda de Luchino, Isabella Fieschi, intentó que se reconociera el derecho a la sucesión a su hijo Luchino Novello, pero el arzobispo la envió de vuelta a Génova y reclamó a sus tres sobrinos, a Matteo, Bernabò y Galeazzo.

Para asegurarse la alianza o al menos la neutralidad de los dos poderosos vecinos, los Saboya y los Escalígero de Verona, en 1350 concertó el matrimonio de Blanca de Saboya con su sobrino Galeazzo II y de Beatrice Regina della Scala con Bernabò.

Con el arzobispo Giovanni el poder visconteo se expandió en Toscana, Umbría y las Marcas, se extendió por Alba, Alessandria, Asti, Bolonia, Génova, Novara, Parma y Savona. Algunas ciudades fueron «compradas», como por ejemplo Bolonia, por la que se pagaron ciento setenta mil florines a su señor, Giovanni Pepoli. El 16 de octubre de 1350 en Milán se completó la venta de la ciudad y el 23 del mismo mes el sobrino de Giovanni, Galeazzo II Visconti, entró en Bolonia con un poderoso ejército ante la incredulidad de la población.

El papa Clemente VI, furioso por la pérdida de Bolonia, envió a su embajador a Milán. Giovanni le respondió con una carta en la que le pedía que dispusiera alojamiento para su séquito: doce mil caballeros y seis mil infantes. El papa leyó entre líneas la velada amenaza y decidió enviarle su bendición, a la vez que levantaba la excomunión; el sagaz Giovanni se lo agradeció con una espléndida suma: cien mil florines. En 1353, el arzobispo Giovanni se convirtió también en señor de Génova y al año siguiente, fingiendo proteger a Fregnano della Scala, que se había rebelado contra su hermano Cangrande II della Scala, intentó en vano conquistar Verona. Los venecianos, los Escalígero, los Este y los Gonzaga se unieron en una Liga para poner fin al poder de los Visconti, aunque con poco éxito. Mientras tanto, el 5 de octubre de 1354 el arzobispo murió.

Los tres sobrinos de Giovanni se convirtieron entonces en señores de Milán y se repartieron el vasto territorio de la señoría. A Matteo II (Milán, 1319 *ca.* - Saronno, 29 de septiembre de 1355) le correspondieron los dominios subpadanos: Lodi, Piacenza, Bobbio, Parma y Bolonia; a Galeazzo II (Milán, 14 de marzo de 1320 - Pavía, 4 de agosto de 1378), las tierras occidentales próximas al dominio saboyano: Pavía, Como, Novara, Vercelli, Asti, Alba, Tortona, Alessandria y Vigevano; a Bernabò (Milán, 1323 - Trezzo sull'Adda, 19 de diciembre de 1385), los dominios orientales lindantes con las tierras de los Escalígero: Bérgamo, Brescia, Cremona y Crema. La ciudad de Milán era gobernada conjuntamente por los tres hermanos, que elegían al podestá por turnos. Solo la ciudad de Génova y su condado siguieron siendo posesión común.

Mientras tanto, Carlos IV fue elegido emperador y el nuevo soberano llegó a Italia en 1355 para ser coronado, primero en Milán y luego en Roma por el papa. Esperaba recibir ciento cincuenta mil florines a cambio del vicariato imperial para los tres hermanos. Los Visconti recibieron al emperador con gran pompa: Galeazzo se presentó en Lodi y, tras rendirle homenaje, lo acompañó a Milán con quinientos soldados. En Chiaravalle, les salió al encuentro Bernabò con otros tantos caballeros, y le regaló treinta soberbios corceles cubiertos de terciopelo escarlata y paños de seda.

El otro hermano, Matteo, solo tuvo su parte de la señoría durante un año: entregado al vicio y al libertinaje, descuidó sus posesiones hasta el punto de perder Bolonia tras un ataque de Giovanni da Oleggio Visconti, que residía en esa ciudad como gobernador. Al regresar de una partida de caza, el 29 de septiembre de 1355, Matteo murió después de cenar en el castillo de Saronno, envenenado casi con toda certeza por orden de sus hermanos. La principal defensora de esta tesis fue la madre de los tres, pero nunca se llegó al fondo de la cuestión y las posesiones de Matteo se repartieron entre Galeazzo y Bernabò.

Galeazzo II mandó construir en Milán la fortaleza de puerta Giovia —sobre cuyas ruinas se construirá más tarde el castillo Sforzesco— y en Pavía el castillo donde estableció su corte, frecuentada por artistas, poetas y hombres de letras, entre los que destacaron Giotto y Francesco Petrarca. En aquellos años fundó de hecho el *Studium Generale* de la Universidad de Pavía, y creó en él una espléndida biblioteca.

Galeazzo adoraba a su hijo Gian Galeazzo y, gracias a la intercesión de Petrarca, concertó para él un matrimonio importante: la novia era Isabel de Valois, hija del rey de Francia, que aportaba como dote el condado de Vertus en la Champaña, traducido enseguida por Virtud. Galeazzo II murió en 1378.

A su muerte, todas sus posesiones quedaron concentradas en manos de Bernabò. Un tirano que solo dentro de las paredes de su casa parecía ser más dúctil porque, a pesar de sus innumerables infidelidades, sentía un afecto sincero por su mujer, Regina della Scala. Algunos de sus pasatiempos, además de la guerra y de las mujeres, eran la caza y los perros; poseía unos cinco mil dispersados por todos los castillos y las propiedades visconteas. Mientras tanto, su sobrino Gian Galeazzo, que se había quedado viudo en 1372, fue obligado por su tío a casarse con su prima Caterina. La boda se celebró el 15 de noviembre de 1380 en la iglesia de San Giovanni in Conca, tras obtener la dispensa pontificia dado el parentesco estrecho que existía entre los cónyuges.

Gian Galeazzo se mostró sumiso con su tío-suegro, llevó una vida moderada en el castillo de Pavía sin interesarse por el gobierno del Estado, protegido por sus mercenarios y atento siempre a lo que bebía y comía por miedo a un atentado por parte de sus numerosos primos.

Bernabò se consideraba papa y emperador, su arrogancia lo llevó a ser excomulgado por el papa Inocencio VI. Este le devolvió el «favor» en 1360 y, a partir de ese momento, Bernabò se convirtió en enemigo acérrimo de la Iglesia, hasta el punto de que, en 1361, en el puente del Lambro en Marignano, dispensó un trato desconsiderado a los dos abades de San Benito encargados de presentarle unas cartas de Inocencio VI. Tras haber leído las cartas, Bernabò preguntó a los dos monjes si tenían hambre y, ante su respuesta afirmativa, los invitó a comerse las cartas pontificias, orden que cumplieron rápidamente temiendo por sus vidas. Uno de los dos benedictinos se convirtió más tarde en papa con el nombre de Urbano V, y el rencor por la humillación sufrida a orillas del Lambro se tradujo en la firme intención de destronar al señor de Milán. Urbano bajó de Aviñón a Roma en 1367 para convocar una santa alianza con el fin de acabar con los Visconti, pero el dinero que Bernabò repartió con prodigalidad hizo que quedara en nada.

Bernabò era un señor carente de escrúpulos, seguro de sí mismo, descreído cuando se trataba del papa e infiel a su mujer; en resumen, su conducta la marcaban sus intemperancias y sus caprichos. El momento crucial llegó cuando, en 1385, su sobrino Gian Galeazzo le comunicó que sería un honor encontrarse con él para rendirle homenaje mientras se dirigía al Sacro Monte de Varese para realizar, junto con su esposa, una promesa a la Virgen.

Bernabò accedió.

La mañana del 6 de mayo de 1385, a lomos de una mula y acompañado de sus hijos Rodolfo y Ludovico, fue al encuentro de su sobrino en la poterna de Sant'Ambrogio. De pronto, Jacopo dal Verme, capitán de las quinientas lanzas llegadas de Pavía, lo rodeó con sus hombres armados, le declaró detenido y ordenó a sus hombres que entraran en la ciudad. Mientras eran saqueadas las propiedades de Bernabò, este y sus hijos fueron conducidos primero a puerta Giovia, a la fortaleza construida por Galeazzo II, y trasladados luego al castillo de Trezzo sull'Ada, donde Bernabò fue envenenado en diciembre «con un plato de judías». Sus hijos siguieron prisioneros hasta sus respectivas muertes: Rodolfo en 1389 y Ludovico en 1404 —era el marido de Violante, hermana de Gian Galeazzo, muerta a su vez en 1386—.

El de Gian Galeazzo fue un auténtico golpe de Estado. Tenía treinta y cuatro años y se había convertido en dueño absoluto de los dominios que a sus antepasados tanto les había costado conquistar, incluso a costa de sus vidas. Con una frialdad ejemplar, mandó celebrar funerales solemnes por el difunto tío-suegro y luego se dedicó a la política del Estado.

En 1387 se enfrentó a los Escalígero aliándose con Francesco da Carrara, señor de Massa. Gracias a un desterrado veronés, conquistó también Verona. Según los pactos estipulados con el de Carrara, Vicenza correspondía a Francesco, pero Gian Galeazzo invitó a los vicencianos a rendir homenaje a su esposa Caterina; ¿acaso no era hija de Beatrice della Scala, hija a su vez del señor de Vicenza, Mastino II? Esta fue la excusa de Gian Galeazzo para no respetar los pactos con Francesco da Carrara. La traición deterioró las relaciones entre ambos, empezaron las hostilidades y Gian Galeazzo consiguió la alianza de los venecianos, que odiaban a los Carrara. Francesco da Carrara, junto con su hijo Francesco el Joven, cayeron en manos del señor de Milán.

El orgullo de Gian Galeazzo eran sus condotieros: Jacopo dal Verme, Ugolotto Biancardo, Pandolfo y Carlo Malatesta, Ottobono de' Terzi y Facino Cane. Con ellos consiguió anexionarse partes del Véneto, de Emilia, de Umbría y de Toscana, junto con Pisa, Siena y la vecina Perugia, aunque su más feroz antagonista sería siempre Florencia, defendida por Giovanni Acuto.

En 1389, Gian Galeazzo casó con Luis de Orleans, hermano del rey de Francia, a su hija Valentina, que aportaba el condado de Virtud —concedido a Gian Galeazzo por su unión con Isabel de Valois— y de Asti y los derechos de sucesión al Estado de Milán, ya que todavía no habían nacido sus hijos Giovanni Maria (Abbiategrasso, 7 de septiembre de 1388 - Milán, 16 de mayo de 1412) y Filippo Maria (Milán, 3 de septiembre de 1392 - Milán, 13 de agosto de 1447).

El expansionismo visconteo continuó: la ciudad de Pisa fue comprada y Bolonia fue reconquistada por sus milicias. Florencia llamó en su ayuda al conde de Armagnac, que llegó a Italia con doce mil hombres, pero fue detenido por Jacopo dal Verme, que lo capturó cerca de Alessandria y destruyó su ejército.

En septiembre de 1395, se celebró en Milán la solemne investidura de Gian Galeazzo como duque de Milán, comprada por doscientos mil florines al emperador Venceslao. A partir de entonces, en el escudo visconteo apareció, junto a la culebra, el águila con las alas desplegadas, símbolo de nobleza imperial. Al año siguiente, para cumplir una promesa hecha por su esposa Caterina, empezaron los trabajos de construcción de la cartuja de Pavía.

Mientras tanto, los grandes electores alemanes proclamaron emperador a Roberto de Baviera, y los diplomáticos de Florencia intentaron por todos los medios fomentar una alianza antiviscontea.

Roberto llegó a Italia en 1401, pero fue rechazado por Otto Terzi y Facino Cane; impresionado por tanta violencia, pero sobre todo para evitar una derrota peor, regresó a Baviera.

El 3 de septiembre de 1402, a punto de cumplir cincuenta y un años, el duque murió en el castillo de Melegnano y dejó a su mujer Caterina y a sus dos hijos muy jóvenes un Estado basado tan solo en su carisma y en sus tropas mercenarias.

Nota de la autora

En septiembre de 2016 escribí un breve relato, cuyo tema era «quien vive en Milán explica Milán». Debería haberse publicado en una colección, y los beneficios habían de destinarse a la AIRC, la Assoziazione Italiana per la Ricerca sul Cancro. No se llegó a un acuerdo entre autores y editor, la iniciativa se frustró y el relato se quedó en el cajón; sin embargo, de ahí nació mi idea de una novela que explicase el período histórico y los acontecimientos que llevaron a la construcción del Duomo de Milán.

Idea que compartí con mi primo Dario Banaudi, estudioso y arquitecto, que ha pasado buena parte de su vida y de su trabajo profesional en Campione de Italia, patria de los maestros campioneses. El breve relato sobre Milán destinado a la beneficencia se convirtió así en un proyecto, y el apasionado estudioso me ayudó a descubrir a los Maestros del Lago, descendientes de los longobardos, que transmitieron su ingenio y su habilidad de constructores a toda Europa. Le doy las gracias por esto.

Durante la redacción de la novela, he consultado y estudiado textos de autores del pasado, que nos han dejado valiosos testimonios sobre los Visconti y sobre los hechos históricos acaecidos entre los siglos XIV y XV. Pero la fuente imprescindible de mi inspiración han sido los *Annali della Fabbrica del Duomo*, una colección de volúmenes que explican la historia de la Fabbrica del Duomo desde 1387 a 1875, disponibles on line en formato PDF y acompañados de índices y apéndices. En ellos están descritos año a año, día a día, los encargos, las compras de material, los pagos a los maestros, las vicisitudes de la obra y de los obreros, testimonio único en el mundo de la organización y de la evolución de una «Fabbrica» medieval.

Así nació *En el nombre de la piedra*.

La novela histórica no es más que la narración de una época de la que el autor reconstruye los ambientes, los lugares y las vidas de los personajes, a fin de hacer que cobren vida para los lectores, y permite formular hipótesis que, si bien a menudo no están basadas en documentos históricos, tienen la ambición de hacer plausibles hechos que podrían haber sucedido.

Nadie podrá probar nunca si la muerte repentina de Marco Frisone fue debida a un envenenamiento o a una enfermedad, o si Simone da Orsenigo aceptó sin reservas la llegada de los maestros campioneses a la obra del Duomo. Como decía, todo es plausible.

El padre de los gemelos, Marco Solari da Carona, realmente existió, fue uno de los ingenieros del Duomo, y sus hijos Alberto, Pietro y Giovanni, que también existieron, podrían haberse formado uno en el oficio de la madera y los otros dos en el de la piedra. La idea de los gemelos es una referencia al dualismo que, en la filosofía, en la religión y en la vida cotidiana caracterizaba el arte de la Edad Media: el bien y el mal, Dios y el diablo, la oscuridad y la luz, que aparecen por doquier en la arquitectura de las catedrales medievales. Reales son también las referencias a Bonino da Campione, artista apreciado al servicio de los Escalígero, señores de Verona, o las referencias a Marco Frisone, que también existió y fue el maestro arquitecto más antiguo, probablemente originario de Alemania o de Holanda y emigrado a Campione. Frisone, junto con su hermano Jacopo, fue uno de los primeros ingenieros de la obra que se iba a construir.

También Tavanino da Castelseprio, carpintero de la obra, trabajó en ella los primeros años, permitiendo a los constructores subir a grandes alturas con los andamios, y levantar estatuas y agujas gracias a sus grúas. Marco Carelli fue realmente el primer benefactor del Duomo, y madonna Codivacca dejó a la Fabbrica parte de su herencia y, por supuesto, son reales Bernabò Visconti, su hija Bernarda, Gian Galeazzo, su esposa Caterina, y el condotiero Jacopo dal Verme. También lo son Jacopo Fusina, su hermano Zeno, ingenieros que trabajaron en nuestro Duomo y fueron los verdaderos «cimientos» de la catedral milanesa.

Escribí esta novela rodeada de todos estos personajes reales e inventados que, día a día, me llamaban desde las páginas del manuscrito para que les diera voz y siguiera contando sus historias. Lo he hecho entre momentos de gozo y de cansancio, de entusiasmo y de desánimo.

Pero una vez prendida la chispa, estalló el incendio.

Agradecimientos

Quiero dar las gracias a aquellas personas que, de un modo u otro, me han ayudado y aconsejado:

Daniela, mi primera lectora desde siempre, gracias por la agudeza con la que sigues el desarrollo de mis manuscritos.

Katia, por su ayuda en el mundo de las redes sociales, maestra extraordinaria.

Giuse, por las sugerencias y pericia con que lees y corriges mis manuscritos.

Ivan Busso, por sus valiosos consejos sobre cetrería, muy ilustrativos y de gran ayuda.

Gracias de todo corazón también a mi agente Maria Paola Romeo, de Grandi & Associati, que desde el primer momento confió en esta obra y me ha ofrecido su ayuda y aliento constantes. Eres extraordinaria.